Les Meilleurs Récits de H.P. Lovecraft

Les Meilleurs Récits de H.P. Lovecraft

LE MONSTRE SUR LE SEUIL	5
L'INDICIBLE	33
CELUI QUI HANTAIT LES TÉNÈBRES	42
LA MAISON DE LA SORCIÈRE	61
LE CAUCHEMAR D'INNSMOUTH	98
La Quête Onirique de Kadath l'Inconnue	164
Les Montagnes Hallucinées	270
Dans l'Abîme du Temps	377

LE MONSTRE SUR LE SEUIL

The Thing on the Doorstep, 1923
Paru dans Weird Tales, janvier 1937

1

Il est vrai que j'ai logé six balles dans la tête de mon meilleur ami, et pourtant j'espère montrer par le présent récit que je ne suis pas son meurtrier. D'abord on dira que je suis fou – plus fou que l'homme que j'ai tué dans sa cellule à la maison de santé d'Arkham. Plus tard, certains de mes lecteurs pèseront chaque déclaration, la rapprochant des faits connus, et se demanderont comment j'aurais pu juger autrement que je ne l'ai fait après avoir regardé en face la preuve de cette horreur : ce monstre sur le pas de la porte.

Jusqu'alors, moi aussi je n'ai vu que folie dans les histoires extravagantes qui m'ont poussé à agir. Aujourd'hui encore, je me demande si je n'ai pas été trompé – ou bien si je ne suis pas fou après tout. Je ne sais pas, mais d'autres ont d'étranges choses à raconter sur Edward et Asenath Derby, et même les policiers flegmatiques ne parviennent pas à expliquer cette dernière visite effroyable. Ils ont mollement essayé de fabriquer une hypothèse de plaisanterie sinistre ou de vengeance de domestiques renvoyés, tout en sachant au fond d'eux-mêmes que la vérité est infiniment plus terrible et plus incroyable.

J'affirme donc que je n'ai pas assassiné Edward Derby. Je dirai plutôt que je l'ai vengé, et que, ce faisant, j'ai purgé la terre d'un fléau qui aurait pu par la suite déchaîner sur le genre humain des épouvantes indicibles. Il y a de redoutables zones d'ombre au bord de nos chemins quotidiens, et parfois quelque âme damnée force la frontière. Quand cela arrive, celui qui le sait doit frapper avant de se soucier des conséquences.

J'ai connu Edward Pickman Derby toute sa vie. De huit ans mon cadet, il fut si précoce que nous eûmes beaucoup de choses en commun dès qu'il eut huit ans et moi seize. C'était l'écolier le plus extraordinaire que j'aie jamais connu, et il écrivait à sept ans des vers d'un caractère sombre, fantastique, presque morbide qui stupéfiaient les professeurs autour de lui. Peut-être son éducation privée, sa vie recluse et choyée furent-elles pour quelque chose dans son précoce épanouissement. Enfant unique, il avait une fragilité organique dont s'alarmaient ses parents, qui l'adoraient et le retenaient d'autant plus étroitement près d'eux. On ne le laissait jamais sortir sans sa nurse et il avait rarement l'occasion de jouer librement avec d'autres enfants. Tout cela favorisa certainement chez le jeune garçon une vie intérieure singulière et secrète, où l'imagination lui ouvrait la seule route vers la liberté.

Quoi qu'il en soit, sa culture juvénile était prodigieuse et bizarre ; ses écrits nés sans effort me fascinaient malgré notre différence d'âge. J'avais à cette époque un penchant pour l'art d'inspiration plus ou moins grotesque, et je découvris chez ce jeune enfant une rare affinité d'esprit. Il y avait sans aucun doute, à l'arrière-plan de notre amour commun des ombres et des merveilles, l'antique cité, dégradée et subtilement redoutable, où nous vivions : Arkham, vouée aux sorcières, hantée de légendes, dont les toits à deux pentes, blottis et affaissés, et les balustrades effritées de l'époque géorgienne méditaient hors du temps au bord du Miskatonic au sombre murmure.

Le temps passa, je m'orientai vers l'architecture et renonçai à mon projet d'illustrer un recueil de poèmes démoniaques d'Edward, mais notre camaraderie n'en fut en rien affectée. L'étrange génie du jeune Derby s'épanouit remarquablement, et dans sa dix-huitième année son recueil de poèmes cauchemardesques fit vraiment sensation quand il parut sous le titre *Azathoth et autres horreurs*. Il entretenait une correspondance suivie avec le fameux poète baudelairien Justin Geoffrey, qui écrivit *Le Peuple du Monolithe*, et mourut en hurlant dans une maison de fous, en 1926, après sa visite d'un village hongrois de sinistre renommée.

En matière d'indépendance et de vie pratique, Derby avait en revanche un retard considérable du fait de son existence choyée. Sa santé s'était améliorée, mais ses habitudes de dépendance puérile étaient encouragées par des parents exagérément protecteurs, de sorte que jamais il ne voyageait seul, ne prenait de décisions personnelles ni n'assumait de responsabilités. Il apparut très tôt qu'il ne serait pas de taille à se battre en affaires ou sur le plan professionnel, mais la fortune familiale était assez solide pour que cela ne fût pas dramatique. Parvenu à l'âge d'homme, il gardait un air faussement enfantin. Blond aux yeux bleus, il avait le teint frais d'un enfant, et la moustache qu'il essayait de faire pousser ne se discernait qu'à peine. Sa voix était douce et claire, et son existence dorlotée et inactive lui donnait une rondeur juvénile plutôt que le ventre naissant d'une maturité précoce. Il était de bonne taille avec un beau visage qui en eût fait un grand séducteur si sa timidité ne l'avait retenu dans les études livresques et l'isolement.

Ses parents l'emmenaient chaque été à l'étranger, et il assimila très vite les aspects superficiels de la pensée et les formes d'expression européennes. Son talent, dans la ligne de Poe, tourna de plus en plus au style décadent, une autre sensibilité et d'autres aspirations artistiques commencèrent à s'éveiller en lui. Nous avions à cette époque de grandes discussions. J'avais fait mes études à Harvard, puis dans un bureau d'architecte à Boston, je m'étais marié et j'étais enfin revenu à Arkham pour y exercer ma profession, installé dans la demeure familiale de Saltonstall Street depuis que mon père vivait en Floride pour sa santé. Edward venait presque chaque soir, si bien qu'à mes yeux il faisait partie de la maison. Il avait une manière personnelle de sonner ou de frapper qui devint un véritable signal codé et, le dîner fini, je guettais les sons familiers : trois coups brefs, suivis de deux encore après une pause. Plus rarement j'allais chez lui et regardais avec envie les livres mystérieux de sa bibliothèque qui grandissait sans cesse.

Derby étudia à l'université de Miskatonic à Arkham, car ses parents ne lui auraient pas permis de vivre en pension loin d'eux. Il y entra à seize ans et termina ses études trois ans plus tard, s'étant spécialisé en littérature anglaise et française, mais obtenant les meilleures notes en tout sauf en mathématiques et en sciences. Il fréquenta fort peu les autres étudiants, non sans envier la société « hardie » ou « bohème » dont il singeait le langage superficiellement « spirituel » et l'absurde affectation d'ironie, tout en souhaitant avoir l'audace d'adopter la même conduite douteuse.

En revanche, il devint un fervent de la tradition magique occulte, qui faisait et fait encore la réputation de la bibliothèque de Miskatonic. Toujours occupé, apparemment, d'imaginaire et de bizarre, il approfondit alors les véritables énigmes et alphabets secrets légués par un passé fabuleux pour guider ou dérouter la postérité. Il lut entre autres le terrible Livre d'Eibon, le Unaussprechlichen Kulten de von Juntz et le Necronomicon interdit de l'Arabe fou Abdul Alhazred, sans toutefois le dire à ses parents. Il avait vingt ans quand naquit mon fils – mon unique enfant – et parut heureux que je donne son nom au nouveau venu : Edward Derby Upton.

À vingt-cinq ans, Edward Derby était prodigieusement cultivé et assez connu comme poète et « fantaisiste », bien que le manque de contacts et de responsabilités ait ralenti son essor littéraire et gâté ses œuvres d'un défaut d'originalité et d'un abus d'érudition. J'étais peut-être son ami le plus intime – trouvant en lui une mine inépuisable de spéculations passionnantes, tandis qu'il se liait à mes conseils sur tous les sujets dont il ne voulait pas parler à ses parents. Il restait célibataire – plus par timidité, inertie et sujétion familiale que par inclination – et n'avait de rapports sociaux que très limités et de pure forme. Lorsque la guerre survint, son état de santé comme son caractère timoré le retinrent au logis. J'entrai à l'école d'officiers de Plattsburg, mais je n'eus pas l'occasion de partir outre-mer.

Ainsi les années passèrent. Edward avait trente-quatre ans quand sa mère mourut, et il resta prostré pendant des mois, frappé d'étranges troubles psychologiques. Son père l'emmena néanmoins en Europe, et il réussit à guérir sans garder de traces visibles. Il sembla par la suite en proie à une sorte de gaieté absurde, comme s'il avait en partie échappé à quelque esclavage insoupçonné, il se mit à fréquenter, malgré son âge, le groupe le plus « avancé » de l'université, et assista à des excès d'une extrême licence – il dut un jour, cédant à un chantage, payer une forte somme (qu'il m'emprunta) pour cacher à son père sa complicité dans une affaire louche. Certaines rumeurs très bizarres circulaient au sujet de la bande extravagante de Miskatonic. On parla même de magie noire et d'événements absolument incroyables.

2

Edward avait trente-huit ans quand il fit la connaissance d'Asenath Waite. Elle avait, je pense, dans les vingt-trois ans à l'époque, et suivait à Miskatonic un cours de métaphysique médiévale. La fille d'un de mes amis l'avait déjà rencontrée à la Hall School de Kingsport, préférant l'éviter à cause de sa réputation singulière. Elle était brune, plutôt petite et très belle malgré des yeux protubérants ; mais quelque chose dans son expression éloignait les personnes impressionnables. Néanmoins, c'étaient surtout ses origines et sa conversation qui poussaient la moyenne des gens à la fuir. C'était une Waite d'Innsmouth, et de sombres légendes s'accumulaient depuis des générations sur cette ville croulante, à moitié déserte, et ses habitants. On parle de marchés abominables conclus vers 1850, et d'un apport insolite « pas tout à fait humain » dans les vieilles familles de l'ancien port de pêche en déclin – des légendes comme seuls les Yankees d'autrefois savent en imaginer et en répéter avec toute leur épouvante.

Le cas d'Asenath s'aggravait du fait qu'elle était la fille d'Ephraïm Waite – enfant tardive d'une épouse inconnue qui ne se montrait que voilée. Ephraïm vivait dans une demeure délabrée de Washington Street et ceux qui l'avaient vue (les gens d'Arkham évitaient autant que possible d'aller à Innsmouth) affirmaient que les fenêtres du grenier étaient toujours condamnées et que des bruits étranges venaient parfois de l'intérieur à la tombée de la nuit. Le vieil homme passait pour avoir fait en son temps de prodigieuses études de magie, et pouvoir à son gré déchaîner ou calmer des tempêtes en mer. Je l'avais aperçu une ou deux fois dans ma jeunesse quand il venait à Arkham consulter des ouvrages interdits à la bibliothèque de l'université, et j'avais détesté son visage saturnien de rapace, avec son fouillis de barbe gris fer. Il était mort fou – dans des circonstances assez suspectes – juste avant que sa fille (dont il faisait par testament une pupille nominale du principal) n'entre à Hall School, mais elle avait été son élève, d'une avidité maladive, et lui ressemblait parfois diaboliquement.

L'ami dont la fille avait été la condisciple d'Asenath Waite raconta beaucoup de choses singulières quand on apprit les relations qu'Edward avait avec elle. Asenath, au collège, se donnait pour une sorte de magicienne, et semblait en effet capable d'accomplir quelques prodiges tout à fait déconcertants. Elle prétendait pouvoir déclencher des orages, bien que son apparent succès fût généralement attribué à un don mystérieux de prémonition. Tous les animaux lui témoignaient une antipathie marquée, et elle faisait hurler n'importe quel chien par certains gestes de sa main droite. Elle affichait parfois un langage et des connaissances étonnants et très choquants chez une jeune fille, ou effrayait ses camarades par des œillades et des clins d'œil équivoques, paraissant tirer de sa présente situation une ironie savoureuse et obscène.

Plus exceptionnels pourtant étaient les exemples indiscutables de son influence sur les autres. Elle avait un pouvoir hypnotique extraordinaire. En regardant fixement une de ses compagnes, elle donnait souvent à celle-ci l'impression d'un échange de personnalités – comme si le sujet, momentanément placé dans le corps de la magicienne, pouvait voir à l'autre bout de la pièce son propre corps, dont les yeux saillants brûlaient d'une flamme étrange. Asenath faisait souvent des déclarations fracassantes sur la nature de la conscience et son indépendance à l'égard de la structure physique – ou du moins des processus vitaux de cette structure. Elle enrageait pourtant de n'être pas un homme car elle croyait qu'un cerveau mâle possédait certains pouvoirs cosmiques, rares et très étendus. Avec un cerveau d'homme, disait-elle, il lui serait possible non seulement d'égaler mais de surpasser son père dans la maîtrise de forces inconnues.

Edward rencontra Asenath à une réunion de l'intelligentsia dans une des chambres d'étudiants, et quand il vint me voir, le lendemain, il fut incapable de me parler d'autre chose. Il l'avait trouvée tout occupée des intérêts et du savoir qui le passionnaient lui-même et, qui plus est, sa beauté l'avait fasciné. Je n'avais jamais vu la jeune femme et ne me rappelais que vaguement les allusions fortuites à son sujet, mais je savais qui elle était. Il semblait assez regrettable que Derby en fût à ce point bouleversé ; mais je ne fis rien pour le décourager, car une opposition ne peut que nourrir cette sorte d'engouement. Il n'avait pas, dit-il, parlé d'elle à son père.

Au cours des semaines suivantes, il ne fut guère question que d'Asenath dans les propos du jeune Derby. D'autres à présent remarquaient les amours automnales d'Edward, tout en convenant qu'il ne paraissait pas son âge et qu'il n'était en aucune façon mal assorti à sa bizarre idole. Malgré son indolence et son égocentrisme complaisant, il n'avait que peu d'embonpoint et son visage était exempt de rides. Asenath, en revanche, portait avant l'âge la patte-d'oie, qui trahit le constant exercice d'une intense volonté.

Vers cette époque, Edward m'amena la jeune fille, et je vis tout de suite que son intérêt pour elle n'était pas sans réciproque. Elle le regardait continuellement, presque comme une proie, et je compris que leur intimité serait indissoluble. J'eus peu après la visite du vieux Mr Derby, que j'avais toujours admiré et respecté. Ayant appris la nouvelle amitié de son fils, il avait arraché au « gamin » toute la vérité. Edward avait l'intention d'épouser Asenath, et il avait même cherché des maisons en banlieue. Sachant que j'avais toujours sur son fils une grande influence, le père se demandait si je pourrais l'aider à rompre un si fâcheux projet ; mais j'exprimai à contrecœur mes doutes. Le problème cette fois n'était pas la faiblesse d'Edward mais la puissante volonté de la femme. L'éternel enfant avait transféré sa dépendance de l'image parentale à une autre, nouvelle et plus forte, et l'on n'y pouvait rien.

Le mariage fut célébré un mois après par un juge de paix, selon le vœu de la future épouse. Sur mon conseil, Mr Derby n'y fit aucune objection et lui, ma femme, mon fils et moi assistâmes à la brève cérémonie, dont les autres invités étaient les jeunes fous du collège. Asenath avait acheté à la campagne, au bout de High Street, la vieille maison Crowninshield, et ils se proposaient de s'y installer après un court déplacement à Innsmouth, d'où l'on devait ramener trois domestiques, des livres et du mobilier. Si Asenath s'installait à Arkham au lieu de rentrer définitivement chez elle, c'était moins sans doute pour Edward et son père que par un désir personnel de se rapprocher du collège, de sa bibliothèque et de sa bande de « sophistiqués ».

Quand Edward vint me voir après la lune de miel, je le trouvai quelque peu changé. Asenath l'avait fait renoncer à son embryon de moustache, mais il y avait plus que cela. Il semblait plus grave et plus pensif, sa moue habituelle d'enfant indocile avait fait place à un air de vraie tristesse ou presque. J'étais perplexe, ne sachant si ce changement me plaisait ou non. Certes, il paraissait maintenant plus normalement adulte qu'auparavant. Peut-être le mariage était-il une bonne chose – le changement de dépendance ne pouvait-il être un passage de véritable neutralité avant de mener enfin à une autonomie responsable ? Il vint seul, car Asenath était très occupée. Elle avait rapporté quantité de livres et de matériel d'Innsmouth (Derby frissonna en prononçant ce nom), et achevait la restauration de la maison et du domaine de Crowninshield.

La demeure où elle était née – dans cette ville – était plutôt inquiétante, mais il y avait vu certains objets qui lui avaient appris des choses surprenantes. Depuis qu'Asenath le conseillait, il progressait rapidement dans les sciences ésotériques. Elle proposait parfois des expériences très audacieuses et décisives – il ne se sentait pas le droit de les décrire – mais il avait confiance en ses pouvoirs et ses intentions. Les trois domestiques étaient très bizarres : un couple incroyablement âgé qui avait servi le vieil Ephraïm et, de temps à autre, parlait à mots couverts de lui et de la défunte mère d'Asenath, plus une jeune servante basanée aux traits manifestement anormaux, et qui dégageait une perpétuelle odeur de poisson.

3

Au cours des deux années suivantes, je vis de moins en moins Derby. Une quinzaine passait quelquefois sans que résonne à la porte le signal familier, trois coups puis deux, et quand il venait – ou si j'allais chez lui, ce qui devenait de plus en plus rare –, il évitait d'aborder les sujets brûlants. Il était devenu très réservé à propos des recherches occultes qu'il décrivait et discutait à fond d'habitude, et préférait ne pas parler de sa femme. Elle avait terriblement vieilli depuis leur mariage jusqu'à paraître, curieusement, la plus âgée des deux. Son visage exprimait une résolution farouche, et elle inspirait tout entière une vague et indéfinissable répulsion. Ma femme et mon fils le remarquèrent comme moi, et nous cessâmes peu à peu de la voir – ce dont elle fut grandement soulagée, Edward le reconnut dans un de ses moments de muflerie puérile. De temps à autre, les Derby faisaient de longs voyages, en Europe officiellement, bien qu'Edward fît allusion parfois à des destinations mystérieuses.

C'est au bout d'un an que les gens commencèrent à parler de changement chez Edward Derby. Des propos en l'air car ce changement était purement psychologique ; mais on relevait des détails intéressants. Ici et là, semblait-il, on observait chez lui des expressions ou des comportements incompatibles avec sa mollesse naturelle. Par exemple, alors qu'autrefois il ne savait pas conduire, on le voyait parfois maintenant rentrer ou sortir à toute allure par la vieille entrée de Crowninshield, au volant de la puissante Packard d'Asenath, conduisant de main de maître et affrontant les embouteillages avec une habileté et une décision tout à fait étrangères à ses habitudes. Dans ces cas-là il semblait toujours partir en voyage ou en revenir – quel voyage, nul ne le savait –, avec toutefois une prédilection particulière pour la route d'Innsmouth.

Curieusement, la métamorphose ne paraissait pas vraiment sympathique. On disait qu'il ressemblait alors trop à sa femme, ou au vieil Ephraïm Waite lui-même – ou peut-être ces moments donnaient-ils l'impression d'être anormaux parce qu'ils étaient rares. Parfois, quelques heures après être parti ainsi, il revenait nonchalamment étendu sur le siège arrière de la voiture tandis qu'un chauffeur ou un mécanicien manifestement payé pour cela conduisait à sa place. En outre, son attitude dans la rue – quand il faisait la tournée, de plus en plus réduite, de ses relations (y compris ses visites chez moi) – se caractérisait le plus souvent par son irrésolution d'autrefois dont la puérilité irresponsable était plus marquée encore que par le passé. Tandis que le visage d'Asenath vieillissait, celui d'Edward – en dehors de ces moments exceptionnels – se détendait en une sorte d'excessive immaturité, sauf quand y passait la trace fugitive d'une tristesse ou d'une compréhension nouvelles. C'était très déconcertant. Cependant, les Derby quittèrent presque complètement le cercle « avancé » du collège – non pas, disait-on, qu'ils en soient dégoûtés eux-mêmes, mais parce que quelque chose dans leurs études actuelles choquait jusqu'aux plus endurcis des autres décadents.

La troisième année de son mariage, Edward commença à me confier franchement son mécontentement et une certaine crainte. Il me donna à entendre que les choses « allaient trop loin », et tint des propos obscurs sur le besoin de « sauvegarder son identité ». Au début, je ne relevai pas ces allusions, mais, à la longue, je finis par l'interroger prudemment, car je me rappelai ce qu'avait dit la fille de mon ami à propos de l'influence hypnotique d'Asenath sur les autres filles de l'école – ces expériences où des étudiantes, se croyant dans son corps, se voyaient elles-mêmes à l'autre bout de la pièce. Il parut à la fois inquiet et reconnaissant de mes questions, et marmonna qu'il aurait un jour un entretien sérieux avec moi.

Vers cette époque, le vieux Mr Derby mourut, ce dont, par la suite, je ne pus que me réjouir. Edward fut très affecté mais pas du tout désorienté. Il voyait très peu son père depuis son mariage, car Asenath avait concentré sur elle tout ce qu'il pouvait éprouver d'attachement familial. On le jugea sans cœur après ce deuil – surtout depuis qu'il affectait de plus en plus de désinvolture et d'assurance en voiture. Il souhaita alors retourner dans la vieille demeure des Derby, mais Asenath tint à rester à la maison Crowninshield, où elle avait maintenant ses habitudes.

Peu de temps après, ma femme apprit une chose étrange d'une de ses amies – une des rares personnes qui n'avaient pas abandonné les Derby. Allant voir le couple, et parvenue au bout de High Street, elle avait vu une voiture surgir de l'allée, avec au volant un Edward étonnamment sûr de lui et presque sarcastique. Ayant sonné, elle apprit de la jeune servante repoussante qu'Asenath était absente elle aussi ; mais par hasard elle avait en partant jeté un coup d'œil sur la maison. Et à l'une des fenêtres de la bibliothèque d'Edward, elle avait aperçu un visage aussitôt dérobé – un visage dont l'expression de chagrin, de défaite et de regret désespéré était indiciblement poignante. C'était, chose incroyable étant donné son habituelle allure dominatrice, celui d'Asenath ; la visiteuse aurait pourtant juré qu'à cet instant c'étaient les yeux tristes, brouillés, du pauvre Edward qui l'habitaient.

Les visites d'Edward se firent désormais un peu plus fréquentes et ses allusions, parfois, se précisèrent. Ce qu'il disait était incroyable, même dans cet Arkham séculaire et hanté de légendes ; mais il me jetait son ténébreux savoir avec tant de sincérité et de conviction que je craignis pour sa raison. Il évoquait de terribles assemblées dans des lieux solitaires, des ruines cyclopéennes au cœur des forêts du Maine, sous lesquelles de larges escaliers menaient aux abîmes de nocturnes secrets, d'angles complexes qui conduisaient à travers des murs invisibles en d'autres régions de l'espace et du temps, et de hideux échanges de personnalité qui permettaient l'exploration de lieux interdits et lointains, sur d'autres planètes, dans un continuum spatio-temporel différent.

Parfois, à l'appui de certaines assertions extravagantes, il me montrait des objets qui me stupéfiaient – de couleurs insaisissables et de structure déconcertante, ne ressemblant à rien de connu sur terre, dont les courbes et les surfaces ne répondaient à aucun dessein concevable ni n'obéissaient à aucune géométrie intelligible. Ces choses, disait-il, venaient « d'ailleurs » ; et sa femme savait se les procurer. Quelquefois – mais toujours en chuchotements terrifiés et obscurs – il émettait des suppositions à propos du vieil Ephraïm Waite, qu'il avait vu de temps à autre, jadis, à la bibliothèque du collège. Ces vagues intuitions n'étaient jamais explicites mais semblaient graviter autour de quelque doute particulièrement atroce, à savoir si oui ou non le vieux magicien était bien mort – autant spirituellement que physiquement.

Il arrivait à Derby d'interrompre brusquement ses révélations, et je me demandais si Asenath n'aurait pas pu deviner à distance ses propos et le couper par un genre inconnu de mesmérisme télépathique – un de ces pouvoirs qu'elle avait révélés à l'école. Elle se doutait certainement qu'il me faisait des confidences, car, au fil des semaines, elle essaya de mettre fin à ses visites avec des mots et des regards d'une puissance inexplicable. Il lui était très difficile de venir me voir, car bien qu'il prétendît se rendre ailleurs, une force invisible venait généralement entraver ses mouvements ou lui faire oublier momentanément sa destination. Il venait d'habitude quand Asenath était partie – « partie dans son propre corps », comme il le dit bizarrement un jour. Elle s'en apercevait toujours plus tard – les domestiques épiant les allées et venues de son mari – mais, manifestement, elle jugeait maladroit de réagir avec violence.

4

Derby était marié depuis plus de trois ans quand, un jour d'août, je reçus ce télégramme du Maine. Il y avait deux mois que je ne l'avais vu, mais j'avais appris qu'il était « en voyage d'affaires ». Asenath était censée l'accompagner, quoique des commères vigilantes aient affirmé qu'il y avait quelqu'un en haut dans la maison, derrière les fenêtres aux doubles rideaux tirés. Elles avaient observé les achats faits par les domestiques. Et maintenant le shérif de Chesuncook me télégraphiait au sujet d'un fou crotté qui, sorti de la forêt en proie à un furieux délire, réclamait à grands cris ma protection. C'était Edward – il avait juste été capable de se rappeler son nom et puis le mien et mon adresse.

Chesuncook se trouve à la lisière des forêts les plus sauvages, les plus profondes et les moins explorées du Maine ; il me fallut une journée entière de voyage fébrile et cahotant, sous la menace de paysages fantastiques, pour y parvenir en voiture. Je trouvai Derby dans une cellule de la « ferme communale », oscillant entre la frénésie et l'abattement. Il me reconnut aussitôt, et se mit à débiter à mon intention un torrent de paroles insensées et à demi incohérentes.

« Dan... Pour l'amour de Dieu ! La fosse aux shoggoths ! Au bas des six mille marches... L'abomination des abominations... Je n'ai jamais voulu qu'elle m'emmène, et c'est là que je me suis retrouvé... Iê ! Shub-Niggurath !... La forme s'est élevée au-dessus de l'autel, et ils étaient cinq cents à hurler... La Chose encapuchonnée bêlait : « Kamog ! Kamog ! » – c'était le nom secret du vieil Ephraïm à l'Assemblée... Et j'étais là, où elle avait promis de ne pas m'emmener... Une minute plus tôt j'étais enfermé dans la bibliothèque, et je me retrouvais là où elle était partie avec mon corps – dans ce lieu de suprême blasphème, l'enfer impie où commence le royaume ténébreux et où le veilleur garde la porte… J'ai vu un shoggoth – il changeait de forme… Je ne peux pas le supporter… Je ne le supporterai plus… Je la tuerai si jamais elle m'y envoie encore… Je tuerai cet être… elle, lui, ça… Je tuerai cela ! Je le tuerai de mes propres mains ! »

Il me fallut une heure pour le calmer, mais il finit par s'apaiser. Le lendemain, je lui achetai au village des vêtements convenables puis repartis avec lui pour Arkham. Sa fureur hystérique était passée, et il se montrait plutôt silencieux, bien qu'il commençât à grommeler obscurément pour lui-même quand la voiture traversa Augusta – comme si la vue d'une ville éveillait des souvenirs déplaisants. Il était clair qu'il n'avait pas envie de rentrer chez lui, et étant donné les fantasmes extravagants qu'il semblait entretenir à propos de sa femme – fantasmes sans doute nés d'une véritable épreuve hypnotique à laquelle il avait été soumis –, je pensai qu'en effet cela valait mieux. Je décidai de l'héberger moi-même pour un temps ; peu importent les désagréments que cela pourrait entraîner avec Asenath. Plus tard, je l'aiderais à obtenir le divorce, car à n'en pas douter, il y avait dans ce mariage un climat mental qui en faisait pour lui un suicide. Quand nous nous retrouvâmes en rase campagne, les marmonnements de Derby s'éteignirent et je le laissai baisser la tête et s'assoupir sur son siège près de moi tandis que je conduisais.

Au crépuscule, pendant que nous traversions Portland, le murmure recommença, plus distinct qu'auparavant, et, prêtant l'oreille, je saisis un flot d'insanités au sujet d'Asenath. L'ascendant qu'elle avait pris sur les nerfs d'Edward était évident, car il avait tissé autour d'elle tout un réseau d'hallucinations. La crise actuelle, marmonnait-il furtivement, n'était qu'un épisode dans une longue série. Elle s'emparait de lui et un jour, il le savait, elle ne le lâcherait plus. Même maintenant, elle ne le quittait sans doute que lorsqu'elle y était obligée, parce qu'elle ne pouvait pas le retenir longtemps à chaque fois. Elle empruntait sans cesse son corps pour aller en des lieux sans nom célébrer des rites innommables, le laissant dans son corps à elle, enfermé à clé à l'étage – mais quand elle devait lâcher prise, il réintégrait soudain son corps à lui, dans quelque endroit affreux, loin de tout et peut-être inconnu. Il arrivait qu'elle le reprenne alors ou bien elle n'y parvenait pas. Il échouait souvent n'importe où dans l'état où je l'avais découvert… Il lui fallait de temps à autre chercher son chemin à des distances effrayantes de chez lui et trouver quelqu'un pour conduire la voiture après l'avoir récupérée.

Le pire, c'est que cette possession durait de plus en plus longtemps. Elle voulait être un homme – pour être pleinement humaine ; voilà pourquoi elle s'emparait de lui. Elle avait deviné chez cet homme l'amalgame d'un cerveau exceptionnel et d'une volonté faible. Un jour, elle l'éliminerait complètement et disparaîtrait avec son corps d'homme – pour devenir un grand magicien comme son père, l'abandonnant, lui, dans cette enveloppe féminine qui n'était pas même tout à fait humaine. Oui, il savait maintenant ce qu'était le sang d'Innsmouth. Il y avait eu commerce avec des monstres venus de la mer – c'était atroce... Le vieil Ephraïm avait connu le secret et, devenant vieux, il avait fait une chose hideuse pour rester vivant... Il voulait vivre éternellement... Asenath réussirait – elle avait déjà fait ses preuves avec succès.

Tandis que Derby poursuivait son murmure, je me tournai vers lui pour le regarder de près, et je vérifiai le changement que j'avais observé plus tôt. Paradoxalement il semblait en meilleure forme que d'habitude – plus ferme, plus normalement développé, sans trace de la mollesse maladive due à son existence indolente. On eût dit qu'il avait été réellement actif et bien entraîné pour la première fois dans sa vie choyée, et j'en conclus que l'énergie d'Asenath avait dû le pousser dans des circuits peu communs d'activité et de vigilance. Mais, pour l'instant, son esprit était en triste état ; car il marmottait d'incroyables extravagances à propos de sa femme, de magie noire, du vieil Ephraïm, et de certaine révélation qui me convaincrait moi-même. Il répétait des noms que je reconnaissais pour avoir feuilleté autrefois les livres interdits, et par instants me faisait frémir suivant le fil d'une logique mythologique – d'une cohérence convaincante – qui courait à travers sa divagation. Il s'arrêtait maintes et maintes fois, comme pour reprendre courage avant quelque ultime et terrible dévoilement.

« Dan, Dan, ne te rappelles-tu pas – ses yeux farouches et sa barbe en broussaille qui n'a jamais blanchi ? Un jour il m'a foudroyé du regard et je ne l'ai jamais oublié. Maintenant elle me jette le même regard. Et je sais pourquoi ! Il avait trouvé cela dans le Necronomicon : la formule. Je n'ose pas encore te dire la page, mais quand je le ferai, tu pourras lire et tu comprendras. Tu sauras alors ce qui m'a englouti. Toujours, toujours, toujours – d'un corps à un corps, à un autre – il entend ne jamais mourir. La flamme de la vie –

il sait rompre l'enchaînement – peut frémir encore quelque temps même lorsque le corps est mort. Je vais te donner des indices et tu devineras peut-être. Écoute, Dan, sais-tu pourquoi ma femme se donne tant de mal avec cette absurde écriture renversée ? As-tu jamais vu un manuscrit du vieil Ephraïm ? Veux-tu savoir pourquoi j'ai frissonné en voyant des notes rapides griffonnées par Asenath ?

« Asenath… une telle personne existe-t-elle vraiment ? Pourquoi a-t-on eu l'idée qu'il y avait du poison dans l'estomac du vieil Ephraïm ? Pourquoi les Gilman parlent-ils à voix basse des cris étranges qu'il a poussés – ceux d'un enfant terrifié – quand il est devenu fou et qu'Asenath l'a enfermé dans la mansarde capitonnée où avait été… l'autre ? Était-ce l'âme du vieil Ephraïm qui était enfermée ? Qui avait enfermé qui ? Pourquoi avait-il cherché pendant des mois un être très intelligent à la volonté faible ? Pourquoi enrageait-il que sa fille ne soit pas un fils ? Dis-moi, Daniel Upton, quel échange diabolique a été perpétré dans cette maison de l'horreur où ce monstre impie tenait à sa merci son enfant confiante, docile, à demi humaine ? Ne l'a-t-il pas rendu permanent – comme elle veut enfin le faire avec moi ? Dis-moi pourquoi ce monstre qui se dit Asenath écrit différemment quand elle ne se surveille pas, si bien qu'on ne peut distinguer son écriture de celle de… »

C'est alors que cela arriva. Dans son délire, la voix de Derby s'était élevée dans les suraigus, quand brusquement elle fut coupée comme si un déclic venait de jouer. Je songeai à d'autres circonstances où, chez moi, ses confidences s'étaient tout à coup interrompues – j'avais eu alors la vague idée qu'une mystérieuse onde télépathique de la force mentale d'Asenath intervenait pour le faire taire. Ce qui se passait maintenant était absolument différent et, je le sentais, infiniment horrible. Le visage tout proche se convulsa un instant jusqu'à être méconnaissable tandis qu'un frisson parcourait tout le corps comme si les os, les organes, les muscles, les nerfs et les glandes se rajustaient en une attitude, un équilibre de tensions et une personnalité radicalement différents.

À quoi au juste tenait le comble de l'horreur, je suis incapable de le dire ; mais il déferla sur moi une telle vague de nausée et de répulsion – une impression si glaçante et pétrifiante d'inconnu et de monstrueux – que mes mains sur le volant devinrent molles et mal assurées. Celui qui était près de moi semblait moins un ami de toujours que quelque intrus effroyable de l'espace intersidéral – la coalition maudite et détestable de forces cosmiques aussi mystérieuses que maléfiques.

Ma défaillance ne dura qu'un moment, mais presque aussitôt mon compagnon s'empara du volant et m'obligea à changer de place avec lui. La nuit était tombée et les lumières de Portland loin derrière nous, de sorte que je distinguais mal ses traits. L'éclat de ses yeux, pourtant, était extraordinaire ; et je compris qu'il devait être alors dans cet état de bizarre surexcitation – si différent de son moi ordinaire – que tant de gens avaient remarqué. Il paraissait étrange et incroyable que l'indolent Edward Derby – incapable de s'affirmer, et qui n'avait jamais appris à conduire – me donne des ordres et prenne le volant de ma propre voiture ; c'est cependant ce qui s'était produit. Il ne dit rien pendant un certain temps, et, dans mon inexplicable aversion, j'en fus heureux.

Aux lumières de Biddeford et Saco, je vis ses lèvres serrées et frémis de son regard flamboyant. Les gens avaient raison : il ressemblait diablement à sa femme et au vieil Ephraïm quand il était de cette humeur. Je ne m'étonnais pas de son caractère détestable car il avait alors, assurément, quelque chose de surnaturel et de diabolique, et cet air sinistre me frappait d'autant plus que j'avais entendu ses furieux délires. En dépit de ma familiarité de toujours avec Edward Pickman Derby, cet homme était un étranger. Un intrus surgi du noir abîme.

Il garda le silence jusqu'à ce que nous arrivions sur un bout de route obscur, et sa voix me sembla celle d'un inconnu. Profonde, plus ferme et plus tranchante que je ne l'avais jamais connue ; son accent et son intonation étaient complètement différents – tout en évoquant dans ma mémoire un souvenir vague, lointain et plutôt inquiétant que je ne réussissais pas à situer. C'était, pensai-je, la trace d'une très profonde et réelle ironie dans le timbre – non pas la pseudo-ironie absurdement désinvolte des petits « sophistiqués » que Derby affectait d'habitude, mais une chose menaçante, fondamentale, pénétrante et éventuellement malfaisante. Je fus surpris de ce sang-froid, suivant de si près la litanie de ses murmures affolés.

« J'espère que tu oublieras cette crise, Upton, dit-il, tu connais ma nervosité, et je pense que tu l'excuseras. Je te suis très reconnaissant, bien sûr, de me ramener chez moi.

« Il faut oublier aussi toutes les folies que j'ai pu dire à propos de ma femme – et de tout en général. C'est le résultat d'un travail excessif dans un domaine comme le mien. Ma philosophie est pleine de concepts bizarres et une intelligence surmenée fabrique en imagination toutes sortes d'applications concrètes. Je vais me reposer dès maintenant – tu ne me verras sans doute pas pendant un certain temps, sans avoir à en blâmer Asenath.

« Ce voyage était un peu étrange, mais en réalité c'est très simple. Il y a des vestiges indiens dans les forêts du Nord – pierres dressées, etc. – qui ont une grande importance dans le folklore, et avec Asenath nous suivons la question. C'était une recherche ardue, et j'ai dû perdre la tête. J'enverrai quelqu'un chercher la voiture quand je serai rentré. Un mois de détente me remettra sur pied. »

Je ne me rappelle pas exactement quelle part je pris à la conversation car l'étrangeté déconcertante de mon voisin m'occupait tout entier. Mon impression d'indéfinissable horreur cosmique grandissait d'une minute à l'autre, jusqu'au désir frénétique d'arriver au terme du voyage. Derby ne m'offrit pas de me rendre le volant, et je fus heureux de voir passer très vite Portsmouth et Newburyport.

Au croisement où la grand-route s'enfonce à l'intérieur des terres, évitant Innsmouth, je redoutai un peu que mon chauffeur ne prît la route sinistre du littoral qui traverse ce port maudit. Il ne le fit pas néanmoins, et fila, par Rowley et Ipswich, jusqu'à notre destination. Nous arrivâmes à Arkham avant minuit, et la vieille maison Crowninshield était encore éclairée. Derby descendit de voiture en me répétant hâtivement sa gratitude, et je rentrai seul chez moi avec un singulier soulagement. Ce trajet avait été terrible – d'autant plus terrible que je n'aurais pas su dire exactement pourquoi – et je ne regrettais pas que Derby prévoie une longue absence où il se passerait de ma compagnie.

5

Beaucoup de rumeurs coururent pendant les deux mois suivants. Les gens disaient qu'on voyait de plus en plus Derby dans sa nouvelle humeur active, et qu'Asenath n'était presque jamais là pour ses rares visiteurs. Je ne reçus qu'une visite d'Edward, venu en coup de vent avec la voiture d'Asenath – dûment récupérée là où il l'avait laissée dans le Maine – chercher des livres qu'il m'avait prêtés. Il était dans ses récentes dispositions, et ne resta que le temps de quelques vagues politesses. Il n'avait alors manifestement rien à discuter avec moi – et je remarquai qu'il ne prit même pas la peine en sonnant d'utiliser le vieux code, trois coups puis deux. De cette soirée en voiture, il me restait une vague mais très intense horreur que je ne pouvais expliquer, si bien que son prompt départ fut un véritable soulagement.

À la mi-septembre, Derby s'absenta une semaine, et certains étudiants du groupe « avancé » firent allusion d'un air entendu à une rencontre avec un célèbre chef de culte, récemment expulsé d'Angleterre, qui avait établi son quartier général à New York. Pour ma part, je ne pouvais chasser de mon esprit cette étrange randonnée du Maine. La métamorphose dont j'avais été le témoin m'avait profondément impressionné, et je me surprenais sans cesse à y chercher une explication – ainsi qu'à l'horreur extrême qu'elle m'avait inspirée.

Mais le plus surprenant c'étaient les bruits de sanglots que, paraît-il, on entendait dans la vieille maison Crowninshield. La voix semblait féminine et certains des plus jeunes croyaient reconnaître celle d'Asenath. Elle se faisait rarement entendre, et donnait parfois l'impression d'être étouffée de force. On parla d'une enquête, qui fut abandonnée quand Asenath se montra dans les rues et bavarda d'un ton alerte avec quantité de ses relations – s'excusant de ses récentes absences et parlant incidemment de la dépression nerveuse et de l'hystérie d'une invitée de Boston. On n'avait jamais vu l'invitée, mais la présence d'Asenath coupa court à tout. Puis quelqu'un compliqua les choses en murmurant qu'une fois ou deux les sanglots venaient d'une voix d'homme.

Un soir de la mi-octobre, j'entendis la sonnerie familière, trois coups puis deux, à la porte d'entrée. Ayant répondu moi-même, je trouvai Edward sur le seuil et me rendis compte immédiatement que sa personnalité était l'ancienne, celle que je n'avais pas rencontrée depuis le jour de son délire pendant le terrible retour de Chesuncook. Son visage était animé d'émotions contradictoires parmi lesquelles la crainte et le triomphe semblaient se partager l'empire, et il jeta un regard furtif par-dessus son épaule quand je refermai la porte derrière lui.

Me suivant d'un pas indécis dans le bureau, il me demanda du whisky pour se calmer les nerfs. Je me gardai de le questionner, attendant qu'il fût disposé à aborder ce qu'il voulait dire. Il se décida enfin à s'expliquer d'une voix étouffée.

« Asenath est partie, Dan. Nous avons eu hier soir une longue conversation, en l'absence des domestiques, et je lui ai fait promettre de ne plus s'attaquer à moi. Naturellement, j'avais certaines… certaines défenses occultes dont je ne t'ai jamais parlé. Elle a été obligée de céder, mais elle était folle de rage. Elle a plié bagage direction New York – filé juste à temps pour attraper le train de Boston à 8 h 20. Je suppose que les gens vont bavarder, mais je n'y peux rien. Inutile de raconter qu'il y a eu dispute, dis simplement qu'elle est partie pour un long voyage d'étude.

« Elle va probablement s'installer avec un de ses horribles groupes de fanatiques. J'espère qu'elle ira au diable et que j'obtiendrai le divorce – en tout cas, je lui ai fait promettre de garder ses distances et de me laisser tranquille. C'était atroce, Dan : elle me volait mon corps, m'en chassait, me gardait prisonnier. Je me soumettais, feignant de la laisser faire, mais il fallait rester sur mes gardes. Je réussissais à m'organiser à condition de faire attention, car elle ne pouvait pas lire entièrement le détail de mes pensées. Tout ce qu'elle déchiffrait de mes projets, c'était une sorte d'humeur rebelle – et elle m'a toujours cru désarmé. Jamais cru capable de triompher d'elle… mais je connaissais une ou deux formules qui ont agi. »

Derby regarda par-dessus son épaule et reprit un peu de whisky.

« J'ai congédié ces maudits domestiques, ce matin, quand ils sont revenus. Ils ont menacé et posé des questions, mais ils sont partis. Ils sont de son espèce – des gens d'Innsmouth – et ont toujours été avec elle comme cul et chemise. J'espère qu'ils me laisseront tranquille. Je n'ai pas aimé le rire qu'ils ont eu en partant. Il faut que je retrouve autant que possible les vieux serviteurs de papa. Je vais retourner chez moi à présent.

« Tu dois me croire fou, Dan, mais l'histoire d'Arkham devrait te rappeler des choses qui confirment ce que je t'ai dit – et ce que je vais te dire. Tu as assisté aussi à l'une de ces métamorphoses dans ta voiture, après que je t'ai parlé d'Asenath, ce jour-là, au retour du Maine. Au moment où elle m'a pris – chassé de mon corps. La dernière chose que je me rappelle de ce voyage, c'est que j'essayais de t'expliquer ce qu'est ce démon femelle. Alors elle m'a pris et en un clin d'œil je me suis retrouvé à la maison – dans la bibliothèque où ces maudits domestiques m'avaient enfermé à clé – et, dans le corps de cette diablesse… qui n'est même pas humaine… Tu sais, c'est sûrement elle que tu as dû ramener… ce loup dévorant dans mon corps… Tu as dû sentir la différence ! »

Je frissonnai quand il se tut. Certes, j'avais senti la différence – mais pouvais-je accepter une explication aussi insensée ? Cependant, mon visiteur, égaré, délirait encore davantage.

« Il fallait que je me délivre, il le fallait, Dan ! Elle m'aurait eu pour de bon à la Toussaint – ils font un sabbat là-bas, au-delà de Chesuncook, et le sacrifice aurait confirmé la chose. Elle m'aurait eu pour de bon... Elle aurait été moi, et j'aurais été elle... pour toujours... trop tard... Mon corps serait devenu le sien pour de bon... Elle aurait été un homme, et pleinement humaine comme elle le voulait... Je suppose qu'elle se serait débarrassée de moi – en tuant son ancien corps, avec moi dedans, que le diable l'emporte, exactement comme elle l'avait déjà fait... exactement comme elle, il ou ça l'avait déjà fait... »

Le visage d'Edward était affreusement convulsé, et il le pencha exagérément près du mien tandis que sa voix devenait un murmure.

« Il faut que tu saches ce que je voulais dire dans la voiture : qu'elle n'est pas du tout Asenath, mais réellement le vieil Ephraïm lui-même. Je m'en doutais il y a un an et demi, et je le sais maintenant. Son écriture le prouve quand elle ne se surveille pas – elle griffonne parfois une note d'une écriture semblable à celle des manuscrits de son père, trait pour trait – et parfois elle dit des choses que seul pourrait dire un vieil homme comme Ephraïm. Il a changé de forme avec elle quand il a senti venir la mort – il n'avait trouvé qu'elle dont le cerveau lui convînt, avec une volonté assez faible –, il s'est emparé de son corps pour toujours comme elle voulait le faire du mien, puis a empoisonné le vieux corps dans lequel il l'avait mise. N'as-tu pas vu cent fois l'âme du vieil Ephraïm flamboyer dans les yeux de cette diablesse... et dans les miens quand elle maîtrise mon corps ? »

Le murmure s'était fait haletant, et il s'arrêta pour respirer. Je ne répondis pas, et quand il reprit la parole, sa voix était plus normale. Voilà, me dis-je, un cas pour l'asile, mais ce n'est pas moi qui l'y enverrai. Maintenant qu'il est libéré d'Asenath, le temps fera peut-être son œuvre. Je sentais qu'il ne voudrait jamais plus se mêler d'occultisme morbide.

« Je t'en dirai davantage plus tard – à présent j'ai besoin d'un long repos. Je te parlerai des horreurs interdites qu'elle m'a fait pénétrer – des horreurs séculaires qui suppurent encore aujourd'hui dans des coins perdus, entretenues par quelques prêtres monstrueux. Il y a des gens qui savent sur l'univers des secrets que nul ne devrait connaître, et qui sont capables de choses que nul ne devrait pouvoir faire. J'y étais plongé jusqu'au cou, mais c'est fini. À présent, je brûlerais ce maudit Necronomicon et tout le reste si j'étais bibliothécaire à Miskatonic.

« Mais elle n'a plus prise sur moi. Il faut que je quitte le plus tôt possible cette maison détestable, et que je me retrouve chez moi. Tu pourras m'aider, je le sais, si j'en ai besoin. Ces domestiques diaboliques, tu comprends… et si les gens posaient trop de questions à propos d'Asenath. Je ne peux pas leur donner son adresse… Et puis, certains groupes de chercheurs – certains cultes, tu vois – risqueraient de se méprendre sur notre rupture… Quelques-uns ont des idées et des méthodes rudement bizarres. Je sais que tu ne m'abandonneras pas s'il arrive quelque chose – même si je dois t'apprendre bien des choses qui te choqueront. »

J'invitai Edward à rester coucher cette nuit-là dans une des chambres d'amis, et le matin il paraissait plus calme. Nous envisageâmes diverses possibilités pour préparer son retour dans la demeure des Derby, et j'espérais qu'il le ferait sans tarder. Il ne vint pas le lendemain soir, mais je le vis souvent au cours des semaines suivantes. Nous parlions le moins possible de sujets bizarres et déplaisants, mais plutôt de la remise à neuf de la maison Derby, et des voyages qu'Edward promettait de faire avec mon fils et moi l'été suivant.

D'Asenath, il ne fut presque pas question, car je sentais qu'il y avait là un problème particulièrement inquiétant. Les commérages, bien sûr, ne manquaient pas, mais ce n'était pas une nouveauté avec le singulier ménage de la vieille maison Crowninshield. Ce qui me déplut, c'est ce que laissa entendre le banquier des Derby, fâcheusement en veine de confidences, au Club Miskatonic – à propos de chèques qu'Edward envoyait régulièrement à des nommés Moses et Abigail Sargent et à une certaine Eunice Babson, à Innsmouth. Cela voulait dire que ces domestiques au visage répugnant lui extorquaient une sorte de tribut – et pourtant il ne m'en avait pas parlé.

Je souhaitais que vienne l'été – et les vacances de mon fils à Harvard – pour que nous emmenions Edward en Europe. Je m'aperçus bientôt qu'il ne se remettait pas aussi vite que je l'avais espéré ; il y avait quelque chose d'un peu hystérique dans ses rares accès de gaieté, alors que ses crises de peur et de dépression devenaient de plus en plus fréquentes. Bien que la vieille maison des

Derby fût prête en décembre, il retardait sans cesse le déménagement. Ce domaine de Crowninshield, qu'il haïssait et semblait craindre, il n'en était pas moins curieusement esclave. Il ne pouvait se décider à le dépouiller, et inventait toutes sortes d'excuses pour reculer l'exécution. Quand je le lui fis remarquer, il en parut inexplicablement terrifié. Le vieux maître d'hôtel de son père – qui était là avec d'autres anciens domestiques de la famille – me dit un jour sa surprise et son inquiétude de voir parfois Edward rôder dans toute la maison et particulièrement à la cave. Je me demandai si Asenath avait écrit des lettres alarmantes, mais le maître d'hôtel m'assura qu'aucun courrier n'était arrivé venant d'elle.

6

C'est aux environs de Noël que Derby s'effondra un soir qu'il était chez moi. J'orientais la conversation vers les voyages de l'été suivant quand soudain il poussa un cri et bondit de son siège avec un air de bouleversant et incontrôlable effroi – une terreur cosmique et une répugnance telles que seuls les gouffres infernaux du cauchemar peuvent en inspirer à un esprit sensé.

« Mon cerveau ! Mon cerveau ! Mon Dieu, Dan – ça tire – de là-bas – ça cogne – ça griffe – cette diablesse – même maintenant – Ephraïm – Kamog ! Kamog ! – la fosse aux shoggoths – Iê ! Shub-Niggurath ! Le Bouc aux Mille Chevreaux !...

« La flamme – la flamme... au-delà du corps, au-delà de la vie... dans la terre... Ô mon Dieu !... »

Je le ramenai à son fauteuil et lui versai un peu de vin dans la gorge tandis que sa frénésie sombrait dans une morne apathie. Il ne résista pas mais continua à remuer les lèvres comme s'il parlait tout seul. Je me rendis bientôt compte qu'il essayait de me dire quelque chose et je tendis l'oreille vers sa bouche pour saisir ses faibles paroles.

« ... toujours, toujours... elle essaie... J'aurais dû m'en douter... Rien ne peut arrêter cette force ; ni la distance, ni la magie, ni la mort... Ça vient, ça vient, surtout la nuit... Je ne peux pas partir... C'est horrible... Ô mon Dieu, Dan, si tu savais seulement comme moi à quel point c'est horrible... »

Quand il s'affaissa, hébété, je l'installai sur des oreillers et le laissai s'abandonner à un sommeil normal. Je n'appelai pas de médecin, car je savais ce qu'on dirait de sa santé mentale, et je voulais, si possible, donner encore une chance à la nature. Il s'éveilla à minuit, et je le menai coucher au premier étage, mais le matin il était parti. Il avait quitté silencieusement la maison – et son maître d'hôtel, que j'appelai au téléphone, me dit qu'il était chez lui, arpentant fébrilement la bibliothèque.

Dès lors, la personnalité d'Edward se désintégra rapidement. Il ne venait plus chez moi mais j'allais le voir chaque jour. Il était toujours assis dans sa bibliothèque, les yeux dans le vide, avec une attitude bizarre d'écoute. Il parlait quelquefois raisonnablement, mais toujours de choses banales. Toute allusion à son état, à des projets d'avenir ou à Asenath le jetait dans la frénésie. Son maître d'hôtel disait qu'il avait la nuit des crises effrayantes et qu'alors il pourrait se blesser.

J'eus un long entretien avec son médecin, son banquier et son notaire, et finalement je le fis examiner par le docteur et deux spécialistes de ses collègues. Il fut pris dès les premières questions de spasmes violents et navrants – si bien que le soir même une voiture fermée emmena à la maison de santé d'Arkham son pauvre corps convulsé. Je devins son tuteur et lui rendis visite deux fois par semaine – les larmes aux yeux en entendant ses cris farouches, ses murmures terrifiés, et la répétition atroce, incessante, des mêmes phrases : « Il fallait que je le fasse – il fallait que je le fasse... Il m'aura ce monstre... Il m'aura... en bas... en bas dans les ténèbres... Mère, mère ! Dan ! Sauve-moi... sauve-moi... »

Y avait-il un espoir de guérison, nul ne pouvait le dire ; mais je m'efforçai d'être optimiste. Edward devait avoir un foyer s'il s'en tirait, je transférai donc son personnel dans la demeure des Derby, qu'il choisirait certainement lorsqu'il aurait retrouvé la raison. Quant au domaine de Crowninshield, avec ses aménagements compliqués et ses collections d'objets absolument inexplicables, je ne savais qu'en faire, et le laissai momentanément en l'état – en priant la femme de chambre des Derby d'aller y faire le ménage des pièces principales une fois par semaine, et le préposé au chauffage d'y faire du feu ce jour-là.

Le cauchemar final survint avant la Chandeleur – précédé, cruelle ironie, par un faux rayon d'espoir. Un matin de la fin janvier, on me téléphona de la maison de santé qu'Edward avait subitement retrouvé la raison. Le fil de sa mémoire, disait-on, était gravement altéré ; mais la santé mentale elle-même était certaine. Il devrait naturellement rester quelque temps en observation, mais on ne pouvait guère douter du résultat. Si tout allait bien, il serait sûrement libre au bout d'une semaine.

Je partis en toute hâte, débordant de joie, mais je restai confondu quand une infirmière m'introduisit dans la chambre d'Edward. Le malade se leva pour m'accueillir, me tendit la main avec un sourire poli ; mais je m'aperçus immédiatement qu'il était possédé de cette personnalité curieusement dynamisée qui semblait si étrangère à sa vraie nature – la personnalité efficace dont j'avais ressenti confusément l'horreur, et dont Edward affirmait qu'elle était l'âme envahissante de sa femme. C'étaient le même regard flamboyant – celui d'Asenath et du vieil Ephraïm –, les mêmes lèvres serrées ; et quand il parlait, je percevais dans sa voix la même ironie méchante et pénétrante – la profonde ironie si évocatrice du mal en puissance. C'était la personne qui conduisait ma voiture dans la nuit cinq mois plus tôt – celle que je n'avais pas revue depuis la brève apparition où le visiteur avait oublié la sonnerie codée d'autrefois et suscité en moi ces confuses terreurs – et il m'inspirait à présent le même sentiment obscur d'étrangeté impie et d'indicible hideur cosmique.

Il me parla de bonne grâce des dispositions prévues pour sa sortie – et je ne pus qu'acquiescer, en dépit de certaines lacunes frappantes dans ses souvenirs récents. Je pressentais je ne sais quoi de terrible, d'inexplicablement faux et anormal. Il y avait là des horreurs qui m'échappaient. Cette personne était sensée, mais était-ce bien l'Edward Derby que j'avais connu ? Sinon, c'était qui, ou quoi – et où était Edward ? Fallait-il libérer celui-là ou l'enfermer… ou devait-on l'éliminer de la surface du globe ? Il y avait dans tout ce que disait cette créature une nuance d'atroce sarcasme – le regard, tel celui d'Asenath, conférait une note de dérision particulière, déconcertante à certains mots concernant « la proche liberté obtenue grâce à une réclusion particulièrement étroite ». Je dus me conduire comme un lourdaud et je fus heureux de me retirer.

Toute la journée et le lendemain, je me torturai l'esprit avec ce problème. Que s'était-il passé ? Quelle sorte d'intelligence observait par ces yeux étrangers dans le visage d'Edward ? Je n'avais rien en tête que cette énigme obscurément effrayante, et renonçai à tout effort pour accomplir mon travail habituel. Le matin du second jour, l'hôpital téléphona pour dire que le malade rétabli était dans le même état, et vers le soir je faillis avoir une crise de nerfs – ce que, j'en conviens, d'autres pourront considérer comme une explication de ma vision ultérieure. Je n'ai rien à dire sur ce point si ce n'est qu'aucune folie de ma part ne saurait suffire à expliquer tous les faits.

7

Ce fut dans la nuit – après cette seconde soirée – que l'horreur suprême, absolue, fondit sur moi, accablant mon esprit d'une panique intense et poignante dont il ne pourra jamais se délivrer. Cela commença par un appel téléphonique juste avant minuit. J'étais le seul debout et, un peu somnolent, je pris la communication en bas dans la bibliothèque. Il n'y avait, apparemment, personne sur la ligne et j'allais raccrocher avant de monter me coucher quand il me sembla percevoir un faible son à l'autre bout du fil. Était-ce l'effort de quelqu'un qui avait de gros problèmes d'élocution ? Prêtant l'oreille, j'entendis comme un bruit de bulles semi-liquide : « glub... glub... glub », qui rappelait curieusement un mot inarticulé, incompréhensible, et des syllabes séparées. Je demandai : « Qui est à l'appareil ? » mais la seule réponse fut « glub-glub... glub-glub ». Je ne pouvais que supposer un bruit mécanique ; mais pensant qu'il s'agissait d'un appareil en dérangement qui pouvait peut-être recevoir mais non émettre, j'ajoutai : « Je ne vous entends pas. Il vaut mieux raccrocher et demander les renseignements. » J'entendis immédiatement raccrocher à l'autre bout du fil.

C'était, dis-je, juste avant minuit. Quand par la suite on localisa l'appel, on découvrit qu'il venait de la vieille maison Crowninshield ; pourtant il s'était bien passé la moitié d'une semaine depuis le jour où la femme de chambre y avait travaillé. J'évoquerai seulement ce que l'on trouva dans cette maison : une réserve tout au fond de la cave mise sens dessus dessous, des traces de pas, de la saleté, la garde-robe hâtivement pillée, des empreintes déconcertantes sur le téléphone, la papeterie et le bureau bizarrement utilisés, et une détestable puanteur qui imprégnait tout. Les pauvres imbéciles de la police, fiers de leurs petites théories, sont toujours à la recherche de ces sinistres domestiques congédiés – qui ont disparu de la circulation au milieu du scandale actuel. Ils parlent d'une vengeance macabre pour ce qui s'est passé et prétendent que j'y étais visé parce que j'étais le meilleur ami et le conseiller d'Edward.

Crétins ! S'imaginent-ils que ces singes incultes auraient pu contrefaire cette écriture ? S'imaginent-ils donc qu'ils ont pu amener ce qui est arrivé ensuite ? Sont-ils aveugles aux changements dans ce corps qui était celui d'Edward ? Quant à moi, je crois maintenant tout ce que m'a dit Edward Derby. Il y a des horreurs, aux frontières de la vie, que nous ne soupçonnons pas, et de temps à autre, la funeste curiosité d'un homme les met à portée de nous nuire. Ephraïm – Asenath – les a appelées et elles ont englouti Edward comme elles menacent de m'engloutir.

Puis-je être sûr d'être hors de danger ? Ces puissances survivent à la mort du corps matériel. Le lendemain – dans l'après-midi, quand, sorti de mon accablement, je fus capable de marcher et de parler de façon suivie – je suis allé à l'asile et je l'ai tué pour le bien d'Edward et du monde, mais puis-je avoir quelque certitude tant qu'il n'est pas incinéré ? Ils gardent le corps pour de ridicules autopsies par différents médecins – mais je soutiens qu'il doit être incinéré. Il faut incinérer celui qui n'était pas Edward Derby quand j'ai tiré sur lui. Sinon je deviendrai fou, car je peux être le suivant. Mais ma volonté n'est pas sans défense – et je ne la laisserai pas miner par les terreurs qui, je le sais, bouillonnent autour d'elle. Une seule vie – Ephraïm, Asenath, Edward – qui maintenant ? Je ne veux pas être chassé de mon corps... Je ne veux pas changer d'âme avec cette dépouille trouée de balles à l'asile !

Mais je vais essayer de raconter de façon cohérente l'ultime horreur. Je n'insisterai pas sur ce que la police passa obstinément sous silence – les récits à propos d'une créature rabougrie, grotesque et malodorante que rencontrèrent au moins trois passants dans High Street peu avant deux heures du matin, et la nature des empreintes de pas isolées à certains endroits. Je dirai seulement qu'il allait être deux heures quand je fus réveillé par la sonnette et le heurtoir de l'entrée – sonnette et heurtoir maniés tous deux alternativement et maladroitement en une sorte de désespoir sans force, chacun essayant de respecter le vieux code d'Edward des trois coups puis deux.

Tiré d'un sommeil profond, mon esprit se trouva jeté dans le trouble. Derby à ma porte – et se rappelant le vieux code ! Cette nouvelle personnalité ne s'en était pas souvenue... Edward était-il brusquement revenu à son état normal ? Pourquoi venait-il avec cette évidente insistance et cette hâte ? L'avait-on libéré plus tôt que prévu, ou s'était-il échappé ? Peut-être, me dis-je en enfilant une robe de chambre et en dévalant l'escalier, le retour à son propre moi a-t-il déchaîné délire et violence, remettant en question sa sortie et le poussant en un élan désespéré vers la liberté. Quoi qu'il en soit, il était redevenu mon cher vieil Edward, et j'allais l'aider !

Lorsque j'ouvris la porte sur l'obscurité de la voûte d'ormes, une bouffée de vent insupportablement fétide faillit me faire tomber à la renverse. Pris d'une violente nausée, j'eus d'abord du mal à distinguer sur les marches la silhouette naine et voûtée. L'appel était d'Edward, mais quelle était cette infecte et misérable caricature ? Où Edward avait-il si vite disparu ? Il sonnait encore une seconde avant que la porte ne s'ouvre.

Le visiteur portait un des manteaux d'Edward – dont le bas touchait presque terre, et les manches, pourtant retroussées, couvraient les mains. Il avait sur la tête un chapeau mou rabattu sur les yeux, tandis qu'un foulard de soie noire dissimulait le visage. Comme j'avançais vers lui d'un pas assuré, il émit un son semi-liquide comme j'en avais entendu au téléphone : « glub... glub... » et me tendit une grande feuille de papier, couverte d'une écriture serrée, et piquée au bout d'un long crayon. Entêté par la mortelle et inexplicable puanteur, je saisis ce papier et tentai de le lire à la lumière de l'entrée.

À n'en pas douter, il était de la main d'Edward. Mais pourquoi avait-il écrit alors qu'il était assez près pour sonner – et pourquoi cette écriture si maladroite, grossière et tremblante ? Je ne pus rien déchiffrer dans la pénombre incertaine, et comme je reculais quelque peu à l'intérieur du vestibule, l'espèce de nain suivit d'un pas lourd mais en s'arrêtant au seuil de la maison. L'odeur du singulier messager était vraiment effroyable, et j'espérai (ce me fut épargné, Dieu merci !) que ma femme n'allait pas se réveiller et devoir l'affronter.

Puis, tandis que je lisais la lettre, je sentis mes genoux se dérober sous moi et tout devint noir. Quand je revins à moi, j'étais étendu sur le sol, tenant toujours le maudit papier dans ma main paralysée de terreur. Voici ce qu'il disait :

« Dan, va à la maison de santé et tue ce monstre. Détruis-le. Ce n'est plus Edward Derby. Elle m'a eu – c'est Asenath – et elle est morte depuis trois mois et demi. Je mentais quand j'ai dit qu'elle était partie. Je l'ai tuée. Il le fallait. C'est arrivé tout d'un coup, mais nous étions seuls et j'étais dans mon vrai corps. J'ai avisé un chandelier et je lui ai fracassé la tête avec. Elle m'aurait eu pour de bon à la Toussaint.

« Je l'ai enterrée dans la dernière réserve au fond de la cave, sous de vieilles caisses, et j'ai fait disparaître toutes les traces. Les domestiques se sont doutés de quelque chose le lendemain matin, mais ils détiennent de tels secrets qu'ils n'ont rien osé dire à la police. Je les ai congédiés, mais Dieu sait ce qu'ils feront – eux et les autres fanatiques.

« Pendant quelque temps, j'ai cru que tout irait bien, puis j'ai senti ce tiraillement au cerveau. Je savais ce que c'était – j'aurais dû m'en souvenir. Une âme comme la sienne – ou celle d'Ephraïm – n'est qu'à demi détachée, et continue à vivre après la mort tant que dure le corps. Elle s'emparait de moi – me faisait changer de corps avec elle –, capturant mon corps et m'enfermant dans son cadavre à elle, enterré à la cave.

« Je savais ce qui allait se passer – c'est pourquoi j'ai craqué et il a fallu me mettre à l'asile. Alors c'est arrivé : je me suis retrouvé étouffant dans le noir – dans la carcasse pourrissante d'Asenath, en bas à la cave, sous les caisses, où je l'avais mise. Et je savais qu'à la maison de santé, elle devait être dans mon corps – pour toujours, car la Toussaint était passée, et le sacrifice opérait même en son absence –, avec toute sa raison, et prête à être relâchée, telle une menace sur le monde. Poussé par la force du désespoir, j'ai réussi en dépit de tout à me sortir de là.

« Je suis trop près de la fin pour pouvoir parler – j'ai été incapable de téléphoner – mais je peux encore écrire. Je m'arrangerai d'une manière ou d'une autre pour te porter ce dernier message, ultime mise en garde. Tue ce démon, si tu tiens à la paix et au bien-être du monde. Veille à ce qu'il soit incinéré. Sinon il revivra sans fin, passant à jamais d'un corps à un autre, et je ne saurais te dire ce qu'il fera. Garde-toi de la magie noire, Dan, c'est l'affaire du diable. Adieu – tu as été un véritable ami. Raconte aux policiers ce qu'ils voudront bien croire – et je suis terriblement désolé de te mettre tout cela sur les bras. Je serai bientôt en paix – car cette loque ne tiendra pas longtemps. J'espère que tu pourras me lire. Et tue ce monstre – tue-le.

« À toi – ED. »

Je ne lus que plus tard la dernière partie de cette lettre, car je m'étais évanoui à la fin du troisième paragraphe. Je m'évanouis de nouveau quand je vis et sentis la masse informe étalée sur le seuil où l'air chaud l'avait atteinte. Il n'y aurait plus jamais pour le messager ni mouvement ni conscience.

Le maître d'hôtel, plus endurci que moi, ne s'évanouit pas en voyant le matin ce qui l'attendait dans le hall. Mais il téléphona à la police. Quand elle arriva, on m'avait porté en haut sur mon lit, mais le... reste était toujours là où il s'était effondré dans la nuit. Les hommes se bouchèrent le nez avec leurs mouchoirs.

Ce qu'ils découvrirent finalement à l'intérieur des vêtements disparates d'Edward, ce fut une horreur quasi déliquescente. Il y avait aussi des ossements – et un crâne défoncé. Des analyses dentaires permirent d'identifier formellement ce crâne comme celui d'Asenath.

L'INDICIBLE

The Unnamable, 1923

Nous étions assis sur une pierre tombale abandonnée, vieille de trois siècles, par une fin d'après-midi d'automne, dans le vieux cimetière d'Arkham, et l'indicible occupait nos pensées. Les yeux fixés sur le saule géant de ce territoire réservé aux morts, dont les puissantes racines, puis le tronc, avaient presque englouti une dalle indéchiffrable, je m'étais permis une remarque bien personnelle sur les sucs fétides autant que subtils que l'inexorable réseau nourricier de l'arbre devait distiller de la terre séculaire de cet ossuaire ; mon ami s'était moqué de ce qu'il avait appelé des enfantillages et m'avait répondu que puisque aucun ensevelissement n'avait eu lieu en cet endroit depuis plus d'un siècle, la terre ne pouvait rien receler que de parfaitement normal. De plus, avait-il ajouté, ma préoccupation constante de ce que j'appelais les choses « innommables » et « indicibles » trahissait en moi un esprit fort puéril, non sans rapport avec ma réussite plus que relative dans le métier d'écrivain que je m'étais choisi. J'aimais trop terminer mes histoires sur des spectacles ou des bruits qui paralysaient les facultés de mes héros, et leur enlevaient toujours le courage, les moyens ou la force de raconter ce par quoi ils étaient passés. Nous ne connaissons les choses, avait-il dit, que par l'intermédiaire de nos cinq sens ou de nos intuitions religieuses et, par conséquent, il est impossible de parler sérieusement d'un objet ou d'un spectacle que ne peuvent expliquer clairement les définitions solides qu'offrent les faits aussi bien que les doctrines admises des théologies – de préférence du reste la théologie congrégationaliste, tout en acceptant les transformations, les adaptations imposées par la tradition ou par sir Arthur Conan Doyle.

J'avais souvent partagé de longues heures pâles avec cet ami, Joel Manton, en discussions interminables. Docteur de l'East High School, né à Boston, élevé dans cette ville, il en partageait l'indifférence caractéristique et satisfaite de toute la Nouvelle-Angleterre à l'égard des harmoniques les plus délicats du monde sensible. Selon lui, et c'était le point de vue qu'il défendait, seules nos expériences normales et objectives ont une signification esthétique, et le rôle de l'artiste est moins de susciter des émotions fortes à l'aide de l'action, de l'extase ou de la stupeur que d'entretenir un intérêt calme et permanent, un jugement sain chez le lecteur à l'aide de transcriptions exactes et détaillées de la vie quotidienne. Il s'élevait tout particulièrement contre mon souci du mystique et de l'inexpliqué. Car, quoique croyant bien plus que moi, à un certain point de vue, au surnaturel, il refusait de le tenir suffisamment ordinaire et fréquent pour avoir le droit d'intéresser le travail littéraire. Qu'un esprit pût trouver ses joies les plus hautes dans des échappées originales, aux antipodes de la routine de tous les jours, et dans des combinaisons aussi frappantes que neuves de ces images que l'habitude et la lassitude, à force de les faire repasser dans le sillon ébréché et usé de la normale, ont dépouillées de tout élément vivant, voilà qui était impensable pour cet esprit clair, pratique et éminemment logique. Pour lui, toute chose, tout sentiment avait des dimensions, des propriétés, des causes et des effets bien déterminés ; et quoiqu'il eût vaguement conscience du fait que l'esprit parfois nourrit des visions et des sensations d'une nature beaucoup moins géométrique, classifiable et utilisable, il se croyait justifié à tracer une frontière arbitraire, et à tenir pour quantité négligeable tout ce qui ne peut être vécu et pleinement compris par l'homme de la rue. De plus, il était pratiquement certain que rien ne pouvait être vraiment « indicible ». Cela ne lui paraissait pas sérieux.

Quoique parfaitement conscient de la futilité d'une discussion sur l'imaginaire ou la métaphysique en face du solide bon sens d'un citoyen normal de nos contrées, quelque chose dans ce décor et dans le moment fit naître en moi une humeur querelleuse plus marquée qu'à l'ordinaire. Ces dalles d'ardoise à moitié délitées, ces arbres patriarcaux, les toits en croupe de la vieille cité, autrefois familière aux sorcières, qui s'étendait autour de moi, tout cela se combina pour me pousser à entreprendre la défense de mon travail. Même, je ne tardai guère à lancer mes troupes en territoire ennemi. En vérité, la contre-attaque n'était pas bien difficile, car je savais que Joel Manton, en fait, se souvenait plus qu'à moitié de mille superstitions de vieilles femmes que toutes les personnes sophistiquées ont oubliées depuis longtemps. Croyance, par exemple, que des agonisants peuvent apparaître subitement de l'autre côté du monde, ou que des têtes d'autrefois peuvent laisser leur marque sur les vitres à travers lesquelles elles ont regardé pendant toute leur vie. Accorder foi à ces rumeurs dignes de la campagne, insistai-je, attestait sa foi en l'existence de substances fantomatiques sur la terre, différentes de leurs contreparties matérielles bien que liées à elles. Ce qui supposait le droit de croire en des phénomènes inexplicables par les concepts courants ; car si un homme mort peut transmettre son image tangible et visible de l'autre côté du monde, ou lui faire enjamber le cours des siècles, comment serait-il absurde d'imaginer que des demeures abandonnées peuvent être peuplées de choses bizarres mais sensibles ou que les vieux cimetières bruissent de l'intelligence terrible et désincarnée des générations disparues ? Et comme l'esprit, pour pouvoir provoquer toutes les manifestations qui lui sont attribuées, ne peut se plier aux lois qui régissent la matière, pourquoi serait-il grotesque d'imaginer des choses mortes douées d'une vie psychique et possédant des formes ou des absences de forme qui seraient pour les humains ordinaires foncièrement, terriblement innommables ? Le « bon sens », opposé à ces notions, déclarai-je à mon ami non sans quelque chaleur, n'est qu'une méprisable et pitoyable absence d'imagination et de souplesse mentale.

    Le crépuscule maintenant avait étendu sur nous son manteau d'ombre, mais ni Joel ni moi n'éprouvions le besoin ou l'envie d'arrêter là cette discussion. Manton paraissait toujours aussi insensible à ce que je lui disais, et plus que disposé à me réfuter, animé comme il l'était par cette confiance en sa propre opinion, responsable, en grande partie, de sa réussite dans sa carrière d'enseignant. Et moi, de mon côté, j'étais trop certain de ce que j'avançais pour craindre la défaite. L'obscurité s'approfondissant, les lumières commencèrent à scintiller derrière quelques-unes des fenêtres au loin, mais nous ne bougions pas. Nous étions, soit dit en passant, fort bien assis sur notre tombe, et je savais que mon ami, prosaïque comme il l'était, ne s'inquiéterait pas de la profonde fissure ménagée dans l'antique assemblage de brique, pétri par les racines, qui se trouvait juste derrière nous, non plus que de la dense obscurité que valait à l'endroit la proximité d'une bâtisse du XVIIe siècle, branlante et déserte, dressée entre nous et la rue éclairée la plus proche. Donc, dans la nuit, près de cette fosse à demi ouverte, et de cette maison sans occupant, nous parlâmes de l'« indicible ». Et lorsque mon ami eut fini, en riant, de réfuter mes arguments, je lui dévoilai les preuves incroyables sur lesquelles j'avais bâti la nouvelle qui avait à ce point excité son hilarité.

Ce récit, je l'avais appelé « La Fenêtre d'en haut », et il avait paru dans le numéro de janvier 1922 de Whispers. En nombre d'endroits, et surtout dans le Sud et près de la côte Pacifique, on avait dû retirer des stands les exemplaires de cette publication, à la suite de plaintes pusillanimes, mais malheureusement nombreuses. En Nouvelle-Angleterre, on ne s'était pas laissé impressionner ; on s'était contenté de hausser les épaules devant ce qu'on avait appelé mes « extravagances ». Tout d'abord, avait-on dit, la chose était biologiquement impossible ; ce n'était qu'un de ces contes de vieilles femmes qu'on se chuchote dans les campagnes et que Cotton Mather avait été assez crédule pour inclure dans ses Magnalia Christi Americana, ouvrage grotesque d'ailleurs ; du reste, les preuves étayant ce récit étaient si faibles et si douteuses que même Mather n'avait pas osé désigner clairement la localité où était censée s'être passée cette histoire à donner le frisson. Quant à la suite que j'avais donnée à ce récit, elle était parfaitement invraisemblable ; elle trahissait tout simplement l'écrivaillon travaillé par une imagination surchauffée et hanté par la spéculation systématique. Mather avait seulement dit que cette chose était née, mais il fallait vraiment n'être qu'un méprisable amateur de sensationnel pour avoir songé à la faire grandir et regarder, la nuit, par les fenêtres des gens, et se cacher dans la mansarde d'une maison, en chair et en os, pour que finalement, des siècles plus tard, un être humain la distingue à une fenêtre, et soit par-dessus le marché incapable de décrire ce qui a fait soudain blanchir ses cheveux. Tout cela n'était que de la bouillie pour les chats, et mon ami Manton ne m'avait guère caché son avis. Mais je lui racontai ce que j'avais découvert dans un vieux journal intime tenu entre 1706 et 1723, retrouvé par moi dans des papiers de famille à moins d'un mile de l'endroit où nous étions assis en ce moment. Je lui dévoilai la réalité indiscutable des cicatrices qui marquaient la poitrine et le dos de mon ancêtre et que décrivait ce journal. Je lui parlai aussi des craintes qui s'étaient répandues à cette époque dans la région ; les générations se les étaient transmises et je lui parlai de la folie nullement mystique qui avait emporté le jeune homme qui, en 1793, avait pénétré dans une maison abandonnée pour y examiner les traces qu'il y soupçonnait.

Ç'avait été une affaire assez horrible – rien d'étonnant si l'« Âge puritain » du Massachusetts fait encore frissonner les étudiants sensibles. On connaît tellement mal ce qui se cachait alors derrière ces apparences – et le peu qu'on en connaît, c'est une purulence hideuse, putride, révélée à la faveur des aperçus vampiriques qui en sont parfois offerts. La terreur, plus que devinée derrière l'empire des sorcières, jette un jour horrible sur ce qui peut germer dans le cerveau torturé de l'homme ; mais cela n'est encore qu'un détail insignifiant. Il n'y avait pas de beauté alors ; il n'y avait pas de liberté – ce qui nous reste de l'architecture et des objets de la vie quotidienne en ce siècle en témoigne, ainsi que les sermons venimeux de ses prêtres hargneux. Nous savons que ce qui se cachait à l'intérieur de cette camisole d'acier rouillé, c'était hideur aphasique, perversion sans fin, et diabolisme vrai. Là vraiment se situa l'apothéose historique de l'innommable.

Cotton Mather, dans son anathème, au démoniaque tome sixième de ses œuvres que personne ne doit lire la nuit tombée, n'a pas mâché ses mots. Aussi inflexible qu'un prophète juif, plus ferme dans son laconisme que nul n'a pu l'être depuis son temps, il dénonce la Bête qui avait donné naissance à ce qui était plus qu'une bête et moins qu'un homme – la chose à l'œil douteux – et l'être pitoyable, hurlant et ivre qu'on avait pendu parce que lui aussi possédait cet œil incertain. Cela, il le dit sans détour, mais sans laisser toutefois deviner ce qui s'est passé par la suite. Peut-être qu'il n'en savait rien, mais peut-être aussi que, le sachant, il n'a rien osé en dire. Et d'autres l'ont su qui n'ont rien osé en dire – rien ne donne la raison de ces murmures tenaces, de ce verrou fermant la porte de l'escalier menant à la mansarde de cette demeure, demeure d'un vieillard sans enfant, brisé, amer, celui qui avait dressé une dalle d'ardoise vierge près d'un tombeau ; et pourtant, ce que l'on devinait derrière ces faits et légendes assez vagues suffisait à refroidir le sang le plus profond.

Tout se trouvait dans ce journal antique que j'ai découvert ; tous les sous-entendus furtifs, tous les comptes rendus secrets de choses à l'œil souillé aperçues derrière des fenêtres par les nuits sombres, ou dans les champs déserts près des bois. Ce quelque chose qui s'empara de mon ancêtre dans une sombre allée au creux d'un val, qui lui laissa des traces de cornes sur la poitrine et de griffes sur le dos. Et lorsqu'on examina les empreintes laissées par la chose dans la poussière remuée, on y découvrit les marques mélangées de sabots fourchus et de pattes vaguement anthropoïdes. Un jour, un messager du service postal relata qu'il avait vu un vieil homme qui pourchassait en criant une chose effrayante, boiteuse et sans nom sur Meadow Hill, aux heures vagues qui précèdent l'aube, et nombreux furent ceux qui le crurent. Aucun doute, on raconta des choses bien bizarres, par cette nuit solitaire de 1710, sur ce vieil homme sans enfant et brisé, lorsqu'on l'enterra dans la crypte, derrière sa propre maison, en face de la dalle d'ardoise sans inscription. On ne déverrouilla jamais la porte allant à la mansarde et on abandonna toute la maison comme elle était, vide et redoutée. Et par la suite, chaque fois qu'on entendait des bruits venant de cette maison, on se parlait tout bas, on tremblait, avec l'espoir que le verrou de l'escalier tiendrait bon. Puis cet espoir lui-même mourut lorsque l'horreur se manifesta au presbytère ; et il n'y eut alors aucune âme vivante qui n'en portât la marque, vivante ou morte. Petit à petit, au fur et à mesure que les années s'écoulaient, la légende pourtant prit les allures d'un conte de fées – j'imagine que la chose, à supposer qu'elle eût été vivante, était morte. Le souvenir qui longtemps traîna derrière elle fut atroce, et d'autant plus atroce qu'il était plus secret.

Pendant le cours de mon récit, mon ami s'était enfoncé dans un silence de plus en plus profond, et je vis que ce que je venais de lui raconter avait fait impression sur lui. Il ne rit pas lorsque je me tus, mais d'une voix assez sérieuse au contraire me pria de lui donner d'autres détails sur le jeune homme qui était devenu fou en 1793, et dont j'avais fait le héros de ma nouvelle. Je lui expliquai pourquoi ce jeune homme était allé voir cette maison que l'on évitait ; j'ajoutai qu'il n'y avait rien d'étonnant à ce qu'il s'y fût intéressé, puisque aussi bien il croyait que les vitres gardent la mémoire des personnes qui ont longtemps regardé à travers. Ce jeune homme était allé examiner les fenêtres de cette horrible mansarde parce qu'on lui avait dit que quelqu'un avait vu des choses derrière ; et il en était revenu hurlant et fou.

Manton, pendant que je parlais, resta silencieux, comme réfléchissant, mais petit à petit son tour d'esprit analytique reprit le dessus. Il dit, pour le plaisir de discuter, qu'il devait y avoir eu réellement quelque créature inconnue, mais il me rappela qu'il n'y a aucune raison pour que les plus morbides perversions de la nature soient innommables ou indescriptibles aux yeux de la science. Je le félicitai autant de sa clarté d'esprit que de son entêtement, mais lui fournis alors quelques révélations supplémentaires que j'avais glanées en allant voir de vieilles personnes. Ces légendes fantomatiques et plus tardives, lui dis-je clairement, faisaient allusion à des apparitions monstrueuses, plus effarantes que tout être organique. Des apparitions de formes bestiales et gigantesques, par moments visibles et en d'autres seulement tangibles, flottant dans l'air par les nuits sans lune, hantant la vieille maison, la crypte qui se trouvait derrière elle, et les alentours de ce tombeau abrité maintenant par un jeune arbre qui avait poussé à côté de la dalle illisible. Que l'être qui se trouvait à l'origine de ces apparitions eût jamais éventré ou étouffé une personne humaine, comme l'affirmaient des traditions invérifiables, il était difficile de le dire ; quoi qu'il en fût, il avait laissé derrière lui une impression puissante et permanente. Il faisait encore trembler les plus âgés des autochtones ; mais les générations plus récentes l'avaient pratiquement oublié – peut-être du reste que le souvenir s'en effaçait à force de n'être plus évoqué. D'un autre côté cependant, dans la mesure où l'on voulait juger l'affaire d'un point de vue esthétique, les émanations psychiques des humains pouvant être grotesques et caricaturales, quelle représentation logique pouvait rendre compte d'une nébulosité aussi informe et aussi infâme que le spectre d'une horreur pernicieuse et inorganique, à soi seul un blasphème putride à l'égard de la nature ? Conçue à partir du cerveau mort d'un cauchemar hybride, est-ce qu'une horreur aérienne de ce genre ne pouvait pas constituer, dans toute sa réalité haïssable, l'exquis, l'atroce « innommable » ?

Il devait être fort tard. Une chauve-souris étonnamment silencieuse me frôla, et je crois qu'elle passa tout près de Manton, car, quoiqu'il fût noyé dans l'obscurité, je le sentis lever le bras. Puis il prit la parole.

« Mais est-ce que la maison où se trouve cette fenêtre et cette mansarde, dit-il, existe toujours, abandonnée ?

– Oui, lui répondis-je. Je l'ai vue.

– Et est-ce que vous y avez trouvé quelque chose – dans la mansarde ou ailleurs ?

– Des ossements, sous le toit. C'est peut-être ce que ce jeune homme avait découvert. Il était si sensible qu'il ne lui en fallait pas plus pour devenir fou. Si ces ossements provenaient tous du même être, ce devait être une folle monstruosité. Ç'aurait été un crime que de laisser ces débris au jour ; je suis revenu plus tard dans cette maison avec un sac et les ai enfouis dans la tombe qui se trouve derrière la maison. Elle présentait une fissure assez large que j'ai utilisée. Ne vous imaginez pas que j'aie agi comme un gamin. Si vous aviez vu ce crâne – il avait des cornes longues de dix centimètres, et en même temps une mâchoire assez proche de la vôtre ou de la mienne. »

J'avais réussi. Enfin, je sentais Manton, qui s'était rapproché de moi, frissonner pour de bon. Mais sa curiosité était plus aiguillonnée que jamais.

« Et les vitres des fenêtres ?

– Il n'y en avait plus une seule. Une des fenêtres avait perdu son cadre, aucune des autres n'avait conservé la moindre trace de vitre ; vous savez, ces petits carreaux comme on en faisait autrefois, ces croisillons, avaient déjà disparu en 1700. À mon avis, il y avait plus d'un siècle que ces vitres avaient été brisées. C'était peut-être l'œuvre de ce jeune homme dont je vous ai parlé. À condition qu'il soit monté jusque-là. La légende ne le dit pas. »

Manton réfléchissait.

« J'aimerais bien voir cette maison, Carter. Où se trouve-t-elle ? Vitres ou pas vitres, j'aimerais bien la visiter un petit peu. Et aussi la tombe où vous avez caché ces ossements, et aussi cet autre tombeau qui ne porte pas d'inscription. Tout cela doit être quelque peu terrifiant.

– Vous les avez vus avant que la nuit tombe. »

Mon récit avait été plus efficace que je n'avais cru, car à ces paroles, à cet effet assez innocent, mon ami sauta en l'air, s'écartant brusquement de moi, et poussa une sorte de cri hoquetant qui traduisait parfaitement son état d'esprit. Ce fut un cri bizarre, et d'autant plus bizarre qu'on y répondit. En même temps que l'écho s'en apaisait, j'entendis comme un craquement dans l'obscurité dense, et compris tout de suite que c'était une fenêtre à croisillons qui s'ouvrait dans la vieille maison qui nous abritait de son ombre. Comme toutes les autres embrasures étaient depuis longtemps sans battants, je sus aussitôt que c'était la fenêtre démoniaque de la mansarde, la fenêtre sinistre et sans vitres qui venait de grincer.

Puis tomba sur nous un courant d'air glacé mais violent et délétère, provenant de cette même direction inquiétante, qui fut suivi d'un hurlement perçant poussé juste à côté de moi toujours assis sur cette tombe abandonnée et pernicieuse, où dormaient un homme et un monstre en un seul être. Une seconde plus tard, j'étais chassé de mon siège macabre par la poussée affolante d'une entité invisible mais d'une taille qui devait être gigantesque et d'une nature impossible à préciser ; oui, je fus balayé comme une feuille et je me retrouvai étalé sur le ventre, sur le terreau travaillé par la circulation silencieuse des racines d'arbres, dans ce cimetière inhumain, tandis que de la tombe elle-même s'élevait un vacarme sourd de respirations étranglées et tourbillonnantes, à un point tel que mon imagination peupla aussitôt l'obscurité pourtant impénétrable de légions dantesques de damnés informes et impensables. Il y eut comme un maelström d'un vent desséchant, glacé, puis comme un fracas de briques et de maçonnerie qu'on ébranlait ; mais heureusement j'avais perdu conscience avant d'être en état de me rendre compte de la signification de ces bruits.

Manton, quoique plus petit que moi, possède plus de résistance physique ; tous deux nous rouvrîmes les yeux presque au même moment, bien que ses blessures fussent beaucoup plus graves que les miennes. Nos lits se touchaient, et quelques secondes après avoir repris connaissance, nous savions que nous étions au Saint Mary's Hospital. Des médecins faisaient un demi-cercle autour de nous, animés d'une curiosité intense, avides de réveiller notre mémoire et tout prêts à nous raconter ce qui nous était arrivé. C'est ainsi que nous entendîmes parler de ce fermier qui nous avait trouvés tous les deux dans un champ isolé, de l'autre côté de Meadow Hill, à un mile du vieux cimetière, à l'endroit où s'était élevé autrefois, paraît-il, un abattoir. Manton avait sur la poitrine deux blessures fort vilaines, avec des coupures et des griffures moins profondes dans le dos. Quoique moins gravement, j'étais néanmoins couvert de marques et de contusions dont la nature était inexplicable. On y trouvait même l'empreinte d'un sabot fourchu. De toute évidence, Manton en savait plus long que moi, mais il ne dit absolument rien aux médecins stupéfaits et passionnés, tant qu'on ne lui eut pas dit au juste ce que nous avions. Alors il déclara que nous avions été chargés par un taureau vicieux ; mais comment aurions-nous pu préciser où l'animal se trouvait ?

Quoi qu'il en soit, quand les médecins et les infirmières nous eurent quittés, je lui soufflai cette question d'une voix blanche :

« Mais, Seigneur, Manton, qu'est-ce que c'était donc ? Ces cicatrices – est-ce que c'était ça ? »

Et j'étais trop épuisé pour sauter de joie lorsqu'il me répondit à mi-voix, ce qui ne m'étonna pas tellement :

« Non, cela n'avait aucun rapport. C'était partout – une sorte de gélatine – de gelée – et qui pourtant avait des formes – mille formes si horribles... dépassant toute description. Il y avait des yeux – et une souillure... C'était la fosse, c'était le maelström, c'était l'abomination ultime. Carter, c'était l'indicible !... »

CELUI QUI HANTAIT LES TÉNÈBRES

The Haunter of the Dark, 1935
Paru dans Weird Tales, décembre 1936

À Robert Bloch

J'ai vu le sombre univers béant

Où les noires planètes roulaient sans but,

Où elles tourbillonnaient, dans leur horreur inaperçues,

Sans connaissance, lustre ou nom.

Némésis

    Les enquêteurs circonspects hésiteront à contester l'opinion courante qui veut que Robert Blake ait été tué par la foudre ou par un choc nerveux dû à une décharge électrique. En vérité, la fenêtre devant laquelle il se trouvait était intacte, mais la nature est coutumière de ces caprices. L'expression de son visage a pu être causée par des contractions musculaires sans aucun rapport avec ce qu'il a vu. Les notes de son journal sont nettement le fruit d'une imagination débridée mise en branle par des superstitions locales et certaines découvertes faites par le défunt. Quant à l'état bizarre de l'église abandonnée de Federal Hill, il est aisé de l'attribuer à une certaine charlatanerie de Blake, consciente ou inconsciente.
    Car, après tout, c'était un écrivain et un peintre qui se consacrait au domaine du mythe, du rêve, de la terreur, toujours en quête d'effets étranges ou fantomatiques. Son premier séjour à Providence, au cours duquel il avait rendu visite à un vieillard aussi féru d'occultisme que lui-même, avait pris fin dans l'incendie et la mort ; d'autre part, c'est sans doute sous l'effet d'une impulsion morbide

qu'il abandonna sa maison du Milwaukee pour revenir dans notre ville. Il avait dû entendre parler des vieilles légendes (contrairement à ce qu'il rapporte dans son journal), et sa mort a peut-être détruit dans sa fleur une formidable mystification, prélude à un grand succès littéraire.

Néanmoins, plusieurs de ceux qui ont étudié cette affaire avec attention s'attachent à une théorie moins banale et moins rationnelle. Ils se montrent enclins à ajouter foi au journal de Blake, et soulignent l'importance significative des faits suivants : l'authenticité indiscutable du registre trouvé dans la vieille église ; l'existence prouvée de la secte impie appelée Sagesse des Étoiles, avant l'année 1930 ; la disparition d'un journaliste trop curieux, Edwin M. Lillibridge, en 1893 ; et, par-dessus tout, l'expression de terreur monstrueuse sur le visage du jeune écrivain mort. L'un des tenants de cette seconde théorie a jeté dans la baie la pierre aux angles bizarres contenue dans une boîte en métal ciselé trouvée dans le vieux clocher sans fenêtre (et non dans la tour où Blake déclare l'avoir découverte). Malgré les blâmes dont il fut l'objet, cet homme, médecin réputé, grand amateur de vieux folklore, affirme avoir débarrassé le globe terrestre d'un objet trop dangereux pour qu'on l'y laissât subsister.

Nous laissons au lecteur le soin de choisir lui-même entre ces deux opinions. Quant à nous, après avoir étudié le journal de Blake de façon objective, nous allons donner ici un résumé des événements en nous plaçant au point de vue de leur acteur principal.

Le jeune écrivain revint à Providence pendant l'hiver 1934-1935. Il s'installa au dernier étage d'une vénérable demeure, sur le faîte de la haute colline proche de Brown University, derrière la bibliothèque John Hay. C'était un logis confortable et pittoresque, de style géorgien, au milieu d'un petit jardin rustique où de gros chats se chauffaient au soleil. Le bureau de Blake, vaste pièce exposée au sud-ouest, dominait le jardin, tandis que les fenêtres du côté ouest (devant l'une desquelles se trouvait sa table de travail) offraient une vue magnifique de la ville basse. À l'horizon s'étendaient les pentes violettes des collines lointaines servant de toile de fond à Federal Hill, à deux miles de distance, où s'entassaient toits et clochers dont les contours prenaient des formes fantastiques au milieu des fumées montant de la ville.

Après avoir fait venir la plupart de ses livres, Blake acheta quelques vieux meubles en harmonie avec la maison ; puis, il se mit à peindre et à écrire, vaquant lui-même aux soins du ménage. Son atelier se trouvait dans une chambre mansardée exposée au nord. Au cours de ce premier hiver, il rédigea cinq de ses meilleures nouvelles : Celui qui fouissait la Terre, L'Escalier de la crypte, Shaggaï, La Vallée de Pnath, Le Convive venu des étoiles. Il peignit également plusieurs tableaux : études de monstres innommables et paysages surnaturels.

Au crépuscule, il restait souvent assis à sa table de travail pour contempler rêveusement le spectacle offert à sa vue : les tours sombres de Mémorial Hall, le beffroi du palais de justice, la hauteur spectrale de Federal Hill qui stimulait si fort son imagination. Ses voisins lui avaient appris que c'était un quartier italien ; et, de temps à autre, il braquait ses jumelles de campagne sur cet univers lointain en se demandant quels mystères il pouvait bien renfermer. Il avait l'impression de regarder un monde fabuleux, très différent du nôtre, semblable à ceux de ses nouvelles et de ses tableaux.

Une énorme église aux murs sombres exerçait sur lui une attraction particulière. Elle se détachait très nettement à certaines heures de la journée, et, au crépuscule, le grand clocher pointu dressait sa masse noire sur le ciel flamboyant. Elle devait être bâtie sur une élévation de terrain, car sa façade et son côté nord dominaient hardiment l'enchevêtrement des toits qui l'entouraient. D'un aspect très austère, elle semblait être construite en pierre. Elle appartenait au style néogothique et devait dater de 1810 ou 1815.

À mesure que les mois s'écoulaient, Blake contemplait avec un intérêt toujours croissant cette construction rébarbative. Les fenêtres n'étant jamais éclairées, il en avait conclu que l'église devait être désaffectée. Plus il la regardait, plus son imagination s'échauffait et lui inspirait des conceptions bizarres. Il en vint à croire qu'une aura de désolation planait sur ce lieu, si bien que même les pigeons et les hirondelles évitaient son toit enfumé. Il consigna dans son journal que de grands vols d'oiseaux entouraient tous les autres clochers de la ville, à l'exception de celui-là.

Au printemps, Blake fut en proie à une agitation profonde. Il avait commencé un roman basé sur une prétendue survivance du culte des sorcières dans le Maine, mais il était incapable d'en continuer la rédaction. Il s'absorbait de plus en plus dans la contemplation du farouche clocher dont s'écartaient les oiseaux, et restait aveugle à la beauté des feuilles délicates nouvellement écloses sur les arbres du jardin. C'est alors que lui vint pour la première fois l'idée de traverser la ville pour gravir la pente fabuleuse menant à ce monde de rêve.

À la fin avril, peu de temps avant la date de la nuit de Walpurgis, Blake se mit en route vers l'inconnu. Après avoir parcouru les rues et les places de la ville basse, il arriva enfin à l'avenue montante, bordée de perrons de pierre usés, de porches doriques affaissés et de coupoles de verre encrassées, qui devait le conduire au terme de son expédition. Bientôt, il remarqua les visages basanés des passants, et les enseignes en langue étrangère au-dessus des boutiques. Il ne put trouver nulle part les objets qu'il avait discernés de loin grâce à ses jumelles, et il en vint à se demander, une fois de plus, si Federal Hill n'appartenait pas au domaine des rêves.

De temps en temps apparaissait la façade lépreuse d'une église ou un clocher croulant, mais il ne voyait jamais la noire bâtisse qu'il cherchait. Il demanda à un commerçant où se trouvait une grande église de pierre : l'homme répondit en souriant qu'il n'en avait jamais entendu parler. À mesure que Blake montait, le labyrinthe des ruelles devenait de plus en plus étrange. Il traversa deux ou trois larges avenues, puis interrogea un second boutiquier. Cette fois, il aurait pu jurer que son interlocuteur feignait l'ignorance : il vit passer une expression de terreur sur le visage basané de l'homme qui fit un curieux signe de la main droite.

Soudain, un clocher noir se détacha sur le ciel nuageux, à sa gauche. Blake comprit qu'il touchait au but, et se plongea dans le labyrinthe de ruelles sordides partant de l'avenue. Il s'égara à deux reprises, mais, sans savoir pourquoi, il n'osa pas demander son chemin aux hommes et aux femmes assis sur le pas de leur porte ni aux enfants qui jouaient dans la boue.

Enfin, il vit le clocher très nettement en direction sud-ouest, dominant une énorme masse noire au bout d'une venelle. Bientôt, il se trouva sur une vaste place balayée par le vent, curieusement pavée. À son extrémité, un mur assez élevé soutenait une plate-forme artificielle entourée d'une grille, sur laquelle se dressait, à six pieds au-dessus des rues environnantes, la sinistre église désaffectée, dans un état de délabrement extrême.

Certains contreforts s'étaient écroulés sur le sol, et plusieurs fleurons de pinacles gisaient dans l'herbe au pied des murs. La plupart des meneaux des fenêtres gothiques manquaient, et Blake se demanda comment les vitraux avaient pu subsister, étant donné les mœurs destructrices de tous les petits garçons du monde entier. Les portes massives étaient intactes et hermétiquement closes. Au faîte du mur de soutènement, la grille de fer rouillée qui entourait l'édifice était pourvue d'une porte fermée au cadenas, à laquelle on accédait par un perron de pierre. Sur tout l'ensemble régnait une atmosphère d'abandon et de décrépitude vraiment sinistre.

Il y avait peu de gens sur la place, mais Blake aperçut un agent de police à son extrémité est, et alla lui demander quelques renseignements au sujet de l'église. Il lui parut bizarre que ce grand Irlandais plein de santé esquissât le signe de la croix en murmurant qu'on n'en parlait jamais. Blake ayant insisté, l'homme lui dit brièvement que les prêtres italiens mettaient en garde tout le monde contre ce temple marqué par les puissances du mal.

Plusieurs années auparavant, l'église avait appartenu à une secte maléfique qui faisait surgir des créatures abominables hors du gouffre de la nuit. Il avait fallu un bon prêtre pour exorciser ces démons, mais certaines personnes prétendaient que la lumière suffisait à les chasser. Si le père O'Malley avait encore été de ce monde, il aurait pu raconter maintes histoires… À présent, il n'y avait plus rien à faire : si on ne s'occupait pas de l'église, elle ne faisait de mal à personne. Ses anciens propriétaires étaient morts ou en fuite ; ils avaient décampé en 1877, quand les autorités avaient commencé à s'inquiéter de la disparition de plusieurs habitants du quartier. Un jour ou l'autre, la municipalité prendrait possession de l'église, faute de trouver des héritiers. Mais mieux vaudrait ne pas y toucher et la laisser tomber en ruine, pour éviter de réveiller certaines créatures qui reposaient dans le noir abîme de la nuit.

Quand l'agent de police se fut éloigné, Blake resta à contempler l'énorme bâtisse. Il trouvait très exaltant qu'elle pût paraître sinistre à d'autres qu'à lui-même, et il se demanda si les propos de l'agent de police renfermaient des éléments de vérité. Il s'était sans doute contenté de répéter de vieilles légendes dépourvues de tout fondement, mais celles-ci ressemblaient de façon étrange à l'une des nouvelles de Blake.

Le soleil surgit des nuages, mais il semblait incapable d'éclairer la masse noire du temple. Il était bien étrange que les plantes et les herbes qui poussaient autour de l'église fussent restées jaunes et flétries malgré la venue du printemps… Blake se surprit en train d'examiner le mur de soutènement et la grille rouillée pour y trouver une voie d'accès, car il ne pouvait résister à la terrible force d'attraction de ce temple funeste. Il finit par découvrir qu'il manquait quelques barreaux sur le côté nord de la clôture. Il gravit aussitôt les marches du perron et longea le faîte du mur jusqu'à la brèche.

Les gens l'aperçurent au moment où il se préparait à la franchir. Comme il se retournait pour regarder la place au-dessous de lui, il vit les rares passants s'éloigner en hâte en faisant le même signe de la main droite qu'avait fait le boutiquier de l'avenue. Plusieurs fenêtres se fermèrent avec bruit, et une grosse femme se précipita au-dehors pour ramener ses enfants à la maison. Blake n'eut aucun mal à franchir la brèche. Bientôt, il se trouva en train de se frayer un chemin à travers la végétation pourrissante du terre-plein désert. La masse de l'église proche lui parut oppressante, mais il surmonta son appréhension et alla examiner les trois grandes portes de la façade. Ayant constaté qu'elles étaient bien closes, il fit le tour de l'édifice cyclopéen pour chercher une autre ouverture.

Sur le derrière de l'abside, un soupirail béant lui offrit la voie d'accès désirée. Ayant regardé à l'intérieur, Blake vit un gouffre souterrain plein de poussière et de toiles d'araignées, faiblement éclairé par les rayons du soleil couchant. Il distingua avec difficulté des débris de toutes sortes : tonneaux pourris, caisses brisées, meubles démolis. Les restes rouillés d'une chaudière montraient que l'église avait été fréquentée au moins jusqu'au milieu du règne de la reine Victoria.

Presque sans en avoir conscience, Blake rampa à travers le soupirail et se laissa glisser sur le sol cimenté. Dans un coin lointain de la vaste cave, au milieu d'une ombre dense, il aperçut un passage voûté qui devait mener à l'étage supérieur. En proie à un vague sentiment d'angoisse, il explora le terrain autour de lui, et, après avoir trouvé un tonneau encore intact, il le roula jusqu'au soupirail en prévision de sa sortie. Puis, rassemblant son courage, il se dirigea vers le passage voûté. À demi étouffé par la poussière omniprésente, couvert de toiles d'araignées, il atteignit enfin les degrés de pierre usés, et commença à les gravir dans le noir. Après un tournant brusque, il sentit devant lui une porte close dont il trouva le loquet à tâtons. Elle donnait sur un couloir mal éclairé, bordé de boiseries mangées des vers.

Une fois au rez-de-chaussée, Blake commença à l'explorer rapidement. Aucune porte ne fermant à clé, il passa librement d'une pièce à l'autre. La nef colossale avait un aspect surnaturel, avec ses monceaux de poussière sur les bancs, l'autel et la chaire, ainsi que les gigantesques toiles d'araignées tendues entre les colonnes gothiques. Sur cette désolation muette régnait une lumière plombée, tandis que le soleil déclinant envoyait ses rayons à travers les grands vitraux de l'abside.

Ces derniers étaient tellement obscurcis par la suie, que Blake eut beaucoup de mal à comprendre ce qu'ils avaient représenté, mais ce qu'il put en discerner lui déplut beaucoup. Les rares saints peints sur le verre avaient une expression fort inquiétante, et l'une des fenêtres montrait seulement une étendue noire parsemée de spirales lumineuses. Ayant tourné les yeux vers l'autel, l'explorateur remarqua que la croix qui le surmontait était la crux ansata de la mystérieuse Égypte.

Dans la sacristie, il découvrit un bureau mangé des vers et plusieurs rayonnages montant jusqu'au plafond, surchargés de livres moisis dont les titres lui inspirèrent une horreur sans nom, car ces volumes renfermaient les secrets et les formules redoutables des temps fabuleux antérieurs à l'existence de l'homme. Blake lui-même en avait déjà lu plusieurs : une traduction latine du Necronomicon, le sinistre Liber Ivonis, l'infâme Culte des Goules du comte d'Erlette, l'Unaussprechlichen Kulten de von Juntz, et le De Vermis Mysteriis de Ludvig Prinn. En outre, il y en avait d'autres qu'il ne connaissait que de réputation (tels que les Manuscrits pnakotiques et le Livre de Dzyan), et un ouvrage rédigé en caractères indéchiffrables, mais contenant certains symboles et diagrammes parfaitement clairs pour un étudiant ès sciences occultes.

Dans le bureau croulant se trouvait un carnet, relié en cuir, renfermant des notes manuscrites en un curieux langage chiffré. Celui-ci se composait des symboles traditionnels de l'alchimie et de l'astrologie (dessins figurant le Soleil, la Lune, les planètes et les signes du zodiaque) groupés en paragraphes suggérant que chacun d'eux représentait une lettre de l'alphabet. Dans l'espoir de réussir à déchiffrer plus tard ce cryptogramme, Blake mit le carnet dans sa poche.

Ayant ainsi examiné le rez-de-chaussée, l'explorateur traversa la nef fantomatique en direction de la façade, car il avait aperçu dans un coin une porte et le bas d'un escalier conduisant probablement au faîte du clocher noir dont l'aspect lui était si familier. La montée fut pénible, car la poussière et les toiles d'araignées encombraient particulièrement cet espace resserré. Bien qu'il n'eût vu aucune corde en bas, Blake s'attendait à trouver des cloches au terme de son ascension ; mais il fut déçu dans son espoir en arrivant au haut de l'escalier.

La pièce où il venait d'entrer était éclairée par quatre fenêtres en ogive dont les vitres, abritées par des abat-vent, étaient en outre recouvertes de stores opaques tombant en lambeaux. Au centre se dressait un pilier de pierre aux angles bizarres, mesurant quatre pieds de haut et deux pieds de large, entièrement couvert d'hiéroglyphes que Blake ne put identifier. Sur ce pilier se trouvait une boîte de métal ouverte contenant un objet en forme d'œuf. Tout autour étaient rangées en cercle sept chaises gothiques à haut dossier, derrière lesquelles s'érigeaient, contre les murs, sept statues de plâtre peintes en noir, semblables aux mégalithes mystérieux de l'île de Pâques. Dans un coin de la pièce, une échelle menait à une trappe fermée donnant accès à la flèche.

Lorsque Blake se fut habitué à la faible lumière, il remarqua de curieux bas-reliefs sur la boîte de métal jaunâtre. Il s'en approcha et, après avoir ôté la poussière à l'aide de son mouchoir, il vit que les ciselures représentaient des entités monstrueuses ne ressemblant à aucune forme de vie qui eût jamais existé sur notre planète. L'objet qu'elle renfermait avait l'aspect d'un polyèdre presque noir, strié de rouge, présentant plusieurs petites surfaces plates irrégulières. Ce devait être un cristal vraiment remarquable, ou bien une pierre inconnue artificiellement taillée et polie. Il ne touchait pas le fond de la boîte, mais était suspendu au moyen d'une bande de métal autour de son centre, fixée aux angles des parois par sept supports horizontaux d'un dessin étrange. Cette pierre exerça sur Blake un pouvoir d'attraction presque inquiétant. Il ne pouvait parvenir à en détacher les yeux, et, tandis qu'il contemplait ses surfaces étincelantes, il lui sembla qu'elle devenait transparente et contenait des mondes merveilleux. Dans son esprit flottèrent les images de sphères inconnues où se dressaient d'immenses tours de pierre et des montagnes gigantesques, et où l'on ne voyait aucune trace de vie.

Quand il parvint enfin à détourner son regard, il aperçut un étrange monticule de poussière au bas de l'échelle conduisant à la flèche. Sous l'effet d'une impulsion inconsciente, il s'en approcha, discerna des contours qui lui parurent sinistres, et, après avoir enlevé la poussière à grands coups de mouchoir, découvrit un squelette humain. Les lambeaux d'étoffe qui subsistaient encore avaient fait partie d'un complet gris. Il y avait aussi d'autres indices : souliers, gros boutons de manchette, épingle de cravate d'un modèle suranné, un insigne de journaliste portant le nom du Providence Telegram et un portefeuille de cuir tout moisi. Blake examina ce dernier avec soin. Il y trouva plusieurs billets de banque anciens, un petit calendrier de 1893, quelques cartes de visite au nom d'Edwin M. Lillibridge, et une feuille de papier couverte de notes au crayon qu'il se mit à lire à la faible clarté du soleil déclinant :

Pr Enoch Bowen revient d'Égypte en mai 1844, achète la vieille église de la Libre Volonté en juillet, ses travaux d'archéologie et d'occultisme sont bien connus.

Le Dr Brown met ses fidèles en garde contre la Sagesse des Étoiles dans sermon du 29 décembre 1844.

97 fidèles à la fin de 1845.

1846. 3 disparitions, première mention du Trapézohèdre étincelant.

7 disparitions en 1848, premières rumeurs concernant le sacrifice du sang.

Enquête de 1853 ne révèle rien, histoires de bruits suspects.

Le père O'Malley parle de culte diabolique au moyen d'une boîte trouvée dans ruines égyptiennes, prétend qu'ils évoquent une créature qui ne peut se manifester que dans les ténèbres. Ce renseignement doit lui venir de la confession suprême de Francis X. Eemey qui est devenu membre de la Sagesse des Étoiles en 1849. Ces gens affirment que le Trapézohèdre étincelant leur montre le ciel et d'autres mondes, et que Celui qui Hante les Ténèbres leur communique certains secrets.

Histoire de Orrin B. Eggy, en 1857. Ils l'évoquent en contemplant le cristal, et ont un langage secret.

200 fidèles en 1863.

De jeunes Irlandais attaquent l'église en 1869, après la disparition de Patrick Regan.

6 disparitions en 1876, comité secret va trouver le maire Doyle.

Promesse de prendre des mesures en février 1877, église ferme en avril.

Jeunes gens de Federal Hill menacent le docteur… et les membres de l'assemblée paroissiale au mois de mai.

181 personnes quittent la ville avant la fin de 1877, on ne mentionne pas leur nom.

Histoires de fantômes commencent vers 1880, essayer de vérifier que nul être humain n'a pénétré dans l'église depuis 1877.

Demander à Lanigan photographie prise en 1851…

Après avoir remis la feuille de papier dans le portefeuille et glissé ce dernier dans la poche de son veston, Blake examina le squelette gisant dans la poussière. On ne pouvait douter que cet homme ne fût entré dans l'église abandonnée, quarante-deux ans plus tôt, en quête d'un reportage sensationnel. Peut-être n'avait-il informé personne de son projet, mais, de toute façon, il n'était jamais revenu à son journal. Sans doute avait-il succombé à un arrêt du cœur déterminé par une terreur violente... Blake se pencha au-dessus des ossements et remarqua leur état bizarre. Certains étaient dissous à leurs extrémités ; d'autres semblaient calcinés, ainsi que plusieurs lambeaux de vêtements. Le crâne, taché de jaune, portait un trou noirâtre sur le dessus, comme si un acide puissant avait rongé l'os.

Sans avoir eu le temps de s'en rendre compte, Blake se trouva en train de regarder à nouveau la pierre étincelante dont l'influence suscitait dans son esprit une série d'étranges images. Il vit des cortèges de silhouettes encapuchonnées, revêtues de longues robes, dont les contours n'étaient pas humains, et contempla un désert infini où s'alignaient des monolithes démesurés. Il vit des tours et des murailles dans les sombres abîmes de la mer, et de vertigineux espaces aériens où flottaient des lambeaux de brume noire sur un arrière-plan de vapeur violette tremblotante. Il vit enfin, à une distance prodigieuse, un immense gouffre de ténèbres où des formes solides et semi-solides ne se révélaient que par leurs mouvements, où des réseaux de forces invisibles semblaient faire régner l'ordre au sein du chaos.

Soudain, le sortilège fut rompu par un accès de terreur panique sans cause. Blake détourna les yeux de la pierre, car il avait conscience qu'une présence amorphe l'observait avec une extrême attention. Il se sentait la proie d'une chose indéfinissable, une chose qui n'était pas dans la pierre mais l'avait regardé à travers la pierre, une chose qui ne cesserait jamais de le suivre et dont il n'aurait jamais une connaissance visuelle. De toute évidence, ce lieu maléfique lui nouait les nerfs. En outre, la lumière du soleil devenait de plus en plus faible, et il lui faudrait bientôt partir car il n'avait pas de quoi s'éclairer.

À ce moment, il crut apercevoir une légère trace lumineuse dans la pierre aux angles étranges. Était-elle donc phosphorescente ou radioactive ? Les notes du journaliste n'avaient-elles pas mentionné un Trapézohèdre étincelant ? Que s'était-il passé dans ce repaire d'une puissance maléfique ? Quelle entité funeste pouvait encore s'embusquer dans ce sombre édifice dont s'écartaient les oiseaux ? Il lui semblait à présent qu'une vague puanteur montait non loin de lui, bien qu'il ne pût en deviner l'origine. Blake referma brusquement le couvercle de la boîte...

Le cliquetis sec fut suivi d'un faible bruit paraissant provenir de la flèche. C'étaient des rats, sans doute : les seuls êtres vivants qui eussent révélé leur présence depuis son entrée dans l'édifice maudit. Néanmoins, ce bruit lui inspira une crainte épouvantable. Il se précipita dans l'escalier en colimaçon, traversa la nef fantomatique et la cave voûtée, pour gagner enfin, à travers le soupirail, la place déserte et les ruelles de Federal Hill en direction du paisible quartier de l'Université.

Au cours des jours suivants, Blake ne souffla mot de son expédition à personne. Par contre, il se plongea dans la lecture de certains livres, examina les collections de vieux journaux, et travailla fiévreusement à déchiffrer le cryptogramme qu'il avait découvert dans la sacristie. La besogne n'était pas facile. Après une longue période d'efforts, il fut convaincu qu'il ne pouvait être rédigé ni en anglais, ni en latin, ni en grec, ni en français, ni en espagnol, ni en italien, ni en allemand. Il allait être obligé de puiser aux sources les plus profondes de son étrange érudition.

Chaque soir, il éprouvait la même impulsion qui l'amenait à regarder vers l'ouest. Il voyait comme autrefois le clocher noir se dresser au-dessus des toits d'un univers fabuleux ; mais, à présent, l'édifice était empreint à ses yeux d'une horreur nouvelle. Les oiseaux du printemps revenaient en troupes nombreuses, et, chaque fois qu'un de leurs vols arrivait près de la flèche solitaire, il les voyait, lui semblait-il, tournoyer et se disperser sous l'effet d'une terreur panique.

Ce fut au mois de juin que Blake réussit à déchiffrer le cryptogramme. Le texte était rédigé dans le mystérieux langage Aklo utilisé par certains cultes maléfiques d'une haute antiquité. Dans son journal, l'écrivain se montre curieusement réticent au sujet des résultats obtenus. Il y mentionne Celui qui Hante les Ténèbres, que l'on évoque en contemplant le Trapézohèdre étincelant, et expose des hypothèses démentielles sur les gouffres noirs du chaos d'où il est issu. Cette entité possède l'omniscience et exige des sacrifices monstrueux. Blake semble craindre qu'elle ne soit en train d'errer aux alentours de la ville, mais il ajoute que la clarté des réverbères forme un rempart infranchissable.

Il parle très souvent du Trapézohèdre étincelant qu'il définit comme une fenêtre ouverte sur le temps et l'espace, et dont il retrace l'histoire jusqu'à l'époque où il fut façonné sur la sinistre planète Yuggoth, avant que les Anciens l'aient apporté sur la Terre. Il fut recueilli et placé dans sa curieuse boîte par les habitants crinoïdes de l'Antarctique, avant de passer entre les mains des hommes-serpents de Valusia. Des milliers de siècles plus tard, les premiers êtres humains le contemplèrent dans le pays de Lemuria. Ensuite, il traversa des contrées et des mers très étranges, et s'enfonça dans les flots avec l'Atlantide. Un pêcheur de Minos le recueillit dans ses filets, puis le vendit à des marchands de la mystérieuse ville de Khem. Le pharaon Nephrem-Ka fit bâtir autour de lui un temple sans fenêtres, et accomplit de tels actes que son nom fut effacé sur tous les monuments. Ensuite, la pierre funeste reposa dans les ruines de cet édifice maudit, détruit sur l'ordre du nouveau pharaon, jusqu'à ce qu'elle fût découverte au cours de fouilles archéologiques et recommençât à tourmenter l'humanité.

Au début de juillet, le journal de Blake mentionne certains articles de la presse locale qui semblent justifier ses appréhensions. Ces articles rapportaient qu'une nouvelle crainte régnait dans le quartier de Federal Hill depuis qu'un inconnu était entré dans l'église redoutable. Les Italiens murmuraient entre eux qu'on entendait des bruits étranges dans la flèche du clocher, et demandaient à leurs prêtres de chasser une entité qui hantait leurs rêves. Ils prétendaient qu'une créature monstrueuse guettait perpétuellement à une porte du temple abandonné afin de voir s'il faisait assez sombre pour s'aventurer au-dehors. Les reporters se contentaient de parler des superstitions locales, mais ils ne remontaient pas plus avant. En relatant ces faits dans son journal, Blake exprime un curieux remords, parle d'enfouir le Trapézohèdre étincelant et de chasser l'entité qu'il a suscitée sans le vouloir, en faisant entrer la lumière du jour dans la hideuse flèche. Il reconnaît partout qu'il éprouve, même dans ses rêves, le désir morbide de visiter à nouveau le clocher et de contempler les secrets cosmiques de la pierre brillante.

Le 17 juillet au matin, un article du Journal concernant l'agitation du quartier de Federal Hill plongea Blake dans une horreur profonde. Au cours de la nuit précédente, un orage avait causé une panne d'électricité, et, pendant une heure, les Italiens avaient failli devenir fous de terreur. Ceux qui habitaient près de l'église juraient que la créature du clocher avait profité de l'absence de lumière dans les rues pour descendre dans la nef de l'église. Vers la fin de la panne, elle était remontée, et l'on avait entendu un fracas de verre brisé.

Quand le courant avait été rétabli, un tumulte formidable s'était produit dans le clocher, car même la faible clarté qui pénétrait par les fenêtres noircies semblait trop violente pour la monstrueuse entité. Celle-ci avait réintégré juste à temps son repaire ténébreux ; en effet, une trop longue exposition à la lumière l'aurait replongée dans l'abîme d'où l'avait fait sortir la visite de l'inconnu. Pendant toute l'heure de la panne, des foules en prière s'étaient assemblées autour de l'église, munies de bougies et de lampes allumées abritées sous des parapluies, pour protéger la cité contre ce cauchemar en dressant un rempart de lumière.

Mais cela n'était pas le pire. Le soir même, Blake, en lisant le Bulletin, apprit ce que les journalistes avaient découvert. Deux d'entre eux, défiant les Italiens fous de terreur, s'étaient introduits dans l'église par le soupirail. Ils constatèrent que la poussière de la nef avait été labourée d'une curieuse façon, et que le sol était jonché de débris de coussins et du rembourrage en satin des bancs. Partout régnait une mauvaise odeur ; par endroits, on voyait des taches jaunes qui ressemblaient à des traces de brûlures. Après avoir ouvert la porte du clocher, les explorateurs s'aperçurent que les marches de l'escalier avaient été sommairement balayées. À l'intérieur du clocher, ils firent la même constatation.

Ils décrivaient dans leur article le pilier de pierre heptagonal, les chaises gothiques renversées, les bizarres statues de plâtre, mais, chose étrange, ils ne parlaient ni de la boîte de métal ni du squelette. Blake fut particulièrement bouleversé par un dernier détail : toutes les fenêtres en ogive avaient été brisées, et deux d'entre elles étaient grossièrement obturées au moyen du rembourrage en satin des bancs et du crin des coussins qu'on avait insérés dans l'espace vide entre le cadre de pierre et l'abat-vent.

Des taches jaunâtres et des traces de brûlures se trouvaient également sur l'échelle menant à la flèche. Mais lorsqu'un des reporters eut monté les degrés, ouvert la trappe, et braqué sa lampe électrique dans la noire cavité étrangement malodorante, il ne vit rien que des débris informes autour de l'ouverture. Naturellement, les deux explorateurs conclurent à une supercherie : quelqu'un avait joué une mauvaise farce aux habitants de Federal Hill en exploitant leur terreur superstitieuse. L'histoire eut une suite amusante lorsque les autorités policières voulurent envoyer un inspecteur pour vérifier le compte rendu des journalistes. Trois hommes trouvèrent un moyen de se dérober : le quatrième, après avoir accepté sa mission à contrecœur, effectua une visite très brève et ne rapporta aucun renseignement nouveau.

À partir de cette date, le journal de Blake révèle une horreur et une appréhension toujours croissantes. L'artiste se reproche de ne pas agir, et se livre à des hypothèses extravagantes sur les conséquences d'une nouvelle panne. (On a pu vérifier que, à trois reprises, pendant des orages, il a téléphoné à la compagnie d'électricité pour la supplier de prendre toutes les mesures susceptibles d'empêcher une interruption de courant.) De temps à autre, il s'inquiète du fait que les reporters n'aient pas trouvé la boîte de métal et le squelette de Lillibridge.

Mais ses craintes les plus vives avaient trait aux relations qui semblaient exister entre son esprit et l'abominable créature embusquée dans le clocher. Il avait l'impression qu'elle pesait sans cesse sur sa volonté, et, au cours de cette période, ses visiteurs se rappellent qu'il restait assis distraitement devant son bureau, les yeux fixés sur la fenêtre ouest donnant sur Federal Hill. Les notes de son journal mentionnent de terribles rêves récurrents, et une pression de plus en plus forte sur sa volonté. Il rapporte qu'une nuit il s'est trouvé dehors, complètement vêtu, en marche vers l'ouest. À plusieurs reprises, il insiste sur le fait que l'entité embusquée dans le clocher sait fort bien où le trouver.

La première crise de dépression nerveuse de Blake eut lieu dans la semaine qui suivit le 30 juillet. Il garda la chambre et commanda sa nourriture par téléphone. Ses visiteurs ayant observé qu'il y avait des cordes minces à côté de son lit, il explique que, comme il souffrait de somnambulisme, il s'attachait les chevilles chaque soir pour s'empêcher de se lever.

Dans son journal, il relate la hideuse aventure qui lui a valu sa crise. Au cours de la nuit du 30 juillet, il s'était brusquement trouvé en train d'errer à tâtons dans les ténèbres presque compactes. Il pouvait à peine discerner de faibles rais de lumière bleuâtre, mais, par contre, il sentait une puanteur agressive et entendait des bruits furtifs au-dessus de sa tête. Chaque fois qu'il bougeait, il trébuchait contre quelque chose, et, aussitôt, il entendait en haut un son léger auquel se mêlait le frottement prudent d'un morceau de bois sur du bois.

À un moment donné, ses mains rencontrèrent un pilier de pierre ; un peu plus tard, il s'aperçut qu'il gravissait les degrés d'une échelle fixée dans le mur, et, quand il fut arrivé au sommet, au milieu d'une puanteur accrue, une rafale brûlante s'abattit sur lui. Devant ses yeux se déroula une série d'images kaléidoscopiques qui se dissolvaient de temps à autre en un abîme de ténèbres insondables où tourbillonnaient des soleils et des mondes encore plus noirs. Il songea aux antiques légendes de l'Ultime Chaos, au centre duquel trône le dieu aveugle et stupide : Azathoth, Maître de Toutes Choses, entouré d'une horde de danseurs informes, bercé par le chant monotone d'une flûte démoniaque.

Une brusque détonation venue du dehors l'arracha à l'horreur de cette situation : ce devait être l'un des nombreux feux d'artifice que les habitants de Federal Hill faisaient exploser tout l'été en l'honneur de leurs saints. Quoi qu'il en fût, il poussa un cri perçant, descendit l'échelle en toute hâte, et traversa en trébuchant la pièce enténébrée.

Il sut immédiatement où il se trouvait et dégringola comme un fou l'escalier en colimaçon, trébuchant et se cognant à tous les tournants. Ensuite, il parcourut une nef spectrale obstruée de toiles d'araignées, plongea dans une cave noire, émergea à l'air libre à travers un soupirail, puis, au terme d'une course éperdue le long de ruelles cauchemardesques, arriva à la porte de sa maison.

Le matin, en reprenant conscience, il se trouva étendu sur le parquet de son bureau, complètement vêtu. Il était couvert de poussière et de toiles d'araignées, et tout son corps lui faisait mal. Quand il se regarda dans un miroir, il vit que ses cheveux étaient fortement roussis. En outre, une étrange odeur s'attachait à ses vêtements. C'est alors que ses nerfs cédèrent. Au cours de la semaine suivante, il resta enfermé, enveloppé dans une robe de chambre, consacrant tout son temps à regarder par la fenêtre ouest et à écrire dans son journal.

Le grand orage éclata le 8 août, juste avant minuit. La foudre frappa à plusieurs reprises dans tous les quartiers de la ville. La pluie tomba à torrents tandis que des roulements de tonnerre continus empêchaient des milliers de gens de dormir. Blake fut en proie à une terreur folle à l'idée d'une panne possible ; il essaya de téléphoner à la compagnie d'électricité vers une heure du matin, mais le service avait été interrompu temporairement pour des raisons de sécurité. Il nota tous ces détails dans son journal, et son écriture déformée, souvent illisible, révèle un désespoir frénétique.

Il devait rester dans l'obscurité pour voir par la fenêtre, et il semble qu'il ait passé la majeure partie de son temps assis à son bureau, regardant à travers le rideau de la pluie les lumières lointaines marquant l'emplacement de Federal Hill. Parfois, il traçait quelques mots, en aveugle, si bien que les quatre phrases suivantes se trouvent étalées sur deux pages :

Il ne faut pas que les lumières s'éteignent ; Elle sait où je suis ; Je dois la détruire ; Elle m'appelle, mais peut-être ne me veut-elle pas de mal.

Puis la panne tant redoutée se produisit dans la ville entière, exactement à 2 h 12, selon les registres de la station génératrice. Le journal de Blake porte cette seule indication :

Lumières éteintes… Dieu me vienne en aide !

Dans le quartier de Federal Hill, il y avait des guetteurs aussi anxieux que lui ; des groupes d'hommes arpentaient la place et les ruelles autour de l'église maudite, portant des bougies abritées sous des parapluies, des lampes électriques, des lanternes, des crucifix, des amulettes. Ils bénissaient tous les éclairs et faisaient d'étranges signes de crainte avec la main droite chaque fois que l'orage semblait s'apaiser. Une rafale ayant éteint les bougies, la place fut plongée dans les ténèbres. Quelqu'un alla réveiller le père Merluzzo, de l'église Spirito Santo. Il se hâta de gagner le lieu et de prononcer des exorcismes. Des bruits étranges se faisaient entendre dans le clocher.

On sait exactement ce qui se passa à 2 h 35, grâce aux témoignages de plusieurs personnes : le prêtre lui-même, jeune homme intelligent et cultivé ; l'agent de police William J. Monham qui s'était arrêté au cours de sa ronde pour surveiller la foule ; enfin, les soixante-dix-huit Italiens massés au pied du mur de soutènement du côté de la façade est. Certes, on peut attribuer à cet incident des causes naturelles. Certaines réactions chimiques ont pu se produire dans cette vieille bâtisse déserte et mal aérée. Vapeurs méphitiques, combustion spontanée, pression de gaz engendrés par la décomposition : voilà quelques-unes des nombreuses explications possibles. Ce fut une chose assez simple, en vérité, et qui ne dura pas plus de trois minutes.

Cela commença par des bruits de plus en plus nets à l'intérieur du clocher, et des exhalaisons de plus en plus fétides provenant de l'église. Puis il y eut un fracas de bois brisé, et une lourde masse vint s'abattre sur le sol dans la cour de la façade est : les spectateurs purent voir, malgré le manque de lumière, que c'était un des abat-vent noircis par la fumée.

Aussitôt, une puanteur intolérable tomba des hauteurs, et toutes les personnes présentes se trouvèrent en proie à de violentes nausées. En même temps, l'air fut ébranlé par une vibration qui semblait due à d'immenses ailes, et une violente bourrasque arracha les chapeaux et les parapluies de la foule. Certaines gens crurent apercevoir dans le ciel d'encre une grande tache d'un noir plus intense, une espèce de nuage de fumée fonçant comme un météore en direction de l'est. Et ce fut tout.

Les spectateurs, à demi paralysés par l'épouvante, ne surent trop que faire ni s'ils devaient faire quelque chose. Ils continuèrent à monter la garde, et, quelques instants plus tard, ils récitèrent une prière lorsqu'un éclair attardé, suivi d'un coup de tonnerre retentissant, fendit la voûte du ciel. Une demi-heure plus tard, la pluie s'arrêta, le courant électrique fut rétabli, et chacun rentra chez soi. Le lendemain matin, les journaux mentionnèrent que le dernier éclair et le dernier coup de tonnerre avaient été particulièrement violents dans la partie est de la ville où l'on avait également remarqué une insupportable puanteur. Dans le quartier de l'Université, certains virent un flamboiement de lumière anormal au faîte de la colline ; ils observèrent aussi un inexplicable déplacement d'air qui arracha les feuilles des arbres et détruisit les plantes dans les jardins. On conclut que la foudre avait dû tomber dans les parages, mais on ne trouva aucune trace de son point de chute. Un étudiant du collège Tau Omega crut voir une hideuse masse de fumée dans l'air au moment même où l'éclair se produisit, mais son observation n'a pas été vérifiée. Cependant, tout le monde fut d'accord sur les trois points suivants : rafale venue de l'est, puanteur intolérable avant l'éclair, odeur de brûlé après l'éclair.

On discuta longuement au sujet de ces détails, en raison de leur rapport probable avec la mort de Robert Blake. Des étudiants du collège Psi Delta, dont les fenêtres de derrière donnaient sur le bureau de l'écrivain, remarquèrent le visage blême à la fenêtre ouest, le 9 juillet au matin, et lui trouvèrent une expression bizarre. Quand ils virent le même visage dans la même position, le soir venu, ils commencèrent à s'inquiéter, allèrent sonner à l'appartement, puis, en désespoir de cause, firent enfoncer la porte par un agent de police.

Le cadavre rigide était assis à son bureau, et les visiteurs détournèrent la tête avec horreur en voyant les yeux vitreux et les traits convulsés qui exprimaient une atroce épouvante. Peu de temps après, le médecin de l'état civil procéda à un examen ; bien que la fenêtre fût intacte, il attribua la mort à un choc électrique ou à une tension nerveuse déterminée par un choc électrique. Il n'accorda aucune attention à la hideuse expression du visage, estimant qu'elle devait être le résultat normal du traumatisme.

Jusqu'au dernier moment, Blake avait écrit dans son journal ; sa main droite crispée étreignait encore son crayon lorsque les étudiants et l'agent de police pénétrèrent dans la pièce. Certains chercheurs ont tiré de ces notes presque illisibles des conclusions très différentes du verdict officiel. Néanmoins, il est peu vraisemblable que leurs spéculations trouvent créance auprès de la plupart des gens. En effet, il est facile d'expliquer les lambeaux de phrase que nous reproduisons ci-dessous par l'imagination excessive et le déséquilibre nerveux de Blake, auxquels il faut ajouter sa connaissance de l'ancien culte maléfique dont il avait découvert les traces.

Lumières toujours éteintes, au moins depuis cinq minutes. Tout dépend des éclairs. Plaise à Yaddith qu'ils continuent !... Malgré leur clarté, je sens une influence... La pluie, le tonnerre et le vent m'assourdissent... La créature s'empare de mon esprit...

Étranges troubles de ma mémoire. Je vois des choses que je n'ai jamais connues. D'autres mondes et d'autres galaxies... Ténèbres... Les éclairs me paraissent noirs, l'obscurité me paraît lumineuse.

Impossible que je voie vraiment la colline et l'église dans les ténèbres. Ce doit être une impression laissée par les éclairs sur ma rétine. Fasse le Ciel que les Italiens soient dehors avec leurs bougies si les éclairs viennent à s'arrêter !

De quoi ai-je peur ? N'est-ce pas un avatar de Nyarlathotep qui, dans la mystérieuse Khem, prit la forme d'un homme ? Je me rappelle Yuggoth, et aussi Shaggaï, et le vide ultime des planètes noires...

L'immense vol à travers le vide... ne peut traverser l'univers de lumière... recréé par les pensées prisonnières du Trapézohèdre étincelant...

Je me nomme Blake, Robert Harrison Blake, 620 East Knapp East, Milwaukee, Wisconsin... Je suis sur cette planète...

Azathoth, aie pitié de moi... Les éclairs ne brillent plus... horrible... je peux voir tout grâce à un sens monstrueux qui n'est pas le sens de la vue... la lumière est l'obscurité et l'obscurité est la lumière... ces gens sur Federal Hill... montent la garde... bougies et amulettes... leurs prêtres.

Sens de la distance aboli... ce qui est loin est près et ce qui est près est loin. Pas de lumière... pas de jumelles... et je vois cette flèche... ce clocher... cette fenêtre... Suis fou ou le deviens... La créature bouge dans le clocher... Je suis elle et elle est moi... Je veux sortir... il faut sortir et unir les forces... Elle sait où je suis...

Je suis Robert Blake, mais je vois le clocher dans les ténèbres. Il y a une odeur monstrueuse... Les planches de cette fenêtre craquent et cèdent... lê... ngaï... ygg...

Je la vois... elle vient par ici... tache gigantesque... ailes noires... Yog-Sothoth, sauve-moi !...

LA MAISON DE LA SORCIÈRE

The Dreams in the Witch-House, 1932
Paru dans Weird Tales, juillet 1933

Étaient-ce les rêves qui avaient amené la fièvre ou la fièvre les rêves, Walter Gilman n'en savait rien. Derrière tout cela était tapie l'horreur sourde, purulente, de la vieille ville, et de l'abominable mansarde moisie, à l'abri d'un pignon, où il étudiait, écrivait et se colletait avec les chiffres et les formules quand il ne se retournait pas dans son maigre lit de fer. Son oreille devenait d'une sensibilité surnaturelle, intolérable, aussi avait-il depuis longtemps arrêté sur la cheminée la pauvre pendule dont le tic-tac finissait par lui sembler un fracas d'artillerie. La nuit, les mouvements indistincts de la ville obscure au-dehors, les sinistres galopades de rats dans les cloisons vermoulues, et le craquement des poutres invisibles de la maison séculaire lui donnaient à eux seuls l'impression d'un pandémonium de stridences. Les ténèbres grouillaient toujours de sons inexplicables – et pourtant il tremblait parfois que ces bruits-là ne cessent pour faire place à certains autres, plus assourdis, qu'il soupçonnait de rôder derrière eux.

Il vivait dans l'immuable cité d'Arkham, hantée de légendes, où les toits en croupe tanguent et ploient les uns contre les autres au-dessus des greniers où se cachaient les sorcières pour échapper aux soldats du roi, dans le sombre passé de la province. Aucun endroit de cette ville n'était plus imprégné de souvenirs macabres que la chambre au pignon où il logeait – car c'étaient cette maison, cette chambre qui avaient abrité aussi la vieille Keziah Mason, dont nul n'a jamais pu expliquer l'évasion in extremis de la prison de Salem. C'était en 1692 – le geôlier devenu fou bredouilla qu'un petit animal à fourrure, aux crocs blancs, s'était échappé de la cellule de Keziah, et Cotton Mather lui-même fut incapable d'interpréter les courbes et les angles barbouillés sur la pierre grise des murs avec un liquide rouge visqueux.

Peut-être Gilman aurait-il dû moins s'acharner dans ses études. Le calcul non euclidien et la physique quantique suffisent à fatiguer n'importe quel cerveau ; et quand on y ajoute le folklore, en essayant de déceler un étrange arrière-plan de réalité à plusieurs dimensions sous les allusions morbides des légendes gothiques et les récits extravagants chuchotés au coin de la cheminée, peut-on s'attendre à éviter le surmenage intellectuel ? Gilman venait de Haverhill, mais ce fut seulement à Arkham, après son inscription à l'université, qu'il commença à associer ses mathématiques aux légendes fantastiques de la magie ancienne. Quelque chose dans l'air de la vénérable ville travailla obscurément son imagination. Les professeurs de Miskatonic lui avaient vivement conseillé de se détendre, allégeant à dessein son programme sur certains points. Par ailleurs, ils l'avaient empêché de consulter les vieux livres suspects traitant de secrets interdits qu'on gardait sous clé dans une cave à la bibliothèque de l'université. Autant de précautions qui vinrent trop tard, de sorte que Gilman eut de terribles aperçus du redoutable Necronomicon d'Abdul Alhazred, du fragmentaire Livre d'Eibon, et du livre interdit de von Juntz, Unaussprechlichen Kulten, à mettre en corrélation avec ses formules abstraites sur les propriétés de l'espace et les relations entre les dimensions connues et inconnues.

Il savait que sa chambre se trouvait dans la vieille Maison de la Sorcière – en fait c'était pour cela qu'il l'avait prise. On trouvait dans les archives du comté d'Essex beaucoup de documents sur le procès de Keziah Mason, et ce qu'elle avait avoué sous la contrainte devant le tribunal d'Oyer et Terminer{1} avait fasciné Gilman plus que de raison. Elle parlait au juge Hathorne de lignes et de courbes qu'on pouvait tracer pour indiquer les voies qui menaient à travers les murs à des espaces différents au-delà du nôtre, et elle laissait entendre qu'on utilisait fréquemment ces lignes et ces courbes lors de certaines assemblées nocturnes dans la sombre vallée de la Pierre Blanche de l'autre côté de Meadow Hill et sur l'île déserte de la rivière. Elle avait aussi parlé de l'Homme Noir, du serment qu'elle avait prêté et de son nouveau nom secret, Nahab. Puis, ayant tracé ces formules sur les murs de sa cellule, elle avait disparu.

Gilman, qui croyait d'étranges choses au sujet de Keziah, avait éprouvé une émotion bizarre en apprenant que sa demeure était encore debout après plus de deux cent trente-cinq ans. Quand il sut quelles rumeurs couraient en secret à Arkham sur la présence persistante de Keziah dans la vieille maison et les rues étroites, les marques irrégulières de dents humaines laissées sur certains dormeurs dans telle ou telle maison, les cris d'enfants entendus vers la veille du Premier-Mai et de la Toussaint, la puanteur souvent observée dans le grenier de la vieille maison après ces périodes redoutables, enfin le petit animal velu aux dents aiguës qui hantait le bâtiment délabré et la ville, venant flairer curieusement les gens aux heures noires d'avant l'aube, alors il résolut de s'y installer à tout prix. Il fut aisé d'y obtenir une chambre ; car la maison, ayant mauvaise réputation, était difficile à louer, et vouée depuis longtemps aux petits loyers. Gilman n'aurait su dire ce qu'il espérait y trouver, il savait seulement qu'il voulait habiter la demeure où on ne sait quelle circonstance avait donné, plus ou moins soudainement, à une vieille femme quelconque du XVIIe siècle l'intuition de perspectives mathématiques qui dépassaient peut-être les recherches modernes les plus poussées de Planck, de Heisenberg, d'Einstein et de Sitter.

Il examina la charpente et le plâtre des murs pour y chercher des traces de dessins secrets à tous les endroits accessibles où le papier s'était décollé, et en une semaine il parvint à se faire donner la mansarde est où l'on prétendait que Keziah préparait ses sortilèges. Elle était libre dès son arrivée – car personne ne tenait jamais à y rester longtemps – mais le propriétaire polonais avait renoncé à la louer. Pourtant il n'arriva rien de particulier à Gilman jusqu'à l'époque de la fièvre. Aucune ombre de Keziah ne traversa les mornes couloirs et les logements, aucun petit animal velu ne se glissa pour le flairer dans son aire lugubre, et pas le moindre signe des incantations de la sorcière ne vint récompenser sa recherche incessante. Il allait parfois se promener dans l'obscur labyrinthe des ruelles non pavées aux relents de moisissure où de mystérieuses maisons brunes, sans âge, penchées et chancelantes, le lorgnaient ironiquement à travers d'étroites fenêtres à petits carreaux. Il savait que d'étranges choses s'étaient produites là autrefois, et une vague impression, derrière les apparences, suggérait que tout, de ce monstrueux passé – au moins dans les venelles les plus étroites, les plus sombres et tortueuses –, n'était pas complètement mort. Il alla aussi une ou deux fois en barque jusqu'à l'île malfamée de la rivière, et fit un croquis des angles singuliers formés par les alignements moussus de pierres levées grises, dont l'origine était si mystérieuse et d'une si lointaine antiquité.

La chambre de Gilman était de bonne taille mais d'une forme bizarrement irrégulière ; le mur nord s'inclinait sensiblement vers l'intérieur de la pièce, d'un bout à l'autre, tandis que le plafond bas descendait en pente douce dans la même direction. À part un trou de rat évident et les traces d'autres trous qu'on avait bouchés, il n'y avait pas d'accès – ni vestiges de quelque moyen de passage – menant à l'espace qui devait exister entre le mur oblique et la muraille extérieure verticale sur la face nord de la maison, bien que celle-ci vue du dehors révélât l'emplacement d'une fenêtre condamnée depuis très longtemps. La soupente au-dessus du plafond – qui devait avoir un plancher oblique – était également inaccessible. Lorsque Gilman grimpa sur une échelle jusqu'à la partie horizontale du grenier, couverte de toiles d'araignées, au-dessus du reste de la mansarde, il découvrit les marques d'une ancienne ouverture, hermétiquement close de lourdes planches fixées par les solides chevilles de bois familières aux charpentiers de l'époque coloniale. Mais aucun effort de persuasion ne put décider l'impassible propriétaire à le laisser explorer aucun de ces deux espaces clos.

À mesure que le temps passait, sa fascination grandit pour le mur et le plafond anormaux de sa chambre ; car il commença à lire dans leurs angles étranges une signification mathématique qui semblait offrir de vagues indices concernant leur but. La vieille Keziah, se dit-il, devait avoir d'excellentes raisons d'habiter une pièce aux angles singuliers ; n'était-ce pas grâce à certains angles qu'elle prétendait franchir les limites du monde spatial que nous connaissons ? Son intérêt se détourna peu à peu des vides inexplorés derrière les surfaces obliques, puisqu'il apparaissait maintenant que le propos de ces surfaces s'adressait au côté où il se trouvait déjà.

La menace de fièvre cérébrale et les rêves s'annoncèrent au début de février. Depuis quelque temps, les angles bizarres de la chambre de Gilman semblaient avoir sur lui un effet étrange, presque hypnotique ; et tandis qu'avançait le triste hiver, il se surprit à fixer de plus en plus intensément le coin où le plafond incliné vers le bas rejoignait le mur incliné vers l'intérieur. À peu près à la même époque, son incapacité à se concentrer sur ses études universitaires l'inquiéta énormément, et son appréhension avant l'examen de fin de semestre devint extrême. Mais la sensibilité excessive de son ouïe n'était pas moins gênante. La vie était devenue une perpétuelle et intolérable cacophonie, à laquelle s'ajoutait constamment la terrifiante impression que d'autres sons – peut-être venus de régions au-delà de la vie – attendaient, vibrant juste au seuil de l'audible. Si outrés que puissent être les bruits réels, ceux des rats dans les vieilles cloisons étaient les pires. Leur grattement semblait parfois non seulement furtif mais voulu. Quand il venait du mur oblique nord il s'y mêlait une sorte de cliquetis sec – et lorsqu'il semblait sortir de la soupente fermée depuis un siècle au-dessus du plafond oblique, Gilman se raidissait comme s'il redoutait quelque horreur qui n'attendait que le moment de s'abattre pour l'engloutir complètement.

Les rêves outrepassaient toutes les bornes de la raison, et Gilman y devinait la résultante de ses études conjointes en mathématiques et en folklore. Il avait trop médité sur les régions imprécises que ses formules lui faisaient pressentir au-delà des trois dimensions connues, et sur la possibilité que la vieille Keziah – guidée par on ne sait quelle influence – en ait réellement découvert la clé. Les archives jaunies du comté rapportant son témoignage et celui de ses accusateurs suggéraient diaboliquement des notions étrangères à l'expérience humaine – et les descriptions du redoutable petit être velu qui lui servait de démon familier étaient terriblement réalistes malgré leurs détails incroyables.

Cette créature, pas plus grosse qu'un rat de bonne taille, et que les gens de la ville appelaient curieusement « Brown Jenkin », devait être le fruit d'un cas remarquable d'hallucination collective, car en 1692 onze personnes affirmaient l'avoir aperçu. Il courait aussi des rumeurs récentes qui déroutaient et troublaient par leur concordance. Les témoins parlaient d'un animal à long poil, au corps de rat, mais dont la tête barbue aux dents pointues exprimait une malveillance humaine tandis que ses pattes ressemblaient à de minuscules mains d'homme. Il servait de messager entre Keziah et le diable, se nourrissant du sang de la sorcière – qu'il suçait comme un vampire. Sa voix était une sorte de gloussement répugnant et il parlait toutes les langues. Parmi les étranges monstruosités que Gilman voyait en rêve, rien ne lui inspirait plus de terreur et d'écœurement que cet avorton hybride et impie, dont l'image traversait ses visions sous une forme mille fois plus détestable que tout ce que lui avaient fait imaginer à l'état de veille les vieux témoignages et les modernes on-dit.

Les rêves de Gilman étaient en général des plongées à travers des abîmes infinis de crépuscule indiciblement coloré et de sons au déconcertant désordre ; des abîmes dont les propriétés physiques et gravitationnelles, comme les relations avec sa propre essence, échappaient à toute tentative d'explication. Il ne marchait ni ne grimpait, ne volait ni ne nageait, sans non plus ramper ni se tortiller ; mais il faisait toujours l'expérience d'un mode de déplacement mi-volontaire et mi-involontaire. Il pouvait difficilement juger de sa propre position, car la vue de ses bras, de ses jambes et de son torse semblait toujours empêchée par une étrange perturbation de la perspective ; mais il sentait que son organisme et ses facultés subissaient d'une manière ou d'une autre une prodigieuse mutation et une propulsion oblique – non sans certains rapports grotesques avec ses proportions et ses moyens normaux.

Les abîmes, loin d'être vides, étaient peuplés de masses de substance aux nuances inconnues, présentant des angles indescriptibles, dont les unes semblaient organiques et d'autres inorganiques. Quelques-uns des objets organiques pouvaient éveiller de vagues souvenirs au fond de sa mémoire, bien qu'il ne parvînt pas à former une idée consciente de ce que par dérision ils lui rappelaient ou lui suggéraient. Dans les rêves plus récents, il commença à distinguer des catégories selon lesquelles les objets organiques semblaient se répartir, et qui impliquaient, pour chaque cas, des espèces radicalement différentes de comportement et de motivation. L'une de ces catégories lui parut réunir des objets un peu moins illogiques et aberrants que les autres dans leurs mouvements.

Tous ces objets – organiques ou non – échappaient totalement à la description ou même à la compréhension. Gilman comparait quelquefois les masses inorganiques à des prismes, des labyrinthes, des grappes de cubes et de plans, des constructions cyclopéennes ; et les êtres organiques le frappaient diversement comme des groupes de bulles, de pieuvres, de mille-pattes, d'idoles hindoues vivantes et d'arabesques compliquées saisies d'une sorte d'animation ophidienne. Tout ce qu'il voyait était indescriptiblement menaçant et horrible ; et chaque fois qu'une des entités organiques semblait par ses mouvements déceler sa présence, il éprouvait une peur atroce, profonde, qui généralement le réveillait en sursaut. Il n'en savait pas plus sur le déplacement des entités organiques que sur le principe de ses propres mouvements. Avec le temps, il observa un nouveau mystère : certaines entités avaient tendance à apparaître brusquement dans le vide, ou à disparaître totalement avec la même soudaineté. Le tumulte de cris, de grondements qui envahissait les abîmes défiait toute analyse quant à la hauteur, au timbre ou au rythme ; mais il semblait synchrone avec de vagues changements dans l'apparence de tous les objets indéterminés, organiques ou inorganiques. Gilman redoutait sans cesse qu'il n'atteigne quelque intolérable degré d'intensité au cours de l'une ou l'autre de ses mystérieuses fluctuations qui revenaient toujours, impitoyablement.

Mais ce n'était pas dans ces tourbillons de totale étrangeté qu'il voyait Brown Jenkin. L'épouvantable petit monstre était réservé à des rêves plus clairs et plus saisissants qui l'attaquaient au moment même où il allait sombrer au plus profond du sommeil. Couché dans le noir, il luttait pour rester éveillé quand une faible lueur dansante faisait miroiter la chambre séculaire, soulignant d'une brume violette la convergence des plans obliques qui avait capté insidieusement son esprit. L'horreur surgissait du trou de rat dans le coin de la pièce et trottinait vers lui sur le plancher aux larges lames affaissées, son petit visage humain barbu exprimant une hideuse avidité – mais heureusement, ce rêve se dissipait toujours avant que la bête ne fût à portée de fourrer son museau contre lui. Elle avait des canines atrocement longues et acérées. Gilman s'efforçait chaque jour de boucher le trou de rat, mais chaque nuit les occupants réels des cloisons rongeaient l'obstacle, quel qu'il fût. Il avait une fois prié le propriétaire d'y clouer une plaque de fer-blanc, mais la nuit suivante les rats creusaient un nouveau trou – et ce faisant ils poussèrent ou traînèrent dans la chambre un drôle de petit os.

Gilman ne parla pas de sa fièvre au médecin, sachant qu'il ne pourrait pas passer ses examens si on l'envoyait à l'infirmerie alors qu'il avait besoin de tout son temps pour réviser. En fait, il échoua en calcul différentiel et en études supérieures de psychologie générale, mais il garda l'espoir de rattraper le temps perdu avant la fin du trimestre. Ce fut en mars que survint un élément nouveau dans les rêves plus clairs du premier sommeil, et la figure cauchemardesque de Brown Jenkin s'accompagna d'une forme floue qui en vint peu à peu à évoquer une vieille femme voûtée. Cette innovation l'inquiétant plus qu'il n'aurait su le dire, il finit par conclure que c'était l'image d'une vieille mégère qu'il avait réellement rencontrée deux fois dans l'obscur labyrinthe des ruelles proches des quais abandonnés. À chacune de ces apparitions, le regard fixe, malveillant, sardonique et apparemment sans but de la sorcière l'avait fait frissonner, surtout la première fois, lorsqu'un énorme rat traversant comme une flèche l'entrée ombreuse d'une venelle toute proche le fit sans raison songer à Brown Jenkin. À présent, se dit-il, ces peurs nerveuses se reflétaient dans ses rêves désordonnés.

Que la vieille maison eût une influence néfaste, il ne pouvait le nier ; mais les traces de sa curiosité morbide du début l'y retenaient. Il se disait que seule la fièvre était responsable de ses chimères nocturnes, et que la fin de l'accès le libérerait des monstrueuses visions. Elles étaient, néanmoins, abominablement frappantes, convaincantes, et il lui restait au réveil le sentiment d'avoir éprouvé beaucoup plus de choses qu'il ne se le rappelait. Il avait l'atroce certitude d'avoir parlé dans ces rêves oubliés avec Brown Jenkin et la vieille femme, qui le pressaient de venir avec eux pour rencontrer un troisième personnage doué d'une puissance supérieure.

Vers la fin de mars, il se remit aux mathématiques, mais les autres matières l'ennuyaient de plus en plus. Il s'était découvert un don intuitif pour résoudre les équations riemanniennes, et stupéfiait le Pr Upham par sa compréhension des problèmes de la quatrième dimension et d'autres qui laissaient sans voix tout le reste de la classe. Un après-midi, il y eut une discussion sur l'existence possible de courbures insolites de l'espace, et de points théoriques d'approche ou même de contact entre notre partie du cosmos et diverses autres régions aussi éloignées que les étoiles les plus lointaines ou les abîmes transgalactiques eux-mêmes – ou même aussi fabuleusement distantes que les unités cosmiques expérimentalement concevables au-delà du continuum espace-temps einsteinien. Gilman traita ce thème avec une aisance qui remplit d'admiration toute l'assistance, même si certaines de ses hypothèses proposées à titre d'exemple ne firent qu'encourager les perpétuels bavardages sur la bizarrerie de sa nervosité et de sa solitude. Ce qui fit hocher la tête aux étudiants fut le ton sérieux de sa théorie selon laquelle un homme – doué de connaissances mathématiques dépassant de l'avis général toutes les probabilités d'acquisition humaine – pourrait passer volontairement de la terre à tout autre corps céleste situé à l'un d'une infinité de points précis du modèle cosmique.

Un tel passage, dit-il, ne demanderait que deux étapes ; d'abord la sortie de la sphère à trois dimensions que nous connaissons, et ensuite le retour à la sphère à trois dimensions en un autre point, peut-être à une distance infinie. Que cela pût être réalisé sans perdre la vie était concevable dans beaucoup de cas. Tout être de n'importe quelle région de l'espace à trois dimensions pouvait probablement survivre dans la quatrième dimension ; et sa survie lors de la seconde étape dépendrait de la région étrangère de l'espace à trois dimensions qu'il choisirait pour sa rentrée. Les habitants de certaines planètes pouvaient vivre sur certaines autres – même si celles-ci appartenaient à des galaxies différentes, ou à des phases dimensionnellement similaires d'autres continuums espace-temps – bien que naturellement il doive exister des quantités considérables de corps ou de zones d'espace inhabitables les uns pour les autres, même s'ils sont mathématiquement juxtaposés.

Il était possible aussi que les habitants d'un monde de dimensions données puissent survivre à l'entrée dans beaucoup de mondes inconnus et incompréhensibles à dimensions supplémentaires ou indéfiniment multipliées – qu'ils soient à l'intérieur ou à l'extérieur du continuum espace-temps donné – et que la réciproque soit également vraie. C'était là un sujet de conjectures, bien qu'on puisse être à peu près certain que le type de mutation impliqué par le passage d'un système dimensionnel donné au système suivant plus élevé n'entraînerait pas la destruction de l'intégrité biologique telle que nous l'entendons. Gilman ne trouva pas d'arguments très clairs pour étayer cette dernière hypothèse, mais son imprécision sur ce point fut largement compensée par sa clarté sur d'autres sujets complexes. Le Pr Upham goûta particulièrement sa démonstration de la parenté des mathématiques supérieures avec certains moments du savoir magique transmis à travers les âges depuis une indicible antiquité – humaine ou préhumaine – où la connaissance du cosmos et de ses lois était plus vaste que la nôtre.

Vers le 1er avril, Gilman s'inquiéta sérieusement car son état fébrile persistait. Il fut aussi contrarié d'apprendre par d'autres locataires qu'il était somnambule. Il quittait souvent son lit, disait-on, et l'occupant de la chambre en dessous entendait craquer son plancher à certaines heures de la nuit. Cet homme prétendait qu'on marchait également avec des chaussures ; mais il se trompait sûrement puisque Gilman retrouvait toujours le matin ses souliers ainsi que tous ses effets exactement à leur place. On pouvait s'attendre à toutes sortes d'illusions auditives dans cette vieille maison malsaine – Gilman lui-même n'était-il pas certain de percevoir, même en plein jour, d'autres bruits que les grattements de rats, venant des vides obscurs de l'autre côté du mur oblique et au-dessus du plafond en pente ? Son oreille d'une sensibilité maladive commençait à surprendre des pas étouffés en haut dans la soupente condamnée depuis toujours, et l'impression en était parfois d'un réalisme angoissant.

Cependant il se savait devenu somnambule car à deux reprises on avait trouvé sa chambre vide la nuit, bien que ses vêtements n'aient pas bougé. Il avait là-dessus le témoignage de Frank Elwood, le seul de ses camarades que la pauvreté obligeait à loger dans cette maison sordide et malfamée. Elwood ayant travaillé bien après minuit était monté lui demander son aide pour une équation différentielle. Après avoir frappé sans obtenir de réponse, il s'était permis d'ouvrir la porte non verrouillée, pensant dans son cruel embarras que son hôte ne lui en voudrait pas d'avoir été doucement réveillé. Mais Gilman n'était pas là – et informé de ce qui s'était passé il se demanda où il avait bien pu aller, pieds nus, en pyjama. Il résolut d'approfondir la question si le phénomène se reproduisait, et songea à répandre de la farine sur le plancher du corridor pour voir où le conduirait la trace de ses pas. La porte était la seule issue envisageable, car l'étroite fenêtre ne menait nulle part où l'on pût poser le pied.

À mesure qu'avril passait, son ouïe aiguisée par la fièvre fut importunée par les prières gémissantes d'un monteur de métiers à tisser, un superstitieux qui demeurait au rez-de-chaussée et qu'on appelait Joe Mazurewicz. Il racontait de longues histoires incohérentes à propos du fantôme de la vieille Keziah et de la bête fureteuse aux longs poils et aux crocs aigus, qui le hantaient si atrocement parfois que seul son crucifix d'argent – donné tout exprès par le père Iwanicki de l'église Saint-Stanislas – lui procurait quelque répit. Il priait à présent parce que le sabbat des sorcières approchait. La veille du Premier-Mai, c'était la nuit de Walpurgis, où les plus noirs suppôts de l'enfer parcouraient la terre et où tous les esclaves de Satan s'assemblaient pour des rites et des forfaits innommables. C'était toujours un moment terrible à Arkham, même si les gens de Miskatonic Avenue et de High ou Saltonstall Street prétendaient n'en rien savoir. Il se ferait des horreurs – et un ou deux enfants disparaîtraient probablement. Joe savait tout cela, car dans son pays natal sa grand-mère tenait ses histoires de sa propre aïeule. C'était le temps de prier et d'égrener son chapelet. Depuis trois mois Keziah et Brown Jenkin n'approchaient pas de la chambre de Joe, ni de celle de Paul Choynski, ni d'aucune autre – et cela ne présageait rien de bon lorsqu'ils se tenaient ainsi à distance. Ils devaient préparer un mauvais coup.

Le 16 avril, Gilman passa chez un médecin, et fut surpris d'apprendre que sa température n'était pas si élevée qu'il l'avait craint. Le docteur le soumit à un interrogatoire serré et lui conseilla de voir un spécialiste des maladies nerveuses. Réflexion faite, il se félicita de n'avoir pas consulté le médecin de l'université, plus curieux encore. Le vieux Waldron, qui avait déjà fait réduire ses activités, l'aurait mis au repos – et c'était impossible alors qu'il sentait si proches les extraordinaires solutions de ses équations. Il était certainement tout près de la frontière entre l'univers connu et la quatrième dimension, et qui sait jusqu'où il irait ?

Mais au moment même où ces pensées lui venaient à l'esprit, il se demanda d'où il tenait son étrange confiance. Ce sentiment redoutable d'imminence n'était-il dû qu'aux formules dont il couvrait des pages jour après jour ? Les pas imaginaires, doux, furtifs, là-haut dans la soupente condamnée minaient sa volonté. Il avait aussi maintenant l'impression grandissante qu'on cherchait sans cesse à le persuader de faire une chose abominable à laquelle il ne pouvait se résoudre. Et que signifiait ce somnambulisme ? Où allait-il parfois la nuit ? Qu'étaient ces sons faiblement suggérés qui de temps à autre semblaient filtrer au travers du désordre affolant des bruits identifiables, même en plein jour, en pleine conscience ? Leur rythme ne correspondait à rien de connu sur terre, sinon peut-être à la cadence d'une ou deux psalmodies de sabbat dont on ne doit pas parler, et il craignait quelquefois que ce ne fût un écho du tumulte de grondements et de cris qui emplissaient les abîmes totalement étrangers du rêve.

Cependant, les rêves, eux, devenaient atroces. Dans la phase préliminaire plus claire, la vieille sorcière était d'une netteté infernale, et Gilman savait que c'était bien elle qui l'avait effrayé dans le quartier des taudis. On ne pouvait se méprendre sur son dos voûté, son long nez, son menton ridé, et ses informes vêtements bruns étaient bien ceux qu'il se rappelait. Son visage exprimait hideusement la jubilation mauvaise, et quand il s'éveilla il entendait encore une voix croassante qui persuadait et menaçait. Il devait, disait-elle, rencontrer l'Homme Noir et les accompagner tous devant le trône d'Azathoth au cœur de l'ultime Chaos. Il devait signer de son sang le livre d'Azathoth et adopter un nouveau nom secret à présent que ses recherches indépendantes étaient allées si loin. Ce qui l'empêchait de les suivre, elle, Brown Jenkin et les autres devant le trône du Chaos, où les flûtes au son maigre jouent avec indifférence, c'était qu'ayant vu le nom « Azathoth » dans le Necronomicon, il le tenait pour un mal primordial dont l'horreur défiait toute description.

La vieille surgissait toujours du vide près de l'angle où l'oblique vers le bas rejoignait l'oblique vers l'intérieur. Elle semblait se cristalliser en un point plus proche du plafond que du plancher, et elle était chaque nuit un peu plus proche et plus distincte avant que le rêve ne change. Brown Jenkin lui aussi se rapprochait à la fin, et ses crocs blanc jaunâtre luisaient terriblement dans cette mystérieuse phosphorescence violette. Son détestable gloussement suraigu se gravait de plus en plus dans la tête de Gilman, qui se rappelait au matin comment il avait prononcé les mots « Azathoth » et « Nyarlathotep ».

Dans les rêves plus profonds tout se précisait également, et Gilman sentait que les abîmes crépusculaires autour de lui étaient ceux de la quatrième dimension. Ces entités organiques dont les mouvements paraissaient moins manifestement aberrants et gratuits devaient être des projections de formes vivantes de notre planète, y compris d'êtres humains. Quant aux autres, il n'osait pas même s'interroger sur ce qu'elles pouvaient être dans la ou les sphères dimensionnelles auxquelles elles appartenaient. Deux des êtres mouvants les moins déroutants – un assez gros agrégat de bulles iridescentes plus ou moins sphériques et un polyèdre beaucoup plus petit aux couleurs inconnues et dont les angles changeaient à vue d'œil – semblaient remarquer sa présence, le suivant ou flottant devant lui tandis qu'il évoluait parmi les prismes gigantesques, les labyrinthes, les grappes de cubes et de plans, les constructions cyclopéennes ; et tout le temps le tumulte de cris et de grondements ne faisait que croître, comme s'il eût approché d'un monstrueux paroxysme d'une intolérable intensité.

Dans la nuit du 19 au 20 avril survint un fait nouveau. Gilman se déplaçait un peu malgré lui dans les abîmes crépusculaires, précédé de l'agrégat de bulles et du petit polyèdre flottants, quand il fut frappé par des angles étrangement réguliers formés par les arêtes d'une gigantesque grappe de prismes à côté de lui. En une seconde il se retrouva hors de l'abîme, tremblant sur le flanc d'une colline rocailleuse baignée d'une intense lumière verte. Il était pieds nus, en vêtements de nuit, et quand il essaya de marcher il s'aperçut qu'il pouvait à peine lever un pied. Un tourbillon de vapeur dérobait tout à sa vue au-delà du sol en pente, et il se contracta à l'idée des sons qui pourraient s'élever de cette vapeur.

Puis il vit deux silhouettes ramper laborieusement vers lui : la vieille femme et le petit être velu. La mégère fit un effort pour se mettre à genoux et croisa les bras d'une façon singulière, tandis que Brown Jenkin désignait une certaine direction, d'une patte hideusement anthropoïde qu'il élevait avec une visible difficulté. Poussé par une impulsion dont il ignorait l'origine, Gilman se traîna dans le sens indiqué par l'angle des bras de la vieille et de la patte du petit monstre, et il n'avait pas fait trois pas qu'il se retrouvait dans les abîmes nébuleux. Les formes géométriques grouillaient autour de lui, et il se mit à tomber vertigineusement, interminablement. Pour finir, il se réveilla sur son lit dans la mansarde aux angles déments de la vieille maison mystérieuse.

Se sentant bon à rien ce matin-là, il n'assista à aucun de ses cours. Un attrait inconnu orientait ses yeux sans motif apparent, de sorte qu'un espace vide sur le plancher retenait invinciblement son regard. À mesure que le temps passait, le point de convergence de ses yeux aveugles se déplaça, et vers midi il avait surmonté l'impulsion de fixer le vide. À deux heures il sortit pour aller déjeuner, et en parcourant les étroites ruelles de la ville, il se surprit à tourner toujours au sud-est. Il dut se forcer pour s'arrêter dans une cafétéria de Church Street, et après le repas, il ressentit l'étrange attirance, plus puissante encore.

Tout compte fait, il lui faudrait consulter un neurologue – peut-être y avait-il un rapport avec son somnambulisme –, mais en attendant il pourrait au moins essayer de rompre cet envoûtement morbide. Sans doute réussirait-il encore à échapper au magnétisme ; il se dirigea donc résolument dans le sens contraire et remonta péniblement Garrison Street vers le nord. Lorsqu'il atteignit le pont sur le Miskatonic, il fut pris d'une sueur froide, et se cramponna à la rampe de fer pour regarder en amont l'île malfamée dont les antiques alignements de pierres levées ruminaient leur morosité sous le soleil de l'après-midi.

Brusquement, il sursauta. Car il y avait sur cette île désolée une silhouette vivante clairement distincte, et un second coup d'œil lui apprit que c'était certainement la bizarre vieille dont la sinistre image avait un effet si désastreux sur ses rêves. Près d'elle les hautes herbes bougeaient, comme si quelque autre créature s'y glissait sur le sol. Au moment où la vieille se tourna vers lui, il quitta précipitamment le pont pour aller se réfugier dans les ruelles labyrinthiques des quais de la ville. Malgré l'éloignement de l'île, il sentait qu'un mal invincible et monstrueux pouvait émaner du regard sardonique de cette créature voûtée, sans âge, vêtue de brun.

L'attrait du sud-est persistait, et il fallut à Gilman une formidable énergie pour se traîner jusqu'à la vieille maison et monter l'escalier branlant. Pendant des heures il demeura assis, silencieux, désœuvré, et ses yeux peu à peu se tournèrent vers l'ouest. À six heures, son oreille sensible perçut les prières gémissantes de Joe Mazurewicz deux étages en dessous, et, désespéré, il prit son chapeau pour repartir dans les rues dorées par le couchant, se laissant mener par l'impulsion qui l'entraînait désormais droit au sud. Une heure plus tard, la nuit le trouva en pleine campagne au-delà de Hangman's Brook, à la lueur des étoiles printanières qui scintillaient devant lui. Son envie de marcher se muait doucement en un ardent désir de bondir dans l'espace en un élan surnaturel, et il comprit brusquement où était la source de ce magnétisme.

Elle était dans le ciel. Un point précis parmi les étoiles avait un droit sur lui et le réclamait. Cela se trouvait apparemment entre Hydra et Argo Navis{2}, et il comprit qu'il était poussé dans cette direction depuis son réveil peu de temps après l'aube. Dans la matinée, ce point se trouvait sous ses pieds ; l'après-midi il montait au sud-est, et maintenant il était à peu près au sud mais poursuivait sa course vers l'ouest. Que signifiait ce nouveau phénomène ? Allait-il devenir fou ? Combien de temps cela durerait-il ? Rassemblant à nouveau son courage, Gilman se retourna et regagna péniblement la sinistre vieille maison.

Mazurewicz l'attendait à la porte, à la fois impatient et réticent, pour lui chuchoter une rumeur superstitieuse toute fraîche. Il s'agissait du « feu des sorcières ». Joe ayant fait la fête la veille au soir – c'était le jour des Patriotes au Massachusetts – était rentré après minuit. Levant les yeux sur la façade de la maison, il crut d'abord que la fenêtre de Gilman était obscure ; puis il aperçut la lueur violette à l'intérieur. Il voulait avertir le gentleman, car tout le monde savait à Arkham que c'était la lumière magique de Keziah qui accompagnait Brown Jenkin et le fantôme de la vieille elle-même. Il n'en avait encore jamais parlé, mais il le fallait maintenant parce que cela signifiait que Keziah et son démon familier hantaient le jeune homme. Comme Paul Choynski et Dombrowski, le propriétaire, il avait cru voir à plusieurs reprises cette lumière filtrer par les crevasses de la soupente condamnée au-dessus de la chambre du jeune gentleman, mais ils avaient tous convenu de ne rien dire. Pourtant, le gentleman ferait mieux de prendre une autre chambre et de demander un crucifix à quelque bon prêtre comme le père Iwanicki.

Tandis que l'homme continuait à radoter, Gilman sentit une terreur sans nom le saisir à la gorge. Il avait beau savoir que Joe devait être à moitié soûl quand il était rentré la nuit précédente, cette mention de la lumière violette à la fenêtre de la mansarde prenait un sens effroyable. Cette sorte de lueur chatoyante dansait toujours autour de la vieille femme et du petit être velu dans les rêves clairs et saisissants qui servaient d'introduction à sa plongée dans les abîmes inconnus, et penser qu'une autre personne pût voir à l'état de veille la luminescence onirique était absolument irrecevable pour la raison. Mais où le bonhomme aurait-il pris une idée aussi bizarre ? Gilman lui-même aurait-il parlé dans son sommeil tout en parcourant la maison ? Joe affirmait que non – mais il faudrait s'en assurer. Peut-être Frank Elwood saurait-il quelque chose, bien qu'il lui coûtât de l'interroger.

La fièvre – les rêves déments – le somnambulisme – les illusions de l'ouïe – le magnétisme d'un point dans le ciel – et maintenant ce doute d'avoir en dormant dit quelque folie ! Il fallait interrompre les études, voir un neurologue, et se prendre en main. En arrivant au deuxième étage, il s'arrêta devant la porte d'Elwood mais le jeune homme était absent. Il continua à contrecœur jusqu'à sa mansarde et s'assit dans le noir. Son regard était toujours attiré vers le sud, et il se surprit en outre à tendre l'oreille, à l'affût de quelque bruit dans le grenier fermé au-dessus, en imaginant plus ou moins qu'une néfaste lueur violette filtrait à travers une fissure minuscule dans le bas plafond oblique.

Cette nuit-là, pendant son sommeil, la lumière violette se répandit sur lui, plus intense que jamais, et la vieille sorcière ainsi que le petit monstre velu – s'approchant encore davantage – se moquèrent de lui avec des gestes démoniaques et des glapissements inhumains. Il fut heureux de sombrer dans les abîmes crépusculaires au vague grondement, malgré la présence obsédante du conglomérat de bulles iridescentes et du petit polyèdre kaléidoscopique qui l'irritait et l'inquiétait. Puis vint le changement avec l'apparition au-dessus et au-dessous de lui d'immenses plans convergents d'une substance glissante – changement qui s'acheva dans un délire fulgurant, un torrent de lumière inconnue d'outre-monde, où le jaune, le carmin, l'indigo se mêlaient follement, inextricablement.

Il était à moitié couché sur une haute terrasse aux balustrades fantastiques dominant une jungle illimitée d'incroyables pics barbares, de plans en équilibre, de dômes, de minarets, de disques horizontaux posés sur des faîtes, et d'innombrables formes plus extravagantes encore – certaines de pierre, d'autres de métal – qui resplendissaient magnifiquement sous l'éclat brûlant d'un ciel polychrome. Levant les yeux, il vit trois formidables disques de flamme, chacun d'une teinte différente, et à différentes hauteurs au-dessus d'un horizon courbe infiniment lointain de montagnes basses. Derrière lui les gradins des plus hautes terrasses s'élevaient dans le ciel aussi loin que pouvait aller son regard. La ville en bas s'étendait à perte de vue, et il espéra qu'il n'en monterait aucun son.

Le dallage d'où il se releva sans effort était fait d'une pierre veinée, polie, qu'il fut incapable d'identifier, et les carreaux étaient taillés selon des angles singuliers qui lui parurent moins asymétriques que dictés par une symétrie surnaturelle dont il ne pouvait saisir les lois. La balustrade, à hauteur de poitrine, était raffinée et fabuleusement ouvragée, tandis que le long de la rampe se succédaient à de courts intervalles des figurines grotesques d'un travail exquis. Elles semblaient faites, comme la balustrade elle-même, d'une sorte de métal luisant dont la couleur était indiscernable dans ce chaos éblouissant. Elles représentaient un corps strié en forme de tonneau portant de minces bras horizontaux divergeant comme les rayons d'une roue autour d'un anneau central, et des protubérances ou bulbes verticaux prolongeant le sommet et la base du tonneau. Chacune de ces protubérances était le moyeu d'un système de cinq longs bras plats effilés en triangle, disposés comme ceux d'une étoile de mer – presque horizontalement, mais légèrement incurvés à l'opposé du tonneau central. La base de la protubérance inférieure tenait à la longue rampe par un point si frêle que plusieurs figurines s'en étaient détachées et manquaient. Elles mesuraient environ quatre pouces et demi de haut, et les bras pointus leur donnaient un diamètre maximum de deux pouces et demi.

Lorsque Gilman se leva, les dalles parurent brûlantes à ses pieds nus. Il était absolument seul, et son premier mouvement fut de marcher jusqu'à la balustrade pour contempler la vue vertigineuse de l'interminable cité cyclopéenne presque deux mille pieds plus bas. Prêtant l'oreille, il crut entendre un tumulte rythmé de faibles voix flûtées, musicales, d'un registre tonal très étendu, qui montait des rues étroites au-dessous de lui, et il regretta de ne pouvoir discerner leurs habitants. Devant le paysage, la tête lui tourna au bout d'un moment, au point qu'il serait tombé sur le dallage s'il ne s'était instinctivement cramponné à la superbe balustrade. Sa main droite tomba sur l'une des figurines, dont le contact parut lui rendre un peu son aplomb. Mais ce fut trop pour la finesse exotique de la ferronnerie, et la statuette hérissée de pointes se brisa net sous son étreinte. Encore étourdi, il continua de la serrer tandis que son autre main trouvait une prise sur la rampe lisse.

Alors son ouïe hypersensible perçut une présence derrière lui, et il se retourna pour regarder à l'autre bout de la terrasse nue. Cinq silhouettes approchaient doucement bien que sans précautions apparentes, dont deux étaient la sinistre vieille et le petit animal velu aux terribles dents. Les trois autres lui firent perdre conscience – car ces entités vivantes de huit pieds de haut étaient exactement semblables aux figurines hérissées de la balustrade, et se déplaçaient en agitant comme des araignées la série inférieure de leurs bras d'étoile de mer.

Gilman se réveilla dans son lit, trempé d'une sueur froide, avec une sensation de brûlure au visage, aux mains et aux pieds. Se levant d'un bond, il se lava et s'habilla en toute hâte, comme s'il lui fallait à tout prix quitter la maison le plus vite possible. Il ne savait pas où il voulait aller, mais il sentait que cette fois encore il devrait sacrifier ses cours. L'étrange attrait vers ce point du ciel entre Hydra et Argo avait disparu, mais un autre plus puissant encore prenait sa place. Il lui fallait à présent aller vers le nord – infiniment au nord. Il redoutait de traverser le pont d'où l'on voyait l'île déserte du Miskatonic, aussi prit-il celui de Peabody Avenue. Il trébucha très souvent, car ses yeux et ses oreilles étaient rivés sur un point extrêmement élevé dans le ciel bleu et vide.

Au bout d'une heure environ, ayant retrouvé un peu son sang-froid, il s'aperçut qu'il était loin de la ville. Autour de lui s'étendait le morne désert des marécages salés, et devant lui la route étroite menait à Innsmouth – la vieille cité à moitié abandonnée que les gens d'Arkham répugnaient si étrangement à visiter. Bien que l'attrait du nord n'ait pas diminué, il y résista comme il l'avait fait à l'autre, et découvrit finalement qu'il arrivait presque à les équilibrer. Il revint péniblement en ville, prit un café à un comptoir et se traîna à la bibliothèque publique où il feuilleta sans but les magazines. Il rencontra des amis qui s'étonnèrent de le voir brûlé par le soleil, mais il ne leur dit rien de sa promenade. À trois heures il alla déjeuner dans un restaurant, constatant dans l'intervalle que le magnétisme s'était atténué ou peut-être partagé. Après cela il tua le temps dans un cinéma bon marché, à revoir indéfiniment le même stupide spectacle sans y prêter la moindre attention.

Vers neuf heures du soir, il prit machinalement le chemin du retour et entra d'un pas hésitant dans la vieille maison. Joe Mazurewicz gémissait d'inintelligibles prières, et Gilman se hâta de monter à sa mansarde sans s'arrêter pour voir si Elwood était là. Dès qu'il eut allumé l'électricité, ce fut le choc. À la faible lumière de l'ampoule il vit aussitôt sur la table ce qui n'aurait pas dû s'y trouver, et un second regard ne laissa aucune place au doute. Couchée sur le flanc – car elle ne pouvait tenir debout seule –, c'était la figurine exotique hérissée de pointes que dans son rêve monstrueux il avait détachée de la fabuleuse balustrade. Aucun détail ne manquait. Le corps strié en forme de tonneau, les minces bras rayonnants, les protubérances à chaque extrémité, et les branches plates d'étoile de mer, légèrement incurvées, qui partaient de ces protubérances – tout y était. À la lumière électrique, la couleur semblait une sorte de gris irisé veiné de vert, et Gilman dans sa stupéfaction et son horreur s'aperçut que l'une des protubérances s'achevait par une cassure déchiquetée à l'endroit où elle était d'abord fixée à la rampe de son rêve.

Seul l'état d'hébétude auquel il était enclin l'empêcha de hurler. Cette fusion du rêve et de la réalité était intolérable. Encore sous le choc, il saisit l'objet hérissé et descendit en chancelant chez Dombrowski, le propriétaire. Les prières gémissantes du superstitieux monteur de métiers résonnaient toujours dans les couloirs moisis, mais Gilman ne s'en souciait plus. Le propriétaire était là et le reçut aimablement. Non, il n'avait jamais vu cet objet et ne savait rien à son sujet. Mais sa femme lui avait dit qu'elle avait trouvé une drôle de chose en étain dans un des lits en faisant les chambres à midi, et c'était peut-être ça. Dombrowski l'appela et elle arriva en se dandinant. Oui, c'était bien ça. Elle l'avait trouvé dans le lit du jeune gentleman – du côté du mur. Ça lui avait paru très bizarre, mais bien sûr le jeune gentleman avait des tas de choses bizarres dans sa chambre – des livres, des bibelots et puis des dessins et des notes sur des papiers. Elle ne savait rien du tout là-dessus.

Gilman remonta donc l'escalier, l'esprit bouleversé, convaincu qu'il rêvait encore ou que son somnambulisme poussé à un degré incroyable l'avait entraîné à des déprédations dans des lieux inconnus. Où avait-il pris cet objet invraisemblable ? Il ne se rappelait pas l'avoir vu dans aucun musée d'Arkham. Cela s'était produit quelque part pourtant ; et son image, lorsqu'il s'en était emparé dans son sommeil, avait dû susciter l'étrange rêve de la terrasse et de sa balustrade. Demain il mènerait une enquête prudente – et verrait peut-être un neurologue.

En attendant il essaierait de garder des traces de son somnambulisme. Dans l'escalier et sur le palier du premier il sema un peu de farine qu'il avait empruntée au propriétaire en lui avouant franchement son intention. Il s'était arrêté au passage à la porte d'Elwood, mais il n'avait pas vu de lumière chez lui. Une fois dans sa chambre, il posa sur la table l'objet bardé de pointes, et totalement épuisé physiquement et mentalement, il se coucha sans prendre le temps de se déshabiller. Dans le grenier fermé au-dessus du plafond oblique il crut entendre un faible grattement et un pas feutré, mais il était trop troublé pour y prendre garde. Le mystérieux attrait du nord redevenait très puissant, bien qu'il semblât venir maintenant d'un point situé plus bas dans le ciel.

Dans l'éblouissante lumière violette du rêve, la vieille femme et le monstre velu aux dents longues revinrent et plus distinctement que jamais. Cette fois ils l'atteignirent réellement, et il se sentit saisi par les griffes desséchées de la sorcière. Il fut tiré du lit, jeté dans l'espace vide, et pendant un moment il entendit un grondement rythmé et vit grouiller autour de lui les fluctuations crépusculaires des abîmes confus. Mais ce fut très court car il se retrouva bientôt dans un petit espace rudimentaire, aveugle, où des poutres et des planches grossières se rejoignaient au faîte juste au-dessus de sa tête, et un curieux plancher s'abaissait obliquement sous ses pieds. Posés d'aplomb sur des étais, des meubles bas pleins de livres à tous les degrés d'antiquité et de désintégration, et au milieu une table et un banc, apparemment cloués sur place. De petits objets de forme et de nature inconnues étaient rangés sur le haut des rayons, et dans l'ardente lumière violette Gilman crut voir un double de la forme hérissée de pointes qui lui avait posé une si cruelle énigme. Sur la gauche, le plancher s'interrompait brusquement au bord d'un gouffre noir, triangulaire, d'où émergea bientôt, après une série de petits bruits secs, le détestable petit monstre velu aux crocs jaunes et au visage d'homme barbu.

La mégère au sourire grimaçant étreignait toujours sa victime, et devant la table était assis un personnage que Gilman n'avait jamais vu – un homme grand, maigre, d'un noir d'encre mais sans aucun caractère négroïde ; totalement chauve et imberbe, il portait pour tout vêtement une robe informe d'une lourde étoffe noire. La table et le banc dissimulaient ses pieds, mais il devait être chaussé, car on entendait un bruit sec chaque fois qu'il changeait de position. L'homme ne parlait pas et ses traits minces et réguliers étaient absolument dépourvus d'expression. Il désignait seulement un livre d'une taille prodigieuse qui était ouvert sur la table, tandis que la mégère fourrait une énorme plume d'oie grise dans la main droite de Gilman. Sur tout cela pesait un climat de peur affolant, qui fut à son paroxysme lorsque le monstre velu grimpa aux vêtements du dormeur jusqu'à ses épaules puis descendit le long de son bras gauche, et enfin le mordit brusquement au poignet juste au-dessous de sa manche. Au moment même où le sang jaillissait de la blessure, Gilman s'évanouit.

Il se réveilla le matin du 22 avec une douleur au poignet gauche, et vit que sa manche était brune de sang séché. Ses souvenirs étaient très confus, mais la scène avec l'Homme Noir dans l'espace inconnu se détachait de façon frappante. Les rats avaient dû le mordre pendant son sommeil, suscitant le coup de théâtre de son effroyable rêve. Ayant ouvert la porte, il constata que la farine était intacte sur le plancher du couloir, à part les larges empreintes du gros lourdaud qui logeait à l'autre bout du grenier. Il ne s'agissait donc pas de somnambulisme cette fois. Mais il fallait faire quelque chose au sujet de ces rats. Il en parlerait à son propriétaire. De nouveau il tenta de boucher le trou à la base du mur oblique, en y enfonçant un chandelier qui semblait à peu près de la bonne taille. Ses oreilles bourdonnaient abominablement comme si elles gardaient l'écho de quelque horrible bruit entendu dans ses rêves.

Tout en se levant et en changeant de vêtements, il essaya de se rappeler ce qu'il avait rêvé après la scène dans l'espace illuminé de violet, mais rien de précis ne prenait corps dans son esprit. Cette scène elle-même devait se rapporter au grenier condamné au-dessus de sa tête, qui avait d'abord assailli son imagination avec tant de violence, mais les dernières impressions étaient faibles et nébuleuses. C'étaient des évocations des vagues abîmes crépusculaires, et au-delà d'eux, d'abîmes plus vastes et plus noirs encore – où étaient absentes toutes suggestions immuables de formes. Il y avait été conduit par le conglomérat de bulles et le petit polyèdre toujours sur ses talons ; mais, comme lui-même, ils s'étaient changés en mèche de brume laiteuse, à peine lumineuse dans ce vide plus lointain des ultimes ténèbres. Quelque chose les y avait précédés – un flocon plus gros qui se condensait par moments en ébauches de formes indéfinissables, et il lui sembla qu'au lieu d'avancer en ligne droite, ils avaient suivi les courbes et les spirales étrangères d'un tourbillon de l'éther soumis à des lois inconnues de la physique et des mathématiques de tout cosmos imaginable. Finalement, s'étaient esquissées d'immenses ombres bondissantes, une monstrueuse pulsation mi-auditive, et la modulation aigre et monotone d'une flûte invisible – mais ce fut tout. Gilman jugea que cette dernière idée lui était venue de ce qu'il avait lu dans le Necronomicon au sujet d'Azathoth, l'entité sans esprit qui régit l'espace et le temps depuis un trône noir curieusement entouré au centre du Chaos.

Lorsque son poignet sanglant fut lavé, la blessure se révéla insignifiante, et Gilman fut intrigué par la disposition des deux minuscules morsures. Il lui vint à l'esprit qu'il n'y avait pas de sang sur le dessus-de-lit où il s'était étendu – et c'était surprenant étant donné l'importance des taches sur sa manche et sa peau. Avait-il marché dans sa chambre pendant son sommeil, et le rat l'avait-il mordu alors qu'il était assis sur une chaise ou arrêté dans quelque position moins prévisible ? Il chercha dans tous les coins des taches ou des traînées brunes, mais n'en trouva aucune. Il vaudrait mieux, se dit-il, répandre la farine à l'intérieur de la pièce autant qu'à l'extérieur – bien qu'au fond son somnambulisme ne fût plus à démontrer. Il savait qu'il marchait la nuit – et toute la question maintenant était d'y mettre fin. Il fallait demander son aide à Frank Elwood. Les étranges appels de l'espace paraissaient atténués ce matin, mais un autre sentiment les remplaçait, encore plus inexplicable. C'était une impulsion confuse et pressante à fuir sa situation actuelle, sans la moindre idée de la direction précise qu'il voulait suivre pour s'échapper. En prenant sur la table la figurine hérissée, il s'imagina que le vieil attrait du nord reprenait un peu de force ; mais il n'en fut pas moins entièrement dominé par le nouveau désir si déconcertant.

Il descendit l'image armée de pointes chez Elwood, se cuirassant contre les jérémiades du monteur de métiers qui s'élevaient du rez-de-chaussée. Elwood était là, Dieu merci, et se montra passionné. Ils avaient le temps de bavarder un peu avant de sortir pour le petit déjeuner et l'université. Gilman s'empressa donc de donner libre cours à ses derniers rêves et à ses craintes. Son hôte fut très compréhensif et convint qu'il fallait agir. Il fut frappé des traits tirés, de l'air égaré de son visiteur, et remarqua l'étonnant coup de soleil que d'autres avaient déjà trouvé anormal la semaine précédente. Néanmoins, il avait peu de chose à dire. Il n'avait pas été témoin des crises de somnambulisme de Gilman, et ne savait rien de la singulière figure. Un soir, pourtant, il avait entendu une conversation entre Mazurewicz et le Canadien français qui logeait juste au-dessous de Gilman. Ils se confiaient leurs terribles craintes à l'approche de la nuit de Walpurgis, dans quelques jours seulement, et échangeaient des commentaires apitoyés sur le pauvre jeune homme condamné. Desrochers, le voisin du dessous, parlait des bruits de pas entendus la nuit chez Gilman, avec et sans chaussures, et de la lumière violette qu'il avait vue un soir où il était monté à pas de loup pour regarder par le trou de serrure de Gilman. Mais quand il avait aperçu cette lumière par les fentes autour de la porte, il n'avait plus osé regarder, disait-il à Mazurewicz. Il avait aussi entendu parler à voix basse – et comme il se préparait à donner des détails ses propos étaient devenus un murmure inaudible.

Elwood ne pouvait imaginer ce qu'avaient raconté ces deux bavards superstitieux, mais il supposait que leur imagination avait été excitée d'abord par les déambulations et les bavardages nocturnes de Gilman endormi, et ensuite par la proximité de la veille du Premier-Mai, traditionnellement redoutée. De toute évidence Gilman parlait dans son sommeil, et le guet de Desrochers devant le trou de serrure montrait bien que l'histoire fantastique de la lueur violette du rêve s'était répandue. Ces gens simples imaginaient vite qu'ils avaient vu les choses bizarres dont ils avaient entendu parler. Quant au plan d'action – Gilman devrait descendre dans la chambre d'Elwood et éviter de dormir seul. Elwood, s'il était éveillé, l'alerterait chaque fois qu'il se mettrait à parler ou à se lever en dormant. Il devrait aussi voir sans tarder un spécialiste. En attendant, ils iraient présenter la figurine hérissée dans les divers musées et à certains professeurs, tâchant de l'identifier, en prétendant l'avoir trouvée dans une décharge publique. Et puis Dombrowski devrait s'occuper d'empoisonner tous ces rats dans les murs.

Réconforté par la compagnie d'Elwood, Gilman assista aux cours ce jour-là. D'étranges impulsions le tourmentaient encore, mais il réussit admirablement à les écarter. Pendant ses heures de liberté il montra la bizarre figurine à plusieurs professeurs, qui tous s'y intéressèrent vivement, sans qu'aucun puisse jeter la moindre lumière sur sa nature ou son origine. Il dormit cette nuit-là sur un lit de camp qu'Elwood avait fait monter par le propriétaire dans la chambre du deuxième étage, et pour la première fois depuis des semaines il fut délivré de tout rêve inquiétant. Mais la fièvre persistait, et les lamentations du monteur de métiers avaient une influence démoralisante.

Pendant les quelques jours suivants, Gilman jouit d'une protection presque parfaite contre les phénomènes morbides. Il n'avait manifesté, disait Elwood, aucune tendance à parler ou à se lever pendant son sommeil ; et entre-temps le propriétaire avait mis de la mort-aux-rats partout. Le seul élément de trouble était le bavardage des étrangers superstitieux, dont l'imagination était surchauffée. Mazurewicz insistait sans cesse pour qu'il se procure un crucifix, et il finit par lui en imposer un qui, disait-il, avait été béni par le bon père Iwanicki. Desrochers, lui aussi, avait son mot à dire – en fait il affirmait avoir entendu des pas furtifs dans la chambre maintenant vacante au-dessus de lui pendant la première et la deuxième nuit où Gilman était absent. Paul Choynski croyait entendre des bruits dans les couloirs et l'escalier, et soutenait qu'on avait essayé d'ouvrir doucement sa porte, tandis que Mrs Dombrowski jurait qu'elle avait vu Brown Jenkin pour la première fois depuis la Toussaint. Mais ces témoignages naïfs n'avaient pas grand sens, et Gilman laissa le crucifix de métal bon marché négligemment pendu au buffet de son hôte.

Pendant trois jours, Gilman et Elwood firent le tour des musées de la ville pour tenter d'identifier l'étrange statuette à pointes, mais toujours sans succès. Partout cependant elle éveilla un profond intérêt ; car sa totale étrangeté était un défi formidable pour la curiosité des scientifiques. L'un des petits bras rayonnants fut détaché et soumis à une analyse chimique, dont les résultats demeurent un sujet de discussion dans le milieu universitaire. Le Pr Ellery trouva dans l'étonnant alliage du platine, du fer et du tellure ; mais il s'y mêlait au moins trois autres éléments d'un poids atomique élevé que la chimie s'avérait absolument incapable de classer. Non seulement ils ne correspondaient à aucun élément connu, mais pas même aux places vacantes réservées aux éléments probables dans la classification périodique. Aujourd'hui encore le mystère reste entier, et la figurine est exposée au musée de l'université de Miskatonic.

Le matin du 27 avril, un nouveau trou de rats apparut dans la chambre que partageait Gilman, mais Dombrowski l'obtura le jour même. Le poison restait sans effet, car les grattements et les galopades dans les murs étaient pratiquement inchangés. Elwood rentra tard cette nuit-là, et Gilman l'attendit. Il ne voulait pas s'endormir seul dans une chambre – d'autant plus qu'il avait cru apercevoir au crépuscule la répugnante vieille dont l'image s'était si horriblement imposée dans ses rêves. Il se demanda qui elle était, et ce qui près d'elle remuait une boîte de conserve sur un tas d'ordures à l'entrée d'une cour sordide. La mégère avait paru le remarquer et l'avait lorgné méchamment – ou peut-être se l'était-il imaginé.

Le lendemain, les jeunes gens se sentirent tous deux très fatigués, et se dirent qu'ils dormiraient comme des souches dès la nuit tombée. Dans la soirée, plutôt somnolents, ils discutèrent des recherches mathématiques qui avaient absorbé Gilman si complètement, dangereusement peut-être, s'interrogeant sur de probables rapports mystérieux avec la magie ancienne et le folklore. Ils parlèrent de Keziah Mason, et Elwood reconnut que Gilman avait scientifiquement de bonnes raisons de penser qu'elle était tombée sur un savoir inconnu de grande portée. Les cultes interdits auxquels appartenaient ces sorcières détenaient et transmettaient souvent des secrets surprenants qui remontaient à des temps immémoriaux ; il n'était pas impossible que Keziah connût réellement l'art de franchir les frontières dimensionnelles. La tradition souligne la vanité des barrières matérielles pour arrêter les déplacements d'une sorcière ; et qui sait d'où viennent les vieilles histoires de chevauchées nocturnes sur un manche à balai ?

Restait à prouver qu'un mathématicien moderne pût acquérir des pouvoirs semblables en poursuivant seul ses recherches. La réussite, ajoutait Gilman, pouvait mener à des situations périlleuses et inconcevables ; car nul n'était capable de prévoir quelles seraient les conditions de vie dans une dimension voisine mais normalement inaccessible. D'autre part, les perspectives pittoresques étaient fantastiques. Dans certaines zones de l'espace, le temps peut-être n'existait pas, et à condition d'y entrer et d'y demeurer on pourrait conserver indéfiniment sa vie et son âge ; ne jamais subir le métabolisme organique ni ses dégradations, sauf les petits risques encourus au cours des visites à son propre monde ou à des mondes comparables. On pourrait, par exemple, passer dans une dimension intemporelle et en ressortir aussi jeune qu'auparavant à quelque époque lointaine de l'histoire terrestre.

Quelqu'un y était-il jamais parvenu ? Il était bien difficile d'en juger avec plus ou moins de certitude. Les vieilles légendes sont vagues et ambiguës, et dans les temps historiques toutes les tentatives pour franchir les vides interdits semblent compliquées par de singulières et terribles alliances avec des êtres et des messagers venus d'ailleurs. Il y avait la figure immémoriale du représentant ou de l'envoyé de puissances cachées et redoutables – l'Homme Noir du culte des sorcières, et le Nyarlathotep du Necronomicon. Il existait aussi le problème déroutant des moindres émissaires ou intermédiaires – les quasi-animaux et les hybrides bizarres que les légendes décrivent comme les familiers des sorcières. En allant se coucher, tombant de sommeil, incapables de discuter davantage, Gilman et Elwood entendirent Joe Mazurewicz qui rentrait à la maison en titubant, à moitié ivre, et l'ardeur désespérée de ses prières gémissantes les fit frémir.

Cette nuit-là Gilman revit la lumière violette. Il avait entendu dans son rêve des bruits de griffes et de dents rongeuses dans les cloisons, et il lui sembla qu'un maladroit cherchait à tâtons le loquet. Puis il vit approcher sur le tapis la vieille femme et le petit monstre velu. Le visage de la harpie rayonnait d'une jubilation inhumaine, et la petite infection aux dents jaunes gloussait en désignant ironiquement au bout de la chambre Elwood qui dormait à poings fermés dans l'autre lit. Paralysé de terreur, Gilman n'eut pas même la force de crier. Comme la première fois, la hideuse mégère le saisit aux épaules, le tira de ses draps et le jeta dans l'espace vide. De nouveau l'infini hurlant des abîmes crépusculaires étincela devant lui, mais une seconde plus tard il se vit dans une ruelle inconnue, sombre, boueuse et puante, dont les vieilles maisons aux murs pourrissants se dressaient de tous les côtés.

L'Homme Noir était là, vêtu de sa robe, tel qu'il l'avait vu sous le toit pointu dans l'autre rêve, tandis que la vieille, plus proche, grimaçait avec un geste impérieux. Brown Jenkin, pris d'une sorte d'affectueux enjouement, se frottait aux chevilles de l'Homme Noir, en grande partie dissimulées par la boue épaisse. L'Homme Noir montra sans un mot une entrée obscure qui s'ouvrit sur la droite. La mégère grimaçante s'y engouffra, traînant Gilman à sa suite par sa manche de pyjama. Il y eut un escalier nauséabond aux craquements sinistres, où la vieille semblait répandre une vague lueur violette ; et enfin une porte donnant sur un palier. La sorcière tâta le loquet, ouvrit la porte et, faisant signe à Gilman de l'attendre, disparut dans les ténèbres.

L'oreille hypersensible du jeune homme perçut une affreuse plainte étouffée, et presque aussitôt la mégère sortit de la pièce portant une petite forme inerte qu'elle tendit au rêveur comme pour lui ordonner de la porter. La vue de cette forme et l'expression de son visage rompirent le sortilège. Trop hébété encore pour crier, il se précipita imprudemment dans l'escalier fétide et dehors dans la boue ; seul l'arrêta l'Homme Noir qui attendait et le prit à la gorge. Avant de perdre connaissance, il entendit, atténué, le gloussement aigu du petit monstre aux crocs acérés.

Le matin du 29, Gilman s'éveilla dans un maelström d'horreur. Au moment même où il ouvrit les yeux, il comprit qu'il se passait une chose effroyable, car il était à nouveau dans sa vieille mansarde au plafond et au mur obliques, affalé sur le lit maintenant défait. Sa gorge était inexplicablement douloureuse, et quand il fit effort pour s'asseoir, il constata avec une terreur grandissante que ses pieds et le bas de son pyjama étaient souillés de boue séchée. Sur le moment ses souvenirs restèrent désespérément brumeux, mais il ne put douter d'avoir marché dans son sommeil. Elwood était trop profondément endormi pour l'entendre et l'arrêter. Le plancher portait de confuses empreintes boueuses, mais bizarrement elles n'arrivaient pas jusqu'à la porte. Plus Gilman les considérait, plus il les trouvait étranges ; car outre les siennes, qu'il reconnaissait, il en était de plus petites, presque rondes – telles que pourraient en faire les pieds d'un grand siège ou d'une table, sauf que la plupart avaient tendance à se diviser par moitié. Il y avait encore de curieuses traces boueuses, celles de pattes de rat qui sortaient d'un nouveau trou et y rentraient. Gilman fut frappé de stupeur et craignit de devenir fou lorsque, gagnant le seuil en chancelant, il s'aperçut qu'il n'y avait aucune trace de boue dans le couloir. À mesure qu'il se rappelait son rêve hideux il s'affolait davantage, et les lugubres litanies de Joe Mazurewicz deux étages en dessous ajoutaient à son désespoir.

Descendant chez Elwood, il le tira enfin de son sommeil et lui raconta dans quelle situation il s'était retrouvé, mais son hôte n'avait aucune idée de ce qui avait pu se passer. Où Gilman était-il allé, comment était-il rentré dans sa chambre sans laisser de trace dans le couloir, et comment les empreintes boueuses qui évoquaient des pieds de meubles s'étaient-elles mêlées aux siennes dans la mansarde, cela dépassait l'imagination. Il y avait encore ces marques sur sa gorge, sombres, livides, comme s'il avait voulu s'étrangler. Il y posa les mains, mais elles n'y correspondaient pas même approximativement. Pendant qu'ils parlaient, Desrochers passa pour dire qu'il avait entendu un fracas épouvantable au-dessus de sa tête en pleine nuit. Non, il n'y avait eu personne dans l'escalier après minuit – mais juste avant il avait surpris des pas légers dans la mansarde, et une descente furtive qui ne lui avaient pas plu. Il ajouta que cette période de l'année était très néfaste à Arkham. Le jeune gentleman ferait sûrement mieux de porter le crucifix que Joe Mazurewicz lui avait donné. Même de jour on n'était pas en sécurité, car après l'aube il y avait eu des bruits étranges dans la maison – surtout le son grêle d'un pleur d'enfant vite étouffé.

Gilman suivit machinalement les cours ce matin-là, sans apporter aucune attention soutenue à ses études. Dans l'expectative, en proie à une atroce appréhension, il semblait s'attendre à recevoir un coup mortel. À midi il déjeunait au foyer de l'université quand, attendant le dessert, il ramassa un journal sur le siège voisin. Mais il oublia le dessert ; un article en première page le laissa sans force, le regard fou, à peine capable de régler son addition et de regagner en vacillant la chambre d'Elwood.

Il s'était produit un mystérieux enlèvement la nuit précédente dans le passage Orne, et l'enfant de deux ans d'une blanchisseuse un peu simple nommée Anastasia Wolejko avait complètement disparu. La mère, disait-on, le redoutait depuis un certain temps ; mais les raisons qu'elle donnait de ses craintes étaient si grotesques que personne ne les prit au sérieux. Elle prétendait avoir vu Brown Jenkin autour de la maison à plusieurs reprises depuis le début de mars, et elle avait compris, par ses grimaces et ses gloussements, que le petit Ladislas était marqué pour le sacrifice de l'épouvantable sabbat de la nuit de Walpurgis. Elle avait demandé à sa voisine Marie Czanek de venir coucher dans la chambre pour essayer de protéger l'enfant, mais Marie n'avait pas osé. Elle ne pouvait pas en parler à la police, qui ne croyait jamais ce genre de choses. Chaque année, aussi loin que remontassent ses souvenirs, des enfants avaient disparu de la même manière. Et son ami Pete Stowacki ne l'aiderait pas parce qu'il voulait se débarrasser de l'enfant de toute façon.

Mais ce qui donna des sueurs froides à Gilman fut la déclaration de deux fêtards qui étaient passés devant l'entrée du passage aussitôt après minuit. Ils reconnaissaient qu'ils étaient ivres, mais juraient tous deux avoir vu un trio bizarrement vêtu entrer furtivement dans le passage obscur. Il y avait, disaient-ils, un immense nègre en robe, une petite vieille en guenilles et un jeune Blanc en pyjama. La vieille traînait le jeune homme, tandis qu'aux pieds du nègre un rat apprivoisé se frottait en allant et venant dans la boue brune.

Gilman demeura assis tout l'après-midi sous le choc, et Elwood – qui avait entre-temps vu les journaux et en avait tiré de terribles conjectures – le trouva ainsi en rentrant. Cette fois ils ne pouvaient douter ni l'un ni l'autre qu'un piège hideux fût sur le point de se refermer sur eux. Entre les fantasmes du cauchemar et les réalités du monde objectif, il se nouait une relation monstrueuse, inimaginable, et seule une prodigieuse vigilance pouvait encore en prévenir les plus sinistres effets. Gilman devrait tôt ou tard consulter un spécialiste, mais le moment était mal choisi, alors que tous les journaux étaient pleins de cette affaire de rapt.

Ce qui s'était produit réellement restait un mystère insupportable, et pendant un certain temps Gilman et Elwood échangèrent à voix basse les théories les plus extravagantes. Gilman avait-il inconsciemment réussi au-delà de ses espérances dans ses recherches sur l'espace et ses dimensions ? S'était-il effectivement glissé hors de notre monde jusqu'à des points insoupçonnés et inconcevables ? En quels lieux – si lieux il y avait – était-il allé pendant ces nuits d'extranéité démoniaque ? Les grondants abîmes crépusculaires – le flanc vert de la colline – la terrasse brûlante – le magnétisme des étoiles – l'ultime tourbillon noir – l'Homme Noir – la ruelle boueuse et l'escalier – la vieille sorcière et l'horreur velue aux longs crocs – le conglomérat de bulles et le petit polyèdre – l'étrange coup de soleil – le poignet blessé – l'énigmatique figurine – les pieds boueux – les marques sur la gorge – les contes et les frayeurs des étrangers superstitieux – que signifiait tout cela ? Jusqu'à quel point cette affaire relevait-elle des lois de la raison ?

Ils ne dormirent ni l'un ni l'autre cette nuit-là, mais le lendemain ils manquèrent tous deux les cours et restèrent à somnoler. C'était le 30 avril, et avec le crépuscule viendrait le temps de l'infernal sabbat que redoutaient tous les étrangers et les vieillards crédules. Mazurewicz rentra à six heures, annonçant ce qu'on chuchotait à la filature : les réjouissances de Walpurgis se tiendraient dans le ravin obscur derrière Meadow Hill, là où se dresse la vieille pierre blanche sur une terre étrangement dépourvue de végétation. Certains avaient même averti la police qu'il fallait chercher là le petit Wolejko disparu, mais ils ne pensaient pas qu'on ferait quoi que ce soit. Joe insista pour que l'infortuné jeune gentleman porte son crucifix à chaîne de nickel, et Gilman le mit en le laissant pendre sous sa chemise, pour faire plaisir au gars.

Tard le soir, les deux jeunes gens somnolaient dans leurs fauteuils, bercés par la prière rythmée du monteur de métiers au rez-de-chaussée. Gilman écoutait dans son demi-sommeil, et son ouïe d'une acuité surnaturelle semblait à l'affût de certain murmure ténu et redoutable derrière les bruits de la vieille maison. Des souvenirs morbides du Necronomicon et du Livre Noir lui revinrent à l'esprit, et il se surprit à se balancer aux cadences infâmes qui marquaient, disait-on, les plus noires cérémonies du sabbat, et dont l'origine était étrangère au temps et à l'espace qui nous sont accessibles.

Il comprit bientôt ce qu'il essayait d'entendre – la psalmodie diabolique des officiants au loin dans la vallée noire. Comment savait-il si bien ce qu'ils attendaient ? Comment connaissait-il le moment où Nahab et son acolyte devaient leur présenter la coupe débordante qui viendrait après le coq et le bouc noirs ? Voyant qu'Elwood s'était endormi, il voulut l'appeler pour le réveiller. Mais quelque chose lui ferma la bouche. Il n'était plus son maître. Aurait-il donc signé le livre de l'Homme Noir ?

Alors son oreille fiévreuse, hypersensible, distingua les notes lointaines portées par le vent. Elles franchissaient des miles et des miles de collines, de champs et de ruelles, mais il les reconnaissait pourtant. Les feux devaient être allumés, les danses avaient dû commencer. Comment pourrait-il ne pas y aller ? Qu'était-ce donc qui l'avait pris au filet ? Les mathématiques – le folklore – la maison – la vieille Keziah – Brown Jenkin… et il vit à présent qu'un nouveau trou à rats s'ouvrait dans le mur près de son lit. Dominant la psalmodie lointaine et la prière proche de Joe Mazurewicz, un autre son lui parvint – un grattement discret mais résolu venant des cloisons. Il souhaita que les lampes électriques ne s'éteignent pas. Puis il vit au bord du trou le petit visage barbu armé de crocs – le maudit petit visage dont il saisit enfin l'abominable, l'ironique ressemblance avec la vieille Keziah – et il entendit tâtonner à la porte.

Le hurlant abîme crépusculaire étincela devant lui, il se sentit impuissant dans l'étreinte informe du conglomérat de bulles irisées. En avant, le petit polyèdre kaléidoscopique filait à vive allure, et dans le vide bouillonnant, un développement et une accélération du vague système tonal semblèrent annoncer un paroxysme indescriptible et insoutenable. Il pressentait ce qui allait arriver – l'explosion monstrueuse des chants walpurgiens, qui concentraient dans leur sonorité cosmique toute l'effervescence primitive, fondamentale, de l'espace-temps qui couve derrière les sphères de matière amoncelées, et jaillit toutefois en réverbérations rythmiques qui pénètrent atténuées tous les niveaux d'être et confèrent partout dans les mondes une terrible signification à certaines époques redoutées.

Mais tout cela disparut en un instant. Il se retrouva dans l'espace étroit au toit pointu illuminé de violet, avec son plancher oblique, les bibliothèques basses de livres anciens, la table et le banc, les objets bizarres, et le gouffre triangulaire à un bout. Sur la table était étendue une petite forme blanche – un enfant nu et inconscient – tandis que de l'autre côté la monstrueuse vieille, le regard mauvais, portait dans sa main droite un couteau luisant au manche singulier, et de sa main gauche une coupe en métal clair, de proportions insolites, couverte de dessins curieusement ciselés, et munie de deux fines anses latérales. Elle psalmodiait d'une voix rauque un rituel dont Gilman ne put comprendre la langue, mais qui rappelait un passage cité, non sans réserve, dans le Necronomicon.

Comme la scène devenait plus nette, il vit la mégère se pencher en avant pour lui tendre la coupe vide par-dessus la table et, incapable de contrôler ses propres mouvements, il se pencha à son tour, la saisit à deux mains, et remarqua ce faisant sa relative légèreté. Au même moment la figure répugnante de Brown Jenkin grimpa sur sa gauche au bord du sombre gouffre triangulaire. La sorcière alors lui fit signe de tenir la coupe dans une certaine position tandis qu'elle levait l'énorme et hideux couteau au-dessus de la petite victime blanche aussi haut que sa main droite pouvait se tendre. Le monstre velu aux longs crocs se mit à poursuivre en gloussant le rituel inconnu, la sorcière croassant des répons ignobles. Gilman sentit une répulsion intense, torturante, l'atteindre malgré la paralysie de son esprit et de ses facultés d'émotion ; la coupe légère trembla sous ses doigts. Une seconde plus tard, le mouvement du couteau sur le point de s'abattre rompit enfin le sortilège, il lâcha la coupe, qui rendit en tombant un son de cloche, et se précipita comme un fou, les mains en avant, pour empêcher le crime monstrueux.

En un instant, il remonta le plancher oblique en contournant la table et arracha le couteau aux griffes de la vieille ; il le jeta avec fracas par-dessus le bord de l'étroit gouffre triangulaire. Mais un instant de plus suffit à renverser la situation ; les griffes meurtrières se refermaient sur sa gorge, tandis que le visage desséché était convulsé par une fureur démente. Sentant la chaîne du modeste crucifix lui scier le cou, il se demanda dans le danger qui le menaçait quel effet la vue de l'objet lui-même produirait sur l'infernale créature. Elle était d'une force surhumaine, mais bien qu'elle continuât de l'étrangler, il réussit à saisir sous sa chemise et à brandir l'emblème de métal, après avoir brisé la chaîne.

En le voyant, la sorcière, manifestement prise de panique, relâcha son étreinte assez longtemps pour donner à Gilman une chance de la rompre entièrement. Il libéra son cou des griffes d'acier et aurait traîné la mégère jusqu'au gouffre si elle n'avait repris de nouvelles forces pour l'étrangler de nouveau. Cette fois il décida de lui rendre la pareille en s'attaquant à son cou. Avant qu'elle pût prévenir son geste, il lui passa la chaîne du crucifix autour de la gorge, et il l'eut bientôt serrée suffisamment pour lui couper le souffle. Pendant qu'elle se débattait dans les dernières convulsions, il se sentit mordu à la cheville : Brown Jenkin était venu à la rescousse. D'un violent coup de pied il envoya l'infection par-dessus le bord du gouffre et l'entendit gémir on ne sait où dans les profondeurs.

Ignorant s'il avait tué ou non la vieille sorcière, il l'abandonna sur le plancher où elle était tombée. Alors en se retournant, il vit sur la table ce qui faillit lui faire perdre ce qui lui restait de raison. Brown Jenkin, avec sa nature coriace et quatre petites mains d'une dextérité diabolique, n'était pas resté inactif pendant que la sorcière l'étranglait. Tous les efforts avaient été vains. Ce qu'il avait évité en détournant le couteau de la jeune poitrine, les crocs jaunes de la bête maudite l'avaient fait au poignet de la victime – et la coupe tout à l'heure sur le plancher était pleine maintenant près du petit corps sans vie.

Dans son délire onirique Gilman entendit la barbare, l'infernale psalmodie du sabbat, venant d'une distance infinie, et il sut que l'Homme Noir sans doute était arrivé. Des souvenirs confus se mêlant aux mathématiques, il crut détenir dans son subconscient les angles dont il avait besoin pour revenir au monde normal – seul et pour la première fois par ses propres moyens. Il était certain de se trouver dans le grenier condamné depuis toujours au-dessus de sa chambre, mais il doutait fort de pouvoir jamais s'échapper par le plancher oblique ou l'issue jadis barricadée. D'ailleurs, fuir un grenier de rêve ne le mènerait-il pas simplement dans une maison de rêve – projection anormale du lieu réel qu'il cherchait ? Il était absolument confondu de la relation entre rêve et réalité dans tout ce qu'il vivait.

Le passage à travers les abîmes confus allait être effrayant, car il y résonnerait la cadence walpurgienne, et il lui faudrait entendre enfin la pulsation cosmique jusqu'alors voilée qui lui inspirait une crainte mortelle. À présent déjà il discernait un ébranlement profond, monstrueux, dont il ne soupçonnait que trop le rythme. Au temps du sabbat elle montait toujours et gagnait les mondes pour appeler les initiés aux rites innommables. La moitié des psalmodies du sabbat étaient modelées sur ce battement vaguement perçu qu'aucune oreille terrestre ne pourrait supporter dans l'entière révélation de son ampleur. Gilman se demandait aussi s'il devait se fier à son instinct pour le ramener dans la bonne région de l'espace. Comment être sûr de ne pas atterrir sur ce flanc de colline éclairé de vert d'une planète lointaine, sur la terrasse en mosaïque au-dessus de la cité de monstres à tentacules quelque part au-delà de la galaxie, ou dans la spirale des noirs tourbillons de ce vide ultime du Chaos où règne l'indifférent Azathoth, sultan démoniaque ?

Au moment même où il plongeait, la lumière violette s'éteignit, le laissant dans une obscurité impénétrable. La sorcière – la vieille Keziah – Nahab – lui signifiait ainsi sa mort. Et mêlée à la psalmodie lointaine du sabbat et aux gémissements de Brown Jenkin en bas dans le gouffre, il crut entendre une autre plainte plus farouche monter de profondeurs inconnues. Joe Mazurewicz – les prières contre le Chaos Rampant devenaient un hurlement d'inexplicable triomphe – des mondes d'une réalité sardonique venaient heurter les tourbillons du rêve fébrile – Iä ! Shub-Niggurath ! Le Bouc aux Mille Chevreaux...

On retrouva Gilman sur le plancher de sa vieille mansarde aux angles bizarres, longtemps avant l'aube, car le terrible cri avait fait accourir aussitôt Desrochers, Choynski, Dombrowski et Mazurewicz, et avait même réveillé Elwood profondément endormi dans son fauteuil. Il était vivant, les yeux ouverts, le regard fixe, apparemment inconscient. Sa gorge portait les empreintes de deux mains meurtrières, et sa cheville gauche une affreuse morsure de rat. Son vêtement était horriblement froissé, et le crucifix de Joe avait disparu. Elwood tremblait, n'osant pas même imaginer quelle nouvelle forme avait pu prendre le somnambulisme de son ami. Mazurewicz semblait hébété à cause d'un « signe » qui lui était venu, disait-il, en réponse à ses prières, et il multiplia frénétiquement les signes de croix en entendant crier et gémir un rat derrière la cloison oblique.

Quand le rêveur fut installé sur son lit dans la chambre d'Elwood, on envoya chercher le Dr Malkowski – un praticien du quartier qui ne répétait pas les histoires si elles risquaient d'attirer des ennuis – et il fit à Gilman deux piqûres qui le détendirent en une sorte de somnolence presque naturelle. Dans la journée le malade reprit par moments conscience, et fit à voix basse à Elwood le récit décousu de son dernier rêve. Ce fut un effort pénible, et dès le début apparut un nouveau fait déroutant.

Gilman – dont les oreilles avaient tout récemment manifesté une sensibilité exceptionnelle – était maintenant complètement sourd. Le Dr Malkowski, rappelé d'urgence, apprit à Elwood que les deux tympans étaient crevés, comme s'ils avaient subi le choc d'un son formidable dont l'intensité dépassait les notions et la résistance humaines. Comment un son pareil avait-il pu être entendu au cours des heures précédentes sans réveiller toute la vallée du Miskatonic, cela dépassait l'honnête praticien.

Elwood écrivit sur un papier ce qu'il avait à dire, de sorte que la conversation continua sans trop de difficultés. Ne sachant que faire ni l'un ni l'autre dans une pareille confusion, ils conclurent qu'il valait mieux y songer le moins possible. Ils étaient d'accord cependant pour quitter cette vieille maison maudite aussitôt qu'ils le pourraient. Les journaux du soir parlèrent d'une descente de police juste avant l'aube dans un ravin derrière Meadow Hill où étaient réunis d'étranges noctambules, et rappelèrent que la pierre blanche y faisait l'objet depuis des siècles d'un respect superstitieux. Personne n'avait été pris, mais parmi les fugitifs dispersés on avait aperçu un nègre gigantesque. Dans une autre rubrique on déclarait qu'aucune trace n'avait été retrouvée du petit disparu, Ladislas Wolejko.

L'horreur suprême survint cette nuit-là. Elwood ne l'oublierait jamais, et il dut quitter l'université jusqu'à la fin du trimestre à cause de la dépression nerveuse qui en résulta. Toute la soirée il avait cru entendre les rats dans les cloisons, mais sans y faire grande attention.

Puis, longtemps après que Gilman et lui se furent couchés, des cris atroces s'élevèrent. Elwood sauta du lit, alluma l'électricité et se précipita vers le lit de son hôte. Celui-ci émettait des sons véritablement inhumains, comme s'il était en proie à une torture indescriptible. Il se tordait sous les draps, et une large tache rouge commençait à apparaître sur les couvertures.

Elwood osa à peine le toucher, mais peu à peu les cris et les convulsions s'apaisèrent. À ce moment Dombrowski, Choynski, Desrochers, Mazurewicz et le locataire du dernier étage étaient massés sur le seuil, et le propriétaire avait envoyé sa femme retéléphoner au Dr Malkowski. Tout le monde hurla lorsque la forme d'un gros rat bondit soudain de sous les draps ensanglantés et fila à l'autre bout du plancher dans un trou voisin fraîchement ouvert. Quand le médecin arriva et entreprit de retirer ces effroyables couvertures, Walter Gilman était mort.

Il serait barbare de faire plus que suggérer ce qui avait tué Gilman. C'était pratiquement un tunnel qui traversait son corps – et son cœur avait été dévoré. Dombrowski, hors de lui devant l'échec de ses efforts incessants pour empoisonner les rats, renonça à toute idée de bail, et moins d'une semaine après il avait déménagé avec tous ses plus vieux locataires dans une maison miteuse mais moins ancienne de Walnut Street. Le plus dur pendant quelque temps fut de calmer Joe Mazurewicz ; car le monteur de métiers qui broyait du noir était incapable de rester sobre, et ne faisait que gémir et marmonner des histoires d'horreur et de fantômes.

Il semble que pendant cette dernière nuit atroce, Joe se soit penché pour regarder les traces de pattes sanglantes qui menaient du lit de Gilman au trou de rat voisin. Sur le tapis elles étaient très confuses, mais le plancher était à nu entre le bord du tapis et la plinthe. Là Mazurewicz avait découvert une chose monstrueuse – du moins il le croyait, car personne ne partageait tout à fait son avis malgré l'indéniable singularité des empreintes. Les traces sur le parquet étaient sans aucun doute extrêmement différentes des empreintes normales d'un rat, mais même Choynski et Desrochers refusèrent d'admettre qu'elles ressemblaient à celles de quatre minuscules mains humaines.

La maison ne fut plus jamais louée. Dès que Dombrowski l'eut quittée, la chape de l'irrémédiable abandon commença de s'étendre sur elle, car les gens l'évitaient à la fois pour son ancienne réputation et à cause de sa nouvelle puanteur. Peut-être la mort-aux-rats de l'ancien propriétaire avait-elle fini par agir, mais peu après son départ l'endroit devint une gêne pour le voisinage. Des fonctionnaires de la santé découvrirent que l'odeur venait des espaces clos au-dessus et à côté de la mansarde de l'est, et s'accordèrent à penser que le nombre de rats morts devait être considérable. Ils conclurent néanmoins qu'on perdrait son temps à ouvrir le toit pour désinfecter les recoins depuis longtemps condamnés ; car l'infection serait bientôt dissipée, et l'on n'était guère délicat dans le quartier. En fait il avait toujours couru de vagues rumeurs sur des puanteurs inexpliquées tout en haut de la Maison de la Sorcière aussitôt après la veille du Premier-Mai et de la Toussaint. Les voisins en ronchonnant acceptèrent le statu quo – mais l'odeur fétide n'en était pas moins un argument supplémentaire contre la maison. Finalement elle fut condamnée comme impropre à l'habitation par l'inspecteur des bâtiments.

    Les rêves de Gilman et les incidents qui les accompagnèrent n'ont jamais été expliqués. Elwood, dont les réflexions sur toute l'affaire vous feraient parfois perdre la tête, revint à l'université l'automne suivant, et obtint son diplôme en juin. Il constata qu'on parlait beaucoup moins de spectres en ville, et en effet – malgré certaines rumeurs de ricanements fantomatiques dans la maison déserte, qui durèrent presque autant que le bâtiment lui-même – on ne conta plus à mi-voix aucune autre apparition de la vieille Keziah ni de Brown Jenkin après la mort de Gilman. C'est plutôt une chance qu'Elwood ne se soit pas trouvé à Arkham cette dernière année où certains faits réveillèrent brusquement les racontars locaux au sujet des horreurs passées. Bien sûr il en entendit parler un peu plus tard et souffrit d'indicibles tourments en de sombres et incertaines conjectures ; mais cela même était moins cruel que la présence concrète des choses et ce qu'il aurait pu voir.

    En mars 1931, une tempête détruisit le toit et la grande cheminée de la Maison de la Sorcière, alors inoccupée, de sorte qu'un désordre de briques brisées, de bardeaux noircis et moussus, de planches et de poutres pourries s'effondra dans le grenier et en défonça le plancher. Tout l'étage au-dessous fut obstrué de débris, mais personne ne prit la peine de toucher à ce fatras jusqu'à l'inévitable démolition de la bâtisse délabrée. Cette dernière étape survint en décembre de la même année, et ce fut avec le déblaiement de l'ancienne chambre de Gilman par des ouvriers inquiets et réticents que les bavardages commencèrent.

Parmi les décombres qui avaient crevé l'ancien plafond oblique, plusieurs choses alertèrent les ouvriers, qui prévinrent la police. Par la suite la police à son tour prévint le coroner et plusieurs professeurs de l'université. Il y avait des os – sérieusement écrasés et brisés, mais manifestement humains – dont l'âge visiblement récent s'opposait de manière inexplicable à l'époque reculée où leur seule cachette possible, la soupente basse au plancher oblique, avait dû être fermée à toute présence humaine. Le médecin légiste déclara que certains appartenaient à un jeune enfant, alors que d'autres – mêlés à des lambeaux pourris d'étoffe brunâtre – étaient ceux d'une femme âgée, de petite taille et voûtée. Un tri minutieux des débris révéla aussi beaucoup de minuscules os de rats pris dans l'effondrement, ainsi que d'autres plus anciens rongés par de petits crocs d'une façon qui suscitait parfois bien des débats et des réflexions.

On découvrit d'autres objets, notamment les fragments confondus de beaucoup de livres et de papiers, mêlés à une poussière jaunâtre résultant de la désintégration de volumes encore plus vieux. Tous sans exception semblaient avoir trait à la magie noire sous ses formes les plus évoluées et les plus horribles ; la date assurément récente de certains documents reste toujours un mystère aussi insoluble que celui des derniers ossements humains. Plus énigmatique encore est la parfaite homogénéité de l'écriture archaïque, indéchiffrable, découverte sur une large gamme de papiers dont l'état et le filigrane indiquent des différences de datation de cent cinquante à deux cents ans. Aux yeux de certains, cependant, le plus mystérieux de tout est la diversité des objets totalement inexplicables – dont les formes, les matières, les styles de fabrication et les usages défiaient toute conjecture – et qu'on avait trouvés épars au milieu des débris, naturellement plus ou moins abîmés. L'un d'eux – qui intéressa vivement plusieurs professeurs de Miskatonic – est une horreur très endommagée, assez semblable à l'étrange figurine donnée par Gilman à l'université, mais plus grande, faite d'une singulière pierre bleuâtre au lieu de métal, et munie d'un socle aux angles insolites et aux hiéroglyphes incompréhensibles.

Archéologues et anthropologues essaient encore aujourd'hui d'expliquer les bizarres dessins ciselés sur une coupe écrasée en métal léger dont l'intérieur portait, quand on la trouva, de sinistres taches brunes. Les étrangers et les grands-mères crédules sont tous inépuisables au sujet du crucifix de nickel à la chaîne brisée mêlé aux débris, et dans lequel Joe Mazurewicz reconnut en tremblant celui qu'il avait donné au pauvre Gilman, des années plus tôt. Certains croient que ce crucifix a été traîné par les rats dans le grenier condamné, tandis que d'autres pensent qu'il a toujours été sur le plancher dans un coin de l'ancienne chambre de Gilman. D'autres encore, y compris Joe lui-même, ont des théories trop invraisemblables et extravagantes pour un jugement sensé.

Quand on abattit le mur oblique dans la chambre de Gilman, on s'aperçut que l'espace triangulaire autrefois fermé entre cette cloison et le mur nord de la maison contenait beaucoup moins de gravats, même proportionnellement à sa taille, que la chambre proprement dite ; mais on y trouva une épouvantable couche de matière plus ancienne qui paralysa d'horreur les démolisseurs. Bref, le sol était un véritable ossuaire fait de squelettes de petits enfants – certains assez récents, mais d'autres remontant par des degrés infinis jusqu'à une telle ancienneté qu'ils tombaient presque en poussière. Sur cette profonde strate osseuse reposait un couteau de grande taille, visiblement très ancien, et d'un dessin grotesque, exotique et surchargé – au-dessus duquel s'entassaient les débris.

Au milieu de cet amas, coincé entre une planche tombée et quelques briques cimentées provenant des ruines de la cheminée, un objet devait susciter à Arkham plus de trouble, de terreur dissimulée et de commentaires ouvertement superstitieux que tout ce qu'on avait découvert dans la maudite maison hantée. C'était le squelette à demi écrasé d'un énorme rat sans doute malade, dont les anomalies de forme sont toujours un objet de discussion et l'occasion aussi d'une singulière réserve parmi les membres de la section d'anatomie comparée de Miskatonic. On divulgua très peu de chose au sujet de ce squelette, mais les ouvriers qui l'avaient découvert parlaient à voix basse d'un air horrifié des longs poils brunâtres qui l'accompagnaient.

Les os des pattes minuscules, dit-on, dénotent des facultés de préhension plus caractéristiques d'un petit singe que d'un rat ; tandis que le crâne aux féroces crocs jaunes est absolument anormal, car vu sous certains angles il paraît la caricature monstrueuse d'un crâne humain en miniature. Les ouvriers se signèrent avec épouvante quand ils exhumèrent cette abomination, mais plus tard ils brûlèrent des cierges en témoignage de gratitude à l'église Saint-Stanislas, parce que ce gloussement suraigu de fantôme, ils étaient sûrs de ne plus l'entendre jamais.

LE CAUCHEMAR D'INNSMOUTH

The Shadow over Innsmouth, 1931

1

Au cours de l'hiver 1927-1928, des fonctionnaires du gouvernement fédéral menèrent une enquête mystérieuse et confidentielle à propos de certains faits survenus dans l'ancien port de pêche d'Innsmouth, Massachusetts. Le public ne l'apprit qu'en février, à l'occasion d'une importante série de rafles et d'arrestations, suivie de l'incendie volontaire et du dynamitage – avec les précautions qui s'imposaient – d'un nombre considérable de maisons délabrées, vermoulues et qu'on supposait vides, le long du front de mer abandonné. Les esprits peu curieux considérèrent cet événement comme l'un des affrontements les plus graves de la guerre intermittente contre les trafiquants d'alcool.

Néanmoins, les plus attentifs lecteurs de la presse s'étonnèrent du nombre prodigieux des arrestations, des forces de police exceptionnelles qu'on y mobilisa, et du secret qui entourait le sort des prisonniers. Il ne fut pas question de procès, ni même d'accusation précise ; et l'on ne vit par la suite aucun des captifs dans les geôles officielles du pays. Il y eut de vagues déclarations à propos de camps de concentration, de maladie, et plus tard de dispersion dans diverses prisons militaires et navales, mais on ne sut jamais rien de positif. Innsmouth elle-même resta presque dépeuplée, et c'est à peine si elle commence aujourd'hui à donner quelques signes d'une lente renaissance.

Les protestations de nombreuses organisations libérales donnèrent lieu à de longs entretiens tenus secrets, et l'on emmena leurs représentants visiter certains camps et prisons. À la suite de quoi, lesdites organisations devinrent singulièrement passives et réticentes. Les journalistes furent plus difficiles à manier, mais ils finirent par coopérer, pour la plupart, avec le gouvernement. Un seul journal – un petit format toujours suspect d'extravagance – parla d'un sous-marin de grande profondeur qui aurait déchargé des torpilles dans l'abîme situé au-delà du Récif du Diable. Cette nouvelle, recueillie au hasard d'un café de matelots, parut vraiment très invraisemblable puisque le bas et noir récif se trouve à un bon mille et demi du port d'Innsmouth.

Les gens de la campagne et des villes environnantes échangèrent maints propos à voix basse, mais n'en dirent presque rien aux étrangers. Depuis bientôt un siècle qu'ils parlaient de l'agonisante Innsmouth à moitié déserte, rien de nouveau ne pouvait être plus hideux et délirant que ce qu'on avait chuchoté et insinué dans les années passées. Bien des incidents leur avaient appris à se taire, et désormais on aurait en vain tenté de les contraindre. D'ailleurs ils ne savaient pas grand-chose car de vastes marécages, désolés et sans habitants, séparent Innsmouth de l'intérieur des terres.

Mais je vais enfin braver l'interdit qui fait le silence sur cette affaire. Les résultats, j'en suis certain, sont tellement décisifs qu'à part une violente répulsion, on ne risque aucun dommage public à laisser entendre ce qu'ont découvert à Innsmouth ces enquêteurs horrifiés. Du reste, il peut y avoir à ces découvertes plus d'une explication. J'ignore dans quelle mesure on m'a raconté, même à moi, toute l'histoire, et j'ai bien des raisons pour ne pas avoir envie d'approfondir. Car je m'y suis trouvé mêlé plus étroitement qu'aucun autre profane, et j'en ai reçu des impressions qui peuvent encore me mener à des décisions radicales.

C'est moi qui, affolé, me suis enfui d'Innsmouth à l'aube du 16 juillet 1927, et dont les appels épouvantés ont entraîné l'enquête et l'action du gouvernement telles qu'on les a rapportées. J'ai préféré garder le silence tant que l'affaire était incertaine et de fraîche date ; mais maintenant, c'est une vieille histoire qui ne suscite plus la curiosité ni l'intérêt du public, et j'éprouve un étrange désir de dire tout bas les effroyables heures que j'ai passées dans ce lieu malfamé et malchanceux, havre de mort et de monstruosités impies. Le seul fait de raconter m'aide à reprendre confiance en mes propres facultés, en prouvant que je n'ai pas été simplement la première victime d'une hallucination contagieuse et cauchemardesque. Il m'aide aussi à me décider pour le pas terrible que je vais avoir à franchir.

Je n'avais jamais entendu parler d'Innsmouth avant la veille du jour où je la vis pour la première et – jusqu'ici – dernière fois. Je fêtais ma majorité en parcourant la Nouvelle-Angleterre – en touriste, amateur d'antiquités et de généalogie – et j'avais projeté d'aller directement du vieux Newburyport jusqu'à Arkham, d'où venait la famille de ma mère. N'ayant pas de voiture, je voyageais par le train, le tramway et le car, en choisissant toujours le trajet le plus économique. À Newburyport, on me dit que pour Arkham il fallait prendre le train à vapeur ; ce fut seulement au guichet de la gare, où j'hésitais, trouvant le billet trop cher, que j'appris l'existence d'Innsmouth. L'employé, gros homme au visage rusé, dont le langage prouvait qu'il n'était pas du pays, sembla comprendre mes soucis d'économie et me suggéra une solution qu'aucun de mes informateurs ne m'avait proposée.

« Vous pourriez prendre le vieil autobus, je crois, dit-il avec une certaine hésitation, mais on ne l'aime pas beaucoup par ici. Il passe par Innsmouth – vous avez dû en entendre parler – et ça ne plaît pas aux gens. C'est un type d'Innsmouth qui conduit – Joe Sargent – mais j'ai l'impression qu'il ne doit jamais charger aucun client ni ici ni à Arkham. Je me demande comment il fait pour continuer. Les places doivent pas être chères, mais j'y vois jamais plus de deux ou trois personnes – et toujours des gens d'Innsmouth. Il quitte la grand-place – en face de la pharmacie Hammond – à dix heures du matin et à sept heures du soir, à moins qu'il ait changé dernièrement. Ça a l'air d'une terrible guimbarde – j'ai jamais été dedans. »

Ce fut donc la première fois que j'entendis parler de la sombre Innsmouth. Toute mention d'une agglomération ni portée sur les cartes ordinaires ni mentionnée dans les guides récents m'aurait intéressé, mais la manière bizarre dont l'employé y avait fait allusion éveilla une sorte de réelle curiosité. Une ville capable d'inspirer à ses voisins une telle répugnance devait au moins, me dis-je, sortir de l'ordinaire et mériter l'attention d'un touriste. Si elle était avant Arkham, je m'y arrêterais – je priai donc l'employé de m'en parler un peu. Il fut très circonspect, et aborda le sujet d'un air un peu condescendant.

« Innsmouth ? Ma foi, c'est une drôle de ville à l'embouchure du Manuxet. C'était presque une cité – en tout cas un grand port avant la guerre de 1812 – mais tout s'est détraqué dans les cent dernières années à peu près. Plus de chemin de fer – le B. & M.{1} n'y passe jamais, et la ligne secondaire qui venait de Rowley a été abandonnée il y a des années.

« Il reste plus de maisons vides que de gens, je crois, et pour ainsi dire il n'y a plus de commerces sauf la pêche et les parcs à homards. Toutes les affaires se font surtout ici ou à Arkham ou Ipswich. Autrefois, ils avaient quelques fabriques, mais il ne reste rien aujourd'hui qu'un atelier d'affinage d'or qui fonctionne à très petit rendement.

« N'empêche que, dans le temps, c'était une grosse affaire, et le vieux Marsh, son propriétaire, doit être riche comme Crésus. Drôle de type, d'ailleurs, toujours bouclé chez lui. Il aurait attrapé sur le tard une maladie de peau ou une difformité qui l'empêcherait de se montrer. C'est le petit-fils du capitaine Obed Marsh, qui a fondé l'affaire. Sa mère devait être une espèce d'étrangère – on dit une insulaire des mers du Sud –, aussi ça a fait un boucan de tous les diables quand il a épousé une fille d'Ipswich voilà cinquante ans. On est toujours comme ça avec les gens d'Innsmouth, et ceux de par ici qui ont du sang d'Innsmouth essaient toujours de le cacher. Mais les enfants et les petits-enfants de Marsh, pour ce que j'en ai vu, m'ont l'air tout à fait comme tout le monde. Je me les suis fait montrer ici – bien que, maintenant que j'y pense, on n'ait pas vu les aînés ces derniers temps. Le vieux, je l'ai jamais vu.

« Et pourquoi tout le monde en veut comme ça à Innsmouth ? Ma foi, jeune homme, il ne faut pas attacher trop d'importance à ce que disent les gens du pays. Ils sont difficiles à mettre en train, mais quand ils ont démarré, ça n'en finit plus. Ils n'ont fait que raconter des histoires sur Innsmouth – ou plutôt chuchoter – pendant les cent dernières années, je pense, et j'en conclus qu'ils ont peur, surtout. Certaines de ces fables vous feraient rire – comme celle du vieux capitaine Marsh qui aurait conclu un pacte avec le diable et aurait fait venir des diablotins de l'enfer pour les installer à Innsmouth, ou ces espèces de cultes sataniques et de terribles sacrifices dans un endroit près des quais qu'on aurait découvert autour de 1845 – mais je viens de Panton, dans le Vermont, et tout ça ne prend pas avec moi.

« Pourtant, je voudrais que vous entendiez ces vieux à propos du récif noir, un peu à distance de la côte – le Récif du Diable, ils l'appellent. Il est bien au-dessus de l'eau la plupart du temps, et jamais loin sous la surface, mais on peut pas dire que c'est une île. Ils racontent qu'on y voit quelquefois toute une légion de diables –

vautrés dessus, ou qui ne font qu'entrer et sortir de cavernes près du sommet. C'est une masse inégale et déchiquetée, à un bon mille du rivage, et vers la fin des années de navigation active, les marins faisaient de grands détours pour l'éviter.

« Je veux dire, les marins qui n'étaient pas d'Innsmouth. Une des choses qu'on reprochait au vieux capitaine Marsh, c'était censément d'y aborder de nuit, parfois, quand la marée le permettait. Il le faisait peut-être, car la nature du rocher est sans doute intéressante, et il est possible aussi qu'il ait cherché un butin de pirates, et même qu'il l'ait trouvé ; mais on prétendait qu'il allait y retrouver des démons. En fait, je crois bien que c'est vraiment le capitaine qui a donné au récif sa mauvaise réputation.

« C'était avant la grande épidémie de 1846, qui a emporté plus de la moitié des gens d'Innsmouth. On n'a jamais su exactement de quoi il retournait ; ça devait être une maladie étrangère rapportée de Chine ou d'ailleurs par les bateaux. En tout cas ça a fait du vilain : il y a eu des émeutes et toutes sortes d'horreurs dont la ville, je crois, n'a jamais été délivrée et elle ne s'en est pas remise. Il ne doit pas y vivre aujourd'hui plus de trois cents ou quatre cents habitants.

« Mais la vraie raison de l'attitude des gens d'ici, c'est simplement un préjugé racial – et je ne peux pas dire que je leur en fasse reproche. Moi-même j'ai horreur de ceux d'Innsmouth et je ne voudrais pas aller chez eux. Vous devez savoir – bien que je voie à votre accent que vous êtes de l'Ouest – que beaucoup de nos bateaux de Nouvelle-Angleterre avaient souvent affaire avec de drôles de ports en Afrique, en Asie, dans les mers du Sud et un peu partout, et qu'ils en ramenaient quelquefois de drôles d'individus. Vous avez sans doute entendu parler du gars de Salem qui est rentré chez lui avec une femme chinoise, et vous savez peut-être qu'il y a encore un tas d'indigènes des îles Fidji dans les parages de Cape Cod.

« Eh bien, il doit y avoir une histoire de ce genre dans le cas des gens d'Innsmouth. La ville a toujours été profondément coupée du reste du pays par les cours d'eau et les marécages, si bien qu'on connaît mal les tenants et les aboutissants de l'affaire ; mais il est plus que probable que le capitaine Marsh a ramené des spécimens bizarres quand il avait trois bateaux en service dans les années 1820 et 1830. Il y a sûrement encore aujourd'hui quelque chose de spécial dans le physique des habitants d'Innsmouth – je sais pas comment l'expliquer, mais ça vous met mal à l'aise. Vous le remarquerez un peu chez Sargent si vous prenez son bus. Certains ont la tête curieusement étroite, le nez plat, des yeux saillants et fixes qu'on ne voit jamais se fermer, et leur peau n'est pas normale. Elle est rêche et couverte de croûtes, toute ridée et plissée sur les côtés du cou. Ils deviennent chauves aussi, de très bonne heure. Les plus vieux sont les pires – en réalité, je ne crois pas en avoir jamais vu de vraiment vieux dans ce genre-là. Ils doivent mourir de saisissement en se voyant dans la glace ! Les animaux les détestent – ils avaient beaucoup d'ennuis avec les chevaux avant l'arrivée des automobiles.

« Personne par ici, ni à Arkham ou Ipswich, ne veut avoir de rapports avec eux, et ils se montrent eux-mêmes distants quand ils viennent en ville ou si quelqu'un essaie de pêcher dans leurs eaux. C'est curieux qu'il y ait toujours des tas de poissons au large d'Innsmouth quand il n'y en a nulle part ailleurs – mais essayez un peu d'aller en pêcher et vous verrez comment on vous fera déguerpir ! Ces gens-là venaient habituellement ici par le train – en allant à pied le prendre à Rowley quand la voie de raccordement a été abandonnée – mais à présent, ils prennent cet autobus.

« Oui, il y a un hôtel à Innsmouth – on l'appelle la Maison Gilman –, je crois qu'il n'est pas bien fameux et je ne vous conseille pas de l'essayer. Vaut mieux rester ici et prendre le bus de dix heures demain matin ; ensuite vous aurez un autobus pour Arkham à huit heures du soir. Il y a deux ans, un inspecteur du travail a couché au Gilman, et il a eu beaucoup à s'en plaindre. Ils ont de drôles de clients, on dirait : il a entendu dans d'autres chambres – bien que la plupart aient été vides – des voix qui lui ont donné la chair de poule. C'était une langue étrangère, à son avis, mais le pire c'était une certaine voix qui parlait de temps à autre. Elle avait un son tellement anormal – comme un clapotement – qu'il a pas osé se déshabiller ni se coucher. Il a veillé jusqu'au matin et il a filé à la première heure. La conversation avait duré presque toute la nuit.

« Ce gars-là – il s'appelait Casey – en avait long à dire sur la méfiance des gens d'Innsmouth qui le surveillaient et avaient un peu l'air de monter la garde. L'entreprise de Marsh lui avait paru bizarre : elle était installée dans un vieux moulin sur les dernières chutes du Manuxet. Ce qu'il disait concordait avec ce que j'avais entendu raconter. Des livres mal tenus, pas de comptes précis pour aucune des différentes transactions. Voyez-vous, on s'est toujours demandé d'où les Marsh tiraient l'or qu'ils apportaient. Ils ont jamais eu l'air d'acheter beaucoup de ct'article-là, et pourtant, voilà bien des années, ils envoyaient par bateaux des quantités de lingots.

« On a beaucoup parlé d'une curieuse espèce de bijoux étrangers que les marins et les ouvriers de l'affinage auraient quelquefois vendus en douce, ou qu'on aurait vus une ou deux fois portés par les femmes chez les Marsh. On supposait que le vieux capitaine Obed avait pu les échanger dans un de ces ports de païens, surtout qu'il commandait toujours des quantités de perles de verre et de babioles comme en emportent les marins pour commercer avec les indigènes. D'autres pensaient, et pensent encore, qu'il avait trouvé une vieille cache de pirate sur le Récif du Diable. Mais il y a quelque chose d'extraordinaire. Le vieux capitaine est mort depuis soixante ans, et aucun bateau de tonnage moyen n'est sorti du port depuis la guerre civile ; or les Marsh continuent comme autrefois à acheter de cette pacotille pour les indigènes – surtout des babioles en verre et en caoutchouc, paraît-il. À croire que les gens d'Innsmouth les trouvent à leur goût eux-mêmes – Dieu sait qu'ils sont tombés aussi bas que les cannibales des mers du Sud et les sauvages de Guinée.

« L'épidémie de 46 a dû emporter les meilleures familles de la ville. En tout cas, il reste maintenant que des gens douteux, et les Marsh comme les autres richards ne valent pas mieux. Comme je vous l'ai dit, il n'y a sûrement pas plus de quatre cents habitants dans toute la ville malgré la quantité de rues qu'ils ont, il paraît. Ils m'ont l'air d'être ce qu'on appelle « les sales Blancs » dans les États du Sud : rusés, sans foi ni loi et agissant en dessous. Ils pêchent beaucoup de poissons et de homards qu'ils exportent par camion. Incroyable comme le poisson grouille chez eux et nulle part ailleurs.

« Personne ne peut jamais surveiller ces gens-là, et les fonctionnaires de l'école publique ou du recensement en voient de dures. Vous vous doutez que les étrangers trop curieux sont mal reçus là-bas. Personnellement, j'ai entendu dire que plus d'un homme d'affaires ou d'un représentant du gouvernement y avaient disparu, et il est question aussi de quelqu'un qui serait devenu fou et se trouverait à présent à l'asile de Denver. Il a dû en avoir une peur bleue.

« C'est pour ça que j'irais pas de nuit, si j'étais vous. Je n'y suis jamais allé et je n'en ai pas envie, mais je pense que vous ne risquez rien en y faisant un tour dans la journée – même si les gens de par ici vous le déconseillent. Si vous venez seulement en touriste pour voir des choses d'autrefois, Innsmouth devrait être un endroit idéal pour vous. »

Je passai donc une partie de la soirée à la bibliothèque municipale de Newburyport à la recherche des documents sur Innsmouth. Quand j'avais essayé d'interroger les habitants dans les boutiques, au restaurant, dans les garages et chez les pompiers, je les avais trouvés encore plus difficiles à mettre en train que ne l'avait prédit l'employé de la gare et je compris que je n'aurais pas le temps de vaincre leurs premières réticences instinctives. Ils avaient une sorte d'obscure méfiance, comme si quiconque s'intéressait trop à Innsmouth leur était un peu suspect. À l'YMCA{2}, où je logeais, on me déconseilla absolument de me rendre dans un lieu aussi sinistre et décadent ; les gens à la bibliothèque exprimèrent la même opinion. Manifestement, aux yeux des personnes cultivées, Innsmouth n'était qu'un cas extrême de dégénérescence urbaine.

Parmi les ouvrages de la bibliothèque, les chroniques du comté d'Essex m'apprirent peu de chose, si ce n'est que la ville fut fondée en 1643, célèbre avant la révolution pour la construction navale, centre d'une grande prospérité maritime au début du XIXe siècle, et plus tard d'une industrie mineure utilisant le Manuxet comme force motrice. L'épidémie et les émeutes de 1846 étaient à peine évoquées, comme si elles avaient été une honte pour le comté.

On parlait peu du déclin, mais les textes plus récents étaient significatifs. Après la guerre civile, toute la vie industrielle se résumait à la compagnie d'affinage Marsh, et la vente des lingots d'or restait le seul vestige d'activité commerciale en dehors de la sempiternelle pêche en mer. Celle-ci rapportait de moins en moins à mesure que le prix de la marchandise baissait, et que des sociétés à grande échelle faisaient des offres concurrentes, mais le poisson ne manquait jamais au large du port d'Innsmouth. Les étrangers s'y installaient rarement, et des faits passés sous silence prouvaient que plusieurs Polonais et Portugais, s'y étant risqués, avaient été écartés par les mesures les plus radicales.

Le plus intéressant était une référence indirecte aux bijoux étranges qu'on associait vaguement à Innsmouth. Ils avaient dû laisser une forte impression dans tout le pays car on en signalait des spécimens au musée de l'université de Miskatonic, à Arkham, dans la salle d'exposition de la Société historique de Newburyport. Les descriptions fragmentaires de ces objets, pourtant plates et banales, me suggérèrent la continuité d'une étrangeté sous-jacente. Ce qu'ils avaient pour moi d'insolite et de provocant m'obséda au point que, malgré l'heure assez tardive, je résolus d'aller voir, si c'était encore possible, l'échantillon local – un bijou de grande taille aux proportions singulières, qui représentait de toute évidence une tiare.

Le bibliothécaire me remit un mot d'introduction pour la conservatrice de la Société, une certaine miss Anna Tilton, qui habitait tout près, et, après une brève explication, cette vénérable dame eut la bonté de me faire entrer dans le bâtiment, déjà fermé bien qu'il ne fût pas une heure indue. La collection était vraiment remarquable, mais en l'occurrence je n'avais d'yeux que pour le bizarre objet qui étincelait dans une vitrine d'angle sous la lumière électrique.

Il n'était pas nécessaire d'être particulièrement sensible à la beauté pour rester comme moi littéralement suffoqué devant la splendeur singulière, surnaturelle, de l'œuvre riche, déroutante, fantastique qui reposait là, sur un coussin de velours violet. Aujourd'hui encore, je suis presque incapable de décrire ce que j'ai vu, bien qu'il s'agît nettement d'une sorte de tiare, ainsi que je l'avais lu. Elle était haute sur le devant, très large et d'un contour curieusement irrégulier, tel qu'on l'aurait conçu pour une tête monstrueusement elliptique. L'or semblait y dominer, mais un mystérieux éclat plus lumineux suggérait quelque étrange alliage avec un autre métal magnifique, difficile à identifier. Elle était en parfait état, et l'on aurait passé des heures à étudier les dessins saisissants et d'une originalité déroutante – les uns simplement géométriques, d'autres nettement marins –, ciselés ou modelés en relief sur sa surface avec un art d'une habileté et d'une grâce incroyables.

Plus je la regardais, plus elle me fascinait ; et je percevais dans cet attrait un élément troublant, impossible à définir et à expliquer. J'attribuai d'abord mon malaise au caractère d'outre-monde de cet art étrange. Toutes les autres œuvres que j'avais vues jusqu'alors appartenaient à un courant connu, racial ou national, à moins qu'elles ne soient un défi résolument moderniste à toutes les traditions. Cette tiare n'était ni l'un ni l'autre. Elle relevait évidemment d'une technique accomplie, d'une maturité et d'une perfection infinies, mais radicalement différente de toutes celles – orientales ou occidentales, anciennes ou modernes – que je connaissais de vue ou de réputation. On eût dit que c'était l'œuvre d'une autre planète.

Pourtant je compris bientôt que mon trouble avait une autre origine, peut-être aussi puissante que la première, dans les allusions picturales et mathématiques de ces singuliers dessins. Les formes évoquaient toutes de lointains secrets, d'inconcevables abîmes dans l'espace et le temps, et la nature invariablement aquatique des reliefs devenait presque sinistre. Ils représentaient entre autres des monstres fabuleux d'un grotesque et d'une malignité répugnants – mi-poissons, mi batraciens – que je ne pouvais dissocier d'une obsédante et pénible impression de pseudo-souvenir, comme s'ils faisaient surgir je ne sais quelle image des cellules et des tissus enfouis dont les fonctions de mémorisation sont entièrement primitives et effroyablement ancestrales. Il me semblait parfois que chaque trait de ces maudits poissons-grenouilles répandait l'extrême quintessence d'un mal inconnu qui n'avait rien d'humain.

La courte et banale histoire de la tiare telle que me la raconta miss Tilton faisait un singulier contraste avec son aspect. Elle avait été mise en gage pour une somme ridicule dans une boutique de State Street en 1873, par un ivrogne d'Innsmouth, tué peu après dans une bagarre. La Société l'avait achetée au prêteur sur gages, et lui avait aussitôt donné un cadre digne de sa qualité. On indiquait qu'elle venait probablement d'Indochine ou des Indes orientales, mais cette attribution était franchement provisoire.

Miss Tilton, ayant envisagé toutes les hypothèses concernant son origine et sa présence en Nouvelle-Angleterre, inclinait à croire qu'elle faisait partie du trésor exotique d'un pirate découvert par le vieux capitaine Obed Marsh. Opinion que ne démentirent pas les offres de rachat à un prix élevé que les Marsh firent avec insistance aussitôt qu'ils la surent au musée, et qu'ils avaient répétées jusqu'à ce jour malgré l'invariable refus de la Société.

En me raccompagnant à la porte, la bonne dame me fit comprendre que la théorie du pirate qui aurait fait la fortune des Marsh était très répandue parmi les gens intelligents de la région. Sa propre attitude à l'égard de la ténébreuse Innsmouth – qu'elle n'avait jamais vue – était le dégoût d'une communauté qui glissait au niveau le plus bas de l'échelle culturelle, et elle m'assura que les rumeurs de culte satanique étaient en partie justifiées par l'existence d'une religion secrète singulière qui s'y était développée au point d'anéantir toutes les Églises orthodoxes.

On l'appelait, disait-elle, l'« Ordre ésotérique de Dagon », et il s'agissait sans aucun doute de croyances dégradées, à moitié païennes, importées d'Orient un siècle plus tôt, à l'époque où les pêcheries d'Innsmouth semblaient péricliter. Il était tout naturel qu'elles s'implantent chez des gens à l'esprit simple à la suite du retour soudain et permanent d'inépuisables bancs de poissons, et l'Ordre avait bientôt pris sur la ville une influence prépondérante, détrônant la franc-maçonnerie et installant son quartier général dans le vieux Masonic Hall, sur New Church Green{3}.

Tout cela constituait, pour la pieuse miss Tilton, une excellente raison d'éviter la vieille ville en ruine et dépeuplée ; pour moi, ce fut un stimulant supplémentaire. À ce que j'espérais de l'architecture et de l'histoire s'ajoutait maintenant un zèle ardent pour l'anthropologie, et je pus à peine fermer l'œil avant la fin de la nuit dans ma petite chambre à L'Union.

2

Le lendemain matin, un peu avant dix heures, j'étais, une petite valise à la main, devant la pharmacie Hammond sur la place du vieux marché, pour attendre l'autobus d'Innsmouth. À mesure qu'approchait le moment de son arrivée, j'observai un recul général des flâneurs qui remontaient la rue ou traversaient la place jusqu'au restaurant Ideal Lunch. L'employé de la gare n'avait donc pas exagéré l'aversion de la population locale pour Innsmouth et ses habitants. Peu après, un petit car gris sale, extrêmement délabré, dévala State Street à grand bruit, prit le tournant et s'arrêta près de moi au bord du trottoir. Je compris immédiatement que c'était lui ; ce que confirma l'inscription à demi effacée sur le pare-brise – « Arkham-Innsmouth-Newb'port ».

Il n'y avait que trois passagers – bruns, négligés, l'air morose et assez jeunes – qui descendirent maladroitement quand la voiture s'arrêta et remontèrent State Street en silence, presque furtivement. Le chauffeur descendit à son tour et je le vis entrer dans la pharmacie pour y faire quelque achat. Voilà sans doute, me dis-je, ce Joe Sargent dont parlait l'employé de la gare ; et avant même d'avoir remarqué aucun détail, je fus envahi d'une répugnance instinctive que je ne pus ni expliquer ni réprimer. Je trouvai brusquement tout naturel que les gens du pays n'aient pas envie de voyager dans l'autobus de cet homme ni d'être conduits par son propriétaire, ou de fréquenter le moins du monde la résidence d'un tel individu et de ses pareils.

Lorsque le chauffeur sortit du magasin, je le regardai plus attentivement pour tâcher de saisir la cause de ma mauvaise impression. C'était un homme maigre de près de six pieds de haut, aux épaules voûtées, vêtu de vêtements civils bleus et râpés, et portant une casquette de golf grise aux bords effrangés. Il pouvait avoir trente-cinq ans, mais les rides bizarres qui creusaient profondément les côtés de son cou le vieillissaient quand on ne regardait pas son visage morne et sans expression. Il avait une tête étroite, des yeux bleus saillants et humides qui semblaient ne jamais cligner, le nez plat, le front et le menton fuyants, et des oreilles singulièrement atrophiées. Sa lèvre supérieure, longue et épaisse, et ses joues grisâtres aux pores dilatés paraissaient presque imberbes, à part des poils jaunes clairsemés qui frisaient en maigres touffes irrégulières ; par places, la peau était rugueuse, comme pelée par une affection cutanée. Ses grandes mains aux veines apparentes étaient d'une teinte gris-bleu très extraordinaire. Les doigts, remarquablement courts en proportion, semblaient avoir tendance à se replier étroitement dans l'énorme paume. Quand il revint vers l'autobus, je remarquai sa démarche traînante et ses pieds démesurés. Plus je les regardais, plus je me demandais comment il pouvait trouver des souliers à sa pointure.

Quelque chose de huileux dans son aspect augmenta mon dégoût. Il travaillait sûrement aux pêcheries ou traînait autour car il était imprégné de leur puanteur caractéristique. Impossible de deviner de quel sang il était. Ses singularités n'étaient certainement ni asiatiques, ni polynésiennes, ni levantines ou négroïdes, cependant je voyais bien pourquoi on lui trouvait l'air étranger. Personnellement, j'aurais plutôt pensé à une dégénérescence biologique.

Je regrettai de constater qu'il n'y aurait pas dans l'autobus d'autres passagers que moi. Il me déplaisait, je ne savais pourquoi, de voyager seul avec ce chauffeur. Mais le moment du départ approchant, je vainquis mes appréhensions, suivis l'homme dans le bus et lui tendis un billet d'un dollar en murmurant seulement : « Innsmouth. » Il me regarda un instant avec curiosité en me rendant quarante cents sans mot dire. Je choisis une place loin derrière lui, mais du même côté de l'autobus, car je souhaitais pouvoir suivre des yeux la côte pendant le trajet. Enfin la voiture délabrée démarra avec une secousse, et roula bruyamment entre les vieux bâtiments de brique de State Street dans un nuage de vapeur qui sortait du pot d'échappement. Jetant un coup d'œil aux passants sur les trottoirs, j'eus l'impression qu'ils évitaient de regarder le bus – ou du moins d'avoir l'air de le regarder. Puis nous tournâmes à gauche dans High Street où l'allure se fit plus régulière ; on dépassa rapidement d'imposantes vieilles demeures des débuts de la République puis des fermes de style colonial plus anciennes encore, on traversa le Lower Green et la Parker River, pour déboucher enfin sur une longue plaine monotone en bordure de la côte.

La journée était chaude et ensoleillée, mais le paysage de sable, de carex et d'arbustes rabougris devenait de plus en plus désolé à mesure que nous avancions. Je voyais par la fenêtre l'eau bleue et le long profil sablonneux de Plum Island, et bientôt nous nous rapprochâmes beaucoup de la grève tandis que notre chemin étroit s'éloignait de la grand-route qui menait à Rowley et Ipswich. Il n'y avait plus de maisons en vue, et je jugeai, d'après l'état de la chaussée, que la circulation était très réduite dans les parages. Les petits poteaux télégraphiques éprouvés par les intempéries ne portaient que deux fils. Nous franchissions de temps en temps des ponts de bois rudimentaires sur des cours d'eau soumis à la marée, qui, remontant très loin à l'intérieur des terres, contribuait à l'isolement de la région.

J'aperçus à plusieurs reprises de vieilles souches et des murs de fondations en ruine émergeant du sable amoncelé par le vent, et je me rappelai que, selon une vieille tradition évoquée dans une des histoires que j'avais lues, cette région avait été jadis fertile et très peuplée. Le changement, disait-on, avait coïncidé avec l'épidémie d'Innsmouth en 1846, et les esprits simples voyaient un rapport obscur avec de mystérieuses puissances maléfiques. En fait, il était dû à des coupes inconsidérées de forêts proches du rivage, qui, privant le sol de sa meilleure protection, avaient ouvert la voie à l'invasion des sables poussés par le vent.

Enfin nous perdîmes de vue Plum Island et sur notre gauche apparut l'immense étendue de l'océan Atlantique. Notre route étroite se mit à monter en pente raide, et j'éprouvai un étrange malaise en regardant devant moi la crête solitaire où le chemin creusé d'ornières rencontrait le ciel. Comme si l'autobus allait poursuivre son ascension, quittant complètement le monde de la raison pour se perdre dans les arcanes inconnus des couches supérieures de l'atmosphère et du ciel indéchiffrables. L'odeur de la mer prit une signification inquiétante, et le chauffeur silencieux, la raideur de son dos voûté, sa tête étroite devinrent de plus en plus détestables. En l'observant je m'aperçus que l'arrière de sa tête était presque aussi chauve que son visage ; quelques rares mèches jaunes éparpillées sur une peau grise et rugueuse.

Arrivés au sommet, nous vîmes la vallée qui se déployait de l'autre côté, à l'endroit où le Manuxet rejoignait la mer au nord de la longue ligne de falaises qui culmine à Kingsport Head, puis oblique en direction de Cape Ann. À l'horizon lointain et brumeux je distinguai à peine le profil vertigineux du sommet, couronné par l'étrange vieille maison sur laquelle on a conté tant de légendes ; mais pour l'instant toute mon attention était retenue par le panorama le plus proche juste au-dessous de moi. J'étais, je le compris, face à face avec Innsmouth, la ville épiée par la rumeur.

Malgré sa grande étendue et la densité de ses constructions, la rareté des signes de vie y était de mauvais augure. Du fouillis des cheminées montait à peine un filet de fumée, et les trois grands clochers se dressaient, austères et dépouillés, sur l'horizon du côté de la mer. L'un d'eux perdait son faîte par morceaux, et ainsi qu'un autre il exhibait des trous noirs béants là où avaient été des cadrans d'horloge. L'accumulation de toits en croupe affaissés et de pignons pointus inspirait avec une désagréable évidence l'idée de ruines vermoulues, et, en approchant à mesure que la route descendait, je vis beaucoup de toits complètement effondrés. Il y avait aussi de grandes maisons carrées de style géorgien{4}, avec des toits à arêtes, des lanterneaux et des galeries à balustrade. Elles se trouvaient pour la plupart loin de la mer, et une ou deux étaient en assez bon état. Je vis, s'en éloignant vers l'intérieur des terres, les rails rouillés et envahis par l'herbe du chemin de fer abandonné, avec les poteaux télégraphiques penchés, maintenant dépourvus de fils, et la voie à demi effacée des vieux wagons qui allaient à Rowley et Ipswich.

Le délabrement était pire près des quais, mais en leur centre même, j'aperçus le blanc campanile d'un bâtiment de brique assez bien conservé qui ressemblait à une petite usine. Le port, depuis longtemps ensablé, était protégé par une vieille digue de pierre ; j'y discernai les petites silhouettes de quelques marins assis, et à son extrémité ce qui semblait les fondations d'un phare disparu. Une langue de sable s'était formée à l'intérieur de cette barrière, et l'on y voyait des cabanes branlantes, des doris amarrés et des casiers à homards éparpillés. Il ne semblait y avoir d'eau profonde qu'à l'endroit où la rivière coulait à flots devant le bâtiment au campanile et obliquait vers le sud pour rejoindre l'océan au bout de la digue.

Çà et là les ruines des quais partaient du rivage pour s'achever en méconnaissable pourriture, et les plus éloignés au sud paraissaient les plus dégradés. Au large j'aperçus, malgré la marée haute, une longue ligne noire, presque à fleur d'eau, qui donnait l'impression d'une étrange malignité latente. Ce devait être, je le savais, le Récif du Diable. Tandis que je le regardais, le sentiment subtil, bizarre, qu'il me faisait signe vint s'ajouter à la menace repoussante ; et, curieusement, cette nuance nouvelle me troubla davantage que l'impression première.

Nous ne rencontrâmes personne sur la route, mais bientôt nous passâmes devant des fermes désertes plus ou moins en ruine. Puis je remarquai quelques maisons habitées aux fenêtres brisées bourrées de chiffons, aux cours jonchées de coquillages et de poissons morts. Une ou deux fois je vis des individus à l'air apathique travailler dans des jardins ingrats, ou chercher des clams sur la plage qui empestait le poisson, et des groupes d'enfants sales au visage simiesque qui jouaient devant les seuils envahis de mauvaise herbe. Ces gens semblaient encore plus inquiétants que les bâtiments lugubres car presque tous présentaient des singularités de traits et d'attitude qui m'étaient instinctivement antipathiques sans que je sache les saisir ni les préciser. Je crus un instant que ce physique caractéristique me rappelait une image déjà vue, peut-être dans un livre, en des circonstances particulièrement horribles et attristantes ; mais ce pseudo-souvenir disparut très rapidement.

Comme l'autobus arrivait en terrain plat, je perçus le bruit régulier d'une chute d'eau qui rompait le silence anormal. Les maisons penchées et lépreuses, plus rapprochées, bordaient les deux côtés de la route, et prenaient un caractère plus urbain que celles que nous laissions derrière nous. En avant, la perspective s'était réduite à un décor de rue, où je vis les traces d'un ancien pavage et des bouts de trottoirs de brique. Toutes les maisons paraissaient désertes, et par endroits des brèches révélaient les restes de cheminées et de murs de cave des habitations écroulées. Partout régnait l'odeur de poisson la plus écœurante qu'on puisse imaginer.

Bientôt apparurent des carrefours et des bifurcations ; les rues de gauche menaient vers le rivage aux quartiers sordides non pavés et pourrissants, tandis que celles de droite gardaient encore l'image d'une splendeur défunte. Jusque-là je n'avais vu personne dans cette ville, mais il apparut alors quelques signes d'une population clairsemée – des rideaux aux fenêtres ici et là, une vieille voiture au bord d'un trottoir. Car les trottoirs et les pavés étaient de plus en plus visibles, et même si la plupart des maisons étaient plutôt anciennes – des constructions de bois et de brique du début du XIXe siècle –, elles restaient manifestement habitables. En moi, l'amateur d'antiquités oublia presque le dégoût olfactif comme le sentiment de menace et de répulsion, au milieu de cette riche et immuable survivance du passé.

Mais je ne devais pas atteindre ma destination sans ressentir un choc des plus pénibles. L'autobus était parvenu à une sorte de vaste carrefour ou de place en étoile, avec des églises des deux côtés, et au centre les restes en lambeaux d'une pelouse circulaire, et je regardais à ma droite un grand édifice à colonnes. La peinture autrefois blanche en était à présent grise, écaillée, et l'inscription noir et or sur le fronton était ternie au point que j'eus du mal à déchiffrer les mots « Ordre ésotérique de Dagon ». C'était donc là l'ancienne salle de réunion maçonnique désormais affectée à un culte dégradé. Tandis que je m'efforçais de lire cette inscription, mon attention fut distraite par les sons rauques d'une cloche fêlée qui sonnait de l'autre côté de la rue, et je me retournai vivement pour regarder par la vitre de la voiture tout près de moi.

Le son venait d'une église de pierre au clocher trapu, visiblement plus ancienne que la plupart des maisons, construite dans un style pseudo-gothique et dont le soubassement anormalement haut avait des fenêtres closes. L'horloge que j'apercevais avait perdu ses aiguilles, mais j'entendis la cloche enrouée sonner onze heures. Puis soudain toute idée de temps s'effaça devant une image fulgurante d'une extrême intensité et d'une horreur inexplicable, qui me saisit avant même que j'aie pu l'identifier. La porte du sous-sol était ouverte sur un rectangle de ténèbres. Et au moment où je la regardais, quelque chose passa ou sembla passer sur ce fond obscur, gravant dans mon esprit une impression fugitive de cauchemar d'autant plus affolante que l'analyse n'y pouvait déceler le moindre caractère cauchemardesque.

C'était un être vivant – le premier, à part le chauffeur, que j'aie vu depuis mon entrée dans la ville proprement dite – et si j'avais été plus calme je n'y aurais trouvé absolument rien de terrible. De toute évidence, je le compris un moment plus tard, c'était le pasteur, revêtu des curieux ornements sacerdotaux introduits sans doute depuis que l'Ordre de Dagon avait modifié le rituel des églises locales. Ce qui avait dû frapper mon premier regard inconscient et me pénétrer d'une horreur inexplicable, c'était la haute tiare qu'il portait, réplique presque parfaite de celle que m'avait montrée miss Tilton la veille au soir. Frappant mon imagination, elle avait prêté un caractère sinistre indéfinissable à un visage imprécis et à une silhouette, vêtue d'une robe et traînant les pieds. Je ne tardai pas à conclure que je n'avais eu aucune raison d'éprouver ce frisson pour un néfaste faux souvenir. N'était-il pas naturel qu'une secte locale adopte parmi ses tenues un modèle unique de coiffure familier à la communauté par quelque singularité – peut-être la découverte d'un trésor ?

Çà et là quelques jeunes gens apparurent sur les trottoirs – individus répugnants, seuls ou par petits groupes silencieux de deux ou trois. Le rez-de-chaussée des maisons croulantes abritait parfois de modestes boutiques aux enseignes minables, et je remarquai un ou deux camions arrêtés que nous dépassions bruyamment. Le bruit de chute d'eau devint de plus en plus net, et je vis presque aussitôt devant nous une rivière très encaissée, enjambée par un large pont à balustrade de fer au-delà duquel s'ouvrait une grande place. Pendant que nous le franchissions avec un bruit métallique, je regardai des deux côtés et j'aperçus des bâtiments d'usine sur le bord de l'escarpement herbeux ou un peu plus bas. Tout au fond de la gorge l'eau était très abondante, et je vis deux fortes chutes en amont à ma droite et au moins une en aval à ma gauche. À cet endroit le bruit était assourdissant. Puis nous débouchâmes sur la grande place semi-circulaire de l'autre côté de la rivière et nous nous arrêtâmes à main droite devant une grande bâtisse couronnée d'un belvédère, portant des restes de peinture jaune et une enseigne à demi effacée qui annonçait la Maison Gilman.

Trop heureux de descendre enfin de cet autobus, j'allai immédiatement déposer ma valise dans le hall sordide de l'hôtel. Je n'y trouvai qu'une seule personne – un homme d'un certain âge qui n'avait pas ce que j'avais fini par appeler « le masque d'Innsmouth » – et, me souvenant d'incidents bizarres qu'on avait signalés dans cet hôtel, je résolus de ne lui poser aucune des questions qui me préoccupaient. J'allai plutôt faire un tour sur la place, d'où l'autobus était déjà reparti, pour examiner l'endroit d'un œil attentif et critique.

L'espace libre pavé de pierres rondes était limité d'un côté par la ligne droite de la rivière, de l'autre par un demi-cercle de bâtiments de brique aux toits en pente datant de 1800 environ, d'où rayonnaient plusieurs rues vers le sud-est, le sud et le sud-ouest. Les réverbères étaient désespérément rares et petits – toujours des lampes à incandescence de faible puissance – et je me félicitai d'avoir prévu mon départ avant la nuit, même si je savais qu'il y aurait un beau clair de lune. Les bâtiments étaient tous en bon état et comptaient peut-être une douzaine de boutiques toujours en activité ; l'une d'elles était une épicerie, succursale de la First National, une autre un restaurant lugubre, suivi d'une pharmacie, du bureau d'un poissonnier en gros, et d'une autre encore à l'extrémité est de la place, près de la rivière, les bureaux de la seule industrie de la ville, la Compagnie d'affinage Marsh. Il y avait une dizaine de personnes, quatre ou cinq automobiles et camions arrêtés çà et là. Je me trouvais donc au cœur de la vie sociale d'Innsmouth. J'apercevais à l'est le bleu du port, sur lequel se détachaient les ruines de trois clochers géorgiens, superbes en leur temps. Et vers le littoral, sur l'autre berge de la rivière, le blanc campanile qui surmontait ce que je supposai être l'affinerie Marsh.

Pour une raison ou pour une autre, je commençai à l'épicerie mes premières investigations, le personnel d'une succursale ayant moins de chances d'être du pays. Celui qui s'en occupait seul était un garçon d'environ dix-sept ans, et je constatai avec plaisir l'air accueillant et la vivacité qui promettaient une information réconfortante. Il semblait ravi de parler, et je compris bientôt qu'il n'aimait pas cet endroit, son odeur de poisson ni ses habitants sournois. Quelques mots avec un étranger lui étaient un soulagement. Il venait d'Arkham, logeait chez une famille originaire d'Ipswich, et retournait chez lui chaque fois qu'il avait un moment de liberté. Ses parents regrettaient qu'il travaille à Innsmouth, mais la direction de la chaîne l'avait envoyé là et il ne voulait pas perdre son emploi.

Il n'y avait à Innsmouth, dit-il, ni bibliothèque municipale ni chambre de commerce, mais je saurais probablement m'orienter. La rue par laquelle j'étais arrivé était la Federal. À l'ouest se trouvaient les rues des anciens beaux quartiers – Broad, Washington, Lafayette et Adams Streets – et à l'est les taudis du côté de la mer. C'était là – le long de Main Street – que je trouverais les vieilles églises géorgiennes, mais elles étaient abandonnées depuis longtemps. Mieux valait ne pas se faire trop remarquer dans ces parages – surtout au nord de la rivière – car les gens étaient maussades et hostiles. Quelques étrangers avaient même disparu.

Certains endroits étaient presque territoire interdit, comme il l'avait durement appris à ses dépens. Il ne fallait pas, par exemple, traîner près de l'affinerie Marsh, ni autour d'aucune église encore active ou de la salle à colonnes de l'Ordre de Dagon, à New Church Green. Ces églises très singulières – toutes formellement désavouées ailleurs par leurs confessions respectives – adoptaient, à ce qu'on disait, les rituels et les vêtements sacerdotaux les plus bizarres. Leur credo hétérodoxe et mystérieux faisait entrevoir de prodigieuses métamorphoses qui menaient à une sorte d'immortalité du corps, sur cette terre même. Le pasteur du jeune homme – le Dr Wallace d'Asbury M. E. Church{5} d'Arkham – lui avait solennellement recommandé de ne fréquenter aucune église à Innsmouth.

Quant aux habitants, il ne savait trop qu'en penser. Ils étaient aussi insaisissables et furtifs que les animaux qui vivent dans des terriers, et l'on se demandait bien comment ils pouvaient passer leur temps en dehors de leur activité intermittente de pêcheurs. À en juger par les quantités d'alcool de contrebande qu'ils consommaient, peut-être restaient-ils une bonne partie de la journée plongés dans une hébétude d'ivrogne. Ils semblaient se grouper dans une espèce de solidarité et de morne confrérie – méprisant le reste du monde comme s'ils avaient accès à d'autres sphères d'existence plus enviables. Physiquement, ils étaient vraiment épouvantables – surtout ces yeux fixes qu'on ne voyait jamais fermés – et leur voix faisait horreur. On les entendait avec dégoût psalmodier la nuit dans leurs églises, particulièrement pendant leurs fêtes et cérémonies de « renouveau » qui tombaient deux fois par an, le 30 avril et le 31 octobre.

Ils adoraient l'eau, et nageaient énormément dans la rivière et dans le port. Les courses de natation jusqu'au Récif du Diable étaient très fréquentes, et tous ceux qu'on y voyait semblaient tout à fait capables de prendre part à cette difficile épreuve. À bien y réfléchir, c'étaient plutôt les gens encore jeunes qu'on voyait en public, et parmi eux les aînés étaient le plus sujets aux malformations. Les exceptions, quand il y en avait, étaient en général des personnes sans aucune anomalie comme le vieil employé de l'hôtel. On pouvait se demander ce que devenait la masse des vieilles gens, et si le « masque d'Innsmouth » n'était pas une étrange et insidieuse maladie qui aggravait son emprise à mesure que les années passaient.

Seul un mal peu commun pouvait évidemment provoquer chez un individu d'aussi graves et radicales transformations anatomiques après la maturité – affectant jusqu'à des éléments osseux fondamentaux tels que la forme du crâne – et pourtant, même cette particularité n'était pas plus déconcertante et inouïe que les signes visibles de la maladie dans leur ensemble. Il serait difficile, pensait le jeune homme, d'obtenir des conclusions précises sur ce point car on n'arrivait jamais à connaître personnellement les indigènes même après un long séjour à Innsmouth.

Il était persuadé que beaucoup de spécimens pires encore que les plus hideux qu'on rencontrait étaient tenus sous clé quelque part. On entendait parfois des bruits étranges. Les taudis croulants du front de mer au nord de la rivière communiquaient disait-on par des galeries secrètes, constituant une véritable réserve de monstres invisibles. De quel sang étranger étaient-ils – si c'était du sang ? impossible de le savoir. On cachait quelquefois certains individus particulièrement répugnants quand les représentants du gouvernement ou d'autres personnes du monde extérieur venaient à Innsmouth.

Il serait inutile, dit mon informateur, de poser aux indigènes des questions sur leur cité. Le seul qui consentirait à parler était un homme très âgé mais apparemment normal qui vivait à l'hospice tout en haut du quartier nord et passait son temps à aller et venir ou à flâner près de la caserne des pompiers. Ce personnage chenu, Zadok Allen, avait quatre-vingt-seize ans, perdait un peu la tête, et c'était l'ivrogne de la ville. Un être bizarre aux allures furtives, qui regardait sans cesse par-dessus son épaule comme s'il redoutait quelque chose, et qui refusait absolument, quand il était à jeun, de parler avec des étrangers. Mais aussi, il était incapable de résister à une offre de son poison favori ; et une fois ivre, il prodiguait à voix basse des débris de souvenirs stupéfiants.

Pourtant, on n'en tirait pas grand-chose d'utile ; car ses histoires, allusions folles et sans suite à des horreurs et à des merveilles incroyables, ne pouvaient venir que de sa propre imagination déréglée. Personne ne le croyait jamais, mais les gens de la ville n'aimaient pas le voir boire et parler avec des étrangers ; et il n'était pas toujours sans risque d'être vu en conversation avec lui. Les rumeurs et les chimères populaires les plus délirantes devaient en partie lui être attribuées.

Quelques habitants originaires d'ailleurs prétendaient de temps en temps avoir entr'aperçu des choses monstrueuses, mais entre les histoires du vieux Zadok et les difformités des citoyens, il n'était pas surprenant que naissent de telles illusions. Aucun d'eux ne s'attardait dehors à la tombée de la nuit car il était généralement admis que ce serait une imprudence. D'ailleurs, les rues étaient affreusement sombres.

Quant au commerce, l'abondance du poisson était assurément presque surnaturelle, mais les indigènes en profitaient de moins en moins. En outre, les prix baissaient et la concurrence allait croissant. Évidemment la seule industrie véritable de la ville était l'affinerie, dont les bureaux se trouvaient sur la place, à quelques maisons seulement de l'épicerie où nous étions. Le vieux Marsh ne se montrait jamais, mais il se rendait parfois à son usine dans une voiture fermée aux rideaux tirés.

Beaucoup de bruits couraient sur ce qu'il était devenu. Dans le temps ç'avait été un vrai dandy, et l'on prétendait qu'il portait encore la redingote de l'époque d'Édouard VII, curieusement adaptée à certaines déformations. Ses fils, qui dirigeaient autrefois le bureau sur la place, étaient devenus invisibles depuis longtemps, laissant la charge des affaires à la nouvelle génération. Eux et leurs sœurs avaient pris un air très bizarre, surtout les aînés ; et l'on disait que leur santé déclinait.

L'une des filles Marsh était une femme repoussante, à l'allure reptilienne, qui portait une profusion de bijoux appartenant manifestement à la même tradition exotique que la fameuse tiare. Mon informateur les avait remarqués plusieurs fois, et il avait entendu dire que cela venait d'un trésor secret de pirates ou de démons. Les pasteurs – ou les prêtres, ou quel que soit le nom qu'ils portaient à présent – avaient adopté comme coiffure une parure de ce genre, mais on les apercevait rarement. Le jeune homme n'en avait jamais vu d'autre spécimen, bien qu'il en existât beaucoup à Innsmouth, disait-on.

Les Marsh, comme les trois autres familles bien nées de la ville – les Waites, les Gilman et les Eliot –, vivaient très retirés. Ils habitaient d'immenses demeures le long de Washington Street, et plusieurs étaient soupçonnés d'abriter en cachette certains parents encore vivants à qui leur étrange aspect interdisait de paraître en public, et dont le décès avait été annoncé et enregistré.

M'ayant averti que beaucoup de rues avaient perdu leurs plaques, le jeune homme dessina à mon intention une carte, sommaire mais claire et appliquée, des traits les plus frappants de la ville. Après l'avoir examinée un moment, je sentis qu'elle me serait d'un grand secours, et je l'empochai avec les remerciements les plus vifs. Le seul restaurant que j'avais vu était si minable que j'achetai une bonne provision de biscuits au fromage et de gaufrettes au gingembre qui me tiendraient lieu de déjeuner. Je décidai de parcourir les rues principales, de parler à tous les non-indigènes que je pourrais rencontrer, et de prendre la voiture de huit heures pour Arkham. La ville, je le voyais bien, offrait un exemple extrême et significatif de déchéance collective ; mais n'étant pas sociologue je bornerai mes observations essentielles au domaine de l'architecture.

C'est ainsi que je commençai ma visite systématique et assez déconcertante des rues d'Innsmouth, étroites et condamnées à l'ombre. Après avoir traversé le pont et tourné en direction des chutes grondantes de l'aval, je passai tout près de l'affinerie Marsh, singulièrement silencieuse pour un bâtiment industriel. Elle se dressait sur l'escarpement qui dominait la rivière, près du pont et du large carrefour qui devait être l'ancien centre actif, remplacé après la Révolution par l'actuelle Town Square.

Franchissant de nouveau la gorge sur le pont de Main Street, je découvris un quartier tellement désert que j'en eus un frisson. Des groupes croulants de toits à deux pentes se découpaient sur le ciel en une fantastique dentelure, que dominait le sinistre clocher décapité d'une ancienne église. Certaines maisons de Main Street étaient occupées mais la plupart avaient été aveuglées par des planches clouées. Dans les ruelles adjacentes dépourvues de pavés je vis les fenêtres noires et béantes de bicoques abandonnées dont beaucoup penchaient selon des angles incroyables et périlleux par suite de l'écroulement d'une partie des fondations. Devant le regard fixe de ces fenêtres fantomatiques, il fallait du courage pour tourner vers l'est en direction du port. La terreur des maisons désertes croît certainement en progression géométrique et non arithmétique à mesure que ces maisons se multiplient pour former une cité totalement désolée. La vue de ces interminables avenues aussi vides et mortes que des yeux de poisson, la pensée de ces enfilades de compartiments noirs et menaçants voués aux toiles d'araignées, aux souvenirs et au ver vainqueur, réactivent des vestiges de peurs et de dégoûts que ne saurait dissiper la plus robuste philosophie.

Fish Street était aussi déserte que Main Street, mais en revanche elle gardait beaucoup d'entrepôts de brique et de pierre en excellent état. Water Street en était presque la réplique, sauf qu'elle présentait de larges brèches en direction de la mer à la place des quais détruits. Je ne voyais pas un être vivant, à part de rares pêcheurs au loin sur la digue, et je n'entendais pas d'autre bruit que le clapotis de la marée dans le port et le grondement des chutes du Manuxet. La ville agissait de plus en plus sur mes nerfs, et je regardai furtivement derrière moi en rebroussant chemin pour traverser le pont branlant de Water Street. Celui de Fish Street, comme l'indiquait mon plan, était en ruine.

Au nord de la rivière il y avait quelques traces de vie misérable – conserveries de poissons en pleine activité dans Water Street, fumées de cheminées et toits réparés ici et là, bruits de provenance indéterminée, silhouettes au pas traînant dans les rues mornes et les ruelles non pavées – mais cela me semblait encore plus oppressant que l'abandon du quartier sud. D'abord, les gens étaient plus hideux et anormaux que ceux du centre de la ville ; au point que plusieurs fois me revint désagréablement à l'esprit une question absolument invraisemblable dont je ne savais que faire. Sans aucun doute le sang étranger dans la population d'Innsmouth était-il ici plus présent que vers l'intérieur des terres – à moins que le « masque d'Innsmouth » ne soit une maladie plutôt qu'une tare héréditaire, auquel cas ce quartier abritait les lésions les plus graves.

Un détail qui me préoccupait était la répartition des quelques faibles bruits que j'entendais. Ils auraient dû bien sûr tous venir des maisons visiblement habitées, alors qu'en réalité ils étaient souvent plus forts derrière les façades les plus rigoureusement condamnées. Il y avait des craquements, des bruits de pas précipités et des sons rauques incertains ; je songeai avec inquiétude aux souterrains secrets qu'avait évoqués le jeune garçon de l'épicerie. Brusquement, je me surpris à me demander quelles pouvaient être les voix de ces gens. Je n'avais entendu parler personne jusqu'ici dans ce quartier, et sans savoir pourquoi je redoutais vivement de les entendre.

Je ne pris que le temps de regarder deux églises, belles mais en ruine, de Main Street et de Church Street, puis je quittai en hâte ces immondes taudis du front de mer. Logiquement j'aurais dû gagner New Church Green, mais, quelle qu'en fût la raison, je ne pus supporter l'idée de repasser devant l'église où j'avais aperçu la silhouette inexplicablement terrifiante du prêtre ou pasteur bizarrement couronné. D'ailleurs, le jeune homme m'avait dit que les églises, aussi bien que la salle de l'Ordre de Dagon, n'étaient pas des endroits sûrs pour des étrangers.

Je suivis donc Main Street en direction du nord jusqu'à Martin

Street, puis, tournant vers l'intérieur des terres, je traversai sans dommage Federal Street au nord du Green, et pénétrai dans l'ancien quartier aristocratique du nord de Broad Street et des rues Washington, Lafayette et Adams. Bien que mal pavées et négligées, ces vieilles avenues ombragées d'ormes n'avaient pas perdu toute leur dignité. Elles sollicitaient l'une après l'autre mon attention ; la plupart étaient délabrées et aveuglées de planches au milieu de parcs à l'abandon, mais une ou deux dans chaque rue paraissaient habitées. Dans Washington Street il en restait quatre ou cinq à la suite en excellent état, entourées de pelouses et de jardins parfaitement entretenus. La plus somptueuse – dont les vastes parterres en terrasses s'étendaient jusqu'à Lafayette Street – appartenait probablement au vieux Marsh, le propriétaire contaminé de l'affinerie.

On ne voyait aucun être vivant dans ces rues, et je m'étonnai de l'absence totale de chats et de chiens à Innsmouth. Autre sujet de perplexité et de trouble, même dans certaines des demeures les mieux conservées, beaucoup de fenêtres du troisième étage et du grenier étaient hermétiquement condamnées. La dissimulation et le mystère semblaient régner universellement dans cette cité étrangère de silence et de mort, et je ne pouvais m'empêcher de me sentir épié de tous côtés par ces yeux fixes et sournois qui ne se fermaient jamais.

Je frissonnai en entendant une cloche fêlée sonner trois heures dans un clocher sur ma gauche. Je ne me rappelais que trop l'église trapue d'où ces sons provenaient. Suivant Washington Street jusqu'à la rivière, je me trouvai de nouveau devant une ancienne zone industrielle et commerciale ; je remarquai les ruines d'une usine en face, puis d'autres, et les restes d'une vieille gare et d'un pont de chemin de fer couvert au-delà, qui enjambait la gorge à ma droite.

Bien que ce pont douteux fût muni d'un panneau dissuasif, je m'y risquai et repassai sur la rive sud où un peu de vie réapparut. Des créatures furtives au pas traînant me jetèrent des regards énigmatiques, et des visages plus normaux m'examinèrent avec froideur et curiosité. Innsmouth devenait rapidement intolérable, et je tournai dans Paine Street en direction de la grand-place dans l'espoir de trouver un véhicule quelconque qui me ramènerait à Arkham avant l'heure de départ encore éloignée du sinistre autobus.

C'est alors que je vis à ma gauche la caserne de pompiers délabrée, et remarquai un vieillard rougeaud, à la barbe hirsute et aux yeux larmoyants, couvert de haillons indescriptibles, qui, assis devant sur un banc, bavardait avec deux pompiers en tenue négligée mais l'air normal. Cela ne pouvait être que Zadok Allen, le nonagénaire alcoolique et à demi fou dont les histoires sur la vieille Innsmouth et son ombre étaient si hideuses et incroyables.

3

C'est sans doute quelque petit démon pervers – ou l'influence sardonique de sources obscures et secrètes – qui me fit ainsi changer mes projets. J'avais depuis longtemps résolu de limiter mes observations à la seule architecture, et je venais même de me précipiter vers la grand-place pour chercher un moyen rapide de quitter cette ville pourrissante de décadence et de mort ; mais la vue du vieux Zadok Allen avait fait prendre un nouveau cours à mon esprit et ralenti mon pas devenu hésitant.

On m'avait affirmé que le vieillard ne pouvait qu'insinuer des légendes extravagantes, décousues et incroyables, et l'on m'avait mis en garde contre le danger d'être vu par les indigènes en train de parler avec lui ; pourtant l'idée de ce vieux témoin du déclin de la ville, avec ses souvenirs qui remontaient aux premiers temps des vaisseaux et des fabriques, avait un attrait auquel toute ma raison ne pouvait résister. Après tout, les mythes les plus étranges et les plus fous ne sont souvent que des allégories ou des symboles fondés sur des réalités, et le vieux Zadok avait dû assister à tout ce qui s'était passé à Innsmouth au cours des quatre-vingt-dix dernières années. La curiosité m'exalta au mépris de la prudence et du bon sens, et, avec la présomption de la jeunesse, j'imaginais que je saurais dégager un noyau de vérité historique du débordement confus et délirant que je tirerais probablement de lui avec l'aide du whisky.

Je savais qu'il ne fallait pas l'aborder là tout de suite car les pompiers n'auraient pas manqué de s'interposer. Mieux valait commencer, me dis-je, par acheter de l'alcool de contrebande à un endroit où le garçon épicier m'avait dit qu'on en trouvait en quantité. Puis j'irais flâner sans but apparent près de la caserne des pompiers et je rencontrerais le vieux Zadok dès qu'il aurait entrepris une de ses fréquentes balades. Selon le jeune homme, il était très remuant et demeurait rarement assis plus d'une heure ou deux près de la caserne.

Je trouvai aisément, bien qu'au prix fort, une bouteille de whisky dans l'arrière-boutique d'un minable « Prix-unique », juste derrière la grand-place dans Eliot Street. L'individu malpropre qui me servit avait un peu la fixité du « masque d'Innsmouth », mais il fut plutôt poli à sa manière ; peut-être était-il habitué à recevoir des clients étrangers – camionneurs, trafiquants d'or ou autres – comme il en passait de temps en temps en ville.

En regagnant la grand-place, je constatai que la chance était avec moi car j'aperçus bel et bien – émergeant de Paine Street au coin de la Maison Gilman – la haute et maigre silhouette en loques du vieux Zadok Allen lui-même. Comme je l'avais prévu, j'attirai son attention en brandissant la bouteille que je venais d'acheter ; et je m'aperçus bientôt qu'il me suivait d'un pas traînant avec un air d'envie quand je tournai dans Waite Street pour gagner le quartier que je pensais le plus désert.

M'orientant grâce à la carte dessinée à l'épicerie, je me dirigeai vers la partie sud des quais entièrement abandonnée que j'avais déjà visitée. Je n'y avais aperçu que les pêcheurs au loin sur la digue ; et en m'éloignant un peu plus vers le sud je pouvais me mettre hors de leur vue, trouver de quoi m'asseoir sur quelque quai désert et interroger tout à loisir le vieux Zadok sans être observé. Avant d'atteindre Main Street j'entendis derrière moi un faible et poussif « Hé, m'sieur ! », et, me laissant rattraper, je permis au vieil homme de boire à la bouteille de copieuses lampées.

Je commençai à tâter le terrain en suivant Water Street pour tourner vers le sud au milieu d'une totale désolation de ruines vertigineuses, mais je m'aperçus que le vieux ne se laisserait pas délier la langue aussi vite que je l'espérais. Je vis enfin une brèche herbeuse ouverte vers la mer entre des murs de brique croulants, et au-delà l'étendue de maçonnerie et de terre d'un quai envahi de mauvaises herbes. Près de l'eau, des tas de pierres moussues offraient des sièges acceptables, et au nord un entrepôt délabré abritait l'endroit contre tous les regards. C'était à mon avis l'idéal pour un long entretien secret ; je guidai donc mon compagnon vers le passage et le fis asseoir parmi les pierres moussues. L'atmosphère d'abandon et de mort était macabre, et l'odeur de poisson presque intolérable ; mais j'avais décidé que rien ne m'arrêterait.

Il me restait quatre heures pour cette conversation si je voulais prendre l'autobus d'Arkham à huit heures et, tout en avalant mon frugal déjeuner, je commençai à octroyer un peu plus d'alcool au vieux buveur. J'eus soin cependant dans mes largesses de ne pas compromettre mon entreprise, car je n'avais pas envie que la volubilité alcoolique de Zadok s'éteigne dans l'hébétude. Au bout d'une heure, sa morosité sournoise sembla se dissiper, mais à ma vive déception il continua à esquiver mes questions sur Innsmouth et son ténébreux passé. Il bavardait à propos des nouvelles du jour, révélant une connaissance étendue de la presse et une tendance marquée à philosopher d'un ton de villageois sentencieux.

Vers la fin de la seconde heure, je craignis que mon litre de whisky ne soit insuffisant pour obtenir ce que je voulais, et je me demandai s'il ne valait pas mieux laisser là le vieux Zadok pour aller en chercher un autre. Mais à ce moment précis, le hasard fournit l'introduction que mes questions n'avaient su amener ; et le poussif radotage du vieux prit un tour tel que je me penchai vers lui et dressai l'oreille. Je tournais le dos à la mer et à son relent de poisson, mais il lui faisait face, et je ne sais ce qui attira son regard errant vers le profil bas et lointain du Récif du Diable, qui apparaissait nettement, presque fascinant, au-dessus des vagues. Cette vue sembla lui déplaire, car il se mit à égrener à mi-voix des jurons qui s'achevèrent en un murmure confidentiel et un regard entendu. Il se rapprocha de moi, saisit le revers de mon veston, puis émit d'une voix sifflante ces propos sur lesquels on ne pouvait se méprendre :

« C'est là qu'tout a commencé – c't endroit maudit de toute la malfaisance, là où commence l'eau profonde. La porte d'l'enfer – ça descend à pic jusqu'au fond, y a pas d'ligne de fond qui va jusque-là. C'est l'vieux cap'taine Obed qu'a tout fait – qu'a trouvé dans ces îles d'la mer du Sud des choses qui y ont pas fait d'bien.

« Dans c'temps-là ça allait mal pour tout le monde. L'commerce dégringolait, les usines avaient pus d'travail – même les nouvelles – et pis les meilleurs d'nos gars tués comme corsaires dans la guerre de 1812 ou péris avec le brick Eliza et le Ranger – qu'étaient tous les deux aux Gilman. Obed Marsh, lui, il avait trois bateaux sur l'eau, le brigantin Columbia, l'brick Hetty, et la goélette Sumatra Queen. Y avait qu'lui qui faisait l'commerce avec les Antilles et l'Pacifique, quoique la goélette Malay Pride, qu'était à Esdras Martin, a fait un voyage encore en 28.

« Jamais y a eu personne comme le cap'taine Obed – c'vieux

suppôt d'Satan ! Hi, hi ! Je m'souviens comme y parlait des pays d'là-bas, et y traitait tous les gens d'idiots d'aller au culte des chrétiens et d'supporter leur fardeau comme des agneaux bêlants. Y f'raient mieux de s'trouver des dieux comme ceux d'là-bas dans les Antilles – des dieux qui leur donneraient des pêches miraculeuses en échange d'leurs sacrifices, et qui répondraient comme y faut aux prières des gens.

« Matt Eliot, son second, causait pas mal non plus, seulement il était contre toutes ces manigances de païens. Y parlait d'une île à l'est de Tahiti où y avait des tas d'ruines en pierre si vieilles que personne savait rien dessus, pareil que sur Ponape, dans les Carolines, mais avec des figures sculptées comme les grandes statues d'l'île de Pâques. À côté y avait aussi une petite île volcanique où on trouvait d'autres ruines avec des sculptures différentes – des ruines tout usées comme si elles auraient été sous la mer aut'fois, et avec des images de monstres abominables tout partout.

« Eh ben, m'sieur, y disait Matt qu'tous les natifs du coin y-z-avaient tout l'poisson qu'y voulaient, et y portaient des bracelets et des anneaux au-dessus du coude et des couronnes, tout ça fait d'une drôle d'espèce d'or et plein d'images de monstres comme celles qu'étaient dessinées sur les ruines de la petite île – on aurait dit des grenouilles-poissons ou ben des poissons-grenouilles qu'étaient dans toutes les positions pareil que des êtres humains. Personne a jamais pu leur faire dire où y-z-avaient trouvé tout ça, et tous les aut'natifs se demandaient comment y faisaient pour trouver tant d'poisson même quand dans les îles y prenaient presque rien. Matt s'est d'mandé aussi, et l'cap'taine Obed pareil. En plus, Obed a r'marqué qu'un tas de beaux p'tits gars disparaissaient pour de bon d'une année su'l'aut'et qu'on voyait presque pas d'vieux dans l'pays. Et pis il a trouvé qu'y avait des gens qu'avaient l'air bougrement bizarres même pour des Canaques.

« Ben sûr c'est Obed qu'a trouvé la vérité sur ces païens. J'sais pas comment qu'il a fait, mais y s'est mis à faire du troc pour avoir les choses en or qu'y portaient. Y leur a d'mandé d'où qu'a v'naient et si y pouvaient en avoir d'aut', et pour finir il a tiré les vers du nez à leur vieux chef – Walakea, ils l'appelaient. Personne d'aut'qu'Obed aurait jamais cru c'vieux démon jaune, mais l'cap'taine, y lisait dans les gens comme dans les livres. Hi, hi ! Personne veut jamais m'croire aujourd'hui quand j'dis tout ça, et vous non plus, j'suppose, jeune homme – pourtant à bien vous r'garder, vous avez des yeux qui savent lire, pareil qu'Obed. »

Le chuchotement du vieillard devint plus faible encore, et je me surpris à frissonner devant la terrible solennité et la sincérité de son ton, tout en sachant que son histoire ne pouvait être qu'un délire d'ivrogne.

« Eh ben, m'sieur, Obed il a appris qu'y avait des choses sur c'te terre que presque personne en a jamais entendu causer – et personne voudrait l'croire si on leur racontait. À c'qui paraît, ces Canaques sacrifiaient des tas d'leurs gars et d'leurs filles à des espèces de dieux qu'habitaient sous la mer, et y r'cevaient en échange des tas d'faveurs. Y rencontraient ces créatures sur la p'tite île aux ruines bizarres, et y paraît que ces images abominab'd'monstres grenouilles-poissons, ça s'rait l'portrait d'ces créatures. P'têt ben qu'c'est d'là qu'viennent les histoires de sirènes et tout c'qui s'ensuit. Y-z-auraient toutes sortes de villes au fond d'la mer, et ct'île s'rait sortie d'là. On dit qu'y avait des créatures vivantes dans les bâtiments d'pierre quand l'île est arrivée d'un seul coup à la surface. C'est comme ça qu'les Canaques y s'sont aperçus qu'a vivaient sous l'eau. Sitôt qu'y sont rev'nus d'leur peur, y leur ont causé par signes, et y-z-ont eu vite fait d'arranger un marché.

« Ces dieux-là y-z-aimaient les sacrifices humains. Y-z-en avaient déjà eu aut'fois, mais avec le temps y-z-avaient perdu l'contact avec le monde d'en haut. C'qu'y faisaient des victimes j'pourrais pas vous l'dire, et j'pense qu'Obed a pas été trop curieux là-d'sus. Mais les païens ça leur était bien égal vu qu'y-z-en voyaient de dures et qu'y-z-étaient prêts à tout. Y donneraient un certain nombre de jeunes gens aux créatures de la mer, deux fois l'an – à May-Eve et Hallowe'en{6}, recta. Pis aussi des babioles qu'y faisaient en sculpture. Et les créatures étaient d'accord pour donner en échange des tas d'poissons – qu'a ram'naient d'tout partout en mer – et d'temps en temps des choses qu'avaient l'air en or.

« Ben comme ça, les indigènes rencontraient les créatures sur la p'tite île volcanique – y v'naient en pirogues avec les sacrifices et tout ça, et r'partaient avec les bijoux en espèce d'or qui leur rev'naient. Au début les créatures allaient jamais sur l'île principale, mais au bout d'un moment a-z-ont voulu v'nir. Y paraît qu'a-z-avaient envie d'fréquenter les gens pis d'faire des fêtes ensemble dans les grandes occasions – May-Eve et Hallowe'en. Vous voyez, a vivaient aussi ben dans l'eau qu'en dehors – des amphibies qu'on appelle, j'crois. Les Canaques y leur ont dit qu'les gens des aut'zîles voudraient les nettoyer si y savaient qu'a v'naient comme ça, mais a-z-ont dit qu'a s'en moquaient pasqu'a pouvaient nettoyer toute la race humaine si on voulait les embêter – toute, sauf ceux qu'avaient certains signes comme s'en servaient aut'fois les Anciens disparus. Mais pour pas faire d'histoires, a s'cacheraient quand quelqu'un viendrait visiter l'île.

« Quand on a parlé d's'accoupler avec eux, ces poissons-crapauds, les Canaques s'sont un peu r'biffés, mais finalement y-z-ont appris quéque chose qui leur a fait changer d'avis. À c'qu'on dit, les humains sont comme qui dirait parents avec ces animaux marins – tout c'qu'est vivant s'rait v'nu d'la mer aut'fois, et y faudrait qu'un p'tit changement pour y r'tourner. Les créatures a-z-ont dit aux Canaques qu'si y mélangeaient leurs sangs, y naîtraient des enfants qu'auraient d'abord l'air humain, mais plus tard y d'viendraient d'plus en plus pareils à elles, pis à la fin y s'mettraient à l'eau pour aller r'joindre les autres au fond. Et l'important, jeune homme, c'est qu'ceux qui s'raient dev'nus des poissons et iraient dans l'eau y mourraient jamais. Ces créatures elles mouraient jamais sauf si on les tuait.

« Eh ben, m'sieur, quand Obed a connu ces gens des îles, y-z-étaient pleins de sang d'poisson des créatures du fond d'l'eau. Quand y prenaient d'l'âge et qu'ça commençait à s'voir, on les cachait jusqu'à c'qu'y-z-aient envie de s'mettre à l'eau et d's'en aller. Y en avait qu'étaient plus touchés qu'd'aut', et certains qui changeaient jamais assez pour aller dans l'eau ; mais ça s'passait presque toujours exactement comme les créatures avaient dit. Ceux qui r'semblaient aux créatures en naissant, y changeaient très tôt, mais ceux qu'étaient plus humains y restaient des fois sur l'île jusqu'à des soixante-dix ans, même si y s'essayaient à plonger au fond en attendant. En général, ceux qui s'mettaient à l'eau y r'venaient souvent en visite, c'qui fait qu'souvent un homme pouvait causer avec son cinq-fois-grand-père, qu'avait quitté la terre ferme au moins deux cents ans plus tôt.

« Y-z-avaient tous oublié la mort – sauf dans les guerres de pirogues avec les aut'gens des îles, les sacrifices aux dieux marins des grands fonds, les morsures de serpent, la peste et quéqu'mal aigu et galopant qui les prenait avant qu'y-z-aient pu s'met'à l'eau – y-z-attendaient seulement un changement qu'était dev'nu pas du tout horrible avec le temps. Y trouvaient qu'y-z-avaient ben assez pour c'qu'y donnaient – et j'crois qu'Obed a pensé pareil quand il a eu r'mâché un peu c'que l'vieux Walakea y avait dit. Walakea, lui, c'était un des rares qu'avaient pas une goutte de sang d'poisson, vu qu'il était d'une famille royale qui s'mariait qu'avec les familles royales des aut'îles.

« Il a appris à Obed plein d'rites et d'incantations qu'avaient rapport avec les créatures marines, et il y a fait voir des gens du village qu'avaient quasiment pus forme humaine. Malgré ça, il y a jamais montré un seul d'ces fameux dieux sortis tout dré d'la mer. À la fin y a donné un truc magique en plomb ou j'sais pas quoi, qui censément faisait monter les créatures poissons d'n'importe quel endroit d'la mer où qu'y pouvait y avoir un nid. Y suffisait d'le laisser tomber dans l'eau en disant la prière qu'y fallait. Walakea disait qu'y en avait partout dans le monde, et n'importe qui en cherchant bien pouvait trouver un nid et les faire monter s'y en avait besoin.

« Matt, il aimait pas tout ça, et y voulait empêcher Obed d'aller sur l'île ; mais l'cap'taine était âpre au gain et y voyait qu'y pouvait avoir ces choses dorées si bon marché qu'ça valait la peine d's'en faire une spécialité. C'trafic-là a continué pendant des années, et Obed a eu assez d'c't'or pour démarrer son affinerie dans la vieille usine en décadence de Waite. Il a pas osé vend'les choses comme a-z-étaient, pasqu'on aurait posé des tas d'questions. Malgré tout, ses ouvriers en prenaient une de temps en temps pour la vendre, bien qu'y-z-aient juré de garder le secret ; et y laissait les femmes de sa famille porter d'ces bijoux un peu plus humains qu'les aut'.

« Ben, vers 38 – j'avais sept ans – Obed s'est aperçu qu'l'île avait été complètement nettoyée depuis son dernier voyage. À c'qui paraît les aut'indigènes avaient eu vent de c'qui s'passait, et y-z-avaient pris les choses en main. Faut croire qu'y d'vaient avoir ces vieux signes magiques qu'les créatures avaient dit qu'c'étaient les seules choses qu'a craignaient. Sans compter qu'ces Canaques doivent avoir des chances d'en attraper quand l'fond d'la mer vomit une île où qu'y a des ruines plus vieilles que l'déluge. Des gars pieux qu'c'était : y-z-avaient rien laissé d'bout ni su la grande île ni su la p'tite volcanique, sauf les ruines qu'étaient trop grosses pour qu'y les renversent. Dans des endroits y avait des petites pierres éparpillées – comme qui dirait des amulettes – avec quéque chose dessus pareil que c'qu'on appelle un svastika aujourd'hui. Sûr que c'étaient les signes des Anciens. Tous les gens nettoyés, pus trace des choses dorées, et pas un Canaque du pays a soufflé mot de c't'affaire. Y prétendaient même qu'y avait jamais eu personne sur l'île.

« Naturellement, ç'a été un coup dur pour Obed, vu qu'son commerce normal y n'allait pas très fort. C'était dur aussi pour Innsmouth, vu qu'dans c'temps d'la marine, c'qu'était bon pour l'cap'taine du bateau c'était bon pareil pour l'équipage. La plupart des gens d'la ville y-z-ont pris les temps difficiles résignés comme des moutons, mais ça tournait mal pour eux vu qu'la pêche donnait pus grand-chose et qu'les usines marchaient au ralenti.

« C'est là qu'Obed il a commencé à enguirlander les gens pasqu'y étaient trop bêlants et qu'y priaient un dieu chrétien qui leur donnait rien du tout. Il a dit qu'y connaissait des gens qui priaient des dieux qu'leur envoyaient c'qui leur était vraiment utile, et si y avait une bonne équipe de gars qui voulait s'met'avec lui, y pourrait p'têt s'adresser à certaines puissances pour avoir des tas de poissons et pas mal d'or. Ben sûr que ceux qui servaient sur la Sumatra Queen et qu'avaient vu l'île y savaient c'qu'y voulait dire, et y-z-avaient pas envie d'trafiquer avec ces créatures d'la mer comme y-z-avaient entendu raconter, mais ceux qui savaient pas d'quoi y r'tournait s'sont laissé manœuvrer par c'qu'Obed avait dit, et y lui ont d'mandé c'qui pouvait faire pour les m'ner à c'te r'ligion qui leur s'rait si utile. »

Ici le vieillard hésita, marmonna et tomba dans un silence maussade et craintif, jetant des coups d'œil inquiets par-dessus son épaule, puis se retournant pour attacher un regard fasciné sur le récif noir au loin. Il ne répondit pas quand je lui adressai la parole, et je compris qu'il faudrait lui laisser finir la bouteille. L'histoire insensée que j'entendais m'intéressait vivement car je supposais qu'elle contenait une sorte de grossière allégorie fondée sur l'étrangeté d'Innsmouth et élaborée par une imagination à la fois créatrice et pleine de réminiscences de légendes exotiques. Je ne crus pas un instant que le récit pût avoir aucune base réelle ; mais il n'en inspirait pas moins une véritable horreur, peut-être parce qu'il évoquait d'étranges bijoux manifestement identiques à l'abominable tiare que j'avais vue à Newburyport. Il était possible, après tout, que les parures viennent d'une île lointaine ; et qui sait si ces contes extravagants n'étaient pas des mensonges de feu Obed lui-même plutôt que ceux du vieil ivrogne.

Je tendis la bouteille à Zadok et il la vida jusqu'à la dernière goutte. C'était étonnant de le voir avaler tant de whisky, sans le moindre embarras dans sa voix haute et poussive. Il lécha le goulot de la bouteille qu'il glissa dans sa poche, puis se mit à dodeliner de la tête en murmurant doucement pour lui-même. Je me penchai pour essayer de saisir ses paroles, et je crus voir un sourire sardonique derrière sa moustache touffue et jaunie. Oui, il prononçait réellement des mots, et je réussis à en comprendre une bonne partie.

« Pauv Matt – Matt il avait toujours été cont'tout ça – il essayait d'met'les gens d'son côté, et y passait du temps à causer avec les pasteurs – rien à faire : l'pasteur congrégationaliste y l'ont chassé d'la ville, et l'méthodiste il est parti, on n'a jamais r'vu Resolved Babcock, le baptiste – l'Courroux d'Jéhovah – j'étais bougrement p'tiot, mais j'sais ben c'que j'ai vu et entendu – Dagon et Astaroth – Bélial et Belzébuth – l'Veau d'or et les idoles de Canaan et des Philistins – les abominations d'Babylone – Mane, thecel, pharès... »

Il s'interrompit à nouveau, et au regard bleu de ses yeux larmoyants je craignis qu'il ne fût bien près de l'hébétude. Mais comme je lui tapais doucement sur l'épaule, il se tourna vers moi avec une vivacité extraordinaire et lança quelques phrases plus sombres.

« Vous m'croyez pas, hein ? Hi, hi, hi ! – alors dites-moi donc, jeune homme, pourquoi l'cap'taine Obed et une vingtaine de drôles de gens allaient en canot jusqu'au Récif du Diable en plein milieu d'la nuit en chantant si fort qu'on les entendait dans toute la ville quand l'vent était dans l'bon sens ? Dites-moi ça un peu, hein ? Et dites-moi pourquoi Obed y j'tait toujours des choses lourdes dans l'eau profonde d'l'aut'côté du récif, là où ça descend à pic pareil qu'une falaise, si bas qu'on peut pas sonder l'fond ? Dites-moi c'qu'y faisait avec ces drôles de trucs magiques en plomb qu'Walakea y avait donnés ? Hein, mon gars ? Et quoi qu'y braillaient tous à May-Eve et pareil le Hallowe'en suivant ? Et pourquoi qu'les nouveaux pasteurs – des individus qu'étaient plutôt marins – portaient des robes pas ordinaires et mettaient sur eux d'ces choses dorées qu'Obed avait rapportées ? Hein ? »

Les yeux bleus mouillés étaient devenus féroces et fous, la barbe blanche souillée se hérissait, comme électrisée. Le vieux Zadok perçut sans doute mon mouvement de recul, car il se mit à glousser méchamment.

« Hi, hi, hi, hi ! Commencez à comprend', hein ? P'têt'ben qu'ça vous aurait plu d'êt'à ma place à c't'époque-là, quand j'voyais tout ça la nuit su'la mer, du belvédère qu'était en haut d'ma maison. Ah, j'peux vous l'dire, les p'tites marmites ont d'grandes oreilles, et j'perdais rien de c'qu'on racontait su'l'cap'taine Obed et ceux qu'allaient au récif ! Hi, hi, hi ! Aussi la nuit j'ai emporté au belvédère la lunette marine de mon p'pa et j'ai vu l'récif tout grouillant d'formes qu'ont vite plongé sitôt qu'la lune s'est l'vée. Obed et les aut'étaient dans un doris, mais ces formes a-z-ont plongé d'l'aut'côté dans l'eau profonde et a sont jamais r'montées... Ça vous aurait-y plu d'êt'un p'tit môme tout seul en haut d'un belvédère en train de r'garder ces formes qu'étaient pas des formes humaines ?... Hein ?... Hi, hi, hi, hi... »

Le vieillard devenait hystérique, et je me mis à frémir, pris d'une inquiétude indéfinissable. Il posa sur mon épaule une griffe noueuse, et il me sembla que son tremblement ne venait pas que de l'hilarité.

« Supposez qu'une nuit vous auriez vu quéque chose de lourd j'té du doris d'Obed d'l'aut'côté du récif, et qu'vous auriez appris, le lendemain, qu'un jeune gars avait disparu d'chez lui ? Hein ? Qui qu'a jamais r'vu Hiram Gilman ? Pas vrai ? Et Nick Pierce, et Luelly Waite, et Adoniram Saouthwick, et Henry Garrison ? Hein ? Hi, hi, hi, hi... Des formes qui causaient par signes avec leurs mains... ceux qu'avaient des vraies mains...

« En ben, m'sieur, c'est là qu'Obed a commencé à r'tomber sur ses pieds. On a vu ses trois filles porter ces choses en espèce d'or qu'personne leur avait vues avant, et la ch'minée d'l'usine s'est r'mise à fumer. Y en a eu d'aut'aussi qu'avaient l'air de prospérer – l'poisson s'est mis à grouiller dans l'port, y avait pus qu'à l'prend', et Dieu sait les cargaisons qu'on a expédiées à Newb'ryport, Arkham et Boston. C'est à c'moment-là qu'Obed a fait installer l'vieux branchement du ch'min d'fer. Y a des pêcheurs de Kingsport qu'ont entendu causer d'ces prises et y sont v'nus en sloop, mais y-z-ont été perdus corps et biens. Personne les a jamais r'vus. Et juste au même moment nos gens y-z-ont organisé l'Ordre ésotérique de Dagon, et y-z-ont acheté pour ça la salle maçonnique d'la Commanderie du Calvaire... Hi, hi, hi ! Matt Eliot qu'était maçon a essayé d'empêcher la vente, mais il a disparu à c'moment-là.

« R'marquez, j'dis pas qu'Obed voulait qu'tout soit pareil que sur c't'île canaque. J'crois pas qu'au début y voulait qu'y ait tout c'mélange pour avoir des jeunots qu'iraient à l'eau et d'viendraient poissons pour la vie éternelle. C'qu'y voulait c'étaient ces trucs en or, même si fallait les payer gros, et pendant quéque temps eux aut'y-z-ont pas d'mandé plus…

« Mais v'là qu'en 46 la ville a commencé à y r'garder et à réfléchir d'son côté. Trop d'gens disparus, trop d'sermons d'énergumènes aux assemblées du dimanche, trop d'racontars du fameux récif. J'crois qu'j'y ai été pour quéque chose en racontant à Selectman Mowry c'que j'avais vu du belvédère. Une nuit y-z-ont été tout un groupe à suivre la troupe d'Obed jusqu'au récif, et j'ai entendu des coups d'feu entre les doris. L'endemain Obed et vingt-deux aut'y-z-étaient en prison, et tout l'monde s'demandait c'qui s'passait au juste et d'quoi on pourrait ben les accuser. Seigneur, si quéqu'un avait pu prévoir… deux s'maines plus tard, quand on avait rien j'té à la mer tout c'temps-là… »

Zadok donnant des signes de frayeur et de lassitude, je le laissai se taire pendant un moment, tout en regardant ma montre avec inquiétude. C'était la marée montante à présent et le bruit des vagues sembla le réveiller. J'étais heureux de ce reflux car avec les hautes eaux l'odeur de poisson serait sans doute moins forte. Je dressai l'oreille à nouveau pour saisir ses chuchotements.

« C'te nuit épouvantab'… j'les ai vus… j'étais en haut dans l'belvédère… y-z-étaient des foules… des essaims… tout partout su'l'récif et y sont r'montés à la nage dans l'port jusque dans l'Manuxet… Seigneur, c'qu'a pu arriver dans les rues d'Innsmouth c'te nuit-là… Y-z-ont s'coué not'porte, mais p'pa a pas voulu ouvrir… Pis y est sorti par la f'nêtre de la cuisine avec son mousquet pour chercher Selectman Mowry et voir c'qu'y pouvait faire… Des tas d'morts et d'mourants… des coups d'feu et des cris… On hurlait sur la vieille place et la grand-place et New Church Green… les portes d'la prison enfoncées… proclamation… trahison… On a dit qu'y avait eu la peste quand les gens sont v'nus et y-z-ont vu qu'y manquait la moitié des habitants… Y restait qu'ceux qu'étaient avec Obed et les créatures ou alors ceux qui s'tenaient tranquilles… jamais pus entendu causer d'mon p'pa… »

Le vieux haletait et suait à grosses gouttes. Son étreinte se resserra sur mon épaule.

« Tout était nettoyé dans la matinée – mais y avait des traces… Obed alors y prend comme qui dirait l'command'ment et y dit qu'ça va changer… Eux aut'y s'ront avec nous aux assemblées, et certaines maisons r'cevront des hôtes… Eux y voulaient qu'on s'mélange comme y-z-avaient fait avec les Canaques, et lui d'abord y s'croyait pas obligé d'les arrêter. Il était allé trop loin, Obed... il l'tait comme un fou pour ça. Y disait qu'y nous apportaient poisson et trésor, et qu'y-z-auraient tout c'qui leur f'rait envie...

« Y aurait rien changé en dehors, seulement y fallait pas broncher avec les étrangers si on comprenait notre intérêt. On a tous été obligés de faire le serment de Dagon, et après il y a eu un deuxième et un troisième serment, et quéques-uns chez nous les ont faits. Ceux qui rendraient des services spéciaux y-z-auraient des récompenses spéciales – d'l'or et des choses comme ça. Pas moyen de r'gimber vu qu'y en avait des millions au fond d'l'eau. Y-z-auraient pas comme ça nettoyé toute l'humanité, mais si y-z-étaient trahis et poussés à bout, y pouvaient faire du dégât. Nous on n'avait pas les vieilles magies pour les faire filer comme les gens de la mer du Sud y faisaient, et les Canaques avaient jamais voulu donner leurs secrets.

« Qu'on leur donne assez d'sacrifices, des babioles de sauvages et qu'on les r'çoive dans la ville quand y voudraient, et y s'tiendraient ben tranquilles. Y f'raient pas d'mal aux étrangers pasqu'y pourraient raconter des histoires à l'extérieur – à moins qu'y les espionnent. Tous ceux d'la troupe des fidèles – d'l'Ordre à Dagon – et les enfants, y mourraient jamais, mais y r'tourn'raient à not'mère Hydra et not'père Dagon d'où qu'on était tous venus aut'fois – lä ! lä ! Cthulhu fhtagn ! Ph'nglui mglw'nafh Cthulhu R'lhel wgah-nagl fhtagn – »

Le vieux Zadok tombait vite dans le délire et je retins mon souffle. Pauvre vieux, à quels pitoyables abîmes hallucinatoires avait été poussé ce cerveau fécond et imaginatif par son alcool, sa haine de la dégradation, de l'inconnu et de la maladie qui l'entouraient ! Il se mit à gémir, et les larmes coulèrent le long de ses joues ravinées jusque dans les profondeurs de sa barbe.

« Seigneur, c'que j'ai pu voir d'puis mes quinze ans – Mane, mane, thecel, pharès ! – les gens qui disparaissaient, et ceux qui s'tuaient – ceux qui racontaient des choses à Arkham, à Ipswich ou ailleurs, on les traitait d'fous, pareil qu'vous m'traitez d'fou en c'moment – mais Seigneur, c'que j'ai vu ! Y m'auraient tué d'puis longtemps rapport à c'que j'sais, mais j'ai fait l'premier et l'second serment à Dagon avec Obed, aussi j'étais protégé sauf si un jury d'fidèles avait prouvé que j'racontais des choses exprès et en toute connaissance... mais j'aurais pas fait l'troisième – j's'rais putôt mort que d'faire ça...

« C'est d'venu pire vers le temps d'la guerre civile, quand les enfants nés d'puis 46 ont commencé à grandir – certains, du moins. J'étais trop effrayé – jamais j'ai rien r'gardé depuis ct'horrible nuit, et eux, j'en ai jamais vu d'près de toute ma vie. J'veux dire pas un pur sang. J'suis parti pour la guerre, et si j'avais eu un peu d'cran ou d'jugeote je s'rais jamais rev'nu, mais j'me s'rais établi loin d'ici. Mais les gens m'ont écrit qu'ça allait pas trop mal. J'pense que c'était à cause des troupes du gouvernement qu'étaient dans la ville d'puis 63. Après la guerre ç'a été ben aussi mal qu'avant. Les gens ont commencé à pus rien faire – les usines et les boutiques s'sont fermées – on a pus navigué et l'port s'est ensablé – l'chemin d'fer abandonné – mais eux… y-z-ont pas arrêté d'nager dans la rivière et ailleurs en v'nant de c'maudit récif d'Satan et on a condamné d'plus en plus d'fenêt'd'mansardes, et on a entendu d'plus en plus d'bruits dans les maisons où qu'on pensait qu'y avait personne…

« Les gens d'dehors y racontaient des histoires sur nous – z'avez dû en entendre pas mal, vu les questions qu'vous posez – des histoires sur c'qu'y-z-auraient vu par hasard, et ces drôles de bijoux qui viennent toujours d'on sait pas où et qu'sont pas tous fondus – mais y disent jamais rien d'sûr. Personne croit rien de rien. Y racontent qu'les choses dorées c'est du butin d'pirates, et qu'les gens d'Innsmouth ont du sang étranger ou la maladie ou j'sais pas quoi. Et pis ceux qui vivent ici y mettent à la porte autant d'étrangers qu'y peuvent, et y poussent l'restant à pas s'montrer trop curieux, surtout quand la nuit vient. Les bêtes reculent d'vant les créatures – les ch'vaux pire qu'les mules – mais d'puis qu'y a des autos tout va bien.

« En 46 l'cap'taine Obed il a pris une seconde femme qu'personne en ville a jamais vue – y en a qui disent qu'y voulait pas, mais qu'y a été forcé par ceux-là qu'il avait appelés – il a eu trois enfants avec elle – deux qu'ont disparu tout jeunes, pis une fille qu'avait l'air comme tout l'monde et qu'a été éduquée en Europe. Obed a réussi à la marier par ruse à un gars d'Arkham qui s'est douté de rien. Mais maintenant personne du dehors a pus jamais affaire avec les gens d'Innsmouth. Barnabas Marsh qui dirige l'affinerie à présent – c'est l'petit-fils d'Obed et d'sa première femme – l'fils d'Onesiphorus, son aîné, mais sa mère c'en est encore une qu'on a jamais vue dehors.

« À c't'heure Barnabas a ben changé. Y peut pus fermer les yeux, et l'est tout déformé. On dit qu'y met encore des habits, mais qu'y va bentôt s'met'à l'eau. P'têt'qu'il a déjà essayé – des fois y descendent par l'fond pour des p'tites magies avant d'y aller pour de bon. On l'a pas vu en public d'puis pas loin d'dix ans. J'me d'mande comment qu'sa pauv'femme a prend ça – elle est d'Ipswich, et les gens y-z-ont failli lyncher Barnabas quand y v'nait y faire sa cour v'là ben cinquante ans d'ça. Obed il est mort en 78, et tous ceux d'la génération d'après y sont partis maintenant – morts les enfants d'la première femme, et l'reste… Dieu sait… »

Le bruit de la marée montante était devenu très présent, et petit à petit il semblait changer l'humeur larmoyante du vieil homme en une crainte vigilante. Il s'arrêtait parfois pour jeter des regards inquiets par-dessus son épaule ou vers le récif, et malgré l'extravagante absurdité de son histoire, je commençai sans pouvoir m'en empêcher à partager sa vague appréhension. Sa voix se fit suraiguë, comme s'il tentait de se donner du courage en haussant le ton.

« Hé, vous, pourquoi qu'vous disez rien ? Ça vous plairait-y d'viv'dans c'te ville où tout est pourri et mourant, avec des monstres enfermés, qui rampent et bêlent, aboient et sautent dans l'noir des caves et des greniers n'importe où qu'vous allez ? Hein ? Ça vous plairait-y d'entend'hurler nuit après nuit dans les églises et la salle de l'Ordre à Dagon, et savoir c'qui s'mélange dans ces hurlements ? Ça vous plairait d'entend'c'qui vient de c't'affreux récif chaque May-Eve et Hallowmass ? Hein ? L'vieux est fou, pas vrai ? Eh ben, m'sieur, croyez-moi, c'est pas l'pire ! »

Zadok criait vraiment à présent, et la frénésie démente de sa voix me troublait plus que je ne saurais dire.

« L'diab'vous emporte, me r'gardez pas avec ces yeux-là – j'vous dis qu'Obed Marsh est en enfer, et y va y rester ! Hi, hi… en enfer j'vous dis ! Peut pas m'attraper – j'ai rien fait ni rien raconté à personne…

« Oh vous, jeune homme ? Ben, même si j'ai encore rien raconté à personne, j'vais l'faire maintenant ! Bougez pas et écoutez-moi, mon garçon – voilà c'que j'ai jamais raconté à personne… J'ai dit qu'j'avais pus espionné après c'te nuit – mais j'ai trouvé des choses tout de même !

« Vous voulez savoir c'que c'est qu'la véritab'abomination, hein ? Eh ben, voilà – c'est pas c'qu'y-z-ont fait ces diab'de poissons, mais c'est c'qu'y vont faire ! Y-z-apportent des choses d'là d'où y viennent pour met'dans la ville – y font ça d'puis des années, et y ralentissent ces derniers temps. Les maisons au nord d'la rivière entre Water Street et Main Street a-z-en sont pleines – de ces démons et de c'qu'y-z-ont apporté – et quand y s'ront prêts... J'vous dis, quand y s'ront prêts... Z'avez entendu parler d'un shoggoth ?

« Hé, vous m'entendez ? J'vous dis, j'connais ces choses-là – j'les ai vues une nuit quand... EH-AHHHH-AH ! E'YAAHHHH... »

Le cri du vieillard fut d'une soudaineté si atroce et d'une horreur tellement inhumaine que je faillis m'évanouir. Ses yeux, fixés au-delà de moi sur la mer malodorante, lui sortaient positivement de la tête et son visage était un masque d'épouvante digne de la tragédie grecque. Sa griffe osseuse s'enfonça effroyablement dans mon épaule, et il ne fit pas un mouvement quand je tournai la tête pour chercher du regard ce qu'il avait pu apercevoir.

Il n'y avait pour moi rien de visible. Rien que la marée montante, et peut-être une série d'ondulations plus localisées que la longue ligne déferlante des brisants. Mais à présent Zadok me secouait, et je me retournai pour voir ce visage pétrifié par la peur se fondre en un chaos de paupières clignotantes et de mâchoire marmonnante. Presque aussitôt la voix lui revint – encore que ce ne fût qu'un murmure frémissant.

« Allez-vous-en ! Allez-vous-en ! Y nous ont vus – sauvez vot'vie ! Faut pus attend'– y savent maintenant. Sauvez-vous – vite – loin de c'te ville... »

Une autre lourde vague s'écrasa sur la maçonnerie croulante du quai d'autrefois, et changea le chuchotement du vieux fou en un nouveau cri inhumain à vous glacer le sang.

« E-YAAHHHH !... YHAAAAAA !... »

Avant que j'aie pu rassembler mes esprits, il avait relâché son étreinte sur mon épaule pour se précipiter éperdument vers la rue, chancelant en direction du nord, de l'autre côté du mur en ruine de l'entrepôt.

Je jetai un coup d'œil sur la mer, mais il n'y avait rien. Et quand, revenu dans Water Street, je suivis la rue du regard vers le nord, il n'y restait pas trace de Zadok Allen.

4

Je ne saurais décrire l'état d'esprit dans lequel me laissa cet épisode atroce – à la fois fou et navrant, grotesque et terrifiant. Le garçon épicier m'y avait préparé, mais la réalité ne m'en avait pas moins jeté dans le trouble et la confusion. Malgré la puérilité de l'histoire, le sérieux et l'horreur insensés du vieux Zadok m'avaient communiqué une inquiétude grandissante qui s'ajoutait à ma répulsion première pour la ville et l'ombre de son insaisissable fléau.

Plus tard je pourrais analyser le récit et en tirer les éléments de base d'une allégorie historique ; pour l'instant je ne demandais qu'à l'oublier. Il était dangereusement tard – ma montre indiquait 7 h 15, et l'autobus pour Arkham quittait Town Square à huit heures – et je m'efforçai de ramener mes pensées à un souci aussi neutre et pratique que possible, tout en parcourant vivement les rues désertes de toits béants et de maisons chancelantes, pour rejoindre l'hôtel où j'avais laissé ma valise et où je trouverais mon bus.

Malgré la lumière dorée de fin d'après-midi qui donnait aux vieux toits et aux cheminées délabrées un air de paix et un charme mystérieux, je ne pouvais m'empêcher de jeter parfois un coup d'œil par-dessus mon épaule. Je serais vraiment ravi de quitter cette Innsmouth malodorante où régnait la terreur, et j'aurais bien voulu qu'il existe quelque autre véhicule que celui du sinistre Sargent. Pourtant je n'accélérai pas trop l'allure car il se trouvait à tous ces coins de rue silencieux des détails architecturaux dignes d'attention ; et je pouvais aisément, d'après mes calculs, faire le trajet en une demi-heure.

En étudiant la carte du jeune homme de l'épicerie à la recherche d'un itinéraire que je n'aurais pas encore suivi, je choisis Marsh Street au lieu de State Street pour gagner la grand-place. Au coin de Fall Street je commençai à voir çà et là des groupes de chuchoteurs furtifs, et en arrivant enfin sur la place je constatai que presque tous les flâneurs étaient rassemblés devant la porte de la Maison Gilman. J'eus l'impression que beaucoup d'yeux saillants, humides, immobiles me regardaient curieusement quand je demandai ma valise dans le hall, et j'espérai qu'aucun de ces êtres déplaisants ne partagerait la voiture avec moi.

L'autobus, plutôt en avance, arriva à grand bruit avec trois passagers un peu avant huit heures, et un individu à la mine patibulaire adressa sur le trottoir quelques mots inintelligibles au conducteur. Sargent jeta dehors un sac postal et un paquet de journaux, puis entra dans l'hôtel, tandis que les voyageurs – les mêmes que j'avais vus arriver à Newburyport ce matin-là – gagnaient le trottoir d'un pas traînant et échangeaient quelques vagues paroles gutturales avec un badaud dans une langue dont j'aurais juré que ce n'était pas de l'anglais. Je montai dans la voiture vide et pris la même place que j'avais occupée précédemment, mais à peine étais-je installé que Sargent reparut et se mit à marmonner d'une voix de gorge particulièrement répugnante.

Apparemment, je n'avais vraiment pas de chance. Quelque chose s'était détraqué dans le moteur, bien qu'il ait très bien marché depuis Newburyport, et l'autobus ne pourrait pas continuer jusqu'à Arkham. Non, on ne pouvait pas le réparer cette nuit, et il n'y avait pas d'autre moyen de transport à partir d'Innsmouth, pour Arkham ni ailleurs. Sargent était désolé mais je serais obligé de coucher au Gilman. On me ferait certainement un prix à la réception, mais il n'y avait pas d'autre solution. Quasi stupéfait de cet obstacle imprévu, et redoutant vivement la tombée de la nuit dans cette ville pourrissante à peine éclairée, je quittai l'autobus et rentrai dans le hall de l'hôtel où le gardien de nuit à l'air maussade et louche me proposa la chambre 428 à l'avant-dernier étage – grande mais sans eau courante – pour un dollar.

Malgré ce que j'avais entendu dire de cet hôtel à Newburyport, je signai le registre, donnai mon dollar, laissai l'employé prendre ma valise et suivis ce serviteur revêche et solitaire pour monter trois étages de marches grinçantes, en dépassant des couloirs poussiéreux qui semblaient entièrement déserts. Ma chambre, une pièce sombre à l'arrière de l'hôtel, avec deux fenêtres et maigrement pourvue de meubles bon marché, donnait sur une cour lugubre cernée encore par des bâtiments de brique, bas et apparemment abandonnés, et dominait un panorama de toits vétustes qui s'étendaient vers l'ouest en deçà d'une campagne marécageuse. Au bout du couloir se trouvait une salle de bains, décourageante relique avec son antique cuvette de marbre, un tub en fer-blanc, une ampoule électrique très faible, et des boiseries moisies autour des tuyauteries.

Comme il faisait encore jour, je descendis sur la place pour tâcher de trouver à dîner et je remarquai alors les coups d'œil bizarres que me jetaient les flâneurs douteux. L'épicerie étant fermée, je dus me rabattre sur le restaurant que j'avais d'abord évité ; il était tenu par un homme voûté à la tête étroite, aux yeux immobiles et sans expression, et une fille au nez plat et aux mains incroyablement épaisses et maladroites. On ne servait qu'au comptoir, et je fus soulagé en m'apercevant que presque tout venait manifestement de boîtes de conserve et de sachets. Je me contentai d'un bol de soupe aux légumes avec des crackers, et regagnai bientôt ma triste chambre au Gilman, où je pris un journal du soir et un magazine criblé de chiures de mouches auprès de l'employé revêche qui tenait un étalage branlant à côté de son bureau.

Quand le crépuscule s'assombrit, j'allumai la faible ampoule électrique au-dessus du modeste lit de fer, pour essayer autant que possible de continuer la lecture que j'avais commencée. Je jugeais opportun d'occuper sainement mon esprit plutôt que de le laisser ressasser les monstruosités de cette vieille ville en proie à la dégradation, tant que j'étais encore dans ses murs. L'histoire folle que m'avait racontée le vieil ivrogne ne me promettait pas de rêves très agréables, et je sentais qu'il me fallait écarter le plus possible de mon imagination le souvenir de ses yeux larmoyants et hagards.

Je ne devais pas non plus m'appesantir sur ce que l'inspecteur du travail avait dit à l'employé de la gare de Newburyport au sujet de l'hôtel Gilman et des voix de ses occupants nocturnes – ni là-dessus ni sur le visage sous la tiare dans l'entrée obscure de l'église ; ce visage dont ma pensée consciente ne pouvait expliquer l'horreur. Peut-être aurait-il été plus facile de détourner mes réflexions de ces sujets troublants si la chambre n'avait pas autant empesté le moisi. Cette odeur atroce, hideusement mêlée à celle du poisson qui régnait dans la ville, ramenait sans cesse l'imagination à la décomposition et à la mort.

Ce qui m'inquiétait aussi c'était l'absence de verrou à la porte de ma chambre. Il y en avait eu un, comme le prouvaient clairement les traces, mais on l'avait enlevé récemment. Sans doute était-il devenu inutilisable, comme tant d'autres choses dans ce bâtiment délâbré. Dans ma nervosité, je me mis à chercher et je découvris sur la penderie un verrou visiblement de la même taille, à en juger par les traces, que celui de la porte. Pour détendre un peu l'atmosphère lourde, je m'occupai de le fixer sur l'emplacement vide à l'aide d'un petit nécessaire de trois pièces, dont un tournevis, que je portais sur mon trousseau de clés. Il s'adaptait parfaitement et je fus assez soulagé de savoir que je pourrais le fermer avant de me coucher. Je ne croyais pas en avoir réellement besoin, mais le moindre symbole de sécurité était le bienvenu dans un pareil endroit. Il y avait aussi des verrous aux portes de communication des deux chambres voisines, et je les poussai aussitôt.

Je ne me déshabillai pas, décidé à lire jusqu'au moment de m'endormir. Je m'allongerais alors après avoir ôté seulement mon veston, mon faux col et mes chaussures. Tirant une lampe électrique de ma valise, je la mis dans ma poche pour pouvoir consulter ma montre si je m'éveillais plus tard dans la nuit. Cependant, le sommeil ne vint pas ; et quand j'analysai mes pensées je m'aperçus non sans inquiétude que je prêtais l'oreille inconsciemment à quelque chose que je redoutais sans pouvoir le définir. L'histoire de l'inspecteur avait marqué mon imagination plus profondément que je ne le croyais. J'essayai à nouveau de lire, mais je dus reconnaître que je n'avançais pas.

Au bout d'un certain temps, je crus entendre craquer l'escalier et les couloirs comme sous des pas, et je supposai que les autres chambres commençaient à se remplir. Pourtant, il n'y avait pas de bruits de voix, et je fus frappé du caractère furtif de ces craquements. Cela me déplut, et je me demandai si je ne ferais pas mieux de ne pas dormir du tout. Cette ville abritait des gens bizarres, et l'on avait incontestablement noté plusieurs disparitions. Était-ce là une de ces auberges où l'on tuait les voyageurs pour voler leur argent ? Je n'avais sûrement pas l'air très fortuné. Ou bien les habitants avaient-ils tant de haine pour les visiteurs curieux ? Mon intérêt évident de touriste, la fréquente consultation de la carte avaient-ils fait mauvaise impression ? Dans quel état nerveux étais-je donc pour échafauder ainsi des hypothèses sur quelques craquements fortuits ? Mais je n'en regrettais pas moins d'être sans arme.

Finalement, éprouvant une fatigue qui n'annonçait pas le sommeil, je tirai le verrou réinstallé sur la porte du couloir, éteignis la lumière, et me jetai sur le lit dur et défoncé – gardant veston, col, chaussures et tout. Dans le noir le moindre bruit nocturne prenait de l'importance, et un flot de pensées doublement désagréables m'envahit. Je regrettais d'avoir éteint la lumière, mais j'étais trop las pour me lever et aller la rallumer. Alors, après un long et lugubre intervalle, et le prélude de nouveaux craquements dans l'escalier et le couloir, vint ce bruit léger, terriblement reconnaissable, qui semblait la funeste justification de toutes mes frayeurs. À n'en pas douter, on essayait une clé – prudemment, furtivement, non sans hésitation – dans la serrure de ma porte.

Mes sensations, en identifiant ce signe d'un danger réel, furent peut-être moins violentes à cause des craintes vagues qui les avaient précédées. Bien que sans motif précis, je m'étais instinctivement tenu sur mes gardes – ce qui allait m'aider dans la nouvelle épreuve véritable, quelle qu'elle puisse être. Néanmoins ce progrès de la menace, d'abord vague prémonition puis réalité concrète, m'impressionna profondément, et je le ressentis comme un choc violent. Il ne me vint pas à l'idée que ce tâtonnement pouvait être une simple erreur. N'envisageant qu'une intention malveillante, je gardai un silence de mort, en attendant ce qu'allait faire l'intrus supposé.

Un moment plus tard, le cliquetis furtif cessa, et j'entendis qu'on pénétrait avec un passe-partout dans la chambre au nord de la mienne. Puis on essaya doucement la serrure de la porte qui donnait dans ma chambre. Le verrou résista, naturellement, et le plancher grinça quand le rôdeur quitta la pièce. Au bout d'un instant, un autre bruit discret m'apprit qu'on entrait dans la chambre au sud de la mienne. Puis nouveau tâtonnement sur le verrou de la porte de communication, et nouveau grincement d'un pas qui bat en retraite. Cette fois il s'éloigna dans le couloir, descendit l'escalier, et je compris que le rôdeur ayant constaté le verrouillage de mes portes renonçait à sa tentative pour un temps plus ou moins long, comme on le verrait plus tard.

La promptitude avec laquelle j'établis un plan d'action prouve que j'avais dû inconsciemment craindre quelque menace et envisager depuis des heures les divers moyens d'y échapper. Dès l'abord je sentis que le tâtonneur invisible représentait un danger qu'il ne fallait ni affronter ni discuter, mais fuir le plus rapidement possible. La seule chose à faire était de quitter cet hôtel vivant, en toute hâte, et par une autre issue que l'escalier et le hall d'entrée.

M'étant levé sans bruit et dirigeant la lumière de ma lampe sur l'interrupteur, j'essayai d'allumer l'ampoule au-dessus du lit pour choisir quelques affaires à mettre dans mes poches avant de fuir sans valise. Mais rien ne se passa ; on avait donc coupé le courant. De toute évidence, un mouvement malfaisant et secret se préparait sur une grande échelle – lequel, au juste, je n'aurais su le dire. Tandis que je réfléchissais, la main sur l'interrupteur inutile, je perçus un craquement étouffé à l'étage au-dessous, et crus distinguer le bruit d'une conversation. Un instant plus tard j'étais moins sûr que ces sons graves fussent des voix, car ces aboiements rauques et ces coassements à peine articulés ressemblaient bien peu à un langage humain connu. Je songeai alors plus que jamais à ce que l'inspecteur du travail avait entendu la nuit dans cette maison moisie et pestilentielle.

Après avoir rempli mes poches à la lumière de ma lampe, je mis mon chapeau et me dirigeai sur la pointe des pieds vers les fenêtres pour examiner les moyens de descendre. En dépit des règlements en vigueur, il n'y avait pas d'échelle d'incendie de ce côté de l'hôtel, et je découvris que mes fenêtres ne donnaient que sur un à-pic de trois étages jusqu'à la cour pavée. À droite et à gauche cependant d'anciens bâtiments industriels en brique étaient contigus à l'hôtel ; leurs toits en pente montaient à une distance raisonnable qui permettait d'y sauter de mon quatrième étage. Pour atteindre l'un ou l'autre, il me faudrait être dans une chambre à deux portes de la mienne – soit au nord, soit au sud selon le cas – et je me mis aussitôt à calculer les chances que j'avais d'effectuer ce transfert.

Je ne pouvais me risquer à sortir dans le couloir ; on y entendrait sûrement le bruit de mes pas, et les difficultés pour entrer dans la chambre voulue seraient insurmontables. Je devrais passer, pour réaliser mon projet, par les portes de communication, de construction plus légère ; il faudrait en forcer les serrures et les verrous en me servant de mon épaule comme d'un bélier chaque fois qu'ils seraient fermés de l'intérieur. Ce qui me paraissait possible étant donné l'état de délabrement de l'hôtel et de ses installations ; mais je ne pourrais le faire sans bruit. Je devais compter uniquement sur ma rapidité, et sur la chance d'atteindre une fenêtre avant que les forces hostiles n'aient le temps de s'organiser pour ouvrir la bonne porte avec un passe-partout. Je barricadai ma porte sur le couloir avec la commode – que je poussai petit à petit pour faire le minimum de bruit.

Je me rendais bien compte que mes chances étaient très minces, et j'étais prêt à un désastre. Même si j'atteignais un toit voisin, le problème ne serait pas résolu, car il resterait à gagner le sol et à m'échapper de la ville. Le seul élément favorable était l'état d'abandon et de ruine des bâtiments contigus, et les nombreuses lucarnes obscures ouvertes sur chacun.

Ayant constaté sur le plan du garçon épicier qu'il valait mieux sortir de la ville par le sud, j'examinai d'abord la porte au sud de la chambre. Elle s'ouvrait dans ma direction, et je vis – après avoir tiré le verrou et trouvé en place d'autres fermetures – qu'elle serait trop difficile à forcer. Je renonçai donc à cette issue et poussai le lit tout contre pour prévenir toute attaque éventuelle venant de la chambre voisine. La porte nord s'ouvrait vers l'extérieur, et – bien que je l'aie trouvée fermée à clé ou au verrou de l'autre côté – c'était par elle que je devais passer. Si j'arrivais à sauter sur les toits des bâtiments de Paine Street et à descendre à terre sans encombre, je pourrais peut-être filer par la cour et les maisons voisines ou celles d'en face jusqu'à Washington ou Bates Street – à moins de sortir dans Paine Street et de tourner vers le sud pour retrouver Washington Street. De toute façon, mon but était de gagner Washington Street et de m'éloigner le plus vite possible des parages de la grand-place. J'aurais préféré éviter Paine Street, à cause de la caserne des pompiers qui restait peut-être ouverte toute la nuit.

En pensant à tout cela, je regardais au-dessous de moi la misérable mer de toits pourrissants, éclairés maintenant par les rayons d'une lune encore presque pleine. À droite la noire entaille de la gorge où coulait la rivière divisait le paysage ; les usines et la gare abandonnée s'y accrochaient de part et d'autre comme des bernacles. Au-delà, les rails rouillés et la route de Rowley traversaient une étendue marécageuse semée d'îlots de terrain plus haut et sec couvert de broussailles. À gauche, dans la campagne plus proche parcourue de cours d'eau, l'étroite route d'Ipswich luisait, blanche sous la lune. De ce côté de l'hôtel je ne pouvais pas voir la route du sud en direction d'Arkham que j'avais décidé de prendre.

Je me demandai, hésitant, si je devais attaquer la porte du sud, et comment le faire sans être entendu, lorsque je remarquai que les vagues bruits d'en dessous avaient fait place à de nouveaux grincements de marches plus marqués. Une lueur vacillante apparut à travers mon imposte, et le plancher du couloir gémit sous un pas pesant. Des sons étouffés, peut-être des voix, se rapprochèrent, et enfin on frappa vigoureusement à ma porte.

D'abord je retins seulement mon souffle et j'attendis. J'eus l'impression qu'il s'écoulait des éternités, et l'écœurante odeur de poisson des alentours s'aggrava soudain de façon alarmante. Puis on frappa de nouveau – sans arrêt et avec une insistance grandissante. Comprenant qu'il était temps d'agir, je tirai le verrou de la porte nord, rassemblant mes forces pour l'enfoncer. À l'extérieur les coups redoublaient, et j'espérai qu'ils couvriraient le bruit de mes efforts. Passant enfin à l'attaque, je me jetai à plusieurs reprises sur le mince panneau, l'épaule gauche en avant, sans souci des chocs ou de la douleur. La porte résista plus que je ne m'y attendais, mais je ne renonçai pas. Et cependant le tumulte au-dehors ne faisait que croître.

La porte de communication finit par céder, mais avec un tel fracas que dans le couloir on dut l'entendre. Immédiatement les coups devinrent un martèlement violent, tandis que des bruits de clés inquiétants résonnaient aux portes des chambres voisines. Me ruant dans celle que je venais d'ouvrir, je réussis à verrouiller la porte du couloir avant qu'on ne puisse l'ouvrir ; mais au même moment j'entendis un passe-partout grincer à la porte extérieure de la troisième chambre – celle dont j'avais espéré emprunter la fenêtre pour atteindre le toit au-dessous.

Je tombai un instant dans un complet désespoir, me voyant prisonnier dans une pièce dont aucune fenêtre ne m'offrait d'issue. Une vague d'horreur presque monstrueuse m'envahit et prêta sous la lumière de ma lampe de poche une terrible bien qu'inexplicable étrangeté aux traces de pas qu'avait laissées dans la poussière l'intrus qui, ici même, essayait tout à l'heure de pénétrer chez moi. Puis, poussé par un automatisme plus fort que le désespoir, je me dirigeai vers la porte de communication, prêt à l'enfoncer et – si je trouvais les fermetures intactes comme dans la seconde chambre – à verrouiller la porte du couloir avant qu'on ne l'ouvre de l'extérieur.

Un vrai hasard providentiel me donna ma revanche – car devant moi la porte n'était pas fermée à clé, mais était même entrouverte. À la seconde je l'avais franchie et bloquais du genou droit et de l'épaule la porte du couloir qui visiblement commençait à s'ouvrir vers l'intérieur. Ma pression prit l'assaillant au dépourvu et le panneau se referma sous mon effort, si bien que je n'eus qu'à faire glisser le verrou comme je l'avais fait avec l'autre porte. Je reprenais souffle lorsque j'entendis faiblir les coups sur les deux portes extérieures, tandis qu'un vacarme confus venait de la porte de communication consolidée par mon lit. De toute évidence, mes agresseurs étaient entrés en masse dans la chambre du sud et se préparaient à une attaque de flanc. Au même instant, un passe-partout pénétrait dans la serrure de la chambre nord contiguë, et je compris qu'un danger plus immédiat me menaçait.

La porte de communication vers le nord était grande ouverte, mais il n'était plus temps de défendre celle du couloir. Je dus me contenter de fermer et de verrouiller la porte restée ouverte et celle qui lui faisait vis-à-vis – poussant un lit contre l'une, une commode contre l'autre, et une table de toilette devant l'entrée du couloir. Je ne pouvais me fier qu'à ces obstacles de fortune pour me protéger jusqu'à ce que je franchisse la fenêtre et gagne le toit du bâtiment de Paine Street. Mais même à ce moment critique mon horreur ne venait pas de la faiblesse de mes moyens de défense. Je frissonnais parce que aucun de mes poursuivants, en dehors de quelques hideux halètements, grognements et de faibles aboiements de temps à autre, n'émettait un son vocal net ou intelligible.

Tandis que je déplaçais les meubles et me ruais vers les fenêtres, j'entendis dans le couloir un bruit terrifiant : des pas précipités en direction de la chambre au nord de la mienne, alors que les coups avaient cessé du côté sud. Manifestement, la plupart de mes adversaires allaient concentrer leurs forces contre la fragile porte de communication dont ils savaient qu'elle menait directement à moi. Dehors, la lune baignait le faîtage du bâtiment au-dessous, et je vis que le saut serait terriblement risqué à cause de la pente abrupte sur laquelle je devais atterrir. Dans ces conditions, je choisis pour m'échapper la plus au sud des deux fenêtres ; je prévoyais de retomber sur le versant intérieur du toit et de gagner la lucarne la plus proche. Une fois dans l'une des constructions de brique délabrées, je devais m'attendre à une poursuite ; mais j'espérais pouvoir descendre et m'esquiver en passant de l'une à l'autre des entrées béantes autour de la cour obscure, rejoindre enfin Washington Street et me glisser hors de la ville en direction du sud.

Le tumulte devant la porte de communication nord était devenu terrifiant, et je vis que le mince panneau commençait à se fendre. Les assiégeants avaient sans doute apporté un objet pesant en guise de bélier. Néanmoins le lit tenait bon ; ce qui me laissait encore une faible chance de réussir mon évasion. En ouvrant la fenêtre, je remarquai qu'elle était flanquée d'un lourd rideau de velours suspendu à une tringle par des anneaux de cuivre, et aussi qu'il y avait à l'extérieur de gros crochets pour attacher les volets. Voyant là un moyen d'éviter un saut dangereux, je tirai d'un coup sec et fis tomber à terre rideau, tringle et le reste ; puis j'accrochai vivement deux des anneaux au crochet du volet et jetai l'étoffe au-dehors. Les lourds plis tombaient largement jusqu'au toit, et je jugeai qu'anneaux et crochet pourraient supporter mon poids. Alors, enjambant la fenêtre et descendant le long de l'échelle de corde improvisée, je laissai à jamais derrière moi la bâtisse malsaine et grouillante d'horreurs de l'hôtel Gilman.

J'atterris sans dommage sur les ardoises disjointes du toit pentu, et réussis à gagner le trou noir de la lucarne sans glisser une seule fois. En levant les yeux vers la fenêtre que je venais de quitter, je vis qu'elle était toujours obscure, mais plus loin au nord, entre les cheminées croulantes, je discernai des lumières de mauvais augure qui brillaient dans la salle de l'Ordre de Dagon, l'église baptiste et celle des congrégationalistes que je me rappelais en frissonnant. Ne voyant personne en bas dans la cour, j'espérai avoir une chance de fuir avant le déclenchement d'une alerte générale. À la lueur de ma lampe électrique, je constatai à travers la lucarne qu'il n'y avait pas de marches pour descendre. La distance n'était pas grande, toutefois, si bien que je grimpai sur le bord et me laissai tomber ; je me retrouvai sur un plancher poussiéreux encombré de caisses et de tonneaux vermoulus.

L'endroit était lugubre, mais je ne me souciais plus de ce genre d'impression et je gagnai aussitôt l'escalier révélé par ma lampe – après un bref coup d'œil à ma montre qui indiquait deux heures du matin. Les marches grinçaient mais paraissaient assez solides et je les descendis quatre à quatre, après un second étage qui avait l'air d'une grange, jusqu'au rez-de-chaussée. C'était le désert complet, et seul l'écho répondit au bruit de mes pas. J'atteignis enfin le couloir inférieur, au bout duquel un rectangle faiblement éclairé indiquait l'entrée en ruine sur Paine Street. Me dirigeant dans le sens opposé, je trouvai la porte de derrière également ouverte et, dégringolant cinq marches de pierre, je me retrouvai sur les pavés herbeux de la cour.

Les rayons de la lune n'arrivaient pas jusque-là, mais j'y voyais juste assez pour me passer de ma lampe. Certaines fenêtres de l'hôtel Gilman étaient maigrement éclairées et je crus entendre des bruits confus à l'intérieur. Avançant en silence du côté de Washington Street, je distinguai plusieurs entrées ouvertes et m'engageai dans la plus proche. Il faisait noir dans le corridor, et quand j'arrivai à l'autre bout je m'aperçus que la porte de la rue était hermétiquement close. Résolu à essayer un autre bâtiment, je revins sur mes pas à tâtons vers la cour, mais je m'arrêtai net tout près de l'entrée.

Par une porte ouverte de l'hôtel Gilman se déversait une énorme foule de silhouettes douteuses – des lanternes dansaient dans les ténèbres, et d'horribles voix coassantes échangeaient des cris étouffés en un langage qui n'avait rien d'anglais. Ces formes se déplaçaient de manière hésitante, et je compris à mon grand soulagement qu'elles ignoraient où j'étais allé ; je n'en ressentis pas moins à leur vue un frisson d'horreur. Leurs traits étaient indiscernables, mais la démarche traînante, ramassée, était affreusement repoussante. Et, pire que tout, je remarquai que l'une d'elles, vêtue d'une robe bizarre, portait à n'en pas douter une haute tiare dont le dessin ne m'était que trop familier. Tandis qu'elles se répandaient dans la cour, je sentis redoubler mes craintes. Et si je ne trouvais aucune issue à ce bâtiment du côté de la rue ? L'odeur de poisson était détestable, et je m'étonnais de pouvoir la supporter sans défaillir. Tâtonnant de nouveau vers la rue, j'ouvris une porte dans le couloir et me trouvai dans une pièce vide aux volets clos mais sans châssis de fenêtres. Guidé par les rayons de ma lampe, je réussis à ouvrir ces volets ; en un instant je sautai dehors et refermai soigneusement l'ouverture comme je l'avais trouvée.

J'étais maintenant dans Washington Street, et je ne vis d'abord âme qui vive ni d'autre clarté que celle de la lune. Pourtant j'entendais au loin, venant de plusieurs directions, le son de voix rauques, de pas, et une curieuse espèce de trottinement très distinct des bruits de pas. Manifestement, je n'avais pas de temps à perdre. Mon orientation était claire et je me réjouis de voir éteints tous les réverbères, comme c'est souvent l'usage les nuits de pleine lune dans les régions rurales défavorisées. Certains des bruits provenaient du sud, et pourtant je persistai à vouloir fuir dans cette direction. Il y aurait sûrement quantité d'entrées désertes pour m'abriter si je rencontrais une personne ou un groupe aux allures de poursuivants.

Je marchais vite, en silence, près des maisons en ruine. Bien que sans chapeau et décoiffé après ma descente laborieuse, je ne paraissais pas spécialement remarquable ; et je pouvais passer inaperçu s'il me fallait par hasard croiser quelqu'un. À la hauteur de Bates Street je m'enfonçai dans un vestibule béant tandis que deux silhouettes au pas traînant traversaient la rue devant moi, mais je me remis bientôt en route vers le grand carrefour où Eliot Street coupe obliquement Washington Street à son intersection avec South Street. Sans avoir jamais vu cet endroit, je l'avais jugé dangereux sur la carte du garçon épicier ; et la lune devait y donner en plein. Il était impossible de l'éviter, car tout autre itinéraire impliquerait des détours, donc d'autres risques de découverte et une perte de temps. Il ne me restait qu'à le traverser hardiment et sans me cacher, en imitant de mon mieux le pas traînant caractéristique des gens d'Innsmouth, et avec l'espoir de ne rencontrer personne, du moins aucun de mes poursuivants.

Dans quelle mesure la poursuite était-elle organisée et en fait quel était exactement son but, je n'en avais aucune idée. Il semblait régner en ville une activité inaccoutumée, mais je pensais que la nouvelle de ma fuite du Gilman ne s'était pas encore répandue. Naturellement il me faudrait bientôt quitter Washington Street pour quelque autre rue en direction du sud car cette bande de l'hôtel ne manquerait pas de se lancer à mes trousses. Je devais avoir laissé des traces dans la poussière du dernier vieux bâtiment, révélant ainsi comment j'avais gagné la rue.

Le carrefour était, et je l'avais prévu, inondé de clarté lunaire ; je vis en son centre les restes d'une pelouse entourée d'une grille de fer. Heureusement, il n'y avait personne alentour, mais un étrange grondement ou bourdonnement s'amplifiait du côté de la grand-place. South Street, très large et légèrement en pente, descendait directement jusqu'aux quais et offrait une vue dégagée sur la mer, et j'espérais que personne ne regarderait de là-bas tandis que je traverserais sous la lune.

J'avançai sans encombre, et aucun nouveau bruit ne me fit supposer qu'on m'avait observé. Jetant un coup d'œil autour de moi, je ralentis involontairement un instant pour admirer au bout de la rue la mer somptueuse dans tout l'éclat du clair de lune. Au-delà de la digue j'aperçus le vague profil noir du Récif du Diable, et je ne pus m'empêcher de penser à toutes les hideuses légendes que j'avais entendues pendant les dernières trente-quatre heures – et qui représentaient ce roc déchiqueté comme une vraie porte vers des mondes d'une horreur insondable et d'une inimaginable monstruosité.

Alors, sans avertissement, se produisit une série d'éclairs sur le lointain récif. Précis et indiscutables, ils éveillèrent dans mon esprit une terreur tout à fait irrationnelle. Mes muscles se tendirent en un réflexe de fuite, que ne retinrent qu'une sorte de prudence inconsciente et une fascination quasi hypnotique. Et pour empirer les choses, jaillissait maintenant, du haut du belvédère de l'hôtel Gilman, qui s'élevait derrière moi au nord-est, une suite de lueurs analogues mais différemment espacées qui ne pouvaient être qu'une réponse au premier signal.

Maîtrisant mes muscles, et me rendant compte à nouveau à quel point j'étais en vue, je repris mon allure vive tout en feignant de traîner les pieds ; et je ne cessai de surveiller l'infernal et menaçant récif tant que South Street m'ouvrait sa perspective sur la mer. Je ne savais que penser de ce que j'avais vu ; à moins qu'il ne s'agît d'un rite étrange lié au Récif du Diable, ou de quelque groupe débarqué d'un bateau sur ce sinistre roc. J'obliquai vers la gauche en contournant l'ancienne pelouse, sans quitter des yeux l'océan qui resplendissait sous la lumière spectrale de la lune d'été, ni le mystérieux spectacle de ces signaux inconnus et inexplicables.

C'est alors que j'éprouvai l'impression la plus horrible de tout ce que j'avais ressenti – celle qui anéantit mon dernier vestige de sang-froid et me lança frénétiquement vers le sud, le long des noires entrées béantes et des fenêtres au regard fixe de poisson, en cette rue déserte de cauchemar. Car, à mieux regarder, je m'aperçus que les eaux éclairées par la lune entre le récif et le rivage étaient loin d'être vides. Elles fourmillaient d'une horde grouillante de formes qui y nageaient en direction de la ville ; même à cette distance et en un seul regard j'avais compris que les têtes qui dansaient sur l'eau et les bras qui battaient l'air étaient étrangers et anormaux au point qu'on pouvait à peine le dire ou le formuler consciemment.

Ma course folle ne me mena pas même au bout du pâté de maisons, car j'entendis à ma gauche quelque chose comme la clameur d'une poursuite organisée : des bruits de pas, des sons gutturaux et un ronflement de moteur suivant Federal Street vers le sud. En une seconde tous mes projets furent entièrement renversés – si la route du sud était bloquée devant moi, il fallait évidemment sortir d'Innsmouth par un autre chemin. Je m'arrêtai et me réfugiai dans une entrée ouverte, me félicitant d'avoir franchi le carrefour éclairé par la lune avant que ces poursuivants n'aient descendu la rue parallèle.

Ma seconde réflexion fut moins rassurante. Puisqu'ils prenaient une autre rue, il était clair qu'ils ne suivaient pas directement mes traces. Ils ne m'avaient pas vu, mais obéissaient à un plan général conçu pour empêcher ma fuite. Ce qui signifiait que toutes les routes partant d'Innsmouth étaient également surveillées, car les habitants n'avaient pu savoir quelle voie je comptais emprunter. Dans ce cas, il me faudrait battre en retraite à travers la campagne en évitant toutes les routes ; mais comment faire dans cette région entièrement marécageuse et sillonnée de cours d'eau ? J'eus un moment le vertige – à la fois de désespoir et à cause d'une brusque recrudescence de l'inévitable odeur de poisson.

Puis je pensai à la ligne de chemin de fer abandonnée pour Rowley, dont la solide voie de terre empierrée et envahie d'herbe s'étendait encore au nord-ouest à partir de la gare en ruine, au bord de la gorge où coulait la rivière. Il restait une chance pour que les gens de la ville n'y aient pas songé ; son état d'abandon, les ronces qui l'obstruaient la rendant presque impraticable, c'était bien le chemin le moins engageant que pût choisir un fugitif. Je l'avais vue distinctement de ma fenêtre à l'hôtel, et je savais où la trouver. Le début de son parcours était malheureusement visible en grande partie depuis la route de Rowley, et des sommets de la ville elle-même ; mais on pouvait peut-être passer inaperçu en rampant à travers les broussailles. De toute façon, c'était ma seule chance de salut, et je n'avais d'autre choix que de l'essayer.

M'enfonçant dans le couloir de mon refuge désert, je consultai une fois de plus la carte du garçon épicier à la lueur de ma lampe électrique. Le problème immédiat était de rejoindre l'ancienne voie ferrée ; et je vis alors que le plus sûr était d'aller tout droit jusqu'à Babson Street, puis à l'ouest vers Lafayette Street – en contournant sans le traverser un espace découvert comme celui que j'avais franchi – et de repartir vers le nord et l'ouest en zigzaguant par les rues Lafayette, Bates, Adams et Bank – cette dernière longeait la gorge de la rivière – pour arriver à la gare abandonnée et croulante que j'avais vue de ma fenêtre. Si j'avais choisi Babson Street, c'est que je ne voulais ni retraverser le premier espace découvert ni commencer mon itinéraire vers l'ouest par un croisement aussi large que celui de South Street.

Repartant de nouveau, je gagnai le trottoir de droite pour me glisser dans Babson Street le plus discrètement possible. Le bruit persistait dans Federal Street, et en jetant un coup d'œil derrière moi je crus voir une lumière près du bâtiment par lequel je m'étais enfui. Impatient de quitter Washington Street, je me mis à trotter, espérant que personne ne m'observait. Presque au coin de Babson Street, je remarquai avec inquiétude qu'une des maisons était habitée, comme en témoignaient les rideaux à la fenêtre ; mais il n'y avait pas de lumière à l'intérieur, et je la dépassai sans catastrophe.

Dans Babson Street, qui coupait Federal Street et pouvait donc me révéler aux patrouilleurs, je rasai les murs des immeubles inégaux et affaissés, m'arrêtant deux fois dans une entrée car la rumeur derrière moi s'amplifiait par moments. Devant, l'espace découvert brillait sous la lune, vaste et désert, mais mon itinéraire ne m'obligeait pas à l'affronter. Lors de ma seconde pause je discernai une nouvelle répartition des bruits confus ; ayant risqué un regard prudent hors de mon abri, je vis une automobile franchir le carrefour à toute vitesse, et remonter Eliot Street, qui à cet endroit coupe à la fois les rues Babson et Lafayette.

Pendant que je guettais, suffoqué par une nouvelle vague de l'odeur de poisson, après une courte accalmie, j'aperçus une troupe de formes grossières et ramassées qui allaient dans la même direction à pas traînants ou bondissants ; je compris qu'elles devaient être chargées de surveiller la route d'Ipswich, qui est un prolongement d'Eliot Street. Deux de ces silhouettes portaient des robes volumineuses, et l'une d'elles un diadème pointu qui miroitait, blanc sous la lune. Sa démarche était si bizarre qu'elle me donna le frisson – car il me sembla qu'elle sautillait.

Je repris ma route dès que la dernière silhouette fut hors de vue, me précipitai pour tourner au coin dans Lafayette Street, et traversai Eliot Street en toute hâte de peur d'y trouver encore des traînards du groupe. J'entendis un vacarme et des coassements au loin du côté de la grand-place, mais je passai sans encombre. Je redoutais plus que tout de retraverser la large South Street toute baignée de lune – avec sa perspective sur la mer – et je dus m'armer de courage pour en venir à bout. Quelqu'un pouvait fort bien m'observer, et s'il restait des attardés dans Eliot Street ils ne manqueraient pas de m'apercevoir d'un côté ou de l'autre. Au dernier moment je jugeai qu'il valait mieux ralentir ma course et franchir l'obstacle, comme auparavant, de la démarche traînante d'une bonne partie des indigènes d'Innsmouth.

Lorsque la mer apparut de nouveau – à ma droite cette fois –, j'étais à peu près décidé à ne pas la regarder du tout. Mais je ne pus résister ; je jetai un coup d'œil de côté en avançant de mon pas emprunté vers des ombres protectrices. Pas de navire en vue, comme je m'y attendais plus ou moins. La première chose qui me sauta aux yeux fut un petit canot qui se dirigeait vers les quais abandonnés, chargé d'un objet volumineux recouvert d'une bâche. Ainsi entrevus, même de loin, ses rameurs semblaient particulièrement repoussants. Il y avait encore plusieurs nageurs, et sur le lointain récif noir, une faible lueur immobile, différente du signal clignotant vu précédemment, et d'une couleur singulière que je ne pouvais identifier. Devant moi, à droite, au-dessus des toits en pente, se dessinait le haut belvédère de l'hôtel Gilman, mais il était complètement sombre. L'odeur de poisson, dissipée un moment par une brise bienfaisante, revenait maintenant avec une insupportable virulence.

Je n'avais pas atteint l'autre côté de la rue quand j'entendis, venant du nord, une bande qui descendait Washington Street en grondant. Comme ils atteignaient le large carrefour où m'avait saisi la première fois le spectacle de la mer sous la lune, je les vis distinctement à quelques maisons de distance – et je fus horrifié des déformations bestiales de leurs visages et de leur allure ramassée de sous-humanité canine. Un homme marchait absolument comme un singe, ses longs bras touchant fréquemment le sol, tandis qu'un autre – en robe et tiare – avait l'air d'avancer à cloche-pied. C'était bien, pensai-je, ceux que j'avais vus dans la cour du Gilman – et qui par conséquent devaient suivre ma piste de plus près. Voyant certaines silhouettes se retourner pour regarder dans ma direction, je fus pétrifié de terreur, et je réussis pourtant à garder avec naturel le pas traînant que j'avais adopté. Aujourd'hui encore, j'ignore s'ils me virent ou non. Si oui, mon stratagème dut les tromper, car ils traversèrent le carrefour baigné de lune sans infléchir leur parcours – toujours coassant et jacassant dans un détestable jargon guttural qui ne me rappelait rien de connu.

Revenu dans l'ombre, je repris mon petit trot paisible le long des maisons penchées et décrépies qui ouvraient sur la nuit leurs yeux vides. Ayant gagné le trottoir ouest, je pris au premier tournant Bates Street, où je serrai de près les bâtiments du côté sud. Je dépassai deux maisons qui paraissaient habitées, l'une faiblement éclairée à l'étage supérieur, mais je ne rencontrai pas d'obstacle. Arrivé dans Adams Street, je me sentis beaucoup plus en sécurité, et ce fut un choc quand un homme sortit en titubant d'une entrée obscure juste en face de moi. Heureusement, il était beaucoup trop ivre pour être une menace ; je parvins donc sain et sauf aux lugubres ruines des entrepôts de Bank Street.

Rien ne bougeait dans cette rue morte près de la gorge de la rivière, et le grondement des chutes couvrait le bruit de mes pas. Il y avait encore une trotte jusqu'à l'ancienne gare, et les grands murs de brique des entrepôts autour de moi semblaient, je ne sais pourquoi, plus effrayants que les façades des maisons privées. Je vis enfin le vieux bâtiment à arcades – ou ce qui en restait – et me dirigeai aussitôt vers les rails, qui partaient de l'autre extrémité de la gare.

Ils étaient intacts sous la rouille, et la moitié à peine des traverses avaient pourri. Il était très difficile de marcher ou de courir sur une surface pareille ; mais je fis de mon mieux, et parvins dans l'ensemble à une allure convenable. Sur une certaine distance la ligne longeait le bord de la gorge, puis je finis par atteindre le long pont couvert où elle franchissait l'abîme à une hauteur vertigineuse. L'état de ce pont déterminerait mon étape suivante. Si c'était humainement possible, je l'utiliserais ; sinon, je risquais d'errer encore dans les rues à la recherche de la plus proche passerelle praticable.

La grande étendue du vieux pont, qui rappelait une grange, baignait dans le clair de lune spectral, et je vis que les traverses étaient saines à l'intérieur, au moins sur quelques pieds. Y pénétrant, j'allumai ma lampe électrique, et je faillis être renversé par une nuée de chauves-souris qui me dépassèrent en battant des ailes. Arrivé à mi-chemin, je craignis d'être arrêté par une brèche dangereuse ; mais finalement je risquai un saut désespéré qui, heureusement, réussit.

Je fus heureux de revoir la lune en sortant du sinistre tunnel. La vieille ligne traversait River Street au niveau du sol, puis tournait dans une région de plus en plus rurale où l'abominable odeur de poisson d'Innsmouth se faisait de moins en moins sentir. Là, l'épaisseur des mauvaises herbes et des ronces me retarda et déchira cruellement mes vêtements, mais je ne m'en plaignis pas car elles m'assuraient une protection en cas de danger. Je savais que la plus grande partie de mon parcours était visible depuis la route de Rowley.

Vinrent très vite les terres marécageuses où passait l'unique voie sur un remblai herbeux aux plantes folles plus clairsemées. Puis une sorte d'île plus élevée, que la ligne franchissait dans une tranchée peu profonde obstruée de ronces et de buissons. Je fus heureux de cet abri momentané, sachant la route de Rowley terriblement proche, comme je l'avais vu de ma fenêtre. Au bout de la tranchée, elle coupait la voie pour s'en éloigner à bonne distance ; en attendant il me fallait être extrêmement prudent. J'avais acquis maintenant l'heureuse certitude que la voie elle-même n'était pas surveillée.

Avant d'aborder la tranchée, je jetai un coup d'œil derrière moi, et n'aperçus aucun poursuivant. Les vieux clochers et les toits de la croulante Innsmouth luisaient, éthérés et pleins de charme sous la lune jaune magicienne, et je songeai à ce qu'ils avaient dû être autrefois avant d'être gagnés par les ténèbres. Puis, comme mon regard s'écartait de la ville vers l'intérieur des terres, un spectacle moins paisible attira mon attention et me tint immobile un instant.

Ce que je vis – ou crus voir – c'était l'inquiétante impression d'un mouvement sinueux, loin vers le sud, qui me donna à penser qu'une immense troupe pouvait se déverser hors de la cité sur la route d'Ipswich. La distance était grande et je ne distinguais aucun détail ; mais cette colonne mouvante me fit horreur. Elle serpentait trop et brillait d'un éclat trop vif sous les rayons de la lune qui maintenant déclinait à l'ouest. On devinait un bruit, aussi, bien que le vent soufflât en sens contraire – comme un grattement bestial et un mugissement pire que le grognement des hordes que j'avais surprises récemment.

Toutes sortes d'hypothèses déplaisantes me traversèrent l'esprit. Je pensais à ces cas extrêmes d'Innsmouth qu'on cachait, disait-on, dans les vieilles tanières croulantes proches du port. Je songeais encore aux nageurs innommables que j'avais entrevus. Si je comptais les groupes aperçus jusqu'ici, et ceux qui surveillaient sans doute les autres routes, mes poursuivants étaient singulièrement nombreux pour une ville aussi dépeuplée qu'Innsmouth.

D'où pouvait venir l'effectif considérable de cette colonne lointaine ? Ces antiques labyrinthes non explorés fourmillaient-ils d'une vie monstrueuse, non répertoriée, insoupçonnée ? Ou quelque navire invisible avait-il réellement débarqué une légion d'étrangers inconnus sur ce récif infernal ? Qui étaient-ils ? Pourquoi étaient-ils là ? Si une troupe pareille gardait la route d'Ipswich, les patrouilles sur les autres routes avaient-elles aussi été renforcées ?

Je m'étais engagé dans la tranchée broussailleuse et je me frayais lentement un chemin lorsque cette maudite odeur de poisson s'imposa de nouveau. Le vent avait-il brusquement tourné à l'est, et soufflait-il de la mer en passant sur la ville ? Sans doute, puisque je commençais à entendre d'affreux murmures gutturaux venant de ce côté jusqu'alors silencieux. Un autre son aussi – une espèce d'énorme sautillement ou trottinement mou – qui me rappelait les plus détestables images, me fit penser contre toute logique à cette colonne odieusement ondulante, là-bas sur la route d'Ipswich.

Alors la puanteur et les bruits grandirent ensemble, au point que je m'arrêtai en tremblant, me félicitant de la protection de la tranchée. C'était là, en effet, que la route de Rowley passait au plus près de la vieille voie avant de la traverser et de s'éloigner vers l'ouest. Quelque chose approchait sur cette route, et il me faudrait faire le mort jusqu'à ce que cela passe et disparaisse au loin. Dieu merci, ces créatures n'employaient pas de chiens pour la traque – peut-être aurait-elle été impossible avec l'odeur de poisson qui régnait dans les parages. Blotti dans les buissons de la brèche sablonneuse, je me sentais à peu près en sécurité, tout en sachant que les patrouilleurs allaient traverser la voie à cent yards à peine devant moi. Je pourrais les voir, mais eux, à moins d'un miracle diabolique, ne soupçonneraient pas ma présence.

Brusquement, je fus pris de crainte à l'idée de les regarder passer. Devant ce lieu tout proche éclairé par la lune où ils allaient déferler, il me vint l'idée singulière qu'il serait irrémédiablement pollué. Ce seraient peut-être les pires de tous les anormaux d'Innsmouth – qui aurait envie de se rappeler une chose pareille ?

La puanteur devenait atroce, et les bruits s'enflaient en un vacarme bestial de coassements, d'aboiements et de hurlements sans le moindre rapport avec la parole humaine. Était-ce vraiment la voix de mes persécuteurs ? Avaient-ils des chiens après tout ? Pourtant je n'avais vu à Innsmouth aucun de ces animaux inférieurs. Ces sauts mous ou ces tapotements étaient monstrueux – je ne supporterais pas la vue des créatures dégénérées qui les produisaient. Je garderais les yeux fermés tant qu'elles n'auraient pas disparu vers l'ouest. La horde était tout près maintenant – elle infectait l'air de ses rauques grognements, le sol tremblait presque au rythme étranger de sa marche. J'en perdais le souffle, et je fis appel à toutes les ressources de ma volonté pour tenir mes paupières baissées.

Aujourd'hui encore je ne saurais dire si ce qui suivit fut une hideuse réalité ou une hallucination de cauchemar. L'action du gouvernement, à la suite de mes appels frénétiques, tendrait à confirmer la monstrueuse vérité ; mais une hallucination n'a-t-elle pu se répéter sous l'influence quasi hypnotique de cette vieille ville hantée et maudite ? De tels lieux ont d'étranges vertus, et l'héritage de légendes démentes pourrait bien avoir affecté plus d'une imagination humaine parmi ces rues mortes et empestées, ces rangs serrés de toits pourrissants et de clochers croulants. N'est-il pas possible que le germe d'une véritable folie contagieuse se cache dans les profondeurs de cette ombre qui plane sur Innsmouth ? Qui peut être sûr de la réalité après avoir entendu des histoires comme celle du vieux Zadok Allen ? Les envoyés du gouvernement n'ont jamais retrouvé le pauvre Zadok, et n'ont aucune idée de ce qu'il a bien pu devenir. Où finit la folie, où commence la réalité ? Ma toute dernière crainte elle-même ne serait-elle qu'une illusion ?

Mais il faut que j'essaie de raconter ce que je crus voir cette nuit-là sous l'ironique lune jaune – ce que je vis déferler en sautillant sur la route de Rowley, en plein devant moi tandis que je me blottissais dans les ronces sauvages de cette tranchée du chemin de fer abandonné. Naturellement, ma résolution de garder les yeux fermés avait échoué. C'était à prévoir – qui aurait pu se tapir en aveugle pendant qu'une légion de monstres aboyants et coassants venus d'on ne sait où clopinait ignoblement cent yards plus loin ?

Je me croyais prêt au pire, et j'aurais dû l'être étant donné tout ce que j'avais déjà vu. Mes autres poursuivants abominablement déformés ne devaient-ils pas me préparer à affronter un redoublement de monstruosité, à considérer des formes qui n'auraient plus rien de normal ? Je n'ouvris les yeux que lorsque la rauque clameur éclata manifestement juste en face de moi. Je compris alors qu'une partie importante de la troupe se trouvait bien en vue là où les flancs de la tranchée s'abaissaient pour laisser la route traverser la voie – et je ne pus m'empêcher plus longtemps de découvrir quelle horreur avait à m'offrir cette lune jaune et provocante.

Ce fut la fin, pour ce qui me reste à vivre sur cette terre, de toute paix, de toute confiance en l'intégrité de la Nature et de l'esprit humain. Rien de ce que j'avais pu imaginer – même en ajoutant foi mot pour mot au récit dément du vieux Zadok – n'était en aucune façon comparable à la réalité démoniaque, impie, que je vis ou que je crus voir. J'ai tenté de suggérer ce qu'elle était pour différer l'horreur de l'écrire sans détour. Se peut-il que cette planète ait vraiment engendré semblables créatures ; que des yeux humains aient vu en chair et en os ce que l'homme n'a connu jusqu'ici que dans les fantasmes de la fièvre et les légendes sans consistance ?

Pourtant je les vis en un flot ininterrompu – clopinant, sautillant, coassant, chevrotant –, houle inhumaine sous le clair de lune spectral, malfaisante sarabande d'un fantastique cauchemar. Certains étaient coiffés de hautes tiares faites de cette espèce d'or blanchâtre inconnu… d'autres vêtus d'étranges robes… et l'un, qui ouvrait la marche, portait une veste noire épouvantablement bossue, un pantalon rayé et un feutre perché sur la chose informe qui lui servait de tête…

Je crois que leur couleur dominante était un vert grisâtre, mais ils avaient le ventre blanc. Ils semblaient en général luisants et lisses, à part une échine écailleuse. Leurs formes rappelaient l'anthropoïde, avec une tête de poisson aux yeux prodigieusement saillants qui ne se fermaient jamais. De chaque côté du cou palpitaient des ouïes, et leurs longues pattes étaient palmées. Ils avançaient par bonds irréguliers, tantôt sur deux pattes, tantôt sur quatre. Je fus plutôt soulagé qu'ils n'aient pas plus de quatre membres. Leurs voix, qui tenaient du coassement et de l'aboi, et qui servaient évidemment de langage articulé, prenaient toutes les sombres nuances de l'expression dont leur face immobile était privée.

À part leur monstruosité ils ne m'étaient pas inconnus. Je ne le savais que trop – le souvenir de la funeste tiare de Newburyport n'était-il pas encore présent ? –, c'étaient là les maudits poissons-grenouilles du motif indescriptible – horribles et bien vivants – et les voyant je comprenais aussi ce que m'avait rappelé si effroyablement le prêtre voûté avec sa tiare dans la sombre crypte de l'église. Combien étaient-ils ? Il me semblait qu'il y en avait des nuées – encore mon coup d'œil rapide n'avait-il pu m'en montrer qu'une toute petite partie. Un instant plus tard tout s'effaçait dans un miséricordieux évanouissement ; le premier de ma vie.

5

Ce fut une douce pluie qui me réveilla en plein jour de ma léthargie dans les broussailles de la tranchée, et quand je gagnai la route en chancelant je ne vis pas trace de pas dans la boue fraîche. L'odeur de poisson aussi avait disparu. Les toits en ruine d'Innsmouth et ses clochers effondrés se dessinaient en gris vers le sud-est, mais je n'aperçus pas un seul être vivant dans l'étendue désolée des marécages salés d'alentour. Ma montre, qui marchait encore, m'apprit qu'il était plus de midi.

La réalité de ce que j'avais vécu était extrêmement douteuse dans mon esprit, mais je sentais au fond de tout cela comme une présence hideuse. Il me fallait échapper à cette ville maudite – et je commençai à mettre à l'épreuve mes facultés de locomotion, plutôt lasses et engourdies. Malgré la faiblesse, la faim, l'horreur et l'hébétude, je me trouvai au bout d'un certain temps capable de marcher ; je m'acheminai donc lentement sur la route de Rowley. Avant le soir j'étais au village, où je pus enfin dîner et me procurer des vêtements convenables. Je pris le train de nuit pour Arkham, et le lendemain je m'entretins longuement et sérieusement avec les autorités ; je fis de même un peu plus tard à Boston. Le public connaît bien à présent le résultat de ces conversations – et je souhaite, pour la sauvegarde de la normalité, qu'il n'y ait plus rien à ajouter. Peut-être est-ce la folie qui me saisit, à moins qu'une horreur plus grande – ou une plus grande merveille – ne me soit réservée.

Comme on peut l'imaginer, je renonçai à presque tout ce que j'avais prévu pour le reste de mon voyage – les passe-temps du tourisme, de l'architecture et de l'étude du passé dont j'attendais tant de plaisir. Je n'osai pas même aller voir l'étrange ouvrage de bijouterie conservé disait-on au musée de l'université de Miskatonic. Je profitai cependant de mon séjour à Arkham pour prendre quelques notes généalogiques que je désirais avoir depuis longtemps ; documents hâtifs et non élaborés, il est vrai, mais qui pourraient m'être utiles plus tard quand j'aurais le temps de les collationner et de les ordonner. Le conservateur de la Société historique locale – Mr E. Lapham Peabody – m'aida très aimablement, et manifesta un exceptionnel intérêt en apprenant que j'étais le petit-fils d'Eliza Orne d'Arkham, née en 1867 et qui avait épousé James Williamson d'Ohio à l'âge de dix-sept ans.

Il se trouvait que l'un de mes oncles maternels était venu bien des années auparavant pour une recherche analogue à la mienne, et que la famille de ma grand-mère était dans le pays l'objet d'une certaine curiosité. Il y avait eu, disait Mr Peabody, de grandes discussions autour du mariage de son père, Benjamin Orne, aussitôt après la guerre civile ; car la parenté de la jeune épouse était singulièrement mystérieuse. On la croyait orpheline d'un Marsh du New Hampshire – un cousin des Marsh du comté d'Essex – mais elle avait été élevée en France et ignorait presque tout de sa famille. Un tuteur avait déposé des fonds dans une banque de Boston pour son entretien et celui de sa gouvernante française ; mais ce tuteur, dont le nom n'était pas familier aux gens d'Arkham, avait fini par disparaître, si bien que la gouvernante assuma son rôle par décision du tribunal. La Française – morte à présent depuis longtemps – était très taciturne, et d'aucuns prétendaient qu'elle aurait pu en dire bien davantage.

Mais le plus déconcertant, c'est que personne ne pouvait situer les prétendus parents de la jeune femme – Enoch et Lydia (Meserve) Marsh – parmi les familles connues du New Hampshire. Beaucoup insinuaient qu'elle était peut-être la fille naturelle de quelque Marsh haut placé – elle avait assurément les yeux des Marsh. On se posa surtout des questions après sa mort prématurée, qui survint à la naissance de ma grand-mère, son unique enfant. Des impressions pénibles s'étant associées pour moi au nom de Marsh, je n'admis pas volontiers qu'il figure dans mon propre arbre généalogique ; et je n'aimai pas non plus entendre Mr Peabody suggérer que j'avais moi aussi les yeux des Marsh. Je lui fus néanmoins reconnaissant pour ces documents qui, je le savais, me seraient précieux ; et je pris d'abondantes notes et des listes de livres de référence concernant la famille Orne aux riches archives.

De Boston, je rentrai directement chez moi à Toledo, et passai plus tard un mois à Maumee pour me remettre de mes épreuves. En septembre je commençai à l'université d'Oberlin ma dernière année d'études, et jusqu'en juin je me consacrai à mon travail et à d'autres occupations salutaires – ne songeant plus à ma terreur passée que lors des visites de certains fonctionnaires, ayant trait à la campagne qu'avaient suscitée mes appels et mon témoignage. Vers la mi-juillet – un an exactement après l'aventure d'Innsmouth – je passai une semaine à Cleveland dans la famille de ma défunte mère ; j'y confrontai mes nouveaux renseignements généalogiques avec les diverses notes, traditions et fragments de souvenirs familiaux qui s'y trouvaient, pour essayer d'en édifier un tableau cohérent.

Cette tâche ne me plut guère, car l'ambiance chez les Williamson m'avait toujours déprimé. On y sentait une tension morbide, et dans mon enfance ma mère ne m'avait jamais encouragé à voir ses parents, bien qu'elle fût toujours heureuse de recevoir son père quand il venait à Toledo. Ma grand-mère d'Arkham me paraissait étrange, presque terrifiante, et je ne crois pas l'avoir regrettée lorsqu'elle disparut. J'avais alors huit ans, et l'on disait qu'elle était morte de chagrin après le suicide de mon oncle Douglas, son fils aîné. Il s'était tiré un coup de revolver à son retour d'une visite en Nouvelle-Angleterre – celle-là même, certainement, qui avait laissé son souvenir à la Société historique d'Arkham.

Cet oncle ressemblait à sa mère, et je ne l'avais jamais aimé non plus. Je ne sais quoi dans leur expression figée, sans un battement de cils, me causait un vague malaise, inexplicable. Ma mère et mon oncle Walter ne leur ressemblaient pas. Ils tenaient de leur père, bien que mon pauvre petit cousin Lawrence – le fils de Walter – ait été la vivante image de sa grand-mère jusqu'au jour où il fallut l'interner à vie dans une maison de santé de Canton. Je ne l'avais pas vu depuis quatre ans, mais mon oncle laissait entendre que son état, autant mental que physique, était déplorable. Ce souci avait été probablement la cause majeure de la mort de sa mère deux ans auparavant.

Mon grand-père et Walter, son fils veuf, vivaient seuls à présent dans la maison de Cleveland, mais les souvenirs d'autrefois y restaient pesants. Elle me déplaisait toujours, et je m'efforçai de mener mes recherches le plus rapidement possible. Mon grand-père me fournit en abondance récits et traditions sur les Williamson ; pour les Orne j'eus recours à mon oncle Walter, qui mit à ma disposition le contenu de tous ses dossiers, y compris notes, lettres, coupures de presse, souvenirs de famille, photographies et miniatures.

Ce fut en parcourant les lettres et les portraits du côté Orne que je me mis à éprouver une sorte de terreur de ma propre ascendance. Je l'ai dit, ma grand-mère et mon oncle Douglas m'avaient toujours inquiété. Maintenant, des années après leur mort, je regardais leurs effigies avec un sentiment nettement aggravé de répulsion et d'éloignement, mais peu à peu une sorte d'horrible comparaison s'imposa à mon subconscient, malgré le refus tenace de mon esprit conscient d'en admettre le moindre soupçon. De toute évidence, l'expression caractéristique de ces visages me suggérait maintenant une chose qu'ils ne sous-entendaient pas avant – une chose qui déclencherait une folle panique si j'y pensais trop franchement.

Le choc fut pire quand mon oncle me montra les bijoux des Orne déposés dans le coffre-fort d'une banque de la ville basse. Certains étaient raffinés et évocateurs, mais il y avait un coffret de vieilles pièces étranges venant de ma mystérieuse arrière-grand-mère, et que mon oncle hésitait à montrer. Les motifs, disait-il, en étaient grotesques, presque répugnants, et, à sa connaissance, ils n'avaient jamais été portés en public ; mais ma grand-mère prenait plaisir à les regarder. De vagues légendes leur attribuaient des propriétés maléfiques, et la gouvernante française de mon arrière-grand-mère disait qu'il ne fallait pas les porter en Nouvelle-Angleterre, tandis qu'en Europe on le pouvait sans risque.

En déballant les objets lentement, à contrecœur, mon oncle me pria instamment de ne pas me laisser impressionner par la bizarrerie et souvent la hideur des dessins. Des artistes et des archéologues qui les avaient vus les jugeaient d'un travail exotique raffiné au plus haut point, mais aucun ne semblait capable d'identifier leur métal ni de les rattacher à une tradition artistique précise. Il y avait deux bracelets, une tiare et une sorte de pectoral ; ce dernier portait en haut relief des figures d'une extravagance presque intolérable.

Pendant cette description j'avais réussi à maîtriser mes émotions, mais mon visage devait trahir ma terreur grandissante. Mon oncle parut soucieux, et s'interrompit pour m'observer. Je lui fis signe de continuer, et il s'exécuta, plus réticent que jamais. Il attendait visiblement ma réaction quand la tiare apparut la première, mais je doute qu'il ait prévu ce qui arriva. Je ne l'avais pas prévu non plus, car je me croyais tout à fait préparé à ce que seraient ces bijoux. Ce qui arriva, c'est que je m'évanouis sans mot dire, comme je l'avais fait dans cette tranchée de voie ferrée obstruée par les broussailles, un an auparavant.

Depuis ce jour ma vie a été un cauchemar de sombres méditations et de craintes, mais je ne sais pas davantage quelle est la part de la folie et celle de la hideuse vérité. Mon arrière-grand-mère était une Marsh d'origine inconnue dont le mari vivait à Arkham – et le vieux Zadok n'avait-il pas dit que la fille d'Obed Marsh née d'une mère monstrueuse avait été mariée par ruse à un homme d'Arkham ! Qu'est-ce que le vieil ivrogne avait marmonné sur la ressemblance de mes yeux et de ceux du capitaine Obed ? À Arkham aussi, le conservateur m'avait dit que j'avais les yeux des Marsh. Obed était-il mon propre arrière-grand-père ? Qui donc, alors – ou quoi – pouvait bien être mon arrière-grand-mère ? Mais peut-être tout cela n'était-il que folie. Ces parures d'or blanchâtre pouvaient avoir été achetées à un marin d'Innsmouth par le père de mon arrière-grand-mère, quel qu'il fût. Ce regard fixe dans le visage de ma grand-mère et de l'oncle suicidé pouvait n'être que pure imagination de ma part – surexcitée par la malédiction d'Innsmouth qui avait si sombrement coloré mes chimères. Mais pourquoi mon oncle s'était-il tué après une recherche généalogique en Nouvelle-Angleterre ?

Pendant plus de deux ans je combattis ces réflexions avec un certain succès. Mon père me procura une situation dans une compagnie d'assurances, et je m'enterrai dans la routine le plus profondément possible. Pourtant, durant l'hiver 1930-1931, les rêves commencèrent. Ils furent d'abord très espacés et insidieux, puis de plus en plus nombreux et frappants au fil des semaines. De grandes étendues liquides s'ouvraient devant moi, et j'errais à travers de gigantesques portiques engloutis et des labyrinthes de murs cyclopéens envahis d'herbes en compagnie de poissons grotesques. Ensuite apparurent les autres formes, qui me remplissaient d'une horreur sans nom lorsque je m'éveillais. Mais au cours des rêves elles ne m'inspiraient aucune crainte – j'étais des leurs ; je portais leurs ornements inhumains, je parcourais leurs routes aquatiques et je récitais de monstrueuses prières dans leurs détestables temples du fond de la mer.

J'en rêvais bien plus que je n'en pouvais retenir, mais même ce que je me rappelais chaque matin suffirait à me faire passer pour un fou ou un génie si j'osais tout écrire. Je sentais qu'une effroyable influence cherchait à m'arracher progressivement au monde raisonnable de la vie normale pour me plonger dans des abîmes innommables de ténèbres et d'inconnu ; tous ces phénomènes m'affectaient durement. Ma santé et ma physionomie se dégradèrent régulièrement, jusqu'au jour où je dus enfin renoncer à ma situation pour adopter la vie immobile et recluse d'un malade. Une bizarre affection nerveuse s'était emparée de moi, et j'étais par moments presque incapable de fermer les yeux.

C'est alors que je commençai à m'examiner devant la glace avec une inquiétude croissante. Les lents ravages de la maladie ne sont pas agréables à observer, mais, dans mon cas, l'altération était plus subtile et plus déconcertante. Mon père parut s'en apercevoir, lui aussi, car il se mit à me regarder curieusement, presque avec effroi. Que m'arrivait-il ? Serait-il possible que j'en vienne à ressembler à ma grand-mère et à mon oncle Douglas ?

Une nuit je fis un rêve terrifiant dans lequel je rencontrais mon aïeule au fond de la mer. Elle habitait un palais phosphorescent aux multiples terrasses, aux jardins d'étranges coraux lépreux et de grotesques efflorescences bractéales, et elle m'accueillit avec une chaleur qui n'allait peut-être pas sans ironie. Elle avait changé – comme changent ceux qui prennent goût à l'eau – et me dit qu'elle n'était jamais morte. Bien mieux, elle était allée en un lieu dont son fils mort avait eu connaissance, et elle avait plongé dans un royaume dont les merveilles l'attendaient lui aussi – mais qu'il avait rejeté d'un coup de pistolet. Ce serait également mon royaume – je ne pouvais y échapper. Je ne mourrais jamais, mais je vivrais avec ceux qui existaient déjà bien avant que l'homme ne foule la terre.

Je rencontrai aussi ce qui avait été sa grand-mère. Pendant quatre-vingt mille ans Pth'thya-l'yi avait vécu dans Y'ha-nthlei, où elle était revenue à la mort d'Obed Marsh. Y'ha-nthlei ne fut pas détruit quand les hommes de la surface de la terre firent exploser dans la mer leurs armes de mort. On n'a jamais pu détruire Ceux des Profondeurs, même si la magie paléogène des Anciens oubliés a pu parfois les tenir en échec. Pour le moment, ils se reposaient ; mais quelque jour, s'ils se souvenaient, ils monteraient à nouveau prélever le tribut que le Grand Cthulhu désirait ardemment. Ce serait la prochaine fois une cité plus importante qu'Innsmouth. Ils avaient projeté de s'étendre et avaient apporté là-haut ce qui les y aiderait ; maintenant il leur fallait attendre une fois de plus. Je devrais faire pénitence pour avoir provoqué la mort des hommes de la surface, mais la peine serait légère. Tel fut le rêve dans lequel je vis un shoggoth pour la première fois, et ce spectacle me réveilla, hurlant d'épouvante. Ce matin-là le miroir m'apprit irrévocablement que j'avais désormais le masque d'Innsmouth.

Jusqu'ici je ne me suis pas tué comme mon oncle Douglas. J'ai acheté un pistolet automatique et j'ai failli sauter le pas, mais certains rêves m'en ont dissuadé. Les pires degrés de l'horreur s'atténuent, et je me sens étrangement attiré par les profondeurs inconnues de la mer au lieu de les craindre. J'entends et je fais des choses bizarres dans mon sommeil puis je m'éveille avec une sorte d'exaltation et non plus de terreur. Je ne crois pas avoir besoin d'attendre la complète métamorphose comme la plupart l'ont fait. Sinon, mon père m'enfermerait probablement dans une maison de santé de la même façon que mon pauvre petit cousin. Des splendeurs inouïes et stupéfiantes m'attendent dans ces profondeurs, et j'irai bientôt à leur recherche. Iä-R'lyeh ! Cthulhu fhtagn ! Iä ! Iä ! Non, je ne me tuerai pas – on ne peut pas m'obliger à me tuer !

Je vais tout préparer pour que mon cousin s'échappe de cet asile de Canton, et nous irons ensemble à Innsmouth dans l'ombre des prodiges. Nous nagerons jusqu'à ce récif qui médite dans la mer, nous plongerons à travers de noirs abîmes jusqu'à la cyclopéenne Y'ha-nthlei aux mille colonnes, dans ce repaire de Ceux des Profondeurs, et nous y vivrons à jamais dans l'émerveillement et la gloire.

La Quête Onirique de Kadath l'Inconnue

Par trois fois Randolph Carter rêva de la cité merveilleuse. Par trois fois il en fut arraché au moment où il s'arrêtait sur la haute terrasse qui la dominait. Dorée, magnifique, elle flamboyait dans le couchant, avec ses murs, ses temples, ses colonnades et ses ponts voûtés tout en marbre veiné ; avec, aussi, ses fontaines aux vasques d'argent disposées sur de vastes places et dans des jardins baignés de parfums, et ses larges avenues bordées d'arbres délicats, d'urnes emplies de fleurs et de luisantes rangées de statues en ivoire. Sur les pentes escarpées du septentrion s'étageaient des toits rouges et d'antiques pignons entre lesquels serpentaient des ruelles au pavé piqueté d'herbe. Fièvre des dieux, fanfare de trompettes célestes, fracas de cymbales immortelles, la cité baignait dans le mystère comme une fabuleuse montagne inviolée dans les nuages. Carter, le souffle court, debout contre la balustrade, sentait monter en lui l'émotion et le suspens d'un souvenir presque disparu. La douleur des choses perdues et l'irrépressible besoin de reconnaître un lieu autrefois puissant et redoutable.

Jadis, la cité avait eu pour lui une importance capitale. Il le savait, sans pouvoir dire en quel cycle du temps ni en quelle incarnation il l'avait connue, ni si c'était en rêve ou à l'état de veille. Elle évoquait en lui de vagues réminiscences d'une prime jeunesse. Lointaine et oubliée, où l'étonnement et le plaisir naissaient du mystère des jours, où l'aube et le crépuscule avançaient en prophètes, au son vibrant des luths et des chants. Mais chaque nuit, sur la haute terrasse de marbre avec ses urnes bizarres et sa balustrade sculptée, il contemplait la silencieuse cité du couchant, magnifique et pleine d'une immanence surnaturelle. Il sentait alors peser sur lui la férule des dieux tyranniques des songes ; car il était incapable de quitter ce belvédère, de suivre les degrés marmoréens dans leur descente infinie jusqu'à ces rues fascinantes baignées de sorcellerie.

Quand pour la troisième fois il s'éveilla sans avoir pu descendre ces escaliers ni parcourir ces rues inanimées, il pria longuement et avec force les dieux cachés des songes qui planent capricieusement au-dessus des nuages de Kadath l'inconnue, dans le désert glacé où nul homme ne s'aventure. Mais les dieux ne lui répondirent point et ne lui montrèrent point d'indulgence. Ils ne lui donnèrent pas non plus de signe favorable quand il les pria en rêve, ni même quand il leur offrit un sacrifice par l'entremise des prêtres barbus Nasht et Kaman-Thah, dont le temple souterrain s'étend non loin des portes du monde éveillé et au sein duquel se dresse un pilier de feu. Il sembla même que ses prières eussent été mal reçues, car dès après la première d'entre elles il cessa de voir la prodigieuse cité. C'était comme si les trois aperçus qu'il en avait eus n'eussent été qu'accidents dus au hasard ou à la négligence, et contraires à quelque plan secret des dieux.

Carter étouffait du désir de suivre ces avenues scintillantes dans le couchant et ces mystérieuses ruelles qui montaient entre d'antiques toits de tuile. Il était incapable de les chasser de son esprit, qu'il fût endormi ou éveillé. Aussi résolut-il de se rendre là où aucun homme n'était jamais allé et d'affronter dans les ténèbres les déserts glacés, jusqu'à Kadath l'inconnue, celle qui, voilée de nuages et couronnée d'étoiles inimaginables, renferme dans ses murs secrets et noyés de nuit le château d'onyx des Grands Anciens.

Dans un demi-sommeil, il descendit les soixante-dix marches qui mènent à Nasht et Kaman-Thah. Les prêtres secouèrent leur tête coiffée d'une tiare et jurèrent que ce serait la mort de son âme, car les Grands Anciens avaient déjà fait connaître leur désir : il ne leur était point agréable d'être harcelés de suppliques insistantes. Ils lui rappelèrent aussi que nul homme n'était jamais allé à Kadath ; mieux, nul homme n'avait jamais eu la moindre idée de la région de l'espace où elle se trouve, que ce fût dans les provinces oniriques qui ceinturent notre monde ou dans celles qui entourent quelque compagnon inconnu de Fomalhaut ou d'Aldébaran. Si Kadath résidait dans la nôtre, on pouvait concevoir d'y parvenir. Mais depuis le commencement du temps, seules trois âmes humaines avaient franchi les golfes noirs et impies qui nous séparent des autres provinces oniriques. Et de ces trois âmes, qui seules en étaient revenues, deux étaient réapparues frappées de démence. Ces voyages comportaient d'incalculables dangers ; sans compter l'ultime péril aux hurlements innombrables qui réside en dehors de l'univers organisé, là où les rêves n'abordent pas, le dernier fléau amorphe du chaos le plus profond, qui éructe et blasphème au centre de l'infini : le sultan des démons, Azathoth l'illimité, dont aucune bouche n'ose prononcer le nom, et qui claque avidement des mâchoires dans d'inconcevables salles où règnent les ténèbres, au-delà du temps, au milieu du battement étouffé de tambours et des plaintes monocordes de flûtes démoniaques. Sur ce rythme et ces sifflements exécrables, dansent, maladroits et absurdes, les gigantesques Dieux Ultimes, les Autres Dieux aveugles, muets et insensés, dont l'âme et le messager ne sont autres que Nyarlathotep, le chaos rampant.

Les prêtres Nasht et Kaman-Thah mirent Carter en garde contre tout cela dans la caverne de la flamme. Mais il persista à vouloir trouver les dieux de Kadath l'inconnue, dans le désert glacé, où qu'elle fût, et à obtenir d'eux la vision, l'anamnèse et la protection de la prodigieuse cité du couchant. Son voyage serait étrange et long, il le savait, et les Grands Anciens s'y opposeraient. Mais il avait l'habitude de la terre du rêve et comptait sur ses nombreux souvenirs et sur son expérience pour le soutenir. Aussi demanda-t-il aux prêtres de le bénir et, réfléchissant intensément à son périple, il descendit d'un pas rapide les sept cents marches qui conduisaient à la porte du Sommeil Profond, puis s'enfonça dans le Bois Enchanté.

Dans les allées couvertes de ce bois tourmenté, où les chênes prodigieusement rabougris projettent des frondaisons tâtonnantes et luisent de la phosphorescence d'étranges champignons, là vivent les Zoogs furtifs et discrets, qui savent bien des secrets obscurs du monde du rêve et certains du monde de l'éveil. Car la forêt touche aux régions des hommes en deux endroits dont il serait cependant néfaste de préciser l'emplacement. Des rumeurs courent, des événements et des disparitions se produisent parmi les hommes là où les Zoogs ont accès à leur terre, et il faut se réjouir de leur incapacité à s'éloigner du monde du rêve. Mais à la frange du monde onirique, ils se déplacent librement, sans bruit, petits, bruns et invisibles, et rapportent des récits piquants qui les aident à passer le temps autour des âtres, au cœur de leur forêt bien-aimée. La plupart vivent dans des terriers, mais certains habitent les troncs des grands arbres ; et s'ils se nourrissent surtout de champignons, on murmure qu'ils ont aussi un petit penchant pour la chair, qu'elle soit physique ou spirituelle, car assurément bien des dormeurs ont pénétré dans ce bois et n'en sont jamais revenus. Mais Carter ne s'en inquiétait point, car c'était un rêveur expérimenté ; il avait appris le langage des Zoogs et signé avec eux bien des traités. C'est grâce à eux qu'il avait découvert la splendide cité de Céléphaïs en Ooth-Nargai, au-delà des monts tanariens, où règne la moitié de l'année le grand roi Kuranès, qu'il avait connu dans la vie terrestre sous un autre nom.

Kuranès était le seul homme dont l'âme avait franchi les golfes stellaires et en était revenue exempte de folie.

Carter suivait donc les basses allées phosphorescentes, entre les troncs titanesques. Il émettait des sons légers à l'imitation des Zoogs et tendait l'oreille de temps en temps dans l'espoir d'entendre leurs réponses. Il se souvenait qu'il existait un village de ces créatures au cœur du bois, là où un cercle de grandes pierres moussues disposées dans une ancienne clairière évoque la mémoire d'habitants plus vieux et plus terrifiants encore, et c'est vers ce lieu qu'il se hâtait. Il se guidait à la lueur des monstrueux champignons, qui semblent toujours plus volumineux à mesure que l'on approche du redoutable cercle où jadis les êtres antiques tenaient leurs danses et offraient leurs sacrifices. Enfin, la lumière accrue des champignons révéla une énorme et sinistre masse gris-vert qui s'élevait au travers de la canopée et se perdait dans le ciel. C'était le premier monolithe du vaste anneau de pierres. Alors Carter sut qu'il était proche du village zoog, et, imitant de nouveau leurs voix, il attendit. La sensation que de nombreux regards l'examinaient récompensa bientôt sa patience. C'étaient bien les Zoogs, car on voit leurs yeux étranges bien avant de discerner leurs petites silhouettes noires et fuyantes.

Enfin, ils sortirent en masse de leurs terriers invisibles et de leurs arbres criblés de trous, jusqu'à remplir de leur grouillement toute la zone plongée dans la pénombre. Certains, indisciplinés, frôlèrent Carter. C'était très désagréable. L'un d'eux alla même jusqu'à lui pincer l'oreille de sa patte répugnante. Mais les anciens réprimèrent bientôt ces esprits désordonnés. Le Conseil des Sages, reconnaissant le visiteur, lui offrit une gourde de sève fermentée tirée d'un arbre hanté et différent de tous les autres, car né d'une graine qu'un habitant de la lune avait laissé tomber. Quand Carter eut bu la sève avec toute la cérémonie voulue, c'est un bien étrange colloque qui s'engagea. Les Zoogs ne savaient hélas pas où se dresse le pic de Kadath, et ils ignoraient également si le désert glacé s'étend dans notre monde du rêve ou dans un autre. Il courait des rumeurs sur les Grands Anciens, venant de tous les points cardinaux. Tout ce que l'on pouvait en dire, c'est que l'on avait plus de chances de les voir sur les hauts sommets des montagnes que dans les vallées ; car c'est sur ces pics qu'ils dansent pour se souvenir, quand la lune est haute dans le ciel et les nuages bas sur la terre.

Enfin, un très vieux Zoog se rappela un détail ignoré des autres. Il déclara qu'à Ulthar, de l'autre côté du fleuve Skai, se trouvait le dernier exemplaire des Manuscrits Pnakotiques : dans un passé si lointain qu'il défiait l'imagination, en des royaumes boréaux oubliés de tous, des hommes éveillés avaient rédigé ces écrits, qu'on avait ensuite emportés dans la terre des rêves quand les Gnophekhs, cannibales hirsutes, s'étaient emparés d'Olathoë aux nombreux temples et avaient tué tous les héros du pays de Lomar. Ces manuscrits, disait le vieillard, parlaient longuement des dieux. D'autre part, il existait à Ulthar des hommes qui avaient vu les signes des dieux, et même un vieux prêtre qui avait gravi une immense montagne dans l'espoir de les voir danser au clair de lune. Il avait échoué, mais son compagnon y était parvenu avant de connaître une mort indicible.

Randolph Carter remercia donc les Zoogs, qui répondirent par des bruissements amicaux et lui donnèrent une gourde de vin d'arbre de lune à emporter. Puis il s'engagea dans le bois phosphorescent en direction de la lisière où la Skai impétueuse dévale les pentes du Lérion et où les cités d'Hatheg, de Nir et d'Ulthar ponctuent la plaine. Plusieurs Zoogs le suivirent, curieux de savoir ce qui lui arriverait et pour en faire le récit à leur peuple. La forêt de grands chênes s'épaississait à mesure que Carter s'éloignait du village, et il chercha du regard un endroit où ils s'espaçaient un peu. Ils se dressaient là, morts ou mourants, au milieu des champignons anormalement denses, de l'humus décomposé et des branches moisies de leurs frères tombés. Alors il fit un brusque écart : en effet, en ce lieu précis, une énorme plaque de pierre repose sur le sol de la forêt. Ceux qui ont eu l'audace de s'en approcher disent qu'elle porte un anneau de fer de trois pieds de diamètre. Se rappelant l'antique cercle de pierres moussues et l'usage qui en était peut-être fait, les Zoogs répugnaient à s'arrêter près de cette vaste plaque avec son monstrueux anneau. Car ils savaient bien que tout ce qui est oublié n'est pas forcément mort, et ils n'avaient aucune envie de voir la pierre se soulever lentement, comme par sa propre volonté.

Carter fit donc un détour et entendit derrière lui le bruissement effrayé des Zoogs les moins courageux. Il savait qu'ils allaient le suivre et ne s'inquiéta donc pas de leur présence ; l'on finit par s'accoutumer aux bizarreries de ces créatures indiscrètes. Quand il émergea de la forêt, tout baignait dans la pénombre. Mais la luminosité croissante lui révéla qu'il s'agissait de cette pénombre qui précède l'aube. Sur les plaines fertiles qui ondulent jusqu'à la Skai, il vit monter la fumée des cheminées des maisons. Partout c'étaient les haies, les champs labourés et les toits de chaume d'une terre paisible. Une fois, il fit halte près du puits d'une ferme pour se désaltérer, et tous les chiens se mirent à pousser des aboiements terrifiés en sentant les Zoogs discrets qui rampaient dans l'herbe derrière lui. Dans une autre maison où il avait aperçu des gens, il demanda ce qu'on savait des dieux et s'ils dansaient souvent sur le Lérion. Mais le fermier et sa femme se contentèrent de faire le Signe des Anciens et de lui indiquer la route de Nir et d'Ulthar.

À midi, il arriva dans la grand-rue de Nir, qu'il avait déjà vue une fois et qui marquait l'extrême limite de ses précédents voyages dans cette direction. Peu après, il parvint au grand pont de pierre qui enjambe la Skai. Lors de sa construction, mille trois cents ans plus tôt, les maçons avaient emmuré un homme vivant dans son tablier central, en guise de sacrifice. Une fois de l'autre côté, la présence de chats innombrables (qui se hérissaient en sentant les Zoogs) annonça la proximité d'Ulthar ; car en Ulthar, selon une loi ancienne et respectée, nul n'a le droit de tuer un chat. Les faubourgs d'Ulthar étaient très plaisants, avec leurs petites maisons environnées de verdure et leurs fermes aux clôtures pimpantes. Et plus plaisante encore, plus pittoresque, était la ville elle-même, avec ses vieux toits pointus, ses étages en surplomb, son foisonnement de cheminées et ses ruelles pentues dont on peut voir l'ancien pavé quand les chats élégants s'écartent suffisamment. Grâce aux Zoogs à demi visibles qui dispersaient quelque peu les félins, Carter put se rendre directement au modeste Temple des Anciens où, disait-on, se trouvaient les prêtres et les archives. Une fois à l'intérieur de la vénérable tour aux pierres mangées de lierre qui couronne la plus haute colline d'Ulthar, il se mit en quête du patriarche Atal ; l'homme qui avait fait l'ascension du pic interdit d'Hatheg-Kla, au milieu du désert de roc, et en était redescendu vivant.

Atal était assis sur une estrade d'ivoire dans une chapelle festonnée du sommet du temple. Il avait bien trois cents ans d'âge, mais son esprit et sa mémoire n'avaient rien perdu de leur acuité. Carter apprit de lui bien des choses sur les dieux, mais surtout qu'ils ne sont en fait que les dieux de la Terre, qui gouvernent d'une main faible notre propre province du rêve, sans disposer de pouvoir ni de résidence nulle part ailleurs. Ils peuvent, dit Atal, prêter l'oreille à la prière d'un homme s'ils sont de bonne humeur ; mais il ne faut pas envisager de monter jusqu'à leur forteresse d'onyx, au-dessus de Kadath, dans l'immensité glacée. Il était heureux que nul homme ne sût où se dresse Kadath, car monter jusqu'à elle était très dangereux. Ainsi, le compagnon d'Atal, Barzai le Sage, avait été aspiré, hurlant, dans le ciel, simplement pour avoir escaladé le pic pourtant connu d'Hatheg-Kla. Avec Kadath l'inexplorée, si jamais on la trouvait, ce serait bien pire ; car si les dieux de la Terre peuvent parfois se voir surpassés par un mortel avisé, ils sont néanmoins sous la protection des Autres Dieux du Dehors. À deux reprises au moins au cours de l'histoire du monde, les Autres Dieux ont apposé leur sceau sur le granite originel de la Terre ; une fois aux temps antédiluviens, comme on a pu le discerner d'après un dessin des Manuscrits Pnakotiques, dans des passages trop anciens pour être déchiffrés, et une fois sur l'Hatheg-Kla, quand Barzai le Sage tenta de voir les dieux de la Terre en train de danser sous la lune. Aussi, conclut Atal, vaudrait-il beaucoup mieux laisser tous les dieux tranquilles, sauf à leur adresser des prières pleines de déférence.

Déçu des conseils peu encourageants d'Atal et du maigre secours qu'il savait trouver dans les Manuscrits Pnakotiques et les Sept Livres Occultes de Hsan, Carter ne perdit cependant pas tout espoir. Il commença par interroger le vieux prêtre sur la prodigieuse cité du couchant qu'il avait vue du bout de la terrasse. Il voulait la découvrir sans l'aide des dieux. Mais Atal ne put rien lui en dire. Sans doute, suggéra le vieillard, la cité appartenait-elle au monde onirique de Carter et non au pays des visions que beaucoup connaissent. Il était également concevable qu'elle fût sur une autre planète, auquel cas les dieux de la Terre ne pourraient le guider, même s'ils le désiraient. Mais telle n'était sûrement pas leur volonté, car l'arrêt des rêves indiquait clairement que les Grands Anciens souhaitaient garder la cité cachée à ses yeux.

Carter usa alors d'un stratagème inique : il fit boire à son hôte innocent du vin de lune que les Zoogs lui avaient donné, au point que le vieillard se mit à parler à tort et à travers. Toute réserve disparue, le malheureux Atal dévoila des secrets interdits, révélant, aux dires des voyageurs, l'existence d'un immense portrait sculpté dans le roc même du mont Ngranek, sur l'île d'Oriab, dans la mer du Septentrion. Les dieux de la Terre l'auraient peut-être gravé à leur propre ressemblance à l'époque où ils dansaient au clair de lune sur cette montagne. Entre deux hoquets, il ajouta que les traits étranges de cette image sont uniques et constituent les signes certains de l'authentique race divine.

C'est alors que Carter vit l'utilité de tous ces renseignements pour sa recherche des dieux. L'on sait que les plus jeunes des Grands Anciens aiment à se déguiser pour épouser les filles des hommes, si bien qu'à la lisière du désert glacé où s'étend Kadath les paysans doivent tous être peu ou prou de leur sang. Il suffit alors, pour trouver ce désert, d'aller voir le visage sculpté sur le Ngranek, d'en noter les traits avec le plus grand soin, puis de rechercher ces mêmes traits parmi les hommes. Le lieu où ils seront le plus évidents et le plus marqués sera le plus proche de la résidence des dieux ; et le désert de pierre qui en cet endroit s'étendra derrière les villages ne pourra être que celui où se dresse Kadath.

En ces régions, le chercheur apprendrait peut-être bien des détails sur les Grands Anciens et les hommes nés de leur sang auraient peut-être hérité d'eux quelques précieux souvenirs. Sans forcément avoir conscience de leur ascendance – il déplaît tant aux dieux d'être connus des hommes que nul n'a jamais vraiment vu leurs visages – , il leur viendrait peut-être, pourtant, d'étranges pensées, incompréhensibles à leurs semblables ; ils chanteraient des lieux et des jardins lointains, si différents de ceux que l'on peut voir même au pays du rêve que le commun des mortels traiterait ces gens de fous. De tout cela, on pourrait peut-être extraire d'anciens secrets concernant Kadath, des indications sur la merveilleuse cité du couchant que les dieux gardent voilée. On pourrait même rêver de s'emparer d'un enfant aimé des dieux pour en faire un otage ; voire de capturer quelque dieu vivant déguisé parmi les hommes et marié à une jeune et séduisante paysanne !

Hélas, Atal ignorait comment trouver le mont Ngranek qui s'élève sur l'île d'Oriab. Il conseilla à Carter de suivre la Skai qui chante sous les ponts, jusqu'à la mer du Septentrion où nul citoyen d'Ulthar n'est jamais allé, mais où les marchands se rendent par bateau ou en longues caravanes de mules et de charrettes à deux roues. Là s'étend Dylath-Leen, une vaste cité de sinistre réputation en Ulthar, à cause des trirèmes noires qui y rapportent des rubis provenant d'une côte dont le nom n'est jamais clairement prononcé. Les marchands qui descendent de ces galères pour traiter avec les orfèvres sont humains, ou presque, mais on n'aperçoit jamais leurs rameurs ; et en Ulthar, on ne juge pas sain de faire commerce avec des navires noirs venus de lieux inconnus et dont les rameurs restent invisibles.

À la fin de ses révélations, Atal était dans un état de somnolence avancée, et Carter l'étendit avec douceur sur un divan d'ébène marquetée, puis arrangea sa longue barbe sur sa poitrine. Comme il s'éloignait, il remarqua qu'il n'entendait plus de bruissements étouffés derrière lui, et il se demanda pourquoi les Zoogs avaient ainsi relâché leur poursuite. À ce moment, il remarqua que les chats d'Ulthar, le poil luisant de santé et l'air suffisant, se léchaient les babines avec une délectation inhabituelle. Il se rappela soudain les feulements et les miaulements indistincts qui étaient montés des étages inférieurs du temple pendant qu'il était absorbé dans la conversation avec le vieux prêtre. Il lui revint également en mémoire le regard plein d'appétit qu'un jeune Zoog impudent avait jeté sur un chaton noir qui passait dans une rue pavée. Carter n'aimait rien de plus au monde que les chatons noirs ; il se baissa, d'une main affectueuse caressa le pelage des chats d'Ulthar qui se pourléchaient, et ne se désola point que l'escorte des Zoogs trop curieux s'arrêtât là.

Le soleil se couchait et Carter fit halte dans une vieille auberge, le long d'une ruelle en pente qui dominait la ville basse. Du balcon de sa chambre, le regard perdu dans une mer de toits rouges, il se fit la réflexion qu'un homme pourrait aisément passer l'éternité en Ulthar, s'il n'y avait le souvenir d'une cité du couchant plus vaste encore qui le conduisait toujours vers de nouveaux périls inconnus. Puis le crépuscule tomba. Les murs roses prirent une teinte violette, et une à une de petites lumières jaunes apparurent à travers le treillage des fenêtres. Les carillons sonnèrent à toute volée dans la tour du temple, et la première étoile se mit à scintiller au-dessus des prairies, de l'autre côté de la Skai. Avec la nuit, un chant s'éleva, et Carter hocha la tête en entendant, derrière les balcons aux fins treillis et les cours en mosaïque d'Ulthar l'ingénue les luthistes louer les anciens jours. On aurait pu trouver de la douceur dans la voix des innombrables chats de la cite, si, alourdis par un étrange festin, ils n'étaient restés silencieux. Certains s'éloignèrent furtivement dans des royaumes surnaturels connus d'eux seuls. Ceux dont les villageois disent qu'ils se trouvent sur la face cachée de la lune et que les félins atteignent en bondissant des toits des plus hautes maisons. Mais un chaton noir, montant l'escalier de l'auberge, sauta sur les genoux de Carter où il se mit à ronronner et à jouer ; puis il se roula en boule à ses pieds quand Randolph s'étendit enfin sur le petit canapé aux coussins bourrés de somnifères.

Au matin, Carter se joignit à une caravane de marchands qui se rendait à Dylath-Leen pour y vendre la laine filée et les choux des fermes d'Ulthar. Six jours durant, ils suivirent, au son des clochettes, la route égale qui longe la Skai. Ils s'arrêtèrent certains soirs dans l'auberge de quelque pittoresque village de pêcheurs, campèrent d'autres fois à la belle étoile, tandis que des bribes de chansons de bateliers montaient du fleuve placide. Le pays était magnifique, avec ses haies et ses bosquets verdoyants, ses curieuses maisonnettes au toit pointu et ses moulins à vent.

Le septième jour, un brouillard de fumée monta de l'horizon. Puis apparurent les tours noires de la cité de Dylath-Leen, qui est presque entièrement construite de basalte. Avec ses fines tours anguleuses, Dylath-Leen rappelle de loin la Chaussée des Géants. Ses rues sont noires et inquiétantes. Les nombreuses tavernes à matelots qui bordent les innombrables quais sont lugubres, et toute la ville grouille d'étranges marins venus de tous les pays de la terre et d'autres encore qui, dit-on, ne seraient pas de notre monde. Carter interrogea les citoyens aux robes bizarres au sujet du pic de Ngranek qui se dresse sur l'île d'Oriab. Il découvrit qu'ils le connaissaient bien. Des navires venaient de Baharna, un port de cette île – l'un d'eux devait y retourner moins d'un mois plus tard — , et Ngranek ne se trouvait qu'à deux jours de cabotage de là. Mais rares étaient ceux qui avaient vu le portrait du dieu gravé dans la pierre, parce qu'il est situé sur une face très difficilement accessible de la montagne, qui ne surplombe que des rochers déchiquetés et une sinistre vallée de lave. Un jour, les dieux, furieux contre les hommes qui vivaient de ce côté, avaient averti les Autres Dieux que l'on tentait l'escalade de leur pic.

Carter eut du mal à obtenir ces renseignements des marchands et des matelots dans les tavernes de Dylath-Leen, car ils préféraient généralement parler des galères noires à voix très basse. L'une d'elles devait justement arriver une semaine plus tard, chargée de rubis amassés sur un rivage inconnu, et les habitants de la cité redoutaient de la voir accoster chez eux. Les hommes qui en descendaient avaient une bouche énorme et les deux pointes que formaient leurs turbans au-dessus de leur tête étaient jugées particulièrement inquiétantes ; leurs chaussures étaient les plus courtes et les plus étranges qu'on eût pu voir dans les Six Royaumes. Mais pire que tout était la question des rameurs invisibles : ces trois bancs d'avirons ramaient trop vigoureusement et avec trop de précision pour que ce fût naturel. Il était anormal qu'un navire demeurât des semaines au port pendant que les marchands commerçaient, sans qu'on vît trace de son équipage. C'était également injuste pour les taverniers de Dylath-Leen, de même que pour les épiciers et les bouchers, car on ne voyait jamais monter à bord la moindre provision. Les marchands n'embarquaient que de l'or et de solides esclaves noirs achetés à Parg, de l'autre côté du fleuve. C'était tout ce qu'ils prenaient, ces marchands aux traits repoussants, eux et leurs rameurs invisibles. Jamais rien chez les bouchers ni les épiciers ; non, seulement de l'or, et les corpulents hommes noirs de Parg, qu'ils achetaient au poids. Les odeurs qui s'échappaient de ces trirèmes et que le vent du sud poussait sur la ville étaient indescriptibles. Ce n'est qu'en bourrant leurs pipes de thag très fort que les habitués des vieilles tavernes parvenaient à supporter ces effluves. Dylath-Leen n'aurait jamais toléré la présence des galères noires si la ville avait pu se procurer les rubis ailleurs ; mais on ne connaissait aucune mine dans tout le pays onirique de la Terre qui en produisît de semblables.

C'était sur de tels sujets que cancanait la population cosmopolite de Dylath-Leen, cependant que Carter attendait patiemment le navire en provenance de Baharna ; celui qui l'emporterait peut-être jusqu'à l'île où se dresse, nu et altier, le Ngranek à l'image sculptée. Entre-temps, il ne se fit pas faute de recueillir, dans les repaires des voyageurs venus du lointain, tous les récits qu'ils pourraient connaître à propos de Kadath, du désert glacé ou d'une merveilleuse cité aux murs de marbre et aux fontaines d'argent qu'on aperçoit du haut d'une terrasse, dans le soleil couchant. Hélas, il n'apprit rien. Une fois pourtant, il crut apercevoir une étrange lueur d'intelligence dans l'œil d'un vieux marchand aux yeux bridés quand il mentionna l'immensité glacée. Cet homme avait la réputation de commercer dans les horribles villages de pierre du plateau de Leng, dont aucune personne normale n'approche et dont les feux maléfiques sont, de nuit, visibles de très loin. On disait même qu'il avait traité avec le grand-prêtre, celui qu'on ne doit pas décrire, qui porte un masque de soie jaune et vit seul dans un monastère préhistorique. Qu'un tel homme eût pu traficoter avec le genre d'êtres qui résident sans doute dans le désert glacé, voilà qui était sûr. Mais Carter comprit bientôt qu'il ne servait à rien de l'interroger.

Un jour enfin, la trirème noire entra dans le port, passant, silencieuse, étrangère à ce monde, devant le môle de basalte et le grand phare. Elle était accompagnée d'une bizarre puanteur que le vent du sud poussait sur la cité. L'inquiétude souffla alors sur les tavernes du front de mer. Quelque temps après, les marchands au teint sombre, à la bouche trop large, au turban cornu et aux pieds trop courts, descendirent à terre d'un pas à la fois lourd et furtif et se dirigèrent vers les échoppes des joailliers. Carter les observa minutieusement et son dégoût ne fit que croître après examen. Quand il les vit acheminer les corpulents hommes noirs de Parg, grognants et suants, jusque dans leur singulière galère, il se demanda dans quels pays – si ces pays existaient – ces créatures pathétiques étaient destinées à servir.

Le troisième soir après l'arrivée de la galère, un des marchands lui adressa la parole avec un horrible sourire, en lui laissant entendre que dans les tavernes il avait entendu parler de sa quête. Il possédait, disait-il, un savoir trop secret pour être divulgué ; et bien que le son de sa voix fût haïssable, Carter estima que ce voyageur qui venait de si loin devait avoir des connaissances qu'il valait mieux ne pas négliger. Il l'invita dans une chambre qu'il ferma à clé et, pour lui délier la langue, lui offrit ce qui restait de vin de lune. L'étrange marchand but beaucoup mais continua ses minauderies comme si de rien n'était, avant de sortir à son tour une curieuse bouteille de vin. Carter s'aperçut qu'elle était taillée dans un rubis massif sculpté de motifs si fabuleux qu'ils dépassaient l'entendement humain. Le marchand lui offrit de son vin, et bien que Carter n'en prît qu'une minuscule gorgée, il n'en sentit pas moins tout le vertige et la fièvre de jungles inconcevables. Le sourire de son invité n'avait cessé de s'élargir, et comme Carter s'enfonçait dans l'inconscience, il eut le temps de voir l'odieux faciès noir convulsé par un rire maléfique et quelque chose d'indescriptible apparaître à l'endroit où cette hilarité épileptique avait dérangé l'une des bosses frontales du turban orange.

Carter reprit ses esprits au milieu d'odeurs abominables, sous un dais en forme de tente dressé sur le pont d'un navire. Au loin, les merveilleuses côtes de la mer du Septentrion défilaient avec une rapidité anormale. Il n'était pas enchaîné, mais trois des marchands à la peau sombre se tenaient non loin de lui, un sourire sardonique sur les lèvres. La vue des bosses de leurs turbans fit défaillir Randolph presque autant que la puanteur qui émanait des sinistres écoutilles. Il vit passer devant lui les cités et les terres glorieuses dont un rêveur de ses amis – gardien de phare dans l'ancienne Kingsport – lui avait souvent parlé. Il reconnut les terrasses ornées de temples de Zak, séjour de rêves oubliés ; les flèches de l'ignoble Thalarion, cette démoniaque cité aux mille merveilles où règne le spectre Lathi ; les jardins ossuaires de Zura, terre des plaisirs inaccessibles. Il reconnut aussi les promontoires de cristal jumeaux qui se rejoignent dans le ciel en une arche resplendissante et qui gardent le port de Sona-Nyl, bienheureux pays de l'imaginaire.

Laissant derrière lui ces rivages magnifiques, le navire malodorant poursuivit sa course vive et morbide, propulsé par les étranges coups d'aviron des rameurs invisibles. Avant la fin du jour, Carter comprit que l'homme de barre ne pouvait avoir d'autre but que les Piliers de Basalte de l'Occident, ceux derrière lesquels les esprits simples disent que s'étend la splendide Cathurie. Mais les rêveurs avisés savent qu'il s'agit des portes d'une monstrueuse cataracte par laquelle les océans de la province onirique de la Terre s'épanchent dans un néant abyssal et foncent à travers les espaces déserts vers d'autres mondes, d'autres étoiles, mais aussi vers les vides effrayants situés hors de l'univers organisé ; là où Azatoth, le sultan des démons, claque avidement des mâchoires dans le chaos, au milieu des battements de tambour et des sifflements de flûte des Autres Dieux. Eux poursuivent leur danse infernale, aveugles, muets, ténébreux et décervelés, avec leur âme et leur messager, Nyarlathotep.

Entre-temps, les trois marchands narquois ne voulurent rien dire de leurs intentions, bien que Carter sût parfaitement qu'ils devaient être de mèche avec ceux qui souhaitaient le dévoyer de sa quête. On sait, dans la Terre des rêves, que les Autres Dieux comptent de nombreux agents parmi les hommes ; et tous ces agents, humains ou un peu moins qu'humains, accomplissent avec zèle la volonté de ces créatures aveugles et dénuées d'esprit en échange de la faveur de Nyarlathotep, le chaos rampant qui est leur âme et leur messager hideux. Carter en déduisait que les marchands aux turbans bossus, ayant entendu parler de sa recherche audacieuse des Grands Anciens dans leur forteresse de Kadath, avaient décidé de l'enlever et de le remettre à Nyarlathotep, contre l'innommable récompense, quelle qu'elle fût, offerte pour cette prise. Quel était le pays d'origine de ces marchands ? Était-il dans notre univers connu ou bien dans les mystérieux espaces extérieurs ? Carter n'en avait pas la moindre idée. Pas plus qu'il ne savait en quel infernal lieu de rendez-vous ils rencontreraient le chaos rampant pour lui abandonner leur victime et réclamer leur rétribution. Il savait par contre que des êtres aussi proches de l'homme n'oseraient jamais s'approcher de l'ultime trône, celui qui baigne dans une nuit éternelle ; le trône d'Azatoth le démon, au cœur du vide informe.

Au coucher du soleil, les marchands se pourléchèrent les lèvres épaisses avec des mines affamées ; l'un d'eux descendit sous le pont et en ressortit avec une marmite et un panier rempli d'assiettes qu'il avait prises dans quelque nauséabonde resserre secrète. Alors, tous s'installèrent les uns contre les autres sous l'auvent et dévorèrent la viande fumante qui passa à la ronde. Mais quand ils servirent Carter, celui-ci trouva son morceau d'une taille et d'une forme horribles ; il pâlit et, profitant de ce que personne ne le regardait, jeta le contenu de son assiette à la mer. De nouveau il songea aux rameurs invisibles et aux nourritures douteuses dont ils tiraient leur force par trop mécanique. Il faisait nuit quand la galère passa entre les Piliers de Basalte de l'Occident ; le bruit de la cataracte ultime s'enfla prodigieusement. Les embruns qu'elle soulevait obscurcissaient les étoiles ; le pont se couvrit d'humidité et la trirème roula dans les remous du bord du monde. Soudain, avec un étrange sifflement, le navire prit son élan et plongea. Saisi d'une teneur sans nom, Carter vit la terre se dérober tandis que le grand bateau s'élançait comme une comète silencieuse dans l'espace planétaire. Jamais jusque-là il n'avait eu connaissance des êtres qui rôdent, pataugent et cabriolent dans l'éther, qui adressent des sourires carnassiers aux rares voyageurs de passage, et parfois tâtent de leurs pattes gluantes les objets mobiles qui excitent leur curiosité. Ce sont les innombrables larves des Autres Dieux ; elles sont aveugles et dénuées d'esprit, et comme eux possédées par des faims et des soifs singulières.

Mais la destination de l'ignoble galère n'était pas aussi lointaine que le craignait Carter. Il s'aperçut bientôt que l'homme de barre prenait un cap qui les menait droit vers la lune. L'astre était un croissant dont la brillance augmentait à mesure que le navire s'approchait. Il révélait d'inquiétante façon ses cratères et ses pics étranges. La galère se dirigea vers le bord et il fut vite évident qu'elle filait vers la face secrète et mystérieuse qui reste toujours dissimulée à la terre, et qu'aucune personne totalement humaine n'a jamais contemplée, excepté peut-être Snireth-Ko. Vu de près, l'aspect de la lune troubla beaucoup Carter ; il n'apprécia ni la taille ni la forme des ruines qui apparaissaient çà et là. L'emplacement des temples morts des montagnes défendait de penser qu'ils eussent jamais glorifié des dieux de bon aloi, des dieux normaux ; et la symétrie des colonnes brisées semblait renfermer quelque sombre signification qui n'invitait pas à en chercher le sens. Quant à la constitution et aux proportions des anciens adorateurs, Carter s'interdit fermement toute hypothèse à ce sujet.

Quand le navire contourna le bord de la lune et passa au-dessus de ces terres inconnues de l'homme, certains signes de vie apparurent dans l'étonnant paysage. Carter aperçut alors de nombreuses maisons, basses, larges et rondes, au milieu de cultures de champignons grotesques. Il observa que ces habitations étaient dépourvues de fenêtres et que leur forme rappelait les igloos des Esquimaux. Puis il distingua les vagues huileuses d'une mer épaisse et comprit que le voyage allait de nouveau se faire sur l'eau – ou du moins sur un élément liquide. La trirème heurta la surface de ta mer avec un bruit étrange, et la curieuse élasticité avec laquelle les vagues l'accueillirent plongea Carter dans la perplexité. Le navire filait à présent à grande allure. Il croisa une fois une autre galère de forme semblable et la salua ; mais ensuite plus rien d'autre n'apparut que cette mer bizarre et au-dessus un ciel noir et constellé quand bien même il était traversé par un soleil brûlant.

Bientôt s'élevèrent les collines déchiquetées d'une côte lépreuse. Carter distingua les tours grises et trapues d'une cité. Leur inclinaison, la façon dont elles étaient groupées, et leur absence totale de fenêtres, tout cela troubla fort le prisonnier. Il regretta amèrement la folie qui l'avait poussé à goûter le vin étrange du marchand au turban cornu. À mesure que la côte se rapprochait et que la puanteur de la cité augmentait, il vit sur les collines aux arêtes vives de nombreuses forêts. Certaines de leurs essences semblaient apparentées à l'arbre de lune dont la sève fermentée sert aux petits Zoogs bruns pour fabriquer leur singulier breuvage.

Carter distinguait à présent des silhouettes qui se déplaçaient sur les quais bruyants. Mieux il les voyait, plus elles lui paraissaient effrayantes et détestables. Il ne s'agissait pas d'hommes, ni même d'êtres quasi humains. Il s'agissait de grandes créatures protéiformes d'un blanc grisâtre, capables de se dilater ou de se contracter a volonté, et dont l'aspect le plus courant – bien qu'il changeât souvent – était celui d'une espèce de crapaud sans yeux, mais pourvu d'une curieuse masse vibrante de courts tentacules roses au bout d'un vague mufle. Ces êtres se dandinaient d'un air affairé sur les quais, transportaient des balles, des harasses et des caisses avec une force surnaturelle. Ils bondissaient sur l'une ou l'autre galère ancrée au port et en redescendaient de même en tenant de longs avirons entre leurs pattes. De temps en temps, l'un d'eux apparaissait menant un troupeau d'esclaves au pas lourd ; c'étaient en vérité presque des hommes, avec de larges bouches, comme celles des marchands qui venaient commercer à Dylath-Leen. Néanmoins, sans turbans ni chaussures ni vêtements, ces êtres ne semblaient plus très humains. Certains – les plus gras, qu'une sorte de surveillant palpait pour juger de leurs qualités — étaient débarqués des navires et enfermés dans des caisses soigneusement clouées que des ouvriers poussaient jusque dans des entrepôts bas ou chargeaient sur de grosses voitures.

Un de ces véhicules fut attelé et démarra sous les yeux de Carter, qui ne put retenir un cri d'horreur étouffé devant l'être fabuleux qui le tirait. Et pourtant, que de monstruosités il avait déjà vues en ce lieu haïssable ! De temps à autre, une petite troupe d'esclaves vêtus et enturbannés comme les marchands à la peau sombre était embarquée à bord d'une galère, suivie d'un important équipage de crapauds protéiformes : les officiers, les navigateurs et les rameurs. Carter vit qu'on réservait aux créatures quasi humaines les besognes les plus banales, celles qui ne requéraient aucune force, telles que tenir le gouvernail, cuisiner, faire les courses, transporter des charges légères et traiter avec les habitants de la terre ou d'autres planètes. Et certes ces créatures devaient être pratiques sur terre ; car en vérité, une fois habillées, soigneusement chaussées et enturbannées, elles ressemblaient fort aux hommes et pouvaient marchander dans les boutiques sans soulever la curiosité ni provoquer d'explications gênantes. Mais la plupart de ces êtres, à moins d'être maigres ou d'aspect maladif, étaient dévêtus, mis en caisses et emportés sur de lourdes voitures tractées par des créatures fabuleuses. De temps en temps, on déchargeait d'autres êtres des navires avant de les enfermer dans des caisses ; certains étaient très semblables aux semi-humains, d'autres en différaient sensiblement, et d'autres enfin ne leur ressemblaient en rien. Carter se demanda s'il n'y avait pas parmi eux de ces malheureux et corpulents hommes noirs de Parg, qu'on emportait dans des caisses sur les camions à destination de l'intérieur des terres.

Quand enfin la trirème accosta le long d'un quai huileux fait d'une roche spongieuse, une horde de crapauds sortit des écoutilles en se tortillant. Deux d'entre eux se saisirent de Carter et le traînèrent à terre. L'odeur et l'aspect de cette cité défient toute description, et Carter n'en retint que des images erratiques de rues carrelées, d'entrées noires et d'insondables précipices de murs gris et dépourvus de fenêtres. Pour finir, on lui fit franchir une porte basse, puis gravir un escalier interminable dans une obscurité totale. Lumière ou ténèbres, cela importait apparemment peu à ces espèces de crapauds. L'odeur était intolérable, et quand Carter fut enfermé seul dans une pièce, il eut à peine la force d'en faire le tour pour s'assurer de sa forme et de ses dimensions. Elle était circulaire, avec un diamètre d'environ vingt pieds.

De ce moment, le temps cessa d'exister. On lui apportait de la nourriture à intervalles réguliers, mais Carter refusait d'y toucher. Il ignorait quel sort l'attendait ; mais il avait le pressentiment qu'on le gardait pour la venue de l'âme épouvantable, du messager des Autres Dieux de l'infini, Nyarlathotep, le chaos rampant. Enfin, après un nombre incalculable d'heures ou de jours, la grande porte de pierre s'ouvrit à nouveau, et on poussa Carter dans l'escalier. De là, il sortit dans les rues de la terrifiante cité que baignait une lumière rougeâtre. Il faisait nuit sur la lune, et des esclaves porteurs de torches étaient postés dans toute la ville.

Sur une place, une procession était formée, composée de dix créatures-crapauds en colonne, et de vingt-quatre porteurs de torches quasi humains de part et d'autre en files de onze, plus un esclave devant et un derrière. On plaça Carter au milieu de la colonne centrale ; cinq êtres à forme de crapaud le précédaient, cinq le suivaient, et il était flanqué de deux porteurs de torches quasi humains. Certaines des créatures-crapauds sortirent des flûtes d'ivoire ignoblement décorées dont elles se mirent à tirer d'horribles sons. C'est sur cette musique démoniaque que la colonne, quittant les rues carrelées, s'enfonça dans les plaines ténébreuses aux champignons obscènes, avant de gravir une colline basse et peu escarpée qui se dressait derrière la cité. Carter ne doutait pas que sur quelque pente effrayante, quelque plateau maudit, le chaos rampant l'attendît ; et il pria pour que ce suspens cessât bientôt. Les piaulements des flûtes impies étaient abominables et Carter aurait donné des mondes entiers pour entendre ne fût-ce qu'un son à peu près normal ; mais ces créatures à forme de crapaud n'avaient pas de voix et les esclaves ne parlaient pas.

Soudain, traversant les ténèbres piquetées d'étoiles, un son familier retentit. Il descendit en roulant des collines élevées et, repris par les pics déchiquetés alentour, il se répercuta et enfla en un chœur pandémoniaque. C'était le cri du chat à minuit. Carter comprit enfin que les vieux villageois ne se trompaient pas quand ils essayaient à mi-voix de deviner où se situaient les royaumes mystérieux connus des seuls félins, et dans lesquels les aînés des chats se rendent, la nuit, discrètement en bondissant des toits les plus hauts. En vérité, c'est sur la face sombre de la lune qu'ils vont pour cabrioler sur les collines et converser avec d'antiques ombres ; et voici qu'au milieu de cette colonne de créatures fétides Carter entendait leur cri amical et familier. Dans son esprit, jaillirent alors les images des toits pentus, des âtres chaleureux et des petites fenêtres éclairées de chez lui.

Randolph Carter maîtrisait assez bien le langage des chats et, en ce lieu lointain et terrifiant, il poussa le cri qui convenait. Mais ce n'était pas nécessaire, car à l'instant où il ouvrait la bouche il entendit le chœur s'enfler en se rapprochant. Des ombres passaient vivement devant les étoiles et de petites silhouettes gracieuses bondissaient de colline en colline en légions grandissantes. L'appel du clan avait été lancé et avant même que l'immonde procession eût le temps de s'effrayer, une épaisse nuée de fourrure et une phalange de griffes meurtrières s'abattit sur elle, tel un raz-de-marée poussé par la tempête. Les flûtes se turent et des hurlements s'élevèrent dans la nuit. Les quasi-humains à l'agonie criaient ; les chats feulaient, miaulaient, grondaient. Mais les créatures à forme de crapaud n'émirent aucun son, tandis que leurs blessures mortelles répandaient sur la terre poreuse, au milieu des champignons obscènes, leur malodorant ichor verdâtre.

Spectacle prodigieux à la lumière des dernières torches ! Jamais Carter n'avait vu autant de chats rassemblés. Noirs, gris, blancs, roux, tigrés, chinés, persans, manx, tibétains, angoras et abyssins, tous étaient là, pris dans la fureur du combat ; au-dessus d'eux planait un peu de la sainteté profonde et inviolée qui faisait la grandeur de leur déesse dans les temples de Bubastis. Ils bondissaient par sept à la gorge d'un quasi-humain ou aux tentacules roses d'un mufle de crapaud qu'ils faisaient s'abattre violemment sur la plaine fongueuse. Alors, une armée de leurs compagnons fondait sur lui et l'éventrait à coups de griffes et de crocs avec la frénésie de combattants saisis d'une ivresse divine. Carter avait récupéré la torche d'un esclave qui était tombé, mais il fut bientôt renversé par le mascaret de ses loyaux défenseurs. Alors il resta étendu dans le noir absolu, prêtant l'oreille aux bruits du combat et aux clameurs des vainqueurs. Il sentait courir sur lui les pattes légères de ses amis qui se précipitaient çà et là dans la mêlée.

Pour finir, la teneur et l'épuisement lui fermèrent les yeux ; et quand il les rouvrit, ce fut sur un étrange spectacle. Le vaste disque brillant de la terre s'était levé, treize fois plus grand que la lune telle que nous la voyons. Il déversait sur le paysage lunaire les flots d'une lumière surnaturelle ; et sur toute l'étendue du plateau sauvage et des crêtes déchiquetées apparaissait une mer infinie de chats assis en rangs ordonnés. Ils étaient disposés en cercles concentriques, et deux ou trois chefs sortis des rangs léchaient le visage de Carter en ronronnant. Rares étaient les traces des esclaves morts et des êtres à forme de crapaud ; Carter crut cependant apercevoir un os un peu plus loin, dans l'espace qui se trouvait entre les guerriers et lui.

Alors il s'entretint avec les chefs dans le doux langage des chats, et apprit que sa vieille amitié avec l'espèce était bien connue et qu'on en parlait souvent dans leurs lieux de réunion. Il n'était pas passé inaperçu en Ulthar quand il avait traversé la ville, et les vieux chats au poil luisant de santé n'avaient pas oublié sa façon de les caresser après qu'ils se furent occupés des Zoogs affamés qui avaient lancé des regards horribles à un petit chaton noir. Ils se rappelaient aussi l'aimable accueil qu'il avait réservé au tout petit chaton qui était venu le voir à l'auberge, et la soucoupe de crème épaisse qu'il lui avait donnée le matin de son départ. Le grand-père de ce chaton était le chef de l'armée aujourd'hui assemblée ; il avait vu la démoniaque procession du haut d'une lointaine colline et reconnu dans le prisonnier l'ami inconditionnel de son peuple sur terre et dans la province du rêve.

Un miaulement retentit en haut d'un pic éloigné, et le vieux chef interrompit brusquement sa conversation. Le cri venait d'une des sentinelles installées au sommet des montagnes pour guetter le seul ennemi que craignent les chats de la Terre leurs cousins de Saturne, très grands et très étranges, qui, pour une raison inconnue, n'ont pas oublié les charmes de la face sombre de notre lune. Ils sont liés par traité aux maléfiques créatures-crapauds, et sont tristement célèbres pour leur hostilité envers nos chats terriens ; si bien qu'en l'occurrence une rencontre avec eux aurait pu être une affaire assez grave.

Après une brève discussion entre généraux, les chats s'organisèrent en une formation plus compacte autour de Carter afin de le protéger. Puis ils se préparèrent à effectuer le grand bond dans l'espace qui les ramènerait sur les toits de notre terre et de sa province du rêve. Un vieux maréchal conseilla à Carter de se laisser transporter passivement par les rangs serrés des sauteurs à fourrure, et lui expliqua comment bondir lui-même puis atterrir gracieusement avec eux. Il lui proposa aussi de le déposer dans le lieu de son choix, et Carter se décida pour la cité de Dylath-Leen, d'où avait appareillé la trirème noire. De là, il comptait faire voile vers Oriab et le pic sculpté du Ngranek. Par la même occasion, il mettrait en garde les gens de la ville contre tout trafic ultérieur avec des galères noires, Si du moins il était possible de rompre ce commerce avec tact et diplomatie. Alors, sur un signe convenu, tous les chats bondirent élégamment avec leur ami au milieu d'eux, cependant qu'au fond d'une obscure caverne, au cœur d'un sommet impie des montagnes de la lune, Nyarlathotep, le chaos rampant, attendait en vain.

Le bond que firent les chats à travers l'espace fut très rapide ; cette fois, entièrement entouré de ses compagnons, Carter ne vit pas les grandes masses informes et noires qui rôdent, cabriolent et se vautrent dans l'abîme. Avant d'avoir tout à fait compris ce qui se passait, il se retrouva dans sa chambre de l'auberge de Dylath-Leen, tandis que ses amis félins s'éclipsaient discrètement par la fenêtre, en un vaste flot. Le vieux chef venu d'Ulthar fut le dernier à sortir ; et comme Carter lui serrait la patte, il lui révéla qu'il pourrait rentrer chez lui au chant du coq. À l'aube, Carter descendit donc de sa chambre et apprit qu'une semaine s'était écoulée depuis son enlèvement. Il restait encore presque une quinzaine avant que n'arrive le navire pour Oriab, et Carter mit ce temps à profit pour dénoncer les galères noires et les coutumes infâmes de leurs occupants. La plupart des citoyens le crurent ; mais les joailliers tenaient tant aux grands rubis qu'aucun d'entre eux ne s'engagea fermement à cesser tout négoce avec les marchands aux larges bouches. Si quelque malheur s'abattait sur Dylath-Leen à cause de ce trafic, Carter n'en serait pas coupable.

Environ une semaine plus tard, le navire tant attendu jeta l'ancre entre le môle noir et le grand phare, et Carter vit avec soulagement qu'il s'agissait d'un trois-mâts barque aux flancs peints et aux voiles latines jaunes. L'équipage avait belle allure et le capitaine était un homme grisonnant, vêtu de robe de soie. Il transportait la résine odorante des plantations intérieures d'Oriab, les poteries délicates cuites par les artistes de Baharna et les curieuses statuettes que l'on taille dans la lave millénaire du Ngranek. Tout cela fut échangé contre de la laine d'Ulthar, des textiles iridescents de Hatheg et de l'ivoire que les hommes noirs sculptent à Parg, de l'autre côté du fleuve. Carter s'entendit avec le capitaine pour l'accompagner à Baharna et apprit que le voyage prendrait dix jours. Durant la semaine où il attendit le départ du navire, Carter s'entretint souvent du Ngranek avec lui ; selon l'officier, rares étaient ceux qui en avaient vu la face sculptée ; la plupart des voyageurs se contentaient d'écouter les légendes qu'en racontaient les vieillards, les ramasseurs de lave et les imagiers de Baharna. Puis, rentrés dans leurs lointains foyers, ils prétendaient l'avoir vue de leurs propres yeux. Le capitaine n'était même pas certain qu'un seul être vivant eût jamais contemplé ce visage sculpté, car il se trouve sur un côté du Ngranek très difficile d'accès, stérile et sinistre ; et l'on dit qu'il existe près du pic des cavernes qui sont le repaire de faméliques de la nuit. Il ne voulut cependant pas expliquer ce qu'était au juste un famélique de la nuit, car on sait que ces bêtes hantent avec persistance les rêves de ceux qui pensent trop souvent à elles. Alors, Carter interrogea le capitaine sur Kadath l'inconnue qui gît dans le désert glacé et sur la prodigieuse cité du couchant. Mais le brave homme fut incapable de rien lui en dire.

Un matin enfin, Carter quitta Dylath-Leen au changement de marée de l'aube, et vit luire les premiers rayons du soleil sur les fines tours anguleuses de cette lugubre cité de basalte. Deux jours durant, le navire fit voile à l'est, toujours en vue des côtes verdoyantes, passant souvent devant de jolis villages de pêcheurs, dont les toits rouges et les cheminées montaient à l'assaut de collines abruptes, au-dessus de vieux appontements perdus dans leurs songes et de plages où séchaient les filets étendus. Mais le troisième jour, le bateau vira brusquement au sud ; le roulis se fit plus fort et toute terre disparut rapidement. Le cinquième jour, les marins montrèrent des signes d'inquiétude, et le capitaine excusa leurs craintes en expliquant que le trois-mâts s'apprêtait à croiser au-dessus des murailles et des colonnes envahies d'algues d'une cité engloutie, trop ancienne pour le souvenir des hommes. Lorsque les eaux étaient claires, on pouvait apercevoir tant d'ombres mouvantes dans ces profondeurs que les âmes simples s'en révoltaient. Il reconnut en outre que bien des navires s'étaient perdus dans cette région de la mer ; on les avait vus s'en approcher, mais jamais en ressortir.

Cette nuit-là, l'éclat de la lune permettait de voir très loin dans l'eau. Il y avait si peu de vent que le navire ne se déplaçait que faiblement ; et l'océan était très calme. Penché par-dessus le bastingage, Carter aperçut à de nombreuses brasses sous lui le dôme d'un grand temple d'où partait une avenue, bordée de sphynx monstrueux, qui menait vers une ancienne place. Des dauphins folâtraient joyeusement au milieu des ruines. Çà et là, des marsouins jouaient, maladroits, remontant parfois à la surface pour bondir tout entiers hors de l'eau. Le navire continuait son lent déplacement, et au fond de l'océan s'élevèrent des collines, sur lesquelles on distinguait sans mal les traces des anciennes rues et les murs délavés de milliers de petites maisons.

Les faubourgs apparurent ensuite, et enfin un grand édifice qui se dressait seul sur une éminence ; il était d'une architecture plus simple que les autres bâtiments de la cité engloutie et en bien meilleur état. Noir, bas et carré, il possédait une tour à chaque angle, une cour pavée en son milieu, et de curieuses fenêtres rondes s'ouvraient sur toute sa surface. Il était sans doute fait de basalte, bien qu'il fût en grande partie dissimulé par de grandes draperies d'algues ; et sur cette lointaine colline, si grande était l'impression de solitude et de massivité qui s'en dégageait qu'on songeait irrésistiblement à un temple ou à un monastère. La phosphorescence de certains poissons à l'intérieur transparaissait dans les petites fenêtres rondes, et Carter ne pouvait guère reprocher leurs craintes aux marins. À cet instant, dans la lumière voilée de la lune, il remarqua un étrange monolithe de haute taille, dressé au milieu de la cour centrale ; quelque chose y était pendu, et quand, ayant emprunté une lunette au capitaine, Carter découvrit qu'il s'agissait d'un marin vêtu des robes de soie d'Oriab, la tête en bas et les orbites vides, c'est avec soulagement qu'il sentit une brise se lever et emporter le bateau vers des régions plus salubres de l'océan.

Le lendemain, ils hélèrent un navire aux voiles violettes qui faisait route vers Zar, dans la terre des rêves oubliés, avec pour fret des bulbes de lis aux couleurs étranges. Et le soir du onzième jour, ils arrivèrent en vue de l'île d'Oriab, où se dresse au loin, déchiqueté et couronné de neige, le Ngranek. Oriab est une très grande île et son port de Baharna une cité puissante. Derrière ses quais de porphyre, elle s'élève en vastes terrasses de pierre reliées par des rues en escaliers, qu'enjambent souvent des bâtiments et des ponts. Sous la cité tout entière court un immense canal aux vannes de granit ; il débouche dans le lac intérieur de Yath, sur la rive duquel gisent les murailles en ruine d'une cité de brique qui remonte à l'origine des temps et dont le nom est oublié de tous. Quand le soir le navire entra dans le port, les balises jumelles de Thon et de Thalle saluèrent d'un éclat de lumière ; et dans les millions de fenêtres des terrasses de Baharna, de douces lueurs grandirent peu à peu, tandis qu'apparaissaient les étoiles dans le ciel du crépuscule. Alors, la ville escarpée devint une constellation scintillante suspendue entre les étoiles du firmament et leur reflet dans l'eau calme du port. Une fois le bateau à quai, le capitaine invita Carter à résider dans sa maisonnette des bords du Yath, où les derniers faubourgs de la cité descendent en pente douce jusqu'au lac ; sa femme et ses domestiques apportèrent des plats étranges mais savoureux, pour le plus grand plaisir du voyageur. Au cours des jours suivants, Carter se renseigna sur les rumeurs et les légendes concernant le Ngranek dans toutes les tavernes et tous les lieux publics où se retrouvent les ramasseurs de lave et les imagiers ; mais il ne rencontra personne qui en eût gravi les pentes les plus hautes ou vu le visage sculpté dans la pierre. Le Ngranek était une montagne difficile, qu'on ne pouvait atteindre qu'en la contournant, puis en suivant une vallée maudite ; par ailleurs, nul ne pouvait être sûr que l'existence des faméliques de la nuit relevait de la pure légende.

Quand le capitaine reprit la mer pour Dylath-Leen, Carter s'installa dans une vieille taverne. Elle se trouvait le long d'une rue en escaliers, dans la partie la plus ancienne de la cité, dont les constructions de brique rappellent les ruines du lac Yath. Là, il établit ses plans pour l'ascension du Ngranek et mit en corrélation tout ce qu'il avait appris des ramasseurs de lave à propos des routes qui y mènent. Le tenancier de la taverne était un très vieil homme et il avait entendu tant de légendes qu'il fut d'une grande aide à Carter. Il invita même ce dernier à le suivre dans une pièce située tout en haut de l'antique bâtisse, où il lui montra un grossier dessin. C'était un voyageur qui l'avait gravé sur le mur d'argile, dans les jours d'autrefois où les hommes étaient plus audacieux et craignaient moins de s'aventurer sur les plus hauts escarpements du Ngranek. L'arrière-grand-père du vieux tavernier tenait de son propre arrière-grand-père que l'auteur de ce dessin avait escaladé la montagne, contemplé le visage sculpté, et l'avait gravé sur ce mur à son retour afin que d'autres profitent de sa vision ; mais Carter demeura tout à fait dubitatif, car si les grands traits avaient été tracés hâtivement et sans soin, ils étaient recouverts d'une foule de détails du goût le plus horrible, affublés de cornes, d'ailes, de griffes et de queues ondoyantes.

Enfin, muni de tous les renseignements qu'il avait pu glaner dans les tavernes et les lieux publics de Baharna, Carter loua un zèbre et s'engagea un matin sur la route qui longe les rives du Yath. Sur sa droite ondulaient des collines parsemées de plaisants vergers et de pimpantes petites fermes ; ces paysages lui rappelèrent les champs fertiles qui bordent la Skai. Le soir venu, il parvint près des antiques ruines sans nom du rivage du Yath, et malgré l'avertissement de certains vieux ramasseurs de lave de ne pas y camper de nuit, il attacha son zèbre à un curieux pilier, devant un mur écroulé, puis déroula sa couverture dans un coin abrité, sous des sculptures qui n'ont aujourd'hui pour nous aucun sens. Il s'enroula même dans une autre couverture, car les nuits sont froides en Oriab. Quand il s'éveilla, croyant sentir des ailes d'insectes lui frôler le visage, il se couvrit la tête et dormit paisiblement jusqu'à ce que les chants des magahs dans les lointains bosquets résineux le tirent du sommeil.

Le soleil venait de se lever au-dessus de la vaste pente déserte sur laquelle s'étendent, jusqu'au rivage du Yath, des lieues et des lieues d'antiques fondations en brique, des murs effondrés et, çà et là, des piliers et des piédestaux brisés. Carter chercha son zèbre des yeux. À sa grande consternation, il vit le docile animal étendu à terre près de l'étrange pilier auquel il était attaché ; plus grand encore fut son trouble quand il découvrit que sa monture était morte, vidée de son sang par une étrange blessure à la gorge. Son paquetage avait été dérangé, plusieurs babioles brillantes dérobées, et tout alentour, dans la poussière, apparaissaient de grandes empreintes de pattes palmées qui ne lui évoquèrent rien. Les légendes et les mises en garde des ramasseurs de lave lui revinrent en mémoire. Il se rappela le frôlement qu'il avait senti sur son visage pendant la nuit ; il remit son sac à l'épaule et partit à grandes enjambées vers le Ngranek. Mais il eut un frisson d'inquiétude en voyant, au pied d'un temple antique, le long de la route qui traversait les ruines, une grande voûte béante dont les degrés s'enfonçaient à perte de vue dans les ténèbres.

Ses pas l'entraînèrent sur un terrain pentu, plus sauvage et en partie boisé, où il ne vit plus que des huttes de charbonniers et des campements de ramasseurs de résine. L'air transportait des parfums balsamiques et les magahs chantaient joyeusement en faisant briller les sept couleurs de leur plumage dans le soleil. À l'approche du crépuscule, il tomba sur un nouveau campement de ramasseurs de lave qui revenaient des basses pentes du Ngranek chargés de sacs pleins ; se joignant à eux pour la nuit, il écouta leurs chants et leurs récits et surprit leurs chuchotements à propos de la disparition d'un des leurs. Il avait grimpé haut pour atteindre un bloc de belle lave et n'était pas revenu à la tombée du jour. Quand ses compagnons l'avaient cherché le lendemain, ils n'avaient retrouvé que son turban, sans apercevoir aucune trace de chute le long du flanc escarpé de la montagne. Ils cessèrent là leurs recherches, inutiles selon le doyen du groupe : nul ne revoyait jamais ce dont les faméliques de la nuit s'emparaient, bien que l'existence de ces bêtes fût si incertaine qu'elle confinait à la fable. Carter demanda alors si les faméliques de la nuit se nourrissaient de sang, aimaient les objets brillants et laissaient des empreintes de pattes palmées, mais tous les hommes secouèrent négativement la tête, apparemment effrayés de ses questions. Les voyant se murer dans le silence, Carter n'insista pas et alla se coucher.

Le lendemain, il se leva en même temps que les ramasseurs et leur fit ses adieux ; ils s'en allaient vers l'ouest et lui vers l'est, monté sur le zèbre qu'il leur avait acheté. Les anciens du groupe lui donnèrent leur bénédiction et l'incitèrent à ne pas grimper trop haut sur le Ngranek ; mais s'il les remerciait chaleureusement, il n'était en rien détourné de son but, car il se sentait toujours poussé à trouver les dieux de Kadath l'inconnue et à leur arracher un moyen d'atteindre la merveilleuse cité du couchant qui hantait ses pensées. Vers midi, après une longue montée, il rencontra plusieurs villages de brique abandonnés ; les montagnards qui y demeuraient autrefois, tout près du Ngranek, sculptaient des images dans la lave tendre du pic. Ils avaient habité là jusqu'à l'époque du grand-père du vieux tavernier ; puis ils avaient commencé à sentir que leur présence était indésirable. Ils avaient pourtant continué à bâtir des maisons, de plus en plus haut sur les pentes de la montagne ; mais plus ils montaient, plus nombreux étaient ceux qui manquaient au matin. Ils finirent par juger plus sûr de s'en aller définitivement, car on entrevoyait parfois dans les ténèbres des signes que nul ne pouvait interpréter favorablement. Alors tous avaient émigré jusqu'à la mer et s'étaient installés à Baharna, dans un très vieux quartier où ils avaient enseigné à leurs fils l'art antique de la sculpture, qu'ils pratiquent encore aujourd'hui. C'est auprès des enfants de ces montagnards exilés que Carter avait entendu les récits les plus sérieux sur le Ngranek, alors qu'il cherchait des renseignements dans les vieilles tavernes de Baharna.

Entre-temps, l'immense flanc aride du Ngranek s'était dressé toujours plus haut à mesure que Carter en approchait. Sur les basses pentes pointaient quelques arbres clairsemés ; puis, un peu plus haut, des buissons débiles, et enfin, s'élevant spectral dans le ciel, le roc nu et hideux qui se mêlait de gel, de glace et de neige éternelle. Carter apercevait les crevasses et les anfractuosités de cette sombre masse, et ne se réjouissait pas à l'idée de l'escalader. Des torrents de lave solidifiée apparaissaient par endroits, et des amoncellements de scories parsemaient les pentes et les corniches. Quatre-vingt-dix cycles auparavant, avant même que les dieux n'eussent dansé sur son pic, cette montagne avait parlé d'une voix de feu et rugi les roulements de ses tonnerres intérieurs. Aujourd'hui, elle se dressait, sinistre et silencieuse, portant sur son flanc caché la titanesque image secrète qu'évoquait la rumeur. Il existait peut-être dans cette montagne des cavernes vides et isolées dans des ténèbres sans âge, mais peut-être aussi – si les légendes disent vrai – pleines d'horreurs aux formes inconcevables.

Le sol était couvert d'une mince végétation de chênes et de frênes rabougris, jonché de blocs de rocher, de lave et de lapilli érodés. Il monta lentement jusqu'au pied du Ngranek. Là, Carter découvrit des traces de nombreux feux de camp, autour desquels les ramasseurs de lave faisaient souvent halte. Il vit aussi plusieurs autels grossiers qu'ils avaient dressés pour apaiser les Grands Anciens, ou pour écarter les êtres qui, dans leurs rêves, rôdaient dans les cols et les cavernes labyrinthiques du Ngranek. Le soir, Carter arriva au dernier tas de cendres et y dressa son camp ; il attacha son zèbre à un baliveau et s'enroula étroitement dans ses couvertures avant de s'endormir. Toute la nuit un voonith hurla au loin, près des rives de quelque étang caché ; mais Carter ne craignait point ce monstre amphibie, car on lui avait assuré que ces bêtes n'osent pas s'approcher des contreforts du Ngranek.

Le lendemain, il entama la longue ascension dans la claire lumière du matin. Il mena son zèbre aussi loin que le courageux animal put aller, mais finit par l'attacher à un frêne chétif quand le sol se fit trop raide. Il poursuivit alors seul sa montée, d'abord dans la forêt, avec ses ruines d'anciens villages au milieu des clairières, puis sur une herbe rude où poussaient çà et là des arbustes anémiques. Il regretta de quitter le couvert des arbres, car la pente très escarpée rendait l'excursion vertigineuse. Enfin, il commença à distinguer toute la campagne qui s'étendait en contrebas : les huttes abandonnées des imagiers, les plantations d'arbres et les campements des hommes qui en recueillaient la résine, les bois où nichent les magahs chanteurs aux couleurs irisées, et même, dans les lointains à peine discernables, les rivages du lac Yath et les ruines antiques et sinistres dont le nom est oublié de tous. Jugeant bientôt préférable ce spectacle assourdissant, il se consacra entièrement à l'escalade jusqu'au moment où les arbustes se raréfièrent, ne lui laissant souvent qu'une herbe courte à quoi s'accrocher.

Puis le sol s'appauvrit encore, se couvrant de grandes plaques stériles où affleurait le roc nu, avec ici et là le nid d'un condor au fond d'une crevasse. Enfin, il ne resta plus que la roche vive. Si elle n'avait été déchiquetée par les éléments, elle n'aurait pas permis à Carter de poursuivre très loin son ascension. Mais bosses, saillies et aspérités l'aidèrent grandement ; et la rencontre occasionnelle de la marque d'un ramasseur de lave, maladroitement gravée dans la pierre friable, lui redonnait courage. Il savait alors que des créatures pleinement humaines étaient passées par là avant lui. Au-delà d'une certaine altitude, il reconnut la présence de l'homme aux prises taillées dans le roc et aux petites carrières et excavations où apparaissaient des veines ou des coulées de lave de qualité. À un endroit, on avait même creusé une corniche afin d'atteindre un dépôt particulièrement riche, loin à droite de la voie d'ascension. Une fois ou deux, Carter s'enhardit à jeter un regard autour de lui, et resta presque foudroyé par la vue du paysage qui s'étendait en contrebas : toute l'île jusqu'à la côte se déployait sous ses yeux, avec les terrasses rocheuses de Baharna et la fumée de ses cheminées qui s'élevait, mystérieuse, dans les lointains. La mer du Septentrion roulait au-delà, illimitée et pleine de ses étranges secrets.

Jusque-là, le chemin de Carter pour escalader la montagne avait été fort sinueux, si bien que le flanc sculpté lui était demeuré caché. Mais voilà qu'il aperçut, montant en oblique vers la gauche, une corniche qui lui parut mener dans la direction souhaitée. Il la suivit en espérant qu'elle n'allait pas s'interrompre. Au bout de dix minutes, il comprit que, loin de se terminer en cul-de-sac, elle courait autour du pic selon une courbe raide qui, sauf éboulement ou virage soudain, l'amènerait après quelques heures de montée jusqu'à l'à-pic inconnu. À mesure que le nouveau paysage se dévoilait à lui, il vit qu'il était plus sinistre et plus sauvage que les territoires qu'il avait traversés en venant de la mer. Le flanc de la montagne aussi était un peu différent, percé ici et là de curieuses fractures et cavernes telles qu'il n'en avait pas rencontré sur le trajet qu'il venait de quitter. Certaines de ces formations apparaissaient au-dessus de lui, d'autres en dessous ; toutes s'ouvraient sur des falaises parfaitement verticales et toutes étaient totalement inaccessibles à l'homme. L'air s'était beaucoup refroidi, mais l'escalade restait si difficile que Carter ne s'en incommoda pas. Seule la rareté croissante de l'atmosphère le tracassait. Il songea que c'était peut-être cela qui avait tourné la tête des autres voyageurs et leur avait inspiré ces histoires absurdes de faméliques de la nuit ; celles par lesquelles ils expliquaient la disparition des grimpeurs qui sans doute en réalité étaient tombés dans ces passages périlleux. Ces contes ne l'avaient pas impressionné outre mesure, mais à toutes fins utiles il avait emporté un solide cimeterre. Toute pensée moins précise se noyait maintenant dans le désir de contempler ce visage sculpté qui le mettrait peut-être sur la piste des dieux qui planent au-dessus de Kadath l'inconnue.

Enfin, dans le froid redoutable des espaces supérieurs, il parvint sur la face cachée du Ngranek et vit en contrebas, dans des gouffres infinis, les chaos rocheux inférieurs et les stériles abîmes de lave, marques de l'antique colère des Grands Anciens. Un vaste territoire se déployait aussi vers le sud ; mais c'était un désert où n'apparaissaient nul champ, nulle cheminée de maison dont l'œil pût se réjouir, et qui semblait infini. La mer était invisible de ce côté, car Oriab est une île immense. Les falaises à pic étaient criblées de noires cavernes et d'étranges crevasses, mais aucune n'était accessible au grimpeur. De grandes masses de rochers en surplomb empêchaient de voir le sommet et un doute ébranla Carter : parviendrait-il à passer ? En équilibre précaire dans le vent, à des kilomètres au-dessus du sol, flanqué d'un côté par le vide et la mort et de l'autre par une paroi sans prises, il connut une seconde l'effroi qui détourne les hommes de la face cachée du Ngranek. Il était incapable de faire demi-tour, bien que le soleil fût déjà bas. S'il n'existait pas de moyen de monter, la nuit le trouverait accroupi, là, immobile ; et à l'aube il aurait disparu.

Mais il existait un moyen ; et il le découvrit en temps voulu. Un rêveur moins doué n'aurait pu se servir de ces prises imperceptibles, mais pour Carter elles étaient suffisantes. Passé le surplomb, il s'aperçut que la pente suivante était beaucoup moins ardue, car la fonte d'un vaste glacier avait laissé un espace généreux, couvert de terre végétale et de saillies. À sa gauche, un précipice tombait à pic depuis des hauteurs inconnues jusqu'à des profondeurs insondables ; l'entrée d'une caverne s'ouvrait au-dessus de lui, juste hors de sa portée. Cependant, partout ailleurs l'escarpement s'adoucissait considérablement, lui laissant même la place de s'y adosser pour se reposer.

Au froid de l'atmosphère, il sentit qu'il devait être proche de la limite de la neige, et il leva les yeux sur les pics qui étincelaient dans le soleil rougeâtre du crépuscule. En effet, la neige était là qui s'étendait sur plusieurs milliers de pieds au-dessus de lui, et en contrebas l'énorme rocher en surplomb qu'il venait de gravir, silhouette audacieuse suspendue à la montagne. Quand Carter vit ce bloc, un hoquet de surprise qui se mua en cri lui monta dans la gorge, et il se raccrocha au rocher. Le surplomb titanesque n'était pas demeuré tel que l'aube de la terre l'avait créé ; non, il luisait, rouge et formidable, dans le soleil couchant, avec les traits sculptés et polis d'un dieu.

Austère et terrifiant, le visage flamboyait au soleil. Nul esprit ne saurait en appréhender les dimensions, mais Carter comprit sans l'ombre d'un doute que jamais homme n'aurait pu le façonner. C'était un dieu ciselé par les mains des dieux, et son regard hautain et majestueux dominait l'explorateur. La rumeur le disait étrange et reconnaissable sans erreur, et Carter vit que c'était vrai. Ces longs yeux étroits, ces oreilles aux lobes étirés, ce nez fin et ce menton pointu dénotaient une race non pas humaine, mais divine.

Carter restait accroché à son dangereux nid d'aigle, écrasé de terreur bien que ce spectacle fût celui auquel il s'était préparé et qu'il était venu chercher ; car il est dans le visage d'un dieu plus de merveilleux qu'on ne peut le prévoir. Or, quand ce visage est plus immense encore qu'un vaste temple et qu'on le contemple regardant le soleil couchant de tout son haut dans les silences mystérieux du monde supérieur, ce monde où jaillit la lave sombre dans laquelle il fut jadis taillé, le merveilleux est si fort que nul ne peut y échapper.

S'ajoutait à cela la stupéfaction de la familiarité ; car si Carter avait projeté de passer toute la terre du rêve au peigne fin dans l'espoir de trouver des gens dont la ressemblance avec le visage de pierre les désignerait comme des enfants du dieu, il savait à présent que c'était inutile. En effet, les traits de l'immense visage sculpté sur la montagne ne lui étaient pas inconnus ; ils s'apparentaient à ceux qu'il avait souvent observés dans les tavernes de Céléphaïs, le port qui s'étend en Ooth-Nargai au-delà des monts tanariens, là où règne le roi Kunarès que Carter avait jadis connu dans le monde de l'éveil. Chaque année, des marins aux traits semblables descendaient du nord sur des vaisseaux noirs pour échanger leur onyx contre le jade sculpté, l'or repoussé et les petits oiseaux rouges au chant mélodieux de Céléphaïs. À l'évidence, il ne pouvait s'agir que des demi-dieux qu'il cherchait. Le désert glacé devait s'étendre non loin de leur terre natale, et au milieu, Kadath l'inconnue et la forteresse d'onyx des Grands Anciens. Il devait donc se rendre à Céléphaïs, très loin de l'île d'Oriab, dans un voyage qui l'obligerait à retourner à Dylath-Leen, à remonter la Skai jusqu'au pont de Nir, puis à retraverser le bois enchanté des Zoogs. Là, sa route s'inclinerait au nord pour passer par les jardins qui bordent l'Oukranos, jusqu'aux tours d'or effilées de Thran où il trouverait peut-être un galion pour franchir la mer Cérénérienne.

Mais pour l'heure le crépuscule s'assombrissait, accentuant l'expression farouche du gigantesque visage sculpté. La nuit surprit l'explorateur perché sur sa corniche ; et dans l'obscurité, tremblant de froid, incapable de descendre ni de monter, Carter dut rester debout, cramponné sur l'étroit ressaut jusqu'au retour du jour. Il pria pour rester éveillé, de peur que le sommeil ne lui ouvre les doigts, le précipitant dans une chute vertigineuse jusque sur les rochers déchiquetés de la vallée maudite. Les étoiles apparurent, mais en dehors d'elles seul un néant noir était perceptible à ses yeux ; un néant ligué avec la mort. Il ne pouvait résister à leurs invitations qu'en s'accrochant fermement au rocher et en s'écartant le plus possible de l'abîme invisible. Sa dernière vision de la terre fut celle d'un condor qui s'élevait dans le ciel près du précipice ; alors qu'il passait devant la caverne dont l'entrée s'ouvrait non loin de Carter, l'oiseau poussa un cri et prit soudain la fuite.

Tout à coup, sans qu'aucun bruit l'en ait averti, Carter sentit une invisible main tirer subrepticement son cimeterre de sa ceinture. Puis il entendit l'arme sonner sur les rochers en dessous de lui et crut voir passer devant la Voie lactée une silhouette effroyable, anormalement maigre, cornue, avec une queue et des ailes de chauve-souris. D'autres ombres avaient commencé à boucher le ciel à l'ouest, comme si un vol d'entités indéfinies sortait sans bruit, à grands coups d'ailes paresseux, de l'inaccessible caverne percée dans la paroi du précipice. Soudain, une espèce de bras caoutchouteux le saisit par le cou, un autre par les pieds ; et avec une sensation de vertige, il se sentit emporté et ballotté dans l'espace. Une minute plus tard, les étoiles disparurent et Carter comprit qu'il était la proie des faméliques de la nuit.

Sans lui laisser le temps de reprendre son souffle, les créatures le transportèrent dans la caverne, où elles l'entraînèrent dans de monstrueux labyrinthes. Obéissant à son instinct, il se débattit, mais elles se contentèrent de le chatouiller ; les créatures elles-mêmes n'émettaient aucun son et leurs ailes membraneuses n'éveillaient aucun écho. Elles étaient épouvantablement froides, humides et glissantes, et leurs pattes pétrissaient Carter de façon abominable. Bientôt, ils plongèrent en une chute hideuse dans d'inconcevables abysses, au milieu d'un vertigineux tourbillon d'air écœurant, humide et sépulcral ; Carter comprit alors qu'ils fonçaient vers le cœur de l'ultime maelström de la folie hurlante et démoniaque. Il cria et cria encore, mais à chaque cri les pattes noires le chatouillaient avec une subtilité croissante. Puis il vit naître autour de lui une sorte de phosphorescence, et il supposa qu'ils arrivaient dans ce monde intérieur de l'horreur souterraine dont parlent des légendes brumeuses ; un monde éclairé par les pâles brasiers de la mort, d'où s'exhalent l'air vampirique et les vapeurs originelles des gouffres qui percent le cœur de la terre.

Enfin, loin en dessous de lui, il aperçut de vagues lignes grises et des sommets inquiétants. C'étaient, il le savait, les fabuleux pics de Throk. Sinistres, ils se dressent dans le disque hanté des profondeurs éternelles qui jamais ne voient le soleil, plus grands que l'homme ne peut l'imaginer, gardant d'horribles vallées où rampent et fouissent les Dholes immondes. Pourtant, Carter préférait les regarder eux plutôt que ses ravisseurs ; des créatures repoussantes et barbares à la peau nue et huileuse comme celle d'une baleine, aux cornes hideuses recourbées l'une vers l'autre ; leurs ailes de chauve-souris ne produisaient aucun son, leurs pattes préhensiles étaient horribles et leur queue barbelée fouettait l'air de façon inquiétante. Le pire, c'est qu'elles ne parlaient ni ne riaient jamais ; elles ne souriaient pas non plus, parce qu'elles ne possédaient pas de visage il n'y avait à la place qu'un vide évocateur. Les pattes serrées sur leur victime, elles volaient en la pétrissant ; tels étaient les faméliques de la nuit.

La troupe perdit de l'altitude et les pics de Throk la dominèrent de toute part ; manifestement, rien ne vivait sur ces roches granitiques du crépuscule éternel. Plus bas encore, les brasiers de la mort disparurent et, excepté très haut, là où les sommets effilés se dressaient tels des gnomes, seules demeurèrent les ténèbres originelles du vide. Bientôt, les pics restèrent en arrière, ne laissant pour exciter les sens que de violents courants d'air qui transportaient l'humidité de grottes abyssales. Enfin, les faméliques de la nuit atterrirent dans une obscure vallée jonchée d'objets qui, au toucher, ressemblaient à des ossements. Ils y abandonnèrent Carter, car tel est le devoir des faméliques qui gardent le Ngranek. Cela étant fait, ils repartirent, portés par le battement silencieux de leurs vastes ailes. L'homme voulut suivre leur vol des yeux, mais en vain ; même les pics de Throk étaient à présent invisibles. Seuls l'environnaient les ténèbres, l'horreur, le silence et les ossements.

De source sûre, Carter savait qu'il se trouvait dans le val de Pnoth, où rampent et fouissent les Dholes énormes ; mais il ignorait à quoi s'attendre, car nul n'a jamais vu de Dhole, et personne n'a même la moindre idée de leur aspect. On ne les connaît que par de vagues rumeurs nées du bruissement qu'ils créent en traversant des montagnes d'os et par l'impression visqueuse qu'ils laissent quand ils frôlent quelqu'un. On ne peut les voir, car ils ne se déplacent que dans le noir. N'ayant nul désir d'en rencontrer un, Carter prêta une oreille attentive au moindre bruit en provenance des insondables épaisseurs d'os qui l'entouraient. Malgré l'effroi que lui inspirait ce lieu, il avait cependant un plan et un objectif, car une personne avec laquelle il s'était longuement entretenu autrefois avait eu connaissance de certains on-dit qui couraient sur Pnoth. En résumé, il semblait très probable qu'il s'agît de l'endroit où toutes les goules du monde de l'éveil se débarrassaient des déchets de leurs festins ; avec un peu de chance, Carter pourrait découvrir l'immense rocher, plus grand encore que les pics de Throk, qui marque la frontière de leur domaine. Le bruit des ossements tombant en cascade lui indiquerait où regarder, et, une fois trouvé l'objet de sa recherche, il pourrait faire appel à une goule pour lui abaisser une échelle ; car, aussi étrange que cela paraisse, il avait avec ces horribles créatures un lien très singulier.

À Boston, il avait connu un homme – auteur d'étranges tableaux – qui s'était lié d'amitié avec les goules et lui avait appris à décrypter les phrases les plus simples de leur répugnante logorrhée geignarde. Cet homme avait fini par disparaître et Carter ignorait, au cas où il le retrouverait ici, s'il saurait encore parler dans le pays du rêve l'anglais dont il usait dans sa vie éveillée. Quoi qu'il en fût, il pensait parvenir à convaincre une goule de le mener hors de Pnoth. De plus, mieux valait rencontrer une goule que l'on peut voir qu'un Dhole invisible.

Carter se mit donc en marche dans l'obscurité, puis détala en croyant entendre un bruit dans les ossements qu'il foulait. Il se heurta une fois à un escarpement rocheux, sans doute le pied d'un des pics de Throk. Enfin, un vacarme épouvantable s'éleva dans le ciel, et il eut alors la certitude qu'il approchait du rocher des goules. Il ignorait s'il parviendrait à se faire entendre du fond de la vallée, à des milles du sommet, mais il se souvint que d'étranges lois régissent le monde intérieur. Alors qu'il réfléchissait ainsi, il reçut de plein fouet un os si lourd qu'il devait s'agir d'un crâne ; prenant conscience de la proximité de l'à-pic fatidique, il poussa du mieux qu'il put le cri geignard, l'appel de la goule.

Le son voyage lentement, aussi du temps passa avant que Carter n'entendît la réponse. Mais elle vint enfin, et il apprit qu'une échelle de corde allait lui être lancée. Il patienta donc, en proie à une grande tension, car il ignorait si son cri n'avait pas éveillé quelque créature parmi les ossements. De fait, il ne s'écoula pas longtemps avant qu'il ne distingue un vague bruissement au loin. Comme le son s'approchait prudemment, l'homme se sentit de plus en plus inquiet, car il voulait éviter de s'éloigner de l'endroit où l'échelle devait tomber. La tension devenait intolérable et il allait s'enfuir, terrorisé, quand un bruit sourd sur les ossements nouvellement entassés près de lui détourna son attention. C'était l'échelle. Après quelques tâtonnements, il la trouva et ne la lâcha plus ; mais l'autre bruit ne cessa pas pour autant et le suivit même quand il se mit à grimper. Carter était à cinq bons pieds du sol quand le bruit se fit plus fort, et à dix quand quelque chose agita l'échelle d'en dessous. À quinze ou vingt pieds de haut, il sentit le long d'un de ses flancs le frôlement d'un vaste corps visqueux que des ondulations rendaient alternativement concave et convexe. Alors, il grimpa avec l'énergie du désespoir pour échapper aux insupportables attouchements du mufle répugnant, le mufle du Dhole pansu dont nul ne peut voir la forme.

Pendant des heures il monta, les mains douloureuses, couvertes d'ampoules, revoyant au passage les brasiers gris de la mort et les inquiétants pics de Throk. Enfin, il distingua au-dessus de lui le bord saillant du grand rocher des goules, dont il ne pouvait cependant apercevoir la paroi verticale ; et des heures plus tard, il vit une face empreinte de curiosité s'y découper, comme se découpe une gargouille sur un parapet de Notre-Dame. De faiblesse, il faillit lâcher prise, mais il se reprit sur l'instant : son ami disparu, Richard Pickman, lui avait un jour présenté une goule et il était familier de leur faciès canin et de leur silhouette affaissée. C'est donc un Carter parfaitement maître de lui que l'être hideux hissa hors du vide vertigineux par-dessus le rocher ; un Carter qui ne hurla pas à la vue des déchets à demi dévorés amoncelés non loin de là, ni en apercevant les cercles de goules accroupies qui le regardaient avec intérêt tout en mâchonnant.

Il se trouvait sur une plaine crépusculaire dont les particularités topographiques se résumaient à quelques blocs erratiques et à des entrées de terriers. Dans l'ensemble, les goules se montrèrent respectueuses, même si l'une d'elles tenta de le pincer tandis que plusieurs autres jaugeaient sa maigreur d'un œil spéculateur. À l'aide de borborygmes laborieux, il s'enquit de son ami disparu et apprit qu'il était devenu une goule d'une certaine importance dans des abîmes proches du monde de l'éveil. Une goule verdâtre et âgée offrit de conduire Carter à l'actuelle résidence de Pickman. Surmontant sa répugnance, l'homme suivit la créature dans un vaste terrier et, des heures durant, rampa dans l'obscurité du terreau fétide. Enfin, ils émergèrent au milieu d'une plaine plongée dans la pénombre et jonchée de singuliers vestiges terrestres – antiques pierres tombales, urnes brisées, grotesques fragments de cippes – et Carter comprit avec émotion qu'il devait être plus proche du monde de l'éveil qu'il ne l'avait jamais été depuis sa descente des sept cents marches menant de la caverne de la flamme à la porte du Sommeil Profond.

Là, sur une stèle funéraire de 1768 volée dans le cimetière Granary de Boston, se trouvait assise une goule qui avait jadis été l'artiste Richard Upton Pickman. Nu et d'aspect caoutchouteux, il avait tant acquis de la physionomie des goules que ses origines humaines étaient déjà indiscernables. Mais il se rappelait encore un peu d'anglais et put converser avec Carter par des grognements et des monosyllabes entrecoupés de temps en temps de borborygmes du langage des goules. Quand il apprit que Carter souhaitait gagner le bois enchanté et, de là, la cité de Céléphaïs en Ooth-Nargai, au-delà des monts tanariens, il eut l'air dubitatif. Ces goules du monde de l'éveil n'ont pas à faire dans les cimetières du pays supérieur du rêve (elles laissent cela aux vampires aux pieds rouges qui abondent dans les cités mortes) ; bien des obstacles existent entre leur abîme et le bois enchanté, et parmi eux le terrifiant royaume des Gugs.

Les Gugs, poilus et gigantesques, avaient jadis dressé dans le bois des cercles de pierres pour y pratiquer d'étranges sacrifices aux Autres Dieux et à Nyarlathotep, le chaos rampant. Mais une nuit, le récit d'une de leurs abominations parvint aux oreilles des dieux de la terre, qui les exilèrent aussitôt dans les cavernes inférieures. Seule une énorme trappe munie d'un anneau de fer relie l'abîme des goules de la terre au bois enchanté, et les Gugs redoutent de l'ouvrir à cause d'une malédiction qui pèse sur elle. Qu'un rêveur mortel puisse traverser leur royaume caverneux et en sortir par cette issue est inconcevable. Les rêveurs mortels composaient autrefois leur ordinaire, et leurs légendes évoquent la succulence de ces mets ; même si l'exil a réduit leur régime aux épouvants, ces êtres répugnants qui, vivant dans les souterrains de Zin, meurent à la lumière du jour et se déplacent en bondissant sur de longues pattes postérieures, comme des kangourous.

La goule qu'était devenu Pickman conseilla donc à Carter de quitter l'abîme par Sarkomand, la cité abandonnée de la vallée en contrebas de Leng, où de noirs escaliers salpêtreux gardés par des lions de diarite ailés mènent du pays du rêve aux abysses inférieurs. Il lui conseilla aussi de regagner le monde de l'éveil en passant par un cimetière, et de reprendre sa quête depuis le début, en descendant les soixante-dix marches du sommeil léger jusqu'à la caverne de la flamme, puis les sept cents marches qui conduisent à la porte du Sommeil Profond et au bois enchanté. Mais aucune de ces solutions ne convenait à l'explorateur ; car il ignorait tout du trajet entre Leng et Ooth-Nargai, et répugnait également à se réveiller, de crainte d'oublier tout ce qu'il avait appris dans son rêve. Il serait désastreux pour sa quête qu'il perdît le souvenir des visages augustes et célestes de ces marins du nord qui faisaient le commerce de l'onyx à Céléphaïs, et qui, fils de dieux, devaient indiquer la présence proche du désert glacé et de Kadath, là où résident les Grands Anciens.

À force de persuasion, Carter obtint de la goule qu'elle l'aide à franchir la grande muraille du royaume des Gugs. À l'heure où les géants, repus, ronfleraient dans leurs antres, il existait une chance pour que Carter parvînt à se faufiler dans ce royaume crépusculaire rempli de cercles de rochers et à gagner la tour centrale qui porte le signe de Koth et renferme les degrés menant à la trappe de pierre du bois enchanté. Pickman consentit même à prêter trois goules pour aider Carter à soulever la trappe à l'aide d'une pierre tombale ; car les Gugs ont un peu peur des goules et se sauvent souvent de leurs propres cimetières colossaux quand ils les y voient festoyer.

Il recommanda aussi à Carter de se déguiser en goule, en rasant sa barbe qu'il avait laissée pousser (car les goules en sont dépourvues), en se roulant dans l'humus pour obtenir l'aspect désiré, puis en marchant le dos voûté, ses vêtements roulés en paquet comme s'il s'agissait de quelque mets de choix volé dans une tombe. La troupe devait atteindre la cité des Gugs – qui constitue tout leur royaume – par certains terriers, d'où elle émergerait au milieu d'un cimetière non loin de la tour de Koth. Il faudrait cependant se méfier d'une vaste caverne près du cimetière ; car il s'agit de l'entrée des souterrains de Zin et les épouvants haineux y surveillent d'un œil assassin les habitants de l'abîme supérieur qui les traquent et les chassent. Les épouvants cherchent à sortir de leur domaine en profitant du sommeil des Gugs et ils attaquent aussi bien les goules que les Gugs, entre lesquels ils ne font pas de distinction. Très primitifs, ils s'entre-dévorent souvent. Les Gugs maintiennent toujours une sentinelle en poste dans un rétrécissement des souterrains de Zin, mais elle somnole fréquemment et se fait parfois surprendre par une troupe d'épouvants. Incapables de vivre à la lumière, ces êtres peuvent néanmoins supporter des heures durant le crépuscule grisâtre de l'abîme.

Enfin, Carter se retrouva dans d'interminables galeries en train de ramper en compagnie de trois goules qui transportaient la stèle d'ardoise du colonel Nepemiah Derby, décédé en 1719 ; stèle qui provenait du cimetière de Charter Street, à Salem. Quand ils ressortirent à la lumière du crépuscule, ce fut dans une forêt d'immenses monolithes mangés de lichen qui montaient dans le ciel presque aussi loin que le regard pouvait porter. C'étaient les pierres tombales des Gugs qu'aucun motif ne décorait. Au-delà des monolithes, à droite du trou dont ils s'extirpèrent avec force contorsions, s'étendait un paysage stupéfiant de tours cyclopéennes qui s'élevaient démesurément dans l'atmosphère grisâtre de la terre intérieure. Il s'agissait de la grande cité des Gugs, aux portes de trente pieds de haut. Les goules s'y rendent souvent, car le cadavre d'un Gug enterré suffit à la consommation annuelle d'une communauté, et malgré le danger d'une telle expédition, mieux vaut exhumer des Gugs que se fatiguer à atteindre les tombes des hommes. Carter s'expliquait mieux la présence çà et là, dans le val de Pnoth, d'un os titanesque sous ses pieds.

Devant lui, juste à l'extérieur du cimetière, se dressait l'à-pic d'une falaise vertigineuse ; à son pied s'ouvrait une caverne immense et sinistre. Les goules exhortèrent Carter à l'éviter autant qu'il le pourrait, car c'était l'entrée des souterrains impies de Zin où les Gugs chassent les épouvants dans les ténèbres. De fait, l'avertissement se justifia bientôt : à l'instant où une goule entreprenait de se couler vers les tours afin de voir si elles avaient bien calculé l'heure de repos des Gugs, deux yeux jaune-rougeâtre, puis deux autres, se mirent à luire dans l'obscurité de la vaste caverne. On pouvait en déduire que les Gugs venaient de perdre une sentinelle et que les épouvants possèdent un nez d'une extrême finesse. La goule fit donc demi-tour en indiquant par gestes à ses compagnons de faire silence. Mieux valait laisser les épouvants tranquilles : ils finiraient peut-être par se retirer, naturellement épuisés par leur combat contre la sentinelle gug dans ces noirs souterrains. Quelques instants plus tard, une créature de la taille d'un petit cheval apparut en bondissant dans le crépuscule grisâtre et Carter fut pris de nausée à la vue de cette bête obscène et répugnante, au faciès très curieusement humain malgré l'absence de nez et de front.

Peu après, trois autres épouvants rejoignirent le premier, et une goule murmura à Carter que leur corps dépourvu de blessures ne présageait rien de bon. Cela indiquait que loin d'avoir attaqué la sentinelle gug, ils l'avaient simplement contournée en profitant de son sommeil, si bien que leur vigueur et leur sauvagerie n'étaient en rien entamées et ne diminueraient point tant qu'ils n'auraient pas trouvé de victime à qui faire un sort. Spectacle affreux que ces animaux immondes et mal proportionnés dont le nombre atteignit bientôt la quinzaine et qui fouissaient la terre en exécutant leurs bonds de kangourous dans le crépuscule grisâtre, au milieu des tours et des monolithes titanesques. Mais le plus affreux encore, c'était leur langage qui ressemblait à une toux gutturale. Et pourtant, si horribles que fussent les épouvants, ils l'étaient encore moins que ce qui sortit alors de la caverne avec une déconcertante soudaineté.

D'abord une patte, large d'au moins deux pieds et demi et munie de griffes formidables. Derrière elle une autre patte, puis deux immenses bras couverts de fourrure noire auxquels les deux pattes se rattachaient par de courts avant-bras. Deux yeux roses se mirent alors à luire, et la tête de la sentinelle gug tout juste éveillée, grosse comme une barrique, émergea en ballottant. Ses yeux saillaient de deux pouces de chaque côté du crâne, abrités par des protubérances osseuses hérissées de poils rudes. Mais c'était la bouche qui rendait cette tête particulièrement terrifiante : garnie d'immenses crocs jaunes, elle fendait la face de haut en bas, car elle s'ouvrait verticalement et non horizontalement.

Avant que le malheureux Gug pût émerger tout entier de la caverne et se dresser de toute la hauteur de ses vingt pieds, les épouvants vindicatifs furent sur lui. Carter craignit un instant qu'il ne donnât l'alarme et n'éveillât ses semblables, mais une goule lui apprit alors à mi-voix que les Gugs, muets, ne communiquent que par expressions faciales. Le combat qui s'ensuivit fut effrayant : de toute part, les épouvants enragés se jetaient fiévreusement sur le Gug resté à quatre pattes pour le mordre et lui arracher des morceaux de chair, tout en le lacérant de leurs sabots pointus. Ils ne cessaient de tousser d'un ton surexcité, et de temps en temps un hurlement s'élevait quand l'immense bouche verticale du Gug broyait l'un d'eux. Tant et si bien que les clameurs de la bataille auraient sûrement fini par éveiller la cité endormie si, profitant de l'affaiblissement de la sentinelle, les épouvants n'avaient peu à peu transféré l'action de plus en plus loin dans la caverne. L'échauffourée se perdit bientôt dans les ténèbres, et seuls quelques échos sinistres indiquèrent qu'elle se poursuivait encore.

Alors, la plus alerte des goules donna le signal du départ ; Carter quitta la forêt de monolithes à la suite des trois créatures bondissantes et s'engagea dans les rues sombres et fétides de l'atroce cité, dont les tours rondes aux pierres cyclopéennes se dressaient à l'assaut du ciel jusqu'à y disparaître. Sans bruit, ils suivirent le grossier pavement de roc en écoutant avec dégoût les abominables ronflements étouffés qui s'échappaient des immenses porches obscurs, signe que les Gugs dormaient toujours. Redoutant la fin de cette sieste, les goules pressèrent le pas ; malgré cela, le trajet fut long, car les distances dans cette ville de géants sont à une échelle énorme. Ils finirent par déboucher sur une sorte de place, devant une tour plus démesurée encore que les autres ; au-dessus de la porte colossale était fixé un monstrueux symbole en bas-relief, qui déclenchait des frissons d'horreur chez qui le regardait, sans même qu'il en comprît le sens. C'était la tour centrale qui porte le signe de Koth, et les énormes degrés à peine discernables dans le crépuscule n'étaient autres que l'amorce de l'immense escalier qui mène au pays supérieur du rêve et au bois enchanté.

Ce fut alors, dans une obscurité absolue, le début d'une ascension interminable, rendu presque impossible par la taille monstrueuse des degrés qui, construits pour des Gugs, mesuraient près d'un mètre de haut. Carter ne put se faire une idée juste de leur nombre, car il fut bientôt épuisé au point que les goules, créatures souples et infatigables, durent lui venir en aide. Durant cette montée, le groupe courait aussi le risque d'être détecté et poursuivi ; car si nul Gug n'ose soulever la trappe de pierre qui débouche dans la forêt à cause de la malédiction des Grands Anciens, cette contrainte ne s'impose pas à la tour ni à l'escalier, dans lesquels ils pourchassent souvent des épouvants échappés, jusqu'à la dernière marche s'il le faut. L'ouïe des Gugs est fine au point que le simple toucher des pieds et des mains nus des grimpeurs sur la pierre pouvait fort bien suffire à donner l'alarme à la cité, une fois la sieste finie. Il ne faudrait alors pas longtemps aux géants, habitués à voir dans le noir à force de chasser l'épouvant dans les souterrains de Zin, pour rattraper leurs petites proies peu véloces dans cet escalier cyclopéen. Le découragement s'emparait des fuyards à l'idée qu'ils n'entendraient rien de la poursuite silencieuse des Gugs, qui fondraient sur eux avec une atroce soudaineté. Inutile également de compter sur la traditionnelle crainte des Gugs à l'égard des goules, dans ce lieu étrange où la balance penchait si nettement du côté des géants. Le danger pouvait aussi venir des épouvants furtifs et enragés, qui se faufilaient souvent dans la tour pendant l'heure de sommeil des Gugs. Si ce temps de repos se prolongeait et si les épouvants éliminaient rapidement leur victime dans la caverne, ces répugnantes créatures malveillantes risquaient de repérer sans mal l'odeur des grimpeurs ; auquel cas il serait presque préférable pour eux d'être dévorés par un Gug.

Soudain, au bout d'une ascension qui parut durer une éternité, un toussotement retentit dans les ténèbres au-dessus d'eux ; et la situation prit une tournure inattendue et très inquiétante. Manifestement, un épouvant, voire plus d'un, s'était glissé dans la tour avant l'arrivée de Carter et de ses guides. Après une seconde où chacun retint son souffle, la goule de tête poussa Carter contre la paroi et organisa ses compagnes du mieux possible ; l'antique pierre tombale brandie et prête à s'abattre à l'instant où l'ennemi paraîtrait. Les goules sont nyctalopes, si bien que le groupe n'était pas en aussi mauvaise posture que Carter seul l'eût été. Un instant plus tard, un claquement de sabots révéla qu'au moins une bête descendait les marches en bondissant, et les goules qui portaient la plaque de pierre affermirent leur prise sur l'arme, prêtes à frapper de toutes leurs forces. Bientôt, deux yeux jaune-rougeâtre étincelèrent et les halètements de l'épouvant devinrent audibles pardessus le claquement de ses sabots. Alors qu'il atterrissait sur la marche au-dessus des goules, celles-ci abattirent la pierre tombale avec une prodigieuse puissance ; il y eut un soupir sifflant aussitôt étranglé, et la victime s'effondra en un tas immonde. Il semblait qu'il n'y eût qu'un seul animal, et, après avoir tendu l'oreille quelques instants, les goules signalèrent à Carter en lui tapotant le bras qu'il fallait repartir. Comme précédemment, elles durent l'aider à monter les marches ; mais il était soulagé de quitter le lieu du carnage où, invisibles dans les ténèbres, étaient répandus les restes étranges de l'épouvant.

    Enfin, les goules firent halte avec leur compagnon ; et tendant le bras au-dessus de sa tête, Carter s'aperçut qu'ils étaient parvenus sous la grande trappe de pierre. Il ne fallait pas songer à ouvrir entièrement une dalle aussi énorme, mais les goules espéraient la soulever assez pour glisser par l'entrebâillement la pierre tombale, qui servirait ainsi d'étai et permettrait à Carter de se faufiler. Pour leur part, elles projetaient de redescendre et de rentrer chez elles par la cité des Gugs, car elles savaient fort bien se déplacer furtivement. Elles ignoraient en outre le chemin par voie de terre pour gagner Sarkomand la spectrale et la porte qui, gardée par des lions, mène à l'abîme.

    Les trois goules exercèrent une puissante poussée sur la dalle de pierre, aidées en cela par Carter. Supposant que le bord le plus proche du sommet de l'escalier était le bon, elles y appliquaient toute la force de leurs muscles, acquise par d'ignobles nourritures. Au bout de quelques instants, un rai de lumière apparut, et Carter, à qui cette tâche avait été confiée, introduisit le bout de l'antique pierre tombale dans l'ouverture. Tous pesèrent alors vigoureusement sur la dalle ; mais ils ne progressaient que très lentement, et il leur fallait naturellement revenir à leur position initiale chaque fois qu'ils échouaient à mettre la stèle de chant pour maintenir la trappe ouverte.

Soudain, un bruit dans les marches en dessous d'eux multiplia mille fois leur désespoir ; ce n'était certes que le cadavre de l'épouvant qui dégringolait l'escalier, mais de toutes les causes possibles de cette chute, aucune n'était le moins du monde rassurante. Aussi, connaissant les façons d'agir des Gugs, les goules se remirent-elles au travail avec une sorte de frénésie ; et en un temps étonnamment court, elles eurent ouvert la trappe si grand que Carter put placer la pierre tombale de côté, obligeant ainsi la dalle à rester largement béante. Les goules aidèrent alors l'homme à passer l'ouverture, en le faisant d'abord monter sur leurs épaules caoutchouteuses, puis en guidant ses pieds tandis qu'il s'agrippait au sol béni du pays supérieur du rêve. Une seconde plus tard, les goules le rejoignaient, puis délogeaient la stèle funéraire, refermant la grande trappe à l'instant même où un halètement issu du trou devenait audible. À cause de la malédiction des Grands Anciens, aucun Gug n'oserait jamais franchir cette barrière. C'est donc avec un profond soulagement et une sensation de sérénité que Carter resta sans mot dire étendu sur l'épaisse couche de grotesques champignons du bois enchanté, cependant qu'un peu plus loin ses guides s'accroupissaient pour se reposer à la façon des goules.

Si étrange et inquiétant que fût ce bois enchanté qu'il avait déjà parcouru, c'était en vérité un havre de paix et de ravissement après les gouffres qu'il venait de quitter. Nul ne vivait dans les parages, car les Zoogs fuient la mystérieuse trappe, et sans perdre de temps Carter interrogea ses goules sur ce qu'elles comptaient faire. Elles n'osaient plus revenir chez elles par la tour, et le monde de l'éveil perdit pour elles de son attrait quand elles apprirent qu'il fallait traverser la caverne de la flamme où règnent les prêtres Nasht et Kaman-Thah. En fin de compte, elles décidèrent de rentrer par Sarkomand et sa porte de l'abîme, bien que le chemin leur en fût inconnu. Carter se rappelait que la cité se trouve dans la vallée en contrebas de Leng ; il se souvint aussi d'avoir rencontré à Dylath-Leen un sinistre vieux marchand aux yeux bridés qu'on disait commercer à Leng. Il conseilla donc aux goules de se mettre en quête de Dylath-Leen en traversant les champs jusqu'à Nir, au bord de la Skai, et de suivre le fleuve jusqu'à son embouchure. Elles acquiescèrent et s'apprêtèrent à partir sans perdre de temps, car le crépuscule allait s'assombrissant et annonçait la pleine nuit. Carter serra la patte des bêtes répugnantes en les remerciant de leur aide et en les priant de transmettre sa reconnaissance à la créature qui était jadis Pickman ; mais il ne put retenir un soupir de soulagement en les voyant s'éloigner. Car une goule reste une goule, et ne constitue pour l'homme dans le meilleur des cas qu'un compagnon déplaisant. Puis, Carter chercha un étang dans la forêt, nettoya son corps de la boue des régions inférieures et enfila ses vêtements qu'il avait précieusement conservés.

La nuit était tombée sur le bois redoutable et ses arbres monstrueux, mais leur phosphorescence permettait de s'y déplacer comme en plein jour ; Carter se mit donc en route en direction de Céléphaïs en Ooth-Nargai, au-delà des monts tanariens. Tandis qu'il marchait, il pensa au zèbre que, des éternités plus tôt, il avait laissé attaché à un arbre de cendre sur le Ngranek, dans la lointaine Oriab, et se demanda si des ramasseurs de lave l'avaient nourri et détaché. Il se demanda aussi s'il retournerait un jour à Baharna pour y payer le zèbre qui avait été tué la nuit, dans les ruines antiques du lac Yath, et si le vieux tavernier se souviendrait de lui. Telles étaient les pensées qui lui vinrent dans ce pays du rêve enfin retrouvé.

Mais bientôt un bruit venu d'un énorme arbre creux arrêta ses pas. Il avait évité le vaste cercle de pierres, car il ne tenait pas à parler aux Zoogs ; mais d'après les bruissements excités qu'il entendait dans l'arbre immense, d'importants conseils se tenaient quelque part. En s'approchant, il distingua les accents d'une discussion tendue ; et bientôt une grande inquiétude l'envahit, car c'est d'une guerre contre les chats que débattait cette assemblée souveraine des Zoogs. Tout provenait de la disparition du groupe qui avait furtivement suivi Carter en Ulthar, et que les chats avaient justement puni de ses intentions inopportunes. La rancœur des Zoogs n'avait fait que croître avec le temps, et à présent, ou du moins à échéance d'un mois, ils allaient frapper toute la tribu féline dans une succession d'attaques surprises lancées contre des individus isolés ou de petits groupes, sans laisser aux myriades de chats d'Ulthar le temps de s'exercer aux manœuvres ni de mobiliser des troupes. Tel était le plan des Zoogs, et Carter comprit qu'il devait le faire échouer avant de poursuivre sa quête.

C'est donc dans le plus grand silence que Randolph Carter gagna l'orée de la forêt. Là, il lança le cri du chat au-dessus des champs baignés de lumière stellaire. Un grand mistigri d'une maison voisine reprit le message et le relaya par-delà des lieues de prairies ondoyantes jusqu'aux guerriers, grands et petits, noirs, gris, tigrés, blancs, roux et chinés. Il se répercuta dans Nir et de l'autre côté de la

Skai jusqu'en Ulthar, et les nombreux chats de la cité répondirent à l'unisson avant de s'organiser en ordre de marche. Par bonheur, la lune n'était pas levée et tous les chats se trouvaient sur Terre. À grands bonds vifs et silencieux, ils quittèrent leurs âtres et leurs toits et se précipitèrent dans les plaines en une vaste mer de fourrure jusqu'à la lisière du bois. Carter les y attendait, et le spectacle de ces chats élégants et magnifiques fut un baume pour ses yeux, après toutes les créatures qu'il avait vues et côtoyées dans l'abîme. Il fut heureux de remarquer son vénérable ami et sauveteur à la tête du détachement d'Ulthar, un collier de commandement autour du cou et les moustaches martialement hérissées. Mieux encore, il s'avéra qu'un sous-lieutenant de l'armée, jeune sujet plein d'allant, n'était autre que le petit chaton à qui Carter avait donné une soucoupe de crème à l'auberge d'Ulthar, un matin à présent bien lointain. C'était maintenant un chat robuste et plein d'avenir, qui ronronna de plaisir en serrant la main de son ami. Son grand-père dit à ce dernier qu'il se débrouillait bien dans l'armée, et qu'il pouvait espérer un grade de capitaine après la prochaine campagne.

Carter décrivit à la tribu féline le péril qu'elle encourait, et fut récompensé de tous côtés par des ronronnements de reconnaissance. Avec les généraux, il mit au point un plan d'action expéditif qui impliquait de foncer immédiatement sur le conseil des Zoogs et leurs autres places fortes, d'anticiper leurs attaques-surprises et de les obliger à traiter avant la mobilisation de leur armée d'invasion. Là-dessus et sans perdre un instant, l'océan de chats se déversa dans le bois enchanté et se répandit autour de l'arbre du conseil et du grand cercle de pierres. Les voix bruissantes montèrent dans les aigus de la terreur quand les Zoogs furtifs et curieux aperçurent les nouveaux venus, auxquels ils n'opposèrent que très peu de résistance. Se voyant battus d'avance, ils oublièrent toute idée de vengeance pour ne se préoccuper que de leur présente sauvegarde.

La moitié des chats s'assit ensuite en formation circulaire autour des Zoogs capturés, en laissant un passage ouvert par lequel on amena les autres prisonniers qu'ils avaient encerclés en diverses parties de la forêt. Carter agissant en qualité d'interprète, les termes de l'armistice furent longuement discutés, et il fut enfin décidé que les Zoogs resteraient une tribu libre sous condition de remettre aux chats un vaste tribut en tétras, cailles et faisans des régions les moins fabuleuses de la forêt. Douze jeunes Zoogs de la noblesse furent désignés pour être retenus en otages dans le temple des Chats d'Ulthar, et les vainqueurs expliquèrent sans détour que toute disparition de chat sur les frontières du domaine des Zoogs entraînerait pour ces derniers des conséquences désastreuses. Ces questions réglées, les chats assemblés rompirent les rangs ; les Zoogs s'éclipsèrent alors l'un après l'autre dans leurs foyers respectifs, non sans jeter derrière eux des regards sombres.

Le vieux général offrit alors à Carter une escorte pour traverser la forêt et l'amener à la frontière de son choix ; selon lui, les Zoogs nourriraient sans doute une rancœur implacable envers lui à cause de l'échec de leur entreprise guerrière. Avec gratitude, Carter accepta ; non seulement pour la sécurité offerte, mais aussi parce qu'il aimait la gracieuse compagnie des chats. C'est ainsi qu'au milieu d'un régiment sympathique et joueur Randolph Carter, détendu après l'exécution réussie de son devoir, s'engagea dignement dans le bois enchanté aux titanesques arbres phosphorescents, en discutant de sa quête avec le vieux général et son petit-fils. Pendant ce temps, des membres de la troupe se laissaient aller à de fantastiques cabrioles ou pourchassaient les feuilles mortes que le vent poussait parmi les champignons du sol primitif. Le vieux chat déclarait avoir beaucoup entendu parler de Kadath, l'inconnue du désert glacé, mais il ignorait où elle se situait. Quant à la prodigieuse cité du couchant, il n'en avait jamais entendu parler, mais il se ferait un plaisir de transmettre à Carter tout ce qu'il pourrait en apprendre.

Il confia ensuite à l'explorateur quelques mots de passe de grande valeur parmi les chats du pays du rêve, et le recommanda particulièrement au vieux chef des chats de Céléphaïs, où Carter se rendait. Ce chat, que l'homme connaissait déjà un peu, était un maltais très digne, dont l'influence pourrait avoir grand poids en cas de transaction. L'aube se levait quand ils parvinrent enfin à l'orée du bois, et Carter, à contrecœur, fit ses adieux à ses amis. Le jeune sous-lieutenant qu'il avait connu chaton l'aurait volontiers suivi si le vieux général ne l'avait pas interdit ; l'austère patriarche lui affirma hautement que la voie du devoir passait par la tribu et l'armée. Carter s'en alla donc seul dans les champs dorés, pleins de mystère, qui s'étendaient le long d'une rivière bordée de saules ; et les chats s'en retournèrent dans le bois.

Le voyageur connaissait bien les jardins immenses qui se déploient au long du bois de la mer Cérénérienne, et c'est avec entrain qu'il suivit l'Oukranos, le fleuve chantant qui bordait sa route. Le soleil continua de s'élever sur les pentes douces couvertes de vergers et de pelouses, en rehaussant les couleurs des fleurs qui constellaient par milliers chaque butte et chaque vallon. Une brume clémente s'étend sur toute cette région où le soleil brille un peu plus qu'ailleurs et où le chant estival des oiseaux et des abeilles dure un peu plus longtemps ; si bien que les hommes s'y promènent comme en un pays de fées, et que grands sont leur joie et leur émerveillement quand ils s'en ressouviennent.

À midi, Carter arriva aux terrasses jaspées de Kiran. Elles descendent jusqu'au bord du fleuve et portent le temple de la beauté, là où le roi d'Ilek-Vad, quittant son lointain royaume de la mer du crépuscule, se rend une fois l'an dans un palanquin d'or pour prier le dieu de l'Oukranos, celui qui a chanté pour lui dans sa jeunesse alors qu'il demeurait dans une maisonnette sur ses rives. Tout de jaspe est ce temple ; il couvre un arpent de terre de ses murailles et de ses cours, de ses sept tours pointues et de sa chapelle intérieure où le fleuve pénètre par des canaux secrets et où, la nuit, le dieu chante à mi-voix. Souvent la lune entend une étrange musique alors qu'elle brille sur ces cours, ces terrasses et ces flèches ; mais cette musique est-elle le chant du dieu ou la psalmodie des prêtres occultes ? Nul autre que le roi d'Ilek-Vad ne peut le dire, car il est le seul à avoir pénétré dans le temple et à avoir vu les prêtres. À présent, dans la somnolence du jour, l'édifice aux sculptures délicates était silencieux, et Carter n'entendait que le murmure du grand fleuve, le chant des oiseaux et le bourdonnement des abeilles, tandis qu'il poursuivait sa route sous le soleil enchanté.

Tout l'après-midi, le pèlerin erra sur des prairies parfumées et sur le versant abrité des collines qui descendaient vers le fleuve, piquetées de paisibles chaumières et de chapelles de jaspe ou de chrysobéryl dédiées à des dieux aimables. Parfois, il longeait la rive de l'Oukranos et sifflait à l'attention des poissons vifs et iridescents du courant cristallin. D'autres fois, il faisait halte au milieu des joncs murmurants pour contempler de l'autre côté du fleuve le grand bois sombre dont les arbres s'avançaient jusqu'au bord de l'eau. Il avait jadis vu en rêve d'étranges et pesants buopoths sortir timidement de ce bois pour boire, mais il n'en apercevait aujourd'hui aucun. De temps en temps, il s'arrêtait aussi pour regarder un poisson carnivore attraper un oiseau pêcheur qu'il avait attiré en faisant briller ses écailles tentatrices au soleil et saisi par le bec avec son énorme gueule alors que le chasseur ailé tentait de piquer sur lui.

En fin de journée, il fit l'ascension d'une petite éminence herbue et vit flamboyer devant lui les mille flèches d'or de Thran dans le soleil couchant. Altières au-delà de l'imaginable sont les murailles d'albâtre de cette incroyable cité ; se refermant presque sur elles-mêmes à leur sommet, elles sont bâties d'un seul tenant selon une technique inconnue des hommes, car elles sont plus anciennes que la mémoire humaine. Pourtant, si hautes soient-elles avec leurs cent portes et leurs deux cents tourelles, la multitude de tours qu'elles contiennent, toutes blanches sous leurs flèches d'or, s'élève plus haut encore ; et les hommes de la plaine alentour les voient dressées au ciel, parfois d'une brillance immaculée, parfois prises dans des écheveaux de nuages et de brume, et parfois encore baignées de nuées basses au-dessus desquelles flamboient, nus, leurs pinacles les plus élevés. À l'endroit où les portes de Thran s'ouvrent sur le fleuve s'étendent de vastes quais de marbre, où dansent doucement à l'ancre des galions richement décorés, en cèdre et en Calamandre odorants, et où d'étranges marins barbus paressent sur des barils et des ballots portant les hiéroglyphes de contrées lointaines. Dans les terres, par-delà les murailles, s'étend la région agricole ; des maisonnettes y rêvent entre de petites collines, et d'étroites routes jalonnées de nombreux ponts de pierre serpentent gracieusement parmi les jardins et les cours d'eau.

C'est dans ce paysage verdoyant que Carter s'engagea à la tombée du jour. Alors il vit le crépuscule monter du fleuve jusqu'aux prodigieuses flèches d'or de Thran. Juste entre chien et loup, il parvint à la porte du sud, où une sentinelle en robe rouge lui interdit le passage tant qu'il n'eut pas raconté trois rêves défiant l'imagination, prouvant ainsi qu'il était un rêveur digne de déambuler dans les rues escarpées de Thran et de flâner dans les bazars où l'on vendait les marchandises des galions décorés. Alors il entra dans l'incroyable cité, il franchit d'abord une enceinte prodigieusement épaisse par une porte à laquelle le nom de tunnel eût mieux convenu ; puis il erra dans des rues sinueuses qui passaient entre les tours dressées vers le ciel. Des lumières brillaient derrière les grilles et les balcons des fenêtres, et des airs de luth et de fifre montaient des cours intérieures où chantaient des fontaines de marbre. Carter connaissait son chemin et obliqua par des rues plus sombres vers le fleuve, où, dans une taverne à matelots, il retrouva les capitaines et les marins qu'il avait connus dans des milliers d'autres rêves. Là, il paya son voyage jusqu'à Céléphaïs à bord d'un grand galion vert et prit une chambre pour la nuit après s'être gravement entretenu avec le vénérable chat de l'auberge, qui clignait des yeux devant un âtre immense en rêvant de guerres d'autrefois et de dieux oubliés.

Au matin, Carter embarqua sur le galion à destination de Céléphaïs. Il s'assit à la proue tandis qu'on larguait les amarres, et le long voyage jusqu'à la mer Cérénérienne commença. Sur de nombreuses lieues, les rives demeurèrent telles qu'elles étaient à Thran, avec de temps en temps un curieux temple dressé au loin sur les collines de droite et un village sur la berge, endormi sous ses toits rouges et pentus, des filets étendus au soleil. Songeant à sa quête, Carter soumit tous les marins à un interrogatoire serré sur les gens qu'ils avaient rencontrés dans les tavernes de Céléphaïs. Il insista sur les noms et les coutumes de certains hommes étranges qui présentaient des yeux étroits et allongés, des oreilles aux lobes étirés, un nez fin et un menton pointu, et qui venaient du nord sur des bateaux noirs pour échanger l'onyx contre le jade sculpté, l'or repoussé et les oiseaux chanteurs, petits et rouges, de Céléphaïs. Les marins ne savaient pas grand-chose d'eux, sauf qu'ils étaient avares de mots et inspiraient une sorte de respect craintif à qui les côtoyait.

Leur lointain pays s'appelait Inquanok et attirait peu de monde, car c'était une terre froide et crépusculaire qu'on disait proche de l'inquiétant plateau de Leng ; cependant, des montagnes infranchissables se dressaient du côté où Leng était censé s'étendre, si bien que nul ne pouvait dire si ce plateau infernal avec ses horribles villages de pierre et son monastère innommable se trouvait bien là, ou bien si cette rumeur n'avait ses racines que dans la peur qui venait la nuit aux timorés quand cette formidable barrière de pics s'élevait, noire sur la lune montante. Assurément, les hommes gagnaient Leng par des océans très divers. Les marins du galion n'avaient aucune connaissance d'autres frontières d'Inquanok, et ils n'avaient entendu parler du désert glacé et de Kadath l'inconnue que par de vagues récits fort imprécis. Quant à la prodigieuse cité du couchant que cherchait Carter, ils en ignoraient tout. Le voyageur cessa donc de poser des questions sur ces pays lointains, et se réserva pour l'heure où il pourrait s'entretenir avec les hommes étranges venus de la froide et crépusculaire Inquanok, descendants des dieux qui sculptèrent leurs propres traits sur le Ngranek.

À la fin du jour, le galion arriva aux courbes du fleuve qui traversent les jungles parfumées de Kled. Carter regretta de ne pouvoir descendre à terre, car dans ce fouillis tropical dorment d'extraordinaires palais d'ivoire, solitaires et intacts, jadis résidences des fabuleux monarques d'un pays au nom aujourd'hui oublié. Les sortilèges des Anciens protègent ces lieux de la décrépitude, car il est écrit qu'ils auront peut-être un jour leur utilité ; des caravanes d'éléphants les ont aperçus de loin, au clair de lune, mais nul n'ose s'en approcher à cause des gardiens auxquels ils doivent leur intégrité. Cependant, le navire poursuivit sa route ; le crépuscule étouffa les bruits du jour et les premières étoiles clignotèrent en réponse aux lucioles qui commençaient à apparaître sur les rives, tandis que la jungle s'évanouissait peu à peu dans le lointain, ne laissant que son parfum pour tout souvenir de son existence. Puis durant toute la nuit le galion vogua au-dessus d'anciens mystères invisibles et insoupçonnés. Une fois, une vigie annonça des feux sur les monts à l'est, mais le capitaine, somnolent, dit qu'il valait mieux ne point trop les regarder, car nul ne savait par qui ou quoi ils avaient été allumés.

Au matin, le fleuve s'était considérablement élargi et, à la vue des maisons sur les rives, Carter comprit qu'ils approchaient de la vaste cité marchande de Hlanith, sur la mer Cérénérienne. Là, les murailles sont de granit grossier et des pignons grotesquement pointus, bâtis de bois et de plâtre, surmontent les maisons. Les habitants de Hlanith ressemblent plus à ceux du monde de l'éveil que quiconque dans le pays du rêve, si bien que leur cité n'est recherchée que pour le troc, bien qu'elle soit réputée pour les robustes réalisations de ses artisans. Les quais de Hlanith sont en chêne, et le galion s'y amarra pendant que le capitaine négociait dans les tavernes. Carter aussi descendit à terre. Il examina avec curiosité les rues sillonnées d'ornières où des chars à bœufs circulaient lourdement ; dans les bazars, des marchands fébriles au regard inexpressif vantaient leurs produits. Les auberges à matelots se situaient toutes près des quais, dans des ruelles pavées que blanchissait le sel des embruns lors des marées hautes ; leurs plafonds aux poutres noircies et leurs croisées à deux battants avec leurs carreaux en culs-de-bouteille leur donnaient un aspect très ancien. De vieux marins parlèrent longuement à Carter de ports lointains et lui racontèrent de nombreux récits au sujet des curieux personnages qui venaient d'Inquanok la crépusculaire, mais sans ajouter grand-chose à ce qu'il avait appris de l'équipage du galion. Enfin, après force chargements et déchargements, le navire reprit sa route vers la mer du couchant ; les hautes murailles et les pignons de

Hlanith rapetissèrent au loin tandis que les dernières lueurs d'or du jour les habillaient d'une beauté bien supérieure à celle que les hommes leur avaient octroyée.

Deux nuits et deux jours le galion vogua sur la mer Cérénérienne, sans voir aucune terre, ne hélant qu'un seul autre navire sur sa route. Enfin, à la tombée du deuxième jour, le pic enneigé d'Aran monta sur l'horizon, avec ses ginkgos qui se balançaient au vent sur ses basses pentes, et Carter sut qu'ils avaient atteint le pays d'Ooth-Nargai et la merveilleuse cité de Céléphaïs. Les minarets scintillants de cette ville fabuleuse apparurent rapidement, puis les murailles de marbre immaculé avec leurs statues de bronze, et l'immense pont de pierre sous lequel le Naraxa se jette dans la mer. Les douces collines sur lesquelles s'appuie la ville montèrent ensuite, couvertes de bosquets et de jardins d'asphodèles, de petites chapelles et de chaumières. Enfin, loin à l'arrière-plan, la chaîne violette des monts tanariens, puissante et mystérieuse, au-delà de laquelle courent des routes interdites qui mènent dans le monde de l'éveil et vers d'autres régions du rêve.

Le port était encombré de galères peintes ; certaines venues de Sérannian, la nébuleuse cité de marbre qui s'étend dans l'espace éthérique au-delà du point où la mer rencontre le ciel, et d'autres qui provenaient de parties plus matérielles du pays du rêve. L'homme de barre se fraya un chemin parmi elles jusqu'aux quais aux fragrances épicées où le galion s'amarra au crépuscule, alors que, par millions, les lumières de la cité commençaient à scintiller sur l'eau. Toujours renouvelée telle semblait être cette immortelle cité de rêve ; car le temps n'y a pas le pouvoir de ternir ni de détruire les choses et les êtres. Le temple de turquoise de Nath-Orthath est tel qu'il a toujours été et les quatre-vingts prêtres aux couronnes d'orchidées sont ceux-là mêmes qui le bâtirent il y a dix mille ans. Le bronze des immenses portes n'a rien perdu de son éclat, jamais les pavements d'onyx ne s'usent ni ne se fendent ; les marchands et les chameliers que les grandes statues de bronze contemplent du haut des murailles sont plus vieux que les légendes, mais c'est en vain qu'on chercherait un fil blanc dans leurs barbes à pointes.

Carter ne songea pas un instant à visiter le temple, le palais ni la citadelle ; il demeura près de l'enceinte, du côté de la mer, en compagnie des marchands et des marins. Et quand il fut trop tard pour glaner rumeurs et légendes, il se mit en quête d'une vieille taverne qu'il connaissait bien et s'y reposa en rêvant des dieux de

Kadath l'inconnue. Le lendemain, il arpenta les quais dans l'espoir de rencontrer les étranges marins d'Inquanok, mais il apprit qu'il ne s'en trouvait point au port actuellement, leur galère n'étant pas attendue avant deux semaines au moins. Il dénicha pourtant un marin thorabonien qui avait été en Inquanok et avait travaillé dans les carrières d'onyx de ce pays crépusculaire. L'homme déclara qu'il existait certainement un passage, que tous semblaient craindre et fuir comme la peste, en direction du nord, au-delà de la région peuplée. Le Thorabonien était d'avis que ce désert contournait l'ultime chaîne de pics infranchissables pour s'introduire dans l'infernal plateau de Leng, et que c'était la raison de la peur qu'il inspirait aux hommes. Il admettait cependant l'existence d'autres récits faisant vaguement état de présences maléfiques et d'innommables sentinelles. S'agissait-il de l'immensité légendaire qui abrite Kadath l'inconnue, il l'ignorait ; mais il semblait improbable que ces présences et ces sentinelles, si elles existaient vraiment, eussent été postées là pour rien.

Le lendemain, Carter remonta la rue des Piliers jusqu'au temple de turquoise, où il s'entretint avec le Grand-Prêtre. C'est surtout Nath-Horthath qui est adoré à Céléphaïs, mais tous les Grands Anciens sont mentionnés dans les prières du jour, et le prêtre était assez au courant de leurs humeurs. Comme Atal en la lointaine Ulthar, il déconseilla fermement à Carter de tenter de les voir, disant qu'ils sont irascibles et capricieux, et bénéficient d'une étrange protection de la part des Autres Dieux de l'Extérieur, qui eux sont dénués d'esprit et dont l'âme et le messager sont Nyarlathotep, le chaos rampant. Le secret jaloux dont ils entouraient la prodigieuse cité du couchant indiquait clairement qu'ils ne souhaitaient pas que Carter s'y rendît, et ils ne verraient sans doute pas d'un bon œil la venue d'un homme désireux de les rencontrer et de plaider sa cause devant eux. Nul n'avait jamais découvert Kadath dans le passé et il vaudrait peut-être mieux que nul ne la trouvât dans l'avenir. Les rumeurs qui couraient sur la forteresse d'onyx des Grands Anciens n'étaient aucunement rassurantes.

Remerciant le Grand-Prêtre à la couronne d'orchidées, Carter quitta le temple et se mit en quête du bazar des abattoirs à moutons, où résidait, heureux et le poil luisant, le vieux chef des chats de Céléphaïs. Ce félin gris et digne prenait le soleil sur le pavé d'onyx, et il tendit une patte languide à l'approche de son visiteur. Mais une fois que Carter lui eut répété les mots de passe et les introductions fournis par le vieux chat général d'Ulthar, le patriarche à fourrure se montra très cordial, très communicatif, et lui confia une grande partie du savoir secret des chats qui vivent sur les pentes inclinées vers la mer d'Ooth-Nargai. Bien mieux, il lui rapporta différents récits que lui avaient glissés à l'oreille les chats timides des quais de Céléphaïs, à propos des hommes d'Inquanok, sur les noirs navires desquels nul chat ne veut embarquer.

De ces hommes, apparemment, émanait une aura qui n'était pas de la terre, bien que là ne fût pas la raison pour laquelle les chats refusent de monter sur leurs navires. Non, cela tient à ce qu'Inquanok renferme des ombres qu'aucun chat ne supporte, si bien qu'en ce froid royaume du crépuscule on n'entend nul ronronnement réconfortant ni même un miaulement. Est-ce à cause de ce qu'apporte le vent depuis l'hypothétique Leng par-dessus les pics infranchissables ou de ce qui filtre du désert glacé du nord ? On ne sait ; mais il demeure que sur cette terre lointaine plane une impression d'espace extérieur que les chats n'aiment pas et à laquelle ils sont plus sensibles que les hommes. C'est pourquoi ils refusent de monter à bord des noirs vaisseaux qui s'amarrent aux quais basaltiques d'Inquanok.

Le vieux chef des chats indiqua aussi à Carter où trouver son ami le roi Kuranès qui, dans des rêves précédents de l'explorateur, régnait alternativement dans le palais en cristal de rose des Septante Délices à Céléphaïs et dans le château de nuée aux multiples tourelles de Sérannian, la cité du ciel. Il ne se satisfaisait plus de ces lieux, semblait-il, et s'était pris d'une profonde nostalgie pour les falaises anglaises et les basses terres de son enfance. Là, derrière les fenêtres treillissées des hameaux rêveurs s'élèvent de vieilles chansons, et de charmants clochers gris piquent au loin la verdure des vallées. Ces plaisirs du monde de l'éveil, il ne pouvait les retrouver, car son corps était mort ; mais il avait fait ce qui s'en rapprochait le plus il avait rêvé un petit coin d'une semblable campagne dans une région à l'est de la cité, là où des prairies montent doucement en gracieuses ondulations depuis les falaises du bord de mer jusqu'au pied des monts Tanariens. C'est là qu'il résidait, dans un manoir gothique de pierre grise qui dominait la mer, en essayant de s'imaginer qu'il s'agissait de Trevor Towers, la vieille demeure où il était né et où treize générations de ses ancêtres avaient vu le jour. Sur la côte proche, il avait bâti un petit village de pêcheurs cornouaillais aux ruelles pavées et escarpées, et y avait installé des gens d'un type anglais prononcé, auxquels il s'obstinait à apprendre les chers et inoubliables accents des vieux pêcheurs de Cornouailles. Non loin de là, au fond d'une vallée, il avait érigé une vaste abbaye normande dont il voyait le clocher de sa fenêtre, et tout autour, dans le cimetière, il avait dressé des stèles grises gravées des noms de ses ancêtres et mangées d'une mousse rappelant celle de la vieille Angleterre. Kuranès avait beau être un monarque au pays du rêve, avec toute la pompe et toutes les merveilles que l'on imagine, toutes les splendeurs et toutes les beautés, les extases et les délices, les nouveautés et les sensations fortes qu'il désirait, c'est avec joie pourtant qu'il aurait renoncé pour toujours à sa puissance, à son luxe et à sa liberté pour passer une seule journée de bonheur sous les traits d'un petit garçon dans la pure et calme Angleterre, cette vieille Angleterre bien-aimée qui avait façonné son être et dont il ferait partie à jamais.

Aussi, quand Carter fit ses adieux au vieux chef grisonnant des chats, ce n'est pas vers les terrasses du palais de cristal de rose qu'il se dirigea, mais vers la porte de l'orient, puis, à travers des champs fleuris de marguerites, vers un pignon pointu qu'il apercevait au milieu des chênes d'un parc qui montait jusqu'aux falaises. Il arriva enfin devant une vaste haie : là s'ouvrait une porte flanquée d'une petite loge de brique, et quand il agita la cloche, ce n'est point un laquais en robe et pommadé qui vint lui ouvrir, mais un petit vieux trapu, vêtu d'une blouse et claudicant, qui faisait de son mieux pour prendre l'accent pittoresque de la Cornouaille profonde. Carter suivit une allée ombreuse entre des arbres aussi proches que possible de ceux d'Angleterre, puis il traversa des terrasses et des jardins dessinés comme du temps de la reine Anne. À la porte flanquée de chats de pierre comme c'était autrefois la coutume, un majordome en livrée, avec de gros favoris, vint à sa rencontre et l'emmena sans tarder à la bibliothèque. Là, Kuranès, Seigneur d'Ooth-Nargai et du Ciel autour de Sérannian, installé d'un air pensif dans un fauteuil près de la fenêtre, contemplait son petit village côtier en espérant vainement l'entrée de sa vieille nourrice qui le gronderait parce qu'il n'était pas prêt pour l'exécrable pique-nique du curé, alors que la voiture attendait et que la patience de sa mère était à bout.

Habillé d'une robe de chambre dont la coupe était à la mode à Londres dans sa jeunesse, Kuranès se leva avec empressement pour accueillir son hôte. La vue d'un Anglo-Saxon venu du monde de l'éveil lui réchauffait le cœur, même s'il s'agissait d'un Saxon de

Boston dans le Massachusetts et non de Cornouailles. Longtemps ils parlèrent du passé, car c'étaient tous deux de vieux rêveurs, fort versés dans les merveilles des lieux extraordinaires. Kuranès, en effet, avait voyagé au-delà des étoiles jusque dans le vide originel, et on disait qu'il était le seul à en être revenu sain d'esprit.

Enfin, Carter parla de sa quête à son hôte et lui posa les mêmes questions qu'il avait posées à tant d'autres. Kuranès ignorait où se trouvaient Kadath et la prodigieuse cité du couchant ; par contre, il savait que les Grands Anciens étaient des créatures très dangereuses que les Autres Dieux protégeaient d'étrange façon contre les importuns. Il en avait appris beaucoup sur ces Autres Dieux dans de lointaines régions de l'espace, surtout dans celle où la forme n'existe pas et où des gaz de couleur étudient les secrets du monde les plus hermétiques. Le gaz violet S'ngac lui avait raconté des histoires terrifiantes sur Nyarlathotep, le chaos rampant, et lui avait recommandé de ne jamais approcher du vide central où Azatoth, le sultan des démons, claque avidement des mâchoires dans les ténèbres. Bref, il n'était pas bon de se frotter aux Très Anciens ; et s'ils s'obstinaient à refuser tout accès à la prodigieuse cité du couchant, mieux valait ne pas la chercher.

De plus, Kuranès doutait que son hôte, dût-il trouver la cité, en tirât quelque profit. Il avait passé de longues années à soupirer en rêvant de la charmante Céléphaïs et du pays d'Ooth-Nargai, de la liberté, de la magnificence et du savoir immense d'une existence débarrassée de ses chaînes, de ses conventions et de toutes ses pesanteurs. Mais une fois qu'il eut trouvé la cité, le pays et qu'il en fut devenu roi, il s'aperçut bientôt que la routine grignotait peu à peu la magnificence et la liberté jusqu'à les faire disparaître, manque d'un ancrage ferme dans ses souvenirs et ses sentiments. Souverain d'Ooth-Nargai, il ne voyait plus aucun sens à ce rôle et sombrait sans cesse dans la nostalgie des vieux entours familiers de l'Angleterre qui avaient façonné sa jeunesse. Il aurait donné tout son royaume pour le tintement des cloches de Cornouailles sur les dunes, et les innombrables minarets de Céléphaïs pour les toits pentus et familiers du village près de sa maison d'enfance. C'est pourquoi il dit à son hôte que la cité inconnue du couchant ne recelait peut-être pas toutes les satisfactions qu'il en espérait et qu'il valait mieux pour lui qu'elle restât un rêve magnifique et à demi oublié.

Alors qu'il était jadis éveillé, il avait souvent rendu visite à Carter et connaissait bien les charmantes collines de Nouvelle-Angleterre qui avaient vu naître son ami. En fin de compte, il en avait la certitude, l'explorateur se prendrait de nostalgie pour les paysages de son enfance : la lueur de Beacon Hill le soir, les temples élevés et les sinueuses ruelles escarpées de la pittoresque ville de Kingsport. Les vénérables toits en croupe de l'antique Arkham hantée par les sorcières, les prairies et les vallées heureuses où serpentent des murs de pierre et où les blancs pignons des fermes pointent dans leur berceau de verdure. Randolph Carter entendit tout cela, mais resta sur ses positions ; et quand ils se quittèrent enfin, chacun avait gardé ses convictions. Carter retourna à Céléphaïs par la porte de bronze, puis descendit la rue des Piliers jusqu'à la vieille enceinte du front de mer ; là il parla de nouveau de ports lointains avec les marins et il attendit le vaisseau noir en provenance d'Inquanok la froide et la crépusculaire ; celle dont l'équipage et les marchands d'onyx aux traits singuliers portaient en eux le sang des Grands Anciens.

Enfin, un soir que brillaient les étoiles et que le Pharos illuminait splendidement le port, le navire tant espéré jeta l'ancre et, seuls ou en groupes, les marins et les négociants aux étranges visages apparurent dans les antiques tavernes adossées à l'enceinte. Il était très émouvant de revoir ces traits vivants si semblables à ceux, divins, du Ngranek, mais Carter ne se hâta pas d'engager la conversation avec ces marins taciturnes. Ignorant quel orgueil, quels mystères, quels vagues souvenirs célestes pouvaient sommeiller chez ces enfants des Grands Anciens, il jugeait peu judicieux de leur parler de sa quête ou de les interroger trop précisément sur le désert glacé qui s'étend au nord de leur pays crépusculaire. Ils frayaient d'ailleurs peu avec les autres clients des antiques tavernes à matelots, et préféraient se regrouper dans des coins reculés pour chanter entre eux des airs obsédants de pays inconnus ou psalmodier de longs récits avec des accents étrangers au reste de la terre du rêve. Or, mélodies et histoires étaient si insolites, si bouleversantes qu'on pouvait deviner les merveilles qu'elles décrivaient rien qu'à l'expression de l'auditoire, bien que les oreilles ordinaires n'y entendissent qu'un rythme singulier et une obscure mélopée.

Une semaine durant, ces matelots hors du commun traînèrent dans les tavernes et commercèrent dans les bazars de Céléphaïs. Avant qu'ils ne repartent, Carter réserva une place à bord de leur vaisseau noir en se faisant passer pour un vieux mineur d'onyx qui souhaitait travailler dans leurs carrières. Ce navire, gracieux et habilement construit, était fait en bois de teck à garnitures d'ébène et filigranes d'or ; soie et velours tapissaient la cabine du voyageur. Un matin, au changement de marée, on hissa les voiles et on leva l'ancre. Installé à la poupe, Carter vit disparaître au loin l'éternelle Céléphaïs avec ses murailles, ses statues de bronze et ses minarets d'or qui flamboyaient au soleil levant ; le sommet enneigé du mont Aran diminuait peu à peu. À midi, plus rien ne restait de tout cela que le doux bleu de la mer Cérénérienne, et, très loin, une galère peinte qui faisait voile vers le royaume de Sérannian où la mer rejoint le ciel.

Puis la nuit vint, gorgée d'étoiles magnifiques, et le vaisseau noir mit le cap sur la Grande et la Petite Ourse qui tournaient lentement autour du pôle. Les marins entonnèrent d'étranges chansons de pays inconnus avant de s'éclipser un par un dans le gaillard d'avant. Les hommes de quart, d'un air de regret, murmuraient d'anciennes litanies en se penchant par-dessus le bastingage pour apercevoir les poissons lumineux qui jouaient dans leurs demeures sous-marines. Carter alla se coucher à minuit et se leva à la clarté d'un jeune matin, en remarquant que le soleil semblait plus au sud qu'à l'accoutumée. Au cours de cette deuxième journée, il apprit à mieux connaître l'équipage, amenant peu à peu les hommes à lui parler de leur pays crépusculaire, de leur exquise cité d'onyx et de leur crainte des pics infranchissables derrière lesquels, dit-on, s'étend Leng. Ils lui exprimèrent leur tristesse qu'aucun chat n'accepte de demeurer sur la terre d'Inquanok, ce dont ils rejetaient le blâme sur la proximité cachée de Leng. Ils acceptèrent de parler de tout, sauf du désert pierreux du nord : il avait quelque chose d'inquiétant et on jugeait à propos de ne pas en reconnaître l'existence.

Par la suite, ils parlèrent à Carter des carrières dans lesquelles il disait vouloir travailler. Il y en avait beaucoup, car toute la cité d'Inquanok était construite en onyx, et l'on en vendait de grands blocs polis à Rinar, à Ogrothan, à Céléphaïs et dans le pays même, grâce aux marchands de Thraa, d'Ilarnek et de Kadatheron, qui les échangeaient contre les merveilleux produits de ces ports fabuleux. De plus, loin dans le nord, presque dans le désert dont les hommes d'Inquanok refusaient d'admettre l'existence, se trouvait une carrière inexploitée plus grande que toutes les autres, dont avaient été extraits des blocs si prodigieux que la vue des vides qu'ils avaient laissés frappait tous les visiteurs de terreur. Qui avait excavé ces blocs monstrueux et où les avait-on transportés ? Nul ne pouvait le dire. Mais on estimait préférable de laisser en paix cette carrière que hantaient peut-être encore les souvenirs de ces temps inhumains. Elle gisait donc abandonnée dans le crépuscule, et seuls planaient dans son immensité les corbeaux et les légendaires Shantaks. L'existence d'une telle carrière plongea Carter dans de profondes réflexions, car d'antiques récits disent que la forteresse des Grands Anciens, au-dessus de Kadath l'inconnue, est faite d'onyx.

Chaque jour, le soleil baissait un peu plus à l'horizon et les brumes du ciel s'épaississaient. En deux semaines, toute lumière solaire eut disparu. Seul un crépuscule grisâtre et surnaturel filtrait par un dôme de nuées éternelles durant le jour ; la nuit, une froide phosphorescence où ne brillait nulle étoile tombait de ce plafond nébuleux. Le vingtième jour, on vit au loin un immense rocher déchiqueté pointer hors de l'eau, première terre signalée depuis la disparition du pic enneigé d'Aran. Carter demanda au capitaine le nom de ce rocher. Il s'entendit répondre qu'il n'en avait pas et qu'aucun navire ne s'en était jamais approché pour l'examiner, à cause des sons qui s'en échappaient la nuit. Et quand, après la tombée du jour, un hurlement sourd et interminable s'éleva de ce granit taillé par la mer, le voyageur fut bien aise qu'on n'y eût point fait halte et qu'il ne portât pas de nom. Les marins prièrent et psalmodièrent tant que le son fut audible, et Carter, au milieu de la nuit, rêva qu'il faisait des cauchemars terrifiants.

Deux matins après cette rencontre se dessina au loin, à l'est, une chaîne d'immenses pics gris dont les sommets se perdaient dans les immuables nuages de ce monde crépusculaire. À leur vue, les marins entonnèrent des chants de joie et certains s'agenouillèrent sur le pont pour prier. Carter comprit alors qu'ils étaient arrivés au pays d'Inquanok et s'amarreraient bientôt aux quais de basalte de sa vaste ville éponyme. Vers midi, une côte sombre apparut, et avant trois heures les dômes bulbeux et les flèches fantastiques de la cité d'onyx se dressaient contre le ciel du nord. Étonnants, ses antiques bâtiments s'élevaient au-dessus des murailles et des quais, d'un noir délicat rehaussé de volutes, de cannelures et d'arabesques en or incrusté. Les maisons, hautes et percées d'une multitude de fenêtres, étaient entièrement décorées de fleurs et de motifs gravés dont la mystérieuse symétrie aveuglait l'œil d'une beauté plus éblouissante que la lumière. Certaines se terminaient en un dôme renflé qui s'effilait à son sommet, d'autres en pyramide à terrasses sur lesquelles se dressaient d'innombrables minarets qui présentaient toutes les variations imaginables. Les enceintes étaient basses et percées de nombreuses portes, chacune surmontée d'un arc immense qui s'élevait bien au-dessus du niveau général et dont la clé de voûte s'ornait de la tête d'un dieu ciselé avec le même talent que le visage monstrueux du Ngranek. Sur une colline au centre de la cité se trouvait une tour à seize angles, plus haute que tous les autres bâtiments et qui portait un grand beffroi au toit pointu reposant sur un dôme aplati. Il s'agissait, dirent les marins, du temple des Très Anciens, dirigé par un grand-prêtre chargé d'ans, et dépositaire de secrets inouïs.

Régulièrement, le tintement d'une cloche étrange résonnait sur la cité d'onyx, et à chaque fois une envolée de musique mystique y répondait, composée de cors, de violes et de chœurs. D'une rangée de trépieds installés sur une galerie qui encerclait le grand dôme, de hautes flammes jaillissaient à certains moments ; car les prêtres et les habitants de cette cité étaient versés dans les mystères des origines, et conservaient fidèlement les rythmes des Grands Anciens tels qu'ils sont décrits dans des parchemins plus antiques que les Manuscrits Pnakotiques. Comme le navire passait les grands brise-lames de basalte pour se présenter dans le port, les moindres sons de la cité devinrent audibles et Carter distingua sur les quais des esclaves, des marins et des marchands. Les matelots et les négociants, avec leur visage étrange, étaient bien de la race des dieux. Mais selon la rumeur, les esclaves, individus trapus aux yeux bridés, venaient des vallées qui s'étendent au-delà de Leng, après avoir traversé ou contourné, nul ne savait comment, la chaîne de pics infranchissables qui isole le plateau maudit. Les quais, très larges au pied de l'enceinte de la cité, s'encombraient de toute sorte de marchandises apportées par les galères, tandis qu'à une de leurs extrémités d'énormes tas d'onyx, tant sculpté que brut, attendaient l'embarquement pour les lointains marchés de Rinar, d'Ogrothan et de Céléphaïs.

La nuit n'était pas encore tombée quand le vaisseau noir s'ancra le long d'un môle de pierre ; marins et marchands descendirent à terre et, passant sous la voûte de la porte, pénétrèrent dans la cité, dont les rues étaient pavées d'onyx, certaines larges et rectilignes, d'autres étroites et tortueuses. Les maisons proches de la mer étaient plus basses que les autres et arboraient au-dessus du curieux arc de leur entrée des signes faits d'or, en l'honneur, disait-on, des divers petits dieux qui les protégeaient. Le capitaine emmena Carter dans une vieille taverne où affluaient les matelots de pays extraordinaires, en promettant de lui montrer le lendemain les merveilles de la cité du crépuscule, puis de le conduire aux estaminets des carriers d'onyx, près de l'enceinte septentrionale. Le soir tomba enfin, on alluma de petites lampes de bronze et les marins de l'établissement entonnèrent des chants de contrées lointaines. Soudain, du sommet de la haute tour, le son de l'énorme cloche s'abattit sur la cité. En réponse monta l'envolée mystérieuse des cors, des violes et des voix, et tous aussitôt interrompirent leurs chants ou leurs récits et s'inclinèrent en silence jusqu'à ce que mourût le dernier écho. Car le merveilleux et l'étrange règnent sur la cité crépusculaire d'Inquanok, et les hommes observent soigneusement les rites, de crainte qu'un destin vengeur et insoupçonné ne s'abatte soudain sur eux.

Dans les ombres du fond de la taverne, Carter avisa une silhouette trapue qui ne lui plut point : il s'agissait sans erreur possible du vieux marchand aux yeux bridés qu'il avait vu si longtemps auparavant dans les établissements de Dylath-Leen et qui avait la réputation de commercer avec les horribles villages de pierre de Leng, dont nul homme de bon sens ne s'approche et dont on aperçoit de loin les feux nocturnes et maléfiques. On disait aussi qu'il avait traité avec le grand-prêtre qu'on ne doit pas décrire, celui qui porte un masque de soie jaune et vit seul dans un monastère préhistorique. Une étrange lueur sagace s'était allumée dans l'œil de cet homme alors que Carter se renseignait auprès des marchands de Dylath-Leen à propos de Kadath et du désert glacé. Pour une raison mal explicable, sa présence dans la cité sombre et hantée d'Inquanok, si près des prodiges du nord, n'avait rien de rassurant. Il disparut avant que Carter pût s'adresser à lui, et des marins déclarèrent plus tard qu'il était arrivé avec une caravane de yaks venue d'on ne savait trop où, qui transportait les œufs colossaux et savoureux du légendaire oiseau Shantak dans l'espoir de les échanger contre les exquises coupes de jade d'Ilarnek.

Le lendemain matin, le capitaine du navire emmena Carter par les rues d'onyx d'Inquanok, sombres sous leur ciel crépusculaire. Les portes marquetées, les frontons sculptés, les balcons gravés et les oriels aux vitres de cristal, tous luisaient d'une beauté obscure et polie ; çà et là, une place s'ouvrait, ornée de piliers noirs, de colonnades et de curieuses statues représentant des êtres mi-humains, mi-fabuleux. À l'extrémité de certaines rues longues et rectilignes, dans quelques ruelles secondaires ou par-dessus les dômes bulbeux, on se trouvait devant des points de vue étranges et d'une beauté indescriptible. Rien n'était plus magnifique que l'envolée massive de l'immense temple central des Anciens avec ses seize côtés sculptés, son dôme aplati et la flèche de son altier beffroi qui dominait tout le reste. À l'est, loin par-delà l'enceinte de la cité et à bien des lieues de pâture, s'élevaient les lugubres flancs gris des vertigineux pics infranchissables derrière lesquels la rumeur plaçait le hideux plateau de Leng.

Le capitaine conduisit Carter au temple monumental. Il se dresse avec son parc ceint de murs dans une vaste place circulaire d'où partent des rues comme autant de rayons d'un moyeu. Les sept portes à voûte du jardin sont toujours ouvertes ; chacune est surmontée d'un visage gravé semblable à ceux des entrées de la cité, et les gens se promènent à volonté, mais avec révérence, le long des chemins carrelés et des petits sentiers bordés de termes grotesques et de chapelles dédiées à des dieux modestes. On y rencontre des fontaines, des bassins et des étangs qui reflètent le fréquent embrasement des trépieds de la haute galerie ; ces pièces d'eau sont toutes faites d'onyx et abritent de petits poissons lumineux ramenés des profondeurs de l'océan par de hardis plongeurs. Quand le timbre profond du beffroi résonne sur le jardin et la cité, et que répondent les cors, les violes et les chœurs qui montent des sept loges voisines des portes du parc, de longues colonnes de prêtres masqués et encapuchonnés de noir sortent par les sept issues du temple, portant devant eux, à bout de bras, de vastes bols d'or d'où s'échappe une curieuse vapeur. Et les sept colonnes avancent bizarrement, chacun lançant la jambe loin en avant sans plier le genou, jusqu'aux sept loges dans lesquelles elles disparaissent sans jamais en ressortir. On dit que des passages souterrains relient les loges au temple et que les longues processions de prêtres y retournent ainsi ; on murmure aussi que des escaliers d'onyx descendent jusqu'en des lieux où résident des mystères qu'on ne dévoile jamais. Mais certains chuchotent que les prêtres masqués et encapuchonnés ne seraient pas humains.

Carter ne pénétra pas dans le temple, car nul autre n'en a le droit que le Roi Voilé. Mais avant qu'il ne quitte le jardin, ce fut l'heure de la cloche. Il entendit résonner au-dessus de lui le timbre assourdissant, puis monter des loges, près des portes, le chœur plaintif des cors, des violes et des voix. Par les sept grandes allées, les longues processions de prêtres défilèrent, bols en main, de leur singulière démarche, faisant naître chez le voyageur une peur qu'inspirent rarement les prêtres humains. Quand le dernier eut disparu, Carter sortit du jardin, non sans remarquer une tache sur le pavé là où les clercs étaient passés avec leurs bols. Même le capitaine n'apprécia guère l'éclaboussure et il fit presser le pas à son compagnon, le dirigeant vers la colline sur laquelle s'élèvent les dômes innombrables du merveilleux palais.

Toutes les voies d'accès au palais d'onyx sont étroites et pentues, sauf celle, large et courbe, où le roi et ses compagnons se promènent à dos de yak ou dans des chars tirés par ces bêtes. Carter et son guide montèrent une allée tout en marches, entre des murs incrustés d'étranges signes en or et sous des balcons et des oriels d'où s'échappaient parfois de doux accords ou des bouffées de parfums exotiques. Toujours plus loin se dressaient les murailles titanesques, les puissants contreforts et les innombrables dômes en bulbe qui font la célébrité du palais du Roi Voilé. Enfin, ils franchirent une immense voûte noire pour déboucher dans les jardins d'agrément du monarque. Là, Carter fit halte, pris de faiblesse devant tant de beauté. Les terrasses d'onyx et les allées à colonnades, les parterres multicolores et les délicats arbres à fleurs cultivés en espalier sur treillis d'or, les urnes d'airain et les trépieds aux bas-reliefs exquis, les statues de marbre noir veiné sur leurs piédestaux, si vraies qu'on croyait les voir respirer, les fontaines carrelées du lagon à fond de basalte que traversaient des poissons lumineux, les temples miniatures installés sur des colonnes sculptées pour les oiseaux iridescents au chant mélodieux, les magnifiques volutes qui ornaient les vastes portes de bronze, et les plantes grimpantes, couvertes de fleurs et palissées sur chaque pouce des murs polis, se rejoignaient pour composer un tableau dont la beauté excédait la réalité, une beauté quasi fabuleuse même pour la terre du rêve. Elle chatoyait comme une vision sous le ciel gris, devant la magnificence des dômes diaprés du palais et la lointaine et fantastique silhouette des pics infranchissables. Et sans cesse, oiseaux et fontaines chantaient, tandis que les parfums des fleurs rares flottaient comme un voile sur ce jardin extraordinaire, qui en cet instant était désert, pour le plus grand plaisir de Carter. Puis les deux hommes firent demi-tour et redescendirent l'escalier d'onyx, car nul visiteur n'a le droit d'entrer dans le palais proprement dit. De plus, il vaut mieux ne pas contempler trop longtemps le grand dôme central, car il abrite, dit-on, l'ancêtre de tous les fabuleux Shantaks et inflige des rêves étranges aux curieux.

Après cela, le capitaine emmena Carter dans les quartiers nord de la ville, près de la porte des Caravanes, où foisonnent les tavernes des marchands de yaks et des carriers d'onyx. Là, sous le plafond bas d'une auberge pleine de mineurs, ils se dirent adieu : le travail appelait le capitaine et Carter était impatient de parler du nord avec les carriers. L'auberge était bondée et le voyageur se trouva bientôt en conversation avec plusieurs hommes ; il prétendit être un mineur d'onyx chevronné, brûlant d'impatience d'en savoir plus long sur les carrières d'Inquanok. Mais il n'en apprit guère plus qu'il n'en savait déjà, car les carriers, tremblants, se montrèrent évasifs sur le froid désert du nord et la carrière que nul ne visite. Ils parlèrent craintivement d'émissaires fabuleux venus de derrière les montagnes où la rumeur situe Leng, de présences maléfiques et de sentinelles innommables loin dans le nord, au milieu des rochers épars. À mi-voix, ils ajoutèrent que les Shantaks légendaires ne sont pas des êtres normaux et qu'en vérité il valait mieux qu'aucun homme n'en eût jamais réellement vu (c'est dans les ténèbres qu'on nourrit le fameux ancêtre des Shantaks qui vit sous la coupole du roi).

Le lendemain, sous prétexte de jeter personnellement un coup d'œil sur différentes mines et de visiter les fermes clairsemées et les curieux villages d'onyx d'Inquanok, Carter loua un yak et remplit de vivres de grandes fontes de cuir en prévision du voyage. Passé la porte des Caravanes, la route courait tout droit, bordée de champs labourés et de nombreuses fermes couronnées de dômes bas. L'explorateur s'y arrêta parfois pour se renseigner. Dans l'une d'elles il eut affaire à un hôte si sévère et si plein de l'insolite majesté qui imprègne l'immense visage sculpté sur le Ngranek qu'il acquit la certitude d'avoir enfin rencontré l'un des Grands Anciens en personne, ou du moins un être fait aux neuf dixièmes de leur sang et résidant parmi les hommes. Aussi eut-il soin, en s'adressant à cet austère et secret villageois, de dire grand bien des dieux et de louer bien haut toutes les faveurs qu'ils lui avaient accordées.

Cette nuit-là, Carter campa dans une prairie le long de la route, sous un grand lygath au tronc duquel il attacha son yak. Au matin, il reprit son voyage vers le nord. Vers dix heures, il arrivait à Urg, village à petits dômes, lieu de repos pour les marchands et d'échange de récits pour les mineurs. Il en visita les tavernes jusqu'à midi. C'est là que la grand-route des caravanes oblique à l'ouest vers Sélarn. Carter, lui, poursuivit au nord par la route des carrières. Il marcha tout l'après-midi sur cette voie qui montait doucement, un peu plus étroite que la grand-route, et qui lui faisait maintenant traverser une région où l'on voyait plus de rochers que de champs labourés. Le soir, les collines basses sur sa gauche s'étaient transformées en imposantes falaises noires et il sut ainsi qu'il approchait de la zone des carrières. Toujours les immenses flancs désolés des montagnes infranchissables se dressaient au loin sur sa droite, et plus il avançait, pires devenaient les récits que contaient sur elles les fermiers, les marchands et les conducteurs de carrioles lourdement chargées d'onyx qu'il rencontrait.

La seconde nuit, il dressa le camp à l'abri d'un grand rocher noir et attacha son yak à un piquet enfoncé dans le sol. Il remarqua la puissante phosphorescence des nuages en ces hautes latitudes, et crut voir en plusieurs occasions des formes noires s'y découper. Le lendemain dans la matinée, il arriva en vue de la première carrière d'onyx et salua les hommes qui, armés de pics et de ciseaux, y travaillaient. Il passa ainsi onze mines avant le soir ; le pays n'était que falaises et blocs d'onyx, sans végétation aucune : seuls de vastes fragments rocheux parsemaient un sol de terre noire, et toujours les invincibles pics gris se dressaient sur sa droite, lugubres et menaçants. Il dormit la troisième nuit dans un camp de mineurs dont les feux vacillants émettaient d'étranges reflets sur les falaises polies de l'ouest. Les hommes chantèrent des chansons, racontèrent des histoires et montrèrent une si singulière connaissance des jours anciens et des habitudes des dieux que Carter ne put douter qu'ils possédaient quantité de souvenirs de leurs ancêtres, les Grands Anciens. Ils s'enquirent de sa destination, et lui recommandèrent de ne point aller trop loin dans le nord. Il répondit qu'il cherchait de nouvelles falaises d'onyx et n'entendait pas prendre plus de risques que n'en prenaient d'habitude les prospecteurs. Au matin, il leur fit ses adieux et s'en alla vers un septentrion de plus en plus sombre, où il trouverait, lui avaient dit les carriers, la terrible mine abandonnée, dont des mains plus anciennes que celles des hommes avaient arraché des blocs prodigieux. Mais un frisson désagréable le traversa quand, se retournant pour un dernier adieu, il crut voir s'approcher du camp le marchand trapu aux yeux bridés et fuyants, dont le trafic supposé avec Leng défrayait la chronique à Dylath-Leen, à des milles et des milles d'ici.

Deux carrières plus loin, la partie habitée d'Inquanok sembla prendre fin, et la route s'étrécit jusqu'aux dimensions d'un chemin de yak qui courait entre de rébarbatives falaises noires. Sur la droite, les pics sinistres et lointains se dressaient toujours, et comme Carter montait de plus en plus haut dans ce royaume inexploré, il s'aperçut que le pays devenait plus sombre et plus froid. Bientôt, il constata l'absence d'empreintes sur le noir sentier, qu'elles fussent de pieds ou de sabots, et prit conscience qu'il s'aventurait en des régions des temps anciens, étranges et désertes. De temps en temps, un corbeau croassait dans le ciel et un battement d'ailes derrière un gros rocher évoquait désagréablement à Carter le légendaire oiseau Shantak. Mais la plupart du temps, sa seule compagnie était son destrier hirsute ; et ce n'est pas sans inquiétude qu'il observait la répugnance croissante que l'excellent yak mettait à avancer et sa disposition grandissante à renâcler d'un air effrayé au moindre bruit.

Le chemin se rétrécit encore entre les parois noires et luisantes et devint plus raide qu'auparavant. Le pied y était incertain et le yak glissait souvent sur l'épaisse couche de débris rocheux. Deux heures plus tard, Carter aperçut devant lui une crête vive au-delà de laquelle n'apparaissait qu'un terne ciel gris, et il se réjouit à la perspective d'un sentier plat, voire en pente. Cependant, atteindre la crête ne fut pas tâche facile, car le chemin, presque vertical à présent, était rendu plus périlleux encore par le gravier noir et les cailloux qui le parsemaient. Carter finit par mettre pied à terre et mener son yak hésitant à la bride, en tirant de toutes ses forces quand l'animal se dérobait ou trébuchait, tout en conservant comme il pouvait son propre équilibre. Puis le sommet fut soudain là ; Carter jeta un coup d'œil, sur ce qui s'étendait au-delà et resta le souffle coupé.

Le chemin continuait en effet tout droit, légèrement incliné vers le bas, entre de hautes falaises naturelles ; mais sur la gauche s'ouvrait un espace monstrueux, d'innombrables arpents d'étendue, où une puissance antique avait d'un coup énorme fait voler en éclats les falaises d'onyx originelles et leur avait donné la forme d'une carrière de géants. Cette faille cyclopéenne courait très loin dans le précipice de roche compacte, et ses excavations les plus profondes béaient dans les entrailles de la terre. Ce n'était pas une carrière humaine ; ses parois concaves balafrées d'immenses carrés de plusieurs mètres de côté révélaient la taille des blocs que des mains et des ciseaux inconnus leur avaient arrachés. Dans le ciel, au-dessus de ses bords déchiquetés, d'énormes corbeaux volaient en croassant, et les vagues bruissements d'ailes qui montaient des profondeurs invisibles évoquaient l'existence de chauves-souris, d'urhags ou de présences moins définissables qui hantaient ces ténèbres illimitées. Carter, au milieu du crépuscule, se tenait sur l'étroit chemin rocheux qui descendait devant lui ; à sa droite, les hautes falaises d'onyx se perdaient dans les lointains, et à sa gauche les grandes parois s'effondraient pour laisser place à la surnaturelle et terrifiante carrière.

Soudain, le yak poussa un cri, puis échappa des mains de Carter ; l'animal terrorisé s'enfuit d'un bond et disparut vers le nord le long du chemin pentu. Les cailloux que ses sabots projetèrent pardessus le bord de la carrière se perdirent dans l'obscurité, sans qu'aucun bruit indique qu'ils eussent touché le fond ; mais, sans se préoccuper des périls du sentier précaire, Carter se lança à la poursuite de sa monture. Bientôt, les falaises réapparurent à sa gauche, resserrant la voie une fois de plus ; et toujours le voyageur courait après le yak, dont les empreintes largement espacées révélaient la fuite désespérée.

Il crut un moment entendre les claquements de sabots de la bête et redoubla d'ardeur. Il couvrait des milles et le chemin s'élargissait peu à peu, tant et si bien qu'il devrait bientôt, Carter en avait la certitude, déboucher sur le redoutable désert glacé du nord. Les sinistres flancs gris des invincibles pics apparaissaient de nouveau au-dessus des rochers à sa droite, et devant lui s'étendait un espace ouvert parsemé de blocs et de rochers, précurseur évident de la sombre plaine sans limites. Une fois encore, le bruit de sabots résonna, plus distinct qu'auparavant ; mais au lieu du courage, c'est la terreur qui monta en Carter. Il venait de comprendre qu'il ne s'agissait point du pas effrayé de son yak en fuite. Le rythme en était résolu et implacable, et le son venait de derrière lui.

La poursuite du yak se mua en fuite éperdue devant une créature invisible. Car si Carter n'osait pas regarder par-dessus son épaule, il sentait bien que la présence qui le talonnait ne pouvait être que maléfique et innommable. Son yak avait dû l'entendre ou la flairer le premier, et Carter répugnait à se demander si l'être l'avait suivi depuis les lieux fréquentés par les hommes ou bien s'il était sorti des abîmes de l'obscure carrière. Entre-temps, les falaises avaient disparu ; si bien que la nuit tomba sur une immense étendue de sable et de rochers fantomatiques où tout chemin disparaissait. Le voyageur ne distinguait plus les empreintes de son yak, mais derrière lui s'élevaient toujours les détestables claquements de sabots, mêlés de temps en temps de ce qu'il prit pour des battements d'ailes titanesques. Il était malheureusement évident qu'il perdait du terrain et qu'il s'était irrémédiablement égaré dans ce désert désolé aux rocs absurdes et aux sables inexplorés. Seuls, loin sur sa droite, les pics infranchissables lui donnaient une vague notion d'orientation ; même eux se dépouillaient de leur netteté à mesure que le crépuscule gris déclinait, laissant la place à la phosphorescence malsaine des nuages.

Alors, indistincte et brumeuse, une apparition terrifiante surgit devant lui dans l'obscurité du nord. Il avait tout d'abord cru qu'il s'agissait d'une chaîne de montagnes, mais il se rendait maintenant compte de son erreur. La lueur des nuages révélait clairement ses formes. Carter ignorait à quelle distance elle se trouvait, mais elle devait être très loin. Haute de milliers de pieds, elle s'étendait en un grand arc concave depuis les invincibles pics gris jusqu'aux espaces de l'ouest, et, de fait, ç'avait été jadis une rangée de puissants monts d'onyx. Mais aujourd'hui ces monts n'en étaient plus, car une main sans commune mesure avec la main humaine les avait touchés. Silencieux, ils étaient accroupis, au sommet du monde, comme des loups ou des goules, couronnés de nuages et de brumes, gardiens éternels des secrets du septentrion. En un immense demi-cercle, ils étaient posés là, ces cerbères de roc, ces monstrueuses statues de guetteurs dont les mains droites levées défiaient l'humanité.

Les figures bicéphales et corrodées ne semblaient bouger que par l'effet de l'illumination tremblante des nuages ; mais comme Carter avançait en trébuchant, il vit s'élever de leurs coiffes ténébreuses d'immenses silhouettes dont les mouvements n'avaient rien d'une illusion. Accompagnées de bruissements d'ailes, les formes grandissaient d'instant en instant, et le voyageur sut alors que sa progression maladroite touchait à sa fin. Ni oiseaux ni chauves-souris connus de la terre ni du pays du rêve. Ces créatures étaient plus énormes que des éléphants et elles avaient des têtes de cheval. Ce devaient être, pensa Carter, les Shantaks de sinistre renommée ; il ne se demanderait plus désormais quels gardiens infernaux et quelles innommables sentinelles détournaient les hommes du désert boréal. Et comme il s'arrêtait, résigné à son destin, il osa enfin regarder derrière lui ; il vit venir le marchand trapu aux yeux bridés, un sourire narquois aux lèvres et monté sur un yak étique. Il menait une horrible horde de Shantaks à l'œil mauvais dont les ailes portaient encore les traces du givre et du salpêtre des mines abyssales.

Prisonnier des fabuleux cauchemars ailés et hippocéphales qui se pressaient autour de lui en grands cercles affreux, Randolph Carter ne perdit pourtant pas connaissance. Les titanesques gargouilles se dressaient au-dessus de lui, immenses et horribles, cependant que le marchand aux yeux bridés sautait à bas de son yak et s'approchait du captif en souriant d'un air moqueur. Il fit signe à Carter de s'installer sur un des répugnants Shantaks et l'y aida, tandis que chez le voyageur le bon sens le disputait à la révulsion. L'ascension fut malaisée, car le Shantak possède des écailles et non des plumes ; et ses écailles sont fort glissantes. Une fois Carter assis, l'homme aux yeux bridés bondit derrière lui, laissant un des pharamineux colosses ailés emmener le yak étique vers le nord, en direction de l'anneau de montagnes sculptées.

Ce fut ensuite une hideuse envolée tournoyante dans l'espace glacé, toujours plus haut, vers l'est, vers les sinistres flancs gris des pics infranchissables qui abritent, dit-on, le plateau de Leng. De très haut, ils survolèrent les nuages jusqu'à ce qu'enfin s'étendent sous eux les sommets légendaires que n'ont jamais vus les habitants d'Inquanok et que des tourbillons de brume luisante enveloppent éternellement. Carter put les apercevoir clairement et distingua sur leurs pics les plus élevés d'étranges cavernes évoquant celles du Ngranek ; mais il se retint d'interroger son ravisseur sur ce sujet en remarquant que l'homme comme le Shantak à tête de cheval manifestaient une étrange peur face à ces cavités ; ils passèrent devant elles d'un air inquiet et leur tension ne s'apaisa que lorsqu'ils les eurent laissées loin derrière eux.

Le Shantak perdit alors de l'altitude. Sous la couverture de nuages apparut une plaine grise et désertique sur laquelle, dans les lointains, brillaient de maigres feux. Comme l'oiseau et ses passagers descendaient, ils distinguèrent çà et là des huttes de granit isolées et de lugubres villages de pierre dont les fenêtres minuscules luisaient d'une lumière blafarde. Il montait de ces huttes et des villages un bourdonnement aigu de pipeaux et un crépitement écœurant de crotales qui prouvaient sans le moindre doute que les habitants d'Inquanok ne se trompent pas dans la géographie de leurs rumeurs. Car les voyageurs connaissent ces sons et savent qu'ils n'émanent que du plateau désert et glacé que nul homme de sens ne visite. Un lieu hanté par le mal et le mystère Leng.

Des silhouettes dansaient autour des feux maigrelets et Carter se demanda quelles espèces d'êtres c'étaient là ; car nul être normal n'est jamais allé à Leng, et on ne connaît ce lieu que par ses feux et ses huttes de pierre, que l'on aperçoit de loin. Ces formes bondissaient très lentement, maladroitement, avec d'étranges façons de se tordre et de se plier qui répugnaient à l'œil ; si bien que Carter ne s'étonna plus de la réputation d'horreur maléfique que leur faisaient de vagues légendes, ni de la terreur en laquelle toute la terre du rêve tient leur immonde plateau glacé. Comme le Shantak s'approchait, l'aspect repoussant des danseurs se teinta d'une familiarité infernale ; le prisonnier les examina donc avec plus d'attention encore en cherchant dans sa mémoire où il avait déjà bien pu voir de telles créatures.

Elles bondissaient comme si elles avaient des sabots au lieu de pieds, et semblaient porter une sorte de perruque ou de casque surmonté de petites cornes. Elles étaient par ailleurs complètement nues, bien que la plupart parussent très velues, avec de petites queues. Quand elles levèrent la tête, Carter vit l'excessive largeur de leurs bouches et sut alors ce qu'elles étaient. Il sut aussi qu'elles n'étaient nullement coiffées de perruques ni de casques. Car le peuple mystérieux de Leng ne faisait qu'un avec la race d'inquiétants marchands aux galères noires qui négociaient des rubis à Dylath-Leen ; ces marchands pas tout à fait humains qui sont les esclaves des monstrueux êtres de la Lune ! C'était en vérité ces mêmes sombres bipèdes qui avaient enlevé Carter à bord de leur infecte galère, et dont il avait vu les cousins menés en troupeaux sur les quais immondes de cette maudite cité lunaire ; les plus maigres se tuant à la peine tandis qu'on emportait les plus gras dans des caisses pour subvenir à certains autres besoins de leurs maîtres amorphes et polypeux. Carter savait maintenant d'où venaient ces créatures équivoques, et il fut pris d'un frisson d'horreur à l'idée que le plateau de Leng devait être connu de ces informes abominations de la Lune.

Mais le vol du Shantak emmena Carter et son ravisseur loin des feux, des huttes et des danseurs moins qu'humains, au-dessus de monts stériles en granit gris et d'indistincts déserts de roc, de glace et de neige. Le jour vint enfin et la phosphorescence des nuages bas laissa la place à la pénombre brumeuse de ce monde du septentrion, et toujours l'ignoble oiseau poursuivait sa course résolue dans le silence et le froid. Parfois, l'homme aux yeux bridés s'adressait à sa monture dans une affreuse langue gutturale, et le Shantak répondait d'une voix étouffée qui crissait comme du verre broyé. Pendant tout ce temps, le terrain n'avait cessé de s'élever et ils finirent par arriver au-dessus d'un plateau balayé par les vents, toit d'un monde vide et désolé. Là, solitaires dans le silence, le crépuscule et le froid, se dressaient les pierres grossières d'un bâtiment trapu et sans fenêtres entouré d'un cercle de frustes monolithes. Ce lieu n'avait rien d'humain et Carter, se rappelant de vieux récits, supposa qu'il s'agissait du plus redoutable et du plus légendaire de tous : le monastère préhistorique, à mille lieues de tout, où vit seul le Grand-Prêtre qu'on ne doit point décrire, qui porte un masque de soie jaune et prie les Autres Dieux et Nyarlathotep, le chaos rampant.

Le répugnant oiseau se posa ; et l'homme aux yeux bridés sauta au sol avant d'aider son prisonnier à descendre. Carter n'avait à présent plus de doute sur la raison de son enlèvement : le marchand était manifestement un agent des puissances obscures, avide de traîner devant ses maîtres un mortel qui avait poussé la présomption jusqu'à vouloir trouver Kadath l'inconnue et dire une prière en la présence de Grands Anciens, dans leur forteresse d'onyx. C'était vraisemblablement lui aussi qui avait ourdi la capture de Carter à Dylath-Leen par les esclaves des créatures lunaires. Il entendait maintenant exécuter ce que les chats avaient alors empêché : emmener le prisonnier à quelque épouvantable rendez-vous avec le monstrueux Nyarlathotep pour narrer avec quelle audace il avait entrepris sa quête de Kadath l'inconnue. Leng et le désert glacé au nord d'Inquanok devaient être proches de la résidence des Autres Dieux, et là les accès à Kadath sont bien gardés.

L'homme aux yeux bridés était petit, mais l'énorme oiseau hippocéphale garantissait l'obéissance de Carter ; ce dernier suivit donc le marchand qui traversa le cercle de pierres dressées et franchit la basse porte voûtée du monastère aveugle. Nulle lumière n'éclairait l'intérieur, mais le sinistre négociant alluma une petite lampe d'argile décorée de bas-reliefs morbides et poussa son prisonnier dans un labyrinthe de couloirs étroits. Sur les murs apparaissaient des scènes effrayantes, plus anciennes que l'histoire et d'un style inconnu des archéologues de la Terre. Après d'innombrables éternités, la couleur des pigments était encore vive, car le froid et l'aridité du hideux plateau de Leng conservent intacts bien des éléments des origines. Carter aperçut fugitivement ces tableaux dans les rayons mouvants de la faible lumière, et l'histoire qu'ils contaient le fit frissonner d'horreur.

Les annales du plateau de Leng transparaissaient dans ces fresques antiques ; et les quasi-humains cornus, avec leurs pieds en sabots et leurs larges bouches, y poursuivaient leurs danses démoniaques dans des cités oubliées. Il y avait des scènes de guerres où les quasi-humains de Leng combattaient les araignées violettes et bouffies des vallées proches ; d'autres qui décrivaient l'arrivée des galères noires depuis la Lune et la soumission du peuple de Leng aux êtres blasphématoires, amorphes et polypeux qui en sortaient en bondissant, en rampant ou en se tortillant. Les semi-humains adoraient comme des dieux ces abominations gris-blanchâtre, sans se plaindre lorsque les mâles engraissés de leur race disparaissaient dans les galères noires. Les monstrueuses créatures lunaires avaient installé leur camp sur une île de roc déchiqueté en pleine mer, et Carter, décryptant les fresques, s'aperçut que ce n'était rien d'autre que le piton sans nom qu'il avait vu sur la route d'Inquanok, ce piton gris et maudit que fuient les marins et d'où montent la nuit d'atroces hurlements.

On reconnaissait aussi dans ces fresques le grand port, capitale des quasi-humains, dont les piliers se dressent orgueilleusement entre les falaises et les quais de basalte, parsemée de prodigieux temples en hauteur et d'édifices sculptés. D'immenses jardins et des rues à colonnes menaient depuis le pied des falaises et des six portes couronnées de sphynx jusqu'à une vaste place centrale, où deux titanesques lions ailés gardaient l'entrée d'un escalier souterrain. Ces lions revenaient sans cesse dans la fresque, avec leurs robustes flancs de diarite qui étincelaient dans le crépuscule gris du jour et la nébuleuse phosphorescence de la nuit. Et comme Carter passait devant leurs représentations fréquemment répétées, il comprit enfin ce qu'étaient ces lions et quelle était cette cité que les quasi-humains avaient si longtemps gouvernée avant la venue des galères noires. L'erreur était impossible, car les légendes du pays du rêve sont abondantes sur le sujet : indubitablement, cette cité des origines n'était rien d'autre que Sarkomand aux multiples étages, dont les ruines blanchissaient déjà depuis un million d'années lorsque le premier humain véritable vit le jour et dont les titanesques lions jumeaux gardent pour l'éternité les degrés qui descendent du pays du rêve jusque dans le Maître Abîme.

D'autres images représentaient les sinistres pics gris qui séparent Leng d'Inquanok et les monstrueux Shantaks qui, à mi-hauteur, y bâtissent leurs nids. Elles montraient aussi les étranges cavernes près des sommets les plus élevés, et les Shantaks, même les plus audacieux, qui les fuient en criant. Carter avait aperçu ces cavités en passant au-dessus d'elles et remarqué leur ressemblance avec celles du Ngranek. Il savait à présent que cette similitude ne devait rien au hasard, car la fresque décrivait leurs effrayants habitants ; et leurs ailes de chauves-souris, leurs cornes recourbées, leurs queues barbelées, leurs pattes préhensiles et leurs corps caoutchouteux lui étaient familiers. Il avait déjà rencontré ces créatures muettes, au vol silencieux et à la poigne d'acier, ces gardiens du Maître Abîme dénués d'esprit, redoutés même des Grands Anciens, et dont le seigneur n'est pas Nyarlathotep, mais Nodens aux cheveux blancs. Il s'agissait des faméliques de la nuit, redoutés de tous, qui ne rient ni ne sourient jamais car ils n'ont pas de visage ; et qui, de leur vol lourd, parcourent interminablement les ténèbres entre le val de Pnoth et les accès du monde extérieur.

Le marchand aux yeux obliques avait poussé Carter dans une immense salle à coupole dont les murs étaient gravés de bas-reliefs révoltants et au centre de laquelle s'ouvrait une fosse circulaire entourée d'un anneau de six autels de pierre maculés d'horribles taches. Nulle lumière n'éclairait cette crypte à l'odeur diabolique, et la petite lampe du sinistre marchand brillait si faiblement qu'on ne pouvait saisir les détails alentour qu'un à un. À l'autre bout de la salle apparaissait une estrade qui soutenait un grand trône et à laquelle on accédait par cinq marches. Là, sur le trône d'or, une silhouette épaisse était assise, vêtue d'une robe de soie à motifs rouges sur fond jaune et le visage dissimulé par un masque de soie jaune. Le marchand adressa certains signes à cet être, qui y répondit dans la pénombre en prenant une flûte d'ivoire ignoblement décorée dans ses pattes enveloppées de soie. Sous son masque ondoyant, il en tira des sons atroces. Le dialogue se poursuivit quelque temps et Carter avait de plus en plus l'impression d'une écœurante familiarité en écoutant le son de cette flûte et en respirant la puanteur de la salle. Cela lui rappelait une effrayante cité baignée d'une lumière rouge et l'infecte procession qui l'avait un jour arpentée ; et aussi une marche atroce dans la campagne lunaire qui s'étendait au-delà, avant l'attaque salvatrice des sympathiques chats de la Terre. La créature installée sur l'estrade était, il le savait sans le moindre doute, le grand-prêtre qu'on ne doit pas décrire, et auquel la légende prête des capacités anormales et diaboliques ; mais il n'osait imaginer ce que pouvait être au juste ce grand-prêtre abominable.

Soudain, le tissu à motifs glissa légèrement d'une des pattes blanchâtres, et Carter sut alors ce qu'il en était. Dans cette hideuse seconde, une terreur totale l'entraîna à un mouvement qu'il n'aurait jamais osé, s'il avait eu toute sa raison ; mais dans sa conscience ébranlée, il n'y avait plus de place que pour une volonté frénétique de fuir l'être vautré sur ce trône d'or. Il savait que d'infranchissables labyrinthes de pierre s'étendaient entre la salle et le plateau balayé par les vents, et que même là le répugnant Shantak l'attendait. Malgré tout, son esprit restait obnubilé par le besoin immédiat de s'éloigner de la monstruosité qui grouillait sous la robe de soie.

L'homme aux yeux bridés avait posé sa curieuse lampe sur une grande pierre d'autel affreusement maculée près de la fosse, puis s'était un peu rapproché du grand-prêtre pour lui parler par signes. Alors Carter, jusque-là complètement passif, poussa violemment l'homme avec toute la force que lui donnait sa terreur ; sa victime tomba dans le puits béant qui, selon la rumeur, plonge jusqu'aux souterrains infernaux de Zin où les Gugs chassent l'épouvant dans les ténèbres. Presque dans la même seconde Carter s'empara de la lampe et se précipita dans les labyrinthes décorés de fresques, courant çà et là au hasard en essayant de ne pas penser au bruit étouffé des pattes informes sur ses traces, ni aux grouillements silencieux et aux reptations que derrière lui les couloirs ténébreux devaient voir passer.

Au bout de quelques instants, il regretta sa hâte irréfléchie et se repentit de n'avoir pas tenté de suivre à rebours les fresques qu'il avait vues à l'aller. Elles étaient, il est vrai, si confuses et se répétaient tant qu'elles n'auraient pas été d'une grande aide ; mais il déplora néanmoins de n'avoir pas essayé. Celles qu'il avait sous les yeux étaient encore plus horribles, et il savait qu'il n'était pas dans les couloirs menant à l'extérieur. Le temps passant, il se convainquit de ne pas être suivi et ralentit le pas ; mais à peine eut-il poussé un soupir de vague soulagement qu'un nouveau péril surgit : sa lampe baissait et il allait bientôt se retrouver dans l'obscurité totale, sans rien pour y voir ni pour le guider.

Quand la mèche se fut éteinte, il se mit lentement en route, à tâtons dans le noir, en priant les Grands Anciens de lui apporter leur aide. Par moments, il sentait le sol de pierre monter ou descendre, et il trébucha une fois sur une marche dont rien n'expliquait la présence. Plus il avançait, plus l'air devenait humide ; et quand il sentait sous ses mains un embranchement ou l'entrée d'un passage latéral, il choisissait systématiquement le couloir à la pente la plus douce. Cependant, selon ses estimations, il lui fallait aller vers le bas ; et l'odeur de caveau, les incrustations des parois et des murs huileux, tout lui annonçait qu'il s'enfonçait loin sous le plateau malsain de Leng. Mais rien par contre ne l'avertit de l'approche de la chose qui surgit enfin. Il n'y eut que la chose elle-même, accompagnée d'un sentiment de terreur, de choc et d'ahurissante confusion. Il marchait lentement, en tâtonnant, sur un sol glissant mais presque horizontal, et, l'instant suivant, il se précipitait éperdument dans le noir à l'intérieur d'un boyau qui devait être presque vertical.

Il ne sut jamais combien de temps dura l'épouvantable glissade, mais il eut l'impression de passer des heures en proie à une nausée délirante et à une ivresse extatique. Enfin, il se rendit compte qu'il ne bougeait plus et qu'au-dessus de lui brillaient, malsains, les nuages phosphorescents de la nuit du septentrion. Il était entouré de murs en ruine et de colonnes brisées ; des herbes éparses crevaient le pavé sur lequel il reposait, et des racines avaient soulevé et disloqué les dalles. Derrière lui se dressait une vertigineuse falaise de basalte au sommet invisible, dont d'horribles scènes sculptées décoraient la sombre paroi ; la falaise était percée d'une entrée voûtée qui menait aux ténèbres intérieures dont il sortait. Devant lui s'étendaient des rangées doubles de piliers, ainsi que des fragments et des socles de pilastres qui évoquaient une vaste avenue disparue ; d'après les urnes et les bassins qui la bordaient, des jardins longeaient autrefois cette grande voie. À son extrémité la plus éloignée, les piliers s'écartaient pour entourer une immense place circulaire, et dans ce cercle ouvert se dressaient, gigantesques sous les blafardes nuées nocturnes, deux monstrueux objets. C'étaient d'énormes lions ailés en diarite, qui jetaient entre eux une ombre ténébreuse. Intactes, leurs têtes grotesques surplombaient le sol de vingt pieds, les crocs découverts en un rictus moqueur adressé aux ruines qui les entouraient. Carter les reconnut sans hésitation, car il n'existe qu'un seul couple tel dans la légende : c'étaient les gardiens immuables du Maître Abîme, et ces ruines mystérieuses la Sarkomand des origines.

Le premier geste de Carter fut de barricader l'ouverture de la falaise au moyen de rochers et de débris épars qu'il trouva autour de lui. Il entendait ainsi empêcher qu'on le suivît depuis le détestable monastère de Leng ; bien assez de dangers le guettaient sur le chemin à venir. Il ignorait comment se rendre de Sarkomand jusqu'aux régions habitées du pays du rêve ; et il ne gagnerait rien à descendre jusqu'aux grottes des goules, car elles n'étaient pas mieux informées que lui. Les trois qui l'avaient aidé à traverser la cité des Gugs pour accéder au monde extérieur ne savaient pas comment parvenir à Sarkomand pour rentrer chez elles : elles comptaient se renseigner auprès de vieux marchands de Dylath-Leen. Carter répugnait à l'idée de retourner dans le monde souterrain des Gugs et de se risquer à nouveau dans l'infernale tour de Koth, avec son escalier cyclopéen qui menait au bois enchanté. Pourtant, il devrait s'y résigner si tout le reste échouait, car il n'osait pas retourner sans aide sur le plateau de Leng par le monastère solitaire : le grand-prêtre devait disposer de nombreux agents, et au bout du voyage il faudrait sans doute encore affronter les Shantaks et peut-être d'autres périls encore. S'il mettait la main sur un bateau, il pourrait regagner Inquanok en passant le hideux piton rocheux qui se dresse dans la mer, car les fresques primitives du labyrinthe avaient indiqué que cet effrayant rocher se trouve non loin des quais de basalte de Sarkomand. Mais il était peu vraisemblable qu'il parvînt à dénicher un bateau dans cette cité abandonnée depuis des éternités, ni même à en fabriquer un.

Telles étaient les pensées de Randolph Carter lorsqu'une impression nouvelle frappa ses sens. Tout le temps de ses réflexions, l'immense étendue cadavérique de la légendaire Sarkomand s'était déployée devant lui, avec ses piliers noirs et brisés, ses portes en ruine couronnées de sphynx, ses pierres titanesques et ses monstrueux lions ailés qui se découpaient sur l'écœurante brillance des nuages nocturnes. Mais voici qu'il apercevait au loin, sur sa droite, une lueur qui ne devait rien aux nuages ; il sut alors qu'il n'était pas seul dans le silence de la cité morte. La lueur tremblotante montait et descendait par à-coups ; elle était d'une teinte verdâtre qui ne rassurait pas l'observateur. Et quand il s'en approcha discrètement en traversant la rue encombrée de débris, puis quelques trouées dans des murs à demi écroulés, il comprit qu'il s'agissait d'un feu de camp allumé près des quais, entouré de plusieurs silhouettes indistinctes ; une odeur de mort pesait lourdement sur toute la scène. Au-delà, l'eau du port clapotait comme une huile et un grand navire se balançait à l'ancre ; Carter s'immobilisa, saisi d'une terreur absolue, car il s'agissait en vérité d'une des redoutables galères noires venues de la Lune.

Puis, comme il s'apprêtait à s'éloigner sans bruit de cette détestable flamme, les silhouettes noires s'agitèrent et un son étrange facilement reconnaissable retentit : c'était l'appel effrayé d'une goule, qui se multiplia sur l'instant en un véritable chœur d'angoisse. En sécurité à l'ombre d'une ruine monumentale, Carter laissa la curiosité vaincre sa peur et avança au lieu de battre en retraite. À un moment, comme il traversait une rue sans abris, il dut ramper à plat ventre ; dans une autre, il lui fallut au contraire se mettre debout pour éviter de faire du bruit en passant sur les fragments de marbre amoncelés. Il réussit à ne pas se faire repérer ; et peu de temps après, abrité derrière un titanesque pilier, il put observer le tableau qui baignait dans une lumière verte. Autour d'un feu hideux nourri des pieds malsains de champignons lunaires, se tenaient accroupis des êtres semblables à des crapauds et leurs esclaves quasi humains. Certains d'entre eux plongeaient de curieuses lances de métal dans les flammes bondissantes, puis, régulièrement, en appliquaient les pointes chauffées à blanc sur le corps de trois prisonniers ligotés qui se débattaient devant les chefs du groupe. D'après les mouvements de leurs tentacules, les créatures lunaires au mufle aplati appréciaient fort le spectacle, et une horreur sans nom saisit Carter quand il reconnut soudain les affreux gémissements : les goules ainsi torturées n'étaient autres que les trois fidèles qui l'avaient aidé à sortir sain et sauf de l'abîme, puis avaient quitté le bois enchanté dans l'espoir de trouver Sarkomand et la porte menant à leurs profondeurs natales.

Un nombre impressionnant de malodorantes bêtes lunaires étaient assises autour du feu verdâtre, et Carter comprit que pour l'instant il ne pouvait rien faire pour ses anciennes alliées. Il ignorait comment les goules avaient pu être capturées ; mais il était possible que les abominables crapauds gris les eussent entendues à Dylath-Leen s'enquérir du chemin de Sarkomand et eussent voulu les empêcher de s'approcher de trop près du haïssable plateau de Leng et du grand-prêtre qu'on ne doit pas décrire. Il réfléchit et se rappela la proximité de la porte donnant sur le noir royaume des goules. Le plus judicieux était évidemment de gagner discrètement la partie orientale de la place aux lions jumeaux et de descendre sans tarder dans le gouffre. Là, il ne rencontrerait assurément pas d'horreurs pires que celles de la surface et il dénicherait peut-être rapidement des goules prêtes à secourir leurs sœurs, voire à exterminer les bêtes lunaires venues des galères noires. Naturellement, la porte, comme d'autres qui menaient à l'abîme, pouvait être gardée par des hordes de faméliques de la nuit ; mais il ne craignait plus ces créatures sans visage : il avait appris qu'elles étaient liées aux goules par des traités solennels, et la goule qui était jadis Pickman lui avait enseigné à prononcer un mot de passe qu'elles reconnaîtraient.

Sans bruit, Carter se faufila donc dans les ruines vers l'immense place centrale aux lions ailés. La tâche était délicate, mais les êtres lunaires, fort occupés à se divertir, n'entendirent pas les petits bruits qu'accidentellement il fit par deux fois au milieu des pierres éparses. Il parvint enfin sur la place et se fraya un chemin parmi les arbres et les plantes grimpantes rabougris qui s'y étaient développés. Les gigantesques lions se dressaient, terrifiants dans la lueur maladive des nuages phosphorescents, mais il avança vaillamment et les contourna pour les voir de face, car, il le savait, c'était de ce côté-là qu'il trouverait la terrible obscurité dont ils ont la garde. Une distance de dix pieds séparait les deux bêtes moqueuses qui rêvaient sur leurs piédestaux cyclopéens aux flancs décorés de bas-reliefs effrayants. Entre elles s'étendait une cour carrelée dont la partie centrale était jadis entourée de balustres d'onyx. Un puits noir s'ouvrait au milieu de cet espace, et Carter sut qu'il avait atteint le gouffre béant dont les degrés de pierre encroûtés de moisissure s'enfoncent jusqu'aux cryptes des cauchemars.

Carter gardait un souvenir terrifiant de cette descente dans les ténèbres où les heures s'écoulaient interminablement tandis qu'il suivait à l'aveuglette la spirale raide et infinie du visqueux escalier. Les marches étaient si usées, si étroites et rendues si glissantes par le suint de la terre intérieure que le voyageur s'attendait à tout instant au faux pas qui le précipiterait dans une chute effroyable vers les abysses ultimes. De même, il ignorait quand ou comment les gardiens des marches, les faméliques de la nuit, bondiraient brusquement sur lui, s'il en était de postés dans ce boyau des âges primitifs. Il baignait dans une odeur suffocante de gouffres infernaux et l'air de ces profondeurs étouffantes n'était évidemment pas fait pour l'humanité. Le temps passant, son corps s'engourdit et la somnolence l'envahit ; il se déplaçait désormais plus mécaniquement que par une volonté raisonnée. Aussi ne remarqua-t-il rien quand il cessa complètement de bouger cependant qu'on le saisissait sans bruit par-derrière. Il volait déjà très rapidement dans les airs quand un chatouillement malveillant lui fit prendre conscience que les faméliques de la nuit au corps caoutchouteux venaient d'accomplir leur devoir.

S'étant rendu compte qu'il se trouvait dans la poigne froide et humide de ces créatures sans visage, Carter se rappela le mot de passe des goules et le cria aussi fort qu'il put au milieu du vent et de la confusion du vol. On prétend que les faméliques de la nuit n'ont point d'esprit ; pourtant, l'effet fut instantané les chatouillements cessèrent aussitôt et les bêtes volantes se hâtèrent de tenir leur prisonnier dans une position plus confortable pour lui. Ainsi encouragé, Carter se risqua à leur expliquer la situation ; il leur exposa la capture des trois goules par les créatures lunaires, les tortures qu'elles subissaient et la nécessité de rassembler un groupe pour les sauver. Incapables de parler, les faméliques semblèrent pourtant comprendre et leur vol se fit plus rapide et plus résolu. Soudain, l'épaisse obscurité laissa place au crépuscule grisâtre de la terre intérieure et devant eux s'ouvrit une de ces plaines stériles où les goules aiment à s'installer pour manger. Pierres tombales et ossements épars indiquaient clairement qui vivait ici ; et comme Carter lançait un puissant cri de ralliement, une vingtaine de terriers dégorgèrent leurs occupants aux traits canins et à la peau coriace. Les faméliques de la nuit, perdant de l'altitude, déposèrent leur passager au sol avant de s'asseoir en demi-cercle, le dos voûté, un peu en retrait des goules qui accueillaient le nouveau venu.

Carter transmit son message à la grotesque compagnie, rapidement mais avec clarté, et quatre goules plongèrent aussitôt dans les différents terriers pour répandre la nouvelle et réunir les troupes disponibles pour un sauvetage. Après une longue attente, une goule de quelque importance parut et fit des gestes significatifs aux faméliques, dont deux s'envolèrent dans les ténèbres. Par la suite, d'autres faméliques de la nuit vinrent s'ajouter à ceux qui restaient, tant et si bien que la plaine visqueuse finit par en être noire. Entre-temps, de nouvelles goules étaient sorties des terriers en poussant des glapissements surexcités pour former une grossière ligne de bataille non loin des faméliques serrés les uns contre les autres. Enfin, la goule orgueilleuse et influente qui était autrefois l'artiste Richard Pickman de Boston apparut, et Carter lui fit un rapport détaillé des événements. Pickman, ravi de revoir son ancien ami, parut très impressionné et tint une conférence avec d'autres chefs, un peu à l'écart de la foule grandissante.

En fin de compte, après avoir passé en revue les rangs avec attention, les chefs assemblés entreprirent de donner des ordres dans leur langue geignarde aux masses de goules et de faméliques. Un grand détachement de bêtes volantes à cornes s'envola sur-le-champ, tandis que les autres s'agenouillaient deux par deux, les pattes antérieures tendues, attendant les goules qui s'approchèrent les unes après les autres. Chaque fois que l'une d'elles atteignait le couple de faméliques qui lui était assigné, les bêtes l'emportaient dans les ténèbres ; peu à peu la foule se clairsema jusqu'à ce qu'il ne restât plus que Carter, Pickman, les chefs et quelques paires de faméliques de la nuit. Pickman expliqua que les faméliques constituaient l'avant-garde et les montures de combat des goules, et que l'armée montait jusqu'à Sarkomand pour s'occuper des créatures lunaires. Puis Carter et les chefs des goules s'approchèrent de leurs porteurs ailés, qui les emportèrent entre leurs pattes visqueuses et moites. L'instant suivant, tous tournoyaient au milieu du vent et des ténèbres dans une ascension interminable vers la porte aux lions géants et les ruines spectrales de Sarkomand l'originelle.

Quand, après un vaste laps de temps, Carter retrouva l'horrible lumière du ciel nocturne de Sarkomand, ce fut pour voir l'immense place centrale qui grouillait de goules et de faméliques en pleine activité. Le jour n'était plus loin, il en était sûr ; mais l'armée était si puissante qu'il ne serait pas nécessaire de prendre l'ennemi par surprise. Le feu verdâtre brillait toujours faiblement près des quais, mais l'absence de geignements indiquait que les tortures des prisonnières étaient pour l'instant suspendues. Donnant à mi-voix leurs instructions à leurs montures et à la horde de faméliques de la nuit qui devaient les précéder, les goules s'envolèrent ensuite en grandes colonnes tournoyantes, puis fondirent par-dessus les ruines lugubres sur la flamme infernale. Carter se trouvait en compagnie de Pickman au premier rang des goules, et vit en approchant du camp sinistre que les créatures lunaires n'étaient absolument pas préparées à l'attaque. Les trois prisonnières gisaient inertes à terre, ligotées près du feu, tandis que leurs ravisseurs à forme de crapaud déambulaient çà et là sans ordre précis. Les esclaves quasi humains dormaient, et aussi les sentinelles qui négligeaient un devoir qu'elles jugeaient sans doute de pure forme dans ce royaume.

L'attaque des faméliques de la nuit et des goules qui les chevauchaient fut vivement menée ; avant d'avoir pu faire le moindre geste, chacune des abominations lunaires et leurs esclaves semi-humains se retrouvèrent dans les pattes d'un groupe de faméliques. Naturellement, les créatures-crapauds étaient muettes ; et même les esclaves n'eurent pas le temps de crier avant que des pattes coriaces ne les réduisent au silence. Spectacle horrible que les tortillements de ces énormes monstres gélatineux lorsque les faméliques sardoniques s'emparaient d'eux à l'aide de leurs serres noires à la force insurpassable ! Quand une bête lunaire se débattait trop violemment, un famélique de la nuit tirait sur ses frémissants tentacules roses ; apparemment, la douleur était telle que la victime cessait toute lutte. Carter s'était attendu à un massacre, mais il s'avéra que les goules avaient des plans beaucoup plus subtils elles donnèrent quelques ordres simples aux faméliques, en s'en remettant pour le reste à leur instinct ; et bientôt les bêtes volantes emportèrent sans bruit les infortunées créatures jusqu'au Maître Abîme, où elles les distribuèrent impartialement aux Dholes, aux Gugs, aux épouvants et aux autres habitants des ténèbres, dont les modes d'alimentation ne sont pas sans douleur pour leurs victimes. Entre-temps, les trois goules avaient été libérées et réconfortées par leurs semblables ; divers détachements fouillaient les environs à la recherche d'éventuelles créatures lunaires restantes, et montaient à bord de la nauséabonde galère noire pour vérifier que nulle n'avait échappé à la défaite générale. Mais la victoire était bel et bien totale, car les goules ne détectèrent plus aucun signe de vie. Carter, soucieux de conserver un moyen d'accès au reste du pays du rêve, les pria de ne point couler la galère à l'ancre ; et cette requête lui fut accordée en reconnaissance de ce qu'il avait fait pour le trio prisonnier. On découvrit sur le navire des objets et des ornements très curieux, dont Carter jeta aussitôt certains à la mer.

Les goules et les faméliques s'organisèrent ensuite en groupes séparés, et les goules interrogèrent leurs trois congénères sur ce qui leur était arrivé. Il apparut qu'elles avaient suivi les instructions de Carter et, quittant le bois enchanté, s'étaient dirigées vers Dylath-Leen par Nir et la Skai ; elles avaient dérobé en chemin des vêtements humains dans une ferme isolée et s'étaient astreintes à imiter aussi précisément que possible la démarche d'un homme. Leurs gestes et leurs visages grotesques avaient soulevé bien des commentaires dans les tavernes de Dylath-Leen ; mais elles s'étaient obstinées à s'enquérir de la route de Sarkomand, jusqu'au moment où un vieux voyageur avait su les renseigner. Elles avaient alors appris que seul un navire à destination de Lelag-Leng servirait leur dessein et s'étaient apprêtées à patiemment attendre la venue d'un tel bateau.

Mais des espions infernaux avaient sans doute bien fait leur travail ; car peu après, une galère noire jetait l'ancre au port, et les marchands de rubis aux larges bouches invitaient les goules à boire avec eux dans une taverne. Les verres furent remplis du vin d'une des sinistres bouteilles taillées dans un rubis massif et sculptées de motifs grotesques, après quoi les goules se retrouvèrent prisonnières sur la galère noire, tout comme Carter avant elles. Cette fois, cependant, les rameurs invisibles ne mirent point le cap sur la Lune, mais sur l'antique Sarkomand, dans le but évident d'amener leurs captives devant le grand-prêtre qu'on ne doit pas décrire. Ils avaient fait relâche au piton déchiqueté de la mer septentrionale que les marins d'Inquanok redoutent. C'est là que les goules avaient vu pour la première fois les rouges maîtres du navire ; leur informité maléfique, leur odeur effrayante, tout cela poussé à l'extrême avait écœuré les prisonnières, malgré leur nature peu sensible. C'est là aussi qu'elles avaient assisté aux innommables passe-temps des troupes sédentaires de créatures-crapauds – passe-temps qui donnent naissance aux hurlements nocturnes que craignent tant les hommes. Par la suite, ç'avait été l'accostage dans Sarkomand en ruine et le début des tortures, dont le récent sauvetage avait empêché la poursuite.

Alors, on discuta de l'avenir ; les trois goules délivrées suggérèrent une attaque sur le piton déchiqueté et l'extermination de la garnison de crapauds stationnée dessus. Mais les faméliques de la nuit s'y opposèrent, car la perspective de voler au-dessus de l'eau ne leur souriait pas. Le plan avait la faveur de la plupart des autres goules, mais elles ne voyaient pas comment l'exécuter sans l'aide des faméliques ailés. Alors Carter, voyant qu'elles ne savaient pas manœuvrer la galère ancrée dans le port, offrit de leur apprendre l'utilisation des vastes bancs de nage, et la proposition fut acceptée d'enthousiasme. Un jour grisâtre s'était levé, et sous le ciel plombé du nord un détachement de goules triées sur le volet monta dans le navire infect et prit place sur les bancs des rameurs. Carter découvrit qu'elles apprenaient très vite et put faire à titre d'essai plusieurs tours du port avant la nuit. Mais trois jours passèrent avant qu'il juge sans danger de tenter le voyage de représailles. Alors, avec des rameuses entraînées et les faméliques de la nuit serrés dans le gaillard d'avant, la troupe hissa enfin les voiles, tandis que Pickman et les autres chefs se réunissaient sur le pont pour discuter des modes d'approche et d'attaque.

Dès la première nuit on entendit les hurlements qui montaient du rocher. Ils avaient de tels accents que tout l'équipage fut pris de tremblements ; surtout les anciennes prisonnières qui savaient précisément ce que ces cris signifiaient. On estima préférable de ne point tenter d'assaut de nuit, si bien que le navire resta immobile sous les nuages phosphorescents en attendant l'aube grise. Lorsque la lumière fut suffisante et les hurlements calmés, les rameuses reprirent leurs efforts et la galère se rapprocha du piton déchiqueté dont les pics de granit griffaient fantastiquement les cieux lugubres. Les flancs de l'île étaient très escarpés, mais çà et là on distinguait les murailles en saillie d'étranges habitations dépourvues de fenêtres et les garde-fous peu élevés qui longeaient des routes fréquentées. Jamais bateau humain ne s'était à ce point approché de ce lieu ; ou du moins, nul n'en était jamais revenu. Mais Carter et les goules, exempts de toute peur, poursuivaient leur route inflexible. Ils contournèrent le flanc oriental du rocher et cherchèrent les quais qui, d'après les trois goules rescapées, se trouvaient au pied du versant méridional, au fond d'un port formé par deux promontoires abrupts.

Ces deux caps étaient des prolongements de l'île et leurs extrémités se rapprochaient tant qu'un seul bateau pouvait passer à la fois entre elles. Il ne semblait point y avoir de guetteurs à l'extérieur, si bien que la galère pénétra hardiment dans le détroit en forme de buse jusque dans les eaux stagnantes et putrides du port. Là, toutefois, tout n'était qu'animation plusieurs navires se balançaient à l'ancre le long d'un innommable quai de pierre, et des dizaines d'esclaves semi-humains et de créatures lunaires manipulaient des caisses et des boîtes, ou conduisaient des monstres répugnants attelés à de lourds fardiers. Une petite ville avait été taillée dans la falaise verticale qui surplombait les quais, et une route y montait en serpentant avant de disparaître vers de hautes corniches. Ce qui se cachait dans ce prodigieux pic de granit, nul ne le savait, mais ce que l'on en voyait de l'extérieur n'avait rien d'encourageant.

À la vue de la galère entrant au port, la foule des quais manifesta un grand intérêt : ceux qui avaient des yeux la regardèrent fixement, et les autres agitèrent leurs tentacules roses avec impatience. Ils ne se rendaient pas compte, bien sûr, que le navire noir avait changé de mains. Les goules ressemblent fort aux quasi-humains à cornes et à sabots, et les faméliques de la nuit étaient tous cachés sous le pont. Les chefs avaient maintenant un plan lâcher les faméliques en touchant le quai, puis faire demi-tour en laissant l'affaire à l'instinct de ces créatures presque dénuées d'esprit. Abandonnés sur le piton, ces êtres ailés s'empareraient en premier lieu de toutes les créatures vivantes qu'ils trouveraient, puis, incapables de réfléchir hors du cadre de leur instinct de retour, ils oublieraient leur peur de l'eau et regagneraient vivement l'abîme, en emportant leurs proies infectes vers des destinations appropriées, dont très peu reviendraient saines et sauves.

La goule qui jadis avait été Pickman descendit sous le pont et donna des instructions simples aux faméliques tandis que le navire s'approchait des quais sinistres et nauséabonds. Bientôt, des mouvements nouveaux agitèrent la foule et Carter comprit que les déplacements de la galère commençaient à éveiller des soupçons. Manifestement, la goule de barre ne faisait pas route vers le bon quai, et les vigies avaient sans doute remarqué des différences entre les goules hideuses et les esclaves semi-humains auxquels elles s'étaient substituées. On avait dû discrètement donner l'alerte, car presque aussitôt une horde méphitique de créatures lunaires se déversa par les petites entrées noires des maisons aveugles et dévala la route sinueuse. Une pluie de curieux javelots frappa la galère alors que la proue touchait le quai, abattit deux goules et en blessa légèrement une troisième. Mais au même instant on ouvrit tout grand les panneaux d'écoutille ; ils dégorgèrent une nuée noire de faméliques bruissants qui s'étendit sur la ville comme un vol de monstrueuses chauves-souris cornues.

Les gélatineuses créatures lunaires, armées d'une longue gaffe, s'efforçaient de repousser le navire envahisseur, mais quand les faméliques de la nuit fondirent sur elles, ce genre de préoccupation les quitta aussitôt. Spectacle terrifiant que ces monstres volants et sans visage s'adonnant à leur passe-temps préféré ! Effrayante impression que celle de leur épais nuage se répandant à travers la ville et s'élevant le long de la route jusque dans les hauteurs du roc ! Parfois, un groupe de faméliques lâchait par mégarde un prisonnier du haut des airs, et la façon dont la victime éclatait au sol offensait autant la vue que l'odorat. Quand le dernier famélique eut quitté la galère, les chefs des goules lancèrent un ordre de retrait, et les rameuses entraînèrent discrètement le navire hors du port en passant entre les promontoires gris, tandis que dans la ville tout n'était encore que confusion, bataille et massacre.

Pickman estimait à plusieurs heures le temps qu'il faudrait aux faméliques de la nuit pour organiser leurs esprits rudimentaires et se décider à surmonter leur peur de survoler la mer. Aussi maintint-il la galère immobile à un mille du piton déchiqueté ; et on pansa les blessés en attendant. La nuit tomba et le crépuscule grisâtre laissa place à la phosphorescence écœurante des nuages bas ; entre-temps, les chefs des goules n'avaient pas quitté des yeux les hauts pics du roc maudit, espérant un signe de l'envol des faméliques. Au petit matin, on aperçut enfin une tache noire qui planait de façon hésitante au-dessus du plus haut sommet ; peu après, la tache devint une nuée. Juste avant l'aube, le vol s'égailla vers le nord-est et, un quart d'heure plus tard, il avait entièrement disparu. Une ou deux fois, on crut voir quelque chose tomber de la nuée qui s'amenuisait ; mais Carter ne s'inquiéta point, car il savait d'expérience que les créatures-crapauds de la Lune ne savaient pas nager. Enfin, quand les goules se furent convaincues que tous les faméliques s'étaient envolés vers Sarkomand et le Maître Abîme avec leurs fardeaux voués à la mort, la galère rentra dans le port ; puis la hideuse compagnie débarqua et visita, pleine de curiosité, le roc nu avec ses tours, ses aires et ses forteresses taillées dans la pierre massive.

Les explorateurs découvrirent d'effroyables secrets dans ces infernales cryptes aveugles ; car les restes de certains objets de distraction ne manquaient pas, diversement éloignés de leur état originel. Carter élimina des choses qui étaient d'une certaine façon vivantes, et s'enfuit précipitamment devant quelques autres sur lesquelles il n'avait pas de certitude. Les maisons puantes étaient surtout meublées de tabourets et de bancs grotesques taillés dans du bois de lune et peints de motifs déments et innommables. Un nombre incalculable d'armes, d'outils et d'objets d'ornement traînaient çà et là, parmi lesquels de grosses idoles en rubis massif représentant des êtres singuliers qui n'existent pas sur Terre. Malgré le matériau dont elles étaient constituées, elles n'invitaient ni au vol ni à l'examen soutenu, et Carter alla jusqu'à en réduire cinq en menus morceaux à coups de marteau. Il ramassa les lances et les javelots épars et avec l'accord de Pickman les distribua aux goules. Ces instruments étaient nouveaux pour les créatures canines, mais après quelques courtes explications elles surent aisément maîtriser ces armes relativement simples.

Les hauteurs du piton abritaient plus de temples que de maisons, et dans de nombreuses salles taillées dans la roche on découvrit d'horribles autels sculptés, des fonts maculés de taches douteuses et des chapelles dédiées à des êtres plus monstrueux encore que les dieux sauvages de Kadath. À l'arrière d'un vaste temple s'étendait un tunnel bas et ténébreux que Carter suivit, muni d'une torche, jusqu'à une obscure salle à coupole de vastes proportions, dont les voûtes s'ornaient de gravures démoniaques. En son centre, s'ouvrait un puits méphitique et sans fond, comme celui du hideux monastère de Leng où médite, solitaire, le grand-prêtre qu'on ne doit pas décrire. Dans l'ombre de la paroi d'en face, loin au-delà du trou nauséabond, Carter crut distinguer une petite porte en bronze étrangement travaillée ; mais pour une raison indéfinissable, il ressentit une terreur panique à l'idée de l'ouvrir ou même de s'en approcher, et il se hâta de retrouver ses alliées impies qui déambulaient sur le piton avec une tranquillité d'esprit et une désinvolture qu'il ne pouvait partager. Les goules avaient avisé les victimes des distractions inachevées des créatures lunaires et en avaient profité à leur façon. Elles avaient aussi trouvé un muid de fort vin de lune et le roulaient vers les quais pour l'emporter et s'en servir dans de futures tractations diplomatiques ; toutefois, les trois goules jadis prisonnières, se rappelant l'effet que cet alcool avait eu sur elles à Dylath-Leen, avaient recommandé à leurs sœurs de n'en point goûter. Il y avait quantité de rubis des mines lunaires, bruts aussi bien que polis, dans une des cavernes proches de la mer ; mais quand elles découvrirent qu'ils n'étaient pas comestibles, les goules s'en désintéressèrent. Pour sa part, Carter ne voulut point en emporter, sachant trop bien qui les avait extraites du sol.

Soudain, les sentinelles postées sur les quais poussèrent un cri d'alarme et les répugnantes fouilleuses abandonnèrent leur occupation pour se rassembler sur le débarcadère et observer la mer. Une nouvelle galère noire passait entre les promontoires gris ; à la vitesse où elle s'approchait, les quasi-humains à son bord s'apercevraient bientôt de l'invasion de la ville et donneraient l'alarme aux êtres monstrueux abrités sous le pont. Par bonheur, les goules avaient encore en main les lances et les javelots que Carter leur avait distribués ; et sur son ordre, appuyé par l'être qui était jadis Pickman, elles s'organisèrent en ligne de bataille afin d'empêcher l'accostage du navire. Une brusque agitation à bord de la galère annonça bientôt la découverte par l'équipage du nouvel état de choses, et l'arrêt immédiat de sa progression prouva qu'on avait noté et pris en compte la supériorité numérique des goules. Après un instant d'hésitation, les nouveaux arrivants firent demi-tour en silence et repassèrent les promontoires en sens inverse ; pourtant, pas une seconde les goules n'imaginèrent que le conflit était évité. Le navire noir allait chercher des renforts, ou bien l'équipage allait tenter d'accoster ailleurs sur l'île ; un détachement d'éclaireurs fut donc envoyé au sommet du piton pour voir quel trajet allait suivre l'ennemi.

Quelques minutes plus tard, une des goules revint hors d'haleine pour annoncer que les créatures lunaires et les semi-humains débarquaient derrière le promontoire gris et raboteux à l'est de la ville et montaient sur l'île par des corniches et des sentiers secrets qu'une chèvre n'emprunterait qu'à grand péril. Presque aussitôt après, on aperçut la galère par la trouée entre les deux caps, mais seulement l'espace d'une seconde. Puis, au bout de quelques instants, une autre messagère arriva, le souffle court, et dit qu'un deuxième groupe accostait sur l'autre promontoire ; les deux partis étaient beaucoup plus nombreux que ne l'aurait laissé croire la taille du navire. Ce dernier, d'ailleurs, se déplaçant lentement sous l'action d'une seule rangée de rames actionnée par un équipage réduit, apparut bientôt entre les falaises et se mit en panne dans le port fétide, comme pour assister au combat prochain et se tenir prêt en cas de nécessité.

Entre-temps, Carter et Pickman avaient divisé les goules en trois groupes deux qui partiraient affronter les colonnes d'invasion et un qui devait rester dans la ville. Les deux premiers détachements s'élancèrent à l'assaut des rochers dans leurs directions respectives, tandis qu'on subdivisait le troisième en une équipe terrestre et une autre marine. Celle-ci, commandée par Carter, embarqua sur la galère ancrée au port et, à force d'avirons, se dirigea vers le navire des nouveaux venus à l'équipage insuffisant ; ce dernier battit aussitôt en retraite jusqu'en pleine mer. Carter ne le poursuivit pas, car il pensait être plus utile en restant près de la ville.

Cependant, les effroyables détachements de créatures lunaires et de quasi-humains étaient parvenus au sommet des promontoires et leurs silhouettes inquiétantes se découpaient sur le crépuscule grisâtre. Les plaintes de leurs minces flûtes infernales commençaient à s'élever, et l'effet général de ces processions d'êtres hybrides et semi-amorphes était aussi répugnant que l'odeur des abominables créatures-crapauds de la Lune. À cet instant, les deux groupes de goules apparurent dans ce paysage d'ombres chinoises ; des javelots se mirent à voler des deux côtés, les clameurs croissantes des goules et les hurlements bestiaux des semi-humains se combinèrent peu à peu aux gémissements diaboliques des flûtes pour former un magma indescriptible de cacophonies démoniaques. De temps à autre, des corps tombaient dans la mer du haut des étroites corniches, soit à l'extérieur, soit dans le port où ils étaient aussitôt entraînés sous l'eau par des êtres sous-marins dont seules de prodigieuses bulles indiquaient la présence.

La double bataille fit rage une demi-heure, jusqu'au moment où les envahisseurs furent complètement anéantis sur la falaise de l'ouest. Sur celle de l'est, toutefois, là où les chefs des bêtes lunaires étaient présents, les goules ne s'en tiraient pas si bien ; elles reculaient lentement vers les pentes du piton proprement dit. Pickman avait promptement ordonné que des renforts du groupe de la ville se rendent sur ce front, et ils avaient été d'une grande aide lors de précédents stades du combat. Une fois l'échauffourée terminée sur le cap occidental, les survivants victorieux se hâtèrent de se porter au secours de leurs camarades en difficulté ; aussitôt, la chance tourna en leur faveur, et ils repoussèrent les envahisseurs sur la crête étroite du promontoire. Tous les quasi-humains avaient été tués, mais les dernières horreurs à forme de crapaud se battaient avec acharnement, de grandes lances serrées dans leurs pattes puissantes et répugnantes. Il était presque impossible d'utiliser les javelots et ce fut alors un combat corps à corps entre les quelques lanciers qui tenaient sur l'étroit promontoire. À la mesure de la fureur et de l'intrépidité croissante des combattants, le nombre de ceux qui tombaient atteignit des sommets. Une chute dans le port entraînait la mort dans l'étreinte des monstres invisibles ; mais parmi ceux qui basculaient dans la mer, certains parvinrent à rejoindre le pied des falaises à la nage et à se hisser sur des rochers découverts par la marée, tandis que la galère ennemie récupérait plusieurs créatures lunaires. Les falaises étaient impossibles à escalader sauf là où les monstres avaient débarqué, si bien qu'aucune des goules bloquées sur les rochers ne pouvait rejoindre son front de bataille. Certaines furent tuées par des javelots lancés de la galère ennemie ou du haut des falaises par des bêtes lunaires, mais quelques-unes survécurent et purent être sauvées. Quand la sécurité des troupes terrestres parut assurée, Carter sortit avec la galère par le goulet entre les promontoires et pourchassa le navire ennemi loin sur la mer, en s'arrêtant pour récupérer les goules coincées sur les rochers ou qui se débattaient encore dans l'eau. Plusieurs créatures lunaires que les vagues avaient amenées sur les rochers ou les récifs furent promptement éliminées.

Enfin, la galère des bêtes lunaires étant à distance sûre et l'armée d'invasion concentrée en un seul point de l'île, Carter débarqua une force considérable sur le promontoire oriental, derrière les lignes ennemies ; le combat fut alors de courte durée. Attaqués sur deux flancs, les infects monstres grouillants furent rapidement mis en pièces ou rejetés à l'eau et, le soir venu, les chefs des goules s'accordèrent à dire qu'il n'en restait plus un sur l'île. La galère ennemie avait entre-temps disparu ; aussi estima-t-on préférable d'évacuer le piton démoniaque avant que les horreurs lunaires eussent le temps de rassembler et de lancer contre les vainqueurs une horde supérieure en nombre.

De nuit donc, Pickman et Carter réunirent les goules pour les compter ; ils constatèrent qu'un quart d'entre elles avaient péri dans les combats de la journée. On installa les blessées sur des couchettes de la galère, car Pickman décourageait toujours l'ancienne coutume de la race qui voulait qu'on tue et dévore les estropiées ; et on assigna les troupes valides aux avirons et aux autres postes qu'elles serviraient le plus utilement. La galère s'éloigna sous le plafond bas des nuages phosphorescents, et Carter ne regretta pas de quitter cette île aux secrets malsains, dont l'obscure salle à coupole avec son puits sans fond et sa repoussante porte de bronze ne quittait plus son esprit. L'aube surprit le navire en vue des quais en ruine de Sarkomand, où quelques sentinelles des faméliques de la nuit les attendaient, ramassées telles de noires gargouilles cornues sur les colonnes brisées et les sphynx éboulés de cette redoutable cité, qui vécut et mourut avant le temps des hommes.

Les goules montèrent le camp au milieu des pierres éparses de Sarkomand, en envoyant une messagère à la recherche de faméliques de la nuit pour leur servir de montures. Pickman et les autres chefs remercièrent Carter pour son aide avec effusion ; de son côté, celui-ci sentait que ses plans commençaient à mûrir : il pensait pouvoir demander le concours de ces effrayants alliés non seulement pour quitter la région du rêve où il se trouvait, mais aussi pour continuer sa quête suprême des dieux de Kadath l'inconnue et de la prodigieuse cité du couchant, si étrangement interdite d'accès à son sommeil. Il entretint donc les chefs des goules de ces sujets, en leur rapportant ce qu'il savait du désert glacé où se dresse Kadath, des monstrueux Shantaks et des montagnes sculptées en statues bicéphales qui le gardent. Il parla de la crainte qu'éprouvent les Shantaks pour les faméliques de la nuit et des cris qu'ils poussent en s'enfuyant loin des noires cavernes percées dans les hauteurs des sinistres pics gris séparant Inquanok de l'exécrable Leng. Il exposa aussi ce qu'il avait appris sur les faméliques de la nuit a partir des fresques du monastère aveugle où vit le grand-prêtre qu'on ne doit pas décrire. Il leur dit que même les Grands Anciens les redoutaient et que leur suzerain n'était point Nyarlathotep, le chaos rampant, mais Nodens le chenu, Seigneur du Maître Abîme, qui vit de toute éternité.

Carter expliqua tout cela aux goules assemblées et finit en présentant sa requête, qu'il ne considérait pas comme extravagante, compte tenu des services qu'il avait rendus aux caoutchouteuses créatures canines. Il souhaitait ardemment, déclara-t-il, obtenir l'assistance de quelques faméliques afin de se transporter en sécurité au-delà du royaume des Shantaks et des montagnes sculptées jusque dans le désert glacé, plus loin qu'aucun mortel n'était jamais allé. Il désirait atteindre la forteresse d'onyx qui flotte au-dessus de Kadath l'inconnue pour implorer les Grands Anciens de lui accorder enfin l'accès à la cité du couchant ; il avait la certitude que les faméliques pouvaient l'y amener sans difficulté, en survolant les périls de la plaine et les hideuses têtes doubles des sentinelles sculptées dans les monts, tapies pour l'éternité dans le crépuscule gris. Nul danger de la terre ne pouvait menacer les créatures cornues et sans visage, puisque les Grands Anciens eux-mêmes les craignent. Quant à une intervention impromptue des Autres Dieux, qui sont enclins à surveiller les affaires des dieux de la Terre, moins sévères qu'eux, les faméliques de la nuit n'avaient rien à en redouter ; car les enfers extérieurs sont indifférents à ces êtres muets et visqueux qui reconnaissent pour seul maître non pas Nyarlathotep, mais le puissant et immémorial Nodens.

Un groupe de dix ou quinze faméliques, déclara Carter, suffirait sûrement à garder à distance n'importe quelle troupe de Shantaks ; toutefois, il serait peut-être préférable d'y inclure quelques goules pour les tenir, car elles connaissent mieux que les hommes ces créatures. La troupe pourrait le déposer en un point commode à l'intérieur des murailles – si murailles il y avait – de la fabuleuse citadelle d'onyx, puis se dissimuler en attendant son retour ou son signal tandis qu'il entrerait dans la forteresse pour prier les dieux de la Terre. Si des goules décidaient de l'accompagner jusqu'à la salle du trône des Grands Anciens, il leur en serait reconnaissant, car leur présence ajouterait du poids à la supplique. Il ne voulait cependant pas en faire une exigence. Tout ce qu'il souhaitait, c'était se faire transporter jusqu'à la forteresse de Kadath l'inconnue puis, de là, à la merveilleuse cité du couchant elle-même si les dieux y étaient favorables ; ou bien à la Porte du Sommeil Profond, dans le bois enchanté, d'où il retournerait sur Terre au cas où ses prières seraient restées sans effet.

 Les goules écoutaient avec une grande attention et, le temps passant, le ciel s'obscurcit des vols de faméliques que les messagères étaient allées chercher. Les monstres ailés s'installèrent en demi-cercle autour de l'armée des goules, patientant respectueusement tandis que les chefs canins délibéraient du souhait du voyageur terrien. La goule qui avait été Pickman s'entretint gravement avec ses égales et, pour finir, Carter se vit proposer bien plus qu'il n'osait espérer. Comme il avait prêté main-forte aux goules dans leur combat contre les créatures lunaires, elles l'aideraient dans son audacieux voyage vers des royaumes d'où nul n'était jamais revenu. Elles lui prêteraient non pas quelques faméliques de leurs alliés, mais leur armée tout entière qui campait là, avec les goules vétérans de maints combats et les faméliques à nouveau réunis ; à l'exception toutefois d'une petite garnison qui resterait pour garder la galère capturée et les éléments de butin rapportés du piton déchiqueté. L'ost s'envolerait quand il le désirerait, et une fois à Kadath une suite de goules l'accompagnerait en grande cérémonie tandis qu'il présenterait sa requête aux dieux de la Terre dans leur citadelle d'onyx.

 Plein d'une gratitude et d'une satisfaction que des mots étaient impuissants à exprimer, Carter fit des plans avec les chefs des goules pour son intrépide voyage. L'armée survolerait de très haut, décidèrent-ils, le hideux plateau de Leng avec son innommable monastère et ses maléfiques villages de pierre ; elle ne s'arrêterait qu'aux immenses pics gris pour conférer avec les faméliques, terreur des Shantaks, dont les cavernes criblaient les sommets. C'est alors, selon les conseils que donneraient ces habitants des hauteurs, qu'on choisirait l'approche finale de Kadath l'inconnue : soit par le désert aux montagnes sculptées du nord d'Inquanok, soit par les abords les plus septentrionaux du repoussant plateau de Leng lui-même. Canins et sans âme, les goules comme les faméliques ne craignaient pas ce que pouvaient dissimuler ces déserts inexplorés ; ils ne ressentaient aucune terreur mystique et paralysante à la pensée de voir Kadath dressée, solitaire, en dessous de sa mystérieuse forteresse d'onyx.

 Vers midi, goules et faméliques se préparèrent au départ, chaque goule choisissant une paire de montures cornues pour la transporter. Carter se trouva aux côtés de Pickman, en tête de la colonne devant laquelle on plaça comme avant-garde une double ligne de faméliques sans cavaliers. Sur un ordre bref de Pickman, toute l'épouvantable armée s'éleva en une nuée cauchemardesque au-dessus des piliers brisés et des sphynx en ruine de Sarkomand l'originelle, de plus en plus haut, jusqu'à dépasser même l'immense falaise basaltique à laquelle s'adosse la ville ; alors la lisière du stérile plateau de Leng s'ouvrit devant elle. L'ost noir poursuivit son ascension et le plateau lui-même s'étrécit ; et comme la compagnie faisait route au nord par-dessus l'horrible plaine balayée par les vents, Carter frissonna en apercevant de nouveau le cercle de grossiers monolithes et l'édifice bas et aveugle qui abrite l'effroyable abomination masquée de soie aux griffes de laquelle il avait échappé de si peu. Cette fois, il n'y eut pas d'atterrissage ; l'armée passa comme un vol de chauves-souris au-dessus du paysage désertique et, à haute altitude, survola les faibles feux des infects villages de pierre, sans s'arrêter à observer les contorsions morbides des quasi-humains à cornes et sabots qui éternellement y dansent au son des pipeaux. Une fois, on aperçut un Shantak qui volait au ras de la plaine, mais à la vue de l'armée il poussa un cri affreux et s'enfuit vers le nord, saisi d'une terreur abjecte.

Au crépuscule, ils atteignirent les pics gris et déchiquetés qui forment la barrière d'Inquanok et tournoyèrent en vol plané devant les étranges cavernes sommitales qui, se rappelait Carter, effrayaient si fort les Shantaks. Répondant aux appels insistants des chefs des goules, de chaque trou émergea un flot de faméliques noirs avec lesquels les goules et leurs montures s'entretinrent longuement par gestes. Il apparut bientôt que le meilleur trajet serait celui du désert glacé, au nord d'Inquanok, car les abords septentrionaux de Leng sont remplis de pièges invisibles que même les faméliques de la nuit redoutent, d'influences abyssales concentrées dans certains édifices hémisphériques bâtis sur d'étranges monticules, que la tradition populaire associe non sans inquiétude aux Autres Dieux et à Nyarlathotep, le chaos rampant.

Les monstres ailés des sommets ignoraient presque tout de Kadath, en dehors du fait qu'il devait se trouver un extraordinaire prodige vers le nord, là où veillent les Shantaks et les montagnes sculptées. Ils rapportèrent des rumeurs à propos d'anomalies de proportions qui régneraient dans ces étendues inexplorées et se rappelèrent de vagues légendes au sujet d'un royaume sur lequel pèse une nuit éternelle ; mais ils ne disposaient d'aucun fait clairement établi. Aussi Carter et son armée les remercièrent-ils aimablement ; puis, passant les hauts sommets de granit qui les séparaient des cieux d'Inquanok, ils descendirent en dessous du plafond de nuages phosphorescents. De là, ils aperçurent au loin les terrifiantes gargouilles accroupies qui avaient été des montagnes jusqu'au jour où une main titanesque avait sculpté l'effroi dans leur roc vierge.

Bicéphales, ramassées en un demi-cercle démoniaque, les jambes dans le sable du désert, leurs mitres crevant les nuages lumineux, sinistres et cruelles, avec des visages pleins de fureur et la main droite levée, elles surveillaient d'un œil lugubre et malveillant l'orée du monde des hommes ; elles protégeaient de leur horreur les abords d'un monde septentrional glacé où l'humain n'a pas de place. De leur giron hideux s'élevèrent d'immondes Shantaks aux proportions éléphantesques, mais ils s'enfuirent avec des criaillements déments en apercevant dans le ciel brumeux l'avant-garde des faméliques de la nuit. Cap au nord, l'armée survola les gargouilles cyclopéennes, puis des lieues de désert crépusculaire où n'apparaissait nul repère. Les nuages perdaient peu à peu de leur luminosité, au point que Carter finit par ne plus distinguer que des ténèbres ; mais les coursiers ailés ne marquaient nulle hésitation, nés qu'ils étaient dans les cryptes les plus noires de la Terre et voyant, non avec des yeux qu'ils ne possédaient pas, mais avec toute la surface moite de leur corps visqueux. Volant sans désarmer dans une épaisse obscurité, ils rencontrèrent des vents aux odeurs douteuses et des sons au sens incertain. Ils couvrirent des distances si prodigieuses que Carter se demanda si l'armée se trouvait encore dans le pays du rêve terrestre.

Soudain, les nuages se dissipèrent et les étoiles apparurent, spectrales, dans le ciel. Au sol, tout baignait dans les ténèbres ; mais ces blafardes balises célestes semblaient vibrer d'une signification qu'elles n'avaient jamais eue ailleurs, comme si elles indiquaient une direction. Les dessins des constellations n'avaient pas changé, mais les formes familières révélaient un sens qu'elles n'avaient jusque-là jamais exprimé aussi clairement. Tout tendait vers le nord ; chaque courbe, chaque astérisme du ciel scintillant prenait sa place dans un immense motif dont la fonction était d'attirer l'œil de l'observateur d'abord, puis l'observateur lui-même, vers quelque terrible et secret foyer de convergence, au-delà du désert glacé qui s'étendait devant lui. Carter regarda vers l'est où se dressait auparavant la grande chaîne de pics qui barrait toute la longueur d'Inquanok et distingua sur le fond d'étoiles une silhouette déchiquetée qui dénonçait la présence jusqu'en ce lieu des mêmes montagnes. Elles étaient plus hachées, avec des fractures béantes et des flèches aux formes fantastiques, et Carter étudia attentivement les angles et les inclinaisons de ces formes grotesques qui, comme les étoiles, semblaient toutes subtilement indiquer le nord.

Les faméliques volaient à une vitesse extrême, si bien que l'observateur avait du mal à saisir les détails. Mais tout à coup, il observa juste au-dessus de la ligne des pics un objet noir qui se déplaçait sur le fond du ciel selon une trajectoire exactement parallèle à celle de sa singulière armée. Les goules l'avaient remarqué aussi et, l'espace d'un instant, Carter crut qu'il s'agissait d'un gigantesque Shantak, d'une taille immensément supérieure à celle des spécimens ordinaires. Cependant, il comprit bientôt qu'il était dans l'erreur, car la forme de la chose qui dominait les montagnes n'était pas celle d'un oiseau hippocéphale. Sa silhouette, naturellement vague contre les étoiles, rappelait plutôt celle d'une énorme tête coiffée d'une mitre, ou d'une paire de têtes infiniment grossies ; quant à son vol pendillant mais rapide, il ne ressemblait pas, fort bizarrement, à celui d'une créature ailée. Incapable de savoir de quel côté de la montagne l'être se déplaçait, Carter finit toutefois par s'apercevoir que son corps se prolongeait en dessous de ce qu'il en avait déjà distingué, car il cachait totalement les étoiles là où les montagnes présentaient les plus énormes failles.

Alors apparut une vaste trouée dans la chaîne ; les abords du plateau ultramontain de Leng y rejoignaient le désert glacé par un col peu élevé où les étoiles brillaient faiblement. Carter garda les yeux soigneusement fixés sur cette brèche, sachant qu'il y verrait peut-être, découpé sur le ciel, le bas du corps de l'être immense qui volait en ondulant au-dessus des pics. La créature s'étant légèrement portée en avant, les goules ne quittaient plus du regard la trouée où sa silhouette tout entière allait bientôt apparaître. Elle s'en approcha progressivement, en ralentissant un peu comme si elle se rendait compte qu'elle avait distancé l'ost des goules. La poignante attente dura encore une minute, puis ce fut l'instant de la révélation où la silhouette fut tout entière visible ; un jappement craintif et à demi étranglé de terreur cosmique monta aux lèvres des goules, et le voyageur sentit son âme traversée par un souffle glacé qui ne l'a jamais complètement quitté depuis. Car la monstrueuse forme qui montait et descendait au-dessus des montagnes n'était qu'une tête – une tête double coiffée d'une mitre – et en dessous, horriblement immense, s'étendait l'effrayant corps boursouflé qui la supportait. C'était une abomination haute comme une montagne qui avançait furtivement, en silence, immonde distorsion d'une gigantesque forme anthropoïde qui passait devant le ciel, sa répugnante paire de têtes coiffées de cônes dressée jusqu'à mi-chemin du zénith.

Carter ne perdit pas conscience ; il ne hurla même pas de terreur, car c'était un rêveur chevronné. Mais il jeta un regard horrifié derrière lui et frémit en distinguant d'autres têtes monstrueuses qui se découpaient au-dessus des pics, avançant subrepticement à la suite de la première. Et tout à fait en arrière, trois nouvelles formes himalayennes apparaissaient entièrement sur le fond des étoiles, se déplaçant pesamment mais à pas de loup, leurs immenses mitres oscillant à des milliers de pieds dans les airs. Les montagnes sculptées n'étaient donc pas restées accroupies dans leur rigide demi-cercle du nord d'Inquanok, les mains droites levées. Elles avaient des devoirs à observer, et elles n'étaient pas négligentes. Mais le pire de tout, c'est qu'elles n'émettaient pas un son et ne faisaient pas le moindre bruit en marchant.

Pendant ce temps, la goule qui était jadis Pickman avait donné un ordre aux faméliques de la nuit, et toute l'armée se mit à monter dans les airs. La grotesque colonne s'éleva vers les étoiles jusqu'à une altitude où plus rien ne se découpait contre le ciel, ni la chaîne immobile de granit gris, ni les montagnes sculptées qui marchaient. Tout n'était que ténèbres en dessous de la légion aux ailes membraneuses, qui fonçait vers le septentrion au milieu des rafales de vent et des rires sans source visible qui résonnaient dans l'éther ; et nul Shantak ni aucune autre entité plus innommable encore ne monta du désert hanté pour la prendre en chasse. Plus les faméliques avançaient, plus vite ils allaient, au point que leur vertigineuse vélocité dépassa celle d'une balle de fusil pour approcher celle d'une planète sur son orbite. Carter s'étonnait qu'avec une telle allure ils en fussent encore à survoler la Terre, mais il savait que dans le pays du rêve les dimensions possèdent d'étranges propriétés. Il avait la certitude qu'ils se trouvaient en un royaume de nuit éternelle et il crut observer que les constellations du ciel avaient subtilement accentué leur orientation au nord, en se retroussant, pour ainsi dire, comme pour projeter l'armée volante dans le vide du pôle boréal ainsi qu'on retourne un sac pour en faire tomber les dernières miettes.

Alors la terreur l'envahit : les ailes des faméliques de la nuit ne battaient plus ! Les coursiers cornus et sans visage avaient replié leurs appendices membraneux et restaient totalement passifs dans le vent anarchique qui riait tout bas en les emportant dans ses maelstroms. Une force supraterrestre s'était emparée de l'armée et les goules comme leurs montures étaient impuissantes contre ce courant implacable qui les attirait follement vers ce septentrion d'où nul mortel n'est jamais revenu. Enfin, une lumière blafarde et solitaire surgit à l'horizon, puis s'éleva régulièrement à mesure qu'ils approchaient, au-dessus d'une masse noire qui cachait les étoiles. Carter estima qu'il devait s'agir d'une montagne portant un phare à son sommet, car seule une montagne pouvait apparaître à ce point immense vue d'une altitude aussi prodigieuse.

La lumière et la noirceur qu'elle couronnait montèrent toujours plus haut, jusqu'au moment où la masse grossièrement conique masque la moitié du ciel du nord. Malgré l'altitude où volait l'armée, le phare pâle et sinistre se dressait encore plus haut, monstrueux, loin au-dessus des pics et des soucis terrestres, et goûtait l'éther vide d'atomes où la lune mystérieuse et les folles planètes tournoient sans fin. Ce n'était pas une montagne connue de l'homme qui s'élevait là. Les plus hauts nuages ne faisaient qu'effleurer ses contreforts ; les couches supérieures de l'atmosphère aux ivresses tâtonnantes n'étaient qu'une ceinture à ses reins. Ce pont entre la terre et le ciel s'élançait, méprisant et spectral, noir dans la nuit éternelle et couronné d'une tiare d'étoiles inconnues dont l'effroyable dessin aux significations cosmiques devenait de plus en plus distinct. Les goules poussèrent un cri d'ébahissement en le voyant et Carter fut pris d'un frisson d'angoisse à l'idée que l'armée pût être précipitée sur l'onyx inébranlable de cette falaise cyclopéenne.

Le phare montait toujours, jusqu'à se mêler aux plus lointains astres du zénith ; de là, il adressa de sinistres clignotements moqueurs à la troupe ailée. En dessous, tout le nord était obscurité ; une redoutable obscurité de pierre qui se haussait depuis des profondeurs infinies jusqu'à d'infinies hauteurs, avec cette pâle balise tremblante vertigineusement perchée au sommet de toute vision. Carter étudia plus attentivement la lumière et vit enfin les contours que formait son piédestal d'encre sur le fond des étoiles. Il y avait des tours sur cette montagne titanesque, d'horribles tours surmontées de dômes, avec d'innombrables étages, et des blocs de bâtiments qui dépassaient tout ce que la technique humaine pouvait rêver ; des remparts et des terrasses prodigieux et inquiétants, lointaines miniatures esquissées en noir sur la tiare constellée qui scintillait maléfiquement à l'extrême limite de la vue. Coiffant cette montagne démesurée se dressait une forteresse qui défiait toute imagination mortelle et d'où jaillissait la lumière démoniaque. Alors, Randolph Carter sut que sa quête touchait à sa fin et qu'il contemplait le but de ses errances interdites et de ses audacieuses visions l'extraordinaire, la fabuleuse demeure des Grands Anciens qui surplombe Kadath l'inconnue.

Au même instant, Carter remarqua une modification dans le cap que suivait l'armée impuissante aspirée par le vent. Elle montait à présent selon une pente raide qui l'entraînait manifestement tout droit vers la citadelle d'onyx où brillait la lumière blafarde. La montagne était si proche que ses parois défilaient à une vitesse vertigineuse ; dans l'obscurité, il était impossible de rien y distinguer. Les tours noires de la forteresse enténébrée grandissaient sans cesse, et Carter vit qu'elle était d'une immensité presque blasphématoire. Ses pierres, taillées par d'innombrables ouvriers, auraient aisément pu être extraites de l'épouvantable gouffre qui s'ouvrait dans les collines du nord d'Inquanok, car il était de telles proportions qu'un homme sur son seuil se trouverait à la même altitude qu'au sommet de la plus haute forteresse terrestre. La tiare d'étoiles inconnues qui couronnait les innombrables tourelles à dômes brasillait avec un éclat jaunâtre et malsain qui baignait d'une sorte de crépuscule les ténébreuses murailles d'onyx visqueux. C'est alors que le phare blême s'avéra n'être qu'une fenêtre éclairée au sommet d'une des plus hautes tours ; et cependant que l'armée impuissante s'approchait de la cime de la montagne, Carter crut apercevoir d'inquiétantes ombres qui passaient dans la croisée faiblement lumineuse, bizarrement voûtée et d'une architecture entièrement étrangère à la Terre.

La roche laissa la place aux gigantesques fondations du monstrueux château, et l'allure de la troupe parut un peu se ralentir. D'immenses murailles se dressèrent soudain et une porte monumentale apparut fugitivement avant que les voyageurs ne la franchissent en trombe. Tout n'était que nuit dans la cour titanesque, mais un énorme portail engloutit la colonne dans la noirceur plus grande encore des replis les plus profonds du monde. Des tourbillons d'air glacé soufflaient leur humidité dans des labyrinthes d'onyx envahis de ténèbres, et Carter ne sut jamais exactement quels escaliers, quels couloirs cyclopéens s'étendaient, silencieux, le long de son infinie trajectoire aérienne. L'effroyable vol menait toujours plus haut dans l'obscurité, et pas un son, pas un contact, pas une lueur ne venait déchirer l'épais voile de cette nuit mystérieuse. Malgré son étendue, l'armée de goules et de faméliques se perdait dans les vides prodigieux de cette forteresse ultra-terrestre. Et quand soudain naquit autour de lui la lumière sinistre de la salle dont la fenêtre, au sommet de la tour, servait de phare, Carter mit un long moment à distinguer les murs lointains et le plafond qui disparaissait dans les hauteurs, et à prendre conscience qu'il ne se trouvait plus suspendu dans l'air sans limites.

Il avait espéré se présenter dans la salle du trône des Grands Anciens avec prestance et dignité, flanqué d'impressionnantes colonnes de goules en ordre de cérémonie, pour exposer sa prière en maître libre et puissant parmi les rêveurs. Il savait qu'il n'était pas au-delà des pouvoirs d'un mortel de tenir tête aux Grands Anciens, et il s'en était remis à la chance pour éviter que les Autres Dieux et Nyarlathotep, le chaos rampant, ne viennent les épauler en cet instant crucial, comme ils l'avaient si souvent fait lorsque des hommes cherchaient à débusquer les dieux de la Terre jusque dans leurs résidences ou sur leurs montagnes. Avec son escorte hideuse, il avait même songé à défier les Autres Dieux s'il le fallait, sachant que les goules n'ont pas de maître et que les faméliques de la nuit obéissent non à Nyarlathotep, mais à Nodens chargé de siècles. Toutefois, il voyait à présent que la céleste Kadath, dans son désert glacé, est ceinte de prodiges noirs et d'indicibles sentinelles et que les Autres Dieux se montrent fort vigilants à protéger les dieux débonnaires de la Terre. Bien qu'elles n'aient aucune suzeraineté sur les goules et les faméliques de la nuit, les abominations informes et dénuées d'esprit de l'espace extérieur savent s'en faire obéir quand il le faut ; si bien que ce n'est pas en maître des rêveurs puissant et libre que Randolph Carter pénétra en compagnie de ses goules dans la salle du trône des Grands Anciens. Transportée, dirigée par des vents cauchemardesques venus des étoiles, talonnée par les horreurs invisibles du désert septentrional, toute l'armée flotta captive et impuissante dans la lumière sinistre, puis tomba lourdement sur le sol d'onyx quand sur un ordre muet les vents de l'effroi se dissipèrent.

Nulle estrade d'or n'attendait Carter, nul cercle auguste d'êtres couronnés et nimbés aux yeux étroits, avec des oreilles aux lobes allongés, un nez fin et un menton pointu, que leur ressemblance avec le visage sculpté sur le Ngranek désignerait à la prière du rêveur. À l'exception de la salle de la tour, la forteresse d'onyx qui surplombe Kadath était obscure, et les maîtres ne s'y trouvaient pas. Carter était parvenu à Kadath l'inconnue qui gît dans le désert glacé, mais il n'avait pas découvert les dieux. Pourtant, la lumière maléfique brillait dans cette unique salle dont les dimensions étaient à peine moindres que celles de l'espace extérieur et dont les murs et le plafond se perdaient dans de lointains ondoiements de brume. Les dieux de la Terre n'étaient pas là, en effet, mais des présences plus subtiles, moins visibles, devaient rôder aux alentours. Quand les dieux cléments sont absents, les Autres Dieux demeurent représentés, et la forteresse des forteresses n'était sûrement pas inoccupée. Sous quels aspects atroces la terreur allait-elle se manifester, Carter était incapable de le concevoir. Il avait le sentiment qu'on attendait sa visite et il se demanda comment Nyarlathotep, le chaos rampant, l'avait surveillé depuis le début. Car c'est Nyarlathotep, horreur aux formes innombrables, âme et messager redouté des Autres Dieux, que servent les créatures fongueuses de la Lune ; et Carter se prit à songer à la galère noire qui avait disparu quand la bataille sur le piton déchiqueté avait tourné au désavantage des monstres à forme de crapaud.

Tout en réfléchissant, il avait mis pied à terre et déambulait d'un pas vacillant au milieu de sa troupe de cauchemar, quand, dans la salle illimitée et baignée d'une lumière pâle, retentit soudain la hideuse sonnerie d'une trompe démoniaque. Trois fois, cet effroyable hurlement d'airain se répéta, et quand les échos moqueurs du dernier coup se furent éteints, Randolph Carter se rendit compte qu'il était seul. Pourquoi et comment les goules et les faméliques de la nuit avaient été ravis à sa vue, et pour quelle destination, il était bien incapable de le deviner. Tout ce qu'il savait, c'est qu'il se retrouvait brutalement seul et que les puissances invisibles et narquoises qui rôdaient autour de lui n'appartenaient pas au monde familier du rêve. Bientôt, un nouveau son naquit des recoins les plus reculés de la salle. Il s'agissait là encore d'une sonnerie de trompe cadencée, mais d'un ordre tout à fait différent des trois cris rauques qui avaient fait disparaître son impressionnante cohorte. Cette sourde fanfare résonnait de toute la magie, de toute la mélodie du rêve éthérique ; des images exotiques d'une inconcevable beauté émanaient de chaque accord et du rythme subtilement mystérieux. Des parfums d'encens vinrent souligner les notes d'or et une grande lumière se leva dont les couleurs changeantes obéissaient à des cycles inconnus du spectre terrestre et suivaient le chant des trompes en d'extraordinaires harmonies symphoniques. Des torches s'enflammèrent au loin et les battements des percussions se rapprochèrent, portés par des vagues d'attente frémissante.

Sortant des brumes qui se dissipaient et de la fumée dégagée par les étranges encens, apparurent deux processions de gigantesques esclaves noirs aux reins ceints de pagnes en soie iridescente. Ils portaient sur la tête de vastes torches en métal scintillant qui leur faisaient comme des casques et répandaient en spirales brumeuses le parfum de baumes inconnus. Ils tenaient dans la main droite une baguette de cristal dont la pointe était sculptée en forme de chimère menaçante et dans la gauche une longue et mince trompe d'argent dans laquelle chacun soufflait à son tour. Ils arboraient aux chevilles et au-dessus des coudes des bracelets d'or, et chaque paire d'anneaux de cheville était reliée par une chaîne d'or qui obligeait le porteur à un pas mesuré. Il s'agissait à l'évidence de véritables hommes noirs du pays terrestre du rêve, mais il semblait plus douteux que leurs rites et leurs coutumes fussent entièrement de notre terre. Les deux colonnes s'arrêtèrent à dix pieds de Carter et au même instant, chaque esclave porta soudain sa trompe à ses lèvres. Ce fut alors une sonnerie d'une violence extatique qui éclata, suivie aussitôt d'un cri plus sauvage encore qui fusa des sombres gorges et qu'un étrange artifice rendit strident.

Alors, avançant d'un pas majestueux dans la vaste allée qui séparait les deux colonnes, apparut un personnage mince et de haute taille, avec le visage juvénile d'un pharaon de l'Antiquité ; sa robe aux couleurs chatoyantes était gaie et il était coiffé d'un pschent en or qui luisait de sa propre lumière. La présence royale s'approcha de Carter ; dans son port fier et ses traits élégants transparaissait le magnétisme d'un dieu noir ou d'un archange déchu, et dans ses yeux s'embusquait l'étincelle indolente d'un caractère capricieux. Il parla, et dans sa voix suave pointait la musique insensée des ondes du Léthé.

« Randolph Carter, dit la voix, tu es venu t'adresser aux Grands Anciens que les hommes n'ont pas le droit de voir. Des guetteurs l'ont rapporté aux Autres Dieux, qui ont grondé alors qu'ils se dandinaient en désordre au son des minces flûtes, dans les ténèbres du vide suprême où rêve le sultan des démons dont nulle lèvre n'ose prononcer le nom.

« Quand Barzai le Sage escalada l'Hatheg-Kla pour voir les Grands Anciens danser et hurler au clair de lune, au-dessus des nuées, il ne revint jamais. Les Autres Dieux se trouvaient là et ils avaient fait ce que l'on attendait d'eux. Zenig d'Aphorat voulut atteindre Kadath, la cité inconnue du désert glacé, et son crâne est aujourd'hui enchâssé sur l'anneau passé au petit doigt de celui que je n'ai point besoin de nommer.

« Mais toi, Randolph Carter, tu as bravé tous les périls de la région terrestre du rêve et tu brûles toujours de la flamme de la quête. Tu n'es pas venu par curiosité, mais pour chercher ton dû, et jamais tu n'as manqué de révérence envers les dieux cléments de la Terre. Pourtant ces dieux t'ont tenu à l'écart de la prodigieuse cité du couchant dont tu rêves, et cela uniquement à cause de leur mesquine cupidité ; car en vérité ils désirent ardemment l'étrange beauté de ce que ton imagination a façonné et ont juré que jamais ils n'auraient d'autre demeure.

« Ils ont quitté leur forteresse de Kadath l'inconnue pour résider dans ta merveilleuse cité. Ils festoient le jour dans tous ses palais de marbre veiné, et quand le soleil se couche, ils sortent dans les jardins parfumés pour le voir toucher de sa splendeur dorée les temples et les colonnades, les ponts voûtés et les fontaines aux vasques d'argent, les larges avenues aux urnes chargées de fleurs et les rangées luisantes de statues d'ivoire. Et quand vient la nuit, ils montent sur de hautes terrasses humides de serein et s'installent sur des bancs de porphyre sculpté pour admirer le firmament ; ou ils se penchent sur de pâles balustrades pour contempler, au nord, les pentes escarpées de la ville où, sous les vieux pignons pointus, les petites fenêtres s'éclairent une à une de la calme lueur de miel d'une simple bougie.

« Les dieux sont tombés amoureux de ta merveilleuse cité et ne suivent plus les coutumes des dieux. Ils ont oublié les hauts lieux de la Terre et les montagnes qui les virent grandir. La Terre n'a plus de dieux dignes de ce nom, et seuls les Autres Dieux venus d'outre-espace règnent sur Kadath l'oubliée. Loin au fond d'une vallée de ta propre enfance, Randolph Carter, les Grands Anciens jouent, insouciants. Tu as trop bien rêvé, ô sage et insigne rêveur, car tu as attiré les dieux du rêve loin du monde des visions des hommes, vers un autre qui n'est qu'à toi ; tu as bâti à partir des petites rêveries de ton enfance une cité plus belle que tous les fantômes passés.

« Il n'est pas bon que les dieux de la Terre abandonnent leurs trônes aux œuvres des araignées, et leur royaume au sombre gouvernement des Autres. Les puissances extérieures feraient volontiers s'abattre sur toi horreur et chaos, Randolph Carter, toi qui es la cause de ces bouleversements, s'ils ne savaient pas que c'est toi seul qui peux renvoyer les dieux dans leur monde. Dans cette province du demi-éveil qui est la tienne, nulle puissance de la nuit absolue ne peut s'introduire ; et toi seul peux avec diplomatie déloger de ta prodigieuse cité les Grands Anciens égoïstes et les renvoyer par le crépuscule du nord à leur place habituelle, au-dessus de Kadath, la cité inconnue du désert glacé.

« En conséquence, Randolph Carter, au nom des Autres Dieux, je t'épargne et t'ordonne de trouver cette cité du couchant qui est tienne, et d'en chasser ces dieux somnolents et absentéistes qu'attend le monde du rêve. Tu n'auras point de mal à découvrir cette fièvre béatifique des dieux, cette fanfare de trompettes célestes, ce fracas de cymbales immortelles, ce mystère dont l'emplacement et le sens te hantent par les salles de l'éveil et les gouffres du rêve, et qui te tourmente par des éclairs de souvenirs disparus et la souffrance atroce et capitale de ce qui est à jamais perdu. Tu n'auras point de mal à trouver ce symbole, ce vestige de tes jours d'émerveillement, car en vérité il n'est autre que le diamant éternel et immuable dans lequel étincellent tous ces prodiges, cristallisé pour illuminer ton sentier vespéral. Vois ! Ce n'est point au-delà d'océans inconnus que ta quête doit te conduire, mais au rebours d'années familières, jusqu'aux étranges illuminations de l'enfance et aux brèves échappées baignées de soleil et de magie que d'antiques paysages apportaient à tes jeunes yeux grands ouverts.

« Car sache que ta prodigieuse cité d'or et de marbre n'est que la somme de ce que tu vis et aimas dans ta jeunesse. C'est la splendeur des collines de Boston où les toits et les fenêtres flamboient dans le soleil couchant, la splendeur de la chambre des Communes aux fleurs parfumées, du grand édifice dressé sur la colline et de l'enchevêtrement de pignons et de cheminées au fond de la vallée violette où coule paresseusement le fleuve Charles aux innombrables ponts. Tout cela, tu le vis, Randolph Carter, lorsque pour la première fois ta nourrice te promena en berceau au printemps, et c'est l'ultime vision que tu auras par les yeux du souvenir et de l'amour. Et voici l'antique Salem rêvant sous le poids des ans, et la spectrale Marblehead dont les précipices s'enfoncent dans les siècles passés, et l'éblouissement des tours et des flèches de Salem découpées sur le soleil couchant, vues des pâturages lointains de Marblehead, au-delà du port.

« Voici Providence, étrange et majestueuse sur ses sept collines qui dominent le port bleuté, avec ses terrasses verdoyantes qui mènent à des temples et des citadelles d'une Antiquité toujours vivante, et Newport s'élevant comme un revenant de ses jetées songeuses. Arkham est présente aussi, avec ses toits en croupe moussus et ses prairies ondulantes où affleure la roche ; et Kingsport l'antédiluvienne, blanche de ses cheminées foisonnantes, de ses quais déserts, de ses pignons en ressaut, de ses prodigieuses falaises et de l'océan aux brumes laiteuses où tintent les bouées.

« Les frais vallons de Concord, les ruelles pavées de Portsmouth, les boucles crépusculaires des routes du champêtre New Hampshire où les ormes géants dissimulent à demi les fermes blanches et les grinçants puits à bascule ; les appontements de Gloucester encroûtés de sel et les saules en plein vent de Truro ; les aperçus de villes lointaines où se dressent des temples et les collines qui se succèdent le long du rivage du Nord, les escarpements silencieux et les maisons basses mangées de lierre à l'abri d'énormes rochers dans la campagne de Rhode Island ; l'odeur de l'océan et le parfum des champs ; l'enchantement des bois sombres et la joie des vergers et des jardins à l'aube. Tout cela, Randolph Carter, fait ta cité ; car tout cela, c'est toi-même. La Nouvelle-Angleterre t'a porté et, dans ton âme, elle a versé un impérissable élixir de beauté. Cette beauté, façonnée, cristallisée et polie par des années de souvenir et de rêve, c'est ta fuyante merveille aux terrasses baignées de soleil couchant ; pour découvrir ce parapet de marbre aux curieuses urnes et aux rampes sculptées, pour descendre enfin ces innombrables marches à balustres qui mènent aux vastes places et aux fontaines irisées de ta cité, il te suffit de retrouver les pensées et les visions de ta lancinante jeunesse.

« Regarde ! Dans cette fenêtre brillent les étoiles de la nuit éternelle. En ce moment même, elles scintillent au-dessus des paysages que tu as connus et chéris, et tu as bu leur charme afin qu'elles étincellent plus splendidement encore sur les jardins du rêve. Voici Antarès – elle clignote en cet instant au-dessus des toits de Tremont Street et tu pourrais la voir de ta fenêtre de Beacon Hill.

Bien au-delà de ces étoiles s'ouvrent les gouffres dont m'ont tiré mes maîtres dénués d'esprit. Peut-être les traverseras-tu un jour, toi aussi. Mais si tu es avisé, tu te garderas d'une telle folie ; car des mortels qui s'y sont risqués et en sont revenus, un seul conserve un esprit que le martèlement et les griffes des horreurs du vide n'ont pas fracassé. Êtres de terreur et abominations se déchirent, les crocs dénudés, pour un peu d'espace, et les moins puissants sont les plus maléfiques, comme tu le sais d'après les actes de ceux qui cherchaient à te livrer à moi, alors même que je ne nourrissais aucun désir de t'anéantir. Au contraire, je t'aurais depuis longtemps aidé à parvenir jusqu'ici si je n'avais été occupé ailleurs et si je n'avais eu la certitude que tu trouverais tout seul ton chemin. Fuis donc les enfers extérieurs et contente-toi des belles visions calmes de ta jeunesse. Cherche ta cité merveilleuse, éconduis-en ces Grands Anciens négligents et renvoie-les avec tact aux lieux de leur propre jeunesse, qui les attendent avec inquiétude.

« Plus simple encore que le chemin du vague souvenir est le chemin que je te prépare. Vois ! Un monstrueux Shantak s'en vient, conduit par un esclave qu'il vaut mieux garder invisible pour la paix de ton âme. Monte et tiens-toi prêt là ! Yogash le noir va t'aider à t'installer sur l'horreur écailleuse. Dirige-toi ensuite sur l'étoile la plus brillante au sud du zénith : c'est Véga, et dans deux heures tu survoleras la terrasse de ta cité du couchant. Mais arrête-toi quand tu entendras un chant lointain dans l'éther supérieur. Au-delà rôde la folie, aussi retiens ton Shantak lorsque la première note viendra t'attirer. Abaisse plutôt ton regard sur la terre, et tu verras briller l'immortelle flamme d'autel d'Ired-Naa sur le toit sacré d'un temple. Ce temple se trouve dans la cité du couchant après laquelle tu soupires ; descends-y avant de te laisser séduire par le chant et de te perdre.

« À l'approche de la cité, dirige-toi sur le haut parapet d'où tu admires depuis si longtemps sa splendeur immense, puis aiguillonne ton Shantak afin qu'il crie. Sur leurs terrasses parfumées, les Grands Anciens entendront et reconnaîtront ce cri, et il leur viendra une telle nostalgie de la sinistre forteresse de Kadath et de la tiare d'étoiles éternelles qui la couronne, que les merveilles de ta cité seront impuissantes à l'apaiser.

« Alors, tu devras poser le Shantak parmi eux et les laisser voir et toucher cet immonde oiseau à tête de cheval, tout en leur parlant de Kadath l'inconnue que tu auras quittée de si fraîche date ; tu leur diras la beauté de ses salles immenses et obscures où ils avaient jadis coutume de danser et de se divertir, baignés d'une radiance céleste. Et le Shantak leur parlera comme parlent les Shantaks, mais il n'aura pour les persuader que le souvenir des jours anciens.

« À ces Grands Anciens fourvoyés, rappelle inlassablement leur demeure et leur jeunesse, jusqu'à ce qu'ils fondent en larmes et supplient qu'on leur montre le chemin oublié qui les y conduira. À cet instant, libère le Shantak, qui s'envolera dans le ciel en poussant le cri de retour au gîte de sa race ; en l'entendant, les Grands Anciens, envahis d'une profonde allégresse, piaffant et bondissant, s'élanceront sur les traces du répugnant oiseau à la façon des dieux et franchiront les insondables gouffres du ciel pour regagner les tours et les bâtiments familiers de Kadath.

« Alors, la prodigieuse cité du couchant sera tienne ; tu pourras la chérir et l'habiter à jamais, et les dieux de la Terre gouverneront à nouveau les rêves des hommes depuis leur place accoutumée. Va, maintenant – la croisée est ouverte et les étoiles attendent. Déjà ton Shantak siffle et criaille d'impatience. Dirige-toi sur Véga dans la nuit, mais détourne-toi en entendant le chant. N'oublie pas cette recommandation, de peur que d'inconcevables horreurs ne t'aspirent dans l'abîme de la folie hurlante. Souviens-toi des Autres Dieux ; ils sont puissants, sans esprit et terrifiants, et ils rôdent dans le vide extérieur. Ce sont là des dieux qu'il vaut mieux fuir.

« Hei! Aa-shanta nygh ! Va-t'en ! Renvoie les dieux de la Terre dans leur repaire de Kadath l'inconnue, et prie l'espace tout entier de ne jamais me rencontrer sous mes mille autres formes. Adieu, Randolph Carter, et prends garde ; car je suis Nyarlathotep, le Chaos Rampant ! »

Et, monté sur son hideux Shantak, Randolph Carter, suffoquant, l'esprit saisi dans un tourbillon de terreur, s'envola en hurlant dans l'espace en direction du glacial éclat bleuté de Véga la boréale ; il n'osa se retourner qu'une seule fois sur le chaos des innombrables tourelles du cauchemar d'onyx où brillait encore sinistrement la fenêtre qui domine l'air et les nuages du pays du rêve. D'immenses horreurs polypeuses flottaient dans les ténèbres derrière lui et d'invisibles ailes de chauves-souris battaient alentour, mais il s'accrocha fermement à l'infecte crinière de l'oiseau hippocéphale aux répugnantes écailles. Les étoiles dansaient une gigue moqueuse et, par moments, se déplaçaient presque pour former de pâles motifs de mort dont Carter se demandait pourquoi il ne les avait jamais vus ni redoutés ; et toujours les vents hurlants des abysses évoquaient les ténèbres indécises et la solitude qui règnent au-delà du cosmos.

Soudain, un silence menaçant tomba du firmament scintillant ; les vents et les horreurs disparurent furtivement comme les créatures de la nuit avant l'aube. Par vagues tremblantes que les vapeurs dorées des nébuleuses rendaient étrangement visibles, les faibles accents d'une lointaine mélodie s'élevèrent, suite bourdonnante de vagues accords inconnus de notre univers d'étoiles. Et comme cette musique se renforçait, le Shantak dressa les oreilles et se précipita en avant, tandis que Carter se penchait pour saisir les ravissantes harmonies. C'était un chant, mais un chant qui ne jaillissait d'aucune bouche. Seules la nuit et les sphères le chantaient, et il était déjà ancien à la naissance de l'espace, de Nyarlathotep et des Autres Dieux.

Le Shantak volait toujours plus vite et son cavalier se penchait toujours plus en avant, ivres tous deux des merveilles des gouffres étranges, tournoyant dans les torques de cristal de la magie d'outre-espace. Carter se souvint alors, mais trop tard, des mises en garde du démon, de la recommandation narquoise du diabolique légat de se méfier de la folie que provoque ce chant. Las ! ce n'était que pour se gausser que Nyarlathotep lui avait indiqué un chemin sûr pour atteindre la merveilleuse cité du couchant ; pour se moquer que le noir messager lui avait révélé le secret de ces dieux paresseux qu'il pouvait si aisément renvoyer chez eux. Car la folie et la féroce vengeance du vide sont les seuls cadeaux que Nyarlathotep réserve au présomptueux ; et le cavalier eut beau faire des efforts frénétiques pour détourner sa repoussante monture, le Shantak ricanant poursuivit implacablement sa course impétueuse à grands coups d'ailes visqueuses, plein d'une joie mauvaise, vers les abîmes impies où n'accèdent pas les rêves, vers l'ultime souillure amorphe du magma le plus profond, au cœur de l'infini où bouillonne et blasphème Azatoth, le sultan insensé des démons dont nulle bouche n'ose prononcer le nom à voix haute.

Inébranlable, obéissant aux ordres de l'immonde légat, l'oiseau infernal traversa des bancs de créatures informes qui rôdaient en cabriolant dans les ténèbres, des troupeaux hébétés d'entités flottantes aux serres tâtonnantes, larves innommables des Autres Dieux, comme eux aveugles, dénuées d'intelligence et possédées d'appétits étranges.

Inexorablement, avec de grands ricanements accordés au chant de la nuit et des sphères qui s'était mué en rires hystériques, l'apocalyptique oiseau squameux emportait son cavalier impuissant à une vitesse vertigineuse ; il fendit l'extrême bord de l'univers, survola les abîmes les plus reculés en laissant derrière lui les étoiles et les royaumes de la matière, et fonça comme un météore à travers l'absence totale de forme vers les salles inconcevables et pleines de ténèbres d'au-delà du temps. Là, Azatoth, informe et affamé, claque des mâchoires au milieu du battement exaspérant d'ignobles tambours assourdis et de la plainte grêle et monotone de flûtes maudites.

Plus loin, toujours plus loin, par les gouffres hurlants aux sombres multitudes – et puis, de très loin, comme une joie imprécise, il vint une image, une pensée à Randolph Carter le condamné. Nyarlathotep avait trop bien préparé son plan ironique et tentateur, car il avait fait resurgir en Carter ce qu'aucune tempête de terreur glaçante ne pouvait tout à fait effacer : sa maison, la Nouvelle-Angleterre, Beacon Hill, le monde de l'éveil !

« Car sache que ta prodigieuse cité d'or et de marbre n'est que la somme de ce que tu vis et aimas dans ta jeunesse… la splendeur des collines de Boston où les toits et les fenêtres flamboient dans le soleil couchant, la splendeur de la chambre des Communes aux fleurs parfumées, du grand édifice dressé sur la colline et de l'enchevêtrement de pignons et de cheminées au fond de la vallée violette où coule paresseusement le fleuve Charles aux innombrables ponts… Cette beauté, façonnée, cristallisée et polie par des années de souvenir et de rêve, c'est ta fuyante merveille aux terrasses baignées de soleil couchant ; pour trouver ce parapet de marbre aux curieuses urnes et aux rampes sculptées, pour descendre enfin ces innombrables marches à balustres qui mènent aux vastes places et aux fontaines irisées de ta cité, il te suffit de retrouver les pensées et les visions de ta lancinante jeunesse. »

Plus loin, toujours plus loin, dans une course vertigineuse à travers l'obscurité vers l'ultime sentence ; des pattes tâtonnantes palpaient Carter, des mufles visqueux le poussaient et des créatures innommables ricanaient sans cesse. Mais l'image et la pensée étaient là, et à présent Randolph Carter savait parfaitement qu'il était en train de rêver, de rêver, simplement, et que quelque part à l'arrière-plan le monde de l'éveil et la cité de son enfance existaient toujours. Des paroles lui revinrent : « Il te suffit de retrouver les pensées et les visions de ta lancinante jeunesse. » Se tourner ! Se tourner ! Les ténèbres étaient omniprésentes, mais Carter parvint à se retourner.

Malgré l'épaisseur du tourbillonnant cauchemar qui emprisonnait ses sens, Randolph Carter arrivait maintenant à se mouvoir ; il pouvait sauter du Shantak démoniaque qui, sur les ordres de Nyarlathotep, l'emportait dans une course folle vers sa mort. Il pouvait sauter pour affronter les profondeurs de nuit qui béaient en dessous de lui, ces abîmes de terreur dont l'horreur ne pouvait dépasser l'indicible destin qui l'attendait au cœur du chaos. Il pouvait se tourner, bouger, sauter... il le pouvait... il le voulait... il le voulait... il le voulait !

Et le rêveur condamné, éperdu, sauta de l'immense abomination hippocéphale et tomba dans des vides infinis de ténèbres vivantes. Le temps s'emballa, des univers moururent et naquirent, les étoiles devinrent des nébuleuses et les nébuleuses des étoiles, et toujours Randolph Carter tombait dans ces vides infinis de ténèbres vivantes.

Enfin, dans la marche lente de l'éternité, le cycle ultime du cosmos parvint à un nouvel achèvement futile et bouillonnant, et l'univers redevint tel qu'il était d'innombrables kalpas auparavant. Matière et lumière naquirent une nouvelle fois telles que l'espace les avait connues ; comètes, soleils et monde s'éveillèrent à la vie, bien que rien n'eût survécu pour révéler qu'ils étaient déjà passés par des morts et des résurrections infinies, sans qu'il y eût jamais de commencement.

Et il y eut de nouveau un firmament, un vent et un flamboiement de lumière violette dans les yeux du rêveur qui tombait. Il y eut des dieux, des présences et des volontés, du mal et de la beauté ; et le hurlement suraigu de l'immonde nuit dépouillée de sa proie. Car une image et une pensée venues de l'enfance d'un rêveur avaient survécu au cycle ultime et inconnu, et voici qu'étaient recréés un monde de l'éveil et une vieille cité bien-aimée pour les incarner et les justifier. S'ngac, le gaz violet, avait indiqué la voie pour sortir du vide et Nodens l'immémorial, du fond d'abîmes insoupçonnés, mugissait ses conseils.

Les étoiles s'enflèrent en aurores majestueuses, les aurores éclatèrent en fontaines d'or, de carmin et de pourpre, et toujours le rêveur tombait. Des cris déchirèrent l'éther tandis que des rubans de lumière repoussaient les démons venus de l'extérieur. Et Nodens le chenu poussa un hurlement de triomphe quand Nyarlathotep, talonnant sa proie, s'arrêta, confondu, devant un flamboiement qui flétrit ses informes horreurs chasseresses et les changea en poussière grise. Et voici que Carter avait enfin descendu le vaste escalier de marbre qui mène à sa cité merveilleuse, car il était de retour dans la belle Nouvelle-Angleterre, le pays qui avait modelé son âme.

Alors, aux accords des milliers de sifflements du matin et dans les éblouissants rayons de l'aube qui se reflétaient sur le grand dôme doré de la Chambre Législative, sur la colline, et pénétraient chez lui par les vitraux violets, Randolph Carter se réveilla en criant dans sa chambre de Boston. Des oiseaux chantaient dans des jardins invisibles et le parfum mélancolique des jasmins palissés montait des tonnelles que son grand-père avait dressées. La beauté, la lumière émanaient de la cheminée classique, de la corniche sculptée et des murs aux peintures grotesques ; au coin du feu, un chat noir, le poil luisant de santé, émergeait en bâillant de son somme dont l'avaient tiré le sursaut et le cri de son maître. À d'innombrables immensités de là, bien loin de la porte du Sommeil Profond, du bois enchanté et de la terre des jardins, au-delà de la mer Cérénérienne et des abords crépusculaires d'Inquanok, Nyarlathotep, le chaos rampant, rêvait dans la citadelle d'onyx au-dessus de Kadath, la cité inconnue du désert glacé. Et il se moquait des dieux débonnaires de la Terre qu'il avait brutalement arrachés à leurs fêtes parfumées de la merveilleuse cité du couchant.

Les Montagnes Hallucinées

Chapitre 1

Je suis obligé d'intervenir parce que les hommes de science ont refusé de suivre mes avis sans en connaître les motifs. C'est tout à fait contre mon gré que j'expose mes raisons de combattre le projet d'invasion de l'Antarctique – vaste chasse aux fossiles avec forages sur une grande échelle et fusion de l'ancienne calotte glaciaire – et je suis d'autant plus réticent que ma mise en garde risque d'être vaine. Devant des faits réels tels que je dois les révéler, l'incrédulité est inévitable ; pourtant, si je supprimais ce qui me semblera inconcevable et extravagant, il ne resterait plus rien. Les photographies que j'ai conservées jusqu'ici, à la fois banales et irréelles, témoigneront en ma faveur, car elles sont diablement précises et frappantes. On doutera néanmoins, à cause des dimensions anormales qu'on peut attribuer à un truquage habile. Quant aux dessins à la plume, on en rira bien entendu, comme d'évidentes impostures ; cependant, les experts en art devraient remarquer une bizarrerie de technique et chercher à la comprendre.

Finalement, il me faut compter sur le jugement et l'influence de quelques sommités du monde scientifique, qui aient d'une part assez d'indépendance d'esprit pour apprécier mes informations à leur propre valeur effroyablement convaincante, ou à la lumière de certains cycles mythiques primordiaux et déroutants au plus haut point, et d'autre part un prestige suffisant pour dissuader le monde de l'exploration dans son ensemble de tout programme imprudent et trop ambitieux dans la région de ces montagnes du délire. Il est regrettable qu, e des gens relativement obscurs comme moi et mes collaborateurs, liés seulement à une petite université, aient si peu de chances de faire impression là où se posent des problèmes par trop étranges ou vivement controversés.

Ce qui joue par ailleurs contre nous, c'est que nous ne sommes pas, à proprement parler, spécialistes des domaines principalement concernés. Comme géologue, mon but en dirigeant l'expédition de l'université de Miskatonic était uniquement de me procurer à grande profondeur des spécimens de roche et de sol des différentes régions du continent antarctique, grâce au remarquable foret conçu par le professeur Frank H. Pabodie, de notre département de technologie. Je n'avais aucun désir d'innover dans quelque autre domaine ; mais j'espérais que l'emploi de ce dispositif mécanique en différents points déjà explorés conduirait à découvrir des substances d'une espèce jusqu'ici demeurée hors d'atteinte par les procédés ordinaires de collecte. Le système de forage de Pabodie, ainsi que nos rapports l'ont déjà appris au public, était absolument exceptionnel : léger, facile à porter, il combinait le principe du foret artésien courant et celui de la petite foreuse circulaire de roche, de manière à venir à bout rapidement des strates de dureté variable. Tête d'acier, bras articulés, moteur à essence, derrick en bois pliant, mécanisme de dynamitage, sonde pour le déblai des déchets, et tuyauterie par éléments pour forages de cinq pouces de large et jusqu'à mille pieds de profondeur, il ne pesait pas plus, tout monté, avec les accessoires nécessaires, que ne pouvaient porter trois traîneaux à sept chiens ; cela grâce à l'alliage d'aluminium dont étaient faites la plupart des pièces métalliques. Quatre gros avions Dornier, spécialement étudiés pour le vol à très haute altitude qui s'impose sur le plateau antarctique, et avec des appareils supplémentaires pour le réchauffement du carburant et le démarrage rapide, mis au point par Pabodie, pouvaient transporter toute notre expédition depuis une base au bord de la grande barrière de glace jusqu'en divers points choisis à l'intérieur des terres, et de là nous disposerions d'un contingent suffisant de chiens.

Nous avions prévu de couvrir un territoire aussi étendu que le permettait une saison antarctique – ou au-delà si c'était absolument nécessaire – en opérant essentiellement dans les chaînes de montagnes et sur le plateau au sud de la mer de Ross ; régions plus ou moins explorées par Shackleton, Amundsen, Scott et Byrd. Avec de fréquents changements de camps, assurés par avion et couvrant des distances assez importantes pour présenter un intérêt géologique, nous comptions mettre au jour une masse de matière tout à fait sans précédent ; spécialement dans les strates précambriennes dont un champ si étroit de spécimens antarctiques avait jusqu'alors été recueilli. Nous souhaitions aussi nous procurer la plus large variété possible des roches fossilifères supérieures, car l'histoire de la vie primitive de ce royaume de glace et de mort est de la plus haute importance pour la connaissance du passé de la Terre. Ce continent antarctique avait été tempéré et même tropical, avec une végétation luxuriante et une vie animale dont les lichens, la faune marine, les arachnides et les manchots de la côte nord sont, comme chacun sait, les seuls survivants et nous espérions élargir cette information en diversité, précision et détail. Si un simple forage révélait des traces fossilifères, nous élargirions l'ouverture à l'explosif, afin de recueillir des spécimens de taille suffisante et en bon état.

Nos forages, de profondeurs diverses selon les perspectives offertes par le sol ou la roche superficielle, devraient se limiter, ou presque, aux surfaces découvertes – qui étaient fatalement des pentes ou des arêtes, les basses terres étant recouvertes d'un mile ou deux de glace. Nous ne pouvions pas nous permettre de gaspiller les forages en profondeur sur une masse considérable de glace pure, bien que Pabodie ait élaboré un plan pour enfouir par sondages groupés des électrodes de cuivre, et fondre ainsi des zones limitées avec le courant d'une dynamo à essence. Tel est le projet – que nous ne pouvions mettre à exécution, sinon à titre expérimental, dans une entreprise comme la nôtre – que la future expédition Starkweather-Moore propose de poursuivre, malgré les avertissements que j'ai diffusés depuis notre retour de l'Antarctique.

Le public a pu suivre l'expédition Miskatonic grâce à nos fréquents communiqués par radio à l'Arkham Advertiser et à l'Associated Press, ainsi qu'aux récents articles de Pabodie et aux miens. Nous étions quatre de l'université – Pabodie, Lake du département de biologie, Atwood pour la physique (également météorologiste), et moi qui représentais la géologie et assurais le commandement nominal – avec en plus seize assistants ; sept étudiants diplômés de Miskatonic et neuf habiles mécaniciens. De ces seize hommes, douze étaient pilotes qualifiés, tous sauf deux opérateurs radio compétents. Huit d'entre eux connaissaient la navigation au compas et au sextant, comme aussi Pabodie, Atwood et moi. En outre, bien sûr, nos deux bateaux – d'anciens baleiniers de bois renforcés pour affronter les glaces et munis de vapeur auxiliaire – étaient entièrement équipés. La fondation Nathaniel Derby Pickman, assistée de quelques contributions particulières, finança l'expédition ; nos préparatifs purent être ainsi extrêmement minutieux, malgré l'absence d'une large publicité. Chiens, traîneaux, machines, matériel de campement et pièces détachées de nos cinq avions furent livrés à Boston, où l'on chargea nos bateaux. Nous étions admirablement outillés pour nos objectifs spécifiques, et dans toutes les matières relatives à l'approvisionnement, au régime, aux transports et à la construction du camp, nous avions profité de l'excellent exemple de nos récents prédécesseurs, exceptionnellement brillants. Le nombre et la renommée de ces devanciers firent que notre expédition, si importante qu'elle fût, eut peu d'échos dans le grand public.

Comme l'annonça la presse, nous embarquâmes au port de Boston le 2 septembre 1930 ; faisant route sans nous presser le long de la côte et par le canal de Panama, nous nous arrêtâmes à Samoa puis à Hobart en Tasmanie, pour y charger nos derniers approvisionnements. Personne dans notre équipe d'exploration n'étant encore allé jusqu'aux régions polaires, nous comptions beaucoup sur nos capitaines – J. B. Douglas, commandant le brick Arkham et assurant la direction du personnel marin, et Georg Thorfinnssen, commandant le trois-mâts Miskatonic –, tous deux vétérans de la chasse à la baleine dans les eaux antarctiques. Tandis que nous laissions derrière nous le monde habité, le soleil descendait de plus en plus bas vers le nord, et restait chaque jour de plus en plus longtemps au-dessus de l'horizon. Vers le 62e degré de latitude sud, nous vîmes nos premiers icebergs – en forme de plateaux aux parois verticales – et juste avant d'atteindre le cercle polaire antarctique, que nous franchîmes le 20 octobre avec les pittoresques cérémonies traditionnelles, nous fûmes considérablement gênés par la banquise. J'avais beaucoup souffert de la baisse de la température après notre long passage des tropiques, mais j'essayais de m'endurcir pour les pires rigueurs à venir. À plusieurs reprises d'étranges phénomènes atmosphériques m'enchantèrent ; notamment un mirage d'un éclat saisissant – le premier que j'aie jamais vu – où les lointains icebergs devenaient les remparts de fantastiques châteaux.

Nous frayant un chemin à travers les glaces, qui n'étaient heureusement ni trop étendues ni trop denses, nous retrouvâmes la mer libre par 67° de latitude sud et 175° de longitude est. Le matin du 26 octobre, un net aperçu de la terre surgit au sud, et avant midi nous éprouvâmes tous un frisson d'excitation au spectacle d'une chaîne montagneuse vaste, haute et enneigée, qui se déployait à perte de vue. Nous avions enfin rencontré un avant-poste du grand continent inconnu et son monde occulte de mort glacée. Ces sommets étaient évidemment la chaîne de l'Amirauté, découverte par Ross, et il nous faudrait maintenant contourner le cap Adare et suivre la côte est de la terre de Victoria jusqu'à notre base, prévue sur le rivage du détroit de McMurdo, au pied du volcan Erebus par 77° 9'de latitude sud.

La dernière partie du voyage fut colorée et stimulante pour l'imagination, les hauts pics stériles du mystère se profilant constamment sur l'ouest, alors que les rayons obliques du soleil septentrional de midi ou ceux plus bas encore sur l'horizon du soleil austral de minuit répandaient leurs brumes rougeoyantes sur la neige blanche, la glace, les ruissellements bleuâtres, et les taches noires des flancs granitiques mis à nu. Entre les cimes désolées soufflaient par intermittence les bourrasques furieuses du terrible vent antarctique, dont les modulations évoquaient vaguement parfois le son musical d'une flûte sauvage, à peine sensible, avec des notes d'une tessiture très étendue, et qui par on ne sait quel rapprochement mnémonique inconscient me semblaient inquiétantes et même effroyables, obscurément. Quelque chose dans ce décor me rappela les étranges et troublantes peintures asiatiques de Nicholas Rœrich[1] , et les descriptions plus étranges encore et plus inquiétantes du légendaire plateau maléfique de Leng, qui apparaît dans le redoutable Necronomicon d'Abdul Alhazred, l'Arabe fou. Je regrettai assez, par la suite, de m'être un jour penché sur ce livre abominable à la bibliothèque du collège. Le 7 novembre, ayant momentanément perdu de vue la chaîne de l'ouest, nous passâmes au large de l'île Franklin ; et le lendemain nous aperçûmes les cônes des monts Erebus et Terror sur l'île de Ross, avec au-delà la longue chaîne des montagnes de Parry. De là s'étendait vers l'est la ligne blanche, basse, de la grande barrière de glace, s'élevant perpendiculairement sur une hauteur de deux cents pieds, comme les falaises rocheuses de Québec, et marquant la limite de la navigation vers le sud. Dans l'après-midi, nous pénétrâmes dans le détroit de McMurdo, filant au large de la côte sous le mont Erebus fumant. Le pic de scories se dressait à douze mille sept cents pieds sur le ciel oriental, comme une estampe japonaise du mont sacré Fuji-Yama ; tandis que plus loin s'élevait le sommet blanc et spectral du mont Terror, volcan de dix mille neuf cents pieds, aujourd'hui éteint. Des bouffées de fumée s'échappaient parfois de l'Erebus, et l'un des assistants diplômés – un brillant jeune homme nommé Danforth – désigna sur la pente neigeuse ce qui semblait de la lave ; faisant remarquer que cette montagne, découverte en 1840, avait certainement inspiré l'image de Poe quand il écrivit sept ans plus

tard :
« … Les laves qui sans cesse dévalent
Leur flot sulfureux du haut du Yaanek
Dans les contrées lointaines du pôle…
Qui grondent en roulant au bas du mont Yaanek
Au royaume du pôle boréal. »

Danforth était grand lecteur de documents bizarres, et avait beaucoup parlé de Poe. Je m'intéressais moi-même, à cause du décor antarctique, au seul long récit de Poe – l'inquiétant et énigmatique Arthur Gordon Pym. Sur le rivage nu et sur la haute barrière de glace à l'arrière-plan, des foules de manchots grotesques piaillaient en agitant leurs ailerons, alors qu'on voyait sur l'eau quantité de phoques gras, nageant ou vautrés sur de grands blocs de glace qui dérivaient lentement.

Utilisant de petites embarcations, nous effectuâmes un débarquement difficile sur l'île de Ross, peu après minuit, le matin du 9, tirant un câble de chacun des bateaux pour préparer le déchargement du matériel au moyen d'une bouée-culotte. Nos impressions en foulant pour la première fois le sol de l'Antarctique furent intenses et partagées, bien que, en ce même lieu, les expéditions de Scott et de Shackleton nous eussent précédés. Notre camp sur le rivage glacé, sous les pentes du volcan, n'était que provisoire, le quartier général restant à bord de l'Arkham. Nous débarquâmes tout notre matériel de forage, chiens, traîneaux, tentes, provisions, réservoirs d'essence, dispositif expérimental pour fondre la glace, appareils photo et de prise de vues aériennes, pièces détachées d'avion et autres accessoires, notamment trois petites radios portatives (en plus de celles des avions) qui pourraient assurer la communication avec la grande installation de l'Arkham à partir de n'importe quel point de l'Antarctique où nous aurions à nous rendre. Le poste du bateau, en liaison avec le monde extérieur, devait transmettre les communiqués de presse à la puissante station de l'Arkham Advertiser à Kingsport Head, Massachusetts. Nous espérions terminer notre travail en un seul été antarctique ; mais si cela s'avérait impossible, nous hivernerions sur l'Arkham, en envoyant au nord le Miskatonic, avant le blocage des glaces, pour assurer d'autres approvisionnements.

Je n'ai pas besoin de répéter ce que les journaux ont déjà publié de nos premiers travaux : notre ascension du mont Erebus ; les forages à la mine réussis en divers points de l'île de Ross et l'étonnante rapidité avec laquelle le dispositif de Pabodie les avait menés à bien, même dans des couches de roche dure ; notre premier essai du petit outillage pour fondre la glace ; la périlleuse progression dans la grande barrière avec traîneaux et matériel ; enfin le montage des cinq gros avions à notre campement du sommet de la barrière. La santé de notre équipe terrestre – vingt hommes et cinquante-cinq chiens de traîneau de l'Alaska – était remarquable, encore que, bien sûr, nous n'ayons pas affronté jusque-là de températures ou de tempêtes vraiment meurtrières. La plupart du temps, le thermomètre variait entre zéro et 20 ou 25° au-dessus[2], et notre expérience des hivers de Nouvelle-Angleterre nous avait habitués à de telles rigueurs. Le camp de la barrière était semi-permanent et destiné à entreposer à l'abri essence, provisions, dynamite et autres réserves. Nous n'avions besoin que de quatre avions pour transporter le matériel d'exploration proprement dit, le cinquième demeurant à l'entrepôt caché, avec un pilote et deux hommes des bateaux prêts à nous rejoindre éventuellement à partir de l'Arkham au cas où tous les autres appareils seraient perdus. Plus tard, quand ceux-ci ne serviraient pas au transport des instruments, nous en utiliserions un ou deux pour une navette entre cette cache et une autre base permanente sur le grand plateau, six à sept cents miles plus au sud, au-delà du glacier de Beardmore. Malgré les récits unanimes de vents et d'orages effroyables qui s'abattaient du haut du plateau, nous décidâmes de nous passer de bases intermédiaires, prenant ce risque par souci d'économie et d'efficacité.

Les comptes rendus par radio ont rapporté le vol stupéfiant de notre escadrille, quatre heures d'affilée, le 21 novembre, au-dessus du haut plateau de glace, avec les sommets immenses qui se dressaient à l'ouest et le silence insondable où se répercutait le bruit de nos moteurs. Le vent ne nous gêna pas trop et notre radiocompas nous aida à traverser le seul brouillard épais que nous rencontrâmes. Quand la masse colossale surgit devant nous entre le 83e et le 84e degré de latitude, nous comprîmes que nous avions atteint le Beardmore, le plus grand glacier de vallée du monde et que la mer glacée cédait alors la place à un littoral montagneux et sévère. Nous étions vraiment cette fois dans l'ultime Sud, ce monde blanc depuis une éternité, et au moment même où nous en prenions conscience nous vîmes au loin à l'orient la cime du mont Nansen, déployant toute sa hauteur de presque quinze mille pieds.

L'heureuse installation de la base méridionale au-dessus du

glacier, par 86° 7'de latitude et 174° 23'de longitude est, les forages et minages étonnamment rapides et fructueux effectués en divers points lors d'expéditions en traîneau et de vols de courte durée sont du domaine de l'histoire ; comme l'est la difficile et triomphale ascension du mont Nansen, du 13 au 15 décembre, par Pabodie et deux des étudiants diplômés – Gedney et Carroll. Nous étions à quelque huit mille cinq cents pieds au-dessus du niveau de la mer, et quand les forages expérimentaux révélèrent ici et là le sol à douze pieds seulement sous la neige et la glace, nous fîmes grand usage du petit dispositif de fusion pour sonder et dynamiter dans beaucoup de sites où aucun explorateur avant nous n'avait jamais pensé recueillir des spécimens minéraux. Les granits précambriens et les grès ainsi obtenus confirmèrent notre conviction que ce plateau était de même nature que la majeure partie du continent occidental, mais quelque peu différent des régions de l'Est au-dessous de l'Amérique du Sud – dont nous pensions alors qu'elles formaient un continent distinct et plus petit, séparé du grand par un confluent glacé des mers de Ross et de Weddell, bien que Byrd ait depuis réfuté cette hypothèse.

Dans certains de ces grès, dynamités et détachés au ciseau après que le sondage en eut révélé la nature, nous trouvâmes quelques traces et fragments fossiles d'un grand intérêt – notamment des fougères, algues, trilobites, crinoïdes et mollusques tels que lingula et gastéropodes – tous bien spécifiques de l'histoire primordiale de la région. Il y avait aussi une curieuse marque triangulaire, striée, d'environ un pied de diamètre, que Lake reconstitua à partir de trois fragments d'ardoise provenant d'un trou profond d'explosif. Ces fragments découverts à l'ouest, près de la chaîne de la Reine Alexandra, intéressèrent particulièrement Lake qui, en tant que biologiste, jugeait leurs marques mystérieuses et excitantes, bien qu'à mes yeux de géologue elles ne paraissent guère différentes des effets de rides assez courants dans les roches sédimentaires. L'ardoise n'étant qu'une formation métamorphique où une couche sédimentaire se trouve pressée, et la pression elle-même produisant sur toute trace de curieux effets de distorsion, je ne voyais aucune raison de s'étonner à ce point pour une dépression striée.

Le 6 janvier 1931, Lake, Pabodie, Daniels, les dix étudiants, quatre mécaniciens et moi survolâmes directement le pôle Sud dans deux des gros appareils, obligés d'atterrir une fois par un vent brusque et violent qui heureusement ne tourna pas à la vraie tempête. C'était là, comme l'ont rapporté les journaux, l'un de nos premiers vols d'observation ; nous tentâmes, au cours des autres, de relever de nouvelles caractéristiques topographiques dans des zones qui avaient échappé aux précédents explorateurs. Nos vols du début furent décevants à cet égard, bien qu'ils nous aient offert de superbes exemples des mirages si fantastiques et trompeurs des régions polaires, dont notre voyage par mer nous avait donné quelques aperçus. Les montagnes lointaines flottaient dans le ciel comme des villes ensorcelées et tout ce monde blanc se dissolvait en l'or, l'argent et l'écarlate d'un pays de rêves dunsaniens prometteur d'aventures, sous la magie des rayons obliques du soleil de minuit. La navigation était très difficile par temps nuageux, le ciel et la terre enneigée ayant tendance à se fondre dans la fascination d'un vide opalescent, où aucun horizon visible ne marquait leurs limites.

Nous décidâmes enfin de réaliser notre premier projet d'aller cinq cents miles vers l'est avec les quatre avions de reconnaissance pour établir une nouvelle base annexe, qui se situerait probablement sur la zone continentale la plus petite, comme nous le croyions à tort. Les spécimens géologiques collectés là-bas permettraient d'intéressantes comparaisons. Notre santé jusqu'à présent restait excellente, le jus de citron vert compensant efficacement le régime constant de conserves et de salaisons, et les températures généralement modérées nous évitant les lourdes fourrures. C'était le milieu de l'été et, à force de soin et de diligence, nous pourrions terminer le travail d'ici mars, échappant à un fastidieux hivernage pendant la longue nuit antarctique. Plusieurs terribles ouragans s'étaient déchaînés sur nous, venant de l'ouest, mais les dégâts nous avaient été épargnés grâce à l'ingéniosité d'Atwood, qui avait conçu des abris rudimentaires pour les avions, des coupe-vent faits de lourds blocs de neige, et étayé de même les principales constructions du camp. Notre chance et notre efficacité avaient quelque chose de surnaturel.

Le monde extérieur était au courant, bien entendu, de notre programme ; il avait appris aussi l'étrange obstination de Lake qui réclamait un tour de prospection vers l'ouest – ou plutôt le nord-ouest – avant notre transfert à la nouvelle base. Il semblait avoir beaucoup réfléchi, et avec une audace tranchante des plus alarmantes, sur la marque triangulaire de l'ardoise, y déchiffrant certaines contradictions entre sa nature et son âge géologique, qui excitaient à l'extrême sa curiosité et le désir passionné de pousser plus loin forages et minages dans la formation occidentale, à laquelle appartenaient évidemment les fragments mis au jour. Il était bizarrement convaincu que cette marque était l'empreinte de quelque organisme volumineux, inconnu et absolument inclassable, hautement évolué, bien que la roche qui la portait fût d'une époque tellement ancienne – cambrienne, sinon même précambrienne – qu'elle excluait l'existence de toute vie non seulement très évoluée, mais simplement au-delà du stade des unicellulaires ou au plus des trilobites. Ces fragments, ainsi que leur marque singulière, dataient de cinq cents millions à un milliard d'années.

Chapitre 2

L'imagination populaire réagit positivement, je pense, à nos communiqués par radio sur le départ de Lake vers des régions que l'homme n'avait jamais foulées ni découvertes dans ses rêves, encore que nous n'ayons rien dit de ses espoirs fous de révolutionner les sciences en biologie et en géologie. Sa première expédition de sondage en traîneau, du 11 au 18 janvier, avec Pabodie et cinq autres – gâtée par la perte de deux chiens dans un accident au passage d'une des grandes arêtes de glace – avait exhumé plus encore d'ardoise archéenne ; et je fus frappé de l'étonnante profusion de marques fossiles évidentes dans cette strate incroyablement ancienne. Elles venaient de formes de vie très primitives qui n'impliquaient d'autre paradoxe que la présence impossible d'aucune forme de vie dans une roche aussi indiscutablement précambrienne ; aussi ne voyais-je toujours pas de raison à la requête de Lake de suspendre notre programme de gain de temps – pause qui exigeait les quatre avions, beaucoup d'hommes et tout l'équipement mécanique de l'expédition. Finalement, je ne m'opposai pas au projet mais je décidai de ne pas accompagner la mission du nord-ouest, bien que Lake sollicitât mes compétences géologiques. Pendant leur absence, je resterais à la base avec Pabodie et cinq hommes pour mettre au point les plans définitifs du transfert vers l'est. En prévision de l'opération, l'un des avions avait commencé à remonter du détroit de McMurdo une importante réserve d'essence ; mais cela pouvait attendre un peu pour l'instant. Je gardai avec moi un traîneau et neuf chiens, car on ne peut s'exposer à se retrouver d'un moment à l'autre sans moyen de transport en un monde totalement inhabité, mort depuis des millénaires.

L'expédition de Lake vers l'inconnu, comme chacun se le rappelle, diffusa ses propres communiqués grâce aux émetteurs à ondes courtes des avions ; ils étaient captés simultanément par notre installation de la base méridionale et par l'Arkham dans le détroit de McMurdo, d'où ils étaient retransmis au monde extérieur sur grandes ondes jusqu'à cinquante mètres. Le départ avait eu lieu le 22 janvier à quatre heures du matin ; et le premier message radio que nous reçûmes arriva deux heures plus tard ; Lake y parlait d'atterrir pour entreprendre une fusion de glace à petite échelle et un forage à quelque trois cents miles de nous. Six heures après, un second appel enthousiaste racontait la fiévreuse activité de castor pour creuser et miner un puits peu profond ; l'apogée en était la découverte de fragments d'ardoise portant plusieurs marques assez semblables à celles qui avaient suscité d'abord la perplexité.

Trois heures plus tard, un bref communiqué annonçait la reprise du vol malgré un vent âpre et glacial, et quand j'expédiai un message pour m'opposer à de nouvelles imprudences, Lake répondit sèchement que ses nouveaux spécimens valaient qu'on prît tous les risques. Je compris que son exaltation le porterait à la révolte et que je ne pouvais rien pour empêcher qu'un coup de tête mette en péril tout le succès de l'expédition ; mais il était consternant de l'imaginer s'enfonçant de plus en plus dans cette immensité blanche, perfide et funeste, hantée de tempêtes et de mystères insondables, qui se déployait sur plus de quinze cents miles jusqu'au littoral mal connu et suspect de la Reine-Mary et des terres de Knox.

Puis au bout d'une heure et demie environ, vint un message plus surexcité encore, de l'appareil de Lake en vol, qui me fit changer de sentiment et souhaiter presque d'avoir accompagné l'équipe.

« 22 h 10. En vol. Après tempête de neige, avons aperçu chaîne de montagnes la plus haute jamais vue. Peut égaler l'Himalaya, à en juger par la hauteur du plateau. Latitude probable 76° 15', longitude 113° 10'est. S'étend à perte de vue à droite et à gauche. Peut-être deux cônes fumants. Tous sommets noirs dépouillés de neige. Grand vent souffle de là-haut, entravant la navigation. »

Après cela, Pabodie, les hommes et moi restâmes pendus au récepteur. L'idée du rempart titanesque de cette montagne à sept cents miles de nous enflammait notre goût profond de l'aventure ; nous nous réjouissions que notre expédition, sinon nous-mêmes en personne, en ait fait la découverte. Une demi-heure encore, et Lake rappela.

« L'appareil de Moulton a fait un atterrissage forcé sur un plateau des contreforts, mais personne n'est blessé et c'est peut-être réparable. On transférera l'essentiel sur les trois autres si nécessaire pour le retour ou d'éventuels déplacements, mais nous n'avons plus pour l'instant l'usage d'un avion chargé. Ces montagnes dépassent l'imagination. Je vais partir en reconnaissance avec l'appareil de Carroll entièrement déchargé. Vous ne pouvez rien imaginer de pareil. Les plus hauts sommets doivent dépasser trente-cinq mille pieds. L'Everest est battu. Atwood va mesurer l'altitude au théodolite tandis que nous volerons, Carroll et moi. Ai fait erreur sans doute à propos des cônes car ces formations semblent stratifiées. Peut-être ardoise précambrienne mêlée à autre strate. Curieux effets de silhouette sur le ciel – sections régulières de cubes accrochées aux cimes. Une merveille dans le rayonnement d'or rouge du soleil bas. Comme un pays mystérieux dans un rêve, ou la porte d'un monde interdit de prodiges inviolés. Je voudrais que vous soyez ici pour observer tout cela. »

Bien qu'il fût en principe l'heure du coucher, aucun de nous, toujours à l'écoute, ne songeait à se retirer. Il en était sûrement de même au détroit de McMurdo, où la cache aux réserves et l'Arkham prenaient aussi les messages car le capitaine Douglas lança un appel pour féliciter tout le monde de l'importante découverte, et Sherman, le responsable de la réserve, partageait ses sentiments. Nous étions désolés, bien sûr, des dégâts causés à l'avion, mais on espérait qu'il serait aisément remis en état. Puis à 11 heures du soir vint une nouvelle communication de Lake.

« Survolé avec Carroll les contreforts les plus élevés. N'osons pas, en raison du temps, affronter vraiment les grands pics, mais le ferons plus tard. Terribles difficultés pour grimper et se déplacer à cette altitude, mais ça vaut la peine. Grande chaîne d'un seul bloc, d'où impossible de rien voir au-delà. Sommets très étranges, dépassant l'Himalaya. Chaîne semble d'ardoise précambrienne, avec signes évidents de beaucoup d'autres strates soulevées. Fait erreur sur le volcanisme. S'étend à perte de vue des deux côtés. Plus traces de neige au-dessus de vingt et un mille pieds. Singulières formations sur les pentes des plus hautes montagnes. Grands cubes bas aux parois rigoureusement verticales, et profil rectangulaire de remparts bas, verticaux, tels les vieux châteaux d'Asie suspendus aux à-pics dans les peintures de Rœrich. Impressionnant de loin. Approché certains, et Carroll pense qu'ils sont faits d'éléments distincts, plus petits, mais qu'il s'agit probablement d'érosion. La plupart des arêtes effritées et arrondies comme s'ils étaient exposés aux tempêtes et aux intempéries depuis des millions d'années. Certaines parties, les plus hautes surtout, paraissent d'une roche plus claire qu'aucune couche visible sur les versants eux-mêmes, d'où origine cristalline évidente. Vol rapproché a révélé de nombreuses entrées de cavernes, parfois d'un dessin étonnamment régulier, carrées ou semi-circulaires. Il faut venir les étudier. Figurez-vous que j'ai vu le rempart jusqu'au faîte d'un pic. Altitude estimée à trente ou trente-cinq mille pieds. Suis monté moi-même à vingt et un mille cinq cents par un froid mordant, infernal. Le vent siffle et module à travers les défilés, allant et venant dans les cavernes, mais jusqu'ici pas de danger en vol. »

Puis Lake poursuivit, une demi-heure encore, un feu roulant de commentaires, exprimant l'intention de faire à pied l'ascension d'un des pics. Je répondis que je le rejoindrais aussitôt qu'il pourrait envoyer un avion et qu'avec Pabodie nous mettrions au point le meilleur système de ravitaillement en carburant – où et comment concentrer nos réserves en fonction de l'orientation nouvelle des recherches. Évidemment les forages de Lake et ses activités aéronautiques exigeraient qu'une quantité assez importante soit acheminée jusqu'à la nouvelle base qu'il allait établir au pied des montagnes ; et peut-être le vol vers l'est ne pourrait-il être entrepris cette saison. J'appelai à ce propos le capitaine Douglas, le priant de décharger tout ce qu'il pourrait des bateaux pour le monter sur la barrière avec le seul attelage de chiens que nous avions laissé. Il nous faudrait absolument ouvrir à travers la région inconnue une route directe entre Lake et le détroit de McMurdo.

Lake m'appela plus tard pour m'annoncer sa décision d'installer le camp à l'endroit de l'atterrissage forcé de Moulton, où les réparations avaient déjà quelque peu progressé. La couche de glace était très mince, laissant voir çà et là le sol noir et il voulait y opérer certains sondages et minages avant de lancer une ascension ou une sortie en traîneau. Il parlait de l'ineffable majesté de tout le paysage, et de l'impression étrange qu'il éprouvait sous ces immenses pics silencieux dont les rangs montaient comme un mur à l'assaut du ciel, au bord du monde. Les observations d'Atwood au théodolite avaient évalué la hauteur des cinq pics les plus élevés à trente ou trente-quatre mille pieds. L'aspect du sol balayé par le vent inquiétait manifestement Lake, car il indiquait l'éventualité d'ouragans d'une violence prodigieuse qui dépassaient tout ce qu'on connaissait jusqu'alors. Son camp était situé à un peu plus de cinq miles de l'endroit où surgissaient brusquement les plus hauts contreforts. Je surpris presque dans ses propos une note d'angoisse – un éclair par-dessus ce vide glacial de sept cents miles – comme s'il nous pressait d'activer les choses pour en finir au plus vite avec cette nouvelle contrée singulière. Il allait se reposer maintenant après une journée de travail ininterrompu d'une célérité, d'un acharnement et avec des résultats quasi sans précédent.

J'eus dans la matinée un entretien à trois par radio avec Lake et le capitaine Douglas, chacun à sa base, si éloignée des autres ; il fut convenu qu'un des appareils de Lake viendrait à mon camp chercher Pabodie, les cinq hommes et moi-même, avec tout le carburant qu'il pourrait emporter. Pour le reste, le problème étant lié à notre décision quant au voyage vers l'est, cela pouvait attendre quelques jours ; Lake en avait assez dans l'immédiat pour le chauffage du camp et les forages. Éventuellement, l'ancienne base méridionale devrait être réapprovisionnée ; mais si nous remettions à plus tard le voyage vers l'est, nous n'en aurions pas besoin avant l'été suivant, et Lake devait entre-temps envoyer un appareil explorer une route directe des nouvelles montagnes au détroit de McMurdo.

Pabodie et moi nous préparâmes à fermer notre base pour un temps plus ou moins long selon le cas. Si nous hivernions dans l'Antarctique nous volerions sans doute directement du camp de Lake à l'Arkham sans y revenir. Plusieurs de nos tentes coniques étaient déjà étayées par des blocs de neige dure, et nous décidâmes alors d'achever le travail en édifiant un village esquimau permanent. Grâce à de très larges réserves de tentes, Lake disposait de tout ce qui serait nécessaire à son campement, même après notre arrivée. Je le prévins donc par radio que Pabodie et moi serions prêts pour le transfert au nord-ouest après un jour de travail et une nuit de repos.

Nos travaux, cependant, ne furent guère poursuivis après quatre heures de l'après-midi car Lake nous adressa les messages les plus exaltés et les plus surprenants. Sa journée de travail avait mal commencé ; en effet, le survol des roches à nu révélait une absence totale des strates archéennes et primitives qu'il cherchait, et qui constituaient une large part des cimes colossales situées à une distance si irritante du camp. La plupart des roches aperçues étaient apparemment des grès jurassiques et comanchiens, des schistes permiens et triasiques, avec ici et là des affleurements noirs et brillants évoquant un charbon dur et ardoisé. Lake était assez découragé, ses projets étant fondés sur l'exhumation de spécimens de plus de cinq cents millions d'années. Il lui parut évident que, pour retrouver la couche archéenne où il avait découvert les étranges marques, il devrait faire un long parcours en traîneau depuis les contreforts jusqu'aux à-pics des gigantesques montagnes elles-mêmes.

Il avait résolu, néanmoins, de procéder à quelques forages locaux, dans le cadre du programme général de l'expédition ; il installa donc la foreuse et mit cinq hommes au travail, tandis que les autres finiraient d'installer le camp et de réparer l'avion accidenté. La roche la plus tendre – un grès à un quart de mile environ du camp – avait été choisie pour le premier prélèvement ; et le foret avançait de façon très satisfaisante sans trop de minage supplémentaire. Ce fut trois heures plus tard, à la suite de la première explosion sérieuse, qu'on entendit les éclats de voix de l'équipe, et que le jeune Gedney – contremaître par intérim – se précipita au camp pour annoncer la stupéfiante nouvelle.

Ils avaient découvert une caverne. Dès le début du forage, le grès avait fait place à une veine de calcaire comanchien pleine de minuscules fossiles, céphalopodes, coraux, oursins et spirifères, avec parfois des traces d'épongés siliceuses et d'os de vertébrés marins – ces derniers sans doute de requins et de ganoïdes. C'était assez important en soi, car il s'agissait des premiers vertébrés fossiles que l'expédition ait jamais recueillis ; mais quand, peu après, la tête du foret passant au travers de la strate déboucha dans le vide, une nouvelle vague d'émotion plus intense encore se propagea parmi les fouilleurs. Une explosion assez considérable avait mis au jour le souterrain secret ; et maintenant, par une ouverture irrégulière de peut-être cinq pieds de large et trois de profondeur, bâillait là, devant les chercheurs avides, une excavation de calcaire superficiel creusée depuis plus de cinquante millions d'années par les eaux d'infiltration d'un monde tropical disparu.

La couche ainsi évidée ne faisait pas plus de sept à huit pieds de profondeur, mais elle s'étendait indéfiniment dans toutes les directions, et il y circulait un air frais qui suggérait son appartenance à un vaste réseau souterrain. Plafond et sol étaient abondamment pourvus de grandes stalactites et stalagmites dont certaines se rejoignaient en formant des colonnes ; mais plus important que tout était l'énorme dépôt de coquilles et d'os qui, par places, obstruait presque le passage. Charrié depuis les jungles inconnues de fougères arborescentes et de champignons du mésozoïque, les forêts de cycas, de palmiers-éventails et d'angiospermes primitifs du tertiaire, ce pot-pourri osseux contenait plus de spécimens du crétacé, de l'éocène, et de diverses espèces animales que le plus éminent paléontologue n'en pourrait dénombrer ou classer en un an. Mollusques, carapaces de crustacés, poissons, batraciens, reptiles, oiseaux et premiers mammifères – grands et petits, connus et inconnus. Rien d'étonnant si Gedney revint au camp en criant et si tous les autres lâchèrent leur travail pour se précipiter tête baissée dans le froid mordant à l'endroit où le grand derrick ouvrait une porte nouvelle sur les secrets de la terre profonde et les éternités disparues.

Quand Lake eut satisfait le premier élan de sa curiosité, il griffonna un message sur son bloc-notes et fit rappeler en hâte le jeune Moulton au camp pour le diffuser par radio. J'eus ainsi les premières nouvelles de la découverte ; l'identification de coquillages primitifs, d'os de ganoïdes et de placodermes, restes de labyrinthodontes, thécodontes, fragments de crâne de grand mososaure, vertèbre et cuirasse de dinosaure, dents et os d'aile de ptérodactyle, débris d'archéoptéryx, dents de requin du miocène, crânes d'oiseaux primitifs, ainsi que crânes, vertèbres et autres ossements de mammifères archaïques tels que paléothériums, xiphodons, dinocérases, eohippi, oréodons et titanothères. Il n'y avait rien d'aussi récent que le mastodonte, l'éléphant, le chameau, le daim ou le bovin ; Lake en conclut donc que les derniers dépôts dataient de l'oligocène et que la couche creusée était restée dans son état actuel, morte et impénétrable depuis au moins trente millions d'années.

D'autre part, la prédominance de formes de vie très primitives était extrêmement singulière. Bien que la formation calcaire fût, à en juger par des fossiles incrustés typiques comme des ventriculites, indéniablement et tout à fait comanchienne sans aucun élément plus ancien, les fragments isolés dans la caverne comportaient une proportion surprenante d'organismes jusqu'ici considérés comme représentatifs d'époques beaucoup plus reculées, et même des poissons rudimentaires, mollusques et coraux datant du silurien et de l'ordovicien. Conclusion inévitable : il y avait eu dans cette partie du monde une continuité unique et remarquable entre la vie telle qu'elle était trois cents millions d'années plus tôt et celle qui datait de trente millions seulement. À quand remontait cette continuité, en deçà de l'oligocène où la caverne avait été fermée, voilà qui défiait toute spéculation. En toute hypothèse, la terrible période glaciaire du pléistocène, il y a quelque cinq cent mille ans – autant dire hier, comparé à l'âge de la caverne – pouvait avoir mis fin à toutes les formes de vie primitives qui avaient réussi localement à survivre à la durée ordinaire.

Loin de s'en tenir à son premier message, Lake avait écrit un autre communiqué qu'il avait fait porter dans la neige jusqu'au camp avant que Moulton ait pu en revenir. Moulton resta ensuite près de la radio dans l'un des avions, me transmettant – ainsi qu'à l'Arkham pour diffusion au monde extérieur – les fréquents post-scriptum que Lake lui fit porter par une succession de messagers. Ceux qui ont suivi les journaux se rappelleront la fièvre suscitée chez les scientifiques par ces communiqués de l'après-midi – qui ont finalement conduit, après tant d'années, à l'organisation de cette expédition Stark-Weather-Moore que je tiens si vivement à détourner de ses projets. Je ne puis mieux faire que reproduire textuellement ces messages, tels que Lake les envoya et que notre radio McTighe les transcrivit en sténo.

« Fowler fait une découverte de la plus haute importance dans les fragments de grès et de calcaire venant des minages. Plusieurs empreintes triangulaires striées, distinctes, comme celles de l'ardoise archéenne, prouvent que l'origine en a survécu plus de six cents millions d'années jusqu'à l'époque comanchienne sans plus de changements que des modifications morphologiques peu importantes et une certaine réduction de la taille moyenne. Les empreintes comanchiennes sont apparemment plus primitives, ou décadentes peut-être, que les plus anciennes. Soulignez dans la presse l'importance de la découverte. Elle sera pour la biologie ce qu'Einstein a été pour les mathématiques et la physique. Rejoint mes travaux précédents et en prolonge les conclusions. Elle paraît indiquer, comme je le soupçonnais, que la Terre a connu un cycle entier ou plusieurs cycles de vie organique avant celui qui commence avec les cellules archéozoïques. Déjà évoluée et spécialisée voilà mille millions d'années, quand la planète était jeune et récemment encore inhabitable pour aucune forme de vie ou structure protoplasmique normale. Reste à savoir quand, où et comment cela s'est produit. »

« Plus tard. En examinant certains fragments de squelette de grands sauriens terrestres et marins et de mammifères primitifs, découvert de singulières blessures locales ou lésions de la structure osseuse non imputables à aucun prédateur animal Carnivore d'aucune époque. De deux sortes : perforations directes et pénétrantes, et incisions apparemment tranchantes. Un ou deux cas d'os à cassure nette. Peu de spécimens concernés. J'envoie chercher au camp des torches électriques. Vais étudier la zone de fouilles en profondeur en abattant les stalactites. »

« Encore plus tard. Ai découvert un fragment d'une curieuse stéatite de six pouces de large et un et demi d'épaisseur, entièrement différente de toutes les formations locales visibles. Verdâtre, mais sans aucun indice qui permette la datation. Étonnamment lisse et régulière. En forme d'étoile à cinq branches aux pointes brisées, avec des traces d'autres clivages aux angles intérieurs et au centre. Petite dépression polie au milieu de la surface intacte. Suscite beaucoup de curiosité quant à l'origine et l'érosion. Probablement un caprice des effets de l'eau. Carroll croit y discerner à la loupe d'autres marques de caractère géologique. Groupes de points minuscules en motifs réguliers. Les chiens s'inquiètent tandis que nous travaillons, et semblent détester cette stéatite. Il faut voir si elle a une odeur particulière. D'autres nouvelles quand Mills reviendra avec les lampes et que nous attaquerons la zone souterraine. »

« 10 h 15 du soir. Importante découverte. Orrendorf et Watkins, travaillant en profondeur à la lumière, ont trouvé à 21 h 45 fossile monstrueux en forme de tonneau, de nature totalement inconnue ; probablement végétale sinon spécimen géant d'un radiolaire marin inconnu. Tissu évidemment conservé par les sels minéraux. Dur comme du cuir mais étonnante souplesse par endroits. Marques de cassures aux extrémités et sur les côtés. Six pieds d'un bout à l'autre, trois pieds et demi de diamètre au milieu, s'effilant jusqu'à un pied à chaque extrémité. Rappelle un tonneau avec cinq arêtes en saillie comme des douves. Séparations latérales comme des tiges assez fines, à l'équateur, au milieu de ces saillies. Excroissances bizarres dans les sillons entre les arêtes. Crêtes ou ailes qui se replient ou se déplient comme des éventails. Tous très abîmés sauf un dont l'aile étendue a presque sept pieds d'envergure. L'aspect rappelle certains monstres du mythe primitif, spécialement les fabuleux Anciens dans le Necronomicon. Ces ailes semblent membraneuses, tendues sur une carcasse de tuyaux glandulaires. Très petits orifices apparents au bout des ailes dans les tubes de la charpente. Extrémités du corps racornies ne permettent aucun accès à l'intérieur ou à ce qui en aurait été détaché. Il faudra le disséquer quand nous rentrerons au camp. Impossible de décider entre végétal et animal. Beaucoup de signes manifestes d'une nature primitive presque inconcevable. Mis tout le monde à l'abattage des stalactites et à la recherche de nouveaux spécimens. Trouvé d'autres os endommagés mais ils attendront. Des ennuis avec les chiens. Ils ne supportent pas le nouveau spécimen et le mettraient en pièces si nous ne les tenions à distance. »

« 23 heures. Attention, Dyer, Pabodie, Douglas. Événement de la plus haute – je dirai même transcendante – importance. Qu'Arkham transmette immédiatement à la station de Kingsport Head. L'étrange objet en forme de tonneau est la créature archéenne qui a laissé les empreintes dans la roche. Mills, Boudreau et Fowler en ont découvert sous terre un lot de treize autres à quarante pieds de l'ouverture. Mêlés à des fragments de stéatite curieusement arrondis, plus petits que les précédents – en forme d'étoile mais sans traces de cassures, sauf à certaines pointes. Sur les treize spécimens organiques, huit sont apparemment en parfait état avec tous leurs appendices. Les avons tous remontés à la surface, en tenant les chiens à l'écart. Ils ne peuvent pas les souffrir. Écoutez très attentivement la description, et répétez pour plus de sûreté. Il faut que les journaux la reproduisent sans erreur.

« L'objet a huit pieds de long en tout. Le torse en tonneau de six pieds, à cinq arêtes, fait trois pieds et demi de diamètre au centre, un pied aux extrémités. Gris foncé, élastique et d'une très grande fermeté. Les ailes membraneuses de sept pieds, même couleur, trouvées repliées, sortent des sillons entre les arêtes. Armature tubulaire ou glandulaire gris clair, avec orifices au bout des ailes. Déployées, elles ont les bords en dents de scie. Autour de la région centrale, au milieu de chacune des saillies verticales en forme de douve, on trouve cinq organes gris clair, bras ou tentacules flexibles étroitement repliés contre le torse mais qui peuvent s'étendre jusqu'à une longueur de trois pieds. Tels les bras des crinoïdes primitifs. Chaque tige de trois pouces de diamètre se ramifie au bout de six pouces en cinq sous-tiges, chacune se ramifiant au bout de huit pouces en cinq petits tentacules ou vrilles effilées, ce qui donne pour chaque tige un total de vingt-cinq tentacules.

« Au sommet du torse, un cou court et bulbeux, gris plus clair, avec des sortes de branchies, porte ce qui semble une tête jaunâtre en forme d'étoile de mer à cinq branches, couverte de cils drus de trois pouces, des diverses couleurs du prisme. Tête épaisse et gonflée d'environ deux pieds d'une pointe à l'autre, avec des tubes flexibles jaunâtres de trois pouces sortant au bout de chaque pointe. Au sommet, une fente, juste au centre, probablement un orifice respiratoire. Au bout de chaque tube, une expansion sphérique où une membrane jaunâtre se replie sous le doigt, découvrant un globe vitreux d'un rouge iridescent, un œil évidemment. Cinq tubes rougeâtres un peu plus longs partent des angles intérieurs de la tête en étoile et finissent en renflements, comme des sacs de même couleur qui, sous la pression, s'ouvrent sur des orifices en forme de calice de deux pouces de diamètre, bordés de sortes de dents blanches et aiguës. Tous ces tubes, cils et pointes de la tête en étoile de mer étroitement repliés ; tubes et pointes collés au cou bulbeux et au torse. Surprenante souplesse en dépit de l'extrême fermeté.

« Au bas du torse se trouvent des équivalents rudimentaires des dispositifs de la tête, mais aux fonctions différentes. Un pseudo-cou bulbeux gris clair, sans branchies, porte un organe verdâtre en étoile à cinq branches. Bras durs et musculeux de quatre pieds de long, s'amenuisant de sept pouces de diamètre à la base jusqu'à deux et demi environ à l'extrémité. À chaque pointe se rattache le petit côté d'un triangle membraneux verdâtre à cinq nervures de huit pouces de long et six de large au bout. C'est là la pagaie, l'aileron ou le pseudopode qui a laissé les empreintes sur les roches vieilles de mille millions à cinquante ou soixante millions d'années. Des angles intérieurs du dispositif en étoile sortent des tubes rougeâtres de deux pieds s'effilant de trois pouces de diamètre à la base jusqu'à un au bout. Orifices aux extrémités. Tous ces éléments coriaces comme du cuir mais extrêmement flexibles. Des bras de quatre pieds avec des palettes certainement utilisées pour une forme de locomotion, marine ou autre. Suggèrent, quand on les déplace, une puissance musculaire démesurée. Tous ces appendices trouvés étroitement repliés sur le pseudo-cou et à l'extrémité du torse comme ceux de l'autre bout.

« Je ne puis encore trancher entre le domaine végétal et l'animal, mais les chances maintenant sont en faveur de l'animal. Il représente sans doute une révolution incroyablement poussée de radiolaire, sans avoir perdu certains de ses caractères primitifs. Rapprochements indiscutables avec les échinodermes malgré signes locaux contradictoires. La structure des ailes laisse perplexe étant donné l'habitat probablement marin, mais elles pouvaient servir à la navigation. La symétrie est curieusement végétale, évoquant la structure de la plante selon l'axe haut-bas, plutôt que celle de l'animal dans l'axe avant-arrière. Ancienneté fabuleuse de l'évolution, avant même les protozoaires archéens les plus élémentaires connus jusqu'à présent ; défie toute hypothèse quant à son origine.

« Les spécimens complets offrent une ressemblance si troublante avec certains êtres du mythe primitif que l'idée de leur existence très ancienne hors de l'Antarctique devient inévitable. Dyer et Pabodie ont lu le Necronomicon et vu les peintures cauchemardesques de Clark Ashton Smith[3] inspirées du texte ; ils comprendront quand je parle de ces Anciens qui passent pour avoir créé toute vie sur terre par plaisanterie ou par erreur. Les érudits ont toujours pensé que cette idée était née d'interprétations imaginaires morbides de très anciens radiolaires tropicaux. Et aussi de créatures du folklore préhistorique dont parlait Wilmarth – prolongements du culte de Cthulhu, etc.

« Un vaste champ de recherche est ouvert. Dépôts probables du crétacé inférieur ou du début de l'éocène, à en juger par les spécimens qui y sont mêlés. Énormes stalagmites formées au-dessus d'eux. Dur travail pour les dégager, mais leur robustesse a évité les dégâts. État de conservation inespéré, dû évidemment à l'action du calcaire. Rien trouvé d'autre, mais reprendrons fouilles plus tard. Il faut maintenant rapporter au camp quatorze énormes spécimens sans les chiens, qui aboient furieusement et qu'on ne peut laisser approcher. Avec neuf hommes – trois pour garder les chiens – nous devrions réussir à conduire convenablement les traîneaux, malgré le vent défavorable. Il faut établir la liaison aérienne avec McMurdo et commencer à embarquer le matériel. Mais je veux disséquer un de ces monstres avant de prendre aucun repos. Dommage de n'avoir pas ici de vrai laboratoire. Dyer devrait se botter les fesses pour avoir voulu empêcher mon voyage vers l'ouest. D'abord les montagnes les plus hautes du monde, et puis ceci. Si ce n'est pas le clou de l'expédition, je me demande ce qui l'est. Scientifiquement, c'est la gloire. Compliments, Pabodie, pour la foreuse qui a ouvert la caverne. À présent, Arkham voudrait-il répéter la description ? » Nos impressions, à Pabodie et à moi, au reçu de ce rapport, dépassent toute description, et nos compagnons ne furent pas en reste d'enthousiasme. McTighe, qui avait rapidement noté quelques points essentiels à travers le bourdonnement du récepteur, reprit le message complet à partir de la sténographie, dès que l'opérateur de Lake eut terminé l'émission. Tous comprenaient la portée sensationnelle de la découverte, et j'adressai nos félicitations à Lake aussitôt que l'opérateur de l'Arkham eut répété les passages descriptifs comme on le lui avait demandé ; mon exemple fut suivi par Sherman, de sa station à la réserve secrète du détroit de McMurdo, aussi bien que par le capitaine Douglas de l'Arkham. Plus tard, j'ajoutai, en tant que chef de l'expédition, quelques commentaires qui devaient être transmis par l'Arkham au monde extérieur. Naturellement, il n'était pas question de repos dans une pareille exaltation et mon seul désir était de rejoindre le plus vite possible le camp de Lake. Je fus déçu quand il me fit dire qu'un fort coup de vent venant de la montagne rendait pour l'instant tout transport aérien impossible.

Mais une heure et demie plus tard, la déception fit place à un nouvel intérêt. De nouveaux messages de Lake annonçaient le transport réussi des quatorze grands spécimens jusqu'au camp. L'effort avait été rude car ils étaient étonnamment pesants ; mais neuf hommes s'en étaient très bien tirés. À présent, une partie de l'équipe édifiait à la hâte un corral de neige à bonne distance de la base, où l'on mènerait les chiens pour les nourrir plus commodément. On avait déposé les spécimens sur la neige dure près du camp, sauf un dont Lake essayait tant bien que mal la dissection. La tâche se révéla plus laborieuse qu'on ne s'y attendait ; car malgré la chaleur du poêle à essence dans la tente-laboratoire récemment dressée, les tissus souples en apparence du sujet choisi – intact et vigoureux – n'avaient rien perdu de leur dureté coriace. Lake ne savait comment pratiquer les incisions nécessaires sans une brutalité qui risquait de détruire les finesses de structure qu'il cherchait à étudier. Il avait encore, c'est vrai, sept autres spécimens en parfait état mais ils étaient trop rares pour qu'on en use à la légère à moins que la caverne ne pût, par la suite, en fournir indéfiniment. Il renonça donc à celui-ci et en fit apporter un autre qui, bien que pourvu aux deux extrémités des dispositifs en étoile, était gravement endommagé et partiellement éclaté le long d'un des grands sillons du torse.

Les résultats, rapidement communiqués par radio, furent déconcertants et tout à fait passionnants. Pas question de délicatesse ou de précision avec les instruments tout juste bons à entamer le tissu inhabituel, mais le peu qui fut obtenu nous laissa tous stupéfaits et perplexes. Il allait falloir remettre à jour entièrement la biologie actuelle car ce monstre n'était le produit d'aucun développement cellulaire scientifiquement connu. Il y avait eu à peine quelques cristallisations, et en dépit de leur âge, peut-être quarante millions d'années, les organes internes étaient absolument intacts. Le caractère coriace, inaltérable et presque indestructible était inhérent à ce type d'organisme, et se rattachait à certain cycle paléogène de l'évolution des invertébrés totalement inaccessible à nos capacités spéculatives. Au début, tout ce que Lake découvrit était sec, mais à mesure que la tente chauffée produisait son effet amollissant, un suintement d'origine organique dégageant une odeur forte et repoussante apparut dans la partie indemne de l'objet. Ce n'était pas du sang mais un liquide épais, vert foncé, qui apparemment en tenait lieu. Lake en était là de son travail lorsque les trente-sept chiens avaient été conduits au corral encore inachevé ; et même à cette distance, des aboiements sauvages et des signes de nervosité répondirent aux émanations âpres et envahissantes.

Loin d'aider à situer l'étrange entité, cette dissection préliminaire ne fit qu'approfondir son mystère. Toutes les conjectures quant aux parties externes avaient été justes et, à les en croire, on ne pouvait guère hésiter à la dire animale ; mais l'observation interne fit apparaître tant de caractéristiques végétales que Lake nageait complètement. Il y avait digestion, circulation et élimination des déchets par les tubes rougeâtres de la partie inférieure en étoile. Il semblait à première vue que le. système respiratoire utilisât l'oxygène plutôt que le bioxyde de carbone ; on découvrait des signes évidents de réserves d'air et de curieux procédés pour déplacer la respiration, de l'orifice externe jusqu'à au moins deux organes respiratoires entièrement développés : branchies et pores. Manifestement, cet être était amphibie et sans doute adapté aussi aux longues hibernations à l'abri de l'air. Des organes vocaux semblaient exister en liaison avec l'appareil respiratoire, mais ils présentaient des anomalies inexplicables pour l'instant. Le langage articulé, au sens de prononciation de syllabes, paraissait difficilement concevable ; mais on pouvait imaginer des sons flûtés, couvrant une gamme étendue. Quant au système musculaire, il était prodigieusement développé.

Lake resta confondu par la complexité et l'extrême évolution du système nerveux. Étonnamment primitif et archaïque à certains égards, le monstre possédait un jeu de centres ganglionnaires et de connexions témoignant du dernier degré de spécialisation. Son cerveau à cinq lobes était impressionnant ; on constatait la présence d'un équipement sensoriel, constitué en partie par les cils drus de la tête, impliquant des facteurs étrangers à tout autre organisme terrestre. Il avait sans doute plus de cinq sens, de sorte que son comportement ne pouvait être déduit par analogie avec rien de connu. Cette créature avait dû être, se dit Lake. d'une sensibilité aiguë, aux fonctions subtilement différenciées dans son monde primitif ; très proche des abeilles et des fourmis d'aujourd'hui. Elle se reproduisait comme les plantes cryptogames, notamment les ptéridophytes ; avait des sporanges au bout des ailes, et était certainement produite par un thalle ou un prothalle.

Lui donner un nom à ce stade eût été pure folie. Cela ressemblait à un radiolaire, tout en étant évidemment bien davantage. C'était partiellement végétal, tout en possédant aux trois quarts l'essentiel de la structure animale. Que cela fût d'origine marine, sa configuration symétrique et certaines autres particularités l'indiquaient clairement ; encore qu'on ne pût préciser au juste la limite de ses toutes dernières adaptations. Les ailes, après tout, maintenaient l'évocation persistante d'une vie aérienne. Comment un tel être avait-il pu poursuivre son évolution prodigieusement complexe sur une terre nouveau-née, assez tôt pour laisser son empreinte sur des roches archéennes, c'était trop inconcevable pour ne pas rappeler à Lake, bizarrement, les mythes primitifs des Grands Anciens, qui descendirent des étoiles pour inventer la vie sur Terre par plaisanterie ou par erreur, et les contes extravagants des êtres cosmiques des collines d'Ailleurs, que racontait un collègue folkloriste du département anglais de Miskatonic.

Il envisageait, bien sûr, la possibilité que les empreintes précambriennes aient été laissées par un ancêtre moins évolué de nos spécimens ; mais il écartait vite cette théorie trop simple en considérant les qualités structurelles supérieures des fossiles plus anciens. Peut-être les dernières formes indiquaient-elles une décadence plutôt qu'un progrès de l'évolution. La taille des pseudopodes avait diminué, et la morphologie dans son ensemble paraissait plus grossière et simplifiée. Du reste, les nerfs et les organes qu'il venait d'examiner évoquaient singulièrement des régressions de formes encore plus élaborées. Les parties rudimentaires et atrophiées étaient étonnamment fréquentes. Somme toute, on n'avait guère avancé, et Lake se rabattit sur la mythologie pour une appellation provisoire – en surnommant plaisamment ses trouvailles les « Anciens ».

Vers 2 h 30 du matin, ayant décidé de remettre à plus tard son travail pour prendre un peu de repos, il couvrit d'une bâche le sujet disséqué, quitta la tente-laboratoire et considéra les spécimens intacts avec un nouvel intérêt. Le soleil perpétuel de l'Antarctique avait commencé à assouplir un peu leurs tissus, de sorte que les pointes de la tête et les tubes de deux ou trois semblaient prêts à se déployer ; il n'y avait pas lieu, pensa-t-il, de craindre pour l'instant la décomposition, la température restant presque au-dessous de zéro[4] . Il rapprocha néanmoins les uns des autres les sujets non disséqués, et jeta dessus une toile de tente pour leur éviter les rayons solaires directs. Cela pourrait contribuer aussi à empêcher leur odeur d'alerter les chiens, dont l'agitation hostile devenait un vrai problème, même à la grande distance où ils étaient tenus, derrière les murs de neige de plus en plus hauts qu'une équipe renforcée dressait en hâte autour de leurs quartiers. Il dut charger de lourds blocs de neige les coins de la toile pour la maintenir en place malgré le vent qui se levait, car les montagnes titanesques semblaient sur le point de déchaîner quelques redoutables rafales. Les premières craintes quant aux brusques coups de vent antarctiques se ravivaient et, sous la surveillance d'Atwood, les précautions furent prises pour établir autour des tentes, du nouveau corral des chiens et des hangars rudimentaires d'avions, des remblais de neige du côté de la montagne. Ces hangars, commencés avec des blocs de neige dure à leurs moments perdus, étaient loin d'être assez hauts ; et Lake finit par suspendre toutes les autres tâches pour mettre les hommes à ce travail.

Il était quatre heures passées quand Lake se prépara enfin à terminer l'émission et nous invita tous à partager le repos qu'allait prendre son équipe quand les murs du hangar seraient un peu plus hauts. Il eut avec Pabodie un échange amical sur les ondes et lui redit ses éloges pour les foreurs vraiment sensationnels qui avaient aidé à sa découverte. Atwood lui aussi envoyait saluts et compliments. J'adressai à Lake mes félicitations chaleureuses, reconnaissant qu'il avait eu raison à propos du voyage vers l'ouest ; et nous décidâmes de reprendre contact par radio à dix heures du matin. Si le vent était tombé, Lake enverrait un appareil chercher l'équipe à ma base. Juste avant de me retirer, je lançai un dernier appel à l'Arkham, avec instructions d'atténuer les nouvelles du jour à l'intention de l'extérieur, car les détails au complet semblaient assez renversants pour susciter une vague d'incrédulité, tant qu'on ne les aurait pas justifiés par des preuves.

Chapitre 3

Aucun de nous, je pense, n'eut le sommeil très lourd ni paisible ce matin-là ; l'excitation de la découverte et la fureur croissante du vent s'y opposaient. La tempête était si violente, même chez nous, que nous ne pouvions nous empêcher de penser qu'elle devait être bien pis au camp de Lake, au pied même des montagnes inconnues qui l'engendraient et la déchaînaient. McTighe, éveillé à dix heures, tenta de joindre Lake par radio comme convenu, mais des phénomènes électriques dans l'atmosphère troublée de l'ouest semblaient empêcher toute communication. On put cependant obtenir l'Arkham, et Douglas me dit qu'il avait lui aussi vainement essayé d'atteindre Lake. Il ignorait tout du vent, qui ne soufflait guère au détroit de McMurdo malgré sa violence obstinée dans notre secteur.

Nous restâmes à l'écoute toute la journée, inquiets, tâchant de temps en temps d'appeler Lake, mais toujours sans résultat. Vers midi, un vent littéralement frénétique déferla, venant de l'ouest, et nous craignîmes pour la sécurité de notre camp ; mais il finit par s'apaiser, avec seulement une petite rechute vers deux heures de l'après-midi. À partir de trois heures, par temps calme, nous redoublâmes d'efforts pour obtenir Lake. Sachant qu'il disposait de quatre avions, chacun pourvu d'un excellent poste à ondes courtes, nous ne pouvions imaginer qu'un quelconque accident ait pu endommager toute son installation radio à la fois. Pourtant le silence total persistait ; et songeant à la violence démente qu'avait pu atteindre le vent dans son secteur, nous ne pouvions nous garder des plus sinistres conjectures.

Vers six heures, nos craintes s'étant aggravées et précisées, après avoir consulté par radio Douglas et Thorfinnssen, je résolus d'entreprendre une enquête. Le cinquième appareil, qui était resté à la réserve du détroit de McMurdo, avec Sherman et deux marins, était en bon état et prêt à servir immédiatement ; et il semblait bien que le cas d'extrême urgence pour lequel nous l'avions réservé se présentait maintenant. Je joignis Sherman par radio et le priai de me rejoindre avec l'avion et les deux marins à la base sud, le plus rapidement possible, les conditions atmosphériques étant apparemment très favorables. Puis nous informâmes le personnel de la mission d'enquête en préparation, et décidâmes d'emmener tout le monde, avec le traîneau et les chiens que j'avais gardés près de moi. Si lourde que fût la charge, elle était à la portée d'un de ces gros avions construits pour nous sur commande spéciale de machines de transport lourd. J'essayai encore de temps en temps de joindre Lake, sans plus de résultat.

Sherman, accompagné des marins Gunnarsson et Larsen, décolla à 7 h 30, nous tenant au courant, pendant le voyage, d'un vol sans histoire. Ils arrivèrent à notre base à minuit et, tous ensemble, nous discutâmes aussitôt de l'opération suivante. Il était risqué de naviguer au-dessus de l'Antarctique dans un appareil isolé, sans le repère d'aucune base, mais personne ne se déroba à ce qui s'imposait comme la nécessité la plus évidente. Après avoir commencé à charger l'appareil, on alla se coucher à deux heures pour un bref repos, mais on était debout à quatre heures afin de terminer chargement et bagages.

Le 25 janvier à 7 h 15, nous décollâmes en direction du nord-ouest, McTighe étant aux commandes, avec dix hommes, sept chiens, un traîneau, une réserve de carburant et de nourriture, et diverses autres choses, y compris la radio de bord. Le temps était clair, assez calme et la température relativement clémente ; nous ne prévoyions pas de difficultés pour atteindre la latitude et la longitude indiquées par Lake pour situer son camp. Nos craintes concernaient ce que nous allions trouver, ou ne pas trouver, à la fin de notre voyage ; car la réponse à tous nos appels au camp était toujours le silence.

Chaque incident de ce vol de quatre heures et demie reste gravé dans mon souvenir à cause de sa situation cruciale dans ma vie. Il marque pour moi la perte, à l'âge de cinquante-quatre ans, de toute la paix et l'équilibre dont jouit un esprit normal, grâce à sa conception familière de la Nature autour de nous et des lois de cette Nature. Les dix hommes que nous étions – mais l'étudiant Danforth et moi plus que tous les autres – eurent dès lors à affronter un monde d'une hideur démesurée d'horreurs aux aguets, que rien ne peut effacer de nos émotions, et que nous voudrions éviter de partager, si c'est possible, avec le reste de l'humanité. Les journaux ont publié les communiqués que nous envoyions de l'avion en vol, racontant notre course non-stop, nos deux combats en altitude contre la traîtrise des coups de vent, notre aperçu de la zone défoncée où Lake, trois jours plus tôt, avait creusé son puits à mi-chemin, et notre découverte d'un groupe de ces étranges cylindres de neige duveteux qu'Amundsen et Byrd ont décrits, roulant sans fin dans le vent sur des lieues et des lieues de plateau glacé. Un moment vint pourtant où nos impressions ne pouvaient plus se traduire en aucun mot que la presse pût saisir ; et puis un autre encore où nous dûmes adopter une vraie règle de censure rigoureuse.

Le marin Larsen fut le premier à apercevoir devant nous le profil déchiqueté des cônes et des sommets ensorcelés, et ses exclamations attirèrent tout le monde aux hublots du grand avion. Malgré notre vitesse, ils furent très lents à imposer leur massive présence ; d'où nous conclûmes qu'ils devaient être à une distance considérable, et que seule leur fantastique hauteur pouvait accrocher le regard. Peu à peu cependant, ils montèrent inexorablement dans le ciel occidental, nous laissant discerner les différents sommets nus, désolés, noirâtres, et saisir le sentiment bizarre d'imaginaire qu'ils inspiraient dans la lumière rougeâtre de l'Antarctique, avec en arrière-plan le défi des nuages irisés de poussière de glace. Il y avait dans tout cela l'ombre tenace et pénétrante d'un formidable secret et d'une révélation suspendue ; comme si ces flèches de cauchemar étaient les pylônes d'une redoutable porte ouverte sur les domaines interdits du rêve, les abîmes complexes des temps lointains, de l'espace et de l'ultradimensionnel. Je ne pouvais m'empêcher de les sentir malfaisantes, ces montagnes hallucinées dont les versants plus lointains veillaient sur quelque ultime abysse maudit. L'éclat voilé de cet arrière-plan de nuages effervescents suggérait l'ineffable promesse d'un vague outre-monde éthéré bien au-delà de la spatialité terrestre, et rappelait effroyablement le radical isolement, la mort immémoriale de cet univers austral vierge et insondable. Ce fut le jeune Danforth qui nous fit observer les reliefs curieusement réguliers le long de la plus haute montagne – tels des fragments agglomérés de cubes parfaits que Lake avait mentionnés dans ses messages, et qui justifiaient tout à fait sa comparaison avec les évocations de rêve de temples primitifs en ruine sur les cimes nuageuses des montagnes d'Asie dans les peintures si étranges et subtiles de Rœrich. Une fascination réellement rœrichienne se dégageait de tout ce continent surnaturel de mystères himalayens. Je l'avais ressentie en octobre en apercevant pour la première fois la terre de Victoria, et je l'éprouvais de nouveau maintenant. Je percevais aussi le retour d'un malaise devant les ressemblances avec les mythes archéens, et des correspondances troublantes entre ce royaume fatal et le tristement célèbre plateau de Leng dans les écrits primordiaux. Les mythologues ont situé Leng en Asie centrale ; mais la mémoire de la race humaine – ou de ses prédécesseurs – est longue et il est bien possible que certains récits soient issus de contrées, de montagnes et de temples d'une horreur plus ancienne que l'Asie et qu'aucun monde humain connu. Quelques occultistes audacieux ont soupçonné une origine prépleistocène des Manuscrits pnakotiques fragmentaires et suggéré que les zélateurs de Tsathoggua étaient aussi étrangers à l'humanité que Tsathoggua lui-même. Leng, où qu'il ait pu nicher dans l'espace et le temps, n'était pas un lieu qui m'attirait, de près ou de loin ; pas plus que je ne goûtais le voisinage d'un monde qui avait nourri les monstres ambigus archéens dont Lake avait parlé. Sur le moment, je regrettai d'avoir lu le détestable Necronomicon, et d'avoir tant discuté à l'université avec Wilmarth, le folkloriste si fâcheusement érudit.

Cet état d'esprit ne fit sans doute qu'aggraver ma réaction au mirage bizarre qui surgit devant nous du zénith de plus en plus opalescent, comme nous approchions des montagnes et commencions à distinguer les contreforts aux ondulations superposées. J'avais vu les semaines précédentes des douzaines de mirages polaires dont certains étaient aussi insolites et prodigieusement frappants ; mais celui-là avait un caractère tout à fait original et obscur de symbole menaçant, et je frémis en voyant au-dessus de nos têtes le labyrinthe grouillant de murs, de tours, de minarets fabuleux surgir des vapeurs glacées.

On eût dit une cité cyclopéenne d'une architecture inconnue de l'homme et de l'imagination humaine, aux gigantesques accumulations de maçonnerie noire comme la nuit, selon de monstrueuses perversions des lois géométriques et jusqu'aux outrances les plus grotesques d'une sinistre bizarrerie. Il y avait des troncs de cône, parfois en terrasses ou cannelés, surmontés de hautes cheminées cylindriques, ici et là élargies en bulbes et souvent coiffées d'étages de disques festonnés de peu d'épaisseur ; et d'étranges constructions tabulaires en surplomb, évoquant des piles d'innombrables dalles rectangulaires ou de plateaux circulaires, ou d'étoiles à cinq branches, chacune chevauchant la précédente. Il y avait des cônes et des pyramides composites, soit seuls, soit surmontant des cylindres ou des cubes, ou des cônes et pyramides tronqués plus bas, et à l'occasion, des flèches en aiguilles bizarrement groupées par cinq. Toutes ces structures fébriles semblaient reliées par des ponts tubulaires passant de l'une à l'autre à diverses hauteurs vertigineuses, et tout cela à une échelle épouvantable et oppressante dans son gigantisme démesuré. Le caractère général de mirage ne différait guère des plus extravagants observés et dessinés en 1820 par le chasseur de baleines arctique Scoresby ; mais à ce moment et en cet endroit, avec ces sombres et formidables sommets inconnus, avec à l'esprit la révélation de ce vieux monde aberrant et l'ombre du désastre probable de presque toute notre expédition, nous semblâmes y voir le signe d'une secrète malignité et un présage infiniment funeste.

Je fus heureux de voir se dissiper peu à peu le mirage, bien que, ce faisant, les tourelles et cônes de cauchemar passent par des déformations éphémères qui en aggravaient la hideur. Tandis que la trompeuse image se dissolvait tout entière entre les remous opalescents, nous commençâmes à regarder de nouveau vers la terre et nous vîmes que la fin du voyage était proche. Devant nous, les montagnes inconnues se dressaient, vertigineuses, tel un redoutable rempart de géant, leurs étranges alignements visibles avec une netteté saisissante, même sans jumelles. Nous étions maintenant au-dessus des premiers contreforts et nous distinguions, au milieu de la neige, de la glace et des zones dénudées de leur principal plateau, deux taches plus sombres que nous reconnûmes pour le camp de Lake et son chantier de forage. Les contreforts les plus hauts surgissaient cinq à six miles plus loin, formant une chaîne presque distincte du terrifiant alignement de pics plus qu'himalayens, au-delà d'eux. Enfin Ropes – l'étudiant qui avait relayé McTighe aux commandes – amorça l'atterrissage en direction de la tache sombre de gauche, qui par son étendue semblait être le camp. Pendant ce temps, McTighe envoyait le dernier message par radio non censuré que le public devait recevoir de notre expédition.

Tout le monde, bien sûr, a lu les bulletins brefs et décevants de nos derniers jours en Antarctique. Quelques heures après notre atterrissage nous lançâmes un compte rendu prudent de la tragédie que nous avions découverte, annonçant à contrecœur l'anéantissement de toute l'équipe de Lake sous l'effroyable tempête de la veille ou de la nuit précédente. Onze morts connus, et le jeune Gedney disparu. Les gens excusèrent le flou et le manque de détails, comprenant le choc qu'avait dû nous causer le triste événement, et nous crurent quand nous expliquâmes que les mutilations infligées par le vent rendaient impossible le transport des onze corps. Réellement, je me flatte que même dans notre détresse, notre désarroi total et l'horreur qui nous étreignait l'âme, nous n'ayons jamais trahi la vérité dans aucun cas précis. La réalité terrible était en ce que nous n'osions pas dire – ce que je ne dirais pas à présent s'il n'était nécessaire de mettre d'autres en garde contre des terreurs sans nom.

C'est un fait que le vent avait causé d'épouvantables ravages. Tous auraient-ils pu y survivre, même sans l'autre « chose » ? On peut sérieusement en douter. La tempête, avec son bombardement incessant de particules de glace, avait dû dépasser tout ce que notre expédition avait connu jusqu'alors. Un hangar d'avion était à peu près pulvérisé – tout, semble-t-il, avait été abandonné dans un état très précaire – et le derrick, sur le site éloigné du forage, était entièrement mis en pièces. Les parties métalliques des avions au sol et du matériel de forage étaient écrasées et comme décapées, deux des petites tentes abattues malgré leur remblai de neige. Les surfaces de bois exposées aux rafales étaient piquetées et dépouillées de toute peinture, et toute trace dans la neige totalement effacée. Il est exact aussi que nous ne trouvâmes aucun des sujets biologiques archéens en assez bon état pour être emporté tout entier. Nous ramassâmes quelques minéraux sur un monceau de débris – notamment plusieurs fragments de stéatite verdâtre dont la curieuse forme arrondie à cinq pointes et les vagues motifs de points groupés inspiraient tant de rapprochements discutables – et des fossiles parmi les plus caractéristiques des spécimens bizarrement mutilés.

Aucun des chiens n'avait survécu, leur enclos de neige hâtivement édifié près du camp ayant été presque entièrement détruit. C'était peut-être le fait de la tempête, bien que les plus gros dégâts, du côté proche du camp, qui n'était pas exposé au vent, donnent à penser que les bêtes hors d'elles avaient sauté ou forcé l'obstacle elles-mêmes. Les trois traîneaux avaient disparu, et nous tâchâmes d'expliquer que le vent les avait emportés dans l'inconnu... Les appareils de forage et de fusion de la glace sur le chantier étaient trop gravement endommagés pour justifier une récupération, et nous nous en servîmes pour obstruer la porte étrangement inquiétante que Lake avait ouverte sur le passé. Nous laissâmes de même au camp les deux avions les plus éprouvés, puisque notre équipe de survivants n'avait plus que quatre pilotes qualifiés – Sherman, Danforth, McTighe et Ropes – y compris Danforth, en piètre état nerveux pour naviguer. Nous rapportions tous les livres, matériels scientifiques et autres accessoires retrouvés, encore que beaucoup aient inexplicablement disparu. Les tentes de réserve et les fourrures restèrent introuvables ou en triste état.

Vers 4 heures de l'après-midi, après un grand vol de reconnaissance qui nous convainquit de la perte de Gedney, nous envoyâmes à l'Arkham, pour retransmission, notre message prudent ; et nous fîmes bien, je pense, de le rédiger ainsi, calme et circonspect. Tout ce que nous dîmes de l'agitation concernait nos chiens et leur inquiétude frénétique au voisinage des spécimens biologiques, à laquelle on pouvait s'attendre après les malheureuses déclarations de Lake. Nous ne parlions pas de leurs mêmes signes de nervosité en flairant les bizarres stéatites verdâtres et certains autres objets dans le secteur perturbé ; entre autres, les instruments scientifiques, les avions et des machines, au camp comme sur le chantier, dont les morceaux avaient été dispersés, déplacés et « maniés » par des vents qui se révélaient singulièrement curieux et investigateurs.

Quant aux quatorze spécimens biologiques, nous restâmes dans le vague, c'était bien pardonnable. Les seuls retrouvés, disions-nous, étaient endommagés mais il en restait assez pour établir l'entière véracité et l'impressionnante précision des descriptions de Lake. Il nous fut très difficile de faire abstraction de nos émotions personnelles – et nous tûmes le nombre de nos découvertes et la manière dont elles avaient été faites. Nous avions convenu cette fois de ne rien rapporter qui pût suggérer la folie des collaborateurs de Lake, et l'on aurait sûrement jugé délirants ces six monstres incomplets soigneusement enterrés debout dans des tombes de neige de neuf pieds, sous des tumulus à cinq pointes marqués de groupes de points identiques à ceux des étranges stéatites verdâtres arrachées aux époques mésozoïque ou tertiaire. Les huit spécimens intacts mentionnés par Lake semblaient s'être complètement volatilisés.

Soucieux de ne pas troubler la tranquillité du public, nous parlâmes à peine, Danforth et moi, de l'épouvantable voyage du lendemain au-dessus des montagnes. Un appareil allégé au maximum pouvant seul franchir une chaîne d'une telle altitude, cette mission de reconnaissance fut heureusement limitée à deux d'entre nous. Lors de notre retour, à une heure du matin, Danforth était au bord de l'hystérie mais garda admirablement son sang-froid. Il promit sans difficulté de ne montrer ni nos croquis ni rien de ce que nous rapportions dans nos poches, de ne rien dire de plus aux autres que ce que nous avions décidé de communiquer à l'extérieur, et de cacher nos films pour les développer nous-mêmes plus tard ; ainsi cette partie de mon récit sera-t-elle aussi neuve pour Pabodie, McTighe, Ropes, Sherman et les autres qu'elle le sera pour le monde en général. À la vérité, Danforth est encore plus muet que moi, car il a vu – ou croit avoir vu – une chose qu'il ne veut pas dire, même à moi.

Comme on le sait, notre rapport comportait le récit d'une dure ascension ; la confirmation de l'opinion de Lake que les grands pics sont de l'ardoise archéenne et une autre strate écrasée très primitive, intacte au moins depuis l'époque comanchienne ; un commentaire conventionnel sur la régularité des formations en cubes et remparts ; la conclusion que les entrées de cavernes correspondaient à des veines calcaires disparues ; l'hypothèse que certains versants et défilés permettraient l'escalade et la traversée de toute la chaîne par des grimpeurs expérimentés ; et l'observation que le mystérieux autre versant comportait un superplateau haut et vaste aussi ancien et immuable que les montagnes elles-mêmes – vingt mille pieds de haut, avec des formations rocheuses grotesques en saillie à travers une mince couche glaciaire, et des contreforts bas échelonnés entre la surface du plateau et les à-pics des plus hauts sommets.

Ce corps de données est vrai à tous égards dans les limites de son propos, et il donna toute satisfaction aux hommes du camp. Nous attribuâmes nos seize heures d'absence – plus qu'il n'en fallait pour le vol annoncé, l'atterrissage et le programme de collecte des roches – à une longue suite mythique de vents contraires, et racontâmes fidèlement notre atterrissage sur les contreforts plus lointains. Notre récit, heureusement, eut un accent assez réaliste et banal pour ne donner à aucun des autres l'envie de nous imiter. L'auraient-ils essayé que j'aurais usé de toute ma persuasion pour les en dissuader – et je ne sais pas ce qu'aurait fait Danforth. Pendant notre absence, Pabodie, Sherman, Ropes, McTighe et Williamson avaient travaillé d'arrache-pied sur les deux meilleurs appareils de Lake, les remettant en état de marche, malgré le sabotage absolument inexplicable de leurs pièces essentielles.

Nous décidâmes de charger tous les avions le lendemain matin et de rentrer le plus tôt possible à notre ancienne base. Bien qu'indirecte, c'était la voie la plus sûre pour rejoindre le détroit de McMurdo ; car un vol en droite ligne au-dessus des étendues les plus totalement inconnues du continent de l'éternelle mort impliquerait beaucoup de risques supplémentaires. Poursuivre l'exploration n'était guère envisageable après nos pertes tragiques et la destruction de notre matériel de forage ; et puis le doute et l'horreur autour de nous – dont nous ne dîmes rien – nous incitaient seulement à fuir le plus rapidement possible ce monde austral de désolation et de délire accablant.

Comme chacun sait, notre retour au monde connu se fit sans autres catastrophes. Tous les appareils regagnèrent l'ancienne base le lendemain soir, 27 janvier, après un bref vol sans escale ; et le 28 nous parvînmes au détroit de McMurdo en deux étapes, avec une seule pause très courte à cause d'un gouvernail défaillant, par fort vent sur le banc de glace après avoir quitté le grand plateau. Cinq jours plus tard, l'Arkham et le Miskatonic, avec tout l'équipage et le matériel à bord, se libéraient de la banquise de plus en plus dense et gagnaient la mer de Ross, les montagnes narquoises de la terre de Victoria se dressant vers l'ouest sur un ciel antarctique orageux, et mêlant aux plaintes du vent une large gamme de sons aigus qui me glaçaient jusqu'à l'âme. Moins d'une quinzaine après, nous laissions derrière nous la dernière trace de terre polaire, en remerciant le ciel d'être délivrés d'un royaume hanté, maudit, où la vie et la mort, l'espace et le temps ont conclu des alliances obscures et impies aux époques inconnues où la matière frémissait et nageait sur la croûte terrestre à peine refroidie.

Depuis notre retour, nous nous sommes tous constamment efforcés de décourager l'exploration antarctique, gardant pour nous, avec une remarquable et unanime loyauté, quelques doutes et conjectures. Le jeune Danforth lui-même, malgré sa dépression nerveuse, n'a ni bronché ni bavardé devant les médecins – en réalité, comme je l'ai dit, il est une chose que seul il a cru voir et qu'il refuse de dire, même à moi ; pourtant, à mon avis, cela l'aiderait psychologiquement, s'il consentait à le faire. Cela pourrait expliquer beaucoup de choses et le soulager, même s'il ne s'agit peut-être que du contrecoup illusoire d'un premier choc. C'est l'impression que je garde de ces rares moments sans contrôle où il me murmure des choses incohérentes – des choses qu'il désavoue avec véhémence sitôt qu'il se ressaisit.

Il sera difficile de détourner les autres du grand Sud blanc, et certains de nos efforts peuvent nuire directement à notre cause en attirant une attention curieuse. Nous devions savoir dès le début que la curiosité humaine est éternelle et que les résultats que nous annoncions ne pouvaient qu'en inciter d'autres à la même poursuite séculaire de l'inconnu. Les communiqués de Lake sur ces monstres ont excité au plus haut point naturalistes et paléontologues, bien que nous ayons été assez prudents pour ne pas montrer les fragments recueillis sur les sujets à présent enterrés, ni nos photographies de ces spécimens lors de leur découverte. Nous nous sommes également interdit de montrer les plus inexplicables des os mutilés et des stéatites verdâtres, tandis que Danforth et moi gardions soigneusement les photos et les dessins que nous avions faits sur l'autre versant de la chaîne, ou les choses fripées que nous avions lissées et examinées dans la terreur, puis rapportées dans nos poches. Mais maintenant s'organise cette équipe Starkweather-Moore, et avec une ampleur qui dépasse tout ce que nous avions pu tenter. Si rien ne les arrête, ils atteindront le cœur le plus secret de l'Antarctique, fondant et forant jusqu'à ramener au jour ce qui peut mettre fin au monde que nous connaissons. Aussi dois-je enfin passer outre à toutes les réticences – même au sujet de cette ultime chose sans nom, au-delà des montagnes hallucinées.

Chapitre 4

C'est avec énormément d'hésitation et de répugnance que je me reporte en esprit au camp de Lake et à ce que nous y avions réellement découvert – et à cette autre chose au-delà du terrible mur montagneux. Je suis toujours tenté d'esquiver les détails, laissant les allusions remplacer les faits réels et les déductions inéluctables. J'espère en avoir déjà assez dit pour passer rapidement sur le reste, c'est-à-dire l'horreur de ce camp. J'ai parlé du sol ravagé par le vent, des hangars endommagés, des machines détraquées, des inquiétudes successives de nos chiens, des traîneaux et autres objets disparus, de la mort des hommes et des chiens, de l'absence de Gedney, et des six spécimens biologiques dans leur sépulture insensée, étrangement bien conservés malgré toutes leurs lésions, dans un monde mort depuis quarante millions d'années. Je ne me souviens pas si j'ai dit ou non qu'en examinant les chiens nous nous étions aperçus qu'il en manquait un. Nous n'y pensâmes que plus tard – à la vérité, Danforth et moi fûmes les seuls à y avoir songé.

L'essentiel de ce que j'ai omis concerne les cadavres, et certains aspects ambigus qui peuvent ou non prêter à l'apparent chaos une sorte de rationalité atroce et inimaginable. Sur le moment, je m'efforçai d'en détourner l'esprit de nos hommes ; car il était beaucoup plus simple – et tellement plus normal – de tout attribuer à une crise de folie de quelques-uns de l'équipe de Lake. De toute apparence, ce vent de montagne démoniaque aurait suffi à rendre fou n'importe qui dans ce cœur de tout le mystère et de toute la désolation terrestres.

La suprême anomalie, c'était bien sûr l'état des corps – des hommes comme des chiens. Ils avaient tous affronté quelque effroyable combat, étant déchirés et mutilés de façon abominable et tout à fait incompréhensible. La mort, autant qu'on en pouvait juger, avait été causée chaque fois par strangulation ou lacération. Les chiens, apparemment, étaient à l'origine des violences, car l'état de leur corral rudimentaire prouvait qu'il avait été défoncé de l'intérieur. À cause de l'aversion des animaux pour ces infernales créatures archéennes, on l'avait installé à quelque distance du camp, mais la précaution semblait avoir été vaine. Laissés seuls dans ce vent monstrueux derrière de fragiles clôtures d'une hauteur insuffisante, ils avaient dû se ruer dessus – soit à cause de l'ouragan, soit à cause de quelque subtile et envahissante odeur émanant des spécimens de cauchemar, on ne sait. Ces spécimens, bien sûr, avaient été recouverts d'une toile de tente ; mais le soleil oblique de l'Antarctique échauffait constamment cette toile et Lake avait signalé que la chaleur solaire tendait à détendre et à dilater les tissus singulièrement solides et coriaces desdits « objets ». Peut-être le vent avait-il emporté la toile, les malmenant au point d'exciter leurs qualités olfactives les plus agressives, en dépit de leur antiquité.

Quoi qu'il en soit, c'était bien assez hideux et révoltant. Peut-être ferais-je mieux de mettre de côté la nausée pour dire enfin le pire – mais avec l'affirmation catégorique, fondée sur des observations de première main et les plus rigoureuses déductions de Danforth et moi-même, que Gedney, alors disparu, n'était en aucune manière responsable des horreurs écœurantes que nous découvrîmes. J'ai dit que les corps étaient effroyablement mutilés. Je peux ajouter que certains étaient incisés et amputés de la manière la plus singulière, froide et inhumaine. Il en était de même pour les hommes et les chiens. Tous les corps les plus sains, les plus gras, quadrupèdes ou bipèdes, avaient été amputés de leurs plus importantes masses de chair, découpées et prélevées comme par un boucher consciencieux ; et tout autour, du sel éparpillé – pris dans les réserves pillées de nos avions – suggérait les plus horribles rapprochements. Cela s'était produit dans l'un des hangars rudimentaires dont on avait sorti l'avion, et les vents avaient ensuite effacé toutes les traces qui auraient pu étayer une hypothèse plausible. Des morceaux dispersés de vêtements brutalement tailladés sur les sujets humains de dissection ne suggéraient aucune piste. Inutile de faire état de la vague trace d'une légère empreinte neigeuse dans un coin abrité de l'enceinte détruite – car cette trace ne concernait pas du tout des empreintes humaines, mais se confondit avec tous les discours sur les empreintes fossiles, que le pauvre Lake avait prodigués au cours des semaines précédentes. Il fallait se méfier de son imagination sous le vent de ces montagnes hallucinées.

Ainsi que je l'ai dit, il s'avéra enfin que Gedney et un chien avaient disparu. Quand nous étions arrivés à ce terrible hangar, il nous manquait deux hommes et deux chiens ; mais la tente de dissection à peu près intacte, où nous entrâmes après avoir examiné les tombes monstrueuses, avait quelque chose à nous apprendre. Elle n'était plus telle que l'avait laissée Lake car les restes recouverts du sujet primitif avaient été retirés de la table improvisée. En fait, nous avions déjà compris que l'un des six spécimens endommagés et enterrés de façon aberrante que nous avions retrouvés – celui qui dégageait une odeur particulièrement détestable – représentait les morceaux regroupés de ce que Lake avait essayé d'étudier. Sur la table de laboratoire et autour, d'autres choses étaient éparpillées, et nous eûmes vite fait de deviner que c'étaient les restes d'un homme et d'un chien minutieusement disséqués mais de façon bizarre et maladroite. J'épargnerai les sentiments des survivants en taisant l'identité de l'homme. Les instruments anatomiques avaient disparu, mais certains indices prouvaient qu'ils avaient été soigneusement nettoyés. Le poêle à essence était parti lui aussi, mais nous trouvâmes alentour une étonnante jonchée d'allumettes. Nous ensevelîmes les restes humains auprès des dix autres hommes, et les restes canins avec les trente-cinq autres chiens. Quant aux traînées insolites sur la table de laboratoire et sur le fouillis de livres illustrés malmenés puis dispersés autour d'elle, nous étions trop abasourdis pour y réfléchir.

Ce fut là l'horreur suprême du camp mais il restait d'autres sujets de perplexité. La disparition de Gedney, celle du chien, des huit spécimens intacts, des trois traîneaux et de certains instruments, ouvrages techniques et scientifiques illustrés, matériel d'écriture, lampes et piles électriques, nourriture et carburant, appareils de chauffage, tentes de réserve, vêtements de fourrure, et ainsi de suite, décourageaient toute hypothèse raisonnable ; comme aussi les taches d'encre frangées d'éclaboussures sur certaines feuilles de papier, et les traces de singulières manipulations et expériences étrangères autour des avions et de tous les autres dispositifs mécaniques, au camp comme au chantier de forage. Les chiens semblaient avoir en horreur ces machines bizarrement détraquées. Il y eut encore le saccage du garde-manger, la disparition de certains produits de base, et le comique discordant d'un monceau de boîtes de conserve éventrées par les moyens les plus aberrants dans des endroits imprévisibles. La profusion d'allumettes éparpillées, intactes, brisées ou brûlées, était une autre énigme mineure ; de même les deux ou trois tentes de réserve et vêtements de fourrure qui traînaient, taillardés de façon étrange et peu orthodoxe, à la suite – on l'imagine – d'efforts maladroits pour des adaptations inconcevables. Le traitement révoltant des corps humains et canins, et la sépulture insensée des spécimens endommagés confirmaient bien ce délire destructeur. En prévision de ce qui justement se produit aujourd'hui, nous photographiâmes avec soin toutes les preuves évidentes de confusion démente dans le camp ; et nous nous servirons des clichés pour appuyer nos arguments contre le projet de l'expédition Starkweather-Moore.

Notre premier soin après la découverte des cadavres dans le hangar fut de photographier et d'ouvrir la rangée de tombes extravagantes sous leurs tertres de neige à cinq pointes. Nous ne pûmes nous empêcher d'observer l'analogie de ces tertres monstrueux, et leurs séries de points groupés, avec les descriptions du pauvre Lake à propos des étranges stéatites verdâtres ; et quand nous tombâmes sur les stéatites elles-mêmes dans le grand tas de minéraux, la ressemblance nous parut très frappante en effet. La disposition de l'ensemble, il faut le reconnaître, évoquait abominablement la tête en forme d'étoile de mer des entités archéennes ; et nous convînmes que le rapprochement devait avoir puissamment influencé les esprits sensibilisés de l'équipe à bout de nerfs. Notre propre découverte des objets enterrés fut un moment terrible, et nous renvoya, Pabodie et moi, en imagination à quelques-uns des mythes primitifs odieux que des lectures et des propos nous avaient révélés. Nous fûmes tous d'avis que la seule vue et la présence constante de tels objets avaient pu contribuer, avec la solitude oppressante du pôle et le diabolique vent de montagne, à rendre folle l'équipe de Lake.

Car la folie – celle précisément de Gedney, seul survivant possible – fut l'explication spontanément admise à l'unanimité, du moins dans la perspective d'une déclaration orale ; car je ne serai pas assez naïf pour nier que chacun de nous puisse avoir nourri des conjectures extravagantes que la raison nous interdisait de formuler. Sherman, Pabodie et McTighe survolèrent dans l'après-midi toute la région environnante, balayant l'horizon avec les jumelles, à la recherche de Gedney et des différents matériels disparus ; mais on ne trouva rien. Ils rapportèrent au retour que la barrière titanesque de la chaîne s'étendait à perte de vue à droite et à gauche sans rien perdre de son altitude ni de sa structure typique. Sur certains pics cependant, les formations régulières de cubes et de remparts étaient plus abruptes et plus sobres, présentant des ressemblances plus fantastiques encore avec les ruines des montagnes d'Asie peintes par Rœrich. La distribution des entrées de cavernes secrètes sur les sommets noirs dépouillés de neige semblait à peu près égale, pour autant qu'on pouvait suivre la chaîne.

En dépit des horreurs actuelles, il nous restait assez de ferveur scientifique et d'esprit d'aventure pour nous interroger sur l'inconnu au-delà de ces mystérieuses montagnes. Comme l'ont déclaré nos messages prudents, nous allâmes nous reposer à minuit après une journée de terreur et de désarroi ; mais non sans avoir prévu de tenter dès le lendemain matin un ou plusieurs vols en altitude au-dessus de la chaîne, dans un avion chargé au minimum, avec un appareil de prise de vues aériennes et un outillage de géologue. Il fut convenu que Danforth et moi partirions les premiers, et nous nous éveillâmes à sept heures pour une mission matinale ; mais des vents violents – mentionnés dans notre bref communiqué au monde extérieur – retardèrent notre départ jusqu'à neuf heures.

J'ai déjà parlé du récit prudent que nous fîmes aux hommes du camp – et qui fut transmis à l'extérieur – lors de notre retour seize heures plus tard. C'est maintenant mon redoutable devoir de compléter ce compte rendu en remplaçant les omissions charitables par un aperçu de ce que nous avions vu réellement dans le monde secret au-delà des montagnes – aperçu de révélations qui ont mené finalement Danforth à la crise nerveuse. Je regrette qu'il n'ait pas ajouté un mot vraiment explicite à propos de ce qu'il croit être seul à avoir vu – même s'il s'agit probablement d'une hallucination – peut-être l'ultime goutte d'eau qui l'a mis dans cet état ; mais il y est fermement opposé. Je ne puis que répéter ses derniers murmures incohérents sur ce qui l'a fait hurler quand l'avion est remonté en flèche à travers la passe montagneuse battue par le vent, après le choc réel et tangible que j'avais partagé avec lui. Ce sera mon dernier mot. Si les preuves que je divulgue de la survivance d'horreurs anciennes ne suffisent pas à dissuader les autres de toucher à l'Antarctique profond – ou au moins de trop creuser sous la surface de cet ultime désert de secrets interdits et inhumains, et de solitude à jamais maudite – je ne serai pas responsable de malheurs sans nom et peut-être incommensurables.

Danforth et moi, examinant les notes prises par Pabodie cet après-midi-là et les vérifiant au sextant, nous avions calculé que la passe la plus basse praticable dans la chaîne se situait un peu à notre droite, en vue du camp, et à environ vingt-trois ou vingt-quatre mille pieds au-dessus du niveau de la mer. C'est donc ce point que nous visions à bord de l'avion peu chargé où nous embarquâmes pour notre vol de reconnaissance. Le camp lui-même, sur les contreforts qui s'élevaient d'un haut plateau continental, était à quelque douze mille pieds d'altitude, si bien que la montée nécessaire n'était pas si considérable qu'il pouvait sembler. Nous ressentîmes vivement, cependant, la raréfaction de l'air et le froid intense, car, à cause des conditions de visibilité, nous avions dû laisser ouverts les hublots de la cabine. Nous portions, bien entendu, nos plus chaudes fourrures.

En approchant des pics interdits, sombres et sinistres au-dessus de la neige coupée de crevasses et de glaciers interstitiels, nous observâmes de plus en plus de ces curieuses formations régulières accrochées aux pentes, et nous repensâmes aux étranges peintures asiatiques de Nicholas Rœrich. Les vieilles couches rocheuses érodées par le vent confirmaient pleinement tous les communiqués de Lake, démontrant que ces vénérables cimes se dressaient, exactement les mêmes, depuis une époque étonnamment ancienne de l'histoire de la Terre – peut-être plus de cinquante millions d'années. Avaient-elles été plus hautes et de combien ? Vaine question ; mais tout, autour de cette singulière région, indiquait d'obscures influences atmosphériques contraires au changement, et prévues pour retarder le processus climatique normal de désintégration des roches.

Mais ce fut, au flanc de la montagne, le fouillis de cubes réguliers, de remparts et d'entrées de cavernes qui nous fascina et nous troubla le plus. Je les observai aux jumelles et en pris des photos aériennes pendant que Danforth pilotait ; et par moments, je le relayais aux commandes – bien que mes connaissances en aéronautique fussent d'un amateur – afin de le laisser prendre les binoculaires. Nous constatâmes aisément que, pour l'essentiel, tout cela était du quartz archéen assez clair, à la différence de toutes les formations visibles sur les grandes étendues ; et que leur régularité était extrêmement singulière à un point que le malheureux Lake avait à peine suggéré.

Comme il l'avait dit, leurs bords étaient arrondis et effrités par des ères incalculables de féroces intempéries ; mais leur matière dure et leur résistance surnaturelle les avaient sauvés de l'anéantissement. Beaucoup de parties, notamment les plus proches des pentes, semblaient de même nature que la roche superficielle des alentours. L'ensemble rappelait les ruines de Machu Picchu dans les Andes, ou les fondations primitives de Kish mises au jour en 1929 par l'expédition du musée d'Oxford-Field ; Danforth et moi eûmes tous deux cette impression de blocs cyclopéens distincts que Lake avait attribuée à Carroll, son compagnon de vol. Comment expliquer leur présence en cet endroit, voilà qui me dépassait absolument, et le géologue en moi se sentait singulièrement humilié. Les formations ignées présentent souvent d'étranges régularités – telle la fameuse Chaussée des Géants en Irlande – mais cette chaîne prodigieuse, bien que Lake ait d'abord soupçonné des cônes fumants, était avant tout non volcanique de par sa structure même.

Les curieuses cavernes, près desquelles les formations bizarres semblaient plus nombreuses, présentaient un autre problème, bien que mineur, par la géométrie de leur contour. Elles étaient, ainsi que l'avait dit le communiqué de Lake, souvent presque carrées ou semi-circulaires ; comme si les ouvertures naturelles avaient été façonnées pour plus de symétrie par quelque main magique. Leur abondance et leur large répartition semblaient remarquables, suggérant dans toute cette zone un dédale de galeries creusées au sein de la couche calcaire. Les aperçus que nous pouvions saisir ne pénétraient guère l'intérieur des cavernes, mais nous n'y vîmes ni stalactites ni stalagmites. À l'extérieur, cette partie des versants montagneux entre les ouvertures paraissait invariablement lisse et régulière ; et Danforth pensa que les légères fissures et piqûres de l'érosion se rapprochaient de figures inhabituelles. Plein comme il l'était des horreurs et des bizarreries découvertes au camp, il imaginait que ces trous ressemblaient vaguement à ceux des groupes déconcertants de points répartis sur les stéatites verdâtres des premiers âges, si hideusement multipliés sur les tertres de neige absurdement édifiés au-dessus des six monstres enterrés.

Nous étions progressivement montés au-delà des contreforts plus élevés et dans la direction de la passe que nous avions repérée. Ce faisant, nous regardions de temps à autre en bas la neige et la glace de la route de terre, nous demandant si nous aurions pu mener à bien le voyage avec l'équipement plus rudimentaire des jours précédents. Quelque peu surpris, nous vîmes que le sol était loin d'être aussi accidenté qu'on aurait pu s'y attendre ; et en dépit des crevasses et autres passages difficiles, il n'aurait guère arrêté les traîneaux d'un Scott, d'un Shackleton ou d'un Amundsen. Certains glaciers paraissaient mener avec une exceptionnelle continuité aux passes mises à nu par le vent, et en abordant celle que nous avions choisie, nous constatâmes qu'elle n'était pas une exception.

On traduirait difficilement sur le papier nos impressions d'attente inquiète au moment de passer la crête pour découvrir un monde vierge, même si nous n'avions aucune raison de croire les contrées au-delà de la chaîne profondément différentes de celles que nous avions déjà vues et traversées. L'ambiance de mystère maléfique de ces montagnes arides, et l'appel de cette mer du ciel opalescent aperçue entre leurs sommets fut une chose si subtile et ténue qu'on ne saurait l'exprimer en mots de tous les jours. C'était plutôt du domaine d'un vague symbolisme psychologique et de rapprochements esthétiques – une chose qui aurait mêlé poésie et peintures exotiques avec les mythes archaïques dissimulés dans les livres redoutés et interdits. Même le refrain du vent prenait un accent particulier de malignité consciente ; et il sembla une seconde que le son composite contînt un bizarre sifflement musical ou flûte, couvrant une gamme aussi large que le souffle qui balayait en tous sens les omniprésentes et sonores cavernes. Il y avait dans ce son une note trouble, évocatrice d'une répugnance aussi complexe et déplaisante que les autres sombres impressions.

Nous étions à présent, après une lente ascension, à une altitude de vingt-trois mille cinq cent soixante-dix pieds, selon le baromètre anéroïde, et nous avions laissé définitivement au-dessous de nous la région des neiges persistantes. Il n'y avait plus haut que des pentes rocheuses sombres et nues, et le début de glaciers grossièrement striés – mais avec le défi de ces cubes, de ces remparts et de ces cavernes retentissantes, pour ajouter le présage du surnaturel, du fantastique et du rêve. Suivant du regard le profil des hauts pics, je crus voir celui qu'avait évoqué le pauvre Lake, avec un rempart à la cime. Il semblait à moitié perdu dans une singulière brume antarctique ; cette même brume peut-être qui avait inspiré à Lake sa première idée de volcanisme. La passe s'ouvrait juste devant nous, lisse et fouettée par le vent entre ses pylônes déchiquetés et hostiles. Au-delà, un ciel découpé en vapeurs tournoyantes, éclairé par l'oblique soleil polaire – le ciel de ce mystérieux royaume, là-bas, sur lequel nous sentions qu'aucun regard humain ne s'était jamais posé.

Quelques pieds de plus en altitude et nous allions contempler ce royaume. Danforth et moi, incapables de parler, sinon en criant dans le vent qui hurlait et flûtait en se ruant à travers la passe, ajoutant au bruit des moteurs à plein régime, nous échangeâmes des regards éloquents. Puis, ayant gagné ces quelques pieds d'altitude, nous pûmes enfin ouvrir grands les yeux, par-delà la formidable ligne de partage, sur les secrets inviolés d'une terre antique et totalement étrangère.

Chapitre 5

Je crois que nous poussâmes ensemble un cri de saisissement, d'émerveillement, de terreur mêlés, et d'incrédulité en nos propres sens en franchissant la passe pour découvrir ce qu'il y avait au-delà. Bien entendu, nous avons eu sur le moment l'arrière-pensée de quelque explication naturelle pour garder notre sang-froid. Nous pensions probablement aux pierres grotesquement érodées du Jardin des Dieux dans le Colorado, ou à la symétrie fantastique des rochers sculptés par le vent du désert de l'Arizona. Peut-être même avons-nous cru à moitié à un mirage comme nous en avions vu le matin avant notre première approche des montagnes hallucinées. Nous avons dû nous raccrocher à quelques notions normales lorsque nos regards ont balayé le plateau sans limites marqué par les tempêtes, et saisi le labyrinthe presque infini de masses de pierre colossales, régulières et géométriquement équilibrées, qui dressaient leurs crêtes effritées et piquetées au-dessus d'une nappe de glace de quarante à cinquante pieds d'épaisseur à sa plus grande profondeur, et par places manifestement plus mince.

L'effet de ce monstrueux spectacle était indescriptible, car quelque diabolique violation des lois naturelles semblait évidente au départ. Ici, sur un haut plateau follement ancien d'au moins vingt mille pieds d'altitude, et dans un climat radicalement inhabitable depuis une époque préhumaine remontant au moins à cinq cent mille ans, s'étendait presque à perte de vue un enchevêtrement méthodique de pierres que seule une réaction mentale désespérée d'autodéfense eût attribué à une origine autre que consciente et artificielle. Nous avions déjà écarté, du moins dans une réflexion sérieuse, toute théorie selon laquelle les cubes et les remparts ne seraient pas naturels. Comment aurait-il pu en être autrement, puisque l'homme lui-même se différenciait à peine des grands singes à l'époque où cette région succombait au règne ininterrompu jusqu'ici de la mort glaciaire.

À présent pourtant, l'empire de la raison semblait irréfutablement bouleversé car ce labyrinthe cyclopéen de blocs carrés, courbes, en angle aigu, avait des caractéristiques qui interdisaient tout possible refuge. C'était bien évidemment la cité impie du mirage dans sa puissante, objective et inéluctable réalité. Ce maudit présage avait une base matérielle après tout – il y avait eu dans les couches supérieures de l'atmosphère une formation horizontale de poussière de glace, et cette révoltante survivance de pierre avait projeté son image de l'autre côté des montagnes conformément aux lois élémentaires de la réflexion. L'apparition avait évidemment été déformée, amplifiée et contenait des éléments qui n'étaient pas dans l'original. Pourtant, devant la source réelle, nous la trouvâmes plus hideuse et plus menaçante encore que sa lointaine image.

Seule la démesure inimaginable et inhumaine de ces immenses tours et remparts avait sauvé de l'anéantissement l'effroyable chose pendant les centaines de milliers – millions peut-être – d'années qu'elle avait niché là parmi les rafales d'un haut plateau désolé. « Corona Mundi... Toit du Monde... » Toutes sortes de formules fantastiques nous venaient aux lèvres tandis que nous regardions au-dessous de nous, pris de vertige, l'incroyable spectacle. Je repensais aux mystérieux mythes primitifs qui m'avaient hanté si obstinément depuis ma première image de ce monde antarctique mort – celle du démoniaque plateau de Leng, des Mi-Go ou abominables hommes des neiges de l'Himalaya, des Manuscrits pnakotiques avec leurs implications préhumaines, du culte de Cthulhu, du Necronomicon, et des légendes hyperboréennes de l'informe Tsathoggua et du frai d'étoiles pire qu'informe, associé à cette semi-entité.

Sur des miles sans fin dans toutes les directions, le monstre s'étendait avec très peu de lacunes ; en fait, suivant des yeux à droite et à gauche la base des premiers contreforts en gradins qui le séparaient du vrai pied de la montagne, nous conclûmes qu'on ne distinguait aucune interruption, sauf une à gauche de la passe par laquelle nous étions venus. Nous avions simplement découvert, par hasard, une partie d'un ensemble d'une étendue incalculable. Des structures grotesques de pierre étaient plus clairsemées sur les contreforts, reliant la terrible ville aux cubes et remparts déjà familiers qui formaient évidemment ses avant-postes de montagne. Eux, comme les étranges entrées de cavernes, étaient aussi rapprochés à l'intérieur que sur les flancs des montagnes.

L'innommable labyrinthe de pierre était fait, pour l'essentiel, de murs de dix à cent cinquante pieds de haut au-dessus de la glace, et d'une épaisseur variant de cinq à dix pieds. Il se composait surtout de prodigieux blocs d'ardoise primitive noire, de schiste et de calcaire – blocs qui faisaient souvent jusqu'à 4 x 6 x 8 pieds – bien qu'en certains endroits il parût taillé dans un soubassement compact, irrégulier, d'ardoise précambrienne. Les bâtiments étaient de taille très inégale ; il y avait d'innombrables structures en nid d'abeille de dimensions énormes aussi bien que de plus petites et isolées. La forme générale en était plutôt conique, pyramidale ou en terrasse, bien qu'il existât beaucoup de cylindres parfaits, de cubes parfaits, de groupes de cubes et autres formes rectangulaires, ainsi qu'un curieux éparpillement d'édifices en angles, dont le plan au sol à cinq pointes rappelait les fortifications modernes. Les bâtisseurs avaient fait un constant et habile usage du principe de l'arc, et la ville à son âge d'or avait sans doute connu les dômes.

Tout ce fouillis était monstrueusement érodé et la nappe de glace d'où s'élevaient les tours était semée de blocs tombés et de débris immémoriaux. Là où la glace était transparente, nous pûmes voir les parties les plus basses des constructions gigantesques, et observer les ponts de pierre préservés par la glace qui reliaient les tours à différents niveaux. Sur les murs à découvert, nous pûmes repérer l'emplacement d'autres ponts plus élevés du même type. Un examen plus attentif révéla d'innombrables fenêtres de bonne taille ; certaines fermées par des volets d'une matière pétrifiée qui avait été du bois, mais la plupart béaient de façon sinistre et menaçante. Beaucoup de ruines, bien entendu, étaient sans toit, avec des bords inégaux bien qu'usés par le vent, tandis que d'autres, d'un type conique, pyramidal ou autre, plus pointu, protégées par les constructions environnantes plus hautes, gardaient intact leur profil malgré l'effritement et les trous partout visibles. À cause de la glace, nous pûmes à peine discerner ce qui semblait un décor sculpté en bandes horizontales – décor comportant de curieux groupes de points, dont la présence sur les stéatites prenait maintenant une signification infiniment plus large.
En beaucoup d'endroits les édifices étaient entièrement détruits et la nappe de glace profondément fendue par divers phénomènes géologiques. Ailleurs, la maçonnerie était rasée au niveau même de la glaciation. Une large tranchée s'étendant de l'intérieur du plateau jusqu'à une fissure dans les contreforts, à environ un mile à gauche de la passe que nous avions traversée, était entièrement libre de toute construction, et représentait probablement, conclûmes-nous, le lit d'un grand fleuve qui, à l'ère tertiaire – des millions d'années plus tôt – s'était écoulé à travers la ville jusqu'à quelque prodigieux abîme souterrain de la grande barrière montagneuse. Il y avait sans

doute en amont toute une région de cavernes, de gouffres et de secrets souterrains qui échappent à l'humaine pénétration.

Revenant à nos impressions et me rappelant notre ahurissement à la vue de cette monstrueuse survivance des millénaires révolus, je ne peux que m'étonner d'avoir conservé, comme nous le fîmes, un semblant d'équilibre. Nous savions bien sûr que quelque chose – la chronologie, la théorie scientifique, et notre propre conscience – allait cruellement de travers ; pourtant nous gardâmes assez de sang-froid pour piloter l'appareil, observer beaucoup de choses dans le moindre détail, et prendre avec soin une série de photographies qui pourraient être fort utiles et à nous et au monde. Dans mon cas, un comportement scientifique bien ancré peut avoir été une aide car au-delà de mon désarroi et d'une impression de menace, brûlait une curiosité plus forte encore de sonder davantage ce secret du fond des âges – de savoir quelle sorte d'êtres avaient édifié et habité ces lieux d'un gigantisme démesuré, et quelle relation pouvait entretenir avec le monde de son temps ou d'autres temps une si extraordinaire concentration de vie.

Car cette cité ne pouvait qu'être extraordinaire. Elle avait dû constituer le noyau primitif et le centre d'un chapitre archaïque inconcevable de l'histoire de la Terre, dont les ramifications, évoquées vaguement dans les mythes les plus obscurs et les plus altérés, avaient disparu tout à fait dans les chaos des convulsions terrestres, longtemps avant qu'aucune race humaine connue se soit laborieusement tirée de la singerie. Ici s'étendait une mégalopole du paléogène, au regard de quoi les fabuleuses Atlantis et Lemuria, Commorion et Uzuldaroum, et Olathoë dans le pays de Lomar sont choses récentes d'aujourd'hui – pas même d'hier ; une mégalopole à mettre au rang de ces blasphèmes préhumains que l'on murmure, comme Volusia, R'lyeh, Ib dans la terre de Mnar, et la Cité sans Nom de l'Arabie déserte. Tandis que nous survolions ce fouillis de tours puissantes, titanesques, mon imagination échappait parfois à toute limite pour vagabonder sans but au royaume des rapprochements fantastiques – tissant même des liens entre ce monde perdu et certains de mes rêves les plus extravagants à propos de l'horreur insensée du camp.

Le réservoir de l'appareil, pour plus de légèreté, n'avait été que partiellement rempli ; aussi fallait-il maintenant être prudents dans nos explorations. Nous couvrîmes néanmoins une étendue considérable de terrain – ou plutôt d'air – après être descendus en piqué à un niveau où le vent devenait pratiquement négligeable. Il semblait n'y avoir aucune limite à la chaîne montagneuse ou à la longueur de l'effroyable cité de pierre qui bordait ses contreforts intérieurs. Cinquante miles de vol dans chaque direction ne révélèrent aucun changement majeur dans le labyrinthe de roches et de maçonnerie qui s'agrippait comme un cadavre au cœur de la glace éternelle. Il y avait cependant quelques particularités très passionnantes ; telles les sculptures dans la gorge ouverte autrefois par le fleuve à travers les contreforts jusqu'au lieu où il s'était abîmé dans la grande chaîne. Les reliefs à l'entrée du courant avaient été hardiment sculptés en pylônes cyclopéens ; et quelque chose dans les motifs striés en forme de tonneau éveilla chez Danforth et moi de vagues souvenirs, détestables et déroutants.

Nous tombâmes aussi sur plusieurs espaces ouverts en forme d'étoile – manifestement des jardins publics – et nous observâmes diverses ondulations de terrain. Là où s'élevait une colline marquée, elle était généralement creusée en une sorte d'édifice de pierre irrégulier ; mais il y avait deux exceptions. L'une était trop endommagée par les intempéries pour révéler ce qui avait couronné le tertre, tandis que l'autre portait encore un étonnant monument conique sculpté dans la roche dure et qui rappelait un peu le fameux Tombeau du Serpent dans l'antique cité de Petra.

Volant de la montagne vers l'intérieur des terres, nous découvrîmes que la ville ne s'étendait pas à l'infini, même si elle semblait longer les contreforts à perte de vue. Au bout de trente miles environ, les grotesques bâtiments de pierre commençaient à se raréfier, et dix miles plus loin nous arrivâmes à un désert ininterrompu, pratiquement sans trace appréciable d'intervention humaine. Le cours du fleuve au-delà de la ville apparaissait marqué par un large tracé en creux, tandis que le sol, prenant un caractère plus accidenté, semblait s'élever légèrement en s'estompant dans le brouillard vaporeux de l'ouest.

Nous n'avions pas encore atterri, et pourtant il eût été inconcevable de quitter le plateau sans essayer de pénétrer dans l'une des monstrueuses constructions. Nous décidâmes donc de chercher un terrain assez uni sur les contreforts, proche de notre passe praticable, pour y poser l'appareil et nous préparer à une exploration à pied. Bien que ces pentes en gradins fussent en partie couvertes de ruines éparpillées, nous découvrîmes en rase-mottes quantité de pistes d'atterrissage possibles. Choisissant la plus rapprochée de la passe puisque le vol suivant devrait nous conduire de l'autre côté de la grande chaîne pour revenir au camp, nous réussîmes vers 12 h 30 à nous poser sur un champ de neige dure entièrement libre d'obstacles et propice à un décollage ultérieur rapide et sans problème.

Il ne semblait pas nécessaire de protéger l'avion par un remblai de neige pour si peu de temps, en l'absence favorable de grands vents à ce niveau ; nous veillâmes donc simplement à ce que les skis d'atterrissage fussent bien à l'abri et les parties vitales de la machine préservées du froid. Pour notre excursion à pied, nous nous débarrassâmes de nos lourdes fourrures de vol et prîmes avec nous un petit équipement comprenant compas de poche, appareil photo, ravitaillement léger, gros carnets de notes et papier, marteau et ciseau de géologue, sacs à spécimens, rouleau de corde pour l'escalade et de puissantes lampes électriques avec des piles de rechange ; cet équipement avait été chargé dans l'appareil pour le cas où nous pourrions atterrir, prendre des photos au sol, faire des dessins et croquis topographiques et recueillir des échantillons de roches sur des versants dénudés, des affleurements ou des cavernes de montagne. Nous avions heureusement une réserve de papier à déchirer, dans un sac supplémentaire, pour, selon le vieux système du jeu de piste, jalonner notre parcours à l'intérieur de tout labyrinthe où nous pourrions pénétrer. Cela dans l'éventualité où nous trouverions quelque réseau de cavernes où une atmosphère assez calme permettrait une telle méthode rapide et simple, au lieu du procédé des éclats de roche, courant chez les pionniers.

Descendant prudemment la pente de neige croûtée vers le prodigieux dédale de pierre qui se dressait sur l'ouest opalescent, nous éprouvions un sentiment presque aussi aigu d'attente d'imminentes merveilles qu'en approchant quatre heures plus tôt la passe de la montagne insondable. À vrai dire, nous étions maintenant familiarisés avec l'inconcevable secret dissimulé par la barrière des pics, pourtant, la perspective de pénétrer réellement dans ces murs primitifs érigés par des êtres conscients des milliers d'années plus tôt peut-être – avant l'existence d'aucune race humaine connue – n'était pas moins impressionnante et terrible dans ce qu'ils impliquaient de monstruosité cosmique. Malgré la raréfaction de l'air à cette prodigieuse altitude qui rendait l'effort plus pénible qu'à l'ordinaire, nous nous sentions très bien, Danforth et moi, et capables d'affronter éventuellement n'importe quelle tâche. Il nous suffit de quelques pas pour atteindre une ruine informe rasée au niveau de la neige, tandis que dix ou quinze perches[5] plus loin surgissait un immense rempart sans toit, encore intact avec sa silhouette gigantesque à cinq pointes et d'une hauteur irrégulière de dix à onze pieds. Nous nous dirigeâmes vers lui, et en touchant réellement ces blocs cyclopéens dégradés par les intempéries, nous sentîmes que nous avions établi un lien sans précédent, presque sacrilège, avec les millénaires oubliés, normalement fermés à notre espèce.

Ce rempart en forme d'étoile – large au plus de trois cents pieds peut-être – était fait de blocs inégaux de calcaire jurassique mesurant en moyenne six pieds sur huit. Une rangée de meurtrières ou de fenêtres voûtées d'environ quatre pieds de large sur cinq de haut s'espaçaient symétriquement le long des pointes de l'étoile et dans ses angles intérieurs, le bas étant à environ quatre pieds de la surface gelée. En regardant à l'intérieur, nous vîmes que le mur avait au moins cinq pieds d'épaisseur, qu'il ne subsistait aucun cloisonnement intérieur, mais des traces de frises ou bas-reliefs sur les parois intérieures ; ce que nous avions déjà deviné plus tôt, en volant à basse altitude au-dessus de ce rempart et d'autres analogues. Les parties inférieures qui devaient exister primitivement étaient entièrement masquées en cet endroit par la profonde couche de glace et de neige.

Nous nous glissâmes par l'une des fenêtres, essayant en vain de déchiffrer les motifs presque effacés des murs, mais sans vouloir nous attaquer au sol glacé. Nos vols de reconnaissance nous avaient appris que nombre d'édifices de la ville elle-même étaient beaucoup moins enfouis et que nous trouverions peut-être des intérieurs entièrement libres jusqu'au sol réel si nous pouvions explorer ces bâtiments qui avaient conservé leur toit. Avant de quitter le rempart, nous le photographiâmes soigneusement, observant avec stupéfaction sa maçonnerie cyclopéenne sans mortier. Nous aurions voulu que Pabodie fût là car ses connaissances d'ingénieur nous auraient aidés à imaginer comment de pareils blocs titanesques avaient pu être mis en place aux temps incroyablement reculés où la ville et ses faubourgs avaient été construits.

La marche d'un demi-mile au bas de la montagne jusqu'à la ville proprement dite, avec le vent sauvage hurlant en vain au-dessus de nous entre les pics dressés vers le ciel à l'arrière-plan, restera toujours gravée dans ma mémoire jusqu'en ses moindres détails. Tout autre humain que nous n'aurait pu concevoir pareil spectacle qu'en de fantastiques cauchemars. Entre nous et les vapeurs bouillonnantes de l'ouest s'étendait ce monstrueux fouillis de tours noires ; leurs formes outrées et inimaginables nous impressionnaient de nouveau à chaque nouvel angle de vision. C'était un mirage taillé en pleine pierre, et n'étaient les photographies, je douterais encore de son existence. Le type général de maçonnerie était identique à celui du rempart que nous avions examiné ; mais les formes extravagantes qu'elle prenait dans ses manifestations urbaines passaient toute description.

Les photos mêmes ne représentent qu'un ou deux aspects de son infinie bizarrerie, de sa variété sans bornes, de sa surnaturelle énormité, de son exotisme radicalement étranger. Il y avait des formes géométriques auxquelles Euclide aurait à peine su donner un nom : des cônes à tous les degrés d'irrégularité et d'altération ; des terrasses de toutes sortes de disproportions provocantes ; des cheminées aux bizarres renflements bulbeux ; des colonnes brisées curieusement groupées ; et des séries à cinq pointes ou cinq arêtes d'un grotesque délirant. En approchant, nous distinguâmes sous certaines parties transparentes de la couche de glace quelques-uns des ponts de pierre tubulaires qui reliaient à diverses hauteurs les constructions absurdement éparpillées. Pas de rues bien ordonnées apparemment, la seule voie largement ouverte étant, un mile plus à gauche, celle par où le fleuve ancien s'était certainement écoulé à travers la ville jusqu'au cœur des montagnes.

Nos jumelles montraient la grande fréquence des frises sculptées et des motifs de points presque effacés, et l'on pouvait imaginer à demi l'image de la cité autrefois – même si la plupart des toits et faîtes de tours avaient fatalement été détruits. Ce devait être dans l'ensemble un enchevêtrement compliqué de ruelles et de passages ; de profondes tranchées, dont certaines se réduisaient parfois à des tunnels à cause de la maçonnerie en surplomb ou des ponts qui les enjambaient. À présent, déployé au-dessous de nous, tout cela surgissait comme un fantasme rêvé sur la brume occidentale, au nord de laquelle l'oblique, rougeâtre soleil antarctique de début d'après-midi s'efforçait de percer ; et quand un instant ce soleil rencontrait un obstacle plus dense et plongeait le paysage dans une ombre momentanée, l'effet était subtilement menaçant, d'une manière que je ne saurais décrire. Même la faible plainte aiguë du vent, insensible dans les défilés de la grande montagne derrière nous, prenait une note plus farouche de malignité délibérée. La dernière étape de notre descente vers la ville fut escarpée et abrupte, et un roc affleurant à l'endroit où la pente s'accentuait nous fit supposer qu'il y avait eu là autrefois une terrasse artificielle. Il devait y avoir sous la glace, nous sembla-t-il, une volée de marches ou son équivalent.

Lorsque enfin nous plongeâmes dans le labyrinthe de la ville elle-même, escaladant les débris de maçonnerie, et oppressés par l'omniprésence des murs effrités et piquetés et leur hauteur écrasante, nos impressions encore une fois furent telles que je m'étonne du sang-froid que nous réussîmes à garder. Danforth, franchement nerveux, se lança dans des suppositions hors de propos au sujet des horreurs du camp – auxquelles je fus d'autant plus sensible que je ne pouvais m'empêcher de partager certaines conclusions que nous imposaient bien des traits de cette morbide survivance d'une antiquité de cauchemar. Ces hypothèses travaillaient aussi son imagination, car à un endroit – où une ruelle jonchée de débris faisait un angle brusque – il soutint qu'il avait vu sur le sol de légères traces d'empreintes qui ne lui plaisaient pas, alors qu'ailleurs il s'arrêtait pour prêter l'oreille à un vague son imaginaire venu d'on ne savait où – le son assourdi d'une note musicale aiguë, disait-il, analogue à celui du vent dans les cavernes des montagnes, bien qu'en différant de façon troublante. La constante structure à cinq pointes de l'architecture environnante et des quelques arabesques murales identifiables avait un pouvoir d'évocation vaguement sinistre auquel nous ne pouvions échapper, il nous communiquait une sorte de certitude inconsciente quant aux êtres primitifs qui avaient élevé et habité ces lieux profanes.

Cependant nos esprits scientifiques et aventureux n'étaient pas tout à fait morts et nous poursuivions machinalement notre programme de collecte d'échantillons de tous les types de roches représentés dans la maçonnerie. Nous souhaitions une série assez complète pour tirer de plus sûres conclusions concernant l'âge de l'ensemble. Rien dans les grandes murailles extérieures ne semblait antérieur au jurassique et au comanchien, ni aucune pierre du site postérieure au pliocène. Il était absolument certain que nous parcourions un monde où la mort régnait depuis au moins cinq cent mille ans, et même davantage selon toute probabilité.

En avançant à travers ce labyrinthe de pierre dans une ombre crépusculaire, nous nous arrêtions à toutes les ouvertures praticables pour examiner l'intérieur, à la recherche de quelque moyen d'y entrer. Certaines étaient trop hautes, tandis que d'autres ne menaient qu'à des ruines obstruées par la glace, aussi nues et dépourvues de toit que le rempart sur la hauteur. L'une, bien que spacieuse et tentante, ouvrait sur un abîme apparemment sans fond et sans perspectives visibles de descente. Ici et là, nous avions la chance de pouvoir examiner le bois pétrifié d'un volet conservé et nous étions stupéfaits de l'antiquité fabuleuse décelable dans la fibre encore reconnaissable. Cela remontait aux gymnospermes et aux conifères du mésozoïque – spécialement des cycas du crétacé – aux palmiers-éventails et aux premiers angiospermes du tertiaire. Nous ne trouvâmes rien de plus nettement récent que le pliocène. Dans la disposition des volets – dont les bords révélaient la présence autrefois de charnières bizarres et depuis longtemps disparues – l'usage semblait diversifié ; certains étaient à l'extérieur et d'autres à l'intérieur de profondes embrasures. Ils semblaient avoir été maintenus en place, comme en témoignaient les traces de rouille de leurs anciens scellements et fixations probablement métalliques.

Au bout d'un certain temps, nous nous trouvâmes devant une rangée de fenêtres – dans la partie renflée d'un colossal cône à cinq arêtes au sommet intact – qui menaient dans une salle vaste et bien conservée au dallage de pierre ; mais elles étaient trop haut dans la pièce pour nous permettre d'y descendre sans une corde. Nous en avions une, mais ne nous souciions pas de descendre ces vingt pieds à moins d'y être obligés – surtout dans l'atmosphère raréfiée du plateau, où le cœur était déjà mis à rude épreuve. Cette immense salle était probablement réservée à certaines assemblées, et nos torches électriques y révélèrent des sculptures puissantes, nettes et saisissantes, disposées autour des murs en larges frises horizontales, séparées par des bandes d'égale largeur d'arabesques conventionnelles. Nous prîmes soigneusement note de l'endroit, avec l'intention d'y pénétrer, à moins de rencontrer un intérieur plus accessible.

Nous trouvâmes enfin exactement l'ouverture souhaitée : un passage voûté d'environ six pieds de large sur dix de haut, marquant l'ancienne extrémité d'un pont aérien qui enjambait une ruelle à cinq pieds environ du niveau de glaciation. Les voûtes, naturellement, coïncidaient avec les planchers de l'étage supérieur ; et dans ce cas l'un des planchers existait encore. Le bâtiment ainsi accessible était une série de terrasses rectangulaires à notre gauche, face à l'ouest. Celui de l'autre côté du passage, où donnait l'autre voûte, était un cylindre délabré sans fenêtres, avec un curieux bulbe à quelque dix pieds au-dessus de l'ouverture. Il était totalement obscur à l'intérieur et la voûte semblait donner sur un vide sans limites.

Des débris entassés facilitaient encore l'entrée dans le vaste édifice de gauche, bien que nous hésitassions un instant à saisir la chance tant espérée. Car si nous avions pénétré ce fouillis de mystère archaïque, il fallait une nouvelle résolution pour nous transporter réellement à l'intérieur d'une des demeures restées intactes d'un monde fabuleusement ancien dont la nature nous apparaissait de plus en plus hideusement évidente. Pourtant nous franchîmes enfin le pas en escaladant les gravats jusque dans l'embrasure béante. Au-delà, le sol était fait de larges blocs d'ardoise et paraissait être le débouché d'un couloir haut et long, aux murs sculptés.

Observant les nombreux passages voûtés qui en partaient à l'intérieur, et pressentant la probable complexité des appartements qui s'y emboîtaient, nous décidâmes de mettre en pratique notre système de jeu de piste des pionniers. Jusqu'ici nos compas, joints aux fréquents aperçus sur la vaste chaîne montagneuse, entre les tours derrière nous, avaient suffi pour éviter de nous perdre ; mais désormais un procédé artificiel devenait nécessaire. Nous réduisîmes donc notre réserve de papier en morceaux de taille suffisante qui furent mis dans un sac confié à Danforth, et nous nous préparâmes à les utiliser avec autant d'économie que nous le permettait notre sécurité. Cette méthode nous éviterait sans doute de nous égarer, dès lors qu'il ne semblait pas y avoir de courants d'air violents à l'intérieur de la construction primitive. S'il s'en produisait, ou si notre réserve de papier s'épuisait, nous pourrions naturellement revenir au système plus sûr, encore que plus fastidieux et lent, des éclats de roche.

De quelle étendue était au juste le territoire que nous avions dégagé, impossible de le deviner sans l'expérience. Étant donné la proximité et les nombreuses communications entre les différents bâtiments, nous pourrions vraisemblablement passer de l'un à l'autre sur les ponts au-dessous de la glace, sauf aux endroits où feraient obstacle des affaissements locaux et des crevasses géologiques, car la glace semblait s'être rarement introduite dans les grands édifices. Presque toutes les zones de glace transparente avaient révélé des fenêtres submergées hermétiquement closes derrière leurs volets, comme si la ville avait été abandonnée dans cet état avant que la nappe de glace ne vienne ensevelir pour toujours la partie basse. En fait, on avait l'impression singulière qu'elle avait été délibérément fermée et désertée en quelque sombre époque disparue depuis une éternité, plutôt qu'engloutie par un brusque cataclysme ou même une progressive dégradation. L'arrivée de la glace avait-elle été prévue, et une population inconnue était-elle partie en masse à la recherche d'une résidence moins menacée ? Les conditions physiographiques relatives à la formation de la nappe à cet endroit devraient attendre pour être élucidées. À l'évidence, il ne s'était pas produit une poussée écrasante. Peut-être la pression des neiges accumulées était-elle responsable, ou quelque crue du fleuve, ou la rupture d'une ancienne barrière de glace dans la grande chaîne avaient-elles contribué à créer la situation qu'on observait à présent. L'imagination pouvait concevoir presque n'importe quoi au sujet de cette cité.

Chapitre 6

Il serait difficile de donner un compte rendu détaillé, suivi, de nos allées et venues dans ce dédale caverneux de maçonnerie primitive, mort depuis des millénaires ; ce repaire monstrueux d'antiques secrets qui résonnait maintenant, pour la première fois après des ères innombrables, au bruit de pas humains. C'est d'autant plus vrai que d'horribles drames et révélations se sont manifestés à la simple étude des motifs sculptés partout sur les murs. Nos photographies au flash de ces sculptures feront davantage pour établir la vérité de ce que nous divulguons à présent, et il est désolant que nous n'ayons pu disposer d'une réserve plus importante de films. Cela étant, nous fîmes des croquis rudimentaires de certaines particularités frappantes quand tous nos films furent épuisés.

Le bâtiment où nous étions entrés était de grande dimension, très élaboré et nous laissa une idée impressionnante de l'architecture de ce passé géologique ignoré. Les cloisons intérieures étaient moins massives que les murs extérieurs, mais parfaitement conservées aux niveaux les plus bas. Une complexité labyrinthique, comportant dans les sols de singulières différences de hauteur, caractérisait tout l'ensemble ; et nous aurions sans doute été perdus dès le début sans la piste de papiers déchirés que nous laissions derrière nous. Nous décidâmes d'explorer avant tout les parties supérieures les plus délabrées et grimpâmes donc de quelque cent pieds tout en haut du dédale, jusqu'au dernier étage de pièces béantes, enneigées et en ruine, ouvrant sur le ciel polaire. L'ascension se fit par les rampes de pierre abruptes à arêtes transversales ou les plans inclinés qui partout servaient d'escaliers. Les chambres que nous rencontrâmes étaient de toutes les formes et proportions imaginables, des étoiles à cinq branches aux triangles et aux cubes parfaits. On peut dire sans risque d'erreur que la moyenne générale était de trente pieds sur trente de surface au sol, sur vingt pieds de haut, bien qu'il existât des salles beaucoup plus grandes. Après avoir examiné à fond les niveaux supérieurs et celui de la glace, nous descendîmes étage par étage dans la partie submergée, où nous nous trouvâmes vraiment dans un labyrinthe ininterrompu de pièces communicantes et de passages conduisant sans doute à l'infini dans d'autres secteurs hors de ce bâtiment particulier. La lourdeur et le gigantisme cyclopéen de tout ce qui nous entourait devenaient étrangement oppressants ; et il y avait quelque chose de vaguement mais profondément inhumain dans tous les profils, dimensions, proportions, décorations et subtilités architecturaux de cette maçonnerie d'un archaïsme impie. Nous comprîmes bientôt, à ce que révélaient les sculptures, que la monstrueuse cité datait de millions et de millions d'années.

Nous ne pouvons expliquer encore les principes techniques mis en œuvre dans l'équilibre et l'ajustement des énormes masses rocheuses, bien que manifestement ils reposent en grande partie sur la fonction de l'arc. Les pièces que nous visitâmes étaient entièrement vides de meubles, ce qui confirma notre idée d'un abandon volontaire de la ville. Le trait essentiel de la décoration était l'utilisation quasi universelle de la sculpture murale ; elle courait en bandes horizontales continues de trois pieds de large, alternant du sol au plafond avec des frises d'égale largeur faites d'arabesques géométriques. Cette règle souffrait des exceptions, mais sa prépondérance était écrasante. Souvent, cependant, une série de cartouches lisses portant des groupes de points bizarrement disposés s'encastrait le long d'une des bandes d'arabesques.

La technique, nous le constatâmes bientôt, était élaborée, parfaite et esthétiquement évoluée au plus haut degré de maîtrise civilisée bien que totalement étrangère dans tous ses détails à aucun art traditionnel connu de la race humaine. Je n'avais jamais rien vu qui en approche pour la finesse d'exécution ; les plus infimes détails de végétaux complexes ou de la vie animale étaient rendus avec une vérité stupéfiante malgré l'échelle audacieuse des sculptures, tandis que les motifs stylisés étaient des merveilles d'habile subtilité. Les arabesques témoignaient de connaissances approfondies des principes mathématiques et se composaient de courbes secrètement symétriques et d'angles construits sur le chiffre cinq. Les bandes illustrées suivaient une tradition extrêmement réglementée, impliquant un traitement singulier de la perspective, mais avec une puissance artistique qui nous émut profondément, en dépit de l'immensité du gouffre des périodes géologiques qui nous séparait d'elles. Leur procédé graphique se fondait sur une étonnante juxtaposition de la coupe transversale et du profil à deux dimensions, et concrétisait une psychologie analytique qui dépassait celle de toute race connue de l'Antiquité. Inutile d'essayer de comparer cet art avec aucun de ceux représentés dans nos musées. Ceux qui verront nos photographies trouveront sans doute beaucoup plus proches certaines imaginations grotesques des futuristes les plus audacieux.

Le réseau de l'arabesque consistait uniquement en lignes creuses dont la profondeur sur les murs intacts variait de un à deux pouces. Quand apparaissaient les cartouches à points groupés – manifestement des inscriptions en quelque langue et alphabet primitifs inconnus – le creux de la surface était peut-être d'un pouce et demi, et celui des points d'un demi-pouce de plus. Les bandes illustrées étaient en bas-relief encastré, l'arrière-plan étant à deux pouces à peu près de la surface du mur. Dans certains cas, on discernait les traces d'une ancienne coloration, mais dans l'ensemble, des temps incalculables avaient désagrégé et fait disparaître tous les pigments qu'on avait pu y appliquer. Plus on étudiait la merveilleuse technique, plus on admirait ces êtres. Sous leur stricte obéissance aux conventions, on saisissait l'observation minutieuse et fidèle ainsi que l'habileté graphique des artistes ; et en fait, ces conventions elles-mêmes servaient à symboliser et mettre en valeur l'essence véritable ou les particularités vitales de chacun des objets représentés. Nous sentions aussi que, à côté de ces qualités identifiables, d'autres se dissimulaient, hors d'atteinte de nos perceptions. Certaines touches ici et là évoquaient vaguement des symboles secrets et des sollicitations qui, avec un autre contexte mental et affectif, et un appareil sensoriel plus complet ou différent, auraient pu prendre pour nous une signification forte et profonde.

Les thèmes des sculptures venaient indiscutablement de la vie contemporaine de leur création et comportaient une large proportion d'histoire. C'est cette exceptionnelle préoccupation historique chez la race primitive – par chance, elle joua miraculeusement en notre faveur – qui rendit à nos yeux les sculptures si instructives, et nous incita à faire passer avant toute autre considération leurs photographies et leur transcription. Dans certaines salles, la disposition habituelle était modifiée par la présence de cartes, tracés astronomiques et autres croquis scientifiques à grande échelle – toutes choses qui apportaient une naïve et terrible confirmation de ce que nous avions recueilli à partir des frises et des lambris. En évoquant ce que révélait l'ensemble, j'espère ne pas susciter plus de curiosité que de salutaire prudence chez ceux qui me croiront. Il serait tragique que quelqu'un fût attiré vers ce royaume de mort par l'avertissement même destiné à l'en détourner. De hautes fenêtres et de massives entrées de douze pieds coupaient ces murs sculptés ; les unes et les autres gardant ici et là les panneaux de bois – minutieusement polis et gravés – des volets et portes eux-mêmes. Toutes les fixations métalliques avaient depuis longtemps disparu, mais certaines portes étant restées, il nous fallait les repousser de côté pour avancer d'une pièce à l'autre. Les châssis de fenêtres et leurs étranges carreaux transparents – pour la plupart elliptiques – survivaient par endroits, bien que peu nombreux. Beaucoup de niches aussi, de grande dimension, généralement vides, mais contenant parfois quelque bizarre objet façonné dans la stéatite verte soit cassé, soit tenu pour trop négligeable pour être déménagé. D'autres ouvertures étaient certainement liées à des commodités disparues – chauffage, éclairage, etc. – telles qu'en évoquaient beaucoup de sculptures. Les plafonds étaient plutôt nus, mais avaient été quelquefois incrustés de stéatite verte ou d'autres carreaux, en grande partie tombés à présent. Les sols étaient également pavés de ces carreaux, bien que la maçonnerie prédomine.

Comme je l'ai dit, tout mobilier et autres objets maniables étaient absents, mais les sculptures donnaient une claire idée des étranges choses qui remplissaient autrefois ces pièces sépulcrales et sonores. Au-dessus de la nappe de glace, les sols étaient généralement couverts d'une couche de détritus et de débris ; mais on en trouvait moins en descendant. Dans certaines salles et galeries, plus bas, il n'y avait guère que menu gravier et vestiges d'incrustations, alors que de rares espaces présentaient la troublante netteté d'un lieu fraîchement balayé. Naturellement, là où s'étaient produits des crevasses et des effondrements, les étages inférieurs étaient aussi jonchés de débris que ceux du haut. Une cour centrale – comme dans les autres immeubles que nous avions survolés – évitait aux régions intérieures une totale obscurité ; aussi avions-nous eu rarement à nous servir de nos torches électriques dans les pièces du haut, sauf pour examiner le détail des sculptures. Sous la calotte glaciaire cependant, la pénombre s'épaississait, et en beaucoup d'endroits, au niveau du sol encombré, on approchait du noir absolu.

Pour se faire même une vague idée de nos pensées et de nos impressions en pénétrant dans ce dédale de constructions inhumaines au silence d'éternité, il faut rapprocher un chaos déconcertant d'impressions, de souvenirs et d'émotions fugitives. L'antiquité absolument accablante et la solitude mortelle des lieux auraient suffi à abattre toute personne sensible, mais à cela s'ajoutaient tout récemment les horreurs inexpliquées du camp et les révélations des terribles sculptures murales autour de nous. Dès que nous tombâmes sur une frise intacte qui ne laissait place à aucune ambiguïté, il ne nous fallut qu'un instant d'examen pour saisir l'atroce vérité – vérité dont il eût été naïf de prétendre que Danforth et moi ne l'avions pas déjà pressentie chacun de son côté, bien que nous ayons évité d'y faire même allusion entre nous. Impossible désormais de recourir au doute quant à la nature des êtres qui avaient construit et habité cette monstrueuse cité, morte depuis des millions d'années, quand les ancêtres de l'homme étaient des mammifères primitifs archaïques et que les énormes dinosaures erraient par les steppes tropicales d'Europe et d'Asie.

Nous nous étions jusque-là raccrochés – chacun pour soi – à l'idée désespérée et insistante que l'omniprésence de ce motif à cinq pointes ne représentait que l'exaltation culturelle ou religieuse de l'objet naturel archéen qui concrétisait si clairement la qualité du « pentapunctisme » ; de même que des motifs décoratifs de la Crète minœnne exaltaient le taureau sacré, ceux de l'Égypte le scarabée, ceux de Rome la louve et l'aigle, et ceux des diverses tribus sauvages quelque animal totem élu. Mais cet ultime refuge nous était désormais refusé, et il nous fallait affronter catégoriquement la découverte, éprouvante pour la raison, que le lecteur de ces pages a sans doute prévue depuis longtemps. Même maintenant, je peux à peine supporter de l'écrire noir sur blanc, mais peut-être ne sera-ce pas nécessaire.

Les êtres qui avaient autrefois érigé et habité cet effroyable monde de pierre à l'époque des dinosaures n'étaient pas des dinosaures ; c'était bien pis. Ceux-là n'étaient que de simples créatures, récentes et presque sans cervelle – mais les bâtisseurs de la cité, savants et vieux, avaient laissé des traces sur des roches qui étaient là depuis près de mille millions d'années… Avant que la vie véritable de la Terre ait progressé au-delà d'un groupe de cellules malléables… Avant que la vie véritable ait seulement existé sur Terre. Ils furent les créateurs et les tyrans de cette vie, et sans aucun doute les modèles des vieux mythes démoniaques auxquels font allusion les Manuscrits pnakotiques et le Necronomicon dans des textes épouvantables. Ils étaient les Grands Anciens qui s'étaient infiltrés depuis les étoiles sur la Terre encore jeune – ces êtres dont une évolution extraterrestre avait façonné la substance et dont les pouvoirs étaient tels que la planète n'en avait jamais connu. Et dire que la veille seulement Danforth et moi avions réellement examiné les fragments de leur substance fossilisée depuis des millénaires… et que le pauvre Lake et son équipe les avaient vus complets…

Il m'est naturellement impossible de rapporter dans leur ordre exact les étapes selon lesquelles nous recueillîmes ce que nous savons de ce chapitre monstrueux de la vie préhumaine. Après le premier choc de la révélation indiscutable, il nous fallut faire une pause, le temps de nous remettre, et il était trois heures au moins quand nous entreprîmes notre vraie recherche méthodique. Dans le bâtiment où nous étions entrés, les sculptures étaient relativement récentes – peut-être deux millions d'années – comme le prouvaient les particularités géologiques, biologiques et astronomiques ; elles exprimaient un art qu'on aurait dû dire décadent, en comparaison des exemples découverts dans des constructions plus anciennes une fois franchis les ponts sous la nappe de glace. Un édifice taillé en pleine roche semblait remonter à quarante ou peut-être même cinquante millions d'années – au bas éocène ou haut crétacé – et contenait des bas-reliefs d'un art supérieur, à une importante exception près, à tout ce que nous avions rencontré. Ce fut, nous en convînmes plus tard, la plus ancienne structure domestique que nous visitâmes.

Sans le complément des clichés qui seront bientôt rendus publics, je me serais abstenu de raconter ce que j'ai trouvé et ce que j'en ai conclu, de peur d'être enfermé comme fou. Bien sûr, les tout premiers épisodes de ce patchwork historique – représentant la vie préterrestre des êtres à tête en étoile sur d'autres planètes, dans d'autres galaxies et d'autres univers – peuvent aisément être interprétés comme la mythologie fantastique de ces êtres eux-mêmes ; encore ces épisodes comportent-ils quelquefois des dessins et diagrammes si étrangement proches des dernières découvertes en mathématique et en astrophysique que je ne sais trop qu'en penser. Laissons les autres juger quand ils verront les photos que je publierai.

Naturellement, aucune des séries de sculptures que nous avons rencontrées ne contait plus qu'une fraction de telle ou telle histoire et nous n'avons pas trouvé les différentes étapes de cette histoire dans leur ordre correct. Certaines salles immenses constituaient des unités indépendantes dont l'illustration était cohérente, tandis que dans d'autres cas, une chronique suivie pouvait continuer le long d'une série de salles et de couloirs. Les meilleurs diagrammes et cartes se trouvaient sur les murs d'un effrayant abîme au-dessous même du sol primitif – une caverne d'environ deux cents pieds carrés et soixante pieds de haut, qui avait dû être, presque à coup sûr, une sorte de centre éducatif. Il y avait beaucoup de répétitions irritantes du même thème dans différentes pièces et constructions, certains chapitres, résumés ou phrases de l'histoire de la race ayant été privilégiés par les décorateurs ou les habitants. Quelquefois, pourtant, différentes variantes d'un même thème s'avérèrent utiles pour établir des points discutables ou combler des lacunes.

Je m'étonne encore que nous ayons déduit tant de choses dans le temps très court dont nous disposions. Certes, nous n'avions alors que le schéma le plus sommaire, et nous en apprîmes bien davantage par la suite en étudiant les photos et les croquis que nous avions pris. C'est peut-être l'effet de ces dernières observations – les souvenirs ravivés et les impressions vagues se combinant avec sa sensibilité propre et cet ultime aperçu d'horreur dont il refuse de préciser, même à moi, la nature – qui a été la source directe de l'effondrement actuel de Danforth. Mais cela devait arriver ; car nous ne pouvions publier avec pertinence notre mise en garde sans l'information la plus complète, et la diffusion de cette mise en garde est d'une importance primordiale. Certaines influences qui subsistent dans ce monde inconnu de l'Antarctique au temps déréglé et sous une loi naturelle étrangère commandent impérativement qu'on décourage toute nouvelle exploration.

Chapitre 7

Le récit complet, dans la mesure où il est déchiffré, paraîtra sous peu dans un bulletin officiel de l'université de Miskatonic. Je ne retracerai ici que les points les plus marquants, de façon sommaire et décousue. Mythe ou non, les sculptures racontaient l'arrivée sur la terre naissante, sans vie, de ces êtres à tête en étoile venus de l'espace cosmique – leur arrivée et celle de beaucoup d'autres entités étrangères telles qu'il s'en engage à certaines époques dans la découverte spatiale. Ils semblaient capables de traverser l'éther interstellaire sur leurs immenses ailes membraneuses – confirmant ainsi curieusement l'étrange folklore des collines, que m'avait autrefois conté un collègue archéologue. Ils avaient longtemps vécu sous la mer, édifiant des villes fantastiques et livrant d'effroyables combats à des adversaires sans nom, au moyen d'engins compliqués qui utilisaient de nouveaux principes énergétiques. Leurs connaissances scientifiques et mécaniques dépassaient évidemment celles de l'homme d'aujourd'hui, bien qu'ils ne fissent usage des formes les plus poussées et les plus étendues qu'en cas de nécessité. Certaines sculptures suggéraient qu'ils avaient connu une phase de vie mécanisée sur d'autres planètes, mais en étaient revenus, jugeant ses effets décevants au niveau affectif. L'extraordinaire fermeté de leur organisme et la simplicité de leurs besoins élémentaires les rendaient particulièrement aptes à un haut niveau de vie sans les produits spécialisés de fabrication artificielle et même sans vêtements, sinon comme protection éventuelle contre les éléments.

Ce fut sous la mer – d'abord pour se nourrir, plus tard pour d'autres besoins – qu'ils créèrent la première vie terrestre, se servant des substances disponibles selon des procédés connus de longue date. Les expériences les plus élaborées suivirent l'anéantissement de divers ennemis cosmiques, Ils en avaient fait autant sur d'autres planètes, ayant fabriqué non seulement les nourritures indispensables, mais certaines masses protoplasmiques multicellulaires susceptibles de façonner leurs tissus en toute sorte d'organes provisoires sous influence hypnotique, et obtenant ainsi des esclaves idéaux pour les gros travaux de la communauté. Ces masses visqueuses étaient certainement ce qu'Abdul Alhazred appelle à mots couverts les « shoggoths » dans son effroyable Necronomicon, bien que même cet Arabe fou n'ait jamais évoqué leur existence sur Terre, si ce n'est dans les rêves des mâcheurs de certain alcaloïde végétal. Quand les Anciens à tête d'étoile eurent synthétisé sur cette planète leurs formes alimentaires simples, et élevé une bonne réserve de shoggoths, ils développèrent d'autres groupes cellulaires sous d'autres formes de vie animale et végétale, pour différents usages, éliminant celles dont la présence devenait encombrante.

Avec l'aide des shoggoths, qui pouvaient se développer jusqu'à porter des poids prodigieux, les petites et modestes villes sous-marines s'agrandirent en vastes et imposants labyrinthes de pierre, assez semblables à ceux qui plus tard s'élevèrent sur la terre. À la vérité, les Anciens, éminemment adaptables, avaient vécu sur Terre plus qu'en d'autres parties de l'univers et conservaient probablement beaucoup de traditions de la construction terrienne. En étudiant l'architecture de toutes ces cités paléogéennes sculptées, y compris celle dont nous parcourions actuellement les couloirs millénaires, nous fûmes frappés d'une singulière coïncidence, que nous n'avions pas encore tenté d'expliquer, même pour nous. Les sommets des immeubles, qui dans la ville actuelle, autour de nous, avaient évidemment été réduits en ruines informes par les intempéries des éternités plus tôt, figuraient clairement dans les bas-reliefs, montrant d'immenses bouquets de flèches en aiguilles, de délicats fleurons au sommet de certains cônes et pyramides, et des étages de minces disques festonnés coiffant horizontalement des cheminées cylindriques. C'était exactement ce que nous avions vu dans ce mirage monstrueux et sinistre, projeté par une cité morte d'où de tels détails de profil avaient disparu depuis des milliers et des dizaines de milliers d'années, et qui surgit à nos yeux ignorants, par-dessus les insondables montagnes du délire quand nous parvînmes la première fois au camp maudit du malheureux Lake.

Sur la vie des Anciens, sous la mer et après qu'une partie d'entre eux émigrèrent sur terre, on pourrait écrire des volumes. Ceux qui vivaient en eau peu profonde avaient gardé le plein usage de leurs yeux, au bout des cinq tentacules principaux de la tête, exerçant comme de coutume les arts de la sculpture et de l'écriture – celle-ci avec un stylet sur des tablettes de cire à l'épreuve de l'eau. D'autres, plus bas dans les profondeurs de l'océan, utilisant pour produire la lumière de curieux organes phosphorescents, complétaient leur vision par des sens spéciaux, qui agissaient mystérieusement par les cils prismatiques de leur tête – sens qui rendaient tous les Anciens partiellement indépendants de la lumière en cas de nécessité. Leurs formes de sculpture et d'écriture avaient singulièrement évolué pendant la descente, empruntant certains procédés de revêtement apparemment chimiques – sans doute pour produire la phosphorescence – mais que les bas-reliefs ne purent nous faire comprendre. Ces créatures se déplaçaient dans la mer partie en nageant – en se servant de leurs bras latéraux de crinoïdes – partie en agitant l'étage inférieur de tentacules comportant le pseudopode. Ils pouvaient éventuellement faire de longues plongées en s'aidant de deux ou plus de leurs jeux d'ailes en éventail. À terre, ils utilisaient localement le pseudopode, mais volaient parfois à de grandes hauteurs ou sur de longues distances avec leurs ailes. Les nombreux tentacules plus minces, ramifications des bras crinoïdes, étaient infiniment délicats, souples, forts et précis dans la coordination musculo-nerveuse, assurant une adresse et une dextérité extrêmes dans toutes les activités artistiques ou autres opérations manuelles.

Leur résistance était presque incroyable. Même les terrifiantes pressions des plus profonds abîmes sous-marins semblaient impuissantes à leur nuire. Apparemment très peu mouraient, sinon de mort violente, et leurs sépultures étaient très rares. Le fait qu'ils surmontaient leurs morts, inhumés verticalement, de tertres à cinq pointes gravées réveilla chez Danforth et chez moi des pensées qui rendirent nécessaire une nouvelle pause pour récupérer après cette révélation des bas-reliefs. Ils se multipliaient par des spores – comme les plantes ptéridophytes, ainsi que Lake l'avait soupçonné – mais leur prodigieuse résistance et leur longévité rendant la relève inutile, ils n'encourageaient pas le développement sur une grande échelle de nouveaux prothalles, sauf quand ils avaient de nouveaux territoires à coloniser. Les jeunes mûrissaient vite et recevaient une éducation évidemment très éloignée de toutes les normes que nous pouvons imaginer. La vie intellectuelle et esthétique, prédominante, était très évoluée et entretenait un ensemble d'usages et d'institutions extrêmement stables que je décrirai plus complètement dans une étude à venir. Ceux-ci différaient légèrement selon qu'on vivait dans la mer ou sur terre, mais gardaient pour l'essentiel mêmes bases et mêmes principes.

Capables comme les plantes de tirer leur alimentation de substances inorganiques, ils préféraient de beaucoup la nourriture organique et surtout animale. Sous la mer, ils mangeaient crues les bêtes marines mais à terre, ils faisaient cuire leurs viandes. Ils chassaient le gibier et élevaient du bétail – qu'ils abattaient avec des armes acérées dont notre expédition avait observé les traces singulières sur certains os fossiles. Ils supportaient remarquablement toutes les températures habituelles et, à l'état naturel, pouvaient vivre dans l'eau jusqu'à la congélation. Cependant, après le grand refroidissement du pléistocène – près d'un million d'années plus tôt – les habitants de la terre durent recourir à des mesures exceptionnelles, y compris au chauffage artificiel ; du moins jusqu'à ce que les froids mortels les aient, semble-t-il, ramenés à la mer. La légende rapporte qu'au temps de leurs vols préhistoriques dans l'espace cosmique ils avaient absorbé certains produits chimiques qui les libéraient presque entièrement de la nourriture, de la respiration et des conditions de température ; mais à l'époque glaciaire, ils avaient perdu le souvenir de leur méthode. Ils n'auraient pu de toute façon prolonger indéfiniment sans dommage cet état artificiel.

Étant par nature semi-végétaux et ignorant l'accouplement, les Anciens n'avaient pas de bases biologiques pour le stade familial de la vie des mammifères ; mais ils semblaient organiser de grandes communautés sur les principes d'une heureuse distribution de l'espace et – comme nous en jugeâmes par les images d'activités et de distractions des habitants – d'association par affinités d'esprit. Le mobilier chez eux occupait le centre des vastes salles, laissant libre pour la décoration toute la surface des murs. L'éclairage, pour les terriens, était assuré par un dispositif de nature probablement électrochimique. Sur terre comme sous les eaux, ils utilisaient d'étranges tables, sièges et lits de forme cylindrique – car ils se reposaient et dormaient debout, tentacules repliés – et des casiers pour les séries articulées de surfaces couvertes de points qui leur servaient de livres.

Le gouvernement, évidemment complexe, était sans doute socialiste, bien que nous n'ayons pu tirer des sculptures aucune conclusion probante à cet égard. Il se faisait un commerce important, localement et entre les différentes villes, certains petits jetons plats, à cinq pointes et gravés, étant utilisés comme monnaie. Les plus petites des stéatites verdâtres découvertes par notre expédition en étaient vraisemblablement. Bien que la civilisation fût essentiellement urbaine, il y avait un peu d'agriculture et beaucoup d'élevage. On exploitait des mines et quelques entreprises industrielles limitées. Les voyages étaient très fréquents, mais les migrations durables paraissaient relativement rares, sauf en de larges opérations de colonisation que justifiait le développement de la race. Pour les déplacements personnels, il n'était besoin d'aucune aide extérieure puisque à terre, dans l'air et dans l'eau, les Anciens pouvaient atteindre par eux-mêmes des vitesses fantastiques. Les charges, cependant, étaient tirées par des bêtes de somme – des shoggoths sous la mer, et une curieuse variété de vertébrés primitifs dans les dernières années de l'existence terrestre.

Ces vertébrés, comme aussi une infinité d'autres formes de vie – animales et végétales, marines, terrestres et aériennes – étaient le produit d'une évolution non dirigée agissant sur les cellules vivantes fabriquées par les Anciens mais échappant à leur rayon d'action. On les avait laissés se développer parce qu'ils ne s'étaient pas trouvés en conflit avec les créatures au pouvoir. Les formes encombrantes, bien sûr, avaient été automatiquement exterminées. Nous vîmes avec intérêt dans les sculptures les plus récentes et décadentes un mammifère primitif à l'allure maladroite dont les terriens se servaient tantôt comme nourriture tantôt comme bouffon pour s'en amuser, et dont les préfigurations vaguement simiesques et humaines étaient incontestables. Lors des constructions de villes terrestres, les énormes blocs de pierre des hautes tours étaient généralement portés par des ptérodactyles aux ailes immenses d'une espèce jusqu'à présent inconnue de la paléontologie.

L'obstination que mettaient les Anciens à survivre aux diverses évolutions géologiques et aux convulsions de la croûte terrestre tenait presque du miracle. Bien que peu ou aucune de leurs premières cités ne semble avoir subsisté après la période archéenne, il n'y eut pas de coupure dans leur civilisation ni dans la transmission de leurs chroniques. C'est dans l'océan Antarctique qu'ils apparurent d'abord sur la planète, sans doute peu après que la matière de la Lune eut été arrachée au Pacifique Sud tout proche. Selon l'une des cartes gravées, le globe entier était alors sous l'eau, les villes de pierre s'éparpillant de plus en plus loin de l'Antarctique au cours des temps immémoriaux. Une autre carte montre une masse considérable de terre sèche autour du pôle Sud, où il est évident que certains de ces êtres établissaient des colonies expérimentales, bien que leurs principaux centres aient été transférés aux fonds marins les plus proches. Les dernières cartes, où l'on voyait ces terres fissurées et dérivant, certaines parties détachées en direction du nord, confirmaient de manière frappante les théories de la dérive des continents avancées par Taylor, Wegener et Joly.

Avec le soulèvement d'une nouvelle terre dans le Pacifique Sud, des événements terribles survinrent. Plusieurs des cités marines furent irrémédiablement détruites, et ce ne fut pas le pire malheur. Une autre race – race terrestre d'êtres en forme de pieuvres, probablement la fabuleuse progéniture préhumaine de Cthulhu – commença bientôt à s'infiltrer du fond des infinis cosmiques, et déclencha une guerre monstrueuse qui, pour un temps, ramena tout à fait les Anciens à la mer – un coup terrible pour les colonies terrestres en plein développement. Plus tard on fit la paix et les nouveaux territoires furent attribués aux rejetons de Cthulhu tandis que les Anciens gardaient la mer et les anciennes terres. De nouvelles villes furent fondées à terre – la plus importante dans l'Antarctique car cette région du premier établissement était sacrée. Dès lors comme auparavant, l'Antarctique resta le centre de la civilisation des Anciens, et toutes les cités repérables qu'avaient édifiées ceux de Cthulhu furent anéanties. Puis soudain les terres du Pacifique sombrèrent de nouveau, entraînant avec elles la terrifiante ville de pierre de R'lyeh et toutes les pieuvres cosmiques, de sorte que les Anciens retrouvèrent leur suprématie sur la planète. Sauf quant à une menace obscure dont ils n'aimaient pas parler. À une époque assez récente, ils avaient construit sur toutes les terres et dans toutes les mers du globe – d'où la recommandation de ma future monographie, que quelque archéologue entreprenne des forages systématiques avec le dispositif de Pabodie dans certaines régions largement réparties.

De l'eau vers la terre, le mouvement s'affirma au cours des âges ; tendance encouragée par l'apparition de nouveaux territoires, bien que l'océan ne fût jamais complètement abandonné. Une autre cause de cette orientation fut le problème imprévu que posèrent l'élevage et la direction des shoggoths dont dépendait la prospérité de la vie marine. Avec le temps, ainsi qu'en convenaient tristement les sculptures, l'art de créer d'autres formes de vie à partir de la matière inorganique s'était perdu, si bien que les Anciens ne pouvaient que façonner ce qui existait déjà. Sur terre, les grands reptiles se montraient des plus dociles ; mais les shoggoths de la mer, se reproduisant par division et acquérant un inquiétant degré d'intelligence, soulevèrent un certain temps une formidable difficulté.

Ils avaient toujours été sous contrôle grâce à la suggestion hypnotique des Anciens, modelant provisoirement leur robuste plasticité en divers membres et organes utiles ; mais à présent leur faculté d'auto-façonnage se déclenchait parfois toute seule, et en diverses formes d'imitation inspirées de suggestions passées. Ils avaient semble-t-il développé un cerveau semi-permanent dont les actes volontaires indépendants et parfois obstinés répondaient à la volonté des Anciens sans toujours lui obéir. Les images sculptées de ces shoggoths nous remplissaient, Danforth et moi, d'horreur et de dégoût. C'étaient des êtres sans forme propre, faits d'une gelée visqueuse qui semblait une agglutination de bulles ; et chacun pouvait atteindre en moyenne quinze pieds de diamètre quand il prenait une forme sphérique. Mais ils changeaient sans cesse d'aspect et de volume, projetant des appendices provisoires ou de simili-organes de la vue, de l'ouïe et de la parole à l'imitation de leurs maîtres, soit spontanément, soit sur suggestion.

Ils étaient apparemment devenus intraitables depuis le milieu de l'époque permienne, peut-être cent cinquante millions d'années plus tôt, lorsqu'une guerre en règle avait été menée contre eux par les Anciens de la mer pour les ramener à la soumission. Les images de cette guerre et l'usage typique des shoggoths de laisser les cadavres de leurs victimes sans tête et couverts de bave gardaient un caractère extraordinairement terrifiant en dépit des abîmes de temps écoulés depuis. Les Anciens, ayant eu recours contre ces entités rebelles à des armes de désintégration moléculaire, avaient fini par remporter une victoire complète. Après quoi, les sculptures montraient une période de dressage où les shoggoths étaient matés par les Anciens armés, comme les chevaux sauvages de l'Ouest américain le furent par les cow-boys. Bien qu'ils aient prouvé au cours de leur révolte qu'ils pouvaient vivre hors de l'eau, cette évolution ne fut pas encouragée, puisqu'ils n'étaient utiles à terre qu'en proportion de leur docilité.

Pendant l'époque jurassique, les Anciens rencontrèrent de nouvelles épreuves sous la forme d'une autre invasion de l'espace extérieur – cette fois de créatures mi-champignons, mi-crustacés, venant d'une planète qu'on peut identifier avec le lointain Pluton récemment découvert ; les mêmes indiscutablement que celles qu'évoquent certaines légendes confidentielles du Nord, perpétuées dans l'Himalaya sous le nom de Mi-Go ou abominables hommes des neiges. Pour les combattre, les Anciens tentèrent, pour la première fois depuis leur arrivée sur Terre, une nouvelle sortie dans l'éther planétaire ; mais en dépit de tous leurs préparatifs traditionnels, il ne leur fut plus possible de quitter l'atmosphère terrestre. Quel qu'ait été le vieux secret du voyage interplanétaire, il était maintenant perdu à jamais pour leur race. Finalement, les Mi-Go les repoussèrent de tous les territoires du Nord, sans rien pouvoir cependant contre ceux de la mer. Peu à peu commença le lent recul de l'antique race jusqu'à son habitat antarctique originel.

Chose curieuse que l'on observait dans les représentations de batailles, les rejetons de Cthulhu aussi bien que les Mi-Go semblaient faits d'une matière plus différente encore de ce que nous connaissons que celle des Anciens. Capables de métamorphoses et de réintégrations interdites à leurs adversaires, ils devaient pourtant être issus de gouffres plus lointains de l'espace cosmique. Les Anciens, n'étaient leur résistance extraordinaire et leurs qualités vitales particulières, restaient strictement matériels et devaient avoir pris naissance à l'intérieur du continuum connu de l'espace-temps, tandis qu'on ne pouvait risquer que les suppositions les plus hasardeuses sur les sources premières des autres entités. Tout cela, bien sûr, en admettant que les liens non terrestres et les anomalies attribuées aux traîtres envahisseurs ne soient pas pure mythologie. On peut imaginer que les Anciens aient inventé toute une structure cosmique pour expliquer leurs éventuelles défaites ; car la passion historique et la fierté étaient manifestement leurs moteurs psychologiques essentiels. Il est significatif que leurs annales passent sous silence beaucoup de races évoluées et puissantes, dont les cultures remarquables et les imposantes cités figurent durablement dans certaines mystérieuses légendes.

L'évolution du monde à travers les longues périodes géologiques apparaît avec une vérité frappante dans beaucoup de cartes et de scènes gravées. Dans certains cas, la science actuelle devra être révisée tandis que dans d'autres, ses audacieuses déductions se voient magnifiquement confirmées. Comme je l'ai dit, l'hypothèse de Taylor, Wegener et Joly, selon laquelle tous les continents sont des fragments d'une terre antarctique originelle, qui se fissura sous la pression centrifuge, en s'éloignant à la dérive sur un soubassement en principe visqueux – hypothèse inspirée entre autres par les profils complémentaires de l'Afrique et de l'Amérique du Sud, et la façon dont les grandes chaînes montagneuses sont roulées et repoussées – reçoit d'une source étrange une consécration frappante.

Les cartes représentaient clairement le monde carbonifère d'il y a cent millions d'années ou davantage, mettant en évidence les crevasses et les gouffres qui sépareraient plus tard l'Afrique des territoires autrefois continus de l'Europe (alors la Valusia de la légende infernale primitive), l'Asie, les Amériques et le continent antarctique. D'autres cartes – et la plus significative concernant la fondation cinquante millions d'années plus tôt de l'immense ville morte qui nous entourait – montraient tous les continents d'alors bien distincts. Et dans le dernier exemple étudié – datant peut-être du pliocène – le monde d'aujourd'hui, de façon approximative, apparaissait nettement malgré le rapprochement de l'Alaska et de la Sibérie, de l'Amérique du Nord et de l'Europe par le Groenland, et de l'Amérique du Sud avec le continent antarctique par la terre de Graham. La carte complète du globe au carbonifère – sol océanique et masse des terres fissurées de même – portait les symboles des immenses cités de pierre des Anciens, mais dans les plus tardives le recul progressif vers l'Antarctique devenait évident. Le dernier document du pliocène ne montrait plus de cités terrestres sauf sur le continent antarctique et la pointe de l'Amérique du Sud, ni de cités océanes au nord du 51e parallèle de latitude sud. Le savoir et l'intérêt concernant le monde du Nord, à part un tracé du littoral relevé sans doute au cours de longs vols d'exploration sur ces ailes membraneuses en éventail, étaient évidemment retombés à zéro chez les Anciens.

La destruction des villes lors du soulèvement des montagnes, la déchirure des continents sous la poussée centrifuge, les convulsions sismiques de la terre ou des fonds sous-marins, et d'autres causes naturelles étaient la matière d'information courante ; et il était curieux d'observer combien se faisaient de plus en plus rares les reconstructions à mesure que le temps passait. L'immense mégalopole qui s'ouvrait autour de nous semblait avoir été le dernier grand centre de la race, édifiée au début du crétacé après qu'une secousse titanesque de la Terre eut anéanti une précédente, plus vaste encore, non loin de là. Toute cette région paraissait bien être le lieu sacré entre tous, où les premiers Anciens s'étaient installés sur un fond marin primitif. Dans la nouvelle cité – dont nous reconnûmes plus d'un trait dans les sculptures, mais qui s'étendait sur cent miles au moins le long de la chaîne dans chaque direction, au-delà des extrêmes limites de notre reconnaissance aérienne – on disait qu'étaient conservées certaines pierres sacrées ayant fait partie de la première ville au fond de la mer, et qui avaient été rejetées au jour après de longues périodes, au cours du plissement général de la strate.

Chapitre 8

Naturellement Danforth et moi étudiâmes avec un spécial intérêt et le sentiment d'un devoir personnel tout ce qui se rapportait à la région où nous nous trouvions. Ce matériel local était évidemment très abondant et, dans le fouillis du sol de la ville, nous eûmes la chance de découvrir une maison très récente dont les murs, bien qu'assez endommagés par une crevasse voisine, renfermaient des sculptures de style décadent qui retraçaient l'histoire de la région bien avant l'époque de la carte du pliocène où nous avions puisé notre aperçu général du monde préhumain. Ce fut le dernier site que nous étudiâmes en détail car ce que nous y trouvâmes nous donna un nouvel objectif immédiat.

Nous étions certainement dans le plus étrange, le plus mystérieux et le plus terrible de tous les recoins du globe terrestre. De toutes les terres qui existent il était le plus infiniment ancien ; et notre conviction grandit que ce hideux plateau devait être en vérité le fabuleux et cauchemardesque plateau de Leng, dont l'auteur fou du Necronomicon lui-même hésitait à parler. La grande chaîne montagneuse était démesurément longue – partant d'une chaîne basse de la terre de Luitpold sur la côte de la mer de Weddell et traversant pratiquement tout le continent. La partie vraiment haute s'étendait sur un arc imposant, d'environ 82° de latitude et 60° de longitude est jusqu'à 70° de latitude et 115° de longitude est, son côté concave tourné vers notre camp et son extrémité vers la mer dans la région de cette longue côte bloquée par les glaces, dont Wilkes et Mawson aperçurent les collines au cercle antarctique.

Mais des excès plus monstrueux encore de la Nature étaient dangereusement proches. J'ai dit que ces pics étaient plus hauts que l'Himalaya mais les sculptures m'interdisaient de les proclamer les plus hauts de la Terre. Ce sinistre honneur revient indubitablement à ce que la moitié des bas-reliefs n'osent même pas nommer, tandis que les autres ne l'abordent qu'avec répugnance et angoisse. Il semble que ce soit une partie de la terre antique – celle qui émergea des eaux quand la planète se fut débarrassée de la Lune et que les Anciens eurent filtré des étoiles – qu'on a fini par fuir comme vaguement et indéfinissablement néfaste. Les villes édifiées là s'étaient écroulées avant leur temps, et soudain on les avait retrouvées désertes. Puis quand la première grande secousse terrestre avait bouleversé la région à l'époque comanchienne, une terrifiante rangée de pics avait surgi brusquement dans le fracas et le chaos les plus effroyables – et la Terre avait reçu ses plus hautes et terribles montagnes.

Si l'échelle des gravures était exacte, ces monstres détestables mesuraient beaucoup plus de quarante mille pieds de haut – bien davantage que les odieuses montagnes hallucinées que nous avions rencontrées. Elles s'étendaient, semblait-il, de 77° de latitude, 70° de longitude est jusqu'à 70° de latitude, 100° de longitude est – à moins de trois cents miles de la cité morte, de sorte que nous aurions pu entrevoir leurs redoutables sommets dans le lointain indistinct de l'ouest, n'eût été la vague brume opalescente. Leur limite au nord doit être visible également depuis le long littoral du cercle antarctique, sur la terre de la Reine-Mary.

Certains Anciens, dans les temps décadents, ont adressé aux montagnes d'étranges prières ; mais aucun ne s'en est jamais approché ni n'a osé s'interroger sur ce qu'il y a derrière. Nul regard humain ne les a jamais aperçues et, voyant quelles émotions exprimaient les gravures, je priai pour que nul ne l'ait jamais pu. Il y a des collines protectrices le long de la côte au-delà – les terres de la Reine-Mary et de l'Empereur-Guillaume – et je rends grâce au ciel que personne n'ait pu aborder et gravir ces collines. Je ne suis plus aussi sceptique que je l'étais quant aux vieilles légendes et terreurs, et je ne ris plus à présent de cette idée du sculpteur préhumain : que de temps en temps un éclair s'arrête délibérément sur chacune des crêtes menaçantes et qu'une lueur inexplicable brille du haut de ces terribles cimes tout le long de la nuit polaire. Il y a peut-être une très réelle et monstrueuse signification dans les vieilles rumeurs pnakotiques à propos de Kadath dans le désert glacé.

Mais la terre toute proche n'était guère moins étrange, même si moins indéfinissablement maudite. Peu après la fondation de la ville, la grande chaîne devint le site des principaux temples, et de nombreuses gravures montrent quelles grotesques et fantastiques tours agressaient le ciel là où nous ne vîmes que cubes et remparts bizarrement suspendus. Au long des âges, les cavernes apparurent et furent aménagées en annexes des temples. Au cours des périodes suivantes, toutes les veines calcaires de la région furent creusées par les eaux souterraines, de sorte que les montagnes, les contreforts et les plaines à leur pied devinrent un véritable réseau de cavernes et de galeries communicantes. Beaucoup de sculptures pittoresques évoquaient des explorations en profondeur et la découverte enfin de la mer sans soleil, noire comme le Styx, qui se cache dans les entrailles de la Terre.

Cet immense gouffre avait sans aucun doute été creusé peu à peu par le grand fleuve qui, descendu des horribles montagnes sans nom de l'Ouest, avait jadis contourné la base de la chaîne des Anciens et coulé tout au long jusque dans l'océan Indien, entre les terres de Budd et Totten sur le littoral de Wilkes. Il avait rongé peu à peu en la contournant la base calcaire de la montagne, jusqu'à ce que, ses flots l'ayant sapée, il rejoigne la caverne des eaux souterraines pour approfondir le gouffre avec elles. Enfin sa masse entière se déversa au creux des collines, laissant à sec son ancien cours vers l'océan. Une grande partie de la ville, telle que nous l'avions découverte à présent, avait été construite ensuite sur cet ancien lit. Les Anciens, comprenant ce qui s'était passé, et exerçant comme toujours leur sens artistique si pénétrant, avaient sculpté en pylônes décorés les reliefs des contreforts où le grand courant avait commencé sa descente dans les éternelles ténèbres.

Ce fleuve, autrefois enjambé par des quantités de nobles ponts de pierre, était évidemment celui dont nous avions repéré de notre avion le cours disparu. Sa présence dans divers bas-reliefs de la ville nous aida à retrouver le décor tel qu'il avait été aux différentes phases de la longue, immémoriale histoire du pays ; de sorte que nous pûmes dessiner un plan rapide mais minutieux des traits essentiels – jardins, édifices importants, ainsi de suite – pour guider de futures explorations. Nous pûmes bientôt recréer en imagination tout cet ensemble prodigieux tel qu'il était un million ou dix ou cinquante millions d'années plus tôt, car les sculptures nous décrivaient exactement l'image de ces monuments et montagnes, faubourgs et paysages avec la végétation luxuriante du tertiaire. Elle avait dû être d'une beauté merveilleuse, magique, et tout en y songeant j'oubliais presque le lourd sentiment d'oppression sinistre dont l'inhumaine antiquité de la ville, son énormité, sa torpeur, son isolement et son crépuscule glacial avaient accablé mon esprit. Pourtant, selon certains bas-reliefs, les habitants de cette ville avaient eux-mêmes connu l'étreinte d'une terreur angoissante ; car dans certaine scène sombre, qui revenait souvent, on voyait les Anciens épouvantés reculer devant un objet – jamais représenté dans le dessin – découvert dans le grand fleuve et dont il était dit qu'il avait été charrié à travers les forêts ondoyantes de cycas, drapées de vigne, depuis ces horribles montagnes occidentales.

Ce fut seulement dans une maison récente aux sculptures décadentes que nous relevâmes les signes précurseurs de la catastrophe finale qui conduisit à l'abandon de la ville. Indubitablement, il devait y avoir eu ailleurs beaucoup d'autres sculptures contemporaines de celles-ci, compte tenu même du relâchement des énergies et des aspirations à une époque oppressante et incertaine ; en fait, la preuve de leur existence nous fut donnée peu après. Mais ce fut le premier et le seul ensemble que nous rencontrâmes directement. Nous avions l'intention de continuer les recherches mais, comme je l'ai dit, les circonstances nous imposèrent un autre objectif immédiat. Il y aurait eu, d'ailleurs, une limite, car ayant perdu tout espoir d'une durable occupation des lieux, les Anciens ne pouvaient qu'abandonner complètement les décorations murales. Le coup décisif, naturellement, fut l'arrivée du grand froid qui paralysa presque toute la Terre et n'a jamais quitté les pôles maudits – le grand froid qui, à l'autre bout du monde, anéantit les pays de Lomar et d'Hyperborea.

Quand cette évolution commença-t-elle exactement dans l'Antarctique, il serait difficile d'en préciser l'époque. Actuellement, on situe le début de la période glaciaire à environ cinq cent mille ans avant nos jours, mais aux pôles le terrible fléau dut s'annoncer beaucoup plus tôt. Toute estimation chiffrée est en partie conjecturale, et il est tout à fait plausible que les sculptures décadentes aient été exécutées voici beaucoup moins d'un million d'années, et que l'abandon effectif de la ville fût total bien avant le début du pléistocène – il y a cinq cent mille ans – tel qu'il est convenu de le fixer pour l'ensemble de la Terre.

Les sculptures décadentes donnaient des signes du dépérissement général de la végétation et du déclin de la vie paysanne chez les Anciens. Des appareils de chauffage étaient installés dans les maisons, et les voyageurs en hiver étaient représentés emmitouflés d'étoffes protectrices. Puis nous vîmes une série de cartouches (la continuité des frises étant fréquemment interrompue dans ces dernières gravures) qui décrivaient une migration croissante jusqu'aux refuges proches d'une température plus clémente – certains fuyant vers les cités marines au large des côtes lointaines, et d'autres descendant à travers le dédale des cavernes calcaires dans les collines creuses, au voisinage du ténébreux abîme des eaux souterraines.

Il semble finalement que l'abîme proche ait accueilli la colonie la plus importante. Cela en partie sans doute à cause du caractère sacré que gardait par tradition cette région particulière ; mais plus sûrement pour les possibilités qu'il offrait de continuer la fréquentation des temples dans le dédale des montagnes, et de conserver l'immense cité comme résidence d'été et base de communication avec diverses mines. Le lien avec les anciennes résidences et les nouvelles était renforcé par plusieurs plans inclinés et autres aménagements le long des voies secondaires, y compris de nombreux tunnels directs depuis l'ancienne métropole jusqu'au noir abysse – tunnels en pente raide dont nous dessinâmes soigneusement les entrées, selon les estimations les plus réfléchies, sur le plan que nous préparions. Il était évident que deux au moins se trouvaient à une distance raisonnable de l'endroit où nous étions ; tous deux à la lisière de la ville du côté de la montagne, l'un à moins d'un quart de mile de l'ancien lit du fleuve, l'autre deux fois plus loin peut-être dans la direction opposée.

Le gouffre, apparemment, avait par endroits des rives de terre sèche en pente douce ; mais les Anciens édifièrent leur nouvelle ville sous les eaux – sans doute pour la température plus clémente qu'elles leur assuraient. La mer secrète devait être très profonde, de sorte que la chaleur interne du globe la rendait habitable pour un temps illimité. Ces êtres n'eurent manifestement aucun mal à s'adapter au séjour temporaire – ou éventuellement permanent – sous les eaux car ils n'avaient jamais laissé s'atrophier leur système de branchies. Beaucoup de sculptures montraient qu'ils rendaient de fréquentes visites à leurs frères sous-marins et qu'ils se baignaient ordinairement au plus profond de leur grand fleuve. L'obscurité au cœur de la Terre ne pouvait pas non plus décourager une race habituée aux longues nuits polaires.

Bien que de style indiscutablement décadent, ces derniers bas-reliefs prenaient un ton vraiment épique pour relater la construction de la nouvelle cité dans le gouffre marin. Les Anciens l'avaient menée scientifiquement, extrayant du cœur des dédales montagneux des blocs rocheux inaltérables, et employant des ouvriers spécialisés de la ville sous-marine du proche Orient pour réaliser l'opération selon les meilleures méthodes. Ces travailleurs apportèrent avec eux tout ce qui était nécessaire à la nouvelle entreprise – tissu organique du shoggoth pour produire les porteurs de pierres et plus tard les bêtes de somme dans la cité de l'abîme, et autre matériel protoplasmique dont on façonnerait les organismes phosphorescents destinés à l'éclairage.

Une puissante métropole surgit enfin au fond de la mer stygienne ; son architecture était très proche de celle de la ville de surface et son exécution relativement peu marquée par la décadence grâce à la précision mathématique propre aux travaux du bâtiment. Les shoggoths fraîchement élevés, de taille colossale et d'une intelligence singulière, étaient représentés prenant et exécutant les ordres avec une merveilleuse célérité. Ils semblaient s'entretenir avec les Anciens en imitant leur voix – sorte de son musical aigu, d'une gamme très étendue, si la dissection du malheureux Lake avait vu juste – et travaillaient à partir d'ordres oraux plutôt que de suggestions hypnotiques comme autrefois. Ils étaient néanmoins d'une docilité admirable. Les organismes phosphorescents fournissaient la lumière avec une remarquable efficacité, compensant certainement la perte des aurores boréales, familières aux nuits du monde extérieur.

L'art et la décoration continuèrent, non, bien sûr, sans quelque décadence. Les Anciens apparemment étaient conscients de cette dégradation et dans bien des cas anticipaient la politique de Constantin le Grand en faisant venir de leur cité terrestre des pièces particulièrement belles de sculpture ancienne, tout comme l'empereur, à une époque analogue de déclin, dépouillait la Grèce et l'Asie de leur art le plus accompli pour offrir à sa nouvelle capitale byzantine plus de splendeurs que son propre peuple n'en pouvait créer. Si ce transfert resta d'importance limitée, c'est sans doute parce que la cité terrestre ne fut pas d'abord tout à fait abandonnée. Avec le temps, on la délaissa complètement – probablement avant que le pléistocène ne fût très avancé – les Anciens désormais se satisfaisant peut-être de leur art décadent, ou ayant cessé d'apprécier l'excellence des sculptures anciennes. Aussi les ruines éternellement silencieuses qui nous entouraient n'avaient-elles pas subi un dépouillement systématique bien que toutes les statues isolées de grande qualité aient été emportées.

Les cartouches et les lambris décadents relatant cette histoire furent, je l'ai dit, les derniers que nous découvrîmes dans cette enquête limitée. Ils nous laissèrent l'image des Anciens faisant la navette entre la ville terrestre en été et celle du gouffre marin l'hiver, commerçant parfois avec les cités sous-marines au large de la côte antarctique. À cette époque, la ville terrestre fut enfin considérée comme perdue, car les sculptures montraient beaucoup de signes des progrès néfastes du froid. La végétation dépérissait, et les terribles neiges de l'hiver ne fondaient plus guère, même en été. Le cheptel de sauriens était presque entièrement mort et les mammifères ne se portaient pas mieux. Pour continuer le travail en surface, il devenait nécessaire d'adapter à la vie terrestre certains des shoggoths amorphes, curieusement résistants au froid ; ce que les Anciens hésitaient à faire autrefois. Le grand fleuve, à présent, était sans vie et la mer extérieure avait perdu la plupart de ses habitants, sauf les phoques et les baleines. Tous les oiseaux avaient émigré, à part de grands manchots grotesques.

Que s'était-il passé depuis ? Nous ne pouvions que nous interroger. Combien de temps avait survécu la nouvelle ville dans la caverne marine ? Était-elle toujours là, cadavre de pierre au sein d'éternelles ténèbres ? Les eaux souterraines avaient-elles fini par geler ? Quel sort avaient connu les cités des fonds marins du monde extérieur ? Quelques Anciens étaient-ils partis vers le nord devant la progression de la calotte glaciaire ? La géologie actuelle n'indiquait aucune trace de leur présence. Les terrifiants Mi-Go étaient-ils restés une menace pour le monde extérieur du Nord ? Pouvait-on être sûr de ce qui traînait ou non même de nos jours dans les abysses aveugles et insondables des eaux les plus profondes de la Terre ? Ces monstres pouvaient apparemment supporter n'importe quelle pression – et les hommes de la mer avaient péché parfois des choses singulières. L'hypothèse enfin du « tueur de baleines » expliquait-elle vraiment les cicatrices mystérieuses et sauvages observées une génération plus tôt par Borchgrevingk sur les phoques de l'Antarctique ?

Les spécimens trouvés par le pauvre Lake n'entraient pas dans nos conjectures, car leur environnement géologique prouvait qu'ils avaient vécu à une époque très reculée de l'histoire de la cité terrestre. Ils avaient, selon leur situation, au moins trente millions d'années ; et nous calculions que, de leur temps, la cité de la caverne marine, et en fait la caverne elle-même, n'existaient pas. Ils auraient rappelé un décor plus ancien, avec partout la folle végétation du tertiaire, une cité plus jeune autour d'eux, ses arts florissants, et un grand fleuve balayant sur son chemin vers le nord le pied des puissantes montagnes, en direction d'un océan tropical disparu.

Et pourtant, nous ne pouvions nous empêcher de penser à ces spécimens, surtout aux huit intacts qui manquaient au camp hideusement ravagé de Lake. Il y avait dans tout cela quelque chose d'anormal : ces choses étranges que nous avions si obstinément attribuées à la folie de quelqu'un, ces sépultures effroyables, l'abondance et la nature des objets disparus, Gedney, la résistance surnaturelle de ces êtres archaïques, et les bizarres formes de vie que les sculptures montraient maintenant chez la race... Danforth et moi en avions tant vu au cours de ces dernières heures, que nous étions prêts à croire, tout en gardant le silence, beaucoup de secrets consternants et inconcevables de la Nature primitive.

Chapitre 9

J'ai dit que notre étude des sculptures décadentes avait modifié notre objectif immédiat. Cela concernait, bien sûr, les chemins creusés dans le ténébreux monde intérieur dont nous ignorions auparavant l'existence, mais qu'il était désormais tentant de découvrir et de suivre. De l'échelle apparente des gravures nous conclûmes qu'une marche en pente raide d'environ un mile par l'un des tunnels voisins nous mènerait au bord des vertigineuses falaises sans soleil au-dessus du grand abîme ; de là, des chemins latéraux aménagés par les Anciens conduisaient au littoral rocheux du ténébreux et secret océan. Contempler ce gouffre fabuleux dans sa sévère réalité était une tentation irrésistible dès qu'on en connaissait l'existence – sachant toutefois qu'il nous fallait en entreprendre immédiatement la quête si nous voulions la mener au cours de notre actuelle mission.

Il était alors huit heures du soir, et nous n'avions plus assez de piles de rechange pour laisser nos lampes allumées. Nous avions tant fait d'études et de copies sous la couche de glace que notre matériel électrique avait servi presque cinq heures de suite ; et, malgré la formule spéciale de pile sèche, il ne tiendrait évidemment pas quatre heures de plus – bien qu'en faisant l'économie d'une torche, sauf dans les endroits difficiles ou d'intérêt exceptionnel, nous puissions réussir à conserver encore une marge de sécurité. Si nous ne voulions pas nous trouver sans lumière dans ces catacombes cyclopéennes, il nous fallait, pour faire l'exploration de l'abysse, renoncer à tout déchiffrage mural ultérieur. Bien sûr, nous avions l'intention de revoir les lieux pendant des jours et peut-être des semaines de recherche intensive et de photographie – la curiosité ayant depuis longtemps triomphé de l'horreur – mais dans l'immédiat, nous devions faire vite. Notre réserve de papier déchiré était loin d'être inépuisable et nous hésitions à sacrifier nos carnets de notes ou de croquis pour la compléter ; mais nous abandonnâmes un gros carnet de notes. En mettant les choses au pis, nous pourrions nous rabattre sur les éclats de roche et naturellement il serait possible, même au cas où nous nous égarerions vraiment, de remonter à la lumière du jour par un tunnel ou un autre si nous avions assez de temps pour tâtonner un peu. Nous partîmes donc avec ardeur dans la direction indiquée du tunnel le plus proche.

Selon les sculptures que nous avions suivies pour établir notre carte, l'entrée du tunnel recherché ne devait pas être à beaucoup plus d'un quart de mile ; jusque-là, des bâtiments d'aspect massif pourraient sans doute être traversés, fût-ce sous la glace. L'entrée elle-même devait être dans le sous-sol – à l'angle le plus proche des contreforts – d'un immense édifice à cinq pointes, de caractère public, évidemment, et peut-être rituel, que nous tentâmes d'identifier d'après notre aperçu aérien des ruines. Aucune structure de ce genre ne nous revint à l'esprit au souvenir de notre vol, d'où nous conclûmes que les parties supérieures avaient été gravement endommagées, ou qu'elle avait été totalement détruite dans une crevasse de glace que nous avions remarquée. Dans ce cas, le tunnel se trouverait sans doute obstrué, si bien qu'il faudrait essayer le plus proche – à moins d'un mile au nord. La rencontre du lit du fleuve nous empêcha de chercher aucun des tunnels les plus au sud et en fait, si les deux voisins étaient obstrués, il était douteux que nos piles nous permettent d'avoir recours à l'entrée suivante au nord – près d'un mile au-delà de notre second choix. Cherchant notre hasardeux chemin dans le labyrinthe à l'aide de la boussole et du compas – traversant pièces et couloirs à tous les degrés de ruine ou de conservation, escaladant des rampes, passant des étages et des ponts puis redescendant, rencontrant des portes obstruées et des piles de débris, accélérant ici et là sur des sols admirablement conservés et mystérieusement nets, faisant fausse route et revenant sur nos pas (auquel cas nous retirions la piste de papier sans issue que nous avions laissée), et découvrant de temps à autre le bas d'une cheminée ouverte qui laissait entrevoir la lumière du jour – nous étions sans cesse tentés par les murs sculptés le long de notre route. Beaucoup devaient avoir à conter des récits d'un considérable intérêt historique, et la seule perspective de visites ultérieures nous décidait à passer outre. Nous ralentîmes pourtant à l'occasion, allumant notre seconde torche. Si nous avions eu plus de films, nous nous serions probablement arrêtés un instant pour photographier certains bas-reliefs, mais prendre le temps d'en faire un croquis était évidemment hors de question.

J'arrive maintenant une fois de plus à un moment où la tentation est forte de reculer ou de ne faire qu'une allusion, au lieu d'affirmer. Il est pourtant nécessaire de révéler le reste afin de justifier ma démarche pour décourager une nouvelle exploration. Nous nous étions frayé un chemin près de l'entrée supposée du tunnel – ayant accédé par un pont au deuxième étage à ce qui semblait manifestement le faîte d'un mur en ogive – et descendions une galerie en ruine particulièrement riche en sculptures décadentes, fouillées et apparemment rituelles, d'un travail récent, quand, vers 20 h 30, le jeune et subtil odorat de Danforth nous fit soupçonner pour la première fois quelque chose d'anormal. Si nous avions eu un chien avec nous, nous aurions été alertés plus tôt. Nous ne pûmes d'abord préciser ce qui clochait dans l'air, jusqu'alors d'une pureté de cristal, mais au bout de quelques secondes, notre mémoire ne réagit que trop nettement. Essayons de dire cela sans broncher. C'était une odeur – vaguement, subtilement et indubitablement proche de celle qui nous avait écœurés à l'ouverture de l'absurde sépulture de l'horreur qu'avait disséquée le pauvre Lake.

Naturellement, elle n'apparut pas sur le moment aussi clairement qu'à présent. Il y avait plusieurs explications possibles, et nous échangeâmes beaucoup de chuchotements perplexes. L'essentiel, c'est que nous ne renonçâmes pas à chercher davantage ; étant allés si loin, nous refusions de nous dérober devant quelque apparente évocation du malheur. En tout cas, ce que nous avions soupçonné était vraiment trop insensé. Des choses pareilles n'arrivent pas dans un monde normal. Ce fut sans doute un instinct purement irrationnel qui nous fit mettre en veilleuse notre unique torche – les sculptures décadentes et sinistres qui nous lorgnaient d'un air menaçant sur les murailles écrasantes ne nous tentaient plus –, nous faisant avancer prudemment sur la pointe des pieds ou ramper sur le sol de plus en plus encombré de couches et de tas de débris.

Les yeux comme le nez de Danforth valaient mieux que les miens, car ce fut lui qui remarqua le premier l'aspect bizarre de ces débris quand nous eûmes franchi de nombreux passages voûtés menant à des chambres et des couloirs au rez-de-chaussée. Ce n'était pas ce qu'on aurait attendu après d'innombrables milliers d'années d'abandon et, donnant avec précaution un peu plus de lumière, nous vîmes qu'une sorte de traînée avait été faite récemment. La nature irrégulière de la couche excluait les marques précises, mais aux endroits les plus unis, il semblait qu'on eût traîné des objets lourds. Nous eûmes un instant l'impression de traces parallèles comme celles de patins. Ce qui nous arrêta de nouveau.

C'est pendant cette pause que nous perçûmes – en même temps cette fois – l'autre odeur devant nous. Paradoxalement, elle était à la fois moins effrayante et davantage – moins alarmante en elle-même, mais infiniment plus en cet endroit et dans ces circonstances... À moins bien sûr que Gedney... Car l'odeur était celle, évidente et familière, de l'essence.

Nos motivations après cela, je les laisse aux psychologues. Nous savions que quelque terrible prolongement des horreurs du camp devait s'être glissé dans cette sépulture ténébreuse des temps immémoriaux, nous ne pouvions donc douter plus longtemps qu'une situation abominable – actuelle ou du moins récente – ne nous attende dans l'immédiat. Pourtant nous nous laissâmes entraîner par la seule ardente curiosité – ou l'angoisse – ou la fascination – ou un vague sentiment de responsabilité vis-à-vis de Gedney – ou que sais-je. Danforth reparlait à voix basse de la trace qu'il avait cru voir au tournant d'une ruelle dans les ruines au-dessus ; du sifflement musical indistinct – peut-être d'une terrible signification à la lumière du rapport de dissection de Lake, malgré sa ressemblance frappante avec l'écho dans les entrées de cavernes des pics battus par le vent – qu'il croyait avoir perçu peu après, venant des profondeurs inconnues, plus bas. Je lui murmurai à mon tour dans quel état était resté le camp, ce qui en avait disparu et comment la folie d'un seul survivant pouvait avoir conçu l'inconcevable : une équipée sauvage à travers les montagnes monstrueuses et la descente au cœur de constructions archaïques inconnues...

Mais nous ne pouvions nous convaincre ni seulement reconnaître nous-mêmes rien de précis. Immobiles, nous avions éteint toute lumière, apercevant vaguement une lueur de jour filtrant à grande profondeur qui tempérait un peu les ténèbres. Nous étant machinalement remis en marche, nous nous guidions à coups de brefs éclairs de notre torche. Les débris dérangés laissaient une impression que nous ne pouvions chasser, et l'odeur d'essence était plus forte. Des ruines de plus en plus nombreuses arrêtaient nos regards et nos pas, puis très vite nous nous aperçûmes que le chemin devenait impraticable. Nous n'avions que trop bien jugé dans notre pessimisme à propos de la fissure entrevue d'en haut. Notre quête du tunnel était sans issue et nous ne pourrions pas même atteindre le sous-sol où s'ouvrait le chemin de l'abysse.

La torche, jetant des lueurs sur les murs grotesquement sculptés du couloir obstrué où nous étions, révéla plusieurs passages à divers degrés d'obstruction ; et de l'un d'eux l'odeur d'essence – submergeant tout à fait l'autre – parvenait extrêmement nette. Regardant plus attentivement, nous constatâmes que cette ouverture particulière avait été, récemment, en partie déblayée. Quelle que fût l'horreur qui s'y cachait, nous comprîmes que c'en était l'accès direct. Personne ne s'étonnera, je pense, que nous ayons attendu un certain temps avant d'aller plus loin.

Et pourtant, quand nous nous risquâmes sous la voûte obscure, notre première impression fut une déception. Car parmi le fouillis répandu dans cette crypte sculptée – cube parfait d'environ vingt pieds de côté – il ne restait aucun objet récent de taille appréciable ; au point que nous cherchâmes instinctivement, bien qu'en vain, une autre entrée. Au bout d'un moment, cependant, la vue perçante de Danforth discerna un endroit où les débris à terre avaient été dérangés, et nous y braquâmes ensemble la pleine lumière de nos torches. Quoique nous n'y voyions rien que de simple et d'insignifiant, je n'hésite pas à en parler pour ce que cela impliquait. Sur les débris grossièrement nivelés, divers petits objets étaient soigneusement disséminés et, dans un coin, une grande quantité d'essence avait dû être répandue assez récemment pour laisser une forte odeur, même à cette altitude extrême du superplateau. Autrement dit, ce n'était qu'une sorte de campement – fait par des chercheurs qui comme nous avaient rebroussé chemin devant la route de l'abîme inopinément obstruée.

Soyons clair. Les objets éparpillés, par nature, venaient tous du camp de Lake ; ils consistaient en boîtes de conserve aussi curieusement ouvertes que celles retrouvées sur les lieux ravagés, beaucoup d'allumettes brûlées, trois livres illustrés plus ou moins bizarrement tachés, une bouteille d'encre vide avec sa boîte aux images et au texte éducatifs, un stylo cassé, quelques fragments étrangement découpés de fourrure et de toile de tente, une pile usagée avec un mode d'emploi, une brochure pour notre appareil de chauffage de tente et un tas de papiers froissés. C'était bien suffisant, mais quand nous défroissâmes les papiers pour voir ce qu'il y avait dessus, nous comprîmes que nous atteignions le pire. Nous avions trouvé au camp certains papiers inexplicablement tachés qui auraient pu nous préparer, mais leur vue, ici en bas, dans les caves préhumaines d'une ville de cauchemar, était presque insupportable.

Un Gedney devenu fou pouvait avoir tracé ces groupes de points à l'imitation de ceux des stéatites verdâtres, comme aussi avaient pu être faits les points sur les sépultures démentes à cinq pointes, et l'on pouvait imaginer qu'il ait préparé des croquis sommaires, grossiers – parfois précis et souvent moins – qui esquissaient les parties voisines de la ville, et le chemin depuis une place circulaire hors de notre projet d'itinéraire – place où nous avions reconnu une grande tour cylindrique dans les sculptures alors qu'elle semblait un énorme gouffre circulaire au cours de notre survol – jusqu'à la construction actuelle à cinq pointes et l'entrée du tunnel à l'intérieur. Il pouvait, je le répète, avoir fait de tels croquis, car ceux que nous avions devant nous étaient manifestement inspirés, comme les nôtres, de sculptures récentes quelque part dans le labyrinthe glacé, différentes pourtant de celles que nous avions vues et utilisées. Mais comment ce maladroit, ignorant de tout art, aurait-il pu exécuter ces croquis d'une technique étrange et sûre, peut-être supérieure, malgré la hâte et le manque de soin, à n'importe laquelle des œuvres décadentes dont nous étions partis – la technique manifeste et caractéristique des Anciens eux-mêmes à l'âge d'or de la cité morte ?

Certains diront que nous fûmes complètement fous, Danforth et moi, de ne pas fuir après cela pour sauver nos vies puisque nos conclusions étaient maintenant – malgré leur extravagance – bien arrêtées, et telles que je n'ai pas même besoin de le préciser pour ceux qui ont lu mon récit jusqu'ici. Peut-être étions-nous fous – car n'ai-je pas dit que ces horribles pics étaient les montagnes du délire ? Mais je crois pouvoir déceler quelque chose du même esprit – encore que sous une forme moins extrême – chez les hommes qui traquent les fauves dangereux à travers les jungles africaines pour les photographier ou observer leurs mœurs. À demi paralysés de terreur comme nous l'étions, il brûlait pourtant en nous une flamme ardente de fascination et de curiosité qui finit par triompher.

Bien sûr, nous n'avions pas l'intention d'affronter ce qui – ou ceux dont nous savions qu'ils étaient passés là, mais nous sentions qu'ils devaient être loin à présent. Ils avaient sans doute entre-temps trouvé l'autre entrée proche de l'abysse – et pénétré à l'intérieur – où quelques restes du passé, noirs comme la nuit, pouvaient les attendre dans l'ultime gouffre – celui qu'ils n'avaient jamais vu. Ou si cette entrée, elle aussi, était bloquée, ils pouvaient être partis vers le nord en chercher une autre. Ils étaient, nous nous en souvenions, partiellement indépendants de la lumière.

Me reportant à ce moment, je puis à peine me rappeler quelle forme précise prirent nos nouvelles émotions mais seulement le changement d'objectif immédiat qui aiguisait ainsi notre impatience. Nous ne voulions certainement pas affronter ce que nous craignions – encore que je ne nie pas notre secret désir de surprendre certaines choses, de quelque observatoire sûr et caché. Nous n'avions probablement pas abandonné notre envie d'entrevoir l'abysse lui-même, bien qu'un nouveau but s'interposât : le grand espace circulaire représenté sur les croquis froissés que nous avions trouvés. Nous avions aussitôt reconnu la monstrueuse tour cylindrique qui figurait sur les toutes premières sculptures, mais ne paraissait d'en haut qu'une ouverture ronde prodigieuse. Quelque chose dans le caractère imposant de son image, même sur ces dessins sommaires, nous donnait à penser que ses niveaux sous la glace devaient présenter une importance particulière. Peut-être comportait-elle des merveilles architecturales telles que nous n'en avions encore jamais rencontré. Elle était certainement d'une antiquité incroyable étant donné les bas-reliefs où elle figurait – en fait parmi les premiers édifices construits dans la ville. Ses sculptures, si elles avaient été conservées, ne pouvaient qu'être hautement significatives. De plus, elle offrait dans l'immédiat un lien avec le monde supérieur – une route plus courte que celle que nous jalonnions si minutieusement, et la voie qu'avaient prise, probablement, ces Autres pour descendre.

Quoi qu'il en fût, nous étudiâmes les terribles croquis – qui confirmaient parfaitement le nôtre – et repartîmes par le chemin indiqué vers la place circulaire ; ce chemin que nos prédécesseurs inconnus avaient dû parcourir deux fois avant nous. L'entrée proche menant à l'abîme devait être au-delà. Je n'ai rien à dire de notre trajet – durant lequel nous continuâmes à laisser, avec économie, une piste de papier – car c'était exactement le même qui nous avait menés au cul-de-sac, sauf qu'il suivait de plus près le rez-de-chaussée et descendait même jusqu'aux couloirs du sous-sol. De temps à autre, nous repérions quelque marque inquiétante dans les détritus sous nos pas ; et après avoir dépassé la zone imprégnée d'essence, nous sentîmes de nouveau faiblement – par intermittence – cette autre odeur plus hideuse et tenace. Quand le chemin eut divergé de notre premier itinéraire, nous laissâmes quelquefois les rayons de notre unique torche balayer furtivement les murs ; notant la plupart du temps les sculptures presque omniprésentes qui semblaient bien avoir été une expression esthétique essentielle chez les Anciens.

Vers 21 h 30, en traversant un couloir voûté dont le sol de plus en plus glacé paraissait quelque peu au-dessous du niveau de la terre et dont le plafond s'abaissait à mesure que nous avancions, nous commençâmes à voir la lumière du jour plus forte devant nous, et nous pûmes éteindre la torche. Nous arrivions à la place circulaire et ne devions pas être très loin de l'air extérieur. Le couloir finissait en une voûte étonnamment basse pour ces ruines mégalithiques, mais nous en vîmes davantage avant même d'en sortir. Plus loin s'étendait un prodigieux espace rond d'au moins deux cents pieds de diamètre – jonché de débris et comportant de nombreux passages voûtés obstrués semblables à celui que nous allions franchir. Les murs étaient – dans les surfaces utilisables – hardiment sculptés sur une frise en spirale de proportions surhumaines, et témoignaient, malgré l'érosion due aux intempéries en ce lieu ouvert à tous vents, d'une splendeur artistique supérieure à tout ce que nous avions vu avant. Le sol encombré était chargé d'une épaisse couche de glace et nous pensâmes que le fond véritable se trouvait à une profondeur considérable.

Mais le plus remarquable était la rampe de pierre titanesque qui, évitant les voûtes par un brusque détour dans le sol ouvert, s'élançait en spirale jusqu'en haut du fantastique mur cylindrique, telle une réplique intérieure de celles qui montaient à l'extérieur des monstrueuses tours ou ziggourats de l'antique Babylone. Seules la rapidité de notre vol et la perspective qui confondait la descente avec le mur intérieur de la tour, nous avaient empêchés de remarquer d'en haut cette particularité, nous menant ainsi à chercher une autre voie pour passer sous la glace. Pabodie aurait su nous dire quel type de technique la tenait en place, mais nous ne pûmes, Danforth et moi, qu'admirer et nous émerveiller. Nous vîmes çà et là d'imposants encorbellements et des piliers de pierre, mais qui nous parurent inadaptés à leur fonction. Elle était admirablement conservée jusqu'au sommet actuel de la tour – ce qui était très remarquable étant donné son exposition – et, les abritant, elle avait efficacement protégé les bizarres et inquiétantes sculptures cosmiques sur les murs.

En débouchant dans le demi-jour impressionnant de ce monstrueux fond de cylindre – de cinquante millions d'années, sans doute l'édifice le plus primitif que nous ayons jamais vu – nous constatâmes que les parois parcourues par la rampe s'élevaient vertigineusement jusqu'à une hauteur d'au moins cinquante pieds. Ce qui, nous nous le rappelions depuis notre survol, signifiait une glaciation extérieure de quelque quarante pieds ; d'où le gouffre béant que nous avions vu de l'avion, au sommet d'une butte de maçonnerie d'environ vingt pieds, quelque peu abrité aux trois quarts de sa circonférence par les murs courbes et massifs d'une rangée de ruines plus hautes. À en croire les sculptures, la tour aurait été édifiée au centre d'une immense place circulaire ; elle aurait eu peut-être cinq ou six cents pieds de haut, avec des étages de disques horizontaux près du sommet et une série de flèches en aiguilles le long du bord supérieur. L'essentiel de la maçonnerie s'était manifestement effondré à l'extérieur plus qu'à l'intérieur – circonstance heureuse, sinon la rampe eût pu être fracassée et tout l'intérieur obstrué. Quoi qu'il en soit, cette rampe avait subi de sérieux dégâts et l'accumulation de gravats était telle qu'à la base toutes les voûtes semblaient avoir été récemment déblayées.

Il ne nous fallut qu'un moment pour conclure que c'était bien la route par laquelle ces Autres étaient descendus, et le chemin logique pour notre propre remontée, malgré la longue piste de papier que nous avions laissée ailleurs. L'entrée de la tour n'était pas plus loin des contreforts où attendait notre avion que ne l'était le grand édifice en terrasse où nous avions pénétré, et quelle que fût l'exploration ultérieure que nous pourrions faire sous la glace pendant ce voyage, elle se ferait dans cette région. Curieusement, nous songions toujours à des expéditions possibles plus tard – même après tout ce que nous avions vu et soupçonné. Mais, comme nous cherchions prudemment notre route dans les débris du vaste cercle, survint un spectacle qui exclut pour un temps toute autre préoccupation.

C'étaient, rangés bien en ordre, trois traîneaux, dans cet angle de la courbe la plus basse de la rampe qui avait jusque-là échappé à nos yeux. Ils étaient là – les trois traîneaux disparus du camp de Lake – éprouvés par un rude traitement, tandis qu'on les tirait énergiquement sur les étendues sans neige de maçonnerie et de débris, ou par le portage dans des lieux totalement impraticables. Ils étaient soigneusement et intelligemment chargés, sanglés, et contenaient des objets, pour nous d'une familiarité inoubliable – le poêle à essence, les bidons, étuis d'instruments, boîtes de conserve, bâches manifestement bourrées de livres, et d'autres de contenu moins évident – le tout venant de l'équipement de Lake. Après ce que nous avions trouvé dans l'autre pièce, nous étions plus ou moins préparés à cette découverte. Le vrai grand choc se produisit quand, nous approchant, nous défîmes la bâche dont les contours nous avaient particulièrement inquiétés. Il semble que d'autres, comme Lake, se soient intéressés à la collecte de spécimens typiques ; car il y en avait deux là, tous deux raidis par le gel, parfaitement conservés, avec des morceaux de sparadrap aux endroits du cou où ils avaient été blessés, et enveloppés avec un soin évident pour prévenir tout autre dommage. C'étaient les cadavres du jeune Gedney et du chien disparu.

Chapitre 10

Bien des gens nous jugeront insensibles autant que fous d'avoir pensé au tunnel du nord et à l'abîme aussitôt après la sinistre découverte ; et je ne crois pas que nous serions revenus à de telles idées si une circonstance particulière n'était brusquement survenue, nous obligeant à un tout autre ordre de réflexions. Nous avions replacé la bâche sur le malheureux Gedney et nous demeurions dans une sorte de muette stupéfaction, quand les sons parvinrent à notre conscience – les premiers que nous entendions depuis que nous étions descendus de l'air libre, là où le vent des montagnes gémissait faiblement du haut des cimes inhumaines. Bien qu'ils soient familiers et banals, leur présence dans ce monde perdu de mort était plus inattendue et démoralisante que n'importe quels accents grotesques ou fabuleux – car ils venaient bouleverser à nouveau toutes nos notions d'harmonie cosmique.

Y aurait-il eu quelque trace de ce bizarre son flûte à la gamme étendue – que le rapport de dissection de Lake nous faisait attendre de ces Autres, et qu'en fait nos imaginations poussées à bout déchiffraient dans chaque plainte du vent depuis la découverte des horreurs du camp – nous y aurions vu une sorte de conformité infernale avec le pays qui nous entourait, mort depuis des éternités. Une voix d'autres temps convient aux nécropoles d'autres temps. Ce bruit, pourtant, bouleversait toutes nos conventions profondément établies – notre tacite acceptation de l'Antarctique profond comme un désert aussi complètement et irrévocablement vide de tout vestige de vie normale que le disque stérile de la lune. Ce que nous entendions n'était pas la voix fabuleuse de quelque sacrilège enseveli dans l'antique terre, dont, malgré sa surnaturelle dureté, un soleil polaire hors du temps aurait tiré une monstrueuse réponse, c'était, au lieu de cela, une chose si comiquement normale et devenue si familière pendant notre séjour marin au large de la terre de Victoria et nos jours de camp au détroit de McMurdo, que nous frémissions d'y penser ici où cela ne devrait pas être. En un mot, c'était le cri rauque d'un manchot.

Le son étouffé venait de recoins sous la glace, en face du couloir par où nous étions venus – manifestement dans la direction de l'autre tunnel qui menait à l'immense abîme. La présence d'oiseaux aquatiques vivants de ce côté – dans un monde dont la surface était uniformément privée de vie depuis des temps immémoriaux – ne pouvait mener qu'à une seule conclusion ; notre premier souci fut donc d'en vérifier la réalité objective. Il était répétitif, en fait, et semblait par moments venir de plus d'un gosier. Cherchant sa source, nous passâmes l'entrée voûtée la plus déblayée, reprenant notre piste de pionniers – avec un supplément de papier pris non sans une étrange répugnance à l'un des chargements bâchés sur les traîneaux – quand nous laissâmes derrière nous la lumière du jour.

Le sol glacé faisant place à une couche de détritus, nous y distinguâmes clairement des traces de traînage ; et Danforth trouva une fois une empreinte nette qu'il est inutile de décrire. La direction d'où venait la voix du manchot était celle précisément qu'indiquaient notre carte et nos boussoles pour rejoindre l'entrée du tunnel le plus au nord, et nous fûmes heureux de découvrir qu'un passage sans pont paraissait ouvert au niveau du sol et du sous-sol. Le tunnel, d'après notre plan, devait partir du soubassement d'un grand édifice pyramidal, remarquablement conservé, qu'il nous semblait vaguement reconnaître en nous rappelant notre survol. Le long du chemin, la torche unique révéla l'abondance habituelle de sculptures, mais nous ne prîmes le temps d'en regarder aucune.

Soudain, une grosse forme blanche surgit devant nous et nous allumâmes la seconde lampe. Cette nouvelle recherche avait curieusement détourné nos esprits des premières craintes de quelque péril caché, et proche. Ces Autres, ayant laissé leurs bagages dans le grand espace circulaire, devaient avoir prévu de revenir après leur reconnaissance vers ou dans le gouffre ; pourtant nous avions renoncé à toute prudence en ce qui les concernait, aussi complètement que s'ils n'avaient jamais existé. Cette chose blanche qui se dandinait avait bien six pieds de haut, aussi nous rendîmes-nous compte immédiatement qu'elle n'était pas un de ces Autres. Ils étaient plus grands, sombres, et selon les sculptures, leur démarche à terre était rapide et ferme en dépit de l'étrangeté de leur système marin de tentacules. Mais il serait vain de prétendre que la chose blanche ne nous effrayait pas profondément. En fait nous fûmes un instant pris d'une terreur primitive presque plus vive que la pire de nos craintes raisonnées à l'égard de ces Autres. Puis vint une soudaine détente tandis que la forme blanche se glissait dans un passage latéral à notre gauche pour en rejoindre deux autres qui l'avaient appelée de leur voix rauque. Car c'était simplement un manchot – bien que d'une espèce inconnue, plus grande que le plus grand des manchots empereurs connus, et monstrueux car il était à la fois albinos et pratiquement aveugle.

Suivant l'animal dans le passage voûté et tournant nos torches vers le trio indifférent et insouciant, nous vîmes qu'ils étaient tous albinos et aveugles, de la même espèce géante inconnue. Leur taille nous rappela certains manchots archaïques décrits dans les bas-reliefs des Anciens, et nous eûmes vite fait de conclure qu'ils descendaient de la même lignée – ayant sans doute survécu grâce à leur retraite dans quelque région intérieure plus chaude, dont l'obscurité perpétuelle avait détruit leur pigmentation et réduit leurs yeux à de simples fentes inutiles. Que leur habitat actuel fût le grand gouffre que nous cherchions, on n'en pouvait douter, et cette preuve qu'il était habitable et jouissait d'une température constante nous remplit d'idées singulières et étrangement inquiétantes.

Nous nous demandâmes aussi ce qui avait poussé ces trois oiseaux à quitter leur résidence ordinaire. L'état et le silence de la grande cité morte montraient clairement qu'à aucun moment elle n'avait été une colonie estivale, tandis que l'indifférence évidente du trio à notre présence rendait improbable que le passage de ces Autres ait pu les effrayer. Auraient-ils, ces Autres, tenté une agression ou voulu augmenter leurs réserves de viande ? Nous doutions que l'odeur forte que détestaient les chiens pût inspirer autant d'éloignement à ces manchots ; car leurs ancêtres avaient évidemment vécu en excellents termes avec les Anciens – amicale relation qui devait se poursuivre dans l'abîme inférieur aussi longtemps qu'il resterait un Ancien. Regrettant – dans un réveil du vieil esprit de science pure – de ne pouvoir photographier ces créatures anormales, nous les laissâmes vite à leurs rauques appels, et continuâmes en direction du gouffre, si manifestement accessible et dont les traces des manchots nous montraient clairement le chemin.

Peu après, une descente abrupte dans un long couloir bas, sans ouvertures et exceptionnellement dénué de sculptures, nous donna à penser que nous approchions enfin de l'entrée du tunnel. Nous avions dépassé encore deux manchots et en avions entendu d'autres juste devant nous. Puis le passage déboucha sur un prodigieux espace qui nous coupa le souffle – une demi-sphère parfaite, renversée, se prolongeant manifestement en profondeur, d'au moins cent pieds de diamètre et cinquante de haut, avec de basses portes voûtées ouvrant de tous les côtés de la circonférence sauf un, et là béait profondément une noire ouverture en arc qui rompait la symétrie de la voûte à une hauteur de près de quinze pieds. C'était l'entrée du grand abîme.

Dans cet immense hémisphère, dont le plafond concave était sculpté de manière impressionnante bien que dans le style décadent, à la ressemblance de la voûte céleste primordiale, quelques manchots albinos se dandinaient – étrangers ici, mais indifférents et aveugles. Le tunnel obscur bâillait à perte de vue sur une rampe rapide, son ouverture ornée de piliers et d'un linteau grotesquement ciselés. Il nous sembla qu'il sortait de cette bouche mystérieuse un courant d'air un peu plus tempéré et peut-être même un soupçon de vapeur ; et nous nous demandâmes quelles entités vivantes autres que les manchots pouvaient se cacher dans le vide sans limites d'en bas, et les dédales contigus de la région et des montagnes titanesques. Nous

nous demandions aussi si les traces de fumée au sommet des montagnes, d'abord soupçonnées par le malheureux Lake, comme l'étrange brume que nous avions nous-mêmes remarquée autour du pic couronné de remparts, ne pourraient pas être produites par une vapeur de cette sorte, s'élevant par de tortueux canaux des régions insondables du noyau de la Terre.

Pénétrant dans le tunnel, nous vîmes qu'il mesurait, du moins au départ, environ quinze pieds dans chaque sens ; les côtés, le sol et le plafond voûté étaient conçus selon l'habituelle maçonnerie mégalithique. Les parois étaient sommairement décorées de cartouches aux dessins conventionnels de style décadent ; toute la construction et les gravures étaient en excellent état. Le sol était entièrement dégagé, à part quelques détritus qui portaient les traces des manchots en direction de la sortie et celles de ces Autres dans le sens opposé. Plus nous avancions, plus il faisait chaud ; au point que nous déboutonnâmes bientôt nos lourds vêtements. Nous nous demandions s'il y avait réellement là-dessous quelque phénomène igné, et si les eaux de cette mer sans soleil étaient chaudes. La maçonnerie fit bientôt place au roc massif, bien que le tunnel gardât les mêmes proportions et présentât le même aspect de taille régulière. Ici et là, la pente inégale devenait si abrupte qu'on avait pratiqué des rainures dans le sol. Nous remarquâmes plusieurs fois des entrées de galeries latérales non signalées sur nos croquis ; aucune n'était de nature à compliquer le problème de notre retour, et toutes seraient bienvenues comme possibles refuges au cas où nous rencontrerions des entités importunes à leur retour de l'abysse. L'odeur indéfinissable de ces êtres était très perceptible. C'était sans aucun doute une folie suicidaire que de se risquer dans ce tunnel étant donné les circonstances, mais l'attrait de l'inconnu est, chez certaines personnes, plus fort que le pire soupçon – en fait, c'était exactement le même attrait qui nous avait menés d'abord en ce désert polaire inhumain. Nous vîmes plusieurs manchots en passant et réfléchîmes à la distance que nous aurions à parcourir. D'après les sculptures, nous nous attendions à une marche en descente rapide d'environ un mile jusqu'à l'abysse, mais nos précédents déplacements nous avaient appris que cette sorte d'estimation n'était pas à prendre à la lettre.

Au bout d'un quart de mile à peu près, l'odeur innommable devint beaucoup plus forte et nous relevâmes très soigneusement la trace des diverses ouvertures latérales que nous dépassâmes. Il n'y avait pas de vapeur visible comme à l'entrée, mais c'était dû assurément à l'absence d'air plus frais contrastant. La température s'élevait rapidement, et nous ne fûmes pas surpris de tomber sur un fouillis de fourrures et de toiles de tente pris au camp de Lake ; nous ne nous arrêtâmes pas pour examiner les bizarres coupures des tissus tailladés. Nous avions noté, peu avant, un net accroissement en grandeur et en nombre des galeries latérales, et conclu que nous avions atteint la région des multiples labyrinthes sous les contreforts les plus hauts. L'odeur innommable se mêlait à présent à une autre, à peine moins agressive, dont nous ne pouvions discerner la nature, bien qu'elle nous semblât émaner d'organismes corrompus et peut-être de champignons souterrains inconnus. Vint alors une extension surprenante du tunnel à laquelle les sculptures ne nous avaient pas préparés – il s'élargissait et s'élevait en une caverne elliptique haute et d'aspect naturel, au sol uni ; quelque soixante-quinze pieds de long sur cinquante de large, avec beaucoup d'immenses ouvertures latérales menant à de mystérieuses ténèbres.

Bien que cette caverne fût apparemment naturelle, une inspection à la lumière des deux torches suggéra qu'elle pouvait résulter de la destruction artificielle de plusieurs parois entre des dédales contigus. Les murs étaient rugueux et la haute voûte couverte de stalactites ; mais le sol de roc massif avait été aplani, et il était net de tous débris, détritus et même de poussière à un point vraiment anormal. Sauf pour le chemin par lequel nous étions venus, c'était le cas du sol de toutes les grandes galeries qui en partaient ; et cette particularité était si frappante que nous nous interrogions en vain. La nouvelle puanteur bizarre qui s'était ajoutée à l'odeur innommable devenait ici irritante à l'extrême, au point de neutraliser toute trace de l'autre. Quelque chose dans tout cet endroit, avec son sol poli et presque luisant, nous sembla plus obscurément horrible et déroutant qu'aucune des monstruosités que nous avions déjà rencontrées.

La forme régulière du passage qui se présentait devant nous et l'abondance de la fiente de manchots évitaient toute confusion quant à la route à suivre dans cette quantité d'entrées de cavernes d'égale grandeur. Nous décidâmes néanmoins de reprendre notre piste de papier pour le cas où surviendrait une nouvelle complication ; car évidemment on ne pouvait plus compter sur les traces sans la poussière. En reprenant notre marche, nous jetâmes un rayon de la torche sur les murs du tunnel, et nous nous arrêtâmes brusquement, stupéfaits du changement radical survenu dans les sculptures de cette partie du passage. Nous étions conscients, bien sûr, de la nette dégradation de la sculpture des Anciens à l'époque du creusement des tunnels et nous avions noté aussi le travail inférieur des arabesques dans les parties précédentes. Mais à présent, dans cette zone plus profonde au-delà de la caverne, une soudaine différence décourageait toute explication – une différence fondamentale, de nature aussi bien que de simple qualité, et supposant une régression si profonde et si désastreuse du savoir-faire que rien, dans les signes de déclin observés précédemment, ne pouvait le faire prévoir.

Ce nouvel art dégénéré était grossier, prétentieux et manquait totalement de finesse dans les détails. Il était creusé à une profondeur excessive, en bandes selon la même ligne générale que les cartouches répartis dans les anciennes séries, mais la hauteur des reliefs n'atteignait pas le niveau de la surface. Danforth pensait qu'il s'agissait d'une seconde gravure – une sorte de palimpseste obtenu par oblitération du dessin primitif. C'était essentiellement décoratif et conventionnel et consistait en spirales et en angles qui suivaient grossièrement la tradition mathématique du quintile des Anciens, bien qu'il s'agisse plus d'une parodie que d'un prolongement de cette tradition. Nous ne pouvions nous ôter de l'esprit que quelque facteur foncièrement étranger s'était ajouté au sentiment esthétique, derrière la technique – élément étranger, selon Danforth, qui était responsable de cette substitution manifestement laborieuse. C'était semblable et pourtant bizarrement différent de ce que nous avions appris à reconnaître pour l'art des Anciens ; et me revenaient sans cesse à la mémoire ces œuvres hybrides comme les sculptures maladroites de Palmyre à la manière romaine. Que d'autres aient récemment examiné cette ceinture de bas-reliefs, la preuve en était la pile de torches usagées par terre, devant un des motifs les plus significatifs.

Comme nous ne pouvions nous permettre de passer beaucoup de temps à cette étude, nous reprîmes notre route après un coup d'œil superficiel, tout en jetant fréquemment une lueur sur les murs pour voir s'il se manifestait quelque évolution décorative. Nous ne vîmes rien de tel, et d'ailleurs les sculptures étaient parfois plutôt clairsemées à cause des nombreuses entrées de tunnels latéraux au sol lisse. Nous voyions et entendions moins de manchots, mais nous crûmes en deviner vaguement tout un chœur à une très grande distance, quelque part dans les profondeurs de la terre. La nouvelle et inexplicable puanteur était abominablement forte, et nous distinguions à peine une trace de l'autre odeur. Des bouffées de vapeur, visibles, annonçaient plus loin des contrastes plus accentués de température et la relative proximité des falaises sans soleil du grand abîme. Puis, subitement, il se trouva devant nous, sur le sol brillant, certains obstacles – qui à coup sûr n'étaient pas des manchots – et nous allumâmes notre seconde torche après nous être assurés que ces objets étaient tout à fait immobiles.

Chapitre 11

Me voici parvenu une fois encore à un point où il est très difficile d'avancer. Je devrais être endurci maintenant mais il est des expériences et des prémonitions qui laissent des cicatrices trop profondes pour qu'on en guérisse, et ne font qu'aviver la sensibilité de sorte que la mémoire en restitue toute la première horreur. Nous vîmes, je l'ai dit, certains obstacles sur le sol poli devant nous. Et je peux ajouter que nos narines furent assaillies presque aussitôt par une singulière aggravation de l'étrange puanteur dominante, tout à fait mêlée à présent au relent indéfinissable de ces Autres qui étaient partis avant nous. La lumière de la seconde torche ne laissait aucun doute sur la nature des obstacles, et nous n'osâmes en approcher qu'en constatant, même à distance, qu'ils avaient aussi sûrement perdu toute nocivité que les six spécimens analogues exhumés des monstrueuses sépultures surmontées de tertres en étoile, au camp du pauvre Lake.

Ils étaient, à vrai dire, tout aussi incomplets que la plupart de ceux que nous avions déterrés – bien qu'à voir l'épaisse mare vert foncé répandue autour d'eux, leur mutilation parût infiniment plus récente. Ils n'étaient que quatre, alors qu'on aurait pu s'attendre, d'après les communiqués de Lake, à en trouver huit dans le groupe qui nous avait précédés. Les voir en cet état était vraiment inattendu, et nous nous demandions quel monstrueux combat avait bien pu se produire ici dans les ténèbres.

Les manchots, attaqués en nombre, ripostent sauvagement à coups de bec et nos oreilles nous confirmaient maintenant la présence d'une colonie à quelque distance. Ces Autres l'avaient-ils dérangée déclenchant une poursuite meurtrière ? Les « obstacles » ne suggéraient rien de tel, car des becs de manchots contre les tissus coriaces que Lake avait disséqués ne pouvaient expliquer les terribles dégâts que nous découvrîmes en approchant. D'ailleurs, les grands oiseaux aveugles que nous avions vus semblaient particulièrement pacifiques.

Y avait-il eu bataille entre ces Autres, et les quatre absents en étaient-ils responsables ? Si oui, où étaient-ils ? Peut-être tout proches, et représentant alors une menace immédiate ? Nous jetions des regards inquiets à certains passages latéraux au sol luisant, tout en continuant notre lente approche, franchement réticente. Quel que fût le conflit, c'était évidemment ce qui avait jeté les manchots dans une errance inhabituelle. Il avait donc dû se produire près de cette colonie dont nous parvenait le faible écho depuis le gouffre, à une distance incalculable, car rien ne laissait croire que des oiseaux pussent vivre normalement ici. Y aurait-il eu, pensâmes-nous, une hideuse retraite, les plus faibles cherchant à regagner leurs traîneaux cachés quand leurs poursuivants les avaient achevés ? On pouvait imaginer la bagarre démoniaque entre ces monstrueuses entités sans nom surgissant du ténébreux abîme, dans une nuée de manchots affolés criant et fuyant à toute allure.

J'ai dit que nous approchâmes lentement et à contrecœur de ces « obstacles » affalés et mutilés. Plût au ciel que nous ne les ayons jamais approchés, et que nous soyons repartis au plus vite de ce maudit tunnel, avec son sol lisse, comme huilé, et ses murs décadents qui singeaient et ridiculisaient ce qu'ils avaient supplanté – repartis avant de voir ce que nous vîmes, avant que nos esprits ne soient à jamais marqués par ce qui ne nous laissera plus respirer en paix !

Nos deux torches étaient braquées sur les objets abattus et nous comprîmes vite l'essentiel de leur mutilation. Lacérés, écrasés, tordus et rompus, leur lésion commune la plus grave était une totale décapitation. Chacun avait perdu sa tête en étoile à tentacules ; et nous vîmes en approchant davantage que, plus qu'une forme simple de clivage, c'était une sorte d'arrachage infernal ou de succion. Leur répugnante sanie vert foncé se répandait en large flaque, mais sa puanteur était à demi masquée par l'autre, nouvelle et plus étrange encore, et plus agressive ici que jamais pendant notre voyage. Ce fut seulement tout près des « obstacles » abattus que nous repérâmes à sa source même cette autre inexplicable puanteur – et Danforth aussitôt, se rappelant certaines sculptures frappantes des Anciens à l'époque permienne, cent cinquante millions d'années plus tôt, laissa échapper un cri d'angoisse qui retentit hystériquement sous cette voûte archaïque aux palimpsestes maléfiques.

Je faillis moi-même faire écho à son cri, car j'avais vu ces sculptures primitives moi aussi et j'avais admiré en frémissant l'évocation par l'artiste anonyme de cette hideuse couche de bave découverte sur certains Anciens abattus et mutilés – ceux que les effroyables shoggoths avaient massacrés à leur manière et sucés en une décapitation atroce, pendant la grande guerre de répression. C'étaient des sculptures infâmes, cauchemardesques, même quand elles racontaient des choses disparues, vieilles comme le temps ; car les shoggoths et ce qu'ils font ne doivent ni être vus des humains ni représentés par aucun être. L'auteur fou du Necronomicon avait osé jurer, non sans crainte, que nul n'avait jamais été produit sur cette planète, et que seuls les rêveurs drogués avaient pu les imaginer. Protoplasme informe capable d'imiter et de refléter toutes formes, organes et actions – visqueuses agglutinations de cellules bouillonnantes – sphéroïdes élastiques de quinze pieds infiniment malléables et ductiles – esclaves hypnotisés, bâtisseurs de villes – de plus en plus rétifs, de plus en plus intelligents, de plus en plus amphibies, de plus en plus imitateurs. Grand Dieu ! Quelle folie commirent ces Anciens impies en voulant employer et sculpter de pareils monstres !

Alors là, quand nous vîmes, Danforth et moi, la bave noire fraîchement luisante aux reflets iridescents, collant en couche épaisse à ces corps sans têtes, et puant de cette odeur obscène et indéfinissable, dont seule une imagination malade peut envisager la source – collant à ces corps et scintillant, sous un moindre volume, sur une partie lisse de ce mur détestablement regravé, en une série de points groupés – nous saisîmes l'essence de la terreur cosmique dans ses ultimes profondeurs. Ce n'était pas la crainte de ces quatre Autres absents – car nous savions trop bien qu'ils ne feraient plus de mal. Pauvres diables ! Après tout, ils n'étaient pas mauvais dans leur genre. C'étaient des hommes d'un autre âge et d'un autre mode d'existence. La Nature leur avait joué un tour infernal – tour qu'elle jouera à n'importe quels Autres que la folie humaine, l'insensibilité ou la cruauté peuvent déterrer plus tard dans ce désert polaire hideusement mort ou endormi – et ce fut leur tragique retour au pays.

Ils n'avaient pas même été sauvages – car qu'avaient-ils fait en vérité ? Cet affreux réveil dans le froid d'une époque inconnue – peut-être l'attaque de quadrupèdes velus aboyant follement et la défense abasourdie contre eux et des simiens blancs tout aussi frénétiques, avec leurs bizarres enveloppes et leur attirail... Pauvre Lake, pauvre Gedney... et pauvres Anciens ! Scientifiques jusqu'au bout – qu'ont-ils fait que nous n'aurions fait à leur place ? Dieu, quelle intelligence et quelle ténacité ! Quel affrontement de l'incroyable, tout comme ces frères et ancêtres sculptés avaient affronté des choses à peine moins croyables ! Radiolaires, végétaux, monstres, frai d'étoiles – quoi qu'ils aient été, c'étaient des hommes

Ils avaient franchi les pics glacés dont les pentes semées de temples avaient été leurs lieux de culte et de vagabondage parmi les fougères arborescentes. Ils avaient retrouvé leur cité morte étouffant sous sa malédiction, et avaient lu comme nous l'histoire gravée de ses derniers jours. Ils avaient tenté de rejoindre leurs frères vivants dans les fabuleux abîmes de ténèbres qu'ils ne connaissaient pas – et qu'avaient-ils trouvé ? Tout cela défila en un éclair dans les esprits à l'unisson de Danforth et moi, tandis que nos regards allaient de ces formes décapitées, couvertes de bave visqueuse, aux détestables palimpsestes sculptés et aux diaboliques groupes de points de bave fraîche sur le mur à côté d'eux – regardant et comprenant ce qui avait dû triompher et survivre en bas, dans la ville aquatique cyclopéenne de cet abysse nocturne hanté de manchots, d'où, au même instant, une sinistre volute de brume surgissait, éructation blafarde, comme en réponse au cri hystérique de Danforth.

Le choc devant cette monstrueuse bave et cette décapitation reconnue nous avait figés, statues immobiles et muettes, et ce n'est que plus tard, au fil des conversations, que nous reconnûmes la parfaite identité de nos pensées. Il nous semblait être là depuis des éternités, alors qu'il n'avait dû passer que dix ou quinze secondes. La détestable vapeur blême ondulait là-bas comme si réellement une masse en marche la poussait – puis vint un son qui bouleversa tout ce que nous venions de décider, rompit du coup le sortilège et nous lança en une course folle loin des manchots désorientés et piaillants, sur notre ancienne piste en direction de la ville, le long des galeries mégalithiques submergées par les glaces jusqu'au grand cirque à ciel ouvert, et au sommet de la rampe archaïque en spirale, ruée machinale, frénétique, vers l'air sain du dehors et la lumière du jour.

Ce nouveau son, comme je l'ai laissé entendre, renversa tous nos projets car c'était celui que, depuis la dissection du pauvre Lake, nous attribuions à ceux qu'un instant plus tôt nous croyions morts. Celui précisément, Danforth me le dit plus tard, qu'il avait saisi, extrêmement étouffé, au tournant d'une ruelle, au-dessus de la couche de glace ; il ressemblait de façon frappante aux plaintes aiguës du vent que nous avions entendues tous deux autour des cavernes des hautes montagnes. Au risque de sembler puéril, j'ajouterai autre chose, ne serait-ce que parce que Danforth eut curieusement la même impression que moi. Bien sûr, une lecture commune nous avait préparés à cette interprétation, encore que Danforth eût évoqué des idées étranges à propos de sources insoupçonnées et interdites auxquelles Poe put avoir accès quand il écrivait son Arthur Gordon Pym un siècle plus tôt. On se souvient que dans ce récit fantastique, il est un mot d'une signification inconnue mais terrible et prodigieuse lié à l'Antarctique et que crient éternellement les gigantesques oiseaux d'un blanc de neige fantomatique, au cœur de cette région maléfique : « Tekeli-li ! Tekeli-li ! » C'est, je dois le reconnaître, exactement ce que nous crûmes entendre dans ce bruit soudain derrière la brume blanche en marche – ce sifflement musical insidieux sur une gamme étrangement étendue.

Nous étions en pleine fuite avant que les trois sons ou syllabes aient été prononcés ; nous savions pourtant, connaissant la rapidité des Anciens, que n'importe quel survivant du massacre alerté par nos cris et lancé à notre poursuite nous rattraperait en un instant s'il le voulait vraiment. Mais nous avions le vague espoir qu'une conduite non agressive et la manifestation de facultés parentes pourraient amener un tel être à nous épargner en cas de capture, ne serait-ce que par intérêt scientifique. Après tout, s'il n'avait rien à craindre pour lui-même, il n'aurait aucune raison de nous nuire. Se cacher aurait été puéril dans cette conjoncture et nous utilisâmes notre torche pour jeter un coup d'œil en arrière : la brume s'éclaircissait. Allions-nous voir enfin un exemple intact et vivant de ces Autres ? Revint de nouveau le son musical, aigu et insidieux : « Tekeli-li ! Tekeli-li ! »

Alors, remarquant que nous distancions réellement notre poursuivant, il nous vint à l'idée que l'entité pouvait être blessée. Nous ne voulions pourtant prendre aucun risque car elle venait de toute évidence en réponse au cri de Danforth et non pour fuir une autre entité. La coïncidence était trop nette pour laisser place au doute. Quant à ce cauchemar plus inconcevable encore et plus indéfinissable – cette montagne fétide, inaperçue, de protoplasme vomisseur de bave dont l'espèce avait conquis l'abysse et envoyait des pionniers resculpter et se contorsionner dans les terriers de la montagne – nous ne pouvions nous en faire aucune idée ; et nous éprouvions un vrai serrement de cœur d'abandonner cet Ancien probablement infirme – le seul survivant peut-être – au péril d'une nouvelle capture et d'un sort innommable.

Dieu merci, nous ne ralentîmes pas notre course. Les volutes de brume s'épaississaient encore et progressaient de plus en plus vite, tandis que les manchots errants appelaient de leur voix rauque et criaient derrière nous, donnant les signes d'une panique surprenante après leur relative passivité quand nous les avions dépassés. Vint une fois de plus la note aiguë et sinistre : « Tekeli-li ! Tekeli-li ! » Nous nous étions trompés. Cet être n'était pas blessé mais avait simplement fait halte en rencontrant les corps de ses frères abattus et les diaboliques inscriptions de bave au-dessus d'eux. Nous ne connaîtrions jamais le message démoniaque – mais les sépultures au camp de Lake avaient montré quelle importance ces êtres attachaient à leurs morts. Notre torche imprudemment allumée révélait à présent devant nous la grande caverne ouverte où convergeaient plusieurs voies et nous fûmes heureux de laisser derrière nous ces palimpsestes morbides – dont nous avions senti la présence sans les avoir vus.

La caverne nous inspira cette autre idée qu'il serait possible de perdre notre poursuivant à ce carrefour déconcertant de vastes galeries. Il y avait plusieurs manchots albinos aveugles dans l'espace découvert, et leur peur de l'entité qui approchait devenait manifestement une panique incroyable. Si, réglant notre torche au minimum indispensable à notre marche, nous n'éclairions que devant nous, l'agitation et les cris rauques des grands oiseaux épouvantés dans la brume pouvaient étouffer nos bruits de pas, masquer notre véritable direction et, d'une manière ou d'une autre, brouiller notre piste. Dans le brouillard bouillonnant et tourbillonnant, le sol encombré et terne du tunnel principal – à la différence des autres souterrains maniaquement polis – se distinguait à peine, même, autant que nous pouvions le prévoir, pour ces sens spéciaux qui rendaient les Anciens partiellement indépendants de la lumière en cas de nécessité. En fait, nous craignions un peu de nous égarer nous-mêmes dans notre hâte. Car nous avions naturellement décidé de mettre le cap sur la ville morte ; si bien qu'une erreur dans le dédale des contreforts aurait des conséquences inimaginables.

Que nous ayons survécu et retrouvé l'air libre est une preuve suffisante que cet être prit une mauvaise galerie tandis que providentiellement nous tombions sur la bonne. Les manchots seuls n'auraient pu nous sauver, mais avec l'aide de la brume, ils semblent bien l'avoir fait. Un destin bienveillant maintint au moment opportun l'épaisseur des volutes vaporeuses, qui se déplaçaient sans cesse et menaçaient de disparaître. En fait, elles se levèrent une seconde, juste avant que nous n'émergions dans la caverne, en sortant du tunnel aux nouvelles sculptures écœurantes ; et nous eûmes ainsi un premier et partiel aperçu de l'entité qui approchait, quand nous jetâmes derrière nous un regard de terreur désespérée avant de baisser la torche et de nous mêler aux manchots dans l'espoir d'esquiver la poursuite. Si le destin qui nous dissimula fut bienveillant, celui qui nous permit de voir fut infiniment contraire ; car à ce que nous entr'aperçûmes en un éclair nous devons une bonne partie de l'horreur qui, depuis, n'a jamais cessé de nous hanter.

La raison précise de ce regard en arrière ne fut peut-être que l'instinct immémorial du poursuivi d'évaluer la nature et la marche de son poursuivant, ou peut-être une tentative machinale de répondre à la question inconsciente d'un de nos sens. En pleine fuite, toutes nos facultés concentrées sur le problème du salut, nous n'étions pas en état d'observer ni d'analyser les détails ; pourtant, même alors, nos cellules cérébrales latentes durent s'interroger sur le message que leur transmettaient nos narines. Nous comprîmes après coup que notre éloignement de la bave visqueuse sur les « obstacles » décapités et l'approche simultanée de l'entité poursuivante ne nous avaient pas apporté l'échange de puanteurs qui eût été logique. Au voisinage des êtres abattus, cette nouvelle et inexplicable odeur était nettement dominante, mais elle aurait dû désormais faire place largement à l'indéfinissable relent qui s'associait à ces Autres. Cela ne s'était pas produit – au contraire, la nouvelle et insupportable odeur était à présent pratiquement sans mélange et devenait plus toxique à chaque seconde.

Nous regardâmes donc en arrière – simultanément semble-t-il, encore que sans doute le mouvement naissant de l'un ait entraîné l'imitation de l'autre. En même temps nous dirigeâmes nos deux torches à pleine puissance sur la brume momentanément atténuée ;

soit par simple désir instinctif de voir tout ce que nous pouvions, soit dans l'effort moins primitif mais aussi inconscient d'éblouir cet être avant de baisser notre lumière et de nous esquiver parmi les manchots au centre du labyrinthe. Geste malheureux ! Ni Orphée lui-même ni la femme de Loth ne payèrent plus cher un regard en arrière. Et revint encore cet odieux son aigu avec toute sa gamme – « Tekeli-li ! Tekeli-li ! »

Je ferais mieux de parler franchement – même si je ne peux supporter d'être catégorique – pour exprimer ce que nous vîmes, bien que sur le moment nous sentions que nous ne pourrions l'admettre, même l'un vis-à-vis de l'autre. Les mots qui parviendront au lecteur ne pourront jamais suggérer seulement l'horreur du spectacle. Il paralysa si totalement notre conscience que je m'étonne qu'il nous soit resté assez de bon sens pour atténuer nos lumières comme prévu, et prendre le bon tunnel jusqu'à la ville morte. L'instinct seul a dû nous guider, mieux peut-être que ne l'eût fait la raison ; mais si c'est ce qui nous a sauvés, nous l'avons payé très cher. De raison, nous n'en avions plus guère. Danforth était complètement démoralisé, et la première chose que je me rappelle du reste du voyage, c'est de l'avoir entendu scander d'un air absent une litanie hystérique où je suis bien le seul au monde à avoir trouvé autre chose qu'insane divagation. Elle faisait écho sur le mode suraigu aux cris rauques des manchots, se réverbérant plus loin sous les voûtes et – Dieu merci – dans la partie maintenant vide derrière nous. Il n'avait pas dû la commencer tout de suite – sinon nous n'aurions pas survécu, courant tête baissée. Je frémis en songeant à ce qu'aurait pu produire la moindre perturbation dans ses réactions nerveuses.

« South Station Under – Washington Under – Park Street Under – Kendal – Central – Harvard... » Le pauvre garçon récitait les stations familières du tunnel Boston-Cambridge qui creusait son chemin à travers notre paisible terre natale à des milliers de miles de là, en Nouvelle-Angleterre, bien que pour moi ce rituel ne présente ni incohérence ni nostalgie. C'était seulement de l'horreur, car je savais de façon sûre quelle monstrueuse et indicible analogie l'avait inspirée. Nous nous attendions, en regardant en arrière, à voir un être terrible et incroyablement impressionnant si la brume était assez légère ; mais de cet être nous avions une idée claire. Ce que nous vîmes – car la brume n'était en effet que trop malignement transparente – était tout à fait différent, infiniment plus hideux et détestable. C'était l'incarnation accomplie et concrète de ce que le romancier fantastique appelle « la chose qui ne devrait pas être » ; et son équivalent intelligible le plus proche est un énorme métro lancé à toute vitesse tel qu'on le voit du quai d'une station – son large front noir surgissant, colossal, du plus loin d'un souterrain sans bornes, constellé de lumières étrangement colorées et remplissant le prodigieux tunnel comme un piston remplit un cylindre.

Mais nous n'étions pas sur le quai d'une station. Nous étions sur la voie même où la cauchemardesque colonne élastique exsudait devant elle la fétide et noire iridescence à travers son sinus de quinze pieds, prenant une vitesse invraisemblable et poussant devant elle un nuage ondoyant, de plus en plus épais, de pâle vapeur d'abîme. C'était une chose terrible, indescriptible, plus énorme qu'aucun train souterrain – une accumulation informe de bulles protoplasmiques, faiblement phosphorescente, couverte d'une myriade d'yeux éphémères, naissant et se défaisant comme des pustules de lumière verdâtre sur tout l'avant qui remplissait le tunnel et fonçait sur nous, écrasant les manchots affolés, en glissant sur le sol luisant qu'elle et ses pareils avaient balayé si férocement de toute poussière. Et toujours ce cri surnaturel, narquois : « Tekeli-li ! Tekeli-li ! » Nous nous rappelâmes enfin que les shoggoths démoniaques – qui tenaient des seuls Anciens la vie, la pensée et leurs structures d'organes malléables, et sans autre langage que les groupes de points – n'avaient de voix que les accents imités de leurs maîtres disparus.

Chapitre 12

Nous nous rappelons, Danforth et moi, avoir débouché dans le grand hémisphère sculpté et retrouvé le fil de notre piste à travers les salles et les galeries cyclopéennes de la cité morte ; encore n'étaient-ce que des bribes de rêve sans souvenirs d'actes volontaires, de détails, d'épuisement physique. C'était comme si nous flottions dans un monde nébuleux ou une étendue sans durée, ni lien logique ni orientation. Le demi-jour terne de l'immense espace circulaire nous dégrisa quelque peu mais nous ne retournâmes pas près des traîneaux cachés, revoir le pauvre Gedney et le chien. Ils avaient là un mausolée étrange, titanesque, et j'espère que la fin de cette planète les trouvera toujours en paix.

C'est en escaladant la colossale rampe en spirale que nous ressentîmes pour la première fois la terrible fatigue et l'essoufflement qui nous restaient de notre course dans l'air raréfié du plateau ; mais même la crainte de nous effondrer ne put nous arrêter avant d'avoir atteint le monde extérieur normal du soleil et du ciel. Une coïncidence assez opportune marqua notre départ de ces époques ensevelies ; car, tandis que nous poursuivions en tournant notre marche haletante jusqu'au faîte du cylindre de maçonnerie primitive de soixante pieds, nous apercevions près de nous le défilé ininterrompu des sculptures héroïques, dans la technique ancienne et inaltérée de la race morte – un adieu des Anciens, gravé cinquante millions d'années plus tôt.

Grimpant enfin hors du sommet, nous nous retrouvâmes sur un grand tas de blocs écroulés, avec les murs courbes de la construction plus haute qui se dressait à l'ouest, et les pics menaçants des grandes montagnes portant les édifices plus dégradés, au loin vers l'est. L'oblique soleil antarctique de minuit perçait en rougeoyant, depuis l'horizon austral, à travers les fissures des ruines déchiquetées, et l'antiquité terrible, la torpeur de la ville cauchemardesque semblaient plus sévères encore par contraste avec des choses relativement connues et familières comme les traits du paysage polaire. Le ciel au-dessus était un bouillonnement opalescent de légères vapeurs glacées, et le froid nous saisit au vif. Déposant avec lassitude les sacs de matériel auxquels nous nous étions instinctivement cramponnés pendant notre fuite éperdue, nous reboutonnâmes nos lourds vêtements pour descendre en trébuchant la butte et marcher à travers le labyrinthe de pierre immémorial jusqu'aux contreforts où attendait notre avion. De ce qui nous avait fait fuir les ténèbres des gouffres archaïques et secrets de la Terre, nous ne dîmes pas un mot.

En moins d'un quart d'heure nous avions retrouvé la montée abrupte jusqu'aux contreforts – l'ancienne terrasse probablement – par laquelle nous étions descendus, et nous vîmes la sombre masse de notre gros avion parmi les ruines clairsemées sur la pente qui s'élevait devant nous. À mi-chemin de la colline vers notre but, nous fîmes halte pour reprendre souffle un moment et nous nous retournâmes, regardant une fois encore à nos pieds le fantastique fouillis paléogène de formes de pierre incroyables – se profilant toujours mystérieusement sur un occident inconnu. Nous vîmes alors que le ciel au-delà avait perdu sa brume matinale, les vapeurs glacées instables étant montées au zénith, où leurs silhouettes trompeuses semblaient sur le point de se fixer en quelque forme bizarre dont nous redoutions qu'elle ne devînt plus précise et définitive.

   Il apparaissait maintenant sur le lointain horizon blanc derrière la cité grotesque une ligne indistincte et féerique de cimes violettes dont les sommets en aiguilles se dessinaient tel un rêve sur le rosé accueillant du ciel occidental. En direction de ce cadre chatoyant, s'élevait l'ancien plateau, traversé par le ruban d'ombre irrégulier du fleuve disparu. Pendant une seconde l'admiration nous coupa le souffle devant la surnaturelle beauté cosmique du paysage, puis une vague répulsion s'insinua dans nos âmes. Car cette ligne violette au loin ne pouvait être que les terribles montagnes du monde interdit – les plus hauts pics de la Terre et le centre du mal sur le globe ; abritant des horreurs sans nom et des secrets archéens ; fuies et invoquées par ceux qui craignaient d'en dévoiler l'essence ; que nul être vivant sur Terre n'avait foulées ; visitées de sinistres éclairs et projetant d'étranges lueurs par-dessus les plaines dans la nuit polaire – sans aucun doute archétype inconnu du redoutable Kadath dans le Désert Glacé au-delà du détestable Leng auquel font allusion des légendes primitives impies. Nous étions les premiers humains à les avoir jamais vues – et j'espère, grâce à Dieu, que nous sommes les derniers.

   Si les cartes et images sculptées de cette ville pré-humaine avaient dit vrai, les mystérieuses montagnes violettes ne pouvaient être à plus de trois cents miles ; et pourtant leur présence obscurément féerique apparaissait au-dessus de l'horizon lointain et neigeux comme le bord en dents de scie d'une monstrueuse planète étrangère prête à monter dans des cieux insolites. Leur altitude, alors, devait être colossale, au-delà de toute comparaison possible ; elles atteignaient des couches atmosphériques subtiles peuplées de spectres gazeux dont les aviateurs imprudents n'ont pu murmurer un mot, n'ayant pas suffisamment vécu après des chutes inexplicables. Les observant, je songeais avec inquiétude à certaines évocations sculptées de ce que le grand fleuve disparu avait charrié dans la ville depuis leurs versants maudits – et me demandais combien de bon sens et combien de folie il y avait eu dans ces craintes des Anciens qui les gravaient avec tant de réserve. Je me rappelais combien leurs limites devaient être proches de la terre de la Reine-Mary, où en ce moment même l'expédition de sir Douglas Mawson travaillait, sans doute moins de mille miles plus loin ; et j'espérais qu'aucun sort néfaste ne ferait entrevoir à sir Douglas et à ses hommes ce qu'il pouvait y avoir derrière la chaîne côtière protectrice. De telles idées donnaient la mesure de mon épuisement à l'époque – et Danforth paraissait plus éprouvé encore.

Longtemps avant de dépasser la grande ruine en étoile et de rejoindre notre appareil, nos craintes s'étaient reportées sur la chaîne moins haute mais assez considérable que nous avions à traverser. Vues des contreforts, ses pentes noires et couvertes de ruines se dressaient sur l'est, escarpées et hideuses, nous rappelant une fois de plus les étranges peintures asiatiques de Nicholas Rœrich ; et quand nous pensâmes aux abominables dédales qu'elles recelaient et aux terrifiantes entités informes qui pouvaient avoir poussé l'avance de leur bave fétide jusqu'au faîte des cimes creuses, nous ne pûmes envisager sans panique la perspective de voler de nouveau près de ces impressionnantes cavernes ouvertes vers le ciel où le vent sifflait comme la flûte sauvage et sa large gamme. Pour aggraver les choses, nous vîmes des traces distinctes de brumes locales autour de plusieurs sommets – comme le malheureux Lake l'avait fait sans doute lors de sa première erreur sur le volcanisme – et nous évoquâmes en frissonnant la brume semblable à laquelle nous venions d'échapper ; cela et l'abîme maudit, générateur d'horreur d'où sortaient de telles vapeurs.

Tout allait bien pour l'appareil, et nous endossâmes maladroitement nos lourdes fourrures de vol. Danforth mit le moteur en marche sans problème et nous décollâmes en douceur au-dessus de la ville de cauchemar. Au-dessous de nous, les constructions primitives cyclopéennes s'étendaient, telles que nous les avions vues la première fois – en un passé si proche et pourtant infiniment lointain – et nous commençâmes à prendre de la hauteur, et à tourner pour tester le vent avant de franchir la passe. Il devait y avoir dans les hauteurs de l'atmosphère de fortes perturbations, car les nuages de poussière glacée formaient au zénith toutes sortes de figures fantastiques ; mais à vingt-quatre mille pieds, altitude requise pour la passe, nous trouvâmes la navigation tout à fait praticable. Comme nous approchions des plus hauts pics, l'étrange musique du vent redevint évidente et je vis les mains de Danforth trembler sur les commandes. Simple amateur pourtant, je pensai alors que je ferais un meilleur pilote que lui pour le dangereux passage des pics ; et quand je lui fis signe de changer de siège pour me céder la place, il ne fit aucune objection. Je tâchai de garder toute ma maîtrise et mon sang-froid, et fixai mon regard sur le ciel rougeoyant entre les parois de la passe – refusant obstinément de prêter attention aux bouffées de vapeur au sommet de la montagne, et souhaitant avoir les oreilles bouchées à la cire comme les matelots d'Ulysse au large de la côte des sirènes, pour libérer ma conscience de cette inquiétante musique du vent.

Mais Danforth, dispensé du pilotage et en proie à une redoutable tension nerveuse, ne pouvait rester tranquille. Je le sentais tourner et virer tout en regardant, derrière nous, la terrible cité qui s'éloignait, devant les pics criblés de cavernes, mangés de cubes, sur les côtés la morne étendue des contreforts neigeux semés de remparts, et en haut le ciel bouillonnant de nuages grotesques. C'est alors, juste au moment où je tentais de gouverner pour franchir sans danger la passe, que son hurlement de fou nous mit si près du désastre en bouleversant ma concentration et en me faisant pendant un instant tâtonner en vain sur les commandes. Une seconde plus tard, ma présence d'esprit reprit le dessus et nous réussîmes sans dommage la traversée – mais je crains que Danforth ne soit plus jamais le même.

J'ai dit qu'il refusait de me parler de l'horreur dernière qui lui avait arraché ce cri dément – horreur qui, j'en ai la triste certitude, est essentiellement responsable de son actuel effondrement. Les bribes de conversation que nous échangeâmes à tue-tête pardessus le sifflement du vent et le bourdonnement du moteur, quand nous atteignîmes le bon côté de la chaîne et descendîmes en piqué sur le camp, concernaient plutôt les serments de secret que nous avions faits en nous apprêtant à quitter la ville de cauchemar. Il est des choses, avions-nous convenu, que les gens ne doivent pas savoir ni traiter à la légère – et je n'en parlerais pas à présent, n'était la nécessité de détourner à tout prix de son projet cette expédition Starkweather-Moore, et les autres. Il est absolument indispensable, pour la paix et la sécurité de l'humanité, qu'on ne trouble pas certains recoins obscurs et morts, certaines profondeurs insondées de la Terre, de peur que les monstres endormis ne s'éveillent à une nouvelle vie, et que les cauchemars survivants d'une vie impie ne s'agitent et ne jaillissent de leurs noirs repaires pour de nouvelles et plus vastes conquêtes.

Tout ce que Danforth a jamais suggéré, c'est que l'horreur ultime était un mirage. Cela n'avait aucun rapport, dit-il, avec les cubes et les cavernes des montagnes du délire, sonores, nimbées de vapeurs, creusées de dédales, que nous parcourûmes ; mais un seul aperçu fantastique, démoniaque, au milieu des nuages bouillonnant au zénith, de ce qu'il y a derrière ces autres montagnes violettes à l'ouest, que les Anciens avaient fuies et redoutées. Il est très probable que ce fut une pure hallucination née des épreuves précédentes que nous avions subies et du mirage véritable – bien que non identifié – de la cité morte d'outre-monts, vu près du camp de Lake le jour précédent ; mais pour Danforth ce fut si réel qu'il en souffre encore.

Il a, en de rares occasions, murmuré des choses incohérentes et déraisonnables à propos de « trou noir », de « bord sculpté », de « proto-shoggoths », de « solides sans fenêtres à cinq dimensions », de « cylindre sans nom », des « phares antiques », « Yog-Sothoth », « la gelée blanche primordiale », « la couleur venue de l'espace », « les ailes », « les yeux dans les ténèbres », « l'échelle lunaire », « l'originel, l'éternel, l'impérissable » et autres notions bizarres, mais quand il redevenait pleinement lui-même, il rejetait tout cela, l'attribuant aux lectures singulières et macabres de ses premières années d'études. Danforth, en fait, est connu pour être un des rares qui aient osé lire intégralement cet exemplaire rongé de vers du Necronomicon, conservé sous clé à la bibliothèque du collège.

Les hauteurs du ciel, tandis que nous franchissions la passe, étaient certainement vaporeuses et assez perturbées ; et bien que je n'aie pas vu le zénith, je peux imaginer que ses tourbillons de poussière de glace aient pris d'étranges formes. Sachant avec quelle vérité des décors lointains sont parfois reflétés, réfractés et exagérés par de telles couches de nuages mouvants, l'imagination peut aisément avoir fait le reste – et naturellement Danforth ne faisait allusion à aucune de ces particulières horreurs que sa mémoire, longtemps après, avait sans doute tirées de son ancienne lecture. Il n'aurait jamais pu voir autant de choses en un seul regard.

Pour l'instant, ses cris se bornent à la répétition d'un seul mot absurde dont l'origine n'est que trop évidente : « Tekeli-li ! Tekeli-li ! »

Dans l'Abîme du Temps

Chapitre 1

Après vingt-deux ans de cauchemar et d'effroi, soutenu par la seule conviction désespérée que certaines impressions sont d'origine imaginaire, je me refuse à garantir la véracité de ce que je crois avoir découvert en Australie occidentale dans la nuit du 17 au 18 juillet 1935. On peut espérer que mon aventure fut en tout ou partie une hallucination – à cela, en effet, il y avait de nombreuses raisons. Et pourtant, le réalisme en était si atroce que parfois tout espoir me paraît impossible.

Si la chose s'est produite, alors l'homme doit être préparé à accepter, sur l'univers et sur la place que lui-même occupe dans le tourbillon bouillonnant du temps, des idées dont le plus simple énoncé est paralysant. Il faut aussi le mettre en garde contre un danger latent, spécifique qui, même s'il n'engloutit jamais la race humaine tout entière, peut infliger aux plus aventureux des horreurs monstrueuses et imprévisibles.

C'est pour cette dernière raison que je réclame, de toute la force de mon être, l'abandon définitif de toute tentative d'exhumer ces fragments de mystérieuse maçonnerie primitive que mon expédition se proposait d'étudier.

Si l'on admet que j'étais sain d'esprit et bien éveillé, mon expérience cette nuit-là fut telle qu'aucun homme n'en a jamais connue. Ce fut en outre une effroyable confirmation de tout ce que j'avais tenté de rejeter comme autant de fables et de rêves. Dieu merci il n'y a pas de preuve, car dans ma terreur j'ai perdu l'épouvantable objet qui – s'il était réel et tiré en effet de ce dangereux abîme – en eût été le signe irréfutable.

J'étais seul quand j'ai découvert cette horreur – et jusqu'à présent je n'en ai parlé à personne. Je n'ai pu empêcher les autres de creuser dans sa direction mais le hasard et les éboulements de sable leur ont toujours évité de la rencontrer. Il me faut aujourd'hui rédiger une déclaration définitive, non seulement pour mon équilibre mental, mais pour mettre en garde ceux qui me liront sérieusement.

Ces pages – dont les premières sembleront connues aux lecteurs attentifs de la grande presse scientifique – sont écrites dans la cabine du bateau qui me ramène chez moi. Je les remettrai à mon fils, le professeur Wingate Peaslee de l'université de Miskatonic – seul membre de ma famille qui me resta fidèle, il y a des années, après mon étrange amnésie, et le mieux informé des faits essentiels de mon cas. Il est, de tous les vivants, le moins enclin à tourner en dérision ce que je vais raconter de cette nuit fatale.

Je ne l'ai pas informé de vive voix avant de m'embarquer, pensant qu'il préférerait la révélation sous forme écrite. Lire et relire à loisir lui laissera une image plus convaincante que n'aurait pu le faire le trouble de mes propos.

Il fera de ce récit ce que bon lui semblera – le montrant, avec les commentaires appropriés, dans tous les milieux où il pourrait être utile. C'est à l'intention de ces lecteurs mal instruits des premières phases de mon cas que je fais précéder la révélation elle-même d'un résumé assez détaillé de ses antécédents.

Je m'appelle Nathaniel Wingate Peaslee, et ceux qui se rappellent les récits des journaux de la génération précédente – ou les correspondances et articles des revues de psychologie d'il y a six ou sept ans – sauront qui je suis et ce que je suis. La presse était pleine des circonstances de mon étonnante amnésie de 1908-1913, insistant sur les traditions d'horreur, de folie et de sorcellerie qui hantent la vieille ville du Massachusetts où je résidais alors comme aujourd'hui. Je tiens encore à faire savoir qu'il n'est rien de dément ou de malfaisant dans mon hérédité et ma jeunesse. C'est un fait extrêmement important si l'on songe à l'ombre qui s'est abattue si brusquement sur moi, venant de sources extérieures.

Il se peut que des siècles de noires méditations aient doté Arkham, aux ruines peuplées de murmures, d'une particulière vulnérabilité à de telles ombres – bien que cela même semble douteux à la lumière d'autres cas que j'ai plus tard étudiés. Mais le point essentiel est que mes ancêtres et mon milieu sont absolument normaux. Ce qui est arrivé est venu d'ailleurs – d'où ? J'hésite maintenant encore à l'affirmer en clair.

Je suis le fils de Jonathan et d'Hannah (Wingate) Peaslee, tous deux de vieilles familles saines d'Haverhill. Je suis né et j'ai grandi à Haverhill – dans l'antique demeure de Boardman Street près de

Golden Hill – et je ne suis allé à Arkham que pour entrer à l'université de Miskatonic comme chargé de cours d'économie politique en 1895.

Pendant les treize années suivantes, ma vie s'écoula, douce et heureuse. J'épousai Alice Keezar, d'Haverhill, en 1896, et mes trois enfants, Robert, Wingate et Hannah, naquirent respectivement en 1898, 1900 et 1903. Je devins en 1898 maître de conférences et professeur titulaire en 1902. Je n'éprouvai à aucun moment le moindre intérêt pour l'occultisme ou la psychologie pathologique.

C'est le jeudi 14 mai 1908 que survint l'étrange amnésie. Elle fut brutale et imprévue, bien que, je m'en rendis compte plus tard, de brefs miroitements quelques heures auparavant – visions chaotiques qui me troublèrent d'autant plus qu'elles étaient sans précédent – dussent avoir été des symptômes précurseurs. J'avais un fort mal de tête, et la bizarre impression – tout aussi neuve pour moi – que quelqu'un cherchait à s'emparer de mes pensées.

La crise se produisit vers 10 h 20 du matin, tandis que je faisais un cours d'économie politique – histoire et tendances actuelles de l'économie politique – aux étudiants de troisième année et à quelques-uns de seconde. Je vis d'abord devant mes yeux des formes insolites, et crus me trouver dans une salle singulière autre que la classe.

Mes idées et mes propos divaguaient loin de tout sujet, et les étudiants s'aperçurent que quelque chose clochait gravement. Puis je m'affaissai, inconscient sur mon siège, dans une hébétude dont personne ne put me tirer. Mes facultés normales ne revirent au grand jour notre monde quotidien qu'au bout de cinq ans, quatre mois et treize jours.

C'est naturellement des autres que j'appris ce qui suit. Je restai inconscient pendant seize heures et demie, bien qu'on m'eût ramené chez moi au 27, Crâne Street, où je reçus les soins médicaux les plus attentifs.

Le 15 mai à trois heures du matin, mes yeux s'ouvrirent et je me mis à parler, mais bientôt le médecin et ma famille furent épouvantés par mon expression et le ton de mes propos. Il était clair que je n'avais aucun souvenir de mon identité ni de mon passé, même si je m'efforçais, on ne sait pourquoi, de cacher cette ignorance. Mes yeux fixaient étrangement les personnes de mon entourage, et le jeu de mes muscles faciaux n'avait plus rien de familier.

Mon langage même paraissait gauche, comme celui d'un

étranger. J'usais de mes organes vocaux avec embarras, en tâtonnant, et mon élocution avait une curieuse raideur, comme si j'avais laborieusement appris l'anglais dans les livres. La prononciation était barbare, tandis que la langue comportait à la fois des débris d'étonnants archaïsmes et des expressions d'une tournure absolument incompréhensible.

Parmi ces dernières, l'une en particulier revint vingt ans plus tard, de façon frappante – et même effrayante – à l'esprit du plus jeune de mes médecins. Car à l'époque cette expression commençait à se répandre – d'abord en Angleterre, puis aux États-Unis – et malgré sa complication et son incontestable nouveauté, elle reproduisait dans le moindre détail les mots déconcertants de l'étrange malade d'Arkham de 1908.

La force physique revint aussitôt, mais il me fallut une rééducation singulièrement longue pour retrouver l'usage de mes mains, de mes jambes et de mon corps en général. À cause de cela et d'autres handicaps inhérents à ma perte de mémoire, je restai pendant un certain temps sous une étroite surveillance médicale.

Quand j'eus constaté l'échec de mes efforts pour dissimuler mon amnésie, je la reconnus franchement et me montrai avide de toutes sortes de renseignements. En fait, les médecins eurent l'impression que je cessai de m'intéresser à ma personnalité véritable dès lors que je vis ma perte de mémoire acceptée comme une chose naturelle.

Ils remarquèrent que je m'efforçais surtout de posséder à fond certains points d'histoire, de science, d'art, de langage et de folklore – les uns terriblement abstrus, et d'autres d'une simplicité puérile – qui, très bizarrement parfois, restaient exclus de ma conscience.

En même temps ils s'aperçurent que je possédais inexplicablement beaucoup de connaissances d'un genre insoupçonné – que je souhaitais, semblait-il, cacher plutôt que révéler. Il m'arrivait par mégarde de faire allusion, avec une assurance désinvolte, à tels événements précis d'époques obscures au-delà de tout champ historique reconnu – quitte à tourner en plaisanterie la référence en voyant la surprise qu'elle suscitait. J'avais aussi une façon de parler du futur qui, deux ou trois fois, provoqua une véritable peur.

Ces lueurs inquiétantes cessèrent bientôt de se manifester, mais certains observateurs attribuèrent leur disparition à une prudente hypocrisie de ma part plus qu'à quelque déclin du savoir insolite qu'elles supposaient. À la vérité, je semblais anormalement avide d'assimiler la façon de parler, les usages et les perspectives de l'époque autour de moi ; comme si j'avais été un voyageur studieux venu d'une lointaine terre étrangère.

Aussitôt qu'on m'y autorisa, je fréquentai à toute heure la bibliothèque de l'université, et j'entrepris sans tarder de préparer ces étonnants voyages, ces cours spéciaux dans les universités d'Amérique et d'Europe, qui donnèrent lieu à tant de commentaires pendant les années suivantes.

À aucun moment je ne manquai de relations intellectuelles, car mon cas me valut une relative célébrité parmi les psychologues du moment. Je fus l'objet de conférences comme exemple typique de « personnalité seconde » – même si, ici ou là, j'embarrassai les conférenciers de quelque symptôme bizarre ou trace suspecte d'ironie soigneusement voilée.

Mais de réelle bienveillance, je n'en rencontrai guère. Quelque chose dans mon aspect et mes propos semblait éveiller chez tous ceux que je rencontrais de vagues craintes et répugnances, comme si j'avais été un être infiniment éloigné de tout ce qui est normal et sain. Cette idée d'une horreur obscure et secrète liée aux abîmes incalculables d'on ne sait quelle distance était curieusement répandue et tenace.

Ma propre famille ne fit pas exception. Dès l'instant de mon étrange réveil, ma femme m'avait considéré avec un effroi et un dégoût extrêmes, jurant que j'étais un parfait étranger usurpant le corps de son mari. En 1910 elle obtint le divorce, et ne consentit jamais à me revoir, même après mon retour à un état normal en 1913. Ces sentiments furent partagés par mon fils aîné et ma petite fille, que je n'ai jamais revus ni l'un ni l'autre.

Seul mon second fils, Wingate, parut capable de surmonter la terreur et la répulsion suscitées par ma métamorphose. Lui aussi sentait bien que j'étais un étranger, mais quoiqu'il n'eût pas plus de huit ans, il croyait fermement au retour de mon véritable moi. Quand celui-ci revint en effet, il me rejoignit et les tribunaux le confièrent à ma garde. Au cours des années, il m'aida dans les études que je fus poussé à entreprendre, et aujourd'hui, à trente-cinq ans, il est professeur de psychologie à Miskatonic.

Mais je ne suis pas surpris de l'horreur que j'inspirai – car assurément l'esprit, la voix et l'expression de l'être qui s'éveilla le 15 mai 1908 n'étaient pas ceux de Nathaniel Wingate Peaslee.

Je n'essaierai pas de raconter toute ma vie de 1908 à 1913, car les lecteurs peuvent en glaner les traits essentiels – ainsi que j'ai dû abondamment le faire moi-même – dans les dossiers des vieux journaux et revues scientifiques.

On me rendit l'usage de mes fonds et j'en usai sans hâte, sagement dans l'ensemble, à voyager et étudier dans divers centres du savoir. Mes voyages, cependant, furent surprenants à l'extrême, comportant de longues visites à des lieux écartés et déserts.

En 1909 je passai un mois dans l'Himalaya, et en 1911 j'éveillai un vif intérêt par une expédition à dos de chameau dans les déserts inconnus d'Arabie. Je n'ai jamais pu savoir ce qui s'était produit lors de ces explorations.

Pendant l'été de 1912, je frétai un bateau pour naviguer dans l'Arctique, au nord du Spitzberg, et manifestai au retour une évidente déception.

Plus tard, cette année-là, je passai des semaines seul, au-delà des limites de toute exploration passée ou ultérieure, dans l'immense réseau des cavernes calcaires de Virginie-Occidentale – labyrinthes ténébreux et si complexes qu'on n'a jamais pu seulement envisager de reconstituer mon parcours.

Mes séjours dans les universités furent marqués par une rapidité d'assimilation prodigieuse, comme si la personnalité seconde possédait une intelligence considérablement supérieure à la mienne. J'ai découvert aussi que mon rythme de lecture et d'étude solitaire était phénoménal. Il me suffisait de parcourir un livre, juste le temps de tourner les pages, pour en retenir tous les détails, tandis que mon habileté à interpréter en un instant des figures compliquées était proprement impressionnante.

Il circula à plusieurs reprises des rumeurs presque alarmantes sur mon pouvoir d'influencer les pensées et les actes d'autrui, bien que j'aie pris soin, semble-t-il, de réduire au minimum les manifestations de cette faculté.

D'autres vilains bruits concernaient mes rapports intimes avec les chefs de groupes d'occultistes, et des érudits suspects de relations avec des bandes innommables d'odieux hiérophantes du monde ancien. Ces rumeurs, bien que non confirmées à l'époque, furent certainement encouragées par ce qu'on savait de la teneur de mes lectures – car la consultation de livres rares dans les bibliothèques ne peut être gardée secrète.

Des notes marginales restent la preuve tangible de mes recherches minutieuses dans des ouvrages tels que Cultes des Goules, du comte d'Erlette, De Vermis Mysteriis, de Ludvig Prinn, Unaussprechlichen Kulten de von Junzt, les fragments conservés de l'énigmatique Livre d'Ebon, et l'effroyable Necronomicon de l'Arabe fou Abdul Alhazred. Et puis, il est indéniable aussi que l'activité des cultes clandestins reçut une nouvelle et néfaste impulsion à peu près au moment de mon étrange métamorphose.

Pendant l'été de 1913, je commençai à donner des signes d'ennui, de relâchement, et laissai entendre dans mon entourage qu'on pouvait s'attendre à me voir bientôt changer. J'évoquai le retour de souvenirs de ma première vie – mais la plupart de mes auditeurs mirent en doute ma bonne foi, car tout ce que je citais était fortuit et eût pu être tiré de mes vieux papiers personnels.

Vers la mi-août, je regagnai Arkham et rouvris ma maison de Crâne Street, depuis longtemps fermée. J'y installai une machine des plus curieuses, construite en pièces détachées par différents fabricants de matériel scientifique en Europe et en Amérique, et je la dissimulai soigneusement aux regards de toute personne assez intelligente pour en comprendre la composition.

Ceux qui la virent – un ouvrier, une domestique et la nouvelle gouvernante – décrivirent un bizarre assemblage de tiges, de roues et de miroirs, ne mesurant pas plus de deux pieds de haut, un de large et un d'épaisseur. Le miroir central était rond et convexe. Tout cela est confirmé par les fabricants de pièces que l'on a pu joindre.

Le soir du vendredi 26 septembre, je donnai congé à la gouvernante et à la femme de chambre jusqu'au lendemain midi. Des lumières brillèrent dans la maison tard dans la nuit, et un homme maigre, brun, l'allure singulière d'un étranger, arriva en automobile.

Il était à peu près une heure du matin quand les lumières s'éteignirent. A deux heures et quart un agent de police remarqua la demeure dans l'obscurité mais la voiture de l'étranger était toujours garée le long du trottoir. À quatre heures elle avait de toute évidence disparu.

Ce fut à six heures qu'une voix hésitante, à l'accent étranger, demanda par téléphone au Dr. Wilson de se rendre à mon domicile, pour me tirer d'un bizarre évanouissement. Cet appel – une communication interurbaine – venait, comme on l'établit plus tard, d'une cabine publique à la gare du Nord de Boston, mais on ne retrouva jamais aucune trace du maigre étranger.

En arrivant chez moi, le médecin me trouva au salon, sans connaissance – dans un fauteuil dont on avait approché une table. La surface polie de cette table portait des égratignures à l'endroit où un lourd objet y avait été posé. La singulière machine était partie et l'on n'entendit jamais plus parler d'elle. Sans aucun doute, l'étranger maigre et brun l'avait emportée.

Dans la cheminée de la bibliothèque, un tas de cendres témoignait qu'on avait brûlé jusqu'au dernier bout de papier tout ce que j'avais écrit depuis le début de l'amnésie. Le Dr. Wilson jugea ma respiration anormale, mais après une piqûre hypodermique, elle reprit sa régularité.

Le matin du 27 septembre, à onze heures et quart, je m'agitai vigoureusement, et le masque jusqu'alors figé de mon visage donna ses premiers signes d'animation. Le Dr. Wilson remarqua que l'expression n'était pas celle de ma personnalité seconde, mais ressemblait beaucoup à celle de mon moi normal. Vers onze heures trente, je marmonnai quelques syllabes très bizarres, qui ne semblaient appartenir à aucun langage humain. J'avais l'air aussi de lutter contre quelque chose. Puis, à midi passé – la gouvernante et la femme de chambre étant revenues entre temps – je me mis à murmurer en anglais :

« … parmi les économistes orthodoxes de cette période, Jevons représente plus particulièrement la tendance dominante à établir des corrélations scientifiques. Son effort pour relier le cycle commercial de la prospérité et du marasme au cycle physique des taches solaires constitue peut-être le point culminant de… »

Nathaniel Wingate Peaslee était revenu – et pour cet esprit, selon son estimation du temps, c'était toujours ce jeudi matin de 1908, où la classe d'économie politique levait ses regards attentifs vers le vieux bureau sur l'estrade.

Chapitre 2

Ma réadaptation à la vie normale fut pénible et difficile. Cinq années perdues suscitent plus de complications qu'on ne peut l'imaginer, et dans mon cas il y avait mille choses à remettre en ordre.

Ce que l'on m'apprit de mes faits et gestes depuis 1908 me surprit et m'inquiéta, mais je tâchai de considérer la question avec toute la philosophie dont j'étais capable. Enfin, ayant obtenu la garde de mon second fils, Wingate, je m'installai avec lui dans la maison de Crâne Street et je tentai de reprendre mon enseignement – mon ancienne chaire m'avait été aimablement proposée par l'université.

Je commençai mes cours avec le trimestre de février 1914, et les poursuivis une année entière. Je me rendis compte alors que mon aventure m'avait gravement ébranlé. Bien que parfaitement sain d'esprit – je l'espérais – et sans faille dans ma personnalité première, je n'avais plus la vitalité d'autrefois. Des rêves confus, des idées bizarres me hantaient sans cesse, et quand le déclenchement de la Guerre mondiale orienta mon esprit vers l'histoire, je m'aperçus que je me représentais les époques et les événements de la façon la plus étrange.

Ma conception du temps – ma faculté de distinguer succession et simultanéité – semblait quelque peu altérée ; je formai l'idée chimérique qu'en vivant à une époque donnée, on pouvait projeter son esprit à travers l'éternité pour connaître les siècles passés et futurs.

La guerre me donna l'impression singulière de me rappeler quelques-unes de ses conséquences lointaines – comme si, connaissant déjà son évolution, je pouvais les envisager après coup à la lumière d'une information future. Tous ces pseudo-souvenirs s'accompagnaient d'une grande souffrance, et du sentiment qu'une barrière psychologique artificielle leur était opposée.

Lorsque je me hasardai à évoquer tout cela autour de moi, je rencontrai des réactions différentes. Certains me regardèrent d'un air inquiet, mais chez les mathématiciens, on parla de nouveaux aspects de cette théorie de la relativité – alors réservée aux cercles cultivés – qui devait plus tard devenir si célèbre. Le Dr. Albert Einstein, disait-on, allait vite ramener le temps à l'état de simple dimension.

Mais les rêves et les sensations étranges finirent par prendre sur moi un tel empire que je dus abandonner mes cours en 1915. Ces troubles prenaient parfois une forme irritante – je nourrissais l'idée persistante que mon amnésie avait servi quelque échange impie ; que la personnalité seconde était en réalité une force imposée venant de l'Inconnu, et que ma propre personnalité avait subi une substitution.

Je fus ainsi amené à de confuses et terrifiantes spéculations sur le sort de mon moi véritable pendant les années où un autre avait occupé mon corps. L'étonnant savoir et la conduite singulière de cet ancien occupant m'inquiétaient de plus en plus à mesure que j'apprenais de nouveaux détails par des rencontres, des journaux et des revues.

Les bizarreries qui avaient déconcerté les autres paraissaient s'accorder terriblement avec un arrière-plan de ténébreuses connaissances embusquées dans les profondeurs de mon subconscient. Je me mis à étudier avec fièvre les moindres renseignements touchant les études et les voyages de cet « autre » pendant les années obscures.

Tous mes tourments n'avaient pas ce degré d'abstraction. Il y avait les rêves – qui semblaient gagner en vigueur et en réalisme. Sachant comment la plupart des gens les considéraient, j'en parlais rarement sinon à mon fils ou à quelques psychologues dignes de confiance, mais j'entrepris bientôt une étude scientifique d'autres cas pour savoir si de telles visions étaient ou non caractéristiques chez les victimes de l'amnésie.

Mes résultats, obtenus avec l'aide de psychologues, d'historiens, d'anthropologues, et de spécialistes très expérimentés de la vie mentale, plus une recherche qui passait en revue tous les cas de dédoublement de la personnalité depuis l'époque des légendes de possession démoniaque jusqu'aux réalités médicales de notre temps, ces résultats donc m'apportèrent d'abord plus d'inquiétude que de réconfort.

Je m'aperçus bientôt que mes rêves n'avaient, à vrai dire, aucun équivalent dans la masse formidable des cas d'amnésie authentique. Il restait néanmoins un tout petit nombre d'exemples dont le parallélisme avec ma propre expérience m'intrigua et me bouleversa pendant des années. Certains étaient tirés d'un antique folklore ; d'autres répertoriés dans les annales de la médecine ; une ou deux anecdotes dormaient enfouies dans les classiques historiques.

Il semblait donc bien que si ma forme particulière de disgrâce était prodigieusement rare, des exemples s'en étaient pourtant présentés à de longs intervalles depuis le début des chroniques de l'humanité. Certains siècles en comptaient un, deux ou trois, d'autres aucun – ou du moins aucun dont on ait gardé le souvenir.

C'était pour l'essentiel toujours la même chose : une personne à l'esprit réfléchi et pénétrant se trouvait investie d'une étrange vitalité seconde, menant pendant un temps plus ou moins long une existence entièrement différente, caractérisée d'abord par une maladresse dans l'élocution et les mouvements, puis plus tard par l'acquisition systématique de connaissances scientifiques, historiques, artistiques et anthropologiques : acquisition menée avec une ardeur fiévreuse et une faculté d'assimilation absolument anormale. Puis un brusque retour à sa conscience propre, désormais tourmentée de temps à autre par des rêves confus et inapaisables suggérant par fragments d'effroyables souvenirs soigneusement effacés.

L'étroite ressemblance de ces cauchemars avec les miens – jusqu'aux moindres détails – ne laissait aucun doute dans mon esprit sur leur nature manifestement exemplaire. Un ou deux de ces cas s'entouraient d'un halo de vague et sacrilège familiarité, comme si je les avais déjà connus par quelque agent cosmique trop effroyable et hideux pour qu'on en soutienne la vue. Dans trois exemples on mentionnait explicitement une mystérieuse machine comme celle que j'avais eue chez moi avant la seconde transformation.

Ce qui m'inquiéta aussi pendant mes recherches fut la fréquence assez importante des cas où un bref et fugitif aperçu des mêmes cauchemars avait affecté des personnes non atteintes d'amnésie caractérisée.

Ces personnes étaient pour la plupart d'intelligence médiocre ou moins encore – certaines si rudimentaires qu'on ne pouvait guère y voir les véhicules d'une érudition anormale et d'acquisitions mentales surnaturelles. Elles étaient animées une seconde par une force étrangère – puis on observait un retour en arrière et l'incertaine réminiscence vite dissipée d'inhumaines horreurs.

Il y avait eu au moins trois cas de ce genre au cours du dernier demi-siècle – dont un seulement quinze ans plus tôt. Quelque chose, issu d'un abîme insoupçonné de la Nature, s'était-il aventuré en aveugle à travers le temps ? Ces troubles atténués étaient-ils de monstrueuses et sinistres expériences dont la nature et l'auteur échappaient à toute raison ?

Telles étaient quelques-unes des conjectures imprécises de mes heures les plus noires – chimères encouragées par les mythes que découvraient mes recherches. Car je n'en pouvais douter, certaines légendes persistantes d'une antiquité immémoriale, apparemment inconnues de certains amnésiques récents et de leurs médecins, donnaient une image frappante et terrible de pertes de mémoire comme la mienne.

Quant à la nature des rêves et des impressions qui devenaient si tumultueux, j'ose encore à peine en parler. Ils sentaient la folie, et je croyais parfois devenir vraiment fou. Était-ce là un genre d'hallucination propre aux anciens amnésiques ? Les efforts du subconscient pour combler par de pseudo-souvenirs un vide déconcertant pouvaient bien en effet donner lieu à de curieux caprices de l'imagination.

Telle fut d'ailleurs – bien qu'une autre hypothèse du folklore me parût finalement plus convaincante – l'opinion de beaucoup des aliénistes qui m'aidèrent à étudier des cas analogues, et furent intrigués comme moi par les similitudes parfois observées.

Ils ne qualifiaient pas cet état de folie véritable, mais le classaient plutôt parmi les troubles névrotiques. Ma démarche pour essayer de le circonscrire et de l'analyser, au lieu de chercher en vain à le rejeter et à l'oublier, rencontra leur chaleureuse approbation par sa conformité aux meilleurs principes psychologiques. J'appréciai particulièrement l'avis des médecins qui m'avaient suivi quand j'étais habité par une autre personnalité.

Mes premiers troubles ne furent pas d'ordre visuel, mais portaient sur les questions plus abstraites dont j'ai parlé. Il y avait aussi un sentiment de répugnance intense et inexplicable à l'égard de moi-même. Il me vint une peur étrange de voir ma propre silhouette, comme si mes regards allaient y découvrir quelque chose d'absolument inconnu et d'une inconcevable horreur.

Quand je risquais enfin un regard sur moi et apercevais la forme humaine familière, discrètement vêtue de gris ou de bleu, je ressentais toujours un curieux soulagement, mais avant d'en arriver là il me fallait surmonter une terreur infinie. J'évitais les miroirs le plus possible, et me faisais toujours raser chez le coiffeur.

Il me fallut beaucoup de temps pour établir un lien entre ces sentiments de frustration et les visions passagères qui commençaient à se manifester. Le premier rapprochement de ce genre concerna la sensation bizarre d'une contrainte extérieure, artificielle, sur ma mémoire.

Je compris que les images entrevues dont je faisais l'expérience avaient une signification profonde, terrible, et un redoutable rapport avec moi-même, mais qu'une influence délibérée m'empêchait de saisir ce sens et ce rapport. Vint ensuite cette bizarre conception du temps, et avec elle les efforts désespérés pour situer les fragments fugaces du rêve sur le plan chronologique et spatial.

Les images elles-mêmes furent d'abord plus étranges qu'effrayantes. Il me semblait être dans une immense salle voûtée dont les hautes nervures de pierre se perdaient presque parmi les ombres au-dessus de ma tête. Quels que soient l'époque et le lieu, le principe du cintre était aussi connu et fréquemment utilisé qu'au temps des Romains.

Il y avait de colossales fenêtres rondes et élevées, des portes cintrées et des bureaux ou tables aussi hauts qu'une pièce ordinaire. De vastes étagères de bois noir couraient le long des murs, portant ce qui semblait des volumes de format gigantesque au dos marqué d'étranges hiéroglyphes.

La pierre apparente présentait des sculptures singulières, toujours en symboles mathématiques curvilignes, et des inscriptions ciselées reproduisant les mêmes caractères que les énormes volumes. La sombre maçonnerie de granit était d'un type mégalithique monstrueux, des rangées de blocs au sommet convexe venant s'encastrer dans d'autres à la base concave qui reposaient sur eux.

Il n'y avait pas de sièges mais le dessus des immenses tables était jonché de livres, de papiers et d'objets qui servaient sans doute à écrire : jarres de métal violacé bizarrement ornées, et baguettes à la pointe tachée. Si démesurés qu'ils soient, je réussissais parfois à voir ces bureaux d'en haut. Sur quelques-uns, de grands globes de cristal lumineux en guise de lampes, et d'énigmatiques machines faites de tubes de verre et de tiges de métal.

Les fenêtres vitrées étaient treillissées de solides barreaux. Sans oser approcher pour regarder au travers, je pouvais distinguer, de l'endroit où j'étais, les faîtes ondulants d'une végétation singulière rappelant les fougères. Le sol était fait de lourdes dalles octogonales, et l'on ne voyait ni tapis ni tentures.

Plus tard je me vis parcourir des galeries cyclopéennes de pierre, et monter ou descendre des plans inclinés gigantesques de la même colossale maçonnerie. Il n'y avait aucun escalier, et les couloirs ne mesuraient jamais moins de trente pieds de large. Certaines des constructions que je traversais en flottant devaient s'élever à des milliers de pieds dans le ciel.

Sous terre se succédaient plusieurs étages de noirs caveaux, et de trappes jamais ouvertes, scellées de bandes métalliques et suggérant vaguement un péril extraordinaire.

Je devais être prisonnier, et l'horreur menaçait partout où je jetais les yeux. Je sentais que le message de ces hiéroglyphes curvilinéaires qui me narguaient sur les murs aurait brisé mon âme si je n'avais été protégé par une bienheureuse ignorance.

Plus tard encore, je vis en rêve des perspectives par les grandes fenêtres rondes, et du haut du titanesque toit plat aux curieux jardins, ce large espace vide avec son haut parapet de pierre à festons, où menait le plus haut des plans inclinés.

Des bâtiments géants, chacun dans son jardin, s'alignaient sur des lieues, presque à perte de vue, le long de routes pavées d'au moins deux cents pieds de large. Ils étaient très divers, mais mesuraient rarement moins de cinq cents pieds carrés ou mille pieds de haut. Beaucoup paraissaient sans limites, avec une façade de plusieurs milliers de pieds, tandis que certains s'élançaient à des hauteurs vertigineuses dans le ciel gris et brumeux.

Faits pour l'essentiel de pierre ou de ciment, ils appartenaient généralement au curieux type de maçonnerie curviligne qui caractérisait l'immeuble où j'étais retenu. Les toits étaient plats, couverts de jardins, avec souvent des parapets à festons. Parfois des terrasses à plusieurs niveaux et de larges espaces dégagés parmi les jardins. Il y avait dans ces grandes routes comme un appel au mouvement, mais lors des premières visions je ne sus pas analyser le détail de cette impression.

Je vis en certains endroits d'énormes tours sombres de forme cylindrique qui dominaient de loin tous les autres édifices. Elles étaient vraisemblablement d'une espèce tout à fait exceptionnelle et présentaient les signes d'une antiquité et d'un délabrement considérables. Bâties bizarrement de blocs de basalte taillés à angle droit, elles s'amincissaient progressivement jusqu'à leurs sommets arrondis. On n'y voyait nulle part la moindre trace de fenêtres ou d'ouvertures quelconques, si ce n'est des portes énormes. Je remarquai aussi quelques constructions plus basses – toutes dégradées par des éternités d'intempéries – qui ressemblaient à ces sombres tours cylindriques d'architecture primitive. Tout autour de ces monuments délirants de maçonnerie à l'équerre planait une inexplicable atmosphère de menace et de peur intense, comme en dégageaient les trappes scellées.

Les jardins, omniprésents, étaient presque effrayants dans leur étrangeté, offrant des formes végétales bizarres et insolites qui se balançaient au-dessus de larges allées bordées de monolithes curieusement sculptés. Des espèces de fougères surtout, d'une taille anormale – les unes vertes, d'autres d'une pâleur spectrale, fongoïde.

Parmi elles se dressaient de grandes silhouettes fantomatiques, comparables à des calamités dont les troncs semblables à des bambous atteignaient des hauteurs fabuleuses. Et encore des touffes de prodigieux cycas, et des arbres ou arbustes baroques d'un vert sombre qui rappelaient les conifères.

Les fleurs, petites, incolores et impossibles à identifier, s'épanouissaient en parterres géométriques ou librement dans la verdure.

Dans quelques jardins de la terrasse ou du toit, il en poussait de plus grandes et plus colorées, d'aspect presque répugnant, qui suggéraient une culture artificielle. Des plantes fongoïdes, de dimensions, de contours et de couleurs inconcevables parsemaient le paysage selon des dessins qui révélaient une tradition horticole inconnue mais bien établie. Dans les jardins plus vastes au niveau du sol, on discernait un certain souci de conserver les caprices de la Nature, mais sur les toits la sélection et l'art des jardins étaient plus manifestes.

Le ciel était presque toujours pluvieux ou nuageux et j'assistai parfois à des pluies torrentielles. De temps à autre, pourtant, on apercevait le soleil – qui semblait anormalement grand – et la lune, dont les taches avaient quelque chose d'inhabituel que je ne pus jamais approfondir. Les nuits – très rares – où le ciel était assez clair, j'apercevais des constellations à peine reconnaissables. Quelquefois proches des figures connues, mais presque jamais identiques, et d'après la position des quelques groupes que je pus identifier, je conclus que je devais être dans l'hémisphère Sud, près du tropique du Capricorne.

L'horizon lointain était toujours embué et indistinct, mais je voyais, aux abords de la ville, de vastes jungles de fougères arborescentes inconnues, de calamités, de lépidodendrons et de sigillaires, dont les frondaisons fantastiques ondulaient, narquoises, dans les vapeurs mouvantes. Par moments s'esquissaient des mouvements dans le ciel, mais mes premières visions ne les précisèrent jamais.

Pendant l'automne de 1914, je commençai à faire des rêves espacés où je flottais étrangement au-dessus de la cité et des régions environnantes. Je découvris des routes interminables à travers des forêts de végétaux effroyables aux troncs tachetés, cannelés ou rayés, ou devant des villes aussi singulières que celle qui ne cessait de m'obséder.

Je vis de monstrueuses constructions de pierre noire ou irisée dans des percées ou des clairières où régnait un crépuscule perpétuel et je parcourus de longues chaussées à travers des marécages si sombres que je distinguais à peine leur humide et imposante végétation.

J'aperçus une fois une étendue sans bornes jonchée de ruines basaltiques détruites par le temps, dont l'architecture rappelait les rares tours sans fenêtres, aux sommets arrondis, de la ville obsédante.

Et une fois je vis la mer – étendue sans limites, vaporeuse, au-delà des colossales jetées de pierre d'une formidable cité de dômes et de voûtes. Des impressions de grande ombre sans forme se déplaçaient au-dessus d'elle, et, ici ou là, des jaillissements insolites venaient troubler la surface des eaux.

Chapitre 3

Ainsi que je l'ai dit, ces images extravagantes ne prirent pas tout de suite leur caractère terrifiant. À coup sûr, beaucoup de gens ont eu des rêves en eux-mêmes plus étranges – mêlant des fragments sans liens de vie quotidienne, de choses vues ou lues, combinés sous les formes les plus surprenantes par les caprices incontrôlés du sommeil.

Pendant un certain temps ces visions me semblèrent naturelles, bien que je n'aie jamais été jusqu'alors un rêveur extravagant. Beaucoup d'obscures anomalies, me disais-je, venaient sans doute de sources banales trop nombreuses pour qu'on les identifie ; d'autres reflétaient simplement une connaissance élémentaire des plantes et autres données du monde primitif, cent cinquante millions d'années plus tôt – le monde de l'âge permien ou triasique.

En quelques mois, néanmoins, l'élément de terreur apparut avec une intensité croissante. Et cela quand les rêves prirent infailliblement l'aspect de souvenirs et que mon esprit y découvrit un lien avec l'aggravation de mes inquiétudes d'ordre abstrait – le sentiment d'entrave à la mémoire, les singulières conceptions du temps, l'impression d'un détestable échange avec ma personnalité seconde de 1908-1913 et, beaucoup plus tard, l'inexplicable aversion à l'égard de moi-même.

À mesure que certains détails précis surgissaient dans les rêves, l'horreur y devenait mille fois pire – si bien qu'en octobre 1915, je compris qu'il me fallait agir. C'est alors que j'entrepris une étude approfondie d'autres cas d'amnésie et de visions, convaincu que je réussirais ainsi à objectiver mon problème et à me délivrer de son emprise émotionnelle.

Cependant, comme je l'ai déjà indiqué, le résultat fut d'abord presque exactement le contraire. Je fus absolument bouleversé d'apprendre que mes rêves avaient eu d'aussi exacts précédents ; d'autant plus que certains témoignages étaient trop anciens pour qu'on pût supposer chez les sujets la moindre connaissance en géologie – et, partant, la moindre idée des paysages primitifs.

Bien plus, beaucoup de ces récits fournissaient les détails et les explications les plus atroces à propos des images des grands bâtiments, des jardins sauvages – et du reste. Les visions par elles-mêmes et les impressions vagues étaient suffisamment horribles, mais ce que suggéraient ou affirmaient quelques autres rêveurs sentait la folie et le blasphème. Et le comble, c'était que ma propre pseudo-mémoire en était incitée à des rêves plus délirants et aux pressentiments de proches révélations. Néanmoins la plupart des médecins jugeaient ma démarche, dans l'ensemble, fort recommandable.

J'étudiai à fond la psychologie, et suivant mon exemple, mon fils Wingate en fit autant – ce qui l'amena finalement à occuper sa chaire actuelle. En 1917 et 1918 je suivis des cours spéciaux à Miskatonic. Entre-temps j'examinai inlassablement la documentation médicale, historique et anthropologique, voyageant jusqu'aux bibliothèques lointaines, osant enfin consulter même les livres abominables de l'antique tradition interdite, pour lesquels ma personnalité seconde avait manifesté un intérêt si troublant.

Certains de ces volumes étaient ceux-là mêmes que j'avais étudiés pendant ma métamorphose, et je fus bouleversé d'y trouver des notes marginales et d'apparentes corrections du texte hideux, d'une écriture et dans des termes qui avaient quelque chose d'étrangement inhumain.

La plupart étaient rédigées dans les langues respectives des différents ouvrages, dont le lecteur semblait avoir une connaissance également parfaite, bien qu'académique. L'une, pourtant, ajoutée aux Unaussprechlichen Kulten de von Junzt, était d'une inquiétante originalité. En hiéroglyphes curvilignes de la même encre que les corrections allemandes, elle ne suivait aucun modèle humain connu. Et ces hiéroglyphes étaient étroitement et sans aucun doute apparentés aux caractères que je rencontrais constamment dans mes rêves – ceux dont parfois j'imaginais un instant connaître la signification, ou être à deux doigts de me la rappeler.

Achevant de me déconcerter, plusieurs bibliothécaires m'assurèrent qu'à en croire les communications précédentes et les fiches de consultation des livres en question, toutes ces notes ne pouvaient être que de moi dans mon état second. Même si à l'époque, comme aujourd'hui, j'ignorais trois des langues utilisées.

En rassemblant les documents épars, anciens et modernes, anthropologiques et médicaux, j'obtins un mélange assez cohérent de mythe et d'hallucination dont l'ampleur et l'étrangeté me laissèrent absolument stupéfait. Une seule chose me consola : l'antiquité des mythes. Quelle science perdue avait introduit dans ces fables primitives l'image du paysage paléozoïque ou mésozoïque, je ne pouvais même pas l'imaginer ; mais il y avait eu ces images. Il existait donc une base pour la formation d'un type défini d'hallucination.

Les cas d'amnésie avaient sans aucun doute créé le modèle mythique général – mais par la suite, la prolifération capricieuse des mythes dut agir sur les amnésiques et colorer leurs pseudo-souvenirs. J'avais lu et appris moi-même toutes les légendes primitives pendant ma perte de mémoire – mes recherches l'avaient amplement démontré. N'était-il pas naturel, alors, que mes rêves et mes impressions affectives se colorent et se modèlent d'après ce que ma mémoire avait secrètement conservé de ma métamorphose ?

Quelques mythes se rattachaient de manière significative à d'autres légendes obscures du monde préhumain, en particulier ces contes hindous qui englobent de stupéfiants abîmes de temps et font partie de la tradition des théosophes actuels.

Les mythes primitifs et les hallucinations modernes s'accordaient pour affirmer que l'humanité n'est qu'une – et peut-être la moindre – des races hautement civilisées et dominantes dans la longue histoire, en grande partie inconnue, de cette planète. Ils laissaient entendre que des êtres de forme inconcevable avaient élevé des tours jusqu'au ciel et approfondi tous les secrets de la Nature avant que le premier ancêtre amphibie de l'homme ait rampé hors de la mer chaude voici trois cents millions d'années.

Certains venaient des étoiles ; quelques-uns étaient aussi vieux que le cosmos lui-même ; d'autres s'étaient rapidement développés à partir de germes terrestres aussi éloignés des premiers germes de notre cycle de vie que ceux-ci le sont de nous-mêmes. On parlait sans hésiter de milliers de millions d'années, et de rapports étroits avec d'autres galaxies et d'autres univers. À vrai dire, il n'était pas question de temps dans l'acception humaine du terme.

Mais la plupart des récits et des impressions rapportés évoquaient une race relativement récente, d'apparence bizarre et compliquée, ne rappelant aucune forme de vie scientifiquement connue, et qui s'était éteinte cinquante millions d'années à peine avant la venue de l'homme. Ce fut, disaient-ils, la race la plus importante de toutes, car elle seule avait conquis le secret du temps.

Elle avait appris tout ce qu'on avait su et tout ce qu'on saurait sur terre, grâce à la faculté de ses esprits les plus pénétrants de se projeter dans le passé et le futur, fût-ce à travers des abîmes de millions d'années, pour étudier les connaissances de chaque époque. Les réalisations de cette race avaient donné naissance à toutes les légendes des prophètes, y compris celles de la mythologie humaine.

Dans leurs immenses bibliothèques, des volumes de textes et de gravures contenaient la totalité des annales de la terre : histoires et descriptions de toutes les espèces qui avaient été ou seraient, avec le détail de leurs arts, leurs actions, leurs langues et leurs psychologies.

Forts de cette science illimitée, ceux de la Grand-Race choisissaient dans chaque ère et chaque forme de vie tel ou tel concept, art et procédé qui pouvaient convenir à leur propre nature et à leur situation. La connaissance du passé, obtenue par une sorte de projection de l'esprit indépendamment des sens reconnus, était plus difficile à recueillir que celle de l'avenir.

Dans ce dernier cas, la démarche était plus simple et plus concrète. Avec une assistance mécanique appropriée, un esprit se projetait en avant dans le temps, cherchant à tâtons son obscur chemin extrasensoriel jusqu'à proximité de la période désirée. Alors, après des épreuves préliminaires, il s'emparait du meilleur représentant qu'il pût trouver des formes de vie les plus évoluées à l'époque. Il pénétrait dans le cerveau de cet organisme où il installait ses propres vibrations, tandis que l'esprit dépossédé remontait en arrière jusqu'au temps de l'usurpateur, occupant le corps de ce dernier en attendant qu'un nouvel échange s'opère en sens inverse.

L'esprit projeté dans le corps d'un organisme du futur se comportait alors comme un membre de la race dont il empruntait l'apparence, et apprenait le plus rapidement possible tout ce qu'on pouvait acquérir de l'ère choisie, de ce qu'elle possédait d'informations et de techniques.

Cependant l'esprit dépossédé, rejeté dans le temps et le corps de l'usurpateur, était étroitement surveillé. On l'empêchait de nuire au corps qu'il occupait, et des enquêteurs spécialisés lui soutiraient tout son savoir. Il arrivait souvent qu'on l'interroge dans sa propre langue, si des recherches précédentes dans l'avenir en avaient rapporté des enregistrements.

Si l'esprit venait d'un corps dont la Grand-Race ne pouvait physiquement reproduire le langage, on fabriquait d'ingénieuses machines sur lesquelles la langue étrangère pouvait être « jouée » comme sur un instrument de musique.

Ceux de la Grand-Race étaient d'immenses cônes striés de dix pieds de haut, avec une tête et d'autres organes fixés à des membres extensibles d'un pied d'épaisseur partant du sommet. Ils s'exprimaient en faisant claquer ou frotter d'énormes pattes ou pinces qui prolongeaient deux de leurs quatre membres, et se déplaçaient en dilatant et contractant une couche visqueuse qui recouvrait leur base de dix pieds de large.

Quand la stupeur et le ressentiment de l'esprit captif s'étaient atténués, et – en admettant qu'il vînt d'un corps extrêmement différent de ceux de la Grand-Race – qu'il n'éprouvait plus d'horreur pour son insolite forme temporaire, on lui permettait d'étudier son nouveau milieu et de ressentir un émerveillement et une sagesse comparables à ceux de son remplaçant.

Moyennant certaines précautions et en échange de services rendus, on le laissait parcourir le monde habité dans de gigantesques aéronefs ou sur ces gros véhicules à profil de bateaux, propulsés par des moteurs atomiques, qui sillonnaient les grandes routes, et puiser librement dans les bibliothèques où l'on pouvait lire l'histoire passée et future de la planète.

Beaucoup d'esprits captifs acceptaient ainsi mieux leur sort ; car il n'en était que de passionnés, et pour ces esprits-là, la révélation des mystères cachés de la terre – chapitres clos d'inconcevables passés et des tourbillons vertigineux d'un futur qui contient les années à venir de leur propre temps – sera toujours, malgré les horreurs insondables souvent découvertes, l'expérience suprême de la vie.

Quelquefois, certains pouvaient rencontrer d'autres esprits captifs arrachés à l'avenir, échanger des idées avec des consciences qui vivaient cent, mille ou un million d'années avant ou après leur propre époque. Et tous devaient écrire dans leurs langues de longs témoignages sur eux-mêmes et leurs temps respectifs ; autant de documents que l'on classait dans les grandes archives centrales.

On peut ajouter qu'un type particulier de captifs jouissait de privilèges beaucoup plus étendus que ceux de la majorité. C'étaient les exilés permanents moribonds, dont les corps dans l'avenir avaient été confisqués par des membres audacieux de la Grand-Race qui, confrontés à la mort, cherchaient à sauver leurs facultés mentales.

Ces exilés mélancoliques n'étaient pas si nombreux qu'on aurait pu s'y attendre, car la longévité de la Grand-Race diminuait son amour de la vie – surtout parmi ces esprits supérieurs capables de projection. Les cas de projection permanente d'esprits d'autrefois furent à l'origine de beaucoup de changements durables de personnalité signalés dans l'histoire plus récente, y compris dans celle de l'humanité.

Quant aux cas d'exploration ordinaire, lorsque l'esprit usurpateur avait appris de l'avenir tout ce qu'il souhaitait savoir, il construisait un appareil semblable à celui qui l'avait lancé au départ et inversait le processus de projection. Il se retrouvait dans son propre corps, à son époque, tandis que l'esprit jusqu'alors captif revenait à ce corps de l'avenir auquel il appartenait normalement.

Mais si l'un ou l'autre des corps était mort durant l'échange, cette restauration était impossible. En ce cas, bien sûr, l'esprit voyageur – comme celui des évadés de la mort – devait passer sa vie dans un corps étranger de l'avenir ; ou l'esprit captif – comme les exilés permanents moribonds – finissait ses jours à l'époque et sous la forme de la Grand-Race.

Ce destin était moins horrible quand l'esprit captif appartenait lui aussi à la Grand-Race – ce qui n'était pas rare, car au long des âges elle s'était toujours vivement préoccupée de son propre avenir. Mais le nombre des exilés permanents moribonds de la race était très limité – surtout à cause des sanctions terrifiantes qui punissaient le remplacement par des moribonds d'esprits à venir de la Grand-Race.

La projection permettait de prendre des mesures pour infliger ces peines aux esprits coupables dans leur nouveau corps de l'avenir – et l'on procédait parfois à un renversement forcé des échanges.

Des cas complexes de remplacement ou d'exploration d'esprits déjà captifs par d'autres esprits de diverses périodes du passé avaient été constatés et soigneusement corrigés. À toutes les époques depuis la découverte de la projection mentale, une partie infime mais bien identifiée de la population s'est composée d'esprits de la Grand-Race des temps passés, en séjours plus ou moins prolongés.

Lorsqu'un esprit captif d'origine étrangère devait réintégrer son propre corps dans l'avenir, on le purgeait au moyen d'une hypnose mécanique compliquée de tout ce qu'il avait appris à l'époque de la Grand-Race – cela pour éviter certaines conséquences fâcheuses d'une diffusion prématurée et massive du savoir.

Les rares exemples connus de transmission non contrôlée avaient causé et causaient encore, à des périodes déterminées, de terribles désastres. C'est essentiellement à la suite de deux cas de ce genre – selon les vieux mythes – que l'humanité avait appris ce qu'elle savait de la Grand-Race.

En fait de traces matérielles et directes de ce monde distant de millions d'années, il ne restait que les pierres énormes de certaines ruines dans des sites lointains et les fonds sous-marins, ainsi que des parties du texte des terribles Manuscrits pnakotiques.

Ainsi l'esprit qui regagnait son propre temps n'y rapportait que les images les plus confuses et les plus fragmentaires de ce qu'il avait vécu depuis sa capture. On en extirpait tous les souvenirs qui pouvaient l'être, si bien que, dans la plupart des cas, il ne subsistait depuis le moment du premier échange qu'un vide ombré de rêves. Quelques esprits avaient plus de mémoire que d'autres, et le rapprochement fortuit de leurs souvenirs avait parfois apporté aux temps futurs des aperçus du passé interdit. Probablement à toutes les époques, des groupes ou cultes avaient vénéré secrètement certaines de ces images. Le Necronomicon suggérait la présence parmi les humains d'un culte de ce genre, qui quelquefois venait en aide aux esprits pour retraverser des durées infinies en revenant du temps de la Grand-Race.

Cependant, ceux de la Grand-Race eux-mêmes, devenus presque omniscients, se mettaient en devoir d'établir des échanges avec les esprits des autres planètes, pour explorer leur passé et leur avenir, Ils s'efforçaient aussi de sonder l'histoire et l'origine de ce globe obscur, mort depuis des éternités au fond de l'espace, et dont ils tenaient leur propre héritage mental, car l'intelligence de ceux de la Grand-Race était plus ancienne que leur enveloppe corporelle.

Les habitants de ce vieux monde agonisant, instruits des ultimes secrets, avaient cherché un autre univers et une race nouvelle qui leur assureraient longue vie, et avaient envoyé en masse leurs esprits dans la race future la plus propre à les recevoir : les êtres coniques qui peuplaient notre terre voici un milliard d'années.

Ainsi était née la Grand-Race, tandis que les myriades d'esprits renvoyés dans le passé étaient vouées à mourir sous des formes étrangères. Plus tard, la race se retrouverait face à la mort, mais elle survivrait grâce à une seconde migration de ses meilleurs esprits dans le corps d'autres créatures de l'avenir, dotées d'une plus longue existence physique.

Tel était l'arrière-plan où s'entrelaçaient la légende et l'hallucination. Lorsque, vers 1920, j'eus concrétisé mes recherches sous une forme cohérente, je sentis s'apaiser un peu la tension que leurs débuts avaient accrue. Après tout, et malgré les fantasmes suscités par des émotions aveugles, la plupart de mes expériences n'étaient-elles pas aisément explicables ? Un hasard quelconque avait pu orienter mon esprit vers des études secrètes pendant l'amnésie – puis j'avais lu les légendes interdites et fréquenté les membres d'anciens cultes impies. Ce qui, manifestement, avait fourni la matière des rêves et des impressions troubles qui avaient suivi le retour de la mémoire.

Quant aux notes marginales en hiéroglyphes fantastiques et dans des langues que j'ignorais, mais dont les bibliothécaires m'attribuaient la responsabilité, j'avais fort bien pu saisir quelques notions des langues dans mon état second, alors que les hiéroglyphes étaient sans doute nés de mon imagination d'après les descriptions de vieilles légendes, avant de se glisser dans mes rêves. J'essayai de vérifier certains points en m'entretenant avec des maîtres de cultes connus, sans jamais réussir à établir l'exact enchaînement des faits.

Par moments, le parallélisme de tant de cas à tant d'époques lointaines continuait à me préoccuper comme il l'avait fait dès le début, mais je me disais par ailleurs que cet exaltant folklore était incontestablement plus répandu autrefois qu'aujourd'hui.

Toutes les autres victimes de crises semblables à la mienne étaient sans doute familiarisées depuis longtemps avec les légendes que je n'avais apprises qu'en mon état second. En perdant la mémoire, elles s'étaient identifiées aux créatures de leurs mythes traditionnels – les fabuleux envahisseurs qui se seraient substitués à l'esprit des hommes – s'engageant ainsi dans la recherche d'un savoir qu'elles croyaient le souvenir d'un passé non humain imaginaire.

Puis, en retrouvant la mémoire, elles inversaient le processus associatif et se prenaient pour d'anciens esprits captifs et non pour des usurpateurs. D'où les rêves et les pseudo-souvenirs sur le modèle du mythe conventionnel.

Ces explications embarrassées finirent pourtant par l'emporter sur toutes les autres dans mon esprit – en raison de la faiblesse encore plus évidente des théories opposées. Et un nombre important d'éminents psychologues et anthropologues rejoignirent peu à peu mon point de vue.

Plus je réfléchissais, plus mon raisonnement me semblait convaincant si bien que j'en arrivai à dresser un rempart efficace contre les visions et les impressions qui me hantaient toujours. Voyais-je la nuit des choses étranges ? Ce n'était rien que ce que j'avais entendu ou lu. Me venait-il des dégoûts, des conceptions, des pseudo-souvenirs bizarres ? C'étaient encore autant d'échos des mythes assimilés dans mon état second. Rien de ce que je pouvais rêver ou ressentir n'avait de véritable signification.

Fort de cette philosophie, j'améliorai nettement mon équilibre nerveux, en dépit des visions – plus que des impressions abstraites – qui devenaient sans cesse plus fréquentes et d'une précision plus troublante. En 1922, me sentant capable de reprendre un travail régulier, je mis en pratique mes connaissances nouvellement acquises en acceptant à l'université un poste de maître de conférences en psychologie.

Mon ancienne chaire d'économie politique avait depuis longtemps un titulaire compétent – sans compter que la pédagogie des sciences économiques avait beaucoup évolué depuis mon époque. Mon fils était alors au stade des études supérieures qui allaient le mener à sa chaire actuelle, et nous travaillions beaucoup ensemble.

Chapitre 4

Je continuai néanmoins de noter soigneusement les rêves incroyables qui m'assaillaient, si denses et si impressionnants. J'y trouvais l'intérêt d'un document psychologique d'une réelle valeur. Ces images fulgurantes ressemblaient toujours diablement à des souvenirs, mais je luttais contre cette impression avec un certain succès.

Dans mes notes, je décrivais les fantasmes comme des choses vues mais le reste du temps, j'écartais ces illusions arachnéennes de la nuit. Je n'y avais jamais fait allusion dans les conversations courantes ; pourtant le bruit s'en était répandu, ainsi qu'il en va de ce genre de chose, suscitant divers commentaires sur ma santé mentale. Il est amusant de songer que ces rumeurs ne dépassaient pas le cercle des profanes, sans un seul écho chez les médecins ou les psychologues.

Je parlerai peu ici de mes visions d'après 1914, puisque des récits et des comptes rendus plus détaillés sont à la disposition des chercheurs sérieux. Il est certain qu'avec le temps les singulières inhibitions s'atténuèrent un peu, car le champ de mes visions s'élargit considérablement. Elles ne furent jamais toutefois que des fragments sans lien, et apparemment sans claire motivation.

Je semblais acquérir progressivement dans les rêves une liberté de mouvement de plus en plus grande. Je flottais à travers d'étonnants bâtiments de pierre, passant de l'un à l'autre par de gigantesques galeries souterraines qui étaient manifestement des voies de communication courantes. Je rencontrais parfois, au niveau le plus bas, ces larges trappes scellées autour desquelles régnait une telle aura de peur et d'interdit.

Je voyais d'énormes bassins de mosaïque, et des salles pleines de curieux et inexplicables ustensiles d'une variété infinie. Il y avait encore dans des cavernes colossales des mécanismes compliqués dont le dessin et l'utilité m'étaient absolument inconnus, et dont le bruit ne se fit entendre qu'après plusieurs années de rêves. Je peux faire observer ici que la vue et l'ouïe sont les seuls sens que j'aie jamais utilisés dans l'univers onirique.

L'horreur véritable commença en mai 1915, quand je vis pour la première fois des créatures vivantes. C'était avant que mes recherches m'aient appris, avec les mythes et l'historique des cas, ce à quoi je devais m'attendre. À mesure que tombaient les barrières mentales, j'aperçus de grandes masses de vapeur légère en différents endroits du bâtiment et dans les rues en contrebas.

Elles devinrent peu à peu plus denses et distinctes, jusqu'à ce que je puisse suivre leurs monstrueux contours avec une inquiétante facilité. On eût dit d'énormes cônes iridescents de dix pieds de haut et autant de large à la base, faits d'une substance striée, squameuse et semi-élastique. De leur sommet partaient quatre membres cylindriques flexibles, chacun d'un pied d'épaisseur, de la même substance ridée que les cônes eux-mêmes.

Ces membres se contractaient parfois jusqu'à presque disparaître, ou s'allongeaient à l'extrême, atteignant quelquefois dix pieds. Deux se terminaient par de grosses griffes ou pinces. Au bout d'un troisième se trouvaient quatre appendices rouges en forme de trompette. Le quatrième portait un globe jaunâtre, irrégulier, d'environ deux pieds de diamètre, où s'alignaient trois grands yeux noirs le long de la circonférence centrale.

Cette tête était surmontée de quatre minces tiges grises avec des excroissances pareilles à des fleurs, tandis que de sa face inférieure pendaient huit antennes ou tentacules verdâtres. La large base du cône central était bordée d'une matière grise, caoutchouteuse, qui par dilatation et contraction successives assurait le déplacement de l'« entité » tout entière.

Leurs actions, pourtant inoffensives, me terrifièrent plus encore que leur apparence – car on ne regarde pas impunément des êtres monstrueux faire ce dont on croyait les humains seuls capables. Ces objets-là allaient et venaient avec intelligence dans les grandes salles, transportaient les livres des rayonnages aux tables ou vice versa, en écrivant parfois, soigneusement, avec une baguette spéciale au bout des tentacules verdâtres de leur tête. Les grosses pinces servaient à porter les livres et à converser – la parole consistant en une sorte de cliquetis ou de grattement.

Ces objets n'étaient pas vêtus, mais ils portaient des cartables ou des sacs à dos suspendus au sommet du tronc en forme de cône. Ils tenaient généralement leur tête et le membre qui la supportait au niveau du sommet du cône, bien qu'il leur arrivât souvent de les lever ou de les baisser.

Les trois autres membres principaux pendaient à l'état de repos le long du cône, réduits à cinq pieds chacun quand ils ne servaient pas. De la vitesse à laquelle ils lisaient, écrivaient et manipulaient leurs machines – celles qui se trouvaient sur les tables paraissaient en quelque sorte reliées à la pensée – je conclus que leur intelligence était bien supérieure à celle de l'homme.

Plus tard, je les vis partout ; grouillant dans toutes les grandes salles et les couloirs, surveillant de monstrueuses machines dans des cryptes voûtées, et lancés à toute allure sur les larges routes dans de gigantesques voitures en forme de bateau. Je cessai de les craindre, car ils semblaient intégrés à leur milieu avec un suprême naturel.

Des caractéristiques individuelles devenaient évidentes parmi eux et certains donnaient l'impression d'être soumis à une sorte de contrainte. Ces derniers, sans présenter aucune différence physique, se distinguaient non seulement de la majorité mais plus encore les uns des autres par leurs gestes et leurs habitudes.

Ils écrivaient beaucoup, en utilisant, à en croire ma vision incertaine, une grande variété de caractères, mais jamais les hiéroglyphes curvilignes habituels. Quelques-uns, me sembla-t-il, se servaient de notre alphabet familier. Ils travaillaient pour la plupart bien plus lentement que l'ensemble des « entités ».

Pendant tout ce temps, je ne fus en rêve qu'une conscience désincarnée au champ visuel plus étendu que la normale, flottant librement, du moins sur les avenues ordinaires et les voies express. En août 1915, des suggestions d'existence corporelle commencèrent à me tourmenter. Je dis tourmenter, car la première phase ne fut qu'un rapprochement purement abstrait mais non moins atroce entre la répugnance déjà signalée à l'égard de mon corps et les scènes de mes visions.

Un moment, je fus surtout préoccupé pendant les rêves d'éviter de me regarder, et je me rappelle combien je me félicitais de l'absence de miroirs dans les étranges salles. J'étais très troublé de voir toujours les grandes tables – qui n'avaient pas moins de dix pieds de haut – au niveau de leur surface et non plus bas.

Puis, la tentation morbide de m'examiner devint de plus en plus forte et une nuit je ne pus résister. D'abord en baissant les yeux je ne vis absolument rien. Je compris bientôt pourquoi : ma tête se trouvait au bout d'un cou flexible d'une longueur démesurée. En contractant ce cou et en regardant plus attentivement, je distinguai la masse squameuse, striée, iridescente d'un énorme cône de dix pieds de haut sur dix pieds de large à la base. C'est alors que mes hurlements éveillèrent la moitié d'Arkham tandis que je me précipitais comme un fou hors de l'abîme du sommeil.

Il me fallut des semaines de hideuse répétition pour me réconcilier à demi avec ces visions de moi-même sous une forme monstrueuse. Je me déplaçais désormais physiquement dans les rêves parmi les autres entités, lisant les terribles livres des rayonnages interminables, et écrivant pendant des heures sur les hautes tables en maniant un style avec les tentacules verts qui pendaient de ma tête.

Des fragments de ce que je lisais et écrivais subsistaient dans ma mémoire. C'étaient les horribles annales d'autres mondes, d'autres univers, et des manifestations d'une vie sans forme en dehors de tous les univers, des récits sur les êtres singuliers qui avaient peuplé le monde dans des passés oubliés, et les effroyables chroniques des intelligences grotesquement incarnées qui le peupleraient des millions d'années après la mort du dernier humain.

Je découvris des chapitres de l'histoire humaine dont aucun spécialiste d'aujourd'hui ne soupçonne même l'existence. La plupart de ces textes étaient écrits en hiéroglyphes, que j'étudiais bizarrement avec des machines bourdonnantes, et qui constituaient de toute évidence une langue agglutinante avec des systèmes de racines, absolument différente de tous les langages humains.

J'étudiais de la même façon d'autres ouvrages dans d'autres idiomes étranges. Il y en avait très peu dans les langues que je connaissais. De très belles illustrations, insérées dans les volumes et formant aussi des collections séparées, m'apportaient une aide précieuse. Et pendant tout ce temps, je rédigeais, semble-t-il, une histoire en anglais de ma propre époque. À mon réveil, je ne me rappelais que des bribes infimes et dénuées de sens des langues inconnues que mon moi rêvé avait assimilées, mais il me restait en mémoire des phrases entières de mon livre.

Avant même que mon moi éveillé n'ait étudié les cas analogues au mien ou les anciens mythes, d'où assurément naquirent les rêves, j'appris que les entités qui m'entouraient étaient la race la plus évoluée du monde, qu'elle avait conquis le temps et envoyé des esprits en exploration dans toutes les époques. Je sus aussi que j'avais été exilé de mon temps tandis qu'un autre y occupait mon corps et que certaines de ces étranges formes abritaient des esprits pareillement capturés. Je conversais, dans un curieux parler fait de cliquetis de griffes, avec des intelligences exilées de tous les coins du système solaire.

Il y avait un esprit de la planète que nous appelons Vénus, qui vivrait dans un nombre incalculable d'époques à venir, et un autre d'un satellite de Jupiter qui venait de six millions d'années avant notre ère. Parmi les esprits terrestres, il y en avait de la race semi-végétale, ailée, à la tête en étoile, de l'Antarctique paléogène ; un du peuple reptilien de la Valusia des légendes ; trois sectateurs hyperboréens de Tsathoggua, des préhumains couverts de fourrure ; un des très abominables Tcho-Tchos ; deux des arachnides acclimatés du dernier âge de la terre ; cinq des robustes espèces de coléoptères, successeurs immédiats de l'humanité, à qui ceux de la Grand-Race transféreraient un jour en masse leurs esprits les plus évolués face à un péril extrême ; et plusieurs des différentes branches de l'humanité.

Je m'entretins avec l'esprit de Yiang-Li, un philosophe du cruel empire de Tsan-Chan, qui viendra en 5000 après J.-C. ; avec celui d'un général de ce peuple à grosse tête et peau brune qui occupa l'Afrique du Sud cinquante mille ans avant J.-C. ; et celui du moine florentin du XIIe siècle nommé Bartolomeo Corsi ; avec celui d'un roi de Lomar qui gouverna cette terrible terre polaire cent mille ans avant que les Inutos jaunes et trapus ne viennent de l'Occident pour l'envahir.

Je conversai avec l'esprit de Nug-Soth, magicien des conquérants noirs de l'an 16000 de notre ère ; avec celui d'un Romain nommé Titus Sempronius Blaesus, qui fut questeur au temps de Sylla ; avec celui de Khephnes, Égyptien de la quatorzième dynastie, qui m'apprit le hideux secret de Nyarlathotep ; et celui d'un prêtre du Moyen Empire de l'Atlantide ; et celui de James Woodville, hobereau du Suffolk au temps de Cromwell ; avec celui d'un astronome de la cour dans le Pérou préinca ; avec celui du physicien australien Nevil Kingston-Brown, qui mourra en 2518 ; avec celui d'un archimage du royaume disparu de Yhé dans le Pacifique ; celui de Theodotides, fonctionnaire grec de Bactriane en 200 avant J.-C. ; avec celui d'un vieux Français du temps de Louis XIII qui s'appelait Pierre-Louis Montagny ; celui de Crom-Ya, chef cimmérien en l'an 15000 avant J.-C. ; et tant d'autres que mon cerveau ne peut retenir les épouvantables secrets et vertigineuses merveilles qu'ils m'ont révélés.

Je m'éveillais chaque matin dans la fièvre, tentant parfois avec frénésie de vérifier ou de mettre en doute telle information qui relevait du domaine des connaissances humaines actuelles. Les faits traditionnels prenaient des aspects nouveaux, suspects, et je m'étonnais de l'imaginaire onirique qui peut inventer pour l'histoire et la science de si surprenants prolongements.

Je frémissais des mystères que le passé peut receler, et tremblais des menaces que peut apporter l'avenir. Ce que suggéraient les propos des entités posthumaines sur le sort de l'humanité produisait sur moi un tel effet que je préfère ne pas le rapporter ici.

Après l'homme, viendrait la puissante civilisation des coléoptères, dont l'élite de la Grand-Race s'approprierait les corps quand un sort monstrueux frapperait le monde ancien. Plus tard, le cycle de la terre étant révolu, les esprits transférés migreraient de nouveau à travers le temps et l'espace, jusqu'à une autre escale dans le corps bulbeux des entités végétales de Mercure. Mais il y aurait des races après eux pour s'accrocher encore, pathétiquement, à la planète refroidie, et s'y enfouir jusqu'à son cœur comblé d'horreur, avant l'extinction définitive.

Cependant, dans mes rêves, j'écrivais inlassablement cette histoire de mon époque que je destinais – moitié volontairement et moitié contre des promesses de facilités accrues d'étude et de déplacement – aux archives centrales de la Grand-Race. Ces archives étaient une colossale construction souterraine, près du centre de la ville, que je finis par bien connaître pour y avoir souvent travaillé et consulté des documents. Fait pour durer aussi longtemps que la race, et résister aux plus violentes convulsions de la terre, ce formidable entrepôt l'emportait sur tous les autres édifices par sa structure massive et inébranlable de montagne.

Les documents, écrits ou imprimés sur de grandes feuilles de matière cellulosique étonnamment résistante, étaient reliés en livres qui s'ouvraient par le haut, et conservés dans des étuis individuels d'un étrange métal grisâtre, extrêmement léger, inoxydable, décorés de figures géométriques et portant le titre en hiéroglyphes curvilignes de la Grand-Race.

Ces étuis étaient entreposés dans des étages de coffres rectangulaires – tels des rayonnages clos et verrouillés – faits du même métal inoxydable et fermés par des boutons aux combinaisons compliquées. Mon histoire avait sa place réservée dans les coffres au niveau le plus bas, celui des vertébrés, dans la section consacrée aux cultures de l'humanité et des races reptiliennes et à fourrure qui l'avaient immédiatement précédée dans la domination de la terre.

Mais aucun rêve ne me donna jamais un tableau complet de la vie quotidienne. Ce n'étaient que fragments nébuleux et sans lien, et qui ne se présentaient certainement pas dans leur succession normale. Je n'ai par exemple qu'une idée très imparfaite de l'organisation de ma vie dans le monde du rêve, sinon que je devais disposer personnellement d'une grande chambre de pierre. Mes restrictions de prisonnier disparurent peu à peu, au point que certaines visions comprenaient des voyages impressionnants au-dessus des imposantes routes de la jungle, des séjours dans des villes étranges et des explorations de quelques-unes des immenses ruines noires sans fenêtres dont se détournaient ceux de la Grand-Race avec une singulière frayeur. Il y eut aussi de longs périples sur mer à bord d'énormes navires à plusieurs ponts d'une rapidité incroyable, et des survols de régions sauvages dans des dirigeables fermés, en forme de projectiles, soulevés et mus par propulsion électrique.

Par-delà le chaud et vaste océan s'élevaient d'autres cités de la Grand-Race, et sur un continent lointain je vis les villages primitifs des créatures ailées au museau noir qui deviendraient une souche dominante quand la Grand-Race aurait envoyé dans le futur ses esprits les plus évolués pour échapper à l'horreur rampante. L'absence de relief et la verdure surabondante caractérisaient toujours le paysage. Les collines basses et rares donnaient généralement des signes d'activité volcanique.

Sur les animaux que je vis, je pourrais écrire des volumes. Tous étaient sauvages car la civilisation mécanique de la Grand-Race avait depuis longtemps supprimé les animaux domestiques et la nourriture était entièrement d'origine végétale ou synthétique. Des reptiles maladroits de grande taille pataugeaient dans les vapeurs de marais fumants, voletaient dans l'air lourd, ou crachaient de l'eau sur les mers et les lacs ; parmi eux je crus vaguement reconnaître des prototypes réduits et archaïques de nombreuses espèces – dinosaures, ptérodactyles, ichtyosaures, labyrinthodontes, plésiosaures, et autres – que la paléontologie nous a rendus familiers. Quant aux oiseaux et aux mammifères, je ne pus en découvrir aucun.

Le sol et les eaux stagnantes grouillaient de serpents, de lézards et de crocodiles, tandis que les insectes bourdonnaient sans cesse parmi la végétation luxuriante. Et sur la mer au loin, des monstres inconnus et inobservés soufflaient de formidables colonnes d'écume dans le ciel vaporeux. On m'emmena une fois au fond de l'océan dans un gigantesque sous-marin muni de projecteurs, et j'aperçus des monstres vivants d'une taille impressionnante. Je vis aussi les ruines d'incroyables villes englouties, et une profusion de crinoïdes, de brachiopodes, de coraux, et de vies ichtyoïdes qui pullulaient partout.

Mes visions m'apprirent très peu de chose sur la physiologie, la psychologie, les usages, l'histoire détaillée de la Grand-Race, et beaucoup des éléments dispersés que je rapporte ici furent glanés dans mon étude des vieilles légendes et des autres cas plutôt que dans ma vie onirique.

À la longue en effet, mes lectures et mes recherches rejoignirent puis dépassèrent les rêves à certains moments, si bien que tels ou tels fragments de rêve se trouvaient expliqués d'avance et constituaient des vérifications de ce que j'avais appris. Cette observation consolante affirmit ma conviction que des lectures et des recherches du même ordre, effectuées par mon moi second, avaient fourni la trame de tout ce tissu de pseudo-souvenirs.

L'époque de mes rêves remontait apparemment à un peu moins de cent cinquante millions d'années, lorsque l'âge paléozoïque faisait place au mésozoïque. Les corps occupés par la Grand-Race ne correspondaient à aucun stade d'évolution – survivant ou scientifiquement connu – de l'évolution terrestre, mais c'était un type organique bizarre, très homogène et hautement spécialisé, aussi proche du végétal que de l'animal.

Le mécanisme de la cellule était chez eux d'un genre exceptionnel, excluant presque la fatigue et supprimant le besoin de sommeil. La nourriture, absorbée par les appendices rouges en forme de trompette fixés à l'un des principaux membres flexibles, était toujours semi-liquide et à bien des égards différait entièrement des aliments de tous les animaux existants.

Ces êtres ne possédaient que deux des sens que nous connaissons : la vue et l'ouïe, cette dernière ayant pour organes les excroissances en forme de fleurs situées sur la tête, au bout de tiges grises. Ils avaient beaucoup d'autres sens, incompréhensibles – et de toute façon peu utilisables par les esprits étrangers captifs qui habitaient leurs corps. Leurs trois yeux étaient placés de manière à leur assurer un champ visuel plus étendu que la normale. Leur sang était une espèce d'ichor[1] vert foncé, très épais.

Ils n'avaient pas de sexe, mais se reproduisaient au moyen de germes ou spores groupés à leur base, qui ne pouvaient se développer que sous l'eau. On utilisait de grands bassins peu profonds pour la culture de leurs jeunes – qu'on élevait toutefois en nombre très limité en raison de la longévité des individus : l'âge moyen étant de quatre ou cinq mille ans.

Ceux qui se révélaient manifestement défectueux étaient éliminés aussitôt qu'on observait leurs imperfections. En l'absence du toucher ou de la souffrance physique, la maladie et l'approche de la mort se reconnaissaient à des symptômes purement visuels.

Les morts étaient incinérés en grande cérémonie. De temps à autre, comme on l'a déjà dit, un esprit exceptionnel échappait à la mort en se projetant dans l'avenir ; mais de tels cas étaient rares. Quand il s'en produisait un, l'esprit exilé de l'avenir était traité avec la plus grande bienveillance jusqu'à la désintégration de son insolite résidence.

La Grand-Race semblait former une seule nation ou « union » aux liens assez lâches, ayant en commun les principales institutions mais comportant quatre groupes distincts. Le système économique et politique de chaque groupe était une sorte de socialisme à tendances fascistes ; les ressources essentielles étaient réparties rationnellement, et le pouvoir confié à une petite commission gouvernementale élue par les suffrages de tous ceux qui étaient capables de réussir certains tests culturels et psychologiques. Il n'y avait pas d'organisation familiale à proprement parler, même si l'on reconnaissait certains liens entre les personnes de même origine, et si les jeunes étaient généralement élevés par leurs parents.

Les rapprochements les plus marqués avec les comportements et les institutions humains s'observaient naturellement d'une part dans ces domaines où il s'agissait de données très abstraites, d'autre part quand s'imposaient les impulsions élémentaires et communes à toute forme de vie organique. Quelques ressemblances venaient aussi d'un choix délibéré de ceux de la Grand-Race qui, explorant l'avenir, en imitaient ce qui leur plaisait.

L'industrie, extrêmement mécanisée, demandait peu de temps à chaque citoyen et toutes sortes d'activités intellectuelles et esthétiques occupaient ces longs loisirs.

Les sciences avaient atteint un niveau incroyablement élevé et l'art jouait un rôle essentiel dans la vie ; pourtant, à l'époque de mes rêves, son sommet et son apogée étaient passés. La technologie trouvait un stimulant considérable dans la lutte incessante pour survivre et préserver la structure matérielle des grandes villes, malgré les prodigieuses convulsions géologiques de ces temps primitifs.

Le crime était étonnamment rare et le maintien de l'ordre assuré avec une remarquable efficacité. Les peines, qui allaient de la perte de privilège et la prison jusqu'à la mort ou à un déchirement émotionnel profond, n'étaient jamais infligées sans un examen minutieux des motifs du coupable.

Les guerres, civiles pour la plupart depuis les derniers millénaires, mais menées parfois contre des envahisseurs reptiliens ou octopodes, ou encore contre les Anciens ailés, à la tête en étoile, concentrés dans l'Antarctique, étaient peu fréquentes mais terriblement dévastatrices. Une armée formidable, équipée d'engins ressemblant à des appareils photo et produisant des phénomènes électriques foudroyants, se tenait prête pour des actions rarement évoquées mais évidemment liées à la crainte incessante des antiques ruines noires sans fenêtres et des grandes trappes scellées des étages souterrains.

Cette terreur des ruines basaltiques et des trappes n'était généralement l'objet que de suggestions confuses – ou tout au plus de vagues et furtifs murmures. Absence significative : on ne trouvait dans les livres des rayonnages d'usage courant aucune précision à son propos. C'était chez ceux de la Grand-Race le seul sujet rigoureusement tabou, associé semblait-il à d'effroyables luttes passées autant qu'au péril futur qui obligerait un jour la race à envoyer en masse ses esprits les plus pénétrants dans les temps à venir.

Si décevants et fragmentaires que soient les autres sujets présentés par les rêves et les légendes, celui-ci était plus obscur encore et déconcertant. Les vieux mythes confus l'évitaient complètement – ou peut-être, à dessein, avait-on retranché toute allusion. Et dans mes rêves comme dans ceux des autres, les traces en étaient singulièrement rares. Les membres de la Grand-Race n'en parlaient jamais de propos délibéré, et tout ce qu'on a pu glaner vient de quelques esprits captifs particulièrement observateurs.

Selon ces bribes d'information, l'objet de cette peur était une horrible race ancienne d'entités tout à fait extraterrestres, à demi polypes qui, venant à travers l'espace d'univers infiniment lointains, avait soumis la terre et trois autres planètes du système solaire voici environ six cents millions d'années. Elles n'étaient matérielles qu'en partie – suivant notre conception de la matière – et leur type de conscience ainsi que leurs moyens de perception étaient radicalement différents de ceux des organismes terrestres. Leurs sens, par exemple, ne comportaient pas celui de la vue, leur monde mental se composant d'un étrange réseau d'impressions non visuelles.

Elles étaient néanmoins suffisamment matérielles pour utiliser des instruments de matière normale dans les régions cosmiques où elles en trouvaient et il leur fallait un logement – encore qu'il fût d'un genre très particulier. Bien que leurs sens puissent pénétrer les obstacles matériels, leur substance en était incapable et certaines formes d'énergie électrique pouvaient les détruire entièrement. Elles avaient la faculté de se déplacer dans l'air, malgré l'absence d'ailes ou de quelque autre organe visible de lévitation. Leurs esprits étaient d'une telle nature que ceux de la Grand-Race n'avaient pu faire aucun échange avec eux.

Lorsque ces créatures étaient arrivées sur la terre, elles avaient construit de puissantes cités basaltiques de tours sans fenêtres, et exercé d'affreux ravages sur les êtres vivants qu'elles avaient rencontrés. C'est alors que les esprits de la Grand-Race s'étaient élancés à travers le vide, depuis cet obscur monde transgalactique connu sous le nom de Yith dans les inquiétants et contestables fragments de poterie d'Eltdown.

Les nouveaux venus, grâce aux engins qu'ils avaient créés, n'eurent aucune peine à vaincre les rapaces entités et à les refouler dans ces cavernes au cœur de la terre qu'elles avaient déjà reliées à leurs demeures et commencé à habiter.

Puis, scellant les issues, ils les avaient abandonnées à leur destin, occupant par la suite la plupart de leurs grandes cités dont ils conservèrent certains édifices importants pour des motifs qui relevaient plus de la superstition que de l'indifférence, l'audace ou le zèle scientifique et historique.

Mais à mesure que s'écoulaient les âges, des symptômes imprécis et sinistres révélaient que les entités anciennes croissaient en force et en nombre dans les entrailles de la Terre. Des irruptions sporadiques d'un caractère particulièrement hideux se produisirent dans certaines petites villes lointaines de la Grand-Race et dans quelques-unes des vieilles cités abandonnées qu'elle n'avait pas peuplées – autant de lieux où l'on n'avait pas convenablement scellé et gardé les issues menant aux abîmes intérieurs.

Après cela, on avait redoublé de précautions, et muré définitivement la plupart des ouvertures – plusieurs furent conservées avec leurs trappes scellées, dans un but stratégique, pour combattre les vieilles entités si jamais elles surgissaient à des endroits inattendus.

Les incursions de ces monstrueux Anciens avaient dû être d'une horreur indescriptible, car elles avaient à jamais coloré la psychologie de la Grand-Race. L'impression tenace de cette horreur était telle que l'aspect même des créatures était passé sous silence. Je ne pus à aucun moment entrevoir clairement à quoi elles ressemblaient.

Il était question en termes voilés d'une stupéfiante plasticité et de la faculté de se rendre passagèrement invisibles, tandis que d'autres échos faisaient allusion à leur contrôle de vents violents à des fins militaires. On semblait leur associer aussi des sifflements bizarres et de colossales traces de pas comportant les empreintes circulaires de cinq orteils.

De toute évidence, le sort fatal que redoutait si désespérément la Grand-Race – ce sort qui lancerait un jour des millions d'esprits remarquables à travers l'abîme du temps jusqu'à des corps inconnus dans un avenir plus sûr – était lié à une dernière attaque victorieuse des êtres anciens.

Des projections mentales dans les âges futurs prédisaient clairement une telle horreur et la Grand-Race avait décidé qu'aucun de ceux qui pouvaient fuir n'aurait à l'affronter. Ce serait un raid de pure vengeance, bien plus qu'un effort pour reconquérir le monde de la surface ; cela, on le savait par l'histoire future de la planète, car les projections mentales ne montraient dans les allées et venues des races de l'avenir aucune intervention des monstrueuses entités.

Peut-être celles-ci avaient-elles finalement préféré les abîmes de la terre à sa surface changeante, ravagée par les tempêtes, puisque la lumière ne comptait pas pour elles. Peut-être aussi s'affaiblissaient-elles lentement au fil des âges. On savait en effet qu'elles seraient toutes mortes à l'époque de la race posthumaine des coléoptères dont les esprits en fuite seraient les locataires.

En attendant, ceux de la Grand-Race continuaient à monter la garde, leurs armes puissantes toujours prêtes malgré l'interdit horrifié qui bannissait le sujet des propos courants et des documents accessibles. Et l'ombre d'une peur sans nom planait perpétuellement autour des trappes scellées et des vieilles tours noires, aveugles.

Chapitre 5

Tel est le monde dont mes rêves m'apportaient chaque nuit des échos vagues et dispersés. Je ne peux espérer donner une idée exacte de ce qu'ils contenaient d'horreur et d'effroi, car ces deux sentiments venaient en grande partie d'un élément insaisissable : la nette impression de pseudo-souvenirs.

Mes études, je l'ai déjà dit, me fournirent peu à peu un moyen de défense contre ces sentiments sous la forme d'explications psychologiques rationnelles et cette influence salvatrice fut secondée par l'insensible accoutumance qui vient avec le temps. Pourtant, en dépit de tout, la confuse et insidieuse terreur revenait momentanément, de temps à autre. Mais elle ne m'absorbait pas comme auparavant et à partir de 1922, je menai une existence très normale de travail et de détente.

Les années passant, l'idée me vint que mon expérience ainsi que les cas analogues et le folklore s'y rattachant devraient être résumés et publiés à l'intention des chercheurs sérieux ; je préparai donc une série d'articles traitant en peu de mots l'ensemble du sujet et illustrés de croquis rudimentaires de quelques formes, scènes, motifs décoratifs et hiéroglyphes des rêves dont je gardais la mémoire.

Ces articles parurent à divers moments des années 1928 et 1929 dans la Revue de la Société américaine de psychologie, mais sans susciter beaucoup d'intérêt. Je continuai entre-temps à noter mes rêves dans le moindre détail, bien que la masse grandissante des documents prît des proportions encombrantes.

Le 10 juillet 1934, la Société de psychologie me transmit la lettre qui fut à l'origine de la phase culminante et la plus effroyable de toute cette épreuve insensée. Elle avait été postée à Pilbarra, Australie-Occidentale, et portait une signature qui, renseignements pris, était celle d'un ingénieur des mines de grande réputation. Il y était joint de très curieuses photographies. Je reproduis cette lettre dans son intégralité, et aucun lecteur ne peut manquer de comprendre quel effet prodigieux texte et photos eurent sur moi.

Je fus un moment presque paralysé de stupeur incrédule, car si j'avais souvent pensé que certains faits réels devaient être à la base de tel ou tel thème légendaire qui avait coloré mes rêves, je ne m'attendais pas pour autant à une survivance tangible d'un monde perdu dans un passé au-delà de l'imaginable. Le plus stupéfiant, c'étaient les photographies – car là, dans leur réalisme froid et irréfutable, se détachaient sur un arrière-plan de sable quelques blocs de pierre usés, ravinés par les eaux, érodés par les tempêtes, dont le sommet légèrement convexe et la base légèrement concave racontaient leur propre histoire.

Et les examinant à la loupe, je ne distinguai que trop clairement, sur la pierre battue et piquetée, les traces de ces larges dessins curvilignes et parfois de ces hiéroglyphes qui avaient pris pour moi une signification tellement hideuse. Mais voici la lettre, qui parle d'elle-même :

49, Dampier Street,
Pilbarra, W. Australia
18 mai 1934
Professeur N. W. Peaslee
c/o Société américaine de psychologie
30,41e Rue Est
New York City, USA.

Cher Monsieur,
Une récente conversation avec le Dr. E. M. Boyle, de Perth, et vos articles dans des revues qu'il vient de m'envoyer m'incitent à vous parler de ce que j'ai vu dans le Grand Désert de sable, à l'est de notre gisement aurifère. Étant donné les curieuses légendes concernant les vieilles cités que vous décrivez avec leur maçonnerie massive, leurs étranges dessins et hiéroglyphes, il semble que j'aie fait une très importante découverte.

Les indigènes ont toujours été intarissables sur « les grosses pierres avec des marques dessus », qui leur inspirent apparemment une peur terrible. Ils les rattachent plus ou moins aux légendes traditionnelles de leur race au sujet de Buddai, le vieillard gigantesque qui dort sous terre depuis des éternités, la tête sur le bras, et qui se réveillera un jour pour dévorer le monde.

Dans de très vieux récits à demi oubliés, il est question d'énormes cases souterraines de grosses pierres, où des galeries plongent de plus en plus profondément, et où il s'est passé des choses abominables. Les indigènes affirment qu'autrefois des guerriers fuyant le combat sont descendus dans l'une d'elles et n'en sont jamais revenus, mais qu'il s'en éleva des vents effroyables sitôt après leur disparition. Toutefois, il n'y a en général pas grand-chose à retenir de ce que racontent ces gens-là.

Ce que j'ai à dire est beaucoup plus sérieux. Il y a deux ans, quand je prospectais dans le désert, à environ cinq cents miles vers l'est, je tombai sur une quantité d'étranges blocs de pierre taillée, mesurant peut-être trois pieds de long sur deux de large et autant de haut, rongés et criblés à l'extrême.

Je ne distinguai d'abord aucune des marques dont parlaient les indigènes, mais en y regardant de plus près je reconnus, en dépit de l'érosion, certaines lignes profondément gravées. C'étaient des courbes singulières, telles en effet qu'ils essayaient de les décrire. Il devait bien y avoir trente ou quarante pierres, parfois presque enfouies dans le sable, et toutes groupées à l'intérieur d'un cercle d'à peu près un quart de mile de diamètre.

Quand j'eus trouvé les premières, j'en cherchai attentivement d'autres alentour et fis avec mes instruments un minutieux relevé de leur emplacement. Je pris aussi dix ou douze clichés des blocs les plus caractéristiques dont je vous joins les épreuves.

J'envoyai information et photos au gouvernement de Perth, qui n'y a donné aucune suite.

Puis je rencontrai le Dr. Boyle, qui avait lu vos articles dans la Revue de la Société américaine de psychologie, et au bout d'un moment, je vins à parler des pierres. Il parut vivement intéressé, se passionna tout à fait quand je lui montrai mes clichés et me dit que les pierres et les marques étaient exactement les mêmes que celles de la maçonnerie dont vous aviez rêvé et que décrivaient les légendes.

Il avait l'intention de vous écrire mais n'en trouva pas le temps. Il m'envoya, en attendant, la plupart des revues contenant vos articles et je vis aussitôt, d'après vos dessins et vos descriptions, que mes pierres étaient bien celles dont vous parliez. Vous vous en rendrez compte sur les photos jointes. Vous aurez bientôt des nouvelles directes du Dr. Boyle.

Je comprends maintenant combien tout cela est important pour vous. Nous nous trouvons assurément devant les vestiges d'une civilisation plus ancienne qu'on ne l'avait jamais rêvé, et qui inspira vos légendes.

En tant qu'ingénieur des mines je connais assez bien la géologie, et je peux vous dire que ces blocs m'effraient tant ils sont anciens. C'est surtout du grès et du granit mais l'un est probablement fait d'une curieuse espèce de ciment ou de béton.

Ils portent les traces d'une forte érosion, comme si cette partie du monde avait été submergée, puis avait émergé de nouveau après des temps considérables – tout cela depuis que ces pierres eurent été taillées et utilisées. C'est une affaire de centaines de milliers d'années – ou davantage, Dieu sait combien. Je préfère ne pas y penser.

Étant donné le travail assidu que vous avez déjà fourni pour retrouver les légendes et tout ce qui s'y rapportait, je ne doute pas que vous souhaitiez mener une expédition dans le désert pour y faire des fouilles archéologiques. Le Dr. Boyle et moi sommes tous deux prêts à coopérer à cette entreprise si vous – ou des organismes que vous connaissez – pouvez fournir les fonds.

Je peux réunir une douzaine de mineurs pour les gros travaux de terrassement – inutile de compter sur les indigènes car je me suis aperçu que l'endroit leur inspirait une terreur presque pathologique. Ni Boyle ni moi n'en parlons à personne, puisque la priorité vous revient bien évidemment en fait de découvertes ou de réputation.

On peut atteindre le site, depuis Pilbarra, en quatre jours environ avec des tracteurs – dont nous avons besoin pour notre outillage. Il est un peu au sud-ouest de la piste de Warburton, celle de 1873, et à cent miles au sud-est de Joanna Spring. Nous pourrions acheminer le matériel par le fleuve De Grey au lieu de partir de Pilbarra – mais nous en reparlerons plus tard.

En gros, les pierres sont à 22° 3'14'' de latitude sud et 125° 0'39'' de longitude est. Le climat est tropical et le désert éprouvant.

Je serais heureux d'avoir de vos nouvelles à ce sujet et désire vivement aider à tout projet que vous pourrez envisager. Depuis la lecture de vos articles, je suis profondément convaincu de l'importance capitale de tout cela. Le Dr. Boyle vous écrira plus tard. En cas d'urgence, un câble à Perth peut être transmis par radio.

Dans l'espoir bien sincère d'une prompte réponse, je vous prie de croire à mes sentiments les plus dévoués.

Robert B. F. MACKENZIE.

On connaît en grande partie par la presse les suites immédiates de cette lettre. J'eus la grande chance d'obtenir le soutien de l'université de Miskatonic, tandis que Mr. Mackenzie et le Dr. Boyle m'apportaient une aide inappréciable en préparant le terrain en Australie. Nous évitâmes de trop préciser nos objectifs à l'intention du public car certains journaux auraient pu traiter le sujet sur le mode sensationnel ou facétieux. En conséquence, les comptes rendus furent limités mais il y en eut assez pour faire connaître nos recherches sur des ruines australiennes et les diverses démarches préalables.

Le professeur William Dyer, directeur des études géologiques – chef de l'expédition antarctique de Miskatonic en 1930-1931 –, Ferdinand C. Ashley, professeur d'histoire ancienne, et Tyler M. Freeborn, professeur d'anthropologie, m'accompagnaient, ainsi que mon fils Wingate.

Mon correspondant, Mackenzie, vint à Arkham au début de 1935 pour aider à nos derniers préparatifs. C'était un homme affable d'une cinquantaine d'années, d'une compétence remarquable, merveilleusement cultivé et qui connaissait à fond les conditions de voyage en Australie.

Il avait des tracteurs tout prêts à Pilbarra et nous avions affrété un cargo de tonnage assez faible pour remonter le fleuve jusque-là. Nous étions équipés pour les fouilles les plus minutieuses et scientifiques, afin de passer au crible la moindre particule de sable, et de ne rien déplacer qui parût plus ou moins proche de sa position originale.

Embarqués à Boston le 28 mars 1935 sur le poussif Lexington, nous atteignîmes notre but après une traversée nonchalante de l'Atlantique et de la Méditerranée, par le canal de Suez, la mer Rouge et l'océan Indien. Inutile de dire à quel point me démoralisa la côte basse et sablonneuse d'Australie-Occidentale, et combien je détestai la fruste agglomération minière et les sinistres terrains aurifères où l'on chargea les tracteurs.

Le Dr. Boyle, qui nous rejoignit, était d'un certain âge, sympathique, intelligent, et ses connaissances en psychologie l'entraînèrent à beaucoup de longues discussions avec mon fils et moi.

Le malaise et l'espoir se mêlaient étrangement chez la plupart des dix-huit membres de l'expédition quand enfin elle s'engagea avec fracas dans des lieues arides de sable et de roc. Le vendredi 31 mai, nous passâmes à gué un bras du fleuve De Grey et pénétrâmes dans le royaume de la désolation totale. Une réelle terreur grandissait en moi à mesure que nous approchions le site véritable du monde ancien à l'origine des légendes – terreur stimulée, bien sûr, par les rêves inquiétants et les pseudo-souvenirs qui m'assaillaient sans avoir rien perdu de leur intensité.

Ce fut le lundi 3 juin que nous vîmes le premier des blocs à demi enfouis. Je ne saurais dire avec quelle émotion je touchai vraiment –

dans sa réalité objective – un fragment de maçonnerie cyclopéenne en tout point semblable aux blocs dans les murs de mes constructions de rêve. Il portait une trace visible de gravure – et mes mains tremblaient quand je reconnus une partie du motif décoratif curviligne que des années de cauchemar torturant et de recherches déroutantes avaient rendu diabolique à mes yeux.

Un mois de fouilles dégagea au total quelque mille deux cent cinquante blocs à divers stades d'usure et de désagrégation. La plupart étaient des mégalithes taillés, au faîte et à la base incurvés. Quelques-uns étaient plus petits, plus plats, unis et de forme carrée ou octogonale – comme ceux des sols et chaussées dans mes rêves – alors que certains, singulièrement massifs, suggéraient par leurs lignes arrondies ou obliques qu'ils avaient pu être voûte ou arête, vestiges d'arcs ou chambranles d'une fenêtre ronde.

Plus nos fouilles s'approfondissaient et s'étendaient vers le nord et l'est, plus nous découvrions de blocs sans trouver pourtant entre eux aucune trace de construction. Le professeur Dyer était épouvanté de l'inconcevable antiquité des fragments, et Freeborn décelait des symboles qui répondaient obscurément à telle ou telle légende papoue ou indonésienne remontant à la nuit des temps. L'état des pierres et leur dispersion témoignaient en silence de cycles d'une durée vertigineuse et de convulsions géologiques d'une brutalité cosmique.

Nous disposions d'un avion et mon fils Wingate montait souvent à des altitudes différentes pour scruter le désert de sable et de roc, à la recherche de vagues tracés à grande échelle – différences de niveau ou traînées de blocs éparpillés. Ses résultats étaient pratiquement négatifs car s'il pensait un jour avoir détecté quelque indice significatif, il trouvait lors du vol suivant son impression remplacée par une autre, aussi peu fondée, à cause des mouvements incessants du sable, au gré du vent.

Une ou deux de ces suggestions éphémères me laissèrent un sentiment bizarre et pénible. Elles semblaient, si l'on peut dire, se raccorder horriblement avec quelque chose que j'avais rêvé ou lu, mais que je ne pouvais plus me rappeler. Elles présentaient un terrible caractère de familiarité – qui me faisait jeter furtivement des regards d'appréhension vers le nord et le nord-est de cette abominable terre stérile.

Vers la première semaine de juillet, j'éprouvai un inexplicable jeu d'émotions complexes au sujet de cette région nord-est. C'était de l'horreur, de la curiosité – mais plus encore, une illusion tenace et déroutante de souvenir.

J'essayai toutes sortes d'expédients psychologiques pour chasser ces idées de mon esprit, mais sans succès. L'insomnie aussi me gagna mais j'en fus presque heureux car elle raccourcissait mes rêves. Je pris l'habitude de faire de longues marches solitaires dans le désert, tard dans la nuit, ordinairement vers le nord ou l'est, où la conjonction de mes nouvelles et singulières impulsions semblait m'attirer imperceptiblement.

Parfois, au cours de ces promenades, il m'arrivait de trébucher sur des fragments à demi enterrés de l'ancienne maçonnerie. Bien qu'il y eût là moins de blocs visibles que sur les lieux de nos travaux, j'étais persuadé qu'il devait y en avoir en profondeur une énorme quantité. Le sol était moins plat que dans notre camp, et par moments, de violentes rafales entassaient le sable en fantastiques tertres précaires – découvrant les traces basses des vieilles pierres tandis qu'elles en recouvraient d'autres.

Jetais étrangement impatient d'étendre les fouilles à ce territoire, tout en redoutant ce qui pourrait être découvert. Manifestement, mon état allait en empirant – d'autant plus que je ne parvenais pas à me l'expliquer.

Cette triste situation de mon équilibre nerveux se révèle dans ma réaction à la bizarre découverte que je fis lors d'une de mes sorties nocturnes. C'était le soir du 11 juillet, et la lune inondait les tertres mystérieux d'une pâleur singulière.

M'aventurant un peu plus loin que d'habitude, je rencontrai une grande pierre qui paraissait sensiblement différente de celles que j'avais déjà vues. Elle était presque entièrement recouverte mais, me penchant, je retirai le sable avec mes mains puis examinai soigneusement l'objet en ajoutant au clair de lune la lumière de ma torche électrique.

À la différence des autres rochers de grande dimension, celui-ci était parfaitement équarri, sans surface convexe ni concave. Il semblait aussi fait d'une noire substance basaltique, entièrement distincte du granit, du grès et des traces de béton des fragments maintenant familiers.

Soudain je me relevai et faisant demi-tour regagnai le camp au pas de course. C'était une fuite tout à fait inconsciente et irrationnelle et je ne compris vraiment pourquoi j'avais couru qu'en arrivant près de ma tente. Alors, tout me revint. L'étrange pierre noire était une chose que j'avais vue dans mes rêves et mes lectures, et qui était liée aux pires horreurs de l'immémoriale tradition légendaire.

C'était l'un des blocs de cette antique maçonnerie basaltique qui inspirait une telle terreur à la Grand-Race fabuleuse – les hautes ruines aveugles laissées par cette engeance étrangère, à demi matérielle, menaçante, qui pullulait dans les entrailles de la terre et dont les forces invisibles, pareilles au vent, étaient tenues en respect derrière les trappes scellées et les sentinelles vigilantes.

Je ne dormis pas de la nuit, mais à l'aube je compris combien j'avais été stupide de me laisser bouleverser par l'ombre d'un mythe. Au lieu de m'effrayer, j'aurais dû éprouver l'enthousiasme de la découverte.

Dans la matinée, je fis part aux autres de ma trouvaille, et nous nous mîmes en route, Dyer, Freeborn, Boyle, mon fils et moi, pour aller inspecter le bloc anormal. Mais ce fut un échec. Je n'avais pas une idée claire de l'emplacement de la pierre, et un coup de vent récent avait complètement transformé les tertres de sable mouvant.

Chapitre 6

J'aborde à présent la partie cruciale et la plus difficile de mon récit – d'autant plus difficile que je ne peux être tout à fait certain de sa réalité. J'ai parfois l'inquiétante certitude qu'il ne s'agissait ni de rêves ni d'illusion et c'est ce sentiment – étant donné les formidables implications qu'entraînerait la vérité objective de mon expérience – qui me pousse à rédiger ce document.

Mon fils – psychologue compétent qui a de tout mon problème la connaissance la plus approfondie et compréhensive – sera le meilleur juge de ce que j'ai à dire.

Je rappellerai d'abord l'affaire dans ses grandes lignes, celles que connaît chacun de ceux qui se trouvaient au camp. La nuit du 17 au 18 juillet, après une journée de vent, je me retirai de bonne heure mais ne pus trouver le sommeil. Levé peu avant onze heures, avec ce sentiment bizarre que m'inspirait le terrain du nord-est, j'entrepris une de mes habituelles marches nocturnes, après avoir salué un mineur australien nommé Tupper, la seule personne que je rencontrai en sortant.

La lune, un peu sur son déclin, brillait dans un ciel clair, baignant ces sables antiques d'un rayonnement blême et lépreux qui me semblait on ne sait pourquoi infiniment maléfique. Le vent était tombé pour ne revenir que presque cinq heures plus tard, comme en témoignèrent amplement Tupper et quelques autres, qui me virent franchir rapidement les pâles tertres indéchiffrables, dans la direction du nord-est.

Vers trois heures et demie du matin, un vent violent réveilla tout le camp et abattit trois tentes. Le ciel était sans nuages et le désert resplendissait toujours sous la clarté lépreuse de la lune. En réparant les tentes, on s'aperçut de mon absence, mais étant donné mes précédentes sorties, personne ne s'inquiéta. Et pourtant trois hommes – tous australiens – crurent flairer dans l'air quelque chose de sinistre.

Mackenzie expliqua au professeur Freeborn que c'était une crainte héritée du folklore indigène – les gens du pays ayant fait un curieux amalgame de mythes maléfiques autour des vents violents qui, à de longs intervalles, balaient les sables sous un ciel serein. Ces vents, murmure-t-on, naissent des grandes cases de pierre souterraines où se sont passées des choses horribles – et ne soufflent jamais que près des lieux où l'on trouve éparses les grosses pierres gravées. À quatre heures, l'ouragan s'apaisa aussi brusquement qu'il avait commencé, laissant des collines de sable de formes nouvelles et insolites.

Juste après cinq heures, alors que la lune bouffie et fongoïde disparaissait à l'ouest, je rentrai chancelant au camp – nu-tête, en loques, le visage égratigné et sanglant, et sans ma torche électrique. La plupart des hommes s'étaient recouchés mais le professeur Dyer fumait une pipe devant sa tente. Me voyant hors d'haleine et presque frénétique, il appela le Dr. Boyle, et tous deux me menèrent à ma couchette et m'y installèrent confortablement. Mon fils, alerté par le bruit, les rejoignit bientôt, et ils voulurent m'obliger à rester tranquille et à tâcher de dormir.

Mais il n'était pas question de dormir pour moi. J'étais dans un état psychologique extraordinaire – différent de tout ce que j'avais subi jusque-là. Au bout d'un certain temps, j'insistai pour leur expliquer, nerveusement et minutieusement, mon état. Je leur dis que, me sentant las, je m'étais couché sur le sable pour faire un somme. Les rêves avaient été plus effroyables encore que d'habitude – et quand un brutal ouragan m'avait réveillé, mes nerfs à bout avaient cédé. J'avais fui, fou de terreur, tombant fréquemment sur les pierres à demi enfouies, ce qui expliquait mon aspect loqueteux et débraillé. J'avais dû dormir longtemps – d'où la durée de mon absence.

De tout ce que j'avais vu et ressenti d'étrange, je ne dis absolument rien – et ce fut au prix d'un extrême effort sur moi-même. Mais je prétendis avoir changé d'avis quant à l'objectif général de l'expédition, et préconisai la suspension de toutes les fouilles vers le nord-est. Mes arguments furent manifestement peu convaincants car j'évoquai une pénurie de blocs, le souci de ne pas heurter les mineurs superstitieux, une réduction possible du financement par l'université, et autres raisons mensongères et hors de propos. Naturellement, personne ne tint le moindre compte de mes souhaits – pas même mon fils, qui s'inquiétait visiblement pour ma santé.

Le lendemain je me levai et fis le tour du camp, mais sans prendre aucune part aux fouilles. Voyant que je ne pouvais arrêter le travail, je décidai de rentrer le plus tôt possible chez moi pour ménager mes nerfs, et fis promettre à mon fils de me conduire en avion jusqu'à Perth – à mille miles au sud-ouest – dès qu'il aurait examiné la zone que je voulais voir respecter.

Si, me disais-je, ce que j'avais vu était encore visible, je pourrais tenter une mise en garde explicite fût-ce au risque du ridicule. Il n'était pas impossible que les mineurs, connaissant le folklore local, soutiennent mon point de vue. Pour me faire plaisir, mon fils survola les lieux l'après-midi même, explorant toute l'étendue que j'avais pu parcourir à pied. Rien de ce que j'avais découvert n'était plus décelable.

Comme dans le cas de l'insolite bloc de basalte, le sable mouvant avait balayé toute trace. Je regrettai presque un instant d'avoir perdu, dans ma terreur panique, certain objet redoutable, mais je sais aujourd'hui que ce fut une chance. Je peux tenir encore toute mon aventure pour une illusion – surtout si, comme je l'espère sincèrement, on ne retrouve jamais cet infernal abîme.

Wingate me conduisit à Perth le 20 juillet, tout en refusant d'abandonner l'expédition et de rentrer à la maison. Il resta avec moi jusqu'au 25, date à laquelle le vapeur partait pour Liverpool. À présent, dans ma cabine à bord de l'Empress, j'ai repensé longuement, fiévreusement, toute l'affaire, et décidé que mon fils au moins doit être informé. Il lui appartiendrait de la faire connaître, ou non, plus largement.

Pour parer à toute éventualité, j'ai rédigé ce résumé de mes antécédents – que d'autres connaissent déjà par fragments – et je raconterai maintenant aussi brièvement que possible ce qui semble être arrivé pendant mon absence du camp cette horrible nuit.

Les nerfs à vif et fouetté d'une ardeur perverse par cette impulsion inexplicable, mnémonique, mêlée de crainte, qui me poussait vers le nord-est, je cheminais sous la lune ardente et maléfique. Je rencontrais ici et là, à demi ensevelis dans le sable, ces blocs cyclopéens primitifs venant d'éternités inconnues et oubliées.

L'âge incalculable et l'horreur pesante de ce monstrueux désert commençaient à m'oppresser plus que jamais, et je ne pouvais m'empêcher de penser à mes rêves affolants, aux légendes effroyables qui les inspiraient et aux peurs actuelles des indigènes et des mineurs à propos de ces terres désolées et de leurs pierres gravées.

Pourtant je cheminais toujours, comme vers quelque rendez-vous fantastique – harcelé de plus en plus par les chimères déconcertantes, les compulsions et les pseudo-souvenirs. Je songeais à certains des profils possibles des rangées de pierres telles que mon fils les avait vues en vol, et je m'étonnais qu'elles puissent paraître à la fois si redoutables et si familières. Quelque chose tâtonnait et cognait autour du loquet de ma mémoire, tandis qu'une autre force inconnue cherchait à maintenir le portail fermé. Il n'y avait pas de vent cette nuit-là, et le sable blafard était marqué d'ondulations comme les vagues d'une mer figée. Je n'avais pas de but, mais ma progression laborieuse avait en quelque sorte l'assurance de la fatalité. Mes rêves envahissaient le monde éveillé, de sorte que chaque mégalithe ensablé semblait faire partie des salles et des couloirs sans fin de maçonnerie préhumaine, gravée et hiéroglyphée de symboles que je connaissais trop bien pour les avoir pratiqués pendant des années en tant qu'esprit captif de la Grand-Race.

Parfois je croyais voir ces horreurs coniques, omniscientes, vaquer à leurs occupations habituelles, et je n'osais pas me regarder, de peur de me découvrir à leur image. Mais pendant tout ce temps je voyais à la fois les blocs couverts de sable, les salles et les couloirs ; la lune ardente et maléfique aussi bien que les lampes de cristal lumineux ; le désert à perte de vue et les fougères qui se balançaient à hauteur des fenêtres. J'étais éveillé et je rêvais en même temps.

J'ignore combien de temps et jusqu'où j'avais marché – ou à vrai dire dans quelle direction – lorsque j'aperçus l'amas de blocs mis à nu par le vent du jour précédent. C'était l'ensemble le plus important que j'aie vu jusqu'alors et il me frappa si vivement que les visions d'époques fabuleuses s'évanouirent immédiatement.

Il n'y avait plus de nouveau que le désert, la lune maléfique et les débris d'un passé indéchiffré. Je m'approchai, fis halte et braquai sur le tas effondré l'éclat supplémentaire de ma torche électrique. Une petite colline de sable avait été balayée par le vent, révélant une masse basse et vaguement ronde de mégalithes et de fragments plus petits d'environ quarante pieds de diamètre et de deux à huit pieds de haut. Je saisis au premier coup d'œil l'intérêt sans précédent de ces pierres. Non seulement leur nombre même était sans équivalent, mais quelque chose dans les traces de dessins usés par le sable retint mon attention quand je les examinai sous les rayons conjugués de la lune et de ma torche.

Aucun pourtant ne différait essentiellement des spécimens que nous avions déjà découverts. C'était plus subtil que cela. Je n'avais pas cette impression en considérant un bloc isolé mais quand mon regard en parcourait plusieurs presque simultanément.

Enfin, la vérité m'apparut. Les motifs curvilignes gravés sur beaucoup de ces blocs avaient entre eux un lien étroit : ils faisaient partie d'une vaste conception décorative. Pour la première fois, dans ce désert bouleversé depuis des éternités, j'avais rencontré une masse de maçonnerie sur son site originel – écroulée et fragmentaire, il est vrai, mais n'existant pas moins avec une signification très précise.

Montant d'abord sur une partie basse, je gravis péniblement l'amas, déblayant par endroits le sable avec mes doigts, et m'efforçant sans cesse d'interpréter les dessins dans leur diversité de taille, de forme, de style et de rapports.

Bientôt je devinai vaguement la nature de l'édifice d'autrefois et des dessins qui se déployaient alors sur les immenses surfaces de construction primitive. L'identité parfaite de tout cela avec certaines de mes rapides visions me jeta dans l'épouvante et la consternation.

Cela avait été un couloir cyclopéen de trente pieds de large sur trente pieds de haut, pavé de dalles octogonales et couvert d'une voûte massive. Des salles devaient s'ouvrir sur la droite et, à l'autre extrémité, l'un de ces étranges plans inclinés devait descendre en tournant jusqu'aux plus grandes profondeurs.

Je sursautai violemment quand ces idées me vinrent à l'esprit car elles dépassaient de loin ce que les blocs eux-mêmes avaient pu m'apprendre. Comment pouvais-je savoir que ce couloir avait été profondément sous terre ? Comment pouvais-je savoir que le plan incliné qui remontait vers la surface aurait dû se trouver derrière moi ? Comment pouvais-je savoir que le long passage souterrain menant à la place des colonnes aurait dû être sur la gauche un étage au-dessus de moi ?

Comment pouvais-je savoir que la chambre des machines et le tunnel conduisant directement aux archives centrales devaient se situer deux étages au-dessous ? Comment pouvais-je savoir qu'il y avait une de ces horribles trappes scellées de bandes métalliques tout au fond, quatre étages plus bas ? Affolé par cette intrusion de l'univers onirique, je me retrouvai tremblant et baigné d'une sueur glacée.

Alors, ultime et insupportable contact, je sentis ce léger courant d'air froid qui montait insidieusement d'une dépression près du centre de l'énorme amas. Sur-le-champ, comme une fois déjà, mes visions s'évanouirent, et je ne revis que le clair de lune maléfique, le désert couvant ses menaces, et le tumulus imposant de maçonnerie paléogène. J'étais maintenant en présence d'un fait réel et tangible, gros des suggestions sans fin d'un mystère obscur comme la nuit. Car ce filet d'air ne pouvait indiquer qu'une chose : un immense gouffre dissimulé sous les blocs en désordre de la surface.

Je songeai d'abord aux sinistres légendes indigènes de vastes cases souterraines parmi les mégalithes, où arrivent les horreurs et naissent les ouragans. Puis revinrent mes propres rêves et d'incertains pseudo-souvenirs vinrent se disputer mon esprit. Quelle sorte de lieu s'ouvrait au-dessous de moi ? Quelle inconcevable source primitive de mythes immémoriaux et de cauchemars obsédants étais-je sur le point de découvrir ?

Je n'hésitai qu'un instant, car ce qui m'entraînait était plus fort que la curiosité ou le zèle scientifique et luttait victorieusement contre ma peur grandissante.

J'avais l'impression de me mouvoir presque comme un automate, sous l'influence d'une fatalité irrésistible. Ma torche électrique en poche, et avec une vigueur dont je ne me serais pas cru capable, j'écartai d'abord un gigantesque morceau de pierre, puis un autre, jusqu'à ce que monte un puissant courant d'air dont l'humidité contrastait étrangement avec la sécheresse du désert. Une noire crevasse commença à béer et enfin – quand j'eus repoussé tous les fragments susceptibles de bouger – le clair de lune lépreux révéla une brèche assez large pour me livrer passage.

Je sortis ma torche et projetai dans l'ouverture le faisceau lumineux. Au-dessous de moi, un chaos de maçonnerie effondrée descendait brusquement en direction du nord selon un angle d'environ quarante-cinq degrés, à la suite manifestement d'un écroulement au niveau supérieur.

Entre sa surface et le sol s'étendait un abîme de ténèbres impénétrables qui laissait deviner tout en haut la présence d'une colossale voûte surhaussée. À cet endroit, semblait-il, les sables du désert reposaient directement sur un étage de quelque titanesque construction des premiers âges de la terre – préservée à travers le temps des convulsions géologiques, je ne savais comment, et n'en ai toujours rien deviné.

Après coup, la simple idée de descendre brusquement, seul, dans un gouffre aussi suspect – à un moment où nul ne sait où vous êtes – paraît de la pure démence. Peut-être en était-ce – cette nuit-là pourtant je l'entrepris sans hésiter.

Encore une fois se manifestaient cet attrait et cet empire sur moi de la fatalité qui avaient toujours semblé diriger mes pas. M'aidant de ma torche, par intermittence pour ménager les piles, je commençai une folle et difficile progression le long de la sinistre pente cyclopéenne au-dessous de l'ouverture, tantôt en regardant devant moi quand je trouvais de bonnes prises pour la main et le pied, tantôt à reculons, face aux mégalithes entassés où je m'accrochais en tâtonnant dans un équilibre précaire.

À droite et à gauche apparaissaient vaguement au loin, sous les rayons de ma torche, des murs en ruine de maçonnerie gravée, mais en avant, ce n'étaient que ténèbres.

Je perdis toute notion du temps pendant cette hasardeuse descente. Dans mon esprit bouillonnaient des images et des suggestions si troublantes que toute réalité objective semblait renvoyée à d'incalculables distances. La sensation physique était abolie et la peur même n'était plus que la vaine apparition d'une gargouille au regard torve qui ne pouvait rien sur moi.

J'atteignis enfin un sol plat jonché de blocs écroulés, de fragments de pierre informes, de sable et de débris de toutes sortes. De chaque côté – à peut-être trente pieds l'un de l'autre – s'élevaient des murs massifs couronnés de puissantes arêtes. J'y devinais des gravures mais dont la nature échappait à ma perception.

Ce qui retint surtout mon attention, ce fut la voûte. Les rayons de ma torche n'en pouvaient atteindre le faîte, mais la partie inférieure des arcs monstrueux se détachait nettement. Et si parfaite était leur identité avec ce que j'avais vu du monde ancien dans d'innombrables rêves, que pour la première fois je tremblai pour de bon.

Très haut derrière moi, une lueur indistincte rappelait le monde extérieur, au loin sous la lune. Un vague reste de prudence m'avertit de ne pas la perdre de vue, sinon je n'aurais pas de guide pour mon retour.

Je m'approchai alors du mur de gauche, où les traces de gravures étaient plus distinctes. Le col couvert de débris fut presque aussi difficile à traverser que le monceau de pierres l'avait été à descendre, mais je réussis à m'y frayer un chemin.

À un endroit où j'écartai quelques blocs et repoussai du pied les débris pour voir le dallage, je frissonnai en reconnaissant, familières et fatidiques, les grandes dalles octogonales dont la surface gauchie gardait encore à peu près sa cohésion.

Arrivé à proximité du mur, je déplaçai lentement et minutieusement le faisceau de la lampe sur les vestiges usés de gravure. Apparemment, la montée des eaux avait autrefois érodé la surface du grès mais il portait de curieuses incrustations dont je ne m'expliquais pas l'origine.

La maçonnerie était par endroits très branlante et déjetée, et je me demandais combien d'éternités encore cet édifice enfoui des premiers âges garderait ces restes de structure malgré les secousses telluriques.

Mais c'étaient surtout les sculptures qui me passionnaient. En dépit de leur dégradation, elles étaient relativement aisées à repérer de près et je fus stupéfait de les retrouver si présentes et familières dans le moindre détail. Que les traits essentiels de cette vénérable architecture me soient bien connus n'était certes pas invraisemblable.

Ayant profondément impressionné ceux qui tissèrent certains mythes, ils s'étaient incorporés à un courant de tradition occulte qui, venu à ma connaissance d'une manière ou d'une autre pendant mon amnésie, suscita dans mon subconscient des images frappantes.

Mais comment expliquer la coïncidence exacte et minutieuse de chaque trait et spirale de ces étranges dessins avec ceux que j'avais rêvés depuis plus de vingt ans ? Quelle obscure iconographie tombée dans l'oubli aurait pu reproduire la subtilité de chacune de ces ombres et nuances qui revenaient avec tant d'obstination, de précision et de constance harceler mes rêves nuit après nuit ?

Car il ne s'agissait pas d'une ressemblance lointaine ou fortuite. La galerie millénaire, enfouie au long des âges, où je me tenais à présent était tout à fait et sans aucun doute l'original de ce que j'avais connu dans mon sommeil aussi familièrement que ma propre maison de Crâne Street à Arkham. À la vérité, mes rêves me montraient les lieux dans leur intacte perfection mais l'identité n'en était pas moins réelle. Je m'orientais sans hésiter et c'était effrayant.

Je connaissais ce bâtiment-là et aussi sa place dans cette terrible vieille cité du rêve. J'aurais pu me rendre sans me tromper à n'importe quel point de ce bâtiment ou de cette ville qui avait échappé aux changements et aux dévastations de siècles sans nombre ; je m'en rendis compte avec une conviction instinctive et terrible. Mais Dieu sait ce que tout cela signifiait ? Comment en étais-je venu à apprendre ce que je savais ? Et quelle abominable réalité avait pu inspirer les histoires antiques des êtres qui habitaient ce labyrinthe de pierre originelle ?

Les mots ne sauraient rendre que bien peu du désordre de terreur et de confusion qui tourmentait mon esprit. Je connaissais cet endroit. Je savais ce qu'il y avait au-dessous de moi et ce qui s'étendait au-dessus de ma tête avant que les innombrables étages supérieurs ne se soient effondrés en poussière, en sable et en désert. Inutile maintenant, me dis-je avec un frisson, d'avoir l'œil sur cette lueur indistincte du clair de lune.

J'étais partagé entre le désir de fuir et un mélange fébrile de curiosité ardente et d'impérieuse fatalité. Qu'était-il arrivé à la monstrueuse mégalopole d'autrefois pendant ces millions d'années depuis l'époque de mes rêves ? Des labyrinthes souterrains qui sous-tendaient la ville et reliaient entre elles les tours titanesques, que subsistait-il après les convulsions de l'écorce terrestre ?

Étais-je tombé sur tout un monde enfoui d'archaïsme impie ? Retrouverais-je la maison du maître d'écriture, et la tour où S'gg'ha, l'esprit captif issu des plantes carnivores d'Antarctique, à la tête en étoile, avait gravé au ciseau certaines images sur les espaces vides des parois ?

Au second sous-sol, le passage qui menait à la salle commune des esprits étrangers était-il encore libre et praticable ? Dans cette salle, l'esprit captif d'une entité inimaginable – un habitant semi-plastique du centre creux d'une planète transplutonienne inconnue, qui existerait dans dix-huit millions d'années – conservait certain objet qu'il avait modelé dans l'argile.

Je fermai les yeux et posai ma main sur mon front dans un vain et pitoyable effort pour chasser de ma conscience ces fragments de rêve démentiels. Alors, pour la première fois, je perçus nettement le mouvement de l'air froid et humide autour de moi. Je compris en frissonnant qu'une formidable succession de noirs abîmes, endormis depuis des éternités, devaient en effet s'ouvrir, béants, quelque part au-delà et au-dessous de moi.

Je songeai aux salles, aux galeries, aux plans inclinés terrifiants que je me rappelais de mes rêves. L'accès aux archives centrales était-il encore possible ? L'irrésistible fatalité sollicitait de nouveau mon esprit avec insistance tandis que je me remémorais les documents impressionnants rangés autrefois dans les coffres rectangulaires de métal inoxydable.

À en croire les rêves et les légendes, c'est là que reposait toute l'histoire, passée et future, du continuum espace-temps – rédigée par les esprits captifs de toutes les planètes et de toutes les époques du système solaire. Pure folie, sans doute – mais n'étais-je pas à présent tombé dans un monde nocturne aussi fou que moi ?

Je songeai aux casiers de métal fermés à clé, et aux singulières manipulations de boutons requises pour ouvrir chacun d'eux. Le mien me revint à l'esprit de façon frappante. Que de fois, grâce à ces combinaisons compliquées de rotations et de pressions, je parcourus au niveau le plus bas la section des vertébrés terrestres ! Chaque détail m'était présent et familier.

S'il existait une cave voûtée comme je l'avais rêvée, je saurais l'ouvrir en un instant. Dès lors je fus en proie à une démence totale. Une seconde plus tard, je me ruai, sautant et trébuchant sur des débris de pierre, vers le plan incliné si connu qui s'enfonçait dans les profondeurs.

Chapitre 7

À partir de là, on ne peut guère se fier à mes impressions – à vrai dire, je garde encore contre toute raison le dernier espoir qu'elles appartiennent à un rêve démoniaque ou à un délire halluciné. La fièvre se déchaînait dans mon cerveau, et tout me parvenait à travers une sorte de brume – quelquefois par intermittence seulement.

Le faisceau de ma lampe pénétrait à peine le gouffre de ténèbres, révélant par éclairs fantomatiques les murs gravés affreusement familiers, dégradés par l'action du temps. À l'endroit où s'était effondrée une partie considérable de la voûte, je dus escalader un énorme monceau de pierres qui rejoignait presque le plafond déchiqueté, grotesquement chargé de stalactites.

C'était bien là le comble du cauchemar, aggravé par ce maudit harcèlement des pseudo-souvenirs. La seule chose qui me parût insolite était ma propre taille, comparée à la monstrueuse construction. J'étais accablé du sentiment d'une petitesse inaccoutumée, comme si la vue de ces murs imposants eût été nouvelle et anormale pour un simple corps d'homme. Je ne cessais de jeter sur moi-même des regards inquiets, confusément troublé de me voir cette forme humaine.

Avançant dans la nuit profonde de l'abîme, je sautais, je plongeais, je chancelais – non sans beaucoup de chutes douloureuses, où je faillis une fois briser ma torche. Je connaissais chaque pierre, chaque angle de ce gouffre démoniaque, et je m'arrêtais plus d'une fois pour éclairer tel ou tel passage voûté obstrué et croulant, mais pourtant familier.

Certaines pièces étaient complètement effondrées, d'autres nues ou pleines de débris. Je vis dans quelques-unes des masses métalliques – tantôt presque intactes, tantôt rompues, enfoncées ou écrasées – dans lesquelles je reconnus les socles ou tables colossales de mes rêves. Ce qu'elles avaient été au juste, je n'osais y penser.

Je trouvai le plan incliné qui menait en bas et commençai à le descendre – mais je fus bientôt arrêté par une crevasse béante aux bords déchiquetés dont la partie la plus étroite n'avait pas moins de quatre pieds de large. À cet endroit, la maçonnerie s'était écroulée, révélant des profondeurs insondables d'un noir d'encre.

Je savais qu'il y avait encore deux étages souterrains dans cet édifice titanesque, et tremblai d'une nouvelle terreur en me rappelant la trappe bardée de fer au niveau le plus bas. Elle n'était plus gardée à présent – car ce qui était à l'affût dessous avait depuis longtemps accompli sa hideuse tâche et sombrait dans un long déclin. À l'époque de la race posthumaine des coléoptères, tout cela serait mort. Et pourtant, songeant aux légendes indigènes, je tremblai de nouveau.

Je dus fournir un effort terrible pour franchir l'ouverture béante, car le sol jonché de débris ne permettait pas de prendre de l'élan, mais la folie me porta. Je choisis un endroit près du mur de gauche – où la fissure était moins large et le point de chute à peu près dégagé de dangereux débris – et, après un moment d'angoisse, je me retrouvai sain et sauf de l'autre côté.

Enfin, parvenu au dernier sous-sol, je passai en trébuchant devant l'entrée de la chambre des machines, où de fantastiques ruines métalliques étaient à moitié enfouies sous la voûte effondrée. Tout était bien là où je le pensais, et je gravis avec confiance les tas qui barraient l'accès d'un vaste couloir transversal. Celui-ci, je m'en souvins, me conduirait aux archives centrales, sous la ville.

Des éternités semblèrent se dérouler tandis que je titubais, bondissais et me traînais le long de ce couloir encombré. Je distinguais ici et là des sculptures sur ces murs souillés par le temps – les unes familières, d'autres apparemment ajoutées depuis l'époque de mes rêves. Comme il s'agissait d'un passage souterrain reliant plusieurs bâtiments, il n'y avait de voûtes d'entrée qu'aux endroits où il traversait les étages inférieurs des différents immeubles.

À certaines de ces intersections, je tournai la tête pour jeter un coup d'œil dans des couloirs ou des salles que je connaissais bien. Je ne trouvai que deux fois des changements radicaux par rapport à ce que j'avais rêvé – et dans l'un de ces cas je pus repérer le contour de la voûte condamnée que je me rappelais.

Je sursautai violemment et ressentis le frein d'une étrange faiblesse en me frayant à contrecœur un passage à travers la crypte d'une de ces grandes tours aveugles, en ruine, dont la maçonnerie étrangère de basalte accusait la secrète et détestable origine.

Ce caveau primitif de forme circulaire mesurait bien deux cents pieds de diamètre, sans aucun motif gravé sur les parois de couleur sombre. Le sol était entièrement dégagé, sauf de poussière et de sable, et je vis les ouvertures qui menaient vers le haut et vers le bas. Il n'y avait ni escaliers ni plans inclinés – mes rêves montraient en effet que la fabuleuse Grand-Race avait laissé intactes ces antiques tours. Ceux qui les avaient construites n'avaient que faire de marches ni de plans inclinés.

Dans les rêves, l'ouverture donnant vers le bas était hermétiquement close et jalousement gardée. Laissée ouverte à présent, noire et béante, elle exhalait un courant d'air froid et humide. Je m'interdis de penser aux cavernes sans fin d'éternelle nuit qui pouvaient couver là-dessous.

Un peu plus loin, disputant chaque pas aux obstacles du couloir encombré, j'arrivai à un endroit où le plafond était entièrement défoncé. Les décombres s'accumulaient, telle une montagne, et l'escaladant je traversai un immense espace vide où ma lampe ne révéla ni murs ni voûte. Ce devait être, me dis-je, la cave de la maison des fournisseurs de métal, qui donnait sur la troisième place non loin des archives. Qu'était-elle devenue, impossible de le deviner.

Je retrouvai le couloir au-delà de la montagne de débris et de pierres, mais tombai presque aussitôt sur un endroit totalement obstrué où les décombres de la voûte rejoignaient presque le plafond qui menaçait ruine. Je ne sais comment je parvins à extirper assez de blocs pour me frayer un passage, ni comment j'osai déranger les fragments entassés alors que la moindre rupture d'équilibre pouvait précipiter les tonnes de maçonnerie superposées et me réduire à néant.

C'était une pure folie qui me poussait et me guidait – s'il est vrai que toute mon aventure souterraine n'ait pas été, comme je l'espère, une hallucination diabolique ou un épisode de rêve. Je me fis donc – à moins que je ne l'aie rêvé – un passage où je me faufilai. Et tout en rampant par-dessus les décombres – ma torche allumée enfoncée profondément dans ma bouche – je me déchirais aux fabuleuses stalactites du plafond déchiqueté au-dessus de moi.

J'étais près maintenant du grand centre souterrain d'archivage qui semblait être mon but. Glissant et dégringolant sur l'autre pente de l'obstacle, puis avançant avec précaution jusqu'au bout du couloir – ma torche électrique à la main, que j'allumai de temps à autre – je parvins finalement à une crypte circulaire voûtée, dans un merveilleux état de conservation et ouverte de tous côtés.

Les murs, ou ce que je pouvais en voir dans le champ de ma torche, étaient couverts de hiéroglyphes et gravés au ciseau de symboles curvilignes caractéristiques – dont certains étaient postérieurs à l'époque de mes rêves.

Me voyant arrivé à mon inévitable destination, je passai aussitôt, sur ma gauche, une porte qui m'était familière. Bizarrement, je savais à n'en pas douter qu'en montant et descendant le plan incliné j'accéderais sans difficulté à tous les étages qui subsistaient. Cet immense édifice à l'abri dans la terre, où étaient conservées les annales de tout le système solaire, avait été construit avec un savoir et une puissance suprêmes pour durer aussi longtemps que ce système lui-même. Des blocs de dimensions formidables, équilibrés avec un véritable génie mathématique et assemblés par des ciments d'une incroyable dureté, formaient un bloc aussi résistant que le noyau rocheux de la planète. Ici, après des éternités plus prodigieuses que je ne pouvais le concevoir, sa masse souterraine restait debout pour l'essentiel, ses vastes sols envahis de poussière à peine parsemée des déchets partout ailleurs si encombrants.

La relative liberté de mouvement qui m'était offerte à partir de là me monta curieusement à la tête. Toute l'ardeur frénétique jusqu'alors contrariée par les obstacles se donna libre cours en une sorte de hâte fébrile, et je me mis littéralement à courir dans les couloirs bas de plafond que je me rappelais avec une si terrible précision.

Je ne m'étonnais plus de reconnaître ainsi tout ce que je voyais. De tous côtés les grandes portes métalliques marquées de hiéroglyphes se dressaient menaçantes devant les rayonnages ; les unes toujours en place, d'autres grandes ouvertes et d'autres encore ployées et faussées sous les secousses géologiques du passé qui n'avaient pas été assez violentes pour ébranler la colossale maçonnerie.

Çà et là, un tas couvert de poussière sous un compartiment béant et vide semblait indiquer où les étuis métalliques avaient été projetés par les tremblements de terre. Sur des colonnes espacées, des signes et des lettres de grande taille annonçaient les catégories et les subdivisions des volumes.

Je m'arrêtai une fois devant un caveau ouvert où je vis quelques-uns des étuis habituels toujours à leur place parmi l'omniprésente poussière granuleuse. Levant le bras, je retirai non sans difficulté un des exemplaires les plus minces, et le posai sur le sol pour l'examiner. Il portait un titre en hiéroglyphes curvilignes courants, bien que je ne susse quoi dans la disposition des caractères parût un peu insolite.

Le curieux mécanisme du fermoir recourbé m'était tout à fait familier, et je relevai le couvercle, toujours aussi maniable et vierge de rouille, puis en tirai le livre qui y était rangé. Celui-ci, comme prévu, mesurait environ vingt pouces de haut sur quinze de large et deux d'épaisseur ; le mince étui de métal s'ouvrait par le haut.

Ses pages de robuste cellulose ne semblaient pas avoir souffert des ères innombrables qu'elles avaient vécues ; j'examinai les lettres du texte, tracées au pinceau et bizarrement colorées – signes aussi différents des habituels hiéroglyphes contournés que de n'importe lequel des alphabets connus chez les érudits humains – et je ressentis comme l'obsession d'un souvenir à demi réveillé.

Il me vint à l'idée que c'était la langue d'un esprit captif que j'avais vaguement connu dans mes rêves – un esprit venu d'un grand astéroïde sur lequel avait survécu beaucoup de la vie et des traditions archaïques de la planète primitive dont il était un fragment. Je me souvins au même moment que cet étage des archives était consacré aux volumes traitant des planètes de type non terrestre.

Abandonnant l'étude de cet extraordinaire document, je m'aperçus que la lumière de ma torche commençait à faiblir et je me hâtai d'y mettre la pile de rechange que je portais toujours sur moi. Puis, doté d'un rayonnement plus puissant, je repris ma course fiévreuse à travers l'enchevêtrement sans fin des allées et des couloirs – reconnaissant parfois au passage quelque rayonnage familier, et vaguement inquiet des effets acoustiques que produisait l'écho de mes pas, incongru dans ces catacombes.

L'empreinte même de mes chaussures, derrière moi dans la poussière intacte depuis des millénaires, me faisait frissonner. S'il y avait dans mes rêves fous une parcelle de vérité, jamais auparavant un pied humain n'avait foulé ces dalles vénérables.

Du but précis de ma course insensée, mon esprit conscient ne soupçonnait rien. Pourtant l'influence d'une puissance maléfique agissait sur ma volonté paralysée, mes souvenirs ensevelis, et je sentais obscurément que je ne courais pas au hasard.

Ayant trouvé un plan incliné, je le suivis jusqu'à de plus grandes profondeurs. Les étages défilaient devant moi à une vitesse folle, mais je ne m'arrêtais pas pour les explorer. Dans mon cerveau en proie au vertige, battait une pulsation qui faisait bouger ma main droite au même rythme. Je voulais ouvrir quelque chose et je connaissais toutes les rotations et pressions compliquées qu'il fallait effectuer pour cela. C'était comme la serrure à combinaison d'un coffre-fort moderne.

Rêve ou non, j'avais su cela autrefois et je le savais encore. Comment un songe ou quelque bribe de légende assimilée inconsciemment auraient-ils pu m'apprendre un détail si infime, si difficile et si complexe, je ne cherchais pas à me l'expliquer. J'étais incapable de toute pensée cohérente. Car toute cette aventure – cette révoltante familiarité avec un tas de ruines inconnues et cette coïncidence monstrueuse de tout ce qui m'entourait avec ce que seuls des rêves et des bribes de mythes avaient pu suggérer – n'était-ce pas une horreur qui passait la raison ?

Sans doute étais-je alors surtout convaincu – comme je le suis à présent dans mes moments de lucidité – que je dormais bel et bien, et que toute cette cité ensevelie n'avait été qu'un reste de délire né de la fièvre.

J'atteignis enfin le niveau le plus bas et me dirigeai vers la droite du plan incliné. J'essayai sans trop savoir pourquoi d'atténuer le bruit de mes pas, même au risque de me ralentir. Il y avait à ce dernier étage enfoui dans les profondeurs un endroit que je redoutais de traverser.

Je me souvins en approchant de quoi j'avais peur. C'était simplement de l'une des trappes bardées de fer et jalousement gardées. Il n'y aurait plus de gardes à présent et, à cette idée, je me mis à trembler, avançant sur la pointe des pieds comme je l'avais fait en traversant le noir caveau de basalte où restait béante une trappe semblable.

Je sentis comme alors un courant d'air froid et humide, et j'aurais voulu que mes pas prissent une autre direction. Pourquoi fallait-il suivre justement ce chemin-là, je l'ignorais.

Je trouvai en arrivant la trappe grande ouverte. Plus loin recommençaient les rayonnages, et j'aperçus sur le sol devant l'un d'eux, sous une très fine couche de poussière, un tas d'étuis récemment tombés. À l'instant, une nouvelle vague de terreur m'envahit, dont je ne pus d'abord discerner la cause.

Ces amas d'étuis renversés n'étaient pas rares, car depuis des temps infinis ce labyrinthe aveugle, secoué par les soulèvements de la terre, avait retenti du fracas assourdissant des objets qui dégringolaient. C'est seulement quand je fus à mi-chemin que je pris conscience de ce qui m'avait si violemment ému.

Plus que le tas, quelque chose m'avait inquiété dans la couche de poussière qui couvrait le sol. À la lumière de ma torche, elle ne semblait pas aussi unie qu'elle eût dû l'être – elle paraissait plus mince à certains endroits, comme si on l'eût foulée quelques mois auparavant. Ce n'était pas une certitude, car même là où la couche était le plus mince, la poussière ne manquait pas, pourtant une certaine apparence de régularité dans les inégalités imaginaires était extrêmement alarmante.

Lorsque j'éclairai de près ces points particuliers, ce que je vis ne me plut pas car l'illusion de régularité devenait très nette. On eût dit des suites uniformes d'empreintes composites qui allaient par trois, chacune mesurant à peine plus d'un pied carré et se composant de cinq marques à peu près circulaires de trois pouces, dont l'une précédait les quatre autres.

Ces lignes supposées d'empreintes d'un pied carré menaient apparemment dans deux directions, comme si on ne sait quoi était allé quelque part puis revenu. Elles étaient évidemment très peu marquées et auraient pu n'être qu'illusoires ou accidentelles, mais le chemin qu'elles me semblaient suivre m'inspira une confuse et insidieuse terreur. Car il y avait d'un côté le tas d'étuis tombés récemment avec fracas, et, à l'autre bout, la trappe menaçante d'où montait le vent humide et froid restait sans surveillance, ouverte sur des abîmes inimaginables.

Chapitre 8

Si profonde et irrésistible était l'étrange compulsion à laquelle j'obéissais qu'elle triompha de ma peur. Aucun motif rationnel n'aurait pu me faire avancer après cet affreux doute qui m'avait fait soupçonner des empreintes et ce qu'il ranimait de souvenirs oniriques envahissants. Cependant ma main droite, même si elle tremblait d'effroi, ne se contractait pas moins rythmiquement, dans sa hâte de manier une serrure qu'elle espérait trouver. Avant de m'en rendre compte, j'avais dépassé le tas d'emboîtages et m'élançais sur la pointe des pieds dans des allées de poussière intacte vers un but qu'apparemment je connaissais horriblement bien, sinistrement, pathologiquement bien.

Mon esprit se posait des questions dont je commençais à peine à deviner la source et la pertinence. Le rayonnage serait-il accessible à un corps humain ? Ma main d'homme viendrait-elle à bout de tous ces mécanismes de serrure inscrits dans une mémoire sans âge ? Cette serrure serait-elle en bon état et prête à fonctionner ? Que ferais-je – qu'oserais-je faire – de ce que, je commençais à le comprendre, j'espérais et craignais de trouver ? Serait-ce la preuve d'une réalité impressionnante, renversante pour l'esprit, celle de l'« extra-normal » ? Ou bien la simple constatation que je rêvais ?

Un instant plus tard, j'avais cessé ma course à pas feutrés et je regardais, immobile, une rangée de compartiments à hiéroglyphes d'une familiarité à me rendre fou. Ils étaient dans un état de conservation presque parfait et, à proximité, trois portes seulement avaient sauté.

Je ne saurais décrire les sentiments que j'éprouvai en les voyant – tant était totale et obsédante l'impression de vieille connaissance. Levant la tête je considérai un rayon près du sommet, tout à fait hors de portée, en me demandant comment je pourrais l'atteindre sans trop de mal. Une porte ouverte à quatre rangées du bas m'aiderait, et les serrures des portes fermées offriraient des prises pour les mains et les pieds. Je tiendrais la torche entre mes dents, pour le cas où les deux mains seraient nécessaires à la fois. Il fallait surtout ne faire aucun bruit.

Descendre ce que je voulais prendre ne serait pas facile, mais je pourrais probablement l'accrocher par son fermoir mobile au col de ma veste, et le porter comme un sac à dos. Je me demandais encore si la serrure fonctionnerait. Que je puisse répéter chacun des gestes connus, je n'en doutais pas une seconde. Mais j'espérais que l'objet ne craquerait ni ne grincerait et que ma main pourrait opérer normalement.

Tout en réfléchissant j'avais pris la torche dans ma bouche et commencé à grimper. Les serrures saillantes furent de peu de secours mais, comme je l'avais prévu, le compartiment ouvert m'aida beaucoup. Je me servis à la fois de la porte battante et du bord de l'ouverture elle-même dans mon ascension, et je réussis à éviter tout grincement bruyant.

En équilibre sur le bord supérieur de la porte, et en me penchant nettement à droite, j'atteignis de justesse la serrure que je cherchais. Mes doigts à demi engourdis par l'escalade furent d'abord très maladroits mais je vis bientôt que leur morphologie convenait à mon propos. Et la mémoire du rythme était très marquée en eux.

Par-delà de formidables abîmes de temps, les mouvements mystérieux et compliqués avaient, on ne sait comment, pénétré mon cerveau avec exactitude et dans tous les détails – si bien qu'au bout de cinq minutes à peine de tâtonnements il se produisit un déclic que je reconnus avec d'autant plus de surprise que je ne m'y attendais pas consciemment. Aussitôt après, la porte métallique s'ouvrit lentement avec à peine un très léger grincement.

Stupéfait je parcourus du regard la rangée d'étuis grisâtres ainsi mis au jour et me sentis envahi d'une terrible vague d'émotion tout à fait inexplicable. Juste à portée de ma main droite se trouvait un emboîtage dont les hiéroglyphes contournés me causèrent une angoisse infiniment plus complexe que celle de la simple frayeur. Encore tremblant, je réussis à le retirer dans un nuage de flocons poudreux, et à le faire glisser vers moi sans trop de bruit.

Comme l'autre étui que j'avais manipulé, il avait un peu plus de vingt pouces sur quinze, et portait en bas-relief des symboles mathématiques aux lignes courbes. Il avait un peu plus de trois pouces d'épaisseur.

Le bloquant de mon mieux entre moi-même et la paroi que je venais d'escalader, je fis jouer le fermoir et libérai le crochet. Puis je soulevai le couvercle, fis passer le pesant objet sur mon dos de manière qu'il s'accroche à mon col. Les mains libres à présent, je regagnai gauchement le sol poussiéreux et me préparai à examiner ma prise.

À genoux dans la poussière granuleuse, je fis pivoter l'étui et le posai devant moi. Mes mains tremblaient, et je redoutais de sortir le livre presque autant que je le désirais – et que je m'y sentais contraint. J'avais peu à peu compris ce que j'allais y trouver et cette constatation paralysait en quelque sorte mes facultés.

Si l'objet était bien là – et si je ne rêvais pas – les implications étaient telles qu'il n'était absolument pas possible à l'esprit humain de les supporter. Ce qui me tourmentait le plus, c'était pour l'instant mon incapacité de regarder comme un rêve tout ce qui m'entourait. Le sentiment de réalité était abominable et il le redevient quand je me rappelle le décor.

Enfin je tirai en tremblant le livre de sa boîte et, fasciné, je contemplai les hiéroglyphes bien connus de sa couverture. Il semblait en parfait état, et les caractères curvilignes du titre m'hypnotisaient comme si j'avais pu les lire. En vérité je ne jurerais pas que je ne les ai pas effectivement déchiffrés par un éphémère et terrible phénomène de mémoire anormale.

J'ignore combien de temps passa avant que j'ose soulever la mince feuille de métal. Je m'attardais à chercher des excuses. J'ôtai de ma bouche la torche électrique et l'éteignis pour ménager la pile. Puis dans le noir, rassemblant mon courage, je levai la couverture sans rallumer. Enfin je braquai vivement la lumière sur la page découverte – me blindant d'avance pour réprimer toute exclamation quoi qu'il arrive. Au premier coup d'œil je m'effondrai. Mais, les dents serrées, je gardai le silence. Je me laissai aller tout à fait sur le sol et portai la main à mon front dans les ténèbres dévorantes. Ce que je redoutais et attendais était là. Ou je rêvais, ou bien le temps et l'espace n'étaient plus que dérision.

Je devais rêver – mais je mettrais l'horreur à l'épreuve en rapportant cet objet pour le montrer à mon fils si c'était vraiment une réalité. La tête me tournait effroyablement, bien qu'il n'y eût rien de visible dans l'obscurité sans faille pour tournoyer autour de moi. Des idées et des images de la plus extrême terreur – nées des perspectives ouvertes par ce que j'avais entrevu – m'envahirent en foule et obnubilèrent mes sens.

Je songeai à ces empreintes supposées dans la poussière, tremblant au seul bruit de mon propre souffle. Une fois de plus j'éclairai la page et la regardai comme la victime d'un serpent peut regarder les yeux et les crocs de son bourreau.

Puis, dans le noir, je fermai le livre de mes doigts malhabiles –, le remis dans sa boîte, et rabattis le couvercle ainsi que le curieux fermoir à crochet. C'était cela qu'il fallait rapporter au monde extérieur si toutefois cela existait – si l'abîme existait vraiment – si moi, et le monde lui-même, existaient en réalité.

Je ne sais pas exactement quand, d'un pas mal assuré, je pris le chemin du retour. Je me souviens, chose curieuse – tant je me sentais coupé du monde normal –, que je ne consultai pas une seule fois ma montre pendant ces heures atroces vécues sous terre.

La torche à la main, et l'inquiétant étui sous un bras, je me retrouvai finalement sur la pointe des pieds en une sorte de panique silencieuse, pour dépasser l'abîme au courant d'air et ces vagues soupçons de pas. Je pris moins de précautions en gravissant les interminables plans inclinés, mais je ne pus me débarrasser d'une ombre d'inquiétude que je n'avais pas éprouvée pendant la descente.

Je craignais de retraverser la sombre crypte de basalte plus ancienne encore que la ville elle-même, où des souffles glacés montaient des profondeurs que ne gardaient plus les sentinelles.

Je songeais à ce que redoutait la Grand-Race et à ce qui – si faible et moribond qu'il soit – pouvait encore être à l'affût là-bas. Je songeais à ces empreintes aux cinq marques circulaires et à ce que mes rêves m'en avaient appris – aux vents extraordinaires et aux sifflements qui s'y associaient. Je songeais aux récits des indigènes d'aujourd'hui, qui reviennent sans cesse sur de grands vents et des ruines souterraines sans nom.

Je reconnus à un signe gravé sur le mur l'étage où je devais entrer et j'arrivai enfin – après avoir dépassé le premier livre que j'avais examiné – au grand espace circulaire d'où se ramifiaient les passages voûtés. Sur ma droite, je retrouvai aussitôt celui par lequel j'étais venu. Je le pris, en me disant que le reste du parcours serait plus pénible à cause des ruines des bâtiments, à part celui des archives. La charge supplémentaire de l'étui métallique me pesait, et il m'était de plus en plus difficile d'avancer sans bruit en trébuchant parmi les décombres et les débris de toutes sortes.

Je parvins ensuite à l'entassement qui rejoignait le plafond et où je m'étais frayé un si maigre passage. Je redoutais terriblement d'avoir à m'y faufiler de nouveau car la première fois j'avais fait quelque bruit, et – depuis que j'avais vu les traces suspectes – je craignais le bruit par-dessus tout. L'étui, en outre, rendait doublement hasardeuse la traversée de l'étroite crevasse.

Je gravis de mon mieux l'obstacle et poussai devant moi l'étui à travers l'ouverture. Puis la torche entre les dents, j'y rampai à mon tour – me déchirant cette fois encore le dos aux stalactites.

Au moment où j'essayai de saisir l'emboîtage, il tomba un peu plus loin sur la pente avec un fracas inquiétant dont les échos me donnèrent des sueurs froides. Je me précipitai et le rattrapai sans bruit – mais un instant plus tard des blocs, en glissant sous mes pieds, déchaînèrent un vacarme subit et sans précédent.

Ce vacarme me perdit. Car à tort ou à raison, je crus entendre une réponse effroyable qui venait de très loin derrière moi. Je crus entendre un sifflement, un son strident, qui ne ressemblait à aucun autre et défiait toute description. Si c'est cela, la suite est d'une sinistre ironie – puisque sans l'affolement de cette première alerte, le second incident ne se serait pas produit.

Quoi qu'il en soit, mon délire fut total et sans recours. Prenant ma torche d'une main et retenant l'étui comme je pouvais, je me mis à sauter et bondir comme un fou, n'ayant plus d'autre idée en tête qu'un désir éperdu de fuir ces ruines de cauchemar pour revenir au monde éveillé du désert et du clair de lune qui se trouvait si loin là-haut.

J'atteignis sans m'en rendre compte la montagne de décombres qui se dressait dans un océan de ténèbres au-delà du plafond défoncé, et je me meurtris et me blessai à plusieurs reprises en escaladant sa pente abrupte de blocs déchiquetés et d'éclats.

Puis ce fut le grand désastre. À l'instant où je franchissais le sommet en aveugle, sans m'attendre à la brutale déclivité qui lui succédait, je perdis pied et me retrouvai pris dans une avalanche meurtrière de maçonnerie déferlante, dont le tumulte de canonnade déchira l'air de la sombre caverne en une série assourdissante de fantastiques réverbérations.

Je ne me souviens pas comment j'émergeai de ce chaos, mais dans un éphémère moment de conscience, je me vois me précipiter, trébuchant, avançant tant bien que mal le long du couloir au milieu du tumulte – sans avoir lâché ni l'étui ni la torche.

Alors, comme j'approchais de cette crypte basaltique primitive que j'avais tant redoutée, la folie atteignit son comble. En effet, à mesure que s'éteignaient les échos de l'avalanche, se fit entendre à plusieurs reprises cet insolite et terrifiant sifflement que j'avais cru percevoir auparavant. Cette fois, il n'y avait pas de doute – et le pire, c'était qu'il venait d'un point situé non plus derrière mais devant moi.

J'ai dû pousser un hurlement. Je me vois vaguement traverser à toute allure l'infernal caveau basaltique des monstres d'autrefois, avec dans les oreilles ce maudit sifflement inhumain qui montait de la trappe ouverte sans surveillance sur les ténèbres infinies des profondeurs. Un vent soufflait aussi – non pas simplement un courant d'air froid et humide, mais une violente rafale, opiniâtre, que vomissait, sauvage et glaciale, l'abominable gouffre d'où venait l'indécent sifflet.

Il me reste le souvenir de bonds et d'écarts pardessus toutes sortes d'obstacles, dans ce torrent de vent et de stridences qui grandissait de minute en minute et semblait délibérément s'enrouler et serpenter autour de moi, en assauts malfaisants lancés par-derrière et d'en bas.

Bien qu'il soufflât dans mon dos, ce vent avait bizarrement pour effet de retarder mon avance au lieu de m'aider – comme aurait pu le faire un nœud coulant ou un lasso lancé pour m'entraver. Sans plus me soucier du bruit que je faisais, j'escaladai un grand barrage de blocs et me retrouvai dans la partie du bâtiment qui menait à la surface.

Je me rappelle avoir aperçu l'entrée de la chambre des machines et avoir réprimé un cri à la vue d'un plan incliné conduisant à l'une de ces infernales trappes qui devaient bâiller deux étages plus bas. Mais au lieu de crier, je me répétais tout bas que tout cela n'était qu'un rêve dont j'allais bientôt me réveiller. Peut-être étais-je au camp – ou peut-être chez moi à Arkham. Fort de cet espoir qui soutenait ma raison, je commençai à monter la rampe vers l'étage supérieur.

Je savais, bien sûr, que j'aurais à retraverser la crevasse large de quatre pieds, mais j'étais trop tourmenté d'autres craintes pour en saisir toute l'horreur avant d'y arriver. Au cours de ma descente, il avait été facile de sauter par-dessus – mais comment en viendrais-je à bout quand il s'agissait de remonter, freiné par la peur, l'épuisement, le poids de l'étui métallique, et le harcèlement de ce diable de vent derrière moi ? Je ne songeai à tout cela qu'au dernier moment, ainsi qu'aux présences innommables qui pouvaient rôder dans les noirs abîmes au fond de la crevasse.

La lueur vacillante de ma torche faiblissait mais un souvenir obscur m'avertit que la faille était proche. Les rafales glacées et les hideuses stridences derrière moi me furent un moment comme un opium bienfaisant car elles aveuglèrent mon imagination sur la menace du gouffre béant sous mes pas. Et puis je pris conscience de nouvelles rafales et d'autres sifflements, devant moi cette fois – monstrueuse marée déferlant à travers la crevasse elle-même depuis des profondeurs inconnues et inconnaissables.

Maintenant, le vrai cauchemar, dans son essence, me tenait en son pouvoir. Je perdis la raison et oubliant tout, sauf l'impulsion animale de fuite, je m'élançai tout simplement et m'escrimai à escalader les décombres de la rampe comme si le gouffre n'existait pas. Puis me voyant au bord du vide, je fis un bond frénétique où je mis tout ce que j'avais de force, et fus instantanément englouti dans un pandémonium vertigineux de sons détestables, une obscurité opaque et palpable.

Voilà la fin de mon aventure, du moins ce que je me rappelle. Toutes les impressions qui suivirent appartiennent au domaine du délire et de la fantasmagorie. Rêve, folie et souvenir se mêlent fébrilement en une série de fantasmes bizarres et décousus, sans rapport avec aucune réalité.

Il y eut une chute affreuse à travers d'incalculables lieues de ténèbres visqueuses et sensibles, un brouhaha de bruits totalement étrangers à tout ce que nous connaissons de la terre et de sa vie organique. Des sens en sommeil, rudimentaires, paraissaient reprendre vie en moi, révélant des fosses et des vides peuplés d'horreurs flottantes, menant à des sommets abrupts et des océans sans soleil, des villes grouillantes de tours basaltiques aveugles sur lesquelles jamais ne brille aucune lumière.

Les secrets de la planète primitive et de ses âges immémoriaux fulgurèrent dans mon cerveau sans le secours de la vue ou de l'ouïe, et je connus des choses que mes anciens rêves les plus fous n'avaient jamais suggérées. Pendant tout ce temps, des doigts glacés de vapeur humide s'accrochaient à moi et me harcelaient, tandis que cette maudite stridence se déchaînait diaboliquement, au-dessus de l'alternance de brouhaha et de silence, dans des tourbillons de ténèbres.

Vinrent ensuite les visions de la ville cyclopéenne de mes rêves – non plus en ruine, mais telle que je l'avais rêvée. J'avais réintégré mon corps conique non humain, et me mêlais à la foule de ceux de la Grand-Race et aux esprits captifs qui transportaient des livres de haut en bas des hautes galeries et des vastes rampes.

En surimpression, s'ajoutaient à ces images des bribes éphémères et terrifiantes de conscience non visuelle ; combats désespérés, contorsions pour se libérer des tentacules du vent siffleur, un vol démentiel, comme de chauve-souris, dans l'air épais, tâtonnements fiévreux à travers la nuit fouettée par le cyclone, assaut frénétique et trébuchant de décombres.

Il y eut une fois l'insolite intrusion d'un éclair entr'aperçu – un confus et faible soupçon de rayonnement bleuâtre loin au-dessus de ma tête. Puis vint un rêve d'escalade et de reptation, où je me faufilai, sous les rayons d'une lune sardonique, dans un fouillis de débris qui glissaient et dégringolaient derrière moi au milieu d'un ouragan furieux. Ce fut la pulsation hostile et monotone de ce clair de lune exaspérant qui m'apprit enfin le retour de ce que j'avais autrefois considéré comme le monde éveillé, objectif.

J'étais à plat ventre, les ongles dans le sable du désert australien, et autour de moi hurlait un vent si tumultueux que je n'en avais jamais entendu de pareil à la surface de notre planète. Mes vêtements étaient en loques, et tout mon corps n'était qu'égratignures et contusions.

Je ne repris pleinement conscience que très lentement, et je ne pus dire à aucun moment où finissait le rêve délirant et où commençaient les vrais souvenirs. Il semblait y avoir eu un amoncellement de blocs titanesques, un abîme en dessous, une monstrueuse révélation du passé, et pour finir une horreur cauchemardesque – mais qu'est-ce qui était réel dans tout cela ?

Ma torche électrique avait disparu et je ne retrouvai pas non plus d'étui métallique. Y avait-il eu un étui semblable – ou un abîme – ou un tas de ruines ? Levant la tête, je regardai derrière moi et je ne vis que les sables stériles et ondoyants du désert.

Le vent démoniaque tomba et la lune bouffie et fongoïde sombra en rougeoyant vers l'ouest. Je me relevai péniblement et pris en titubant la direction de l'est pour regagner le camp. Que m'était-il arrivé en réalité ? M'étais-je simplement effondré dans le désert, traînant un corps torturé par le rêve sur des miles de sable et de blocs enfouis ? Sinon, comment pouvais-je supporter de vivre plus longtemps ?

Car, avec cette nouvelle incertitude, tous les espoirs que j'avais fondés sur l'irréalité de visions nées du mythe s'évanouissaient une fois de plus dans les doutes infernaux du début. Si cet abîme était réel, alors la Grand-Race l'était aussi – ses incursions et ses captures impies dans tout le tourbillon cosmique du temps n'étaient ni des mythes ni des cauchemars, mais une terrible, atterrante réalité.

Avais-je vraiment vécu cette épreuve révoltante, d'être ramené à un monde préhumain vieux de cent cinquante millions d'années, pendant cette sinistre et déconcertante amnésie ? Mon corps actuel avait-il été le véhicule d'une effroyable conscience étrangère venue du fond des âges paléogènes ?

Esprit captif de ces horreurs à la démarche étrange, avais-je effectivement connu dans sa prospérité première cette maudite cité de pierre, et parcouru ces couloirs familiers en me contorsionnant sous la forme hideuse de mon ravisseur ? Ces rêves torturants de plus de vingt années étaient-ils le fruit de souvenirs monstrueux ?

M'étais-je jamais entretenu avec des esprits venus du fond de l'espace et du temps, avais-je appris les secrets de l'univers, ceux du passé et ceux de l'avenir, et rédigé les annales de mon propre monde pour les dossiers métalliques d'archives titanesques ? Et ces autres – ces Anciens d'une monstruosité révoltante, maîtres des vents furieux et des stridences démoniaques – étaient-ils bien une menace persistante, à l'affût dans leurs noirs abîmes, à attendre et à s'affaiblir peu à peu, tandis que de multiples formes de vie poursuivaient leur existence multimillénaire sur la face vieillie de la planète ?

Je ne sais pas. Si cet abîme et ce qu'il contenait était réel, alors il n'y a aucun espoir. Car tout aussi réellement, il pèse sur notre monde humain une ombre ironique et inconcevable, hors du temps. Mais par bonheur il n'y a aucune preuve que tout cela soit autre chose qu'un nouvel aspect de mes rêves mythiques. Je n'ai pas rapporté l'étui métallique qui eût été un indice, et jusqu'à présent ces couloirs souterrains n'ont pas été retrouvés.

Si les lois de l'univers sont clémentes, on ne les retrouvera jamais. Mais je dois dire à mon fils ce que j'ai vu ou cru voir, laissant à son jugement de psychologue le soin d'évaluer la réalité de mon expérience et de faire connaître ce témoignage.

J'ai dit que l'épouvantable vérité qui était à l'origine de mes années de rêves torturants repose entièrement sur la réalité de ce que j'ai cru voir dans ces ruines cyclopéennes ensevelies. Il m'a été pénible, je dois le dire, de mettre noir sur blanc cette révélation décisive, bien que le lecteur n'ait pu manquer de la deviner. Elle est dans le livre que contient l'étui de métal – cet étui que j'ai arraché à son repaire au milieu de la poussière d'un million de siècles.

Aucun œil n'avait vu, aucune main n'avait touché ce livre depuis la venue de l'homme sur cette planète. Pourtant, lorsque je braquai ma torche sur lui dans ce terrifiant abîme, je vis que les caractères bizarrement colorés sur les pages de cellulose cassante et brunie par les âges n'étaient pas du tout de ces hiéroglyphes obscurs datant de la jeunesse de la terre. Non, c'étaient les lettres de notre alphabet familier, composant des mots anglais écrits de ma main.

L'Affaire Charles Dexter Ward

« *Les Sels essentiels des Animaux se peuvent préparer et conserver de telle façon qu'un Homme ingénieux puisse posséder toute une Arche de Noé dans son Cabinet, et faire surgir, à son gré, la belle Forme d'un Animal à partir de ses cendres ; et par telle méthode, appliquée aux Sels essentiels de l'humaine Poussière, un Philosophe peut, sans nulle Nécromancie criminelle, susciter la Forme d'un de ses Ancêtres défunts à partir de la Poussière en quoi son Corps a été incinéré.* »

Borellus.

Chapitre 1

Résultat et prologue

Un personnage fort étrange, nommé Charles Dexter Ward, a disparu récemment d'une maison de santé, près de Providence, Rhode Island. Il avait été interné à contrecœur par un père accablé de chagrin, qui avait vu son aberration passer de la simple excentricité à une noire folie présentant à la fois la possibilité de tendances meurtrières et une curieuse modification du contenu de son esprit. Les médecins s'avouent complètement déconcertés par son cas, car il présentait des bizarreries physiques autant que psychologiques.

En premier lieu, le malade paraissait beaucoup plus vieux qu'il ne l'était. À vrai dire, les troubles mentaux vieillissent très vite ceux qui en sont victimes, mais le visage de ce jeune homme de vingt-six ans avait pris une expression subtile que seuls possèdent les gens très âgés. En second lieu, ses fonctions organiques montraient un curieux désordre. Il n'y avait aucune symétrie entre sa respiration et les battements de son cœur ; sa voix était devenue un murmure à peine perceptible ; il lui fallait un temps incroyablement long pour digérer ; ses réactions nervales aux stimulants habituels n'avaient aucun rapport avec toutes celles, pathologiques ou normales, que la médecine pouvait connaître. La peau était sèche et froide ; sa structure cellulaire semblait exagérément grossière et lâche. Une grosse tache de naissance, en forme d'olive, avait disparu de sa hanche gauche, tandis qu'apparaissait sur sa poitrine un signe noir très étrange qui n'existait pas auparavant. Tous les médecins s'accordent à dire que le métabolisme du sujet avait été retardé d'une façon extraordinaire.

Sur le plan psychologique également, Charles Ward était unique. Sa folie n'avait rien de commun avec aucune espèce de démence consignée dans les traités les plus récents et les plus complets ; elle semblait être une force mentale qui aurait fait de lui un génie ou un chef si elle n'eût été bizarrement déformée. Le Dr Willett, médecin de la famille Ward, affirme que les facultés mentales du malade, si on les mesurait par ses réactions à tous les sujets autres que celui de sa démence, s'étaient bel et bien accrues depuis le début de sa maladie. Le jeune Ward avait toujours été un savant et un archéologue ; mais même ses travaux les plus brillants ne révélaient pas la prodigieuse intelligence qu'il manifesta au cours de son examen par les aliénistes. En fait, son esprit semblait si lucide et si puissant qu'on eut beaucoup de peine à obtenir l'autorisation légale de l'interner ; il fallut, pour emporter la décision, les témoignages de plusieurs personnes et la constatation de lacunes anormales dans les connaissances du patient, en dehors de son intelligence proprement dite. Jusqu'au moment de sa disparition, il se montra lecteur omnivore et aussi brillant causeur que le lui permettait sa faible voix. Des observateurs expérimentés, ne pouvant prévoir sa fuite, prédirent qu'il ne manquerait pas d'être bientôt rendu à la liberté.

Seul le Dr Willett, qui avait mis au monde Charles Ward et n'avait pas cessé depuis lors de surveiller son évolution physique et mentale, semblait redouter cette perspective. Il avait fait une terrible découverte qu'il n'osait révéler à ses confrères. En vérité, le rôle qu'il a joué dans cette affaire ne laisse pas d'être assez obscur. Il a été le dernier à parler au malade, trois heures avant sa fuite et plusieurs témoins se rappellent le mélange d'horreur et de soulagement qu'exprimait son visage à l'issue de cet entretien. L'évasion elle-même reste un des mystères inexpliqués de la maison de santé du Dr Waite : une fenêtre ouverte à soixante pieds du sol n'offre pas une solution. Willett n'a aucun éclaircissement à donner, bien qu'il semble, chose étrange, avoir l'esprit beaucoup plus libre depuis la disparition de Ward. En vérité, on a l'impression qu'il aimerait en dire davantage s'il était sûr qu'un grand nombre de gens attacheraient foi à ses paroles. Il avait trouvé le malade dans sa chambre, mais, peu de temps après son départ, les infirmiers avaient frappé en vain à la porte.

Quand ils l'eurent ouverte, ils virent, en tout et pour tout, la fenêtre ouverte par laquelle une froide brise d'avril faisait voler dans la pièce un nuage de poussière d'un gris bleuâtre qui faillit les étouffer. Les chiens avaient aboyé quelque temps auparavant, alors que Willett se trouvait encore dans la pièce ; par la suite, les animaux n'avaient manifesté aucune agitation. On avertit aussitôt le père de Ward par téléphone, mais il montra plus de tristesse que de surprise. Lorsque le Dr Waite se présenta en personne à son domicile, le Dr Willett se trouvait déjà sur les lieux, et les deux hommes affirmèrent n'avoir jamais eu connaissance d'un projet d'évasion. Seuls, quelques amis intimes de Willett et de Mr Ward ont pu fournir certains indices, et ils paraissent beaucoup trop fantastiques pour qu'on puisse y croire. Un seul fait reste certain jusqu'aujourd'hui, on n'a jamais trouvé la moindre trace du fou échappé.

Dès son enfance, Charles Dexter Ward manifesta une véritable passion pour l'archéologie. Ce goût lui était venu, sans aucun doute, de la ville vénérable où il résidait et des reliques du passé qui abondaient dans la vieille demeure de ses parents, à Prospect Street, au faîte de la colline. À mesure qu'il avançait en âge, il se consacra de plus en plus aux choses d'autrefois l'histoire, la généalogie, l'étude de l'architecture et du mobilier coloniaux, finirent par constituer son unique sphère d'intérêt. Il est important de se rappeler ses goûts pour tâcher de comprendre sa folie, car, s'ils n'en constituent pas le noyau, ils jouent un rôle de premier plan dans son aspect superficiel. Les lacunes relevées par les aliénistes portaient toutes sur des sujets modernes. Elles étaient invariablement compensées par des connaissances extraordinaires concernant le passé, connaissances soigneusement cachées par le patient, mais mises à jour par des questions adroites on aurait pu croire que Ward se trouvait transféré dans une autre époque au moyen d'une étrange auto-hypnose. Chose bizarre, il semblait ne plus s'intéresser au temps d'autrefois qui lui était peut-être devenu trop familier. De toute évidence, il s'attachait à acquérir la connaissance des faits les plus banals du monde moderne, auxquels son esprit était resté entièrement et volontairement fermé. Il fit de son mieux pour dissimuler cette ignorance ; mais tous ceux qui l'observaient constatèrent que son programme de lecture et de conversation était déterminé par le désir frénétique d'acquérir le bagage pratique et culturel qu'il aurait dû posséder en raison de l'année de sa naissance (1902) et de l'éducation qu'il avait reçue. Les aliénistes se demandent aujourd'hui comment, étant donné ses lacunes dans ce domaine, le fou évadé parvient à affronter les complications de notre monde actuel ; l'opinion prépondérante est qu'il se cache dans une humble retraite jusqu'à ce qu'il ait accumulé tous les renseignements voulus.

Les médecins ne sont pas d'accord en ce qui concerne le début de la démence de Ward. L'éminent Dr Lyman, de Boston, le situe en 1919-1920, au cours de sa dernière année à Moses Brown School, pendant laquelle il cessa brusquement de s'intéresser au passé pour se tourner vers les sciences occultes, et refusa de passer l'examen d'admission à l'Université sous prétexte qu'il avait à faire des études individuelles beaucoup plus importantes. À cette époque, il entreprit des recherches minutieuses dans les archives municipales et les anciens cimetières pour retrouver une tombe creusée en 1771 : la tombe d'un de ses ancêtres, Joseph Curwen, dont il affirmait avoir découvert certains papiers derrière les boiseries d'une très vieille maison d'Olney Court, au faîte de Stampers Hill, où Curwen avait jadis habité.

Il est donc indéniable qu'un grand changement se produisit dans le comportement de Ward au cours de l'hiver de 1919-1920 ; mais le Dr Willett prétend que sa folie n'a pas commencé à cette époque. Le praticien base cette opinion sur sa connaissance intime du patient et sur certaines découvertes effroyables qu'il fit quelques années plus tard. Ces découvertes l'ont durement marqué : sa voix se brise quand il en parle, sa main tremble quand il essaie de les coucher par écrit. Willett reconnaît que le changement de 1919-1920 semble indiquer le début d'une décadence progressive qui atteignit son point culminant avec l'horrible crise de 1928, mais il estime, d'après ses observations personnelles, qu'il convient d'établir une distinction plus subtile. Sans doute, le jeune homme avait toujours été d'humeur instable ; néanmoins, sa première métamorphose ne représentait pas un accès de folie véritable : elle était due simplement à ce que Ward avait fait une découverte susceptible d'impressionner profondément l'esprit humain.

La démence véritable vint quelques années plus tard quand Ward eut trouvé le portrait et les papiers de Joseph Curwen ; quand il eut effectué un voyage en pays lointain et psalmodié des invocations effroyables dans d'étranges circonstances ; quand il eut reçu certaines réponses à ces invocations et rédigé une lettre désespérée ; quand plusieurs tombes eurent été violées ; quand la mémoire du patient commença à oublier toutes les images du monde moderne, tandis que sa voix s'affaiblissait et que son aspect physique se modifiait. C'est seulement au cours de cette période, déclare Willett, que le personnage de Ward prit un caractère cauchemardesque.

On ne saurait mettre en doute que le patient ait fait, comme il l'affirme, une découverte cruciale. En premier lieu, deux ouvriers étaient auprès de lui quand il trouva les papiers de Joseph Curwen. En second lieu, le jeune homme montra au médecin ces mêmes documents qui semblaient parfaitement authentiques. Les cavités où Ward prétendait les avoir découverts sont une réalité visible. Il y a eu en outre les coïncidences mystérieuses des lettres d'Orne et de Hutchinson, le problème de l'écriture de Curwen, et ce que révélèrent les détectives au sujet du Dr Allen ; sans oublier le terrible message en lettres médiévales minuscules, trouvé dans la poche de Willett quand il reprit conscience après sa terrifiante aventure.

Enfin, et surtout, il y a les deux épouvantables résultats obtenus par le docteur, grâce à certaines formules, résultats qui prouvent bien l'authenticité des papiers et leurs monstrueuses implications.

Il faut considérer l'existence de Ward avant sa folie comme une chose appartenant à un passé lointain. À l'automne de 1918, très désireux de subir l'entraînement militaire qui faisait fureur à cette époque, il avait commencé sa première année à l'École Moses Brown, située tout près de sa maison. Le vieux bâtiment, construit en 1819, et le vaste parc qui l'entoure, avaient toujours eu beaucoup de charme à ses yeux. Il passait tout son temps à travailler chez lui, à faire de longues promenades, à suivre des cours et à rechercher des documents généalogiques et archéologiques dans les différentes bibliothèques de la ville. On peut encore se le rappeler tel qu'il était en ce temps-là grand, mince, blond, un peu voûté, assez négligemment vêtu, donnant une impression générale de gaucherie et de timidité.

Au cours de ses promenades, il s'attachait toujours à faire surgir des innombrables reliques de la vieille cité une image vivante et cohérente des siècles passés. Sa demeure, vaste bâtisse de l'époque des rois George, se dressait au sommet de la colline abrupte à l'est de la rivière : les fenêtres de derrière lui permettaient de voir la masse des clochers, des dômes et des toits de la ville basse, et les collines violettes de la campagne lointaine. C'est là qu'il était né. Partant du porche classique de la façade en brique à double baie, sa nourrice l'avait emmené dans sa voiture jusqu'à la petite ferme blanche, vieille de deux siècles, que la ville avait depuis longtemps enserrée dans son étreinte, puis jusqu'aux majestueux bâtiments de l'Université, le long de la rue magnifique où les grandes maisons de brique et les petites maisons de bois au porche orné de colonnes doriques rêvent au milieu de leurs cours spacieuses et de leurs vastes jardins.

Sa voiture avait également roulé dans Congdon Street, un peu plus bas sur le flanc de la colline, où toutes les maisons du côté est se trouvaient sur de hautes terrasses : elles étaient en général beaucoup plus vieilles que celles du sommet, car la ville avait grandi de bas en haut. La nourrice avait coutume de s'asseoir sur un des bancs de Prospect Terrace pour bavarder avec les agents de police ; et l'un des premiers souvenirs de l'enfant était un océan confus de clochers, de dômes, de toits, de collines lointaines, qu'il aperçut depuis cette grande plate-forme, par un après-midi d'hiver, baigné d'une lumière violette et se détachant sur un couchant apocalyptique de rouges, d'ors, de mauves et de verts.

Lorsque Charles eut grandi, il s'aventura de plus en plus bas sur les flancs de cette colline presque à pic, atteignant chaque fois des parties de la ville plus anciennes et plus curieuses. Il descendait prudemment la pente quasi verticale de Jencken Street pour gagner le coin de Benefit Street : là, il trouvait devant lui une vieille maison de bois à la porte ornée de pilastres ioniens, et, à côté de lui, la grande maison du juge Durfee, qui conservait encore quelques vestiges de sa splendeur défunte. Cet endroit se transformait peu à peu en taudis, mais les ormes gigantesques lui prêtaient la beauté de leur ombre, et l'enfant se plaisait à errer, en direction du sud, le long des demeures de l'époque pré-révolutionnaire, pourvues de grandes cheminées centrales et de portails classiques.

Vers l'Ouest, la colline s'abaissait en pente raide jusqu'au vieux quartier de Town Street qui avait été bâti au bord de la rivière en 1636. Là se trouvaient d'innombrables ruelles aux maisons entassées les unes sur les autres ; et, malgré l'attrait qu'elles exerçaient sur le jeune Ward, il hésita longtemps avant de s'y hasarder, par crainte d'y découvrir des terreurs inconnues. Il préférait continuer à parcourir Benefit Street, en passant devant l'auberge branlante de La

Boule d'Or où Washington avait logé. À Meeting Street, il regardait autour de lui : vers l'Est, il voyait l'escalier de pierre auquel la route devait recourir pour gravir la pente ; vers l'Ouest, il apercevait la vieille école aux murs de brique qui fait face à l'antique auberge de La Tête de Shakespeare où l'on imprimait, avant la révolution, La Gazette de Providence. Venait ensuite la première église baptiste de 1775, avec son merveilleux clocher construit par Gibbs. À cet endroit et en direction du Sud, le district devenait plus respectable ; mais les vieilles ruelles dégringolaient toujours la pente vers l'Ouest : spectrales, hérissées de toits pointus, elles plongeaient dans le chaos de décomposition iridescente du vieux port avec ses appontements de bois pourris, ses magasins de fournitures maritimes aux fenêtres encrassées, sa population polyglotte aux vices sordides.

À mesure qu'il devenait plus grand et plus hardi, le jeune Ward s'aventurait dans ce maelström de maisons branlantes, de fenêtres brisées, de balustrades tordues, de visages basanés et d'odeurs indescriptibles. Entre South Main Street et South Water Street, il parcourait les bassins où venaient encore mouiller quelques vapeurs ; puis, repartant vers le Nord, il gagnait la large place du Grand-Pont où la Maison des Marchands, bâtie en 1773, se dresse toujours solidement sur ses arches vénérables. Là, il s'arrêtait pour contempler la prodigieuse beauté de la vieille ville aux multiples clochers, étalée sur la colline, couronnée par le dôme neuf du temple de la Christian Science, comme Londres est couronné par le dôme de Saint-Paul. Il aimait surtout arriver à ce lieu en fin d'après-midi, quand le soleil déclinant dore de ses rayons la Maison des Marchands et les toits amoncelés sur la colline, prêtant un charme magique aux quais où les navires des Indes jetaient l'ancre jadis. Après s'être absorbé dans sa contemplation jusqu'au vertige, il regagnait sa demeure au crépuscule, en remontant les rues étroites où des lueurs commençaient à briller aux fenêtres.

Il lui arrivait aussi de chercher des contrastes marqués. Il consacrait parfois la moitié d'une promenade aux districts coloniaux au nord-ouest de sa maison, à l'endroit où la colline s'abaisse jusqu'à Stampers Hill avec son ghetto et son quartier nègre, groupés autour de la place d'où partait autrefois la diligence de Boston ; et l'autre moitié au charmant quartier du Sud qui renferme George Street, Benevolent Street, Power Street, Williams Street, où demeurent inchangées de belles demeures aux jardins verdoyants entourés de murs. Ces promenades, jointes à des études diligentes, expliquent la science archéologique qui finit par chasser le monde moderne de l'esprit de Charles Ward ; elles nous montrent aussi la nature du sol sur lequel tomba, au cours de ce fatal hiver 1919-1920, la graine qui devait donner un si terrible fruit.

Le Dr Willett est certain que, jusqu'à cette date, il n'y avait aucun élément morbide dans les études et les recherches du jeune homme. Les cimetières présentaient à ses yeux un intérêt purement historique, et il était entièrement dépourvu de tout instinct violent. Puis, par degrés, on vit s'opérer en lui une étrange métamorphose, après qu'il eut découvert parmi ses ancêtres maternels un certain Joseph Curwen, venu de Salem, qui avait fait preuve d'une longévité surprenante et était le héros d'étranges histoires.

Le trisaïeul de Ward, Welcome Potter, avait épousé en 1785 une certaine « Ann Tillinghast, fille de Mme Eliza, elle-même fille du capitaine James Tillinghast » : le nom du père ne figurait pas dans les papiers de la famille. À la fin de l'année 1918, en examinant un volume manuscrit des archives municipales, le jeune généalogiste découvrit une inscription mentionnant un changement légal de nom, par lequel, en l'an 1772, Mme Eliza Curwen, épouse de Joseph Curwen, avait repris, ainsi que sa fille Anne, âgée de sept ans, le nom de son père, le capitaine Tillinghast : étant donné que « le nom de son Mari était devenu un Opprobre public, en raison de ce qu'on avait appris après sa mort, et qui confirmait une ancienne Rumeur, à laquelle une loyale Épouse avait refusé d'ajouter foi jusqu'à ce qu'elle fût si formellement prouvée qu'on ne pût conserver aucun Doute ». Cette inscription fut découverte à la suite de la séparation accidentelle de deux feuillets soigneusement collés ensemble.

Charles Ward comprit tout de suite qu'il venait de se trouver un aïeul jusqu'alors inconnu. Ceci le troubla d'autant plus qu'il avait déjà entendu de vagues rumeurs concernant ce personnage dont il semblait qu'on eût voulu effacer officiellement le souvenir.

Jusqu'alors, Ward s'était contenté de bâtir des hypothèses plus ou moins fantaisistes au sujet du vieux Joseph Curwen ; mais, dès qu'il eut découvert le lien de parenté qui les unissait, il entreprit de rechercher systématiquement tout ce qu'il pourrait trouver. Il réussit au-delà de ses plus grands espoirs : des lettres, des mémoires et des journaux intimes, enfouis dans les greniers de Providence et d'autres villes, recélaient des passages révélateurs que leurs auteurs avaient jugé inutile de détruire. Mais les documents les plus importants, ceux qui, selon le Dr Willett, causèrent la perte de Ward, furent trouvés par le jeune homme, en août 1919, derrière les boiseries d'une maison délabrée d'Olney Court.

Chapitre 2

Antécédent et abomination

Joseph Curwen, s'il faut en croire les légendes, les rumeurs et les papiers découverts par Ward, était un homme énigmatique qui inspirait une horreur obscure. Il avait fui Salem pour se réfugier à Providence (ce havre de tous les êtres libres, originaux et dissidents) au début de la grande persécution des sorcières : il craignait d'être accusé de pratiquer la magie, en raison de son existence solitaire et de ses expériences chimiques ou alchimiques. Devenu libre citoyen de Providence, il acheta un terrain à bâtir au bas d'Olney Street. Sa maison fut construite sur Stampers Hill, à l'ouest de Town Street, à l'endroit qui devint par la suite Olney Court ; en 1761, il remplaça ce logis par un autre, beaucoup plus grand, encore debout à l'heure actuelle.

Ce qui parut d'abord le plus bizarre, c'est que Joseph Curwen ne sembla pas vieillir le moins du monde à partir du jour de son arrivée. Il se fit armateur, acheta des appontements près de la baie de Mile-End, et aida à reconstruire le Grand-Pont en 1713 ; mais il garda toujours le même aspect d'un homme de trente à trente-cinq ans. À mesure que les années passaient, cette qualité singulière attira l'attention générale. Curwen se contenta d'expliquer qu'il était issu d'une lignée d'ancêtres particulièrement robustes, et que la simplicité de son existence lui permettait d'économiser ses forces. Les habitants de Providence, ne comprenant pas très bien comment on pouvait concilier la notion de simplicité avec les inexplicables allées et venues du marchand et les lumières qui brillaient à ses fenêtres à toute heure de la nuit, cherchèrent d'autres causes à son étrange jeunesse et à sa longévité. La plupart d'entre eux estimèrent que cet état singulier provenait de ses perpétuelles manipulations de produits chimiques. On parlait beaucoup des curieuses substances qu'il faisait venir de Londres et des Indes sur ses bateaux, où qu'il allait chercher à Newport, Boston et New York. Lorsque le vieux Dr Jabez Bowen arriva de Rehoboth et ouvrit sa boutique d'apothicaire, de l'autre côté du Grand-Pont, à l'enseigne de la Licorne et du

Mortier, Curwen lui acheta sans arrêt drogues, acides et métaux. S'imaginant qu'il possédait une merveilleuse science médicale, plusieurs malades allèrent lui demander secours ; il les encouragea dans leur croyance, sans se compromettre le moins du monde, en leur donnant des potions de couleur bizarre, mais on observa que ses remèdes, administrés aux autres, restaient presque toujours sans effet. Finalement, lorsque, après cinquante ans de séjour, Curwen ne sembla pas avoir vieilli de plus de cinq ans, les gens commencèrent à murmurer et à satisfaire le désir d'isolement qu'il avait toujours manifesté.

Diverses lettres et journaux intimes de cette époque révèlent plusieurs autres raisons pour lesquelles on en vint à craindre et à éviter Joseph Curwen comme la peste. Ainsi, il avait une passion bien connue pour les cimetières où on le voyait errer à toute heure, encore que personne ne l'eût jamais vu se livrer à un acte sacrilège. Sur la route de Pawtuxet, il possédait une ferme où il passait l'été et à laquelle il se rendait fréquemment à cheval, de jour ou de nuit. Deux domestiques prenaient soin de ce domaine. C'était un couple d'Indiens Narragansett : le mari avait un visage couturé d'étranges cicatrices ; la femme, d'aspect répugnant, devait avoir du sang noir dans les veines. L'appentis attenant à la ferme abritait le laboratoire de Curwen. Les porteurs qui livraient des flacons, des sacs ou des caisses par la petite porte de derrière, parlaient entre eux de creusets, alambics et fourneaux qu'ils avaient vus dans la pièce aux murs garnis de rayonnages, et disaient à voix basse que le taciturne alchimiste ne tarderait pas à trouver la pierre philosophale. Les voisins les plus proches, les Fenner, qui habitaient à un quart de mille de distance, déclaraient qu'ils entendaient, pendant la nuit, des cris et des hurlements prolongés provenant de la ferme de Curwen. En outre, ils s'étonnaient du grand nombre d'animaux qui paissaient dans les prés : en effet, il n'y avait pas besoin de tant de bêtes pour fournir de la viande, du lait et de la laine à un vieillard solitaire et à ses deux serviteurs. Chose non moins bizarre, le cheptel n'était jamais le même, car, chaque semaine, on achetait de nouveaux troupeaux aux fermiers de Kingstown. Enfin, un grand bâtiment de pierre, dont les fenêtres étaient réduites à d'étroites fentes, avait une très mauvaise réputation.

Les flâneurs de la place du Grand-Pont avaient beaucoup à dire sur la maison d'Olney Court : non pas la belle demeure bâtie en 1761, lorsque Curwen devait avoir cent ans, mais l'humble logis primitif, à la mansarde sans fenêtres, aux murs couverts de bardeaux, dont il fit brûler la charpente après sa démolition. En vérité, elle offrait beaucoup moins de mystère que la ferme, mais on y voyait briller des lumières au cœur de la nuit ; il n'y avait, comme serviteurs, que deux étrangers au visage basané ; la gouvernante était une vieille Française d'un âge incroyable ; on livrait à l'office des quantités de nourritures extraordinaires ; enfin, on entendait des voix étranges tenir des conversations secrètes à des heures indues.

Dans les cercles plus élevés de la société de Providence, le comportement de Curwen faisait aussi l'objet de nombreuses discussions ; car, à mesure que le nouveau venu avait pénétré dans les milieux ecclésiastiques et commerciaux de la ville, il avait lié connaissance avec des personnalités distinguées. On savait qu'il appartenait à une très bonne famille, les Curwen, ou Carwen, de Salem, étant bien connus dans la Nouvelle-Angleterre. On apprit qu'il avait beaucoup voyagé dans sa jeunesse, qu'il avait séjourné en Angleterre et s'était rendu en Orient à deux reprises. Quand il daignait parler, il employait le langage d'un Anglais cultivé. Mais, pour une raison quelconque, il n'aimait pas la compagnie. Bien qu'il n'eût jamais repoussé un visiteur, il faisait toujours preuve d'une telle réserve que peu de gens trouvaient quelque chose à lui dire.

On discernait dans son comportement une sardonique arrogance, comme s'il en était venu à trouver stupides tous les humains, après avoir eu commerce avec des entités plus puissantes. Lorsque le Dr Checkley[1], un des beaux esprits de l'époque, vint de Boston en 1738, pour assumer les fonctions de recteur de King's Church, il ne manqua pas de rendre visite à un personnage dont il avait tant entendu parler. Mais il se retira au bout de très peu de temps, car il avait décelé dans les propos de son hôte quelque chose de sinistre : Charles Ward déclara un soir à son père qu'il aurait donné beaucoup pour savoir ce que le mystérieux vieillard avait pu dire à l'ecclésiastique ; malheureusement, tous les auteurs des journaux intimes de l'époque s'accordaient pour relater la répugnance du Dr Checkley à répéter ce qu'il avait entendu. L'excellent homme avait été violemment bouleversé, et il ne pouvait jamais songer à Joseph Curwen sans perdre sa gaieté bien connue.

C'est pour une raison plus précise qu'un autre homme cultivé évita le redoutable ermite. En 1746, Mr John Merritt, Anglais d'âge mûr, aux goûts scientifiques et littéraires, arriva de Newport pour venir s'installer à Providence où il se fit bâtir une belle maison de campagne dans ce qui est aujourd'hui le centre du quartier résidentiel. Il menait un grand train de vie (il fut le premier à posséder un carrosse et des domestiques en livrée) et tirait fierté de sa lunette d'approche, son télescope, sa belle bibliothèque de livres anglais et latins. Ayant entendu dire que Curwen avait la plus riche bibliothèque de la ville, il ne tarda pas à lui rendre visite et reçut un accueil relativement cordial. Son admiration pour les rayonnages bien garnis de son hôte, qui, outre les classiques grecs, latins et anglais, contenaient un remarquable arsenal d'œuvres philosophiques, mathématiques, scientifiques, avec des auteurs tels que Paracelse, Agricola, van Helmont, Sylvius, Glauber, Boyle, Boerhaave, Becher et Stahl, lui valut d'être invité à visiter la ferme et le laboratoire, ce que Curwen n'avait jamais offert à personne.

Mr Merritt a toujours reconnu n'avoir rien vu de vraiment horrible à la ferme de Pawtuxet Road[2], mais il a déclaré que les titres des volumes traitant de thaumaturgie, d'alchimie et de théologie, avaient suffi à lui inspirer une véritable répulsion. Cette collection bizarre comprenait presque tous les cabalistes, démonologistes et magiciens connus, et constituait un véritable trésor de science en matière d'alchimie et d'astrologie. On y trouvait Hermès Trismégiste dans l'édition de Ménard, la Turba Philosophorum, le Liber investigationis de Geber, la Clé de la Sagesse d'Artephius, le Zohar, l'Albertus Magnus de Peter Jamm, l'Ars Magna et ultima de Raymond Lulle dans les éditions de Zetzner, le Thesaurus chemicus de Roger Bacon, le Clavis Alchimiae de Fludd, le De Lapide Philosophico de Trithème. Les Juifs et les Arabes du Moyen Age étaient fort nombreux, et Mr Merritt blêmit lorsque, en prenant un beau volume étiqueté Quanoon-e-Islam, il s'aperçut que c'était en réalité le Necronomicon de l'Arabe dément Abdul Alhazred, livre interdit qui avait été l'objet de rumeurs monstrueuses, quelques années auparavant, après la découverte de rites innommables dans le petit village de pêcheurs de Kingsport, Massachussetts.

Mais, chose étrange, le digne Mr Merritt fut plus particulièrement bouleversé par un infime détail. Posé à plat sur l'énorme table d'acajou se trouvait un très vieil exemplaire de

Borellus, annoté et souligné de la main de Curwen. Le livre était ouvert au milieu, et un paragraphe marqué de plusieurs traits de plume retint l'attention du visiteur. La lecture de ces quelques lignes lui causa un trouble indescriptible. Il devait se les rappeler jusqu'à la fin de ses jours, et les transcrivit mot pour mot dans son journal intime. Les voici :

Les Sels essentiels des Animaux se peuvent préparer et conserver de telle façon qu'un Homme ingénieux puisse posséder toute une Arche de Noé dans son Cabinet, et faire surgir, à son gré, la belle Forme d'un Animal à partir de ses cendres ; et par telle méthode, appliquée aux Sels essentiels de l'humaine Poussière, un Philosophe peut, sans nulle Nécromancie criminelle, susciter la Forme d'un de ses Ancêtres défunts à partir de la Poussière en quoi son Corps a été incinéré.

C'est près du port, dans la partie sud de Town Street, que l'on racontait les pires choses au sujet de Joseph Curwen. Les marins sont gens superstitieux : les rudes matelots des négriers, des bateaux corsaires et des grands bricks des Brown, des Crawford et des Tillinghast, faisaient de furtifs signes de croix quand ils voyaient ce vieillard mince et voûté, aux cheveux blonds, à l'aspect si jeune, entrer dans son entrepôt de Doubloon Street, ou bavarder avec des capitaines et des subrécargues sur le quai le long duquel ses navires se balançaient. Ses commis et ses capitaines le craignaient et le détestaient ; ses équipages se composaient de métis de La Havane, de La Martinique ou de Port-Royal. La cause essentielle de la peur inspirée par le vieillard était la fréquence avec laquelle il remplaçait ses matelots. Un équipage allait à terre, dont certains membres étaient chargés de telle ou telle commission : quand on procédait au rassemblement, il manquait toujours deux ou trois hommes. Or, presque tous les disparus avaient reçu l'ordre de se rendre à la ferme de Pawtuxet Road, et personne n'avait oublié cette particularité. Au bout d'un certain temps, Curwen eut beaucoup de mal à recruter des marins pour ses navires. Invariablement plusieurs d'entre eux ne manquaient pas de déserter après avoir entendu les commérages sur les quais de Providence, et leur remplacement posait un problème de plus en plus difficile.

En 1760, Joseph Curwen était devenu un véritable paria, soupçonné d'alliances avec les démons, qui semblaient d'autant plus menaçantes qu'on ne pouvait ni les nommer, ni les comprendre, ni prouver leur existence. L'affaire des soldats disparus, en 1758, acheva de monter les gens contre lui. Cette année-là, pendant les mois de mars et d'avril, deux régiments du roi, en route pour la Nouvelle-France, furent cantonnés à Providence où leur nombre diminua de façon inexplicable. On remarqua que Curwen avait coutume de bavarder avec ces étrangers en tunique rouge, et, lorsque plusieurs d'entre eux eurent disparu, les gens se rappelèrent ce qui se passait dans les équipages de l'armateur. Nul ne saurait dire ce qui se serait produit si les régiments étaient restés plus longtemps sur place.

Cependant, les affaires du marchand prospéraient. Il avait le monopole du poivre noir, du salpêtre et de la cannelle, et c'était le plus gros importateur de cuivre, d'indigo, de coton, de laine, de sel, de fer, de papier et de marchandises anglaises de tous genres. Des boutiquiers tels que James Grun, à l'enseigne de l'Elephant, à Cheapside, les Russell, à l'enseigne de l'Aigle d'Or, de l'autre côté du Grand-Pont, ou encore Clark et Nightingale, à l'enseigne de la Poêle à frire, près du Café Neuf, s'approvisionnaient presque uniquement chez lui. Enfin, des arrangements avec les distillateurs locaux, les laitiers et les éleveurs de chevaux indiens, et les fabricants de chandelles de Newsport, faisaient de lui un des premiers exportateurs de la Colonie.

Bien qu'il fût frappé d'ostracisme, il ne manquait pas d'un certain esprit civique. Lorsque la maison du gouverneur eut été détruite par le feu, il participa généreusement à sa reconstruction en 1761. La même année, il aida à rebâtir le Grand-Pont après la tempête d'octobre. Il remplaça plusieurs livres détruits dans l'incendie de la bibliothèque municipale. Enfin, le jour où certains fidèles se séparèrent de l'église du Dr Cotton pour fonder l'église du diacre Snow, Curwen se joignit à eux. Son zèle religieux ne tarda pas à diminuer, mais, quand il se vit condamné à un isolement qui menaçait de le mener à la ruine, il se remit à cultiver la piété.

Le spectacle de cet homme étrange, au visage blême, à peine âgé de quarante ans en apparence et pourtant vieux de plus d'un siècle, essayant d'échapper à la vague de crainte et de haine dont il était l'objet, paraissait à la fois pathétique et méprisable. Telle est la puissance de la richesse et de certains gestes, que l'aversion publique à son égard diminua un peu, surtout lorsque ses marins cessèrent brusquement de disparaître. En outre, on ne le vit plus jamais errer dans les cimetières, et on parla beaucoup moins des bruits sinistres qui se faisaient entendre dans sa ferme de Pawtuxet Road. Il continua à faire entrer dans sa maison des quantités considérables de nourriture et à remplacer ses troupeaux de bétail ; mais, avant le jour où ses livres de comptes furent examinés par Charles Ward, nul ne songea à établir une troublante comparaison entre le grand nombre de nègres de Guinée qu'il importa jusqu'en 1766 et le petit nombre de ces mêmes Noirs pour lesquels il pouvait produire des actes de vente soit aux marchands d'esclaves du Grand-Pont, soit aux planteurs du Territoire des Narragansett.

Naturellement, cet amendement tardif ne produisit pas beaucoup d'effet. On continua d'éviter Curwen avec méfiance, et il comprit que ses affaires ne tarderaient pas à être compromises. Ses études et ses expériences, quelle qu'en fût la nature, devaient nécessiter un revenu considérable ; en outre, il ne lui eût servi à rien de changer de lieu de résidence, car cela lui aurait fait perdre tous les avantages de sa situation commerciale. La raison lui ordonnait d'améliorer ses rapports avec les habitants de la ville, afin que sa présence ne fût plus le signal de la fin des conversations, de mauvaises excuses pour prendre congé, et d'une atmosphère de malaise général. Ses commis lui causaient beaucoup de soucis, car c'étaient de pauvres hères que personne d'autre ne voulait employer. Quant à ses capitaines et à leurs seconds il ne les gardait que dans la mesure où il pouvait exercer sur eux un certain ascendant soit par une hypothèque, soit par un billet à ordre, soit par des renseignements précis sur leur vie privée. Dans plusieurs cas, s'il faut en croire les journaux intimes du temps, Curwen fit preuve d'un véritable pouvoir magique pour découvrir des secrets de famille à des fins peu avouables. Au cours des cinq dernières années de son existence, il sembla que, seules, des conversations directes avec des gens morts depuis longtemps, aient pu lui fournir les renseignements qu'il était prêt à débiter avec tant de volubilité.

Vers cette époque, le rusé marchand trouva un expédient suprême pour reprendre son rang dans la communauté. Il résolut d'épouser une jeune fille dont la situation sociale rendrait impossible l'ostracisme qui le frappait. Peut-être aussi avait-il des raisons plus profondes de désirer se marier ; des raisons tellement en dehors de notre sphère que, seuls, des papiers découverts cent cinquante ans après sa mort ont permis d'en soupçonner l'existence ; mais on ne saura jamais rien de certain à ce sujet. Se rendant compte de l'horreur indignée qu'il susciterait en faisant sa cour selon les coutumes établies, il chercha une candidate sur les parents de laquelle il pût exercer une pression suffisante : tâche très difficile, car il voulait que sa future épouse possédât une grande beauté, une éducation parfaite et une position sociale inattaquable. Finalement, son choix se porta sur la fille d'un de ses meilleurs capitaines, nommé Dutie Tillinghast, veuf d'excellente famille et de réputation sans tache, qui, par manque d'argent, se trouvait complètement sous la domination de Curwen. Après une terrible entrevue avec son armateur, le marin donna son consentement à cette union monstrueuse.

Eliza Tillinghast, âgée de dix-huit ans à cette époque, avait été aussi bien élevée que les maigres ressources de son père le permettaient. Non seulement elle avait fréquenté l'école de Stephen Jackson, mais encore elle avait appris tous les arts de la vie domestique. Depuis la mort de sa mère, emportée par la variole en 1757, elle tenait la maison, avec l'aide d'une seule servante noire. Elle dut avoir une explication très pénible avec son père au sujet du mariage qu'il lui imposait, mais aucun document écrit n'en fait mention. Ce qu'il y a de sûr, c'est qu'elle rompit ses fiançailles avec le jeune Ezra Weeden, premier lieutenant de l'Entreprise, et que son union avec Joseph Curwen fut célébrée le 7 mars 1767, à l'église baptiste, en présence des personnalités les plus distinguées de la ville. La Gazette mentionna la cérémonie en un compte rendu très bref qui semble avoir été coupé ou déchiré dans les numéros de ce journal encore existants. Ward en trouva un seul intact, après de longues recherches dans les archives d'un collectionneur célèbre. Il était rédigé dans les termes suivants :

Lundi dernier, Mr Joseph Curwen, marchand de cette Ville, a épousé Mlle Eliza Tillinghast, fille du capitaine Dutie Tillinghast, jeune personne qui, en même temps que la Beauté, possède un réel Mérite de nature à faire honneur à l'État de mariage et à perpétuer sa Qualité.

La série des lettres Durfee-Arnold, découverte par Charles Ward dans la collection de Melville F. Peters, de George Street, jette une vive lumière sur l'indignation suscitée par cette union mal assortie. Néanmoins, l'influence sociale des Tillinghast gardait tout son poids, et, de nouveau, Joseph Curwen reçut les visites de gens qu'il n'aurait jamais amenés, dans d'autres circonstances, à franchir le seuil de sa demeure. S'il ne fut pas reçu par tout le monde, il cessa d'être l'objet d'un ostracisme général. Le comportement de l'étrange marié à l'égard de son épouse surprit tout le monde. Il n'y eut plus aucune manifestation inquiétante dans la maison neuve d'Olney Court, et, bien que Curwen se rendît très souvent à sa ferme (où il n'emmena jamais sa jeune femme), sa conduite devint presque normale. Une seule personne lui manifesta une hostilité marquée : Ezra Weeden, le jeune officier de marine dont les fiançailles avec Eliza Tillinghast avaient été si brutalement rompues. Il avait juré publiquement de se venger, et s'employait à espionner Curwen avec une opiniâtreté haineuse qui ne présageait rien de bon pour son heureux rival.

Le 7 mai 1765 naquit Ann Curwen. Elle fut baptisée par le Révérend John Graves, de King's Church (le mari et la femme, étant respectivement congrégationaliste et baptiste avaient adopté d'un commun accord l'église épiscopale[3] pour leur fille). On ne trouve pas mention de cette naissance dans la plupart des documents ecclésiastiques et municipaux où elle devrait figurer, et Charles Ward eut beaucoup de mal à la découvrir. Il dut, pour cela, correspondre avec les héritiers du Dr Graves qui, fidèle sujet du roi, avait emporté avec lui un duplicatum des registres paroissiaux quand il abandonna son pastorat au moment de la révolution. Ward puisa à cette source parce qu'il savait que sa trisaïeule, Ann Tillinghast Potter, avait appartenu à l'église épiscopale.

Peu de temps après la naissance de sa fille, événement qu'il accueillit avec une ferveur contrastant avec sa froideur habituelle, Curwen décida de poser pour son portrait. Il le fit exécuter par un Écossais plein de talent, nommé Cosmo Alexander, qui résidait à ce moment-là à Newport. On rapporte que l'image fut peinte sur un panneau de la bibliothèque de la maison d'Olney Court. À cette époque, le marchand donna des signes de distraction extraordinaire et passa le plus clair de son temps à la ferme de Pawtuxet Road. Il paraissait en proie à une agitation réprimée, comme s'il attendait un événement phénoménal ou s'il allait faire une étrange découverte dans le domaine de l'alchimie.

Il ne cessa pas d'affecter de prendre un grand intérêt à la vie de la communauté, et ne perdit pas une occasion d'élever le niveau culturel de la ville. En 1763, il avait permis à Daniel Jenckes d'ouvrir sa librairie dont il fut par la suite le meilleur client. De même, il prêta une aide financière substantielle à La Gazette qui paraissait tous les mercredis, à l'enseigne de la Tête de Shakespeare.

En politique, il se montra farouche partisan du gouverneur Hopkins, contre le parti de Ward (particulièrement puissant à Newport, ville rivale de Providence). Mais Ezra Weeden, qui le surveillait de près, se moquait cyniquement de cette activité extérieure, et jurait qu'elle dissimulait un commerce innommable avec les plus noirs abîmes du Tartare. Chaque fois qu'il était à terre, le jeune homme passait des nuits entières non loin des quais, tenant un canot prêt quand il voyait des lumières briller dans les entrepôts de Curwen, et suivant la petite embarcation qui, parfois, s'éloignait furtivement dans la baie. Il montait aussi la garde près de la ferme de Pawtuxet Road, et fut une fois cruellement mordu par les chiens que les deux domestiques lâchèrent sur lui.

En juillet 1766 se produisit la dernière métamorphose de Joseph Curwen. Elle fut très soudaine et très remarquée par les habitants de la ville. L'expression d'attente fit place à un air de triomphe exaltant. Le marchand semblait avoir du mal à s'empêcher de discourir en public sur ce qu'il avait découvert, appris ou fait ; mais selon toute apparence, la nécessité de garder le secret l'emporta sur l'envie de faire partager sa joie, car il ne fournit jamais aucune explication. C'est alors que le sinistre savant commença à stupéfier les gens par sa connaissance de faits que seuls leurs ancêtres défunts auraient pu lui communiquer.

Mais les activités clandestines de Curwen ne cessèrent pas pour autant. Au contraire, elles semblèrent s'accroître, si bien que le soin de ses affaires incomba de plus en plus à ses capitaines qui lui étaient attachés par les liens de la peur. Il abandonna complètement le commerce des esclaves, sous prétexte que les bénéfices ne cessaient pas de diminuer. Il passait à sa ferme tout le temps qu'il pouvait, et, selon certaines rumeurs, on le trouvait parfois dans les parages des cimetières. Ezra Weeden, quoique ses périodes d'espionnage fussent nécessairement brèves et intermittentes en raison de ses voyages en mer, avait plus d'opiniâtreté que les campagnards et les gens de la ville ; c'est pourquoi il soumit les affaires de Curwen à une surveillance sans précédent. Plusieurs manœuvres bizarres des vaisseaux du marchand avaient été considérées comme naturelles, à une époque où tous les colons semblaient résolus à lutter contre les dispositions de la loi sur le sucre qui entravait un commerce important. La contrebande était chose commune dans la baie de Narragansett où l'on débarquait de nuit des cargaisons illicites. Mais Weeden, après avoir suivi plusieurs fois les gabares et les sloops qui s'éloignaient furtivement des bassins de Town Street, eut bientôt la certitude que Joseph Curwen n'était pas uniquement soucieux d'éviter les navires armés de Sa Majesté. Avant la métamorphose de 1766, ces embarcations avaient contenu, pour la plupart, des nègres enchaînés que l'on débarquait en un point du rivage juste au nord du village de Pawtuxet, pour les conduire ensuite à la ferme où on les enfermait dans l'énorme bâtiment de pierre dont les fenêtres étaient réduites à d'étroites fentes. À partir de juillet 1766, Curwen cessa d'importer des esclaves, et, pendant un certain temps, il n'y eut plus de navigation nocturne. Puis, vers le printemps de 1767, gabares et sloops recommencèrent à quitter les bassins ; mais, à présent, ils allaient très loin dans la baie, jusqu'à Nanquit Point, où ils recevaient les cargaisons d'étranges navires d'une taille considérable. Ensuite, les marins de Curwen transportaient ces cargaisons jusqu'à la ferme où on les déposait dans le bâtiment de pierre qui servait autrefois de prison aux esclaves ; elles se composaient presque entièrement de caisses dont certaines, lourdes et oblongues, ressemblaient fort à des cercueils.

Weeden surveillait la ferme avec assiduité. Il laissait rarement s'écouler une semaine sans y faire une expédition nocturne, sauf lorsque la neige recouvrait le sol et aurait gardé l'empreinte de ses pas. Afin d'assurer le guet pendant qu'il était en mer, il requit les services d'un compagnon de taverne nommé Eleazar Smith. À eux deux, ils auraient pu répandre des rumeurs extraordinaires. Ils n'en firent rien parce qu'ils jugeaient que la moindre publicité mettrait leur proie en garde et les empêcherait d'aller plus loin. Or, ils désiraient en savoir davantage avant d'agir. En vérité, ils durent apprendre des choses effarantes, et Charles Ward dit plusieurs fois à ses parents combien il regrettait que Weeden eût brûlé ses carnets de notes. Tout ce que l'on sait de leurs découvertes vient du journal intime assez incohérent d'Eleazar Smith et des lettres de certains épistoliers de l'époque ; documents d'où il ressort que la ferme était seulement l'enveloppe extérieure d'une formidable menace dont l'étendue ne pouvait se saisir clairement.

Weeden et Smith furent très tôt persuadés que, sous terre, s'étendait une série de tunnels et de catacombes où vivaient de nombreux serviteurs, outre le vieil Indien et sa femme. La maison d'habitation était un vieux logis du début du XVIIe siècle, avec d'énormes cheminées et des fenêtres treillissées, le laboratoire se trouvant dans un appentis exposé au nord, à l'endroit où le toit atteignait presque le sol. Ce bâtiment était à l'écart de tous les autres ; néanmoins, à en juger par les voix qu'on entendait parfois à l'intérieur, il devait être accessible par des passages souterrains. Jusqu'en 1766, ces voix n'étaient que les murmures et les cris des esclaves, accompagnés de curieuses invocations psalmodiées. Après cette date, elles changèrent de façon terrible acquiescements mornes, explosions de fureur frénétique, gémissements suppliants, halètements avides, cris de protestation. Elles s'exprimaient en différentes langues, toutes connues de Curwen qui proférait d'un ton âpre des menaces ou des reproches.

Parfois, il semblait qu'il y eût plusieurs personnes dans la maison Curwen, quelques captifs, et les gardiens de ces captifs. Des voix s'exprimaient en des langues que ni Weeden ni Smith n'avaient jamais entendues, malgré leur grande connaissance des ports étrangers. Les conversations ressemblaient toujours à une espèce d'interrogatoire : on aurait dit que Curwen arrachait des renseignements à des prisonniers terrifiés ou rebelles.

Weeden n'a pu noter que certaines phrases des dialogues en anglais, en français et en espagnol. En dehors des entretiens où l'on discutait les affaires passées des familles de Providence, la plupart des questions et des réponses portaient sur des sujets historiques ou scientifiques, appartenant parfois à un passé très lointain. Un jour, par exemple, un personnage alternativement furieux et morose fut interrogé en français sur le massacre du Prince Noir à Limoges, en 1370, comme s'il y avait une raison secrète que le prisonnier aurait dû savoir. Curwen demanda à son captif si l'ordre avait été donné à cause du Signe du Bouc découvert sur l'autel de la crypte romaine de la cathédrale, ou parce que l'Homme Noir de la Haute-Vienne avait prononcé les Trois Mots. N'ayant pu réussir à obtenir de réponse, l'inquisiteur avait dû recourir à des moyens extrêmes, car on entendit un cri formidable, suivi par un grand silence et un bruit sourd.

Aucun de ces colloques n'eut de témoin oculaire, les fenêtres étant toujours cachées par de lourds rideaux. Une nuit, pourtant, pendant un discours dans une langue inconnue, Weeden vit apparaître sur un rideau une ombre qui le bouleversa. Elle lui rappela un des personnages d'un spectacle de marionnettes présenté à l'automne de 1764, à Hacher's Hall, par un montreur venu de Germantown, Pennsylvanie, et qui s'intitulait Vue de la Célèbre Cité de Jérusalem, en laquelle sont représentés Jérusalem, le Temple de

Salomon, son Trône Royal, les célèbres Tours et Collines ; ainsi que les Tourments de Notre-Seigneur depuis le Jardin de Gethsémani jusqu'au Calvaire du Golgotha. Cette nuit-là, l'espion, posté tout contre la fenêtre de la salle de devant où avait lieu la conversation, sursauta si fort qu'il donna l'éveil aux deux serviteurs indiens qui lâchèrent les chiens sur lui. Par la suite, on n'entendit plus jamais parler dans la maison, et Weeden et Smith en conclurent que Curwen avait transféré son champ d'action aux régions souterraines.

Plusieurs détails prouvaient l'existence de celles-ci. Des cris et des gémissements étouffés montaient du sol de temps à autre, en des lieux éloignés de toute habitation ; en outre, on découvrit, cachée dans les buissons au bord de la rivière, à l'endroit où les hautes terres s'abaissent en pente raide jusqu'à la vallée de Pawtuxet, une porte de chêne massif, encastrée dans une arche en maçonnerie, qui donnait accès à des cavernes creusées dans la colline. Weeden fut incapable de dire quand et comment ces catacombes avaient pu être construites ; mais il souligna fréquemment que des ouvriers venus de la rivière pouvaient facilement s'y rendre sans être vus. En vérité, Joseph Curwen faisait faire à ses matelots de singulières besognes ! Pendant les grosses pluies du printemps de 1769, les deux espions guettèrent avec une attention soutenue la berge escarpée de la rivière, pour voir si quelque secret souterrain serait mis à jour par les eaux. Ils furent récompensés de leur patience par le spectacle d'une profusion d'ossements humains et animaux à certains endroits de la rive où la pluie avait creusé de véritables ravins. Naturellement, ceci pouvait paraître normal à proximité d'une ferme d'élevage, dans un coin de pays où abondaient les anciens cimetières indiens ; mais Weeden et Smith aboutirent à des conclusions différentes.

En janvier 1770, alors que les deux jeunes gens se demandaient encore ce qu'ils devaient penser ou faire, se produisit l'incident du Fortaleza. Exaspéré par l'incendie criminel du garde-côte Liberty, de Newport, au cours de l'été précédent, l'amiral Wallace, commandant la flotte de la douane, avait fait renforcer la surveillance des navires étrangers. En l'occurrence, un jour, à l'aube, la goélette Cygnet, sous les ordres du capitaine Harry Leshe, captura, après une brève poursuite, la toue Fortaleza, de Barcelone, capitaine : Manuel Arruda, partie du Caire à destination de Providence. Quand on fouilla le navire, on s'aperçut avec stupeur que sa cargaison se composait uniquement de momies égyptiennes adressées au « Matelot A.B.C. » qui devait venir en prendre livraison dans une gabare au large de Nanquit Point, et dont le capitaine Arruda refusa de révéler l'identité. Le tribunal maritime de Newport se trouva fort embarrassé, car, d'une part, la cargaison n'était pas une denrée de contrebande, mais, d'autre part, le Fortaleza avait effectué une entrée illégale. On s'arrêta à un compromis : le bateau fut relâché, avec interdiction de mouiller dans les eaux de Rhode Island. Par la suite, on rapporta qu'on l'avait vu dans les parages du port de Boston, mais il n'y pénétra jamais ouvertement.

Cet incident bizarre ne manqua pas de susciter l'attention des habitants de Providence, dont plusieurs établirent un rapport entre les momies du Fortaleza et Joseph Curwen. Les études et les expériences du sinistre vieillard étant connues de tout le monde, ainsi que son goût morbide pour les cimetières, il semblait être le seul citoyen de la ville auquel cette lugubre cargaison pût être destinée. Comme s'il se fût rendu compte de cette opinion, le vieux marchand prit soin de discourir en plusieurs occasions sur la valeur chimique des baumes trouvés dans les momies, pensant peut-être qu'il pourrait donner à cette affaire un aspect à peu près normal tout en n'admettant pas y avoir participé. Quant à Weeden et Smith, naturellement, ils se lancèrent dans les théories les plus extravagantes sur Joseph Curwen et ses monstrueux travaux.

Au printemps suivant, il y eut à nouveau de lourdes pluies, et les deux jeunes gens observèrent avec attention la berge de la rivière derrière la ferme. De grandes étendues de terre furent emportées par les eaux, des ossements furent mis à nu, mais les guetteurs ne virent aucune caverne souterraine. Toutefois, dans le village de Pawtuxet, à un mille en aval, là où la rivière forme une chute par-dessus une terrasse rocheuse, se répandit une rumeur singulière. Les paisibles pêcheurs dont les barques étaient ancrées dans le petit port somnolent, non loin du pont rustique, affirmèrent avoir vu des corps flottants apparaître, l'espace d'une minute, au moment où ils franchissaient la cataracte. Certes, la Pawtuxet est une longue rivière qui serpente à travers plusieurs régions très peuplées où abondent les cimetières, et les pluies avaient été torrentielles. Mais les pêcheurs furent désagréablement impressionnés par le regard fou d'un des corps au moment où il fut projeté au bas de la chute, et par le faible cri poussé par un autre, qui, d'après son état, aurait dû être parfaitement incapable de crier. En apprenant cette nouvelle, Smith, en l'absence de Weeden, se hâta d'aller examiner la berge derrière la ferme, où aurait dû se produire un éboulement considérable.

Néanmoins, il ne vit pas la moindre trace d'un passage, car l'avalanche en miniature avait formé une muraille de terre et d'arbustes déracinés.

À l'automne de 1770, Weeden décida que le moment était venu de faire part à d'autres de ses découvertes, car il disposait d'un enchaînement de faits précis et d'un témoin oculaire prêt à garantir que la jalousie et le désir de vengeance n'avaient pas échauffé son imagination. Il prit pour premier confident le capitaine de l'Entreprise, James Matthewson, qui, d'une part, le connaissait suffisamment pour ne pas mettre en doute sa véracité, et, d'autre part, avait assez d'influence dans la ville pour être écouté avec respect. L'entretien eut lieu dans une salle de la taverne de Sabin, près du port, en présence de Smith, et le capitaine Matthewson parut très impressionné par les déclarations de son premier lieutenant. Comme tous les autres habitants de Providence, il nourrissait de noirs soupçons à l'égard de Curwen ; il n'avait besoin que de quelques renseignements supplémentaires pour être entièrement convaincu. Il enjoignit aux deux jeunes gens d'observer un silence absolu, se réservant de consulter lui-même une dizaine des notables les plus cultivés de la ville. De toute façon, il faudrait garder le secret, car l'affaire ne pouvait être réglée par la police ou la milice ; par-dessus tout, on devait tenir la foule dans l'ignorance pour éviter une répétition de la terrible panique de Salem qui avait fait partir Curwen pour Providence un siècle auparavant.

Il comptait s'adresser aux personnalités suivantes :

le Dr Benjamin West, auteur d'un traité sur le transit de Vénus ; le révérend James Manning, doyen de l'Université ; l'ex-gouverneur Stephen Hopkins, membre honoraire de la Société philosophique de Newport ; John Carter, éditeur de La Gazette ; les quatre frères Brown : John, Joseph, Nicholas et Moïse, magnats de la ville (Joseph étant un chimiste amateur très compétent) ; le vieux Dr Jabez Brown, érudit considérable qui était fort bien renseigné sur les achats bizarres de Curwen ; et le capitaine Abraham Whipple, corsaire d'une énergie et d'une hardiesse phénoménales. Ces hommes, s'ils prêtaient à Matthewson une oreille favorable, pourraient se réunir ensuite afin de décider s'ils devaient consulter, avant d'agir, le gouverneur de la colonie, Joseph Wanton, de Newport.

Le capitaine Matthewson réussit au-delà de ses espérances ; si deux ou trois des notables firent quelques réserves sur le récit de Weeden, tous estimèrent nécessaire d'agir en commun et en secret.

Curwen constituait une menace à l'égard de la prospérité de la ville et de la colonie : il fallait à tout prix l'éliminer. À la fin de décembre 1770, il y eut une réunion générale chez Stephen Hopkins. Le capitaine Matthewson lut les notes de Weeden. Celui-ci et son ami Smith furent convoqués pour préciser certains détails. Avant la fin de la conférence, l'assemblée se sentit en proie à une terreur vague ; mais à cette crainte était mêlée une résolution farouche que le capitaine Whipple exprima par des jurons retentissants. On décida de ne rien dire au gouverneur, car il fallait avoir recours à des mesures extra-légales. Il pouvait être dangereux de donner l'ordre de quitter la ville à un homme comme Curwen qui semblait disposer de forces surnaturelles. En outre, même s'il obéissait sans exercer de représailles, on n'aurait abouti qu'à transporter la menace dans un autre lieu. Le marchand devait être surpris dans sa ferme par une troupe de corsaires endurcis et on lui donnerait une ultime chance de s'expliquer. Si c'était simplement un fou qui s'amusait à tenir des conversations imaginaires en imitant des voix différentes, on se contenterait de l'enfermer. Si les abominations souterraines s'avéraient bien réelles, Curwen et tous ses serviteurs devaient mourir. Les choses pouvaient se faire sans bruit ; sa veuve et son beau-père ne sauraient jamais ce qui s'était passé.

Pendant que les conjurés discutaient ces mesures, il se produisit dans la ville un incident si terrible, si inexplicable, qu'on en parla longtemps à plusieurs milles à la ronde. Par une nuit de janvier, alors que la lune brillait clair et qu'une épaisse couche de neige recouvrait le sol, on entendit sur la rivière et sur la colline résonner une série de cris affreux ; puis les gens qui habitaient près de Weybosset Point virent une grande forme blanche courir désespérément sur le terrain mal défriché devant la Tête de Turc. Des abois de chiens retentissaient dans le lointain, mais ils se calmèrent dès que la rumeur de la ville éveillée se fit entendre. Des groupes d'hommes munis de lanternes et de mousquets se hâtèrent de gagner les lieux, mais ils ne purent rien découvrir. Cependant, le lendemain matin, un corps gigantesque, bien musclé, complètement nu, fut trouvé sur la glace accumulée contre les piles sud du Grand-Pont, et l'identité du cadavre devint le thème d'innombrables hypothèses. Ceux qui échangèrent des conversations à voix basse à ce sujet étaient tous des vieillards, car le visage rigide aux yeux pleins d'horreur n'éveillait de souvenirs que dans la mémoire des patriarches : or, ces derniers reconnurent dans ce corps aux traits hideux un homme qui était mort plus de cinquante ans auparavant !

Ezra Weeden assista à la découverte du cadavre. Se rappelant les aboiements des chiens entendus la veille, il s'achemina le long de Weybosset Street et traversa le pont de Muddy Dock où les cris avaient retenti. En atteignant la limite du district habité, à l'endroit où la rue débouche sur la route de Pawtuxet, il trouva de curieuses traces dans la neige. Le géant nu avait été poursuivi par des chiens et des hommes bottés, dont les empreintes de pas allaient vers la ville et en repartaient : les chasseurs avaient renoncé à leur poursuite en arrivant près des maisons. Weeden eut un sourire farouche, puis entreprit de suivre la piste jusqu'à son point de départ : comme il s'y attendait, c'était la ferme de Joseph Curwen. Le Dr Bowen, auquel il alla faire aussitôt son rapport, fut complètement décontenancé en effectuant l'autopsie du cadavre. L'appareil digestif semblait n'avoir jamais fonctionné, tandis que la peau avait une texture grossière parfaitement inexplicable. Ayant entendu dire que le corps ressemblait au forgeron Daniel Green, mort depuis bien longtemps, dont le petit-fils, Aaron Hoppin, était un subrécargue au service de Curwen, Weeden s'enquit de l'endroit précis où Green avait été enseveli. Cette nuit-là, dix hommes se rendirent au cimetière du Nord et ouvrirent sa tombe. Conformément à leurs prévisions, elle était vide.

Cependant, on avait pris des dispositions pour intercepter le courrier de Joseph Curwen, et, peu de temps avant la découverte du cadavre nu, une lettre d'un certain Jedediah Orne, de Salem, donna beaucoup à penser aux conjurés. En voici un extrait dont la copie fut trouvée par Charles Ward dans les archives d'une famille de la ville :

Je me réjouis d'apprendre que vous continuez de vous procurer à votre Guise des Choses d'Autrefois, et crois que jamais on ne fit mieux à Salem-Village, chez Mr Hutchinson. Assurément, il n'y avait Rien que de très Abominable dans ce que H. a fait surgir en partant de ce qu'il n'avait pu réunir dans sa totalité. Votre envoi n'a point Opéré, soit parce qu'il manquait Quelque Chose, soit parce que vos Mots avaient été mal copiés par vous ou mal prononcés par moi. Seul, je me trouve fort Embarrassé. Je ne possède pas vos connaissances en Chymie pour pouvoir suivre Borellus, et je m'avoue déconcerté par le Septième Livre du Necronomicon, que vous me recommandez. Mais je voudrais vous Remettre en Mémoire ce qui nous avait été dit sur le Soin que nous devons prendre d'évoquer Celui qui convient, car vous avez Connaissance de ce qu'a écrit Mr Mater dans son Magnolia de …[4] , et vous pouvez juger que cette Abomination est relatée par lui en toute Véracité. Je vous le dis encore une fois : n'évoquez Aucun Esprit que vous ne puissiez dominer ; j'entends Aucun Esprit qui, à son Tour, puisse évoquer quelque chose contre vous, par quoi vos Stratagèmes les plus Puissants seraient réduits à néant. Adressez-vous aux Petits, de crainte que les Grands ne veuillent pas Répondre, et ordonnent à votre place. J'ai été pénétré de terreur en lisant que vous saviez ce que Ben Zaristnatmik possède dans son Coffre d'Ébène, car je savais qui avait dû vous le dire. À nouveau, je vous demande de m'écrire au nom de Jedediah et non point de Simon. Il est dangereux de vivre trop longtemps dans cette Communauté, et vous connaissez le Plan par lequel je suis revenu sous la forme de mon Fils. Je désirerais que vous me fassiez Connaître ce que l'Homme Noir a appris de Sylvanus Cocidius dans la Crypte, sous le mur romain, et je vous serais très obligé de vouloir bien me Prêter le manuscrit dont vous parlez.

Une autre lettre, anonyme celle-là, et venant de Philadelphie, renfermait un passage non moins inquiétant :

Je me conformerai à votre demande de n'envoyer les Comptes que par vos Navires, mais je ne suis pas toujours sûr de la date de leur arrivée. Pour la Question dont vous m'avez parlé, je n'ai besoin que d'une seule chose de plus ; mais je voudrais être sûr de vous avoir bien compris. Vous me dites que nulle Partie ne doit manquer si l'on veut obtenir les meilleurs effets, mais vous n'ignorez pas combien ils est difficile d'avoir une certitude. Ce me paraît un grand Risque et un lourd Fardeau d'emporter toute la Caisse, et, en Ville (c'est-à-dire dans les églises Saint-Pierre, Saint-Paul ou Sainte-Marie), c'est absolument impossible. Mais je sais quelles Imperfections il y avait dans celui qui fut ressuscité en Octobre dernier, et combien de Spécimens vivants vous avez dû utiliser avant de découvrir la juste Méthode en 1766 ; c'est pourquoi je me laisserai toujours guider par vous en toutes Choses. J'attends l'arrivée de votre brick avec impatience, et je vais aux nouvelles tous les jours au Quai de Mr Biddle.

Une troisième lettre suspecte était rédigée dans une langue et un alphabet inconnus. Une seule combinaison de caractères, maintes fois répétée, se trouve gauchement copiée dans le journal intime de Smith, que trouva Charles Ward : des professeurs de l'Université Brown ont déclaré qu'il s'agissait de l'alphabet amharique ou abyssin, mais ils n'ont pas pu identifier le mot. Aucune des épîtres précitées ne fut jamais remise à Curwen ; toutefois, la disparition de Jedediah Orne, de Salem, qui se produisit peu de temps après, montra que les conjurés de Providence surent agir sans bruit. En outre, le Dr Shippen, président de la Société historique de Pennsylvanie, reçut de curieuses lettres au sujet d'un citoyen indésirable de Philadelphie. Mais des mesures plus décisives allaient être prises, et c'est dans les réunions nocturnes des marins et des corsaires dans les entrepôts des frères Brown, que nous devons chercher les fruits des découvertes de Weeden. Lentement et sûrement, on mettait sur pied un plan de campagne qui ne laisserait pas subsister la moindre trace des néfastes mystères de Joseph Curwen.

Ce dernier, malgré toutes les précautions prises. devait se douter de quelque chose, car il avait l'air inquiet et préoccupé. On voyait sa voiture à toute heure, en ville et sur la route de Pawtuxet. Peu à peu, il perdit son expression de cordialité contrainte, par laquelle il avait tenté de lutter contre les préjugés de ses concitoyens. Les plus proches voisins de sa ferme, les Fenner, remarquèrent un soir un grand faisceau de lumière jaillissant du toit du mystérieux bâtiment de pierre aux fenêtres excessivement hautes et étroites, et ils se hâtèrent de communiquer la nouvelle à John Brown. Celui-ci était devenu le chef des conjurés et avait informé les Fenner qu'on s'apprêtait à agir contre Curwen. Il s'était résigné à faire cette communication aux fermiers, car ils assisteraient forcément à l'attaque finale. Il leur expliqua l'expédition projetée en disant que Curwen était un espion des employés de la douane de Newport, contre lesquels tous les armateurs, marchands et fermiers de Providence s'insurgeaient ouvertement ou clandestinement. Nul ne saurait dire si les Fenner ajoutèrent foi à cette déclaration, mais ils avaient vu trop de choses étranges chez leur voisin pour ne pas le charger volontiers d'un péché supplémentaire. Mr Brown leur avait confié le soin de surveiller la ferme de Curwen et de lui rapporter tous les incidents qui s'y produiraient.

L'apparition de cet étrange faisceau lumineux semblait prouver que le marchand allait tenter une entreprise inhabituelle il fallait donc agir sans plus tarder. Selon le journal intime de Smith, une troupe de cent hommes se réunit à dix heures du soir, le 12 avril 1771, dans la grande salle de la taverne de Thurston, à l'enseigne du Lion d'Or, de l'autre côté du pont. Étaient présents parmi les notables John Brown, chef des conjurés ; le président Manning, dépourvu de l'énorme perruque qui l'avait rendu célèbre dans tout le pays ; le Dr Bowen, muni de sa trousse d'instruments chirurgicaux ; le gouverneur Hopkins, enveloppé dans un manteau noir, et accompagné de son frère Esch, qu'il avait mis dans la confidence au dernier moment ; John Carter, le capitaine Matthewson, et le capitaine Whipple qui devaient assurer le commandement des opérations. Ces hommes conférèrent dans une pièce sur le derrière de la taverne ; puis le capitaine Whipple pénétra dans la grande salle et donna les dernières instructions aux marins rassemblés. Eleazar Smith se trouvait avec les chefs dans la pièce de derrière, attendant l'arrivée d'Ezra Weeden qui avait pour mission de surveiller Curwen et de venir annoncer le départ de sa voiture pour la ferme.

Vers 10 heures et demie, on entendit un grondement sourd sur le Grand-Pont, suivi par le bruit d'une voiture dans la rue : le condamné venait de partir pour sa dernière nuit de magie blasphématoire. Quelques instants plus tard Weeden apparut, et les conjurés allèrent s'aligner en bon ordre dans la rue, portant sur l'épaule un mousquet, une canardière ou un harpon à baleine. Les chefs présents pour le service actif étaient le capitaine Whipple, le capitaine Esch Hopkins, John Carter, le président Manning, le capitaine Matthewson et le Dr Bowen. Moses Brown se joignit à eux vers 11 heures. Naturellement, Weeden et Smith faisaient partie du groupe. Ces hommes et leurs cent matelots se mirent en marche sans plus attendre, le cœur plein d'une résolution farouche ; ils gagnèrent, par Broad Street, la route de Pawtuxet. Après avoir dépassé l'église d'Elder Snow, certains se retournèrent pour regarder la ville endormie sous les étoiles. Pignons et clochers se détachaient en noir sur le ciel, et une brise marine soufflait doucement. Vega montait derrière la grande colline de l'autre côté de la rivière. Au pied de cette éminence couronnée d'arbres et tout le long de ses pentes, la vieille cité de Providence rêvait, tandis que certains de ses fils s'apprêtaient à la purger d'un mal monstrueux.

Une heure plus tard, les conjurés arrivèrent chez les Fenner, où on leur fit un dernier rapport sur leur victime. Curwen avait gagné sa ferme une demi-heure auparavant et l'étrange faisceau lumineux avait jailli dans le ciel peu de temps après, mais on ne voyait aucune fenêtre éclairée. Au moment même où les conjurés apprenaient cette nouvelle, une autre lueur fulgurante monta vers le Sud, et ils comprirent qu'ils se trouvaient sur le théâtre d'événements surnaturels. Le capitaine Whipple sépara ses forces en trois groupes : l'un, composé de vingt hommes, sous les ordres d'Eleazar Smith, devait gagner le rivage de la mer et garder le débarcadère en prévision de la venue éventuelle de renforts pour Curwen, et, le cas échéant, servir de réserve ultime ; vingt autres hommes, commandés par le capitaine Esch Hopkins, se glisseraient dans la petite vallée derrière la ferme et démoliraient la porte de chêne massif encastrée dans la rive abrupte ; le troisième groupe devait se concentrer sur la ferme et les bâtiments adjacents. Cette dernière troupe comprenait trois subdivisions : le capitaine Matthewson conduirait la première au mystérieux bâtiment de pierre muni d'étroites fenêtres ; la deuxième suivrait le capitaine Whipple jusqu'à la maison d'habitation ; la troisième encerclerait toute la ferme jusqu'à ce que retentît un signal d'alarme.

Au son d'un seul coup de sifflet, le groupe Hopkins démolirait la porte, puis attendrait et capturerait tout ce qui pourrait venir de l'intérieur. Au son de deux coups de sifflet, il pénétrerait par l'ouverture pour arrêter l'ennemi ou rejoindre le gros des assaillants. Le groupe Matthewson se comporterait d'une façon analogue : il forcerait l'entrée du bâtiment de pierre en entendant un coup de sifflet ; au second coup, il s'introduirait dans tout passage souterrain qu'il pourrait rencontrer, et irait combattre avec les autres. Un signal d'alarme de trois coups de sifflet ferait venir la réserve en train de monter la garde : ses vingt hommes se diviseraient en deux troupes qui envahiraient les profondeurs inconnues sous la ferme et le bâtiment de pierre. Le capitaine Whipple était convaincu de l'existence de ces catacombes. Il avait la certitude que ses signaux seraient entendus et compris par tous. Seule, l'ultime réserve du débarcadère se trouvait hors de portée de son sifflet et nécessiterait l'envoi d'un messager si son aide était requise. Moses Brown et John Carter devaient accompagner le capitaine Hopkins ; le président Manning suivrait le capitaine Matthewson ; le Dr Bowen et Ezra Weeden seraient dans le groupe du capitaine Whipple. L'attaque commencerait sur trois points simultanément, dès qu'un messager de Hopkins aurait averti Whipple que la troupe du débarcadère était à son poste. Les trois divisions quittèrent la ferme des Fenner à 1 heure du matin.

Eleazar Smith, chef du groupe du débarcadère, relate dans son journal une marche paisible et une longue attente près de la baie. À un moment donné, il entendit dans le lointain un bruit étouffé de cris, de hurlements et d'explosions ; ensuite un de ses hommes perçut des coups de feu, et, un peu plus tard, Smith lui-même sentit la pulsation de mots formidables au plus haut des airs. Juste avant l'aube apparut un matelot aux yeux hagards, aux vêtements imprégnés d'une odeur hideuse. Il ordonna aux hommes du détachement de regagner leur logis, de ne jamais souffler mot des événements de la nuit, et de ne plus accorder la moindre pensée à celui qui avait été Joseph Curwen. L'aspect du messager suffit à les convaincre de la véracité de ses paroles : bien qu'il fût connu de plusieurs d'entre eux, il avait perdu ou gagné dans son âme une chose qui faisait de lui à tout jamais un être à part. Ils eurent la même impression un peu plus tard quand ils retrouvèrent de vieux amis qui avaient pénétré dans cette zone d'horreur : tous avaient perdu ou gagné une chose impondérable. Ils avaient vu, entendu ou senti une chose interdite aux humains, et ils ne pouvaient l'oublier. Tous gardèrent un sceau de silence sur les lèvres. Le journal d'Eleazar Smith est le seul compte rendu écrit de cette expédition qui nous soit resté.

Cependant, Charles Ward découvrit quelques renseignements supplémentaires dans des lettres qu'il trouva à New London où avait vécu une autre branche de la famille Fenner. Les Fenner, qui pouvaient voir de chez eux la ferme condamnée, avaient regardé s'éloigner la colonne des assaillants et entendu très nettement les abois furieux des chiens de Curwen, suivis presque aussitôt par le premier coup de sifflet. Dès que celui-ci avait résonné, le faisceau lumineux avait jailli pour la deuxième fois du bâtiment de pierre ; tout de suite après le second coup de sifflet, l'auteur des lettres, Luke Fenner, fils du fermier, avait entendu un crépitement de mousqueterie, suivi par un hurlement si horrible que la mère du jeune homme s'était évanouie. Il fut répété moins fort un peu plus tard ; puis d'autres détonations retentirent, en même temps qu'une violente explosion du côté de la rivière. Une heure après, les chiens se remirent à aboyer, et il y eut des grondements souterrains tellement forts que les chandeliers tremblèrent sur le dessus de la cheminée. Une odeur de soufre se répandit dans l'air ; ensuite un nouveau bruit de mousqueterie se fit entendre, auquel succéda un hurlement moins perçant, mais encore plus horrible que les deux autres.

C'était alors que la créature flamboyante fit son apparition à l'endroit où devait se trouver la ferme de Curwen, en même temps que résonnaient des cris de désespoir et de terreur. Une salve de mousqueterie la fit tomber sur le sol, mais une autre monta aussitôt dans les airs. À ce moment, on perçut avec netteté un cri de douleur violente, et Luke Fenner affirme avoir entendu les mots suivants : « O Tout-Puissant, protège Ton agneau ! » Puis il y eut de nouvelles détonations, et la deuxième créature flamboyante s'abattit à son tour. Après un silence de trois quarts d'heure environ, Arthur Fenner, frère cadet de Luke, s'exclama qu'il voyait « un brouillard rouge » monter de la ferme maudite vers les étoiles. Nul autre que l'enfant ne put témoigner de ce phénomène ; mais Luke reconnaît que, au même instant, les trois chats qui se trouvaient dans la pièce donnèrent des signes de terreur panique.

Cinq minutes plus tard, un vent glacial se leva, et l'air fut imprégné d'une puanteur intolérable, génératrice d'une crainte oppressante plus forte que celle de la tombe ou du charnier. Presque aussitôt retentit la voix formidable que nul de ceux qui l'ont entendue ne pourra jamais oublier. Elle tonna dans le ciel comme la voix même du destin, et les fenêtres vibrèrent tandis que ses derniers échos s'éteignaient. Profonde et harmonieuse, elle était puissante comme un orgue, mais aussi funeste que les livres interdits des Arabes. Elle proférait, dans une langue inconnue, des paroles que Luke Fenner transcrivit de la façon suivante : « deesmees-jeshet-bone-dosefeduvema-entemoss » Jusqu'en 1919, personne ne put identifier cette formule étrange, mais Charles Ward blêmit en reconnaissant ce que Pic de la Mirandole avait dénoncé comme la plus abominable incantation de toute la magie noire.

À ce prodige maléfique sembla répondre un cri humain provenant de la ferme de Curwen ; après quoi la puanteur de l'air s'accrut d'une autre odeur également intolérable. Puis vint une plainte prolongée qui montait et descendait alternativement. Parfois elle devenait presque articulée, bien que nul auditeur ne pût discerner aucun mot nettement défini, et, à un moment donné, elle sembla se transformer en un rire démoniaque. Enfin, il y eut un hurlement d'épouvante et de folie, jailli de vingtaines de gorges humaines ; un hurlement qui résonna fort et clair, malgré la profondeur d'où il devait émaner. Ensuite le silence et l'obscurité régnèrent. Des spirales d'âcre fumée montèrent vers les étoiles, en l'absence de toute flamme, car, le lendemain, on constata que tous les bâtiments de la ferme étaient intacts.

À l'aube, deux messagers effrayés, aux vêtements imprégnés d'une odeur monstrueuse, frappèrent à la porte des Fenner et leur achetèrent un baril de rhum. L'un d'eux déclara que l'affaire Joseph Curwen était terminée, et qu'on ne devait plus jamais parler des événements de la nuit. Bien que cet ordre pût paraître arrogant, l'aspect de celui qui le donna lui prêta une redoutable autorité sans engendrer le moindre ressentiment. C'est pourquoi les lettres de Luke Fenner à son parent du Connecticut sont les seuls documents relatifs à l'expédition ; encore leur auteur avait-il supplié leur destinataire de les détruire, mais elles furent conservées, on ne sait pourquoi, malgré cette requête. Charles Ward put ajouter un autre détail après une longue enquête dans le village de Pawtuxet. Le vieux Charles Slocum lui rapporta que son grand-père avait entendu une étrange rumeur au sujet d'un corps carbonisé découvert dans les champs une semaine après la mort de Joseph Curwen : ce cadavre aux membres convulsés ne ressemblait tout à fait ni à un être humain ni a aucun animal connu…

Huit marins avaient été tués ; leurs cadavres ne furent pas rendus à leurs familles, mais celles-ci se contentèrent de la déclaration qui leur fut faite, d'après laquelle les matelots avaient trouvé la mort dans une bagarre contre les employés de la douane. La même déclaration s'appliquait aux nombreux cas de blessures soignées et bandées par le Dr Jabez Bowen. Il était beaucoup plus difficile d'expliquer l'odeur innommable qui se dégageait des vêtements des assaillants, et on en discuta pendant plusieurs semaines. Le capitaine Whipple et Moses Brown, qui avaient été très grièvement blessés, refusèrent de se laisser panser par leurs femmes, à la grande stupeur de ces dernières. Sur le plan psychologique, tous ces hommes étaient considérablement vieillis et ébranlés. Fort heureusement, c'étaient des âmes simples et très pieuses : s'ils avaient possédé une mentalité plus complexe, on aurait pu craindre de les voir sombrer dans la folie. Le président Manning était particulièrement bouleversé, mais il réussit pourtant à annihiler ses souvenirs grâce à des prières constantes. Tous les autres chefs de l'expédition eurent un rôle important à jouer par la suite, ce qui leur permit de retrouver une certaine sérénité d'esprit. On remit à la veuve de Joseph Curwen un cercueil de plomb scellé, d'une forme bizarre, dans lequel on lui dit que gisait le corps de son mari, tué dans un combat contre les employés de la douane, à propos duquel mieux valait ne pas donner de détails.

C'est là tout ce que l'on sait sur la fin de Joseph Curwen. Charles Ward ne trouva qu'une seule suggestion qui lui permit de bâtir une théorie, à savoir qu'un passage de la lettre de Jedediah Orne à Curwen, copiée par Ezra Weeden, était souligné d'un trait de plume mal assuré. La copie fut trouvée en possession des descendants de Smith. Peut-être Weeden la remît-il à son compagnon, quand l'affaire fut terminée, pour lui fournir une des clés de l'énigme ; peut-être encore Smith possédait-il cette copie avant l'expédition, auquel cas c'est lui qui souligna le passage après avoir questionné adroitement son ami. Voici le texte révélateur :

Je vous le dis encore une fois : n'évoquez Aucun Esprit que vous ne puissiez dominer ; j'entends Aucun Esprit qui, à son Tour, puisse évoquer quelque chose contre vous, par quoi vos Stratagèmes les plus Puissants seraient réduits à néant. Adressez-vous aux Petits, de crainte que les Grands ne veuillent pas Répondre et ordonnent à votre place.

À la lumière de ce passage, en réfléchissant aux inconcevables alliés perdus qu'un homme aux abois pourrait essayer d'appeler à son aide, Charles Ward se demanda à juste titre si c'était vraiment les citoyens de Providence qui avaient tué Joseph Curwen.

Au début, les chefs de l'expédition ne s'étaient pas proposé d'effacer tout souvenir du mort des annales de Providence, et ils avaient permis à la veuve, à son père et à son enfant d'ignorer la vérité. Mais le capitaine Tillinghast était un homme rusé ; il apprit bientôt assez de choses pour exiger que sa fille et sa petite-fille changent de nom, pour brûler toute la bibliothèque de son gendre, et effacer à coups de ciseau l'inscription sur sa stèle funéraire. À dater de ce moment, on s'employa à faire disparaître la moindre trace du sorcier maudit, comme si l'on eût voulu laisser croire qu'il n'avait jamais existé. Mrs Tillinghast (c'est le nom que porta sa veuve à partir de 1772), vendit la maison d'Olney Court pour aller résider avec son père à Power's Lane jusqu'en 1817, année de sa mort. La ferme de la route de Pawtuxet fut laissée complètement à l'abandon et tomba en ruine avec une inexplicable rapidité. Personne ne s'aventura à percer la masse de végétation, sur la berge de la rivière, derrière laquelle se trouvait la lourde porte de chêne.

Il est à noter que l'on entendit un jour le vieux capitaine Whipple marmonner entre ses dents « Au diable ce f... b... ; il n'avait aucune raison de rire tout en hurlant. On aurait dit qu'il gardait quelque chose en réserve. Pour un peu, je brûlerais Sa f... maison. »

Chapitre 3

Recherche et évocation

Charles Ward, nous l'avons déjà vu, apprit pour la première fois en 1918 qu'il descendait de Joseph Curwen. Il ne faut pas s'étonner qu'il ait manifesté aussitôt un très vif intérêt pour cette mystérieuse affaire, puisque le sang du sorcier coulait dans ses veines. Aucun généalogiste digne de ce nom n'aurait pu faire autrement que se mettre à rechercher aussitôt les moindres renseignements ayant trait au sinistre marchand.

Au début, il n'essaya pas de dissimuler la nature de son enquête. Il en parlait librement avec sa famille (bien que sa mère ne fût guère satisfaite d'avoir un ancêtre comme Joseph Curwen) et avec les directeurs des musées et des bibliothèques où il poursuivait ses recherches. Il usa de la même franchise auprès des familles qui possédaient certains documents, et partagea leur scepticisme amusé à l'égard des auteurs des lettres et des journaux intimes qu'il consulta. Il reconnut maintes fois qu'il aurait donné cher pour savoir ce qui s'était passé, cent cinquante ans auparavant, à la ferme de la route de Pawtuxet (dont il avait essayé vainement de trouver l'emplacement), et ce que Joseph Curwen avait été en réalité.

Quand il eut découvert la lettre de Jedediah Orne dans les archives Smith, il décida de se rendre à Salem, et il réalisa ce projet aux vacances de Pâques de l'année 1919. On le reçut fort aimablement à l'Essex Institute où il put glaner plusieurs renseignements sur son ancêtre. Joseph Curwen était né à Salem-Village (aujourd'hui Danvers), à sept milles de la vieille cité puritaine où s'amoncellent les pignons pointus et les toits en croupe, le 18 février 1662. À l'âge de quinze ans, il avait fui la maison paternelle pour prendre la mer. Neuf ans plus tard, il était revenu s'installer dans la ville de Salem, où l'on observa qu'il avait les manières, les vêtements et le langage d'un Anglais. À partir de cette époque, il consacra presque tout son temps aux curieux livres rapportés par lui d'Europe, et aux étranges produits chimiques qui lui venaient d'Angleterre, de France et de Hollande. Plusieurs expéditions qu'il fit à l'intérieur du pays suscitèrent beaucoup de curiosité, car elles coïncidaient, murmurait-on, avec l'apparition de feux mystérieux sur les collines, au cœur de la nuit.

Ses seuls amis intimes étaient Edward Hutchinson, de Salem-Village, et Simon Orne, de Salem. Hutchinson possédait une maison presque à l'orée des bois, et sa demeure déplaisait beaucoup à plusieurs personnes en raison des bruits nocturnes qu'on y entendait. On disait qu'il recevait des visiteurs étranges et les lumières qu'on voyait à ses fenêtres n'avaient pas toujours la même couleur. En outre, il manifestait des connaissances surprenantes au sujet de personnes mortes depuis longtemps et d'événements très lointains. Il disparut au début de la persécution des sorcières : à ce même moment, Joseph alla s'installer à Providence. Simon Orne vécut à Salem jusqu'en 1720, année où les gens commencèrent à s'étonner de ne jamais le voir vieillir. Lui aussi disparut ; mais, trente ans plus tard, un homme qui était sa vivante image et prétendait être son fils, vint revendiquer la possession de ses biens. Satisfaction lui fut accordée sur la foi de certains papiers manifestement rédigés et signés par Simon Orne. Jedediah Orne continua à vivre à Salem jusqu'en 1771, date à laquelle le révérend Thomas Barnard et quelques autres, après avoir reçu des lettres de citoyens de Providence, le firent disparaître à jamais.

Ward trouva plusieurs documents concernant ces curieuses affaires à l'Essex Institute, au palais de justice et au greffe de l'état civil. À côté de titres de propriété et d'actes de vente, il y avait des fragments de nature beaucoup plus troublante. Quatre ou cinq allusions particulièrement nettes figuraient sur les comptes rendus du procès des sorcières. Ainsi, le 10 juillet 1692, Hepzibah Lawson jura devant le tribunal présidé par le juge Hatborne que « quarante Sorcières et l'Homme Noir avaient coutume de se réunir dans les Bois derrière la maison de Mr Hutchinson » ; le 8 août de la même année, Amity How déclara au juge Gedney que « Mr G.B., cette Nuit-là, posa la Marque du Diable sur Bridget S., Jonathan A., Simon O., Deliverance W., Joseph C., Susan P., Mehitable C. et Deborah B. »

Il y avait encore un catalogue de la sinistre bibliothèque de Hutchinson, et un manuscrit de lui inachevé, rédigé dans un langage chiffré que personne n'avait pu lire. Ward en fit faire une copie photographique, et se mit en devoir de la déchiffrer, d'abord de façon intermittente, puis avec fièvre. D'après son attitude, on peut conclure qu'il en trouva la clé en octobre ou en novembre, mais il ne dit jamais s'il avait réussi ou non.

Les documents concernant Orne offrirent un grand intérêt dès le début. En peu de temps, Ward fut à même de prouver, d'après l'identité des écritures, une chose qu'il considérait comme établie d'après le texte de la lettre adressée à Curwen : à savoir que Simon Orne et son prétendu fils n'étaient qu'une seule et même personne. Comme Orne l'avait dit à son correspondant, il était dangereux de vivre trop longtemps à Salem ; c'est pourquoi il s'en était allé séjourner pendant trente ans à l'étranger, pour revenir ensuite revendiquer ses terres en qualité de représentant d'une nouvelle génération. Il avait apparemment pris soin de détruire la majeure partie de sa correspondance, mais les citoyens de Salem qui le firent disparaître en 1771 découvrirent et conservèrent certains papiers surprenants : formules et diagrammes cryptiques tracés de sa main, ainsi qu'une lettre mystérieuse dont l'auteur, étant donné son écriture, ne pouvait être que Joseph Curwen.

Bien que cette épître ne fût pas datée, Charles Ward, en se basant sur certains détails, la situa vers 1750. Nous en donnons ci-dessous le texte intégral. Elle est adressée à Simon Orne, mais quelqu'un a barré ce prénom.

Providence, le 1er mai.

Frère,

Mon Vieil et Respectable ami, tous mes Respects et Vœux les plus fervents à Celui que nous servons pour votre Puissance Éternelle. Je viens de découvrir ce que vous devriez savoir au sujet de la Dernière Extrémité et de ce qu'il convient de faire à son propos. Je ne suis point disposé à vous imiter et à Partir à cause de mon âge, car Providence ne s'acharne point comme Salem à pourchasser les Êtres hors du commun et à les traduire devant les Tribunaux. J'ai de gros intérêts sur Terre et sur Mer, et je ne saurais agir comme vous le fîtes ; outre cela, ma ferme de Pawtuxet a sous le sol Ce que vous savez, qui n'attendrait pas mon Retour sous une autre forme.

 Mais, ainsi que je vous l'ai dit, je suis prêt à subir des revers de fortune, et j'ai longtemps étudié la façon de Revenir après le Suprême coup du Sort. La nuit dernière j'ai découvert les Mots qui évoquent YOGGE SOTHOTHE et j'ai vu pour la première fois ce visage dont parle Ibn Schacabac dans le …[5]. Il m'a dit que la Clé se trouve dans le troisième psaume du Liber Damnatus. Le soleil étant dans la cinquième Maison, et Saturne en Trine, tracez le Pentagramme de Feu, et récitez par trois fois le neuvième Verset. Répétez ce Verset le Jour de la Sainte-Croix et la Veille de la Toussaint, et la Chose sera engendrée dans les Sphères Extérieures.

 Et de la Semence d'Autrefois naîtra Celui qui regardera en Arrière sans savoir ce qu'il cherche.

 Cependant ceci ne servira à Rien s'il n'y a point d'Héritier et si les Sels ou la Façon de fabriquer les Sels, ne se trouvent pas Prêts pour Lui. Et ici, je dois le reconnaître, je n'ai pas pris les Mesures nécessaires et n'ai pas découvert Beaucoup. Le Procédé est difficile à atteindre, et il fait une telle Consommation de Spécimens que j'éprouve de grandes difficultés à en obtenir Suffisamment, malgré les Marins qui me viennent des indes. Les Gens d'ici deviennent curieux, mais je puis les tenir à l'écart. Les bourgeois sont pires que la Populace car ils agissent de façon plus Subtile et on croit davantage à leurs paroles. Le Pasteur et Mr Merritt ont trop parlé, je le crains, mais, jusqu'à présent, Rien ne semble Dangereux. Les Substances Chimiques sont faciles à trouver, car il y a deux bons Chimistes dans la Ville : le Dr Bowen et Sam Carew. Je suis les instructions de Borellus, et je trouve grand secours dans le septième Livre d'Abdul-Al-Hazred. Quoi que j'obtienne, vous le recevrez. En attendant, ne négligez pas d'utiliser les Mots que je vous ai donnés. Si vous Désirez Le voir, ayez recours à ce qui est Écrit sur le Feuillet que je mets dans ce paquet. Dites les Versets chaque Veille de Toussaint et du jour de la Sainte-Croix ; et si votre Lignée ne s'éteint pas, dans les années futures viendra Celui qui regardera en arrière, et utilisera les Sels que vous lui laisserez. (Job, XIX, XIV.)

 Je me réjouis de vous savoir de retour à Salem, et j'espère vous voir d'ici peu. J'ai un bon Étalon, et je me propose d'acheter une Voiture, encore que les Routes soient mauvaises. Si vous êtes disposé à voyager, ne manquez point de venir me voir. Prenez à

Boston la malle-poste qui passe par Dedham, Wrentham et Attleborough, toutes villes où vous trouverez d'excellentes tavernes. Entrez à Providence par les chutes de Patucket. Ma Maison est située en face de la Taverne de Mr Epenetus Olney ; c'est la première du côté nord d'Olney Court.

Monsieur, je suis votre fidèle ami et Serviteur En Almonsin-Metraton.

JOSEPHUS CURWEN.

À Mr Simon Orne
William's-Lane, Salem.

Chose curieuse, cette lettre fut le premier document qui fournit à Charles Ward l'emplacement exact de la maison de Curwen. La découverte était doublement frappante, car la bâtisse à laquelle elle faisait allusion à savoir la maison neuve construite en 1761 à la place de l'ancienne était une vieille demeure délabrée encore debout dans Olney Court, et que le jeune archéologue connaissait fort bien. Elle se trouvait à peu de distance de sa propre maison, sur la partie haute de Stampers Hill, et servait à présent de logis à un couple de nègres qui faisaient des lessives ou des ménages. Ward résolut d'aller visiter ce lieu dès son retour de Salem. Les parties mystiques de la lettre, dans lesquels il crut déceler un symbolisme extravagant, le déconcertèrent totalement. Néanmoins, il remarqua, en frémissant de curiosité, que le passage de la Bible mentionné par Curwen (Job, 19, 14) était le verset bien connu : « Si un homme meurt, revivra-t-il ? Pendant tout le temps qui me sera alloué, j'attendrai jusqu'à ce que vienne mon remplacement ! »

Le jeune Ward regagna Providence dans un état d'agitation fort agréable, et il passa le samedi suivant à examiner en détail la maison d'Olney Court. Cette demeure délabrée était une modeste bâtisse de deux étages et demi, de style colonial, au toit pointu, à la grande cheminée centrale, à l'entrée artistiquement sculptée surmontée d'une fenêtre en demi-cercle, au fronton triangulaire soutenu par des colonnes doriques. Elle n'avait pas beaucoup souffert des atteintes du temps à l'extérieur, et Ward sentit qu'il contemplait une chose touchant de près le sinistre objet de sa quête.

Il connaissait fort bien les habitants du logis, et fut courtoisement reçu par le vieil Asa et sa femme Hannah. L'intérieur de la maison avait beaucoup changé. Ward constata à regret que la moitié des beaux dessus de cheminée et des sculptures des armoires avait disparu, tandis que les boiseries et les moulures des panneaux des portes étaient presque toutes rayées, déchiquetées ou recouvertes de tapisserie bon marché. D'une façon générale, cette visite n'apporta pas à Ward les révélations auxquelles il s'était attendu, mais il se sentit très ému de se trouver à l'intérieur des murs qui avaient abrité un homme aussi terrible que Joseph Curwen. il frissonna en voyant qu'on avait soigneusement fait disparaître un monogramme sur le vieux heurtoir en cuivre de la porte.

À partir de ce moment, il consacra tout son temps à étudier la copie du manuscrit chiffré de Hutchinson et les divers papiers concernant l'affaire Curwen. Le manuscrit demeura indéchiffrable ; mais dans les autres documents, le jeune archéologue trouva des indications si précieuses qu'il entreprit un voyage à New London et à New York pour consulter des lettres dont la présence dans ces villes était mentionnée. Cette expédition fut très fructueuse ; en effet, elle lui apporta la correspondance de Luke Fenner, décrivant l'attaque de la ferme de Pawtuxet Road, et la correspondance Nightingale-Talbot qui lui révéla l'existence du portrait peint sur un panneau de la bibliothèque de Curwen. Ce dernier détail l'intéressa particulièrement, car il aurait donné beaucoup pour savoir quel était le visage de son ancêtre, et il décida d'effectuer une seconde inspection de la maison d'Olney Court, afin d'essayer de trouver trace de son image sous des couches de peinture ou de tapisserie.

Il commença ses recherches au début d'août et il examina soigneusement les murs de toutes les pièces assez spacieuses pour avoir pu servir de bibliothèque. Au bout d'une heure, au-dessus de la cheminée d'une vaste salle du rez-de-chaussée, il s'aperçut qu'une assez grande partie du mur était recouverte de plusieurs couches de peinture qui, aux endroits où elles s'écaillaient, révélaient une surface sensiblement plus sombre que ne l'eût été celle du bois au-dessous. Après avoir utilisé avec précaution un couteau à lame très mince, Ward comprit qu'il venait de découvrir un grand portrait à l'huile. Craignant de l'endommager en essayant de détacher lui-même les couches de peinture, il quitta la maison pour se mettre en quête d'un expert. Trois jours plus tard, il revenait avec un artiste expérimenté, Mr Walter Dwight, qui se mit aussitôt à l'œuvre en utilisant les méthodes et les produits chimiques adéquats. Le vieil Asa et sa femme manifestèrent une grande agitation pendant toute la durée du travail, et reçurent une certaine somme d'argent en dédommagement de cette invasion de leur domicile.

À mesure que la restauration s'effectuait, jour après jour, Charles Ward regardait avec un intérêt croissant les contours et les couleurs apparaître graduellement. Dwight ayant commencé par le bas, le visage resta caché jusqu'à la fin. En attendant, on put voir que le modèle était un homme maigre et bien fait, vêtu d'un habit bleu sombre, d'un gilet brodé, de culottes courtes en satin noir, de bas de soie blanche, assis dans un fauteuil sculpté, sur un arrière-plan de quais et de navires. Lorsque la tête apparut, Ward et l'artiste constatèrent que cette figure maigre et pâle, surmontée d'une perruque, leur semblait vaguement familière. Mais après le dernier bain d'huile et l'ultime coup de grattoir, l'artiste et son client restèrent béants de stupeur, car le visage de Charles Dexter Ward était l'exacte réplique de celui de son terrible aïeul...

Le jeune homme montra à ses parents la merveille qu'il avait découverte, et son père décida aussitôt d'acheter le portrait. Mrs Ward, qui présentait fort peu de traits communs avec Joseph Curwen, ne sembla pas trouver cette peinture à son goût et conseilla à son mari de la brûler, car elle avait quelque chose de malsain, non seulement en elle-même, mais encore en raison de son extraordinaire ressemblance avec Charles. Mais Mr Ward, riche propriétaire de manufactures de coton dans la vallée de Pawtuxet, était un homme à l'esprit pratique, et fit la sourde oreille. Le portrait lui plaisait beaucoup, et il estimait que son fils méritait de le recevoir comme cadeau. Naturellement, Charles partagea cette opinion. Quelques jours plus tard, Mr Ward alla trouver la propriétaire de la maison et lui acheta pour un bon prix le panneau portant le portrait et le dessus de cheminée qu'il dominait.

Il ne restait plus qu'à enlever la précieuse boiserie et à la transporter chez les Ward où on l'installerait dans le bureau de Charles, au troisième étage, au-dessus d'une fausse cheminée. Le 28 août, le jeune homme conduisit deux habiles ouvriers décorateurs à la maison d'Olney Court, où, sous sa direction, la besogne s'effectua sans encombre. Dans la maçonnerie de brique masquant le tuyau de la cheminée, Ward observa alors un alvéole cubique d'environ un pied carré, qui avait dû se trouver juste derrière la tête du portrait. Il s'approcha pour voir ce qu'il pouvait bien renfermer, et, sous un amas de papiers jaunis couverts de suie et de poussière, il découvrit un gros cahier où étaient encore fixés les restes moisis du ruban qui avait servi à nouer les feuillets. Sur la couverture, le jeune archéologue lut ces mots tracés d'une écriture qu'il avait appris à bien connaître à l'Essex Institute: Journal et Notes de Jos. Curwen, Bourgeois de Providence, ex-citoyen de Salem.

Bouleversé par sa trouvaille, Ward montra le cahier aux deux ouvriers. Ceux-ci témoignèrent par la suite de l'authenticité de la découverte, et le Dr Willett se basa sur leur déclaration pour affirmer que le jeune homme n'était pas fou au moment où il commença à se conduire de façon très excentrique. Tous les autres papiers étaient également de la main de Curwen. L'un d'eux avait pour titre : À Celui qui Viendra Après Moi, Et Comment Il Pourra Aller Au-Delà du Temps et des Sphères. Un autre était chiffré. Un troisième semblait donner la clé du chiffre. Le quatrième et le cinquième étaient adressés respectivement à « Edw. Hutchinson, Armiger » et « Jedediah Orne, Esq. », « ou à Leurs Héritiers, ou à Leurs Représentants ». Le sixième et dernier s'intitulait : La Vie et les Voyages de Joseph Curwen entre les années 1678 et 1687 : Où Il A Voyagé, Où Il A Séjourné, Qui Il A Vu, et Ce Qu'il A Appris.

Nous sommes arrivés maintenant à la période qui, selon certains aliénistes, marque le début de la folie de Charles Ward. Dès qu'il eut découvert les documents, le jeune homme y jeta un coup d'œil rapide et dut y voir quelque chose qui produisit une violente impression sur lui. En fait, lorsqu'il montra les titres aux deux ouvriers, il prit grand soin de leur dissimuler les textes, et manifesta un trouble que le seul intérêt archéologique de sa trouvaille ne suffisait pas à justifier. Rentré chez lui, il annonça la nouvelle d'un air embarrassé, comme s'il voulait donner une idée de son importance sans en produire la preuve. Il ne montra même pas les titres à ses parents ; il se contenta de leur dire qu'il avait trouvé des documents écrits de la main de Joseph Curwen, « presque tous chiffrés », qu'il lui faudrait étudier avec soin avant d'en pénétrer le sens.

Il passa toute cette nuit à lire les différents papiers, enfermé dans sa chambre, et, le jour venu, il poursuivit sa besogne. Quand sa mère, alarmée, vint s'enquérir de ce qui se passait, il la pria instamment de lui faire monter ses repas. Au cours de l'après-midi, il fit une courte apparition lorsque les ouvriers vinrent installer le portrait et le dessus de cheminée dans son bureau. La nuit suivante, il dormit par intermittence, tout habillé, et continua à étudier fiévreusement le cryptogramme. Le lendemain matin, sa mère le vit travailler sur la copie photographique du manuscrit Hutchinson qu'il lui avait souvent montré auparavant ; mais en réponse à une de ses questions, il lui dit que la clé du chiffre de Curwen ne s'appliquait pas à celui-ci. Dans l'après-midi, il alla regarder les ouvriers qui achevaient de placer le portrait dans son bureau, au-dessus d'une fausse cheminée faite de panneaux de bois disposés à quelque distance du mur nord. On posa une bûche électrique dans l'âtre pour donner l'illusion d'une cheminée réelle. Le panneau où était peint le portrait fut monté sur des charnières, de façon à ménager derrière un espace vide. Quand tout fut fini, Charles Ward transporta son travail dans son bureau et s'installa face au tableau qui le regardait comme un miroir vieillissant. Ses parents, lorsqu'ils se rappelèrent plus tard sa conduite à cette époque, fournirent des renseignements intéressants sur sa méthode de dissimulation. Devant les domestiques, il cachait rarement les papiers qu'il étudiait, car il estimait à juste titre que l'écriture compliquée de Curwen serait illisible pour eux. À l'égard de ses parents, au contraire, il se montrait beaucoup plus circonspect. Sauf si le manuscrit en cours d'étude était un cryptogramme, ou encore une suite de symboles mystérieux (comme celui qui avait pour titre : À Celui Qui Viendra Après Moi..., etc.), il le recouvrait d'un papier quelconque jusqu'à ce que son visiteur se fût retiré. La nuit, ou bien quand il quittait la pièce, il enfermait tous ses documents dans un petit cabinet. Il reprit bientôt des habitudes et un emploi du temps normaux, mais il cessa de s'intéresser aux promenades archéologiques. La réouverture de l'école où il devait faire sa dernière année parut l'ennuyer considérablement et il exprima à maintes reprises sa résolution de ne pas entrer à l'Université : il avait à faire, déclara-t-il, des recherches plus importantes qui lui apporteraient un bagage de connaissances considérable.

Ward ayant toujours vécu en savant et en ermite, ses parents ne furent guère surpris de le voir s'enfermer pour travailler jour après jour. Néanmoins, ils jugèrent bizarre qu'il ne leur montrât jamais rien de sa merveilleuse trouvaille et ne leur fît part d'aucun fait qu'il aurait pu découvrir dans ses papiers. Il expliqua sa réticence en déclarant qu'il voulait d'abord arriver à une révélation complète ; mais à mesure que les semaines passaient sans rien apporter de nouveau, une espèce de gêne s'établit entre le jeune homme et sa famille.

Au cours du mois d'octobre, Ward se remit à fréquenter les bibliothèques, mais ce fut pour y consulter uniquement des ouvrages de magie, d'occultisme et de démonologie. Lorsque les ressources de Providence s'avéraient insuffisantes, il prenait le train pour Boston où il exploitait les richesses de la grande bibliothèque de Copeley Square, la Widener Library de Harvard, ou la Zion Research Library de Brookline dans laquelle on trouve certains livres rares sur des sujets bibliques. Il acheta plusieurs volumes traitant du surnaturel, et, pendant les vacances de Noël, il fit plusieurs voyages hors de la ville, y compris une visite à l'Essex Institute de Salem.

Vers le milieu de janvier 1920, Ward adopta une attitude triomphale et cessa de déchiffrer le manuscrit Hutchinson. Dès lors, il se consacra à deux activités : l'étude de la chimie et la chasse aux documents officiels. Il installa un laboratoire dans la mansarde de sa maison, et consulta toutes les statistiques municipales de Providence. Les marchands de drogues et d'appareils scientifiques, quand on les questionna plus tard, fournirent d'étranges listes, apparemment incohérentes, des produits et des instruments qu'il acheta. Mais les employés de la bibliothèque de la Maison du Gouverneur et de l'Hôtel de Ville sont d'accord sur le but de sa deuxième activité : il cherchait avec fièvre la tombe de Joseph Curwen, tâche très difficile puisque le nom du sorcier avait été effacé à coups de ciseau sur sa stèle funéraire.

Peu à peu, ses parents acquirent la conviction qu'il se passait quelque chose d'anormal. Charles s'était déjà passionné en d'autres temps, pour différents sujets d'étude, mais cette dissimulation et cette quête ne lui ressemblaient pas. Il ne manifestait plus aucun intérêt pour son travail scolaire, quoiqu'il réussît toujours à passer ses examens. Ou bien il s'enfermait dans son laboratoire avec une vingtaine d'anciens traités d'alchimie, ou bien il examinait les actes de décès du temps passé dans les archives municipales, ou bien encore il étudiait des livres de sciences occultes dans son bureau, sous le regard impassible du portrait de Joseph Curwen dont le visage paraissait de plus en plus semblable au sien.

À la fin mars, il entreprit une série de promenades dans les vieux cimetières de Providence. Les employés de l'Hôtel de Ville révélèrent plus tard qu'il avait dû trouver un indice important à ce moment-là. Il ne cherchait plus la tombe de Joseph Curwen, mais celle d'un certain Naphtali Field. Ce changement d'intérêt s'expliqua lorsque les enquêteurs, en examinant les dossiers étudiés par Ward, découvrirent un bref compte rendu de l'enterrement de Curwen relatant que le curieux cercueil de plomb avait été enseveli « à dix pieds au sud et à cinq pieds à l'ouest de la tombe de Naphtali Field dans le… » L'absence du nom du cimetière compliquait beaucoup les recherches, mais comme la stèle de Naphtali Field devait être intacte, on pouvait raisonnablement espérer la trouver en visitant plusieurs champs de repos.

Ce fut vers le mois de mai que le Dr Willett, à la requête de Mr Ward, eut une conversation sérieuse avec le jeune homme. Si l'entretien ne fut guère fructueux (car Willett sentit que son interlocuteur était tout à fait maître de lui), il obligea Charles Ward à donner une explication rationnelle de sa conduite récente. Il semblait tout prêt à parler de ses recherches, mais non pas à en révéler l'objet. Il déclara que les papiers de son aïeul contenaient des secrets scientifiques remarquables, pour la plupart rédigés en langage chiffré. Cependant, ils étaient dépourvus de sens sauf quand on les juxtaposait avec un ensemble de connaissances complètement tombées en désuétude aujourd'hui ; si bien que leur présentation immédiate à un monde uniquement pourvu de science moderne leur enlèverait toute leur importance. Pour qu'ils puissent prendre leur place éminente dans l'histoire de la pensée humaine il fallait les mettre en corrélation avec leur arrière-plan du temps passé, et c'était à cette besogne que Ward se consacrait présentement. Il cherchait à acquérir les arts d'autrefois que devait posséder un interprète consciencieux des documents de Curwen ; et il espérait, en temps voulu, faire une révélation d'un intérêt prodigieux.

Quant à ses promenades dans les cimetières, il les expliqua de la façon suivante : il avait tout lieu de penser que la stèle mutilée de Joseph Curwen portait encore des symboles mystiques, sculptés d'après certaines instructions de son testament qui étaient absolument nécessaires à la solution définitive de son système de chiffres. L'étrange marchand avait voulu garder son secret avec soin et, en conséquence, il avait réparti les données du problème de façon très curieuse. Lorsque le Dr Willett demanda à voir les papiers mystiques, Ward manifesta beaucoup de répugnance ; finalement il lui montra la page de titre du Journal et Notes, le cryptogramme et le message plein de formules : À Celui Qui Viendra Après Moi.

Il ouvrit également le journal à une page soigneusement choisie pour son caractère inoffensif. Le docteur examina avec attention l'écriture presque illisible de Curwen ; la graphie et le style étaient ceux d'un homme du XVIIe siècle, bien que le scripteur eût vécu jusque vers la fin du XVIIIe siècle. Le texte lui-même semblait assez banal, et Willett ne put en retenir qu'un fragment.

Mercredi, 16 octobre 1754. — Ma goélette Wahefal est arrivée aujourd'hui de Londres avec XX Hommes nouveaux enrôlés aux Antilles, des Espagnols de la Martinique et des Hollandais de Surinam. Les Hollandais menacent de Déserter car ils ont entendu dire du Mal de ces Expéditions, mais je veillerai à les persuader de Rester. Pour Mr Knight Dexter, à l'Enseigne du Laurier et du Livre, 220 pièces de Chamblet, 20 pièces de Molleton bleu, 50 pièces de Calmande. Pour Mr Green, à l'Enseigne de l'Elephant, 20 Bassinoires et 10 paires de Pincettes. Pour Mr Perrings, un jeu d'Alènes. Pour Mr Nightingale, 50 Rames de Papier de première qualité. Ai Récité le Sabaoth trois fois la Nuit dernière, mais rien n'est apparu. Il faut que j'aie d'autres nouvelles de Mr H. en Transylvanie, bien qu'il soit Difficile de l'atteindre et qu'il me paraisse fort étrange qu'il ne me puisse communiquer l'usage de ce qu'il utilise si bien depuis trois cents ans. Simon ne m'a pas écrit depuis V semaines, mais j'espère recevoir bientôt une lettre de lui.

En arrivant à ce passage, le Dr Willett tourna la page, mais Ward lui arracha le cahier des mains. Le praticien eut à peine le temps de parcourir du regard deux phrases qui, chose bizarre, se gravèrent tenacement dans sa mémoire :

Le Verset du Liber Damnatus ayant été récité pendant V Jours de la Sainte-Croix et IV Veilles de Toussaint, j'Espère que la Créature est en train de Naître à l'Extérieur des Sphères. Elle attirera Celui qui doit Venir si je peux faire en sorte qu'il soit, et il pensera aux choses du Passé et regardera en arrière, en prévision de quoi je dois tenir en réserve les Sels ou de quoi les fabriquer.

Pour le Dr Willett, ces mots semblèrent prêter une vague terreur au visage peint de Joseph Curwen qui regardait d'un air affable du haut du panneau au-dessus de la cheminée. Il eut l'impression bizarre que les yeux du portrait exprimaient le désir de suivre le jeune Ward tandis que celui-ci se déplaçait dans la pièce. Avant de se retirer, le praticien s'arrêta pour examiner le tableau de près, s'émerveillant de sa ressemblance avec Charles et gravant dans sa mémoire les moindres détails du visage blême, jusqu'à une légère cicatrice sur le front au-dessus de l'œil droit. Il décida que Cosmo Alexander était vraiment un grand peintre.

Le médecin ayant affirmé que Charles jouissait d'une parfaite santé mentale et que, d'autre part, il poursuivait des recherches qui pouvaient être très importantes, les Ward se montrèrent assez indulgents quand leur fils, au mois de juin, refusa catégoriquement de s'inscrire à l'Université. Il avait, déclara-t-il, des études plus intéressantes à faire, et désirait voyager à l'étranger au cours de l'année suivante afin de se procurer certains documents qui n'existaient pas en Amérique. Le père Ward s'opposa à ce dernier projet qu'il jugeait absurde de la part d'un jeune homme de dix-huit ans, mais il consentit à ce que son fils abandonnât ses études universitaires. En conséquence, après avoir passé son examen final à l'école Moses Brown, Charles put se consacrer à loisir pendant trois ans à ses livres occultes et à ses recherches dans les cimetières. Les gens apprirent à le tenir pour un original fieffé, et il cessa presque entièrement de voir les amis de sa famille. Il n'abandonnait son travail que pour aller consulter les archives d'autres villes. Un jour, il partit vers le Sud pour conférer avec un vieux mulâtre qui vivait dans un marécage, et au sujet duquel un article avait paru dans un journal. Une autre fois, il s'en fut dans un petit village des Adirondacks où il avait entendu dire qu'on célébrait d'étranges cérémonies. Néanmoins, ses parents continuèrent à lui interdire le voyage en Europe qu'il désirait tant faire.

Il put réaliser son projet en avril 1923, époque où il atteignit sa majorité peu de temps après avoir hérité de son grand-père maternel. Il ne dit rien de l'itinéraire qu'il se proposait de suivre, mais il promit à ses parents de leur écrire souvent et longuement. En juin, le jeune homme s'embarqua à destination de Liverpool, avec la bénédiction de son père et de sa mère qui l'accompagnèrent jusqu'à Boston. Des lettres les informèrent bientôt qu'il avait fait une bonne traversée et s'était installé dans un appartement confortable de Great Russell Street, à Londres, où il avait l'intention de rester jusqu'à ce qu'il eût épuisé les ressources du British Museum. Il ne disait pas grand-chose de sa vie quotidienne, car il n'avait vraiment pas grand-chose à dire. Il consacrait tout son temps à l'étude, et avait installé un laboratoire dans une pièce de son logement.

En juin 1924, il annonça son départ pour Paris où il s'était déjà rendu deux ou trois fois en avion pour consulter des documents à la Bibliothèque Nationale. Pendant les trois mois suivants, il se contenta d'envoyer des cartes postales, donnant une adresse dans la rue Saint-Jacques et mentionnant qu'il faisait des recherches dans la bibliothèque d'un collectionneur de manuscrits rares. En octobre, après un long silence, une carte de Prague apprit aux Ward que Charles se trouvait dans cette ville pour s'entretenir avec un très vieil homme qui était censé posséder de très curieux documents médiévaux. En janvier, plusieurs cartes de Vienne mentionnèrent qu'il s'apprêtait a gagner une région plus à l'est où un de ses correspondants l'avait invité.

De Klansenbourg, en Transylvanie, il écrivit qu'il allait rejoindre un certain baron Ferenczy dont le domaine se trouvait dans les montagnes à l'est de Rakus. Une semaine plus tard, il annonçait que la voiture de son hôte était venue le prendre au village et qu'il partait pour le château. À dater de ce jour, il observa un silence complet. Il ne répondit pas aux nombreuses lettres de ses parents jusqu'au mois de mai, et, à ce moment-là, ce fut pour faire savoir à sa mère qu'elle devait renoncer à le rencontrer à Paris, à Londres ou à Rome, au cours d'un voyage en Europe que les Ward avaient l'intention de faire pendant l'été. Ses recherches, disait-il, étaient d'une telle nature qu'il ne pouvait quitter sa résidence actuelle, et, d'autre part, l'emplacement du château de son hôte ne favorisait guère les visites. Il se trouvait perché sur un roc escarpé, au milieu d'une forêt, et les gens du pays évitaient d'en approcher. En outre, l'aspect et les manières du baron risquaient fort de déplaire à d'honnêtes bourgeois de la Nouvelle-Angleterre, et il était d'un si grand âge qu'il inspirait une espèce d'inquiétude. Il valait mieux, concluait Charles, que ses parents attendent son retour à Providence.

En mai 1925, le jeune voyageur entra dans le port de New York à bord du Homeric. Il gagna ensuite sa ville natale en autocar, et, tout le long du trajet, il contempla avec délices les collines ondulées, les vergers en fleurs et les villes aux blancs clochers du Connecticut. Quand le véhicule, au terme d'un après-midi ensoleillé, entra dans Providence en suivant Elmwood Avenue, le cœur de Charles Ward se mit à battre violemment. Au croisement de Broad Street, Weybosset Street et Empire Street, il vit au-dessous de lui les maisons, les dômes et les clochers de la vieille ville, baignés dans la lumière du crépuscule ; et il fut pris d'une sorte de vertige lorsque l'autocar s'arrêta au terminus, derrière le Biltmore, révélant au regard, sur l'autre berge de la rivière, l'antique colline ronde couverte d'un doux manteau de verdure.

Devant ce spectacle, le jeune homme se sentit plein d'amour pour l'antique cité de Providence. C'étaient les forces mystérieuses de sa longue histoire qui avaient fait de lui ce qu'il était, qui l'avaient entraîné en arrière vers des merveilles et des secrets auxquels nul prophète ne pouvait assigner de limites. Un taxi l'emmena à toute allure en direction du Nord et s'arrêta enfin devant le porche de la grande maison de briques où il était né. Le soleil allait disparaître ; Charles Dexter Ward était de retour au logis.

Une école d'aliénistes moins académique que celle du Dr Lyman prétend que le début de la vraie folie de Ward date de son voyage en Europe. En admettant qu'il fût sain d'esprit lors de son départ, sa conduite à son retour montre un changement désastreux. Mais le Dr Willett repousse cette théorie. Il attribue les bizarreries du jeune homme à la pratique de certains rites appris à l'étranger, sans admettre pour autant que ce fait implique une aberration mentale de la part de l'officiant. Ward, bien qu'il parût nettement plus âgé, avait encore des réactions normales : au cours de plusieurs conversations avec Willett, il fit preuve d'un équilibre que nul dément n'aurait pu feindre pendant longtemps. Si l'on put croire à la folie à cette époque, ce fut à cause de ce qu'on entendait à toute heure dans le laboratoire où le jeune homme passait le plus clair de son temps. Il y avait des chants psalmodiés et des déclamations tonitruantes sur des rythmes étranges ; et bien que ce fût la voix de Ward qui proférât ces sons, on discernait dans ses accents une qualité surnaturelle qui glaçait le sang dans les veines des auditeurs. On observa que Nig, le vénérable chat du logis, hérissait son poil et faisait le gros dos lorsqu'il entendait certaines intonations.

Les odeurs émanant parfois du laboratoire semblaient, elles aussi, fort étranges. Parfois pestilentielles, elles étaient le plus souvent aromatiques et paraissaient posséder le pouvoir de faire naître des images fantastiques. Les gens qui les sentaient voyaient le mirage d'énormes perspectives, avec d'étranges collines, ou d'interminables avenues de sphinx et d'hippogriffes. Ward ne recommença pas ses promenades d'autrefois, mais s'absorba dans les livres qu'il avait rapportés de ses voyages ; il expliqua que les sources européennes avaient considérablement élargi les possibilités de sa tâche, et il promît de grandes révélations pour les années à venir. Le vieillissement de son visage accusait d'une façon frappante sa ressemblance avec le portrait de Joseph Curwen, et le Dr Willett, au terme de chacune de ses visites à Charles Ward, songeait avec stupeur que la petite cicatrice au-dessus de l'œil droit du portrait était la seule différence entre le sorcier défunt et le jeune homme vivant. Ces visites, faites par le praticien à la requête des parents de Charles, avaient un caractère assez curieux. Ward ne repoussait pas le médecin, mais ce dernier comprenait fort bien qu'il ne pourrait jamais connaître la psychologie du jeune homme. Il observait souvent d'étranges choses dans la pièce : petites figurines de cire sur les tables ou les rayonnages ; traces de cercles, de triangles et de pentagrammes, dessinés à la craie ou au fusain au centre du plancher. Et, toutes les nuits, on entendait retentir les incantations tonitruantes, si bien qu'il devint très difficile de garder des domestiques ou d'empêcher de murmurer que Charles Ward était fou.

Un soir de janvier 1927, vers la mi-nuit, alors que le jeune homme psalmodiait un rituel dont la cadence fantastique résonnait dans toute la maison, une rafale glacée souffla de la baie, et la terre trembla légèrement. En même temps, le chat manifesta une terreur extraordinaire et les chiens aboyèrent à un mille à la ronde. Ce fut le prélude d'un violent orage, tout à fait anormal pour la saison, ponctué de coups de tonnerre si formidables que Mr et Mrs Ward crurent à un moment que la maison avait été touchée. Ils montèrent l'escalier quatre à quatre pour voir s'il y avait eu des dégâts ; mais Charles sortit de sa mansarde à leur rencontre, son visage blême empreint d'une expression triomphante. Il leur affirma que la maison était intacte et que l'orage serait bientôt fini. Ayant regardé par une fenêtre, ils constatèrent que le jeune homme avait raison : les éclairs s'éloignèrent de plus en plus, les arbres cessèrent de se courber sous le vent glacé venu de la mer, le fracas du tonnerre diminua et s'éteignit, les étoiles se montrèrent dans le ciel.

Pendant les deux mois qui suivirent cet incident, Charles Ward s'enferma beaucoup moins dans son laboratoire. Il sembla porter un curieux intérêt au temps et s'informa de la date à laquelle le sol allait se dégeler au printemps. Par une nuit de mars, il quitta la maison après minuit et ne rentra qu'un peu avant l'aube. À ce moment, sa mère, qui souffrait d'insomnie, entendit un moteur s'arrêter devant l'entrée réservée aux véhicules. S'étant levée et ayant gagné la fenêtre, Mrs Ward vit quatre silhouettes sombres, commandées par son fils, décharger d'un camion une longue et lourde caisse qu'elles transportèrent dans la maison. Puis elle entendit des pas pesants sur les marches de l'escalier, et, finalement, un bruit sourd dans la mansarde. Ensuite, les pas descendirent ; les quatre hommes réapparurent à l'extérieur et s'éloignèrent dans leur camion.

Le lendemain, Charles s'enferma dans la mansarde. Après avoir tiré les rideaux noirs de son laboratoire, il s'absorba dans une expérience sur une substance métallique. Il refusa d'ouvrir la porte à qui que ce fût, et ne prit aucune nourriture. Vers midi, on entendit un bruit sourd, suivi par un cri terrible et une chute. Néanmoins, quand Mrs Ward eut frappé à la porte, son fils lui déclara d'une voix faible que tout allait bien : la hideuse puanteur qui s'échappait de la pièce était inoffensive et malheureusement nécessaire ; il fallait absolument le laisser seul pour l'instant, mais il irait déjeuner un peu plus tard. Au début de l'après-midi, il apparut enfin, pâle et hagard, et interdit qu'on pénétrât dans le laboratoire sous aucun prétexte. Par la suite, personne ne fut jamais autorisé à visiter la mystérieuse mansarde ni la pièce de débarras adjacente qu'il aménagea sommairement en chambre à coucher. C'est là qu'il vécut désormais jusqu'au jour où il acheta le bungalow de Pawtuxet et y transporta tous ses appareils scientifiques.

Ce soir-là, Charles s'empara du journal avant tout le monde et en détruisit une partie en simulant un accident. Plus tard, le Dr Willett ayant déterminé la date exacte d'après les déclarations des différents membres de la maisonnée se procura un exemplaire intact du journal abîmé et y lut l'article suivant :

FOSSOYEURS NOCTURNES

SURPRIS DANS LE CIMETIÈRE

Robert Hart, veilleur de nuit au Cimetière du Nord, a découvert ce matin un groupe de plusieurs hommes dans la partie la plus ancienne du champ de repos, mais il semble qu'ils se soient enfuis à sa vue avant d'avoir accompli ce qu'ils se proposaient de faire.

L'incident eut lieu vers les quatre heures. L'attention de Hart fut attirée par le bruit d'un moteur non loin de son abri. Après être sorti, il vit un gros camion dans l'allée principale et se hâta dans sa direction. Le bruit de ses pas sur le gravier donna l'éveil aux visiteurs nocturnes qui placèrent vivement une lourde caisse dans le camion et gagnèrent la sortie sans avoir été rattrapés. Aucune tombe connue n'ayant été violée, Hart estime que ces hommes voulaient ensevelir la caisse.

Ils avaient dû travailler longtemps avant d'être découverts, car Hart trouva un énorme trou creusé dans le lot d'Amosa Field où presque toutes les vieilles stèles ont disparu depuis longtemps. La cavité, aussi grande qu'une tombe, était vide et ne coïncidait avec aucun enterrement mentionné dans les archives du cimetière.

L'inspecteur de police Riley, après avoir examiné l'endroit, a déclaré que le trou avait dû être creusé par des bootleggers qui cherchaient une cachette sûre pour leur alcool de contrebande. Hart croit avoir vu le camion remonter l'avenue Rochambeau, mais il n'en est pas absolument sûr.

Au cours des jours suivants, Charles Ward se montra rarement à sa famille. Il s'enferma dans sa mansarde, et fit déposer sa nourriture devant la porte. De temps à autre, on l'entendait psalmodier des formules monotones, ou bien on percevait des bruits de verre heurté, de produits chimiques sifflants, d'eau courante, de flammes de gaz rugissantes. Des odeurs impossibles à identifier émanaient parfois de la pièce, et l'air extrêmement tendu du jeune homme, quand il lui arrivait de sortir de son domaine, suscitait les hypothèses les plus diverses. Ses parents et le Dr Willett ne savaient absolument plus que faire ni que penser.

Le 15 avril, un étrange incident se produisit. C'était un vendredi saint, détail auquel les domestiques attachèrent une grande importance, mais que beaucoup d'autres considérèrent comme une simple coïncidence. Tard dans l'après-midi, le jeune Ward commença a répéter une formule d'une voix étonnamment forte, tout en faisant brûler une substance à l'odeur si âcre qu'elle se répandait dans toute la maison. Les mots prononcés étaient si nets que Mrs Ward, qui écoutait avec anxiété dans le couloir de la mansarde, ne put s'empêcher de les garder dans sa mémoire ; par la suite, elle fut capable de les écrire, sur la demande du Dr Willett. Des experts apprirent à ce dernier qu'une formule à peu près identique se trouve dans les écrits d'Eliphas Levi qui jeta un coup d'œil par une fente de la porte interdite et aperçut les terribles perspectives du vide qui s'étend au-delà. En voici la teneur :

Per Adonai Eloim, Adonai Jehova, Adonai Sabaoth, Metraton Ou Agla Methon, verbum pythonicum mysterium salamandrae, conventus sylvorum, antra gnomorum, daemonia Coeli God, Almonsin, Gibor, Jehosua, Evam, Zariathnatmik, Veni, veni, veni.

Ceci durait depuis deux heures sans la moindre interruption lorsqu'un formidable concert d'aboiements de chiens résonna dans tout le voisinage. Presque aussitôt la maison fut envahie par une odeur effroyable tandis qu'un éclair fendait le ciel. Enfin résonna la voix qu'aucun des auditeurs ne pourra jamais oublier, cette voix tonitruante, lointaine, incroyablement profonde, et tout à fait différente de celle de Charles Dexter Ward. Elle fit trembler la maison, et deux voisins l'entendirent au milieu du vacarme des chiens. Mrs Ward, toujours aux écoutes devant la porte du laboratoire, frissonna en comprenant sa diabolique signification ; car son fils lui avait raconté comment elle avait retenti, s'il fallait en croire les lettres de Luke Fenner, au-dessus de la ferme de Pawtuxet Road, la nuit de la mort de Joseph Curwen. Elle ne pouvait se tromper sur la phrase prononcée, que Charles lui avait souvent citée à l'époque où il parlait franchement de ses recherches. C'était un simple fragment d'une langue oubliée :

DIES MIES JESCHET BOENE DOESEF

DOUVEMA ENITEMAUS

Aussitôt après, la lumière du jour s'assombrit bien qu'on fût à une heure du crépuscule ; puis vint une bouffée d'odeur différente de la première, mais tout aussi mystérieuse et intolérable. Charles s'était remis à psalmodier, et sa mère entendit une série de syllabes que l'on peut figurer ainsi « Yi-nash-Yog-Sothoth-he-Iglb-fi-throdag », se terminant par un « Yah ! » dont la force démentielle monta en un crescendo terrifiant. Une seconde plus tard retentit un cri plaintif qui se transforma peu à peu en un rire diabolique. Mrs Ward, poussée par la crainte et le courage aveugle de son cœur de mère, alla frapper à la porte mais n'obtint pas de réponse. Elle frappa de nouveau, puis resta immobile tandis que montait un deuxième cri, poussé par son fils, cette fois, et qui résonna en même temps que les ricanements de l'autre voix. Elle s'évanouit presque aussitôt, bien qu'elle soit incapable aujourd'hui de se rappeler pour quel motif précis.

Lorsque Mr Ward rentra chez lui à 6 heures et quart, il ne trouva pas sa femme au rez-de-chaussée. Les domestiques effarés lui dirent qu'elle devait être dans le couloir de la mansarde d'où avaient émané des sons encore plus étranges que de coutume. Il monta aussitôt l'escalier et trouva Mrs Ward étendue de tout son long sur le plancher devant la porte du laboratoire. Se rendant compte qu'elle était évanouie, il alla chercher un verre d'eau et lui jeta le contenu au visage. Il fut réconforté de la voir aussitôt revenir à elle ; mais tandis qu'il la regardait ouvrir des yeux stupéfaits, il fut parcouru par un frisson glacé et faillit perdre connaissance à son tour. En effet, dans le laboratoire qu'il avait cru tout d'abord silencieux, il entendait le murmure d'une conversation à voix très basse, dont il ne pouvait saisir les paroles, et qui, pourtant, le bouleversait jusqu'au fond de l'âme.

Bien sûr, ce n'était pas la première fois que son fils marmonnait des formules ; mais à présent, ce murmure paraissait tout différent. Il s'agissait très nettement d'un dialogue, dans lequel la voix de Charles, aisément reconnaissable, alternait avec une autre, si grave et si caverneuse qu'il était difficile d'admettre qu'elle pût sortir du gosier du jeune homme. Elle avait des intonations singulièrement hideuses ; et si Mrs Ward, en revenant à elle, n'avait pas poussé un cri qui éveilla dans l'esprit de son mari ses instincts protecteurs, il est probable que Thomas Howland Ward n'aurait plus pu se vanter de n'avoir jamais perdu connaissance. En l'occurrence, il prit sa femme dans ses bras et descendit rapidement l'escalier avant qu'elle pût remarquer les voix qui venaient de le bouleverser. Cependant, il ne fut pas assez prompt pour ne pas entendre une chose qui le fit chanceler dangereusement sous le poids de son fardeau. Car le cri de Mrs Ward avait été entendu par d'autres que lui, et, en réponse, on avait prononcé deux mots dans le laboratoire, les seuls mots intelligibles de cet effroyable colloque. C'était une simple exhortation à la prudence, murmurée par Charles, et pourtant elle inspira à Mr Ward une mystérieuse terreur quand il entendit ces deux paroles très banales : Chut !... Écrivez !...

Au dîner, les deux époux eurent un long entretien, et Mr Ward décida de parler fermement à son fils cette nuit même. Quel que fût l'objet de ses recherches, on ne pouvait tolérer plus longtemps une telle conduite qui constituait une menace contre l'équilibre nerveux de toute la maisonnée. Le jeune homme devait avoir perdu l'esprit pour pousser des cris pareils et poursuivre une conversation imaginaire avec un interlocuteur inexistant. Il fallait mettre un terme à tout cela, sans quoi Mrs Ward tomberait malade et on ne pourrait plus garder de domestiques.

Le repas terminé, Mr Ward se mit en devoir de gagner le laboratoire de Charles. Mais il s'arrêta au troisième étage en entendant des bruits provenant de la bibliothèque dont son fils ne se servait plus depuis un certain temps. Selon toute apparence, on jetait des livres sur le parquet et on froissait fébrilement des papiers. En arrivant sur le seuil de la porte, Mr Ward vit le jeune homme à l'intérieur de la pièce, en train de rassembler une énorme brassée de documents de toute taille et de toute forme. Charles avait le visage hagard, les traits tirés ; il sursauta et laissa tomber son fardeau en entendant la voix de son père. Celui-ci lui ordonna de s'asseoir et lui infligea le blâme qu'il méritait depuis si longtemps. Quand le sermon eut pris fin, le jeune homme convint que Mr Ward avait raison, que ces voix, ces murmures, ces incantations, ces odeurs chimiques étaient vraiment intolérables. Il promit de se montrer plus discret à l'avenir, mais insista pour que sa solitude continuât d'être respectée. Il allait se consacrer maintenant à des recherches purement livresques ; en outre, il trouverait un autre logement pour prononcer les invocations rituelles qui pourraient être nécessaires par la suite. Il se montra navré d'avoir causé une telle peur à sa mère, et expliqua que la conversation entendue par son père faisait partie d'un symbolisme compliqué destiné à créer une certaine atmosphère mentale. Malgré l'état d'hypertension nerveuse de son fils, Mr Ward eut l'impression qu'il jouissait de toutes ses facultés. Par contre, l'entretien ne lui apporta guère d'éclaircissement ; lorsque Charles eut quitté la pièce en emportant ses documents, son père ne sut guère que penser de toute cette affaire. Elle était aussi mystérieuse que la mort du pauvre Nig dont on avait découvert le cadavre dans le sous-sol, une heure auparavant, les yeux révulsés, la gueule tordue par l'épouvante.

Sous l'impulsion d'un instinct obscur, Mr Ward jeta un coup d'œil sur les rayonnages vides pour voir ce que son fils avait emporté dans la mansarde. Il fut tout surpris de constater qu'il s'agissait uniquement d'ouvrages modernes : histoires, traités scientifiques, géographiques, manuels de littérature, ainsi que certains journaux et magazines contemporains. Comme Charles n'avait lu jusqu'alors que des livres traitant du passé ou d'occultisme Mr Ward se sentit en proie à une perplexité grandissante ; en outre, il éprouva un véritable malaise, car il lui semblait qu'il y avait une chose insolite dans la pièce. Il la parcourut du regard, et vit qu'il ne s'était pas trompé.

Contre le mur du Nord, au-dessus de la fausse cheminée, se trouvait toujours le panneau de la maison d'Olney Court ; mais le tableau restauré n'y figurait plus. Après s'être détaché du bois, le portrait de Joseph Curwen avait abandonné pour jamais sa surveillance du jeune homme auquel il ressemblait si étrangement ; maintenant, il gisait sur le parquet sous la forme d'une mince couche de fine poussière d'un gris bleuâtre.

Chapitre 4

Métamorphose et démence

Au cours de la semaine qui suivit ce mémorable vendredi saint, on vit Charles Ward plus souvent que de coutume, car il ne cessa de transporter des livres de la bibliothèque à la mansarde. Il avait un comportement calme et raisonnable, mais son visage exprimait une appréhension mal dissimulée. En outre, il faisait preuve d'un appétit dévorant, si on en jugeait par la quantité de nourriture qu'il exigeait de la cuisinière.

Une fois mis au courant de ce qui s'était passé, le Dr Willett vint s'entretenir avec le jeune homme, le mardi suivant, dans la bibliothèque. Comme toujours, la conversation ne donna aucun résultat, mais Willett est prêt à jurer que Charles jouissait de toute sa raison. Il promit de faire bientôt une révélation sensationnelle, et exprima l'intention de chercher un autre local pour y installer son laboratoire. Il se montra fort peu touché par la perte du portrait, et parut même trouver un élément comique dans sa brusque disparition.

Pendant la deuxième semaine, Charles s'absenta souvent du logis. Le jour où la vieille Hannah vint aider à faire le grand nettoyage de printemps, elle raconta qu'il visitait souvent la maison d'Olney Court, muni d'une grande valise, et s'en allait explorer la cave. Il se montrait très généreux à l'égard d'elle-même et de son mari, mais il semblait extrêmement tourmenté.

Par ailleurs, des amis des Ward le virent de loin à Pawtuxet un nombre de fois surprenant. Il fréquentait plus particulièrement le petit port de Rhodes-sur-Pawtuxet, et le Dr Willett, après avoir fait une enquête en ce lieu, apprit qu'il ne manquait jamais de gagner la rive assez encaissée, pour la longer ensuite en direction du Nord.

Par un matin de mai, il y eut, dans la mansarde, une reprise de la conversation imaginaire du vendredi saint. Le jeune homme semblait poursuivre une discussion violente avec lui-même, car on entendit brusquement une série de cris qui ressemblaient à des demandes et des refus alternés. Mrs Ward monta en courant, écouta à la porte et entendit le fragment de phrase suivant « Il faut qu'il reste rouge pendant trois mois. » Dès qu'elle eut frappé, le silence régna aussitôt. Lorsque Mr Ward interrogea son fils un peu plus tard, le jeune homme répondit qu'il lui était difficile d'éviter certains conflits entre des sphères de conscience, mais qu'il essaierait de les transférer dans d'autres domaines.

Vers le milieu de juin se produisit un curieux incident nocturne. Au début de la soirée, on entendit du bruit dans le laboratoire, mais il s'apaisa presque immédiatement. À minuit, quand tout le monde fut allé se coucher, le maître d'hôtel était en train de fermer à clé la porte de la rue, lorsqu'il vit apparaître au bas de l'escalier Charles Ward portant une lourde valise. Le jeune homme fit signe qu'il voulait sortir. Il ne prononça pas un seul mot, mais le digne serviteur, ayant vu ses yeux enfiévrés, se mit à trembler sans savoir pourquoi. Il ouvrit la porte à son jeune maître ; le lendemain, il donna son congé à Mrs Ward en déclarant qu'il y avait eu une expression de férocité diabolique dans le regard de Charles, et qu'il ne passerait pas une autre nuit dans la maison. Mrs Ward le laissa partir, sans ajouter foi à ses paroles. Il lui paraissait impossible que son fils ait pu avoir l'air « féroce » cette nuit-là. En effet, pendant tout le temps qu'elle était restée éveillée, elle avait entendu de faibles bruits émaner du laboratoire : des sanglots et des soupirs qui semblaient révéler un désespoir profond.

Le lendemain soir, comme il l'avait fait environ trois mois auparavant, Charles Ward s'empara du journal avant tout le monde, et en égara une feuille. Par la suite, le Dr Willett, au cours de son enquête, se rappela cet incident et se rendit aux bureaux du Journal. Là, il put relever, sur la feuille égarée, deux articles qui lui semblèrent intéressants. Les voici :

VIOLATION DE SEPULTURE

Robert Hart, veilleur de nuit au cimetière du Nord, a découvert ce matin que la tombe d'Ezra Weeden, né en 1740 et mort en 1824 (d'après l'inscription sur sa stèle sauvagement arrachée du sol et brisée) avait été violée.

Son contenu, quel qu'il ait pu être après plus d'un siècle d'ensevelissement, avait complètement disparu, à l'exception de quelques éclats de bois pourri. On n'a pas relevé de traces de roues, mais la police a trouvé dans les parages des empreintes de pas faites par des souliers fins.

Hart est enclin à établir un rapport entre cet incident et celui du mois de mars : à cette époque, on s'en souvient, il avait découvert un groupe d'hommes qui avaient pris la fuite en camion après avoir creusé une excavation profonde. Mais l'inspecteur Riley combat cette théorie et souligne de grandes différences dans les deux cas : en mars, on avait creusé à un endroit où il n'existait pas de tombe ; cette fois-ci, une tombe déterminée a été violée avec une méchanceté féroce.

Des membres de la famille Weeden, après avoir été mis au courant, ont exprimé une surprise attristée, et ont déclaré ne se connaître aucun ennemi capable d'un pareil acte de vandalisme. Hazard Weeden se rappelle une légende familiale d'après laquelle son ancêtre aurait été mêlé à une étrange affaire peu de temps avant la Révolution, mais il ignore l'existence d'une « vendetta » possible à l'heure actuelle. L'affaire a été confiée à l'inspecteur Cunningham qui espère découvrir des indices précieux dans un proche avenir.

NUIT AGITEE À PAWTUXET

Les habitants de Pawtuxet ont été réveillés à 3 heures du matin par un formidable concert d'aboiements de chiens qui semblait atteindre son maximum d'intensité près de la rivière, au nord de Rhodes-sur-Pawtuxet. Fred Lemlin, veilleur de nuit de Rhodes, a déclaré qu'aux aboiements des chiens se mêlaient les cris d'un homme en proie à une terreur mortelle. Un bref et violent orage a mis fin à ce tumulte. On rapporte que des odeurs désagréables, émanant sans doute des réservoirs de pétrole, ont empuanti l'atmosphère pendant toute la durée de l'incident.

Bientôt, Charles prit l'aspect d'un homme traqué, et tout le monde pense aujourd'hui, en y réfléchissant, qu'il souhaitait peut-être, à cette époque, faire une confession, mais qu'une terreur panique l'en empêchait. Comme il sortait très souvent, à la faveur de l'obscurité, la plupart des aliénistes le rendent responsable des actes de vampirisme odieux qui furent perpétrés en ce temps-là et que la presse rapporta avec force détails. Les victimes, de tous âges et de toutes conditions, furent attaquées dans deux localités distinctes : le quartier du North End, près de la maison des Ward, et les districts suburbains proches de Pawtuxet. Ceux qui survécurent ont raconté qu'ils subirent l'assaut d'un monstre bondissant, aux yeux de braise, qui enfonçait ses crocs dans la gorge ou le haut du bras et se gorgeait de sang.

Ici encore, le Dr Willett n'est pas d'accord avec ses confrères. « Je me refuse à dire, déclare-t-il, quel être humain ou quel animal a pu se livrer à de pareilles abominations, mais j'affirme que Charles Ward n'en est point l'auteur. J'ai des raisons de penser qu'il ignorait le goût du sang, et son anémie croissante constitue la meilleure preuve à l'appui de ma théorie. Ward a touché à des choses terribles, mais il n'a jamais été un monstre. »

Le docteur parle avec beaucoup d'autorité, car, à cette époque, il se rendait souvent chez les Ward pour soigner la mère de Charles, dont les nerfs avaient commencé à céder. À force d'écouter les bruits nocturnes émanant de la mansarde, elle souffrait d'hallucinations morbides qu'elle hésitait à confier au médecin : elle s'imaginait entendre des soupirs et des sanglots étouffés aux heures les plus impossibles. Au début de juillet, Wilett l'envoya à Atlantic City pour y reprendre des forces, et il recommanda à Mr Ward et à son fils de ne lui envoyer que des lettres réconfortantes.

Peu de temps après le départ de sa mère, Charles Ward entreprit des démarches pour l'achat du bungalow de Pawtuxet. C'était un petit édifice de bois sordide, avec un garage en ciment, perché très haut sur la berge maigrement peuplée de la rivière, un peu au-dessus de Rhodes, mais le jeune homme tenait absolument à l'acquérir. Le propriétaire finit par le lui céder à contrecœur pour un prix exorbitant. Aussitôt, il y fit transporter de nuit, dans un gros camion fermé, tous les livres et les appareils de la mansarde, et, abandonnant définitivement le laboratoire, il emménagea de nouveau dans sa chambre, au troisième étage de la maison paternelle.

Dans son nouveau domicile, Charles se comporta de façon aussi mystérieuse qu'il l'avait fait dans sa mansarde. Néanmoins, il avait deux compagnons : un métis portugais à l'air sinistre qui servait de domestique et un inconnu au corps mince, à la barbe drue, aux yeux cachés par des lunettes noires, qui, de toute évidence, devait travailler avec Ward. Les voisins essayèrent vainement d'entrer en conversation avec ces étranges individus. Le métis Gomes ne connaissait que quelques mots d'anglais, et l'homme qui se faisait appeler Dr Allen se montrait fort réservé. Charles essaya d'être plus affable, mais il ne réussit qu'à provoquer une curiosité méfiante en tenant des propos décousus sur ses travaux de chimie. Bientôt, d'étranges rumeurs coururent au sujet de lumières qui brûlaient toute la nuit. Puis on s'étonna des commandes excessives de viande chez le boucher, ainsi que des cris et des chants psalmodiés qui semblaient provenir d'une cave très profonde. L'honnête bourgeoisie de l'endroit manifesta une répugnance marquée à l'égard de cette étrange maisonnée, d'autant plus que l'installation des trois hommes avait coïncidé avec l'épidémie de vampirisme dans les parages de Pawtuxet.

Ward passait la majeure partie de son temps au bungalow, mais il dormait parfois dans la maison de son père. À deux reprises, il quitta la ville pour des voyages d'une semaine, dont la destination reste inconnue. Il ne cessait de maigrir et de pâlir, et il n'avait plus son assurance d'autrefois quand il répétait au Dr Willett sa vieille histoire de recherches vitales et de révélations futures. Néanmoins, le praticien insiste sur le fait que le jeune homme était encore sain d'esprit à cette époque, et il cite plusieurs conversations à l'appui de ses dires.

Vers le mois de septembre, les actes de vampirisme devinrent moins fréquents, mais, en janvier, Ward se trouva compromis dans une grave affaire. Depuis quelque temps, on parlait beaucoup des camions qui arrivaient au bungalow et en repartaient, au cours de la nuit. Or, dans un lieu solitaire près de Hope Valley, des bandits qui se livraient à la contrebande de l'alcool arrêtèrent l'un des véhicules dans l'espoir d'y trouver de quoi alimenter leur trafic clandestin. En l'occurrence, ils furent terriblement déçus, car les longues caisses dont ils s'emparèrent renfermaient un contenu horrible ; si horrible, en vérité, qu'on en parla longtemps dans le monde de la pègre. Les voleurs s'étaient dépêchés d'enterrer leur trouvaille, mais lorsque la police d'État eut vent de l'affaire, elle procéda à une enquête minutieuse. Un vagabond récemment arrêté consentit, en échange de sa liberté, à guider une troupe de policiers jusqu'à la cachette improvisée. On y découvrit une chose monstrueuse qui doit rester ignorée du public, et plusieurs télégrammes furent aussitôt expédiés à Washington.

Les caisses étaient adressées à Charles Ward, à son bungalow de Pawtuxet, et les autorités fédérales vinrent lui rendre visite. Il leur donna une explication qui paraissait valable et démontrait son innocence. Ayant eu besoin de certains spécimens anatomiques pour poursuivre ses recherches, il en avait commandé un certain nombre à des agences qu'il considérait comme parfaitement honorables. Il avait tout ignoré de l'identité de ces spécimens, et se montra profondément bouleversé par les révélations des inspecteurs. Sa déclaration fut corroborée par le Dr Allen dont la voix calme et grave parut encore plus convaincante que celle de Charles. Finalement, les policiers ne prirent aucune mesure contre le jeune homme ; ils se contentèrent de noter soigneusement le nom et l'adresse de l'agence de New York qui devait servir de base à leur enquête. Il convient d'ajouter que les spécimens furent déposés en secret aux endroits qu'ils n'auraient jamais dû quitter.

Le 9 février 1928, le Dr Willett reçut une lettre de Charles Ward à laquelle il attache une importance extraordinaire, et qui a été un sujet de fréquentes discussions entre lui-même et le Dr Lyman. Ce dernier y voit la preuve manifeste d'un cas très avancé de dementia praecox ; Willett, par contre, la considère comme le dernier message parfaitement raisonnable du jeune homme. En voici le texte complet.

100, Prospect Street,

Providence, R.I.,

8 mars 1928.

Cher docteur Willett,

Je sens que le moment est enfin venu de vous faire les révélations que je vous promets depuis si longtemps et que vous avez si fréquemment sollicitées de moi. La patience dont vous avez fait preuve, votre confiance en l'intégrité de ma raison, sont choses que je ne cesserai jamais d'apprécier.

Maintenant que je suis prêt à parler, je dois reconnaître à ma honte que je n'obtiendrai jamais le triomphe que j'escomptais. À la place du triomphe j'ai trouvé la terreur ; ma conversation avec vous ne sera pas une vantardise mais un appel au secours : je vous demanderai conseil pour me sauver et pour sauver le monde entier d'une horreur qui dépasse la conception humaine. Vous vous rappelez l'attaque de la ferme de Curwen relatée dans les lettres de Luke Fenner : il faut la renouveler, et sans tarder. De nous dépendent toute la civilisation, toutes les lois naturelles, peut-être même le destin de l'univers entier. J'ai mis au jour une monstrueuse anomalie, pour l'amour de la science. À présent, pour l'amour de la vie et de la nature, vous devez m'aider à la rejeter dans les ténèbres.

J'ai quitté pour toujours le bungalow de Pawtuxet, et nous devons en extirper tous ceux qui s'y trouvent, vivants ou morts. Je n'y reviendrai jamais, et, si vous entendez dire un jour que j'y suis, je vous demande de ne pas le croire. Je suis rentré chez moi pour de bon, et je voudrais que vous veniez me rendre visite dès que vous trouverez cinq ou six heures pour m'entendre. Il faudra bien tout ce temps, et, croyez-moi, jamais vous n'aurez eu devoir professionnel plus important : ma vie et ma raison sont en cause.

Je n'ose pas parler à mon père, car il ne comprendrait pas toute l'affaire. Mais je lui ai dit que j'étais en danger, et il fait garder la maison par quatre policiers. Je ne sais trop ce qu'ils pourront faire, car ils ont contre eux des forces que vous-mêmes ne sauriez envisager. Venez donc sans retard si vous voulez me voir encore en vie, et apprendre comment m'aider à sauver le cosmos.

Venez à n'importe quelle heure : je ne sortirai pas de la maison ; ne téléphonez pas pour vous annoncer, car nul ne saurait dire qui pourrait intercepter votre appel. Et prions les dieux que rien ne puisse empêcher notre rencontre.

Charles Dexter Ward.

P.S. — Abattez le Dr Allen à première vue, et faites dissoudre son corps dans un acide. Ne le brûlez pas.

Ayant reçu cette lettre vers 10 heures et demie du matin, le Dr Willett prit ses dispositions pour être libre en fin d'après-midi et pendant la soirée ; il était d'ailleurs tout prêt à laisser l'entretien se prolonger jusqu'au cœur de la nuit. Il connaissait trop bien les particularités de Charles pour voir dans ce message le délire d'un dément. Il avait la conviction qu'il s'agissait d'une chose horrible, et le post-scriptum lui-même pouvait se comprendre si l'on tenait compte des rumeurs qui couraient le village de Pawtuxet au sujet de l'énigmatique Dr Allen. Willett ne l'avait jamais vu, mais il avait entendu parler de son aspect et il se demandait ce que pouvaient cacher les lunettes noires.

À 4 heures précises, le médecin se présenta à la maison des Ward. Il fut très contrarié d'apprendre de la bouche des policiers de garde, que le jeune homme avait quitté le logis. Dans la matinée, il avait eu une longue conversation téléphonique avec un inconnu ; on l'avait entendu discuter d'une voix craintive, et prononcer des phrases telles que : « Je suis très fatigué et dois prendre un peu de repos » ; « Je ne peux recevoir personne d'ici quelques jours » ; « Je vous prie de remettre à plus tard une action décisive, jusqu'à ce que nous ayons mis sur pied un compromis » ; ou encore « Je suis désolé, mais il faut que j'abandonne tout pour l'instant ; je vous parlerai plus tard. » Ensuite, il avait dû reprendre courage en réfléchissant, car il était sorti à l'insu de tout le monde : on l'avait vu revenir vers 1 heure de l'après-midi, et il était entré dans la maison sans souffler mot. Il avait monté l'escalier, puis, à ce moment, il avait dû céder de nouveau a la peur, car il avait poussé un cri d'épouvante en pénétrant dans la bibliothèque. Pourtant, lorsque le maître d'hôtel était allé s'enquérir de ce qui se passait, Charles s'était montré sur le seuil, l'air très hardi, en faisant signe au domestique de se retirer. Ensuite, il avait dû effectuer des rangements dans la pièce, car on avait entendu des bruits sourds et des grincements. Enfin, il s'était montré de nouveau et avait quitté la maison immédiatement, sans laisser de message pour quiconque. Le maître d'hôtel, qui semblait fort troublé par l'aspect et le comportement de Charles, demanda s'il y avait quelque espoir de le voir retrouver son équilibre nerveux.

Pendant près de deux heures, le Dr Willett attendit vainement dans la bibliothèque, contemplant les rayonnages où s'ouvraient de grands vides aux endroits où on avait enlevé des livres. Au bout d'un certain temps, les ombres commencèrent à s'amasser, le crépuscule fit place au début de la nuit. Quand Mr Ward arriva enfin, il manifesta beaucoup de surprise et de colère en apprenant ce qui s'était passé. Il ignorait que Charles avait donné rendez-vous à Willett, et promit à ce dernier de l'avertir dès le retour du jeune homme. En reconduisant le médecin, il se déclara fort perplexe au sujet de l'état de son fils, et pria le visiteur de faire tout son possible pour lui. Willett fut heureux de fuir cette bibliothèque qui semblait hantée par quelque chose d'effroyable : on aurait dit que le portrait disparu avait laissé dans la pièce un héritage maléfique.

Le lendemain matin, Willett reçut un message dans lequel Mr Ward lui faisait savoir que son fils était toujours absent ; il lui apprenait aussi qu'il avait reçu un coup de téléphone du Dr Allen l'informant que Charles resterait à Pawtuxet pendant un certain temps et qu'il ne fallait pas le déranger. Ceci était nécessaire, car Allen lui-même devait s'absenter pour une période indéterminée, laissant tout le soin des recherches à son jeune collègue. Ce dernier envoyait ses affections à son père, et s'excusait de son départ précipité. En recevant cette communication téléphonique, Mr Ward, qui entendait la voix du Dr Allen pour la première fois, eut l'impression qu'elle lui rappelait un souvenir très vague et très désagréable.

En présence de ces faits déconcertants, Willett ne sut vraiment plus quoi faire. Charles Ward lui avait écrit qu'il avait découvert des choses monstrueuses, que le Dr Allen devait être abattu sans pitié, et que lui-même ne reviendrait jamais à Pawtuxet ; à présent, il semblait avoir oublié tout cela, et s'était replongé au cœur du mystère. Le bon sens poussait le médecin à abandonner le jeune homme à ses caprices, mais un instinct profond ne lui permettait pas d'oublier la lettre désespérée qu'il avait reçue. Il la relut, et, malgré son emphase, malgré la contradiction entre son contenu et la conduite récente de son auteur, il ne la jugea pas vide de sens. Elle exprimait une terreur si réelle, elle évoquait des monstruosités si effroyables, qu'on ne pouvait la prendre à la légère.

Pendant plus d'une semaine, le Dr Willett réfléchit au dilemme qui lui était imposé, et il se sentit de plus en plus enclin à aller rendre visite à Charles dans son bungalow de Pawtuxet. Aucun ami du jeune homme ne s'était jamais aventuré à forcer l'entrée de cette retraite interdite, et son père lui-même ne la connaissait que par les descriptions qui lui avaient été faites ; mais Willett sentait la nécessité d'avoir une conversation directe avec son malade. Mr Ward ne recevait plus de Charles que de courtes lettres dactylographiées ; Mrs Ward, à Atlantic City, n'était pas plus favorisée. En conséquence, le médecin résolut d'agir. Malgré l'étrange appréhension que lui inspiraient les vieilles légendes au sujet de Joseph Curwen et les allusions mystérieuses de Charles, il se mit en route pour le bungalow perché sur la berge abrupte de la rivière.

Willett avait souvent visité l'endroit par pure curiosité, bien qu'il ne fût jamais entré dans la maison et n'eût jamais manifesté sa présence ; il connaissait donc exactement la route à suivre. Tout en roulant le long de Broad Street dans sa petite automobile, par un après-midi de la fin février, il songeait au groupe d'hommes qui avaient suivi ce même chemin, cent cinquante-sept ans auparavant, pour exécuter une terrible mission.

Il arriva bientôt à Pawtuxet, tourna à droite dans Lockwood Street, parcourut cette voie rurale aussi loin qu'il le put, puis mit pied à terre et marcha vers le Nord, en direction de la hauteur qui dominait les belles courbes de la rivière. Les maisons étaient peu nombreuses à cet endroit, et on ne pouvait manquer de voir le bungalow isolé avec son garage en ciment. Parvenu à l'extrémité d'une allée mal entretenue, le médecin frappa à la porte et parla d'une voix ferme au métis portugais qui entrouvrit à peine le battant.

Il demanda à voir Charles Ward pour une affaire d'une importance vitale, et ajouta que, si on lui refusait l'entrée de la maison, il ferait un rapport complet au père du jeune homme. Le métis pesait toujours contre le battant, ne sachant trop s'il devait l'ouvrir ou le fermer, lorsqu'une voix provenant de l'intérieur prononça les paroles suivantes « Laisse-le entrer, Tony ; il vaut mieux que nous ayons un entretien tout de suite. » Cette voix très basse, caverneuse, enrouée, glaça de terreur le médecin sans qu'il sût pourquoi ; mais sa frayeur devint encore plus grande quand il vit paraître celui qui venait de parler, car c'était Charles Dexter Ward.

La minutie avec laquelle le Dr Willett a consigné par écrit sa conversation de cet après-midi est due à l'importance qu'il prête à cette période. Il admet que, à ce moment-là, il y a eu un changement radical dans la mentalité du jeune homme. En fait, au cours de sa controverse avec le Dr Lyman, il a précisé que, pour lui, la folie de Charles date du moment où il a commencé à envoyer des messages dactylographiés à ses parents. Ces billets ne sont pas du tout dans le style ordinaire de Ward ; ils ont un caractère archaïque très bizarre, comme si la démence de leur auteur avait donné libre cours à un flot de tendances et d'impressions amassées inconsciemment au cours de plusieurs années d'études archéologiques. On y discerne un effort manifeste pour être moderne, mais l'esprit et parfois la langue appartiennent au passé.

Le passé se révélait également dans la moindre intonation et le moindre geste de Ward lorsqu'il reçut le médecin dans le bungalow obscur. Il s'inclina, désigna de la main un siège, et se mit à parler de cette étrange voix basse qu'il essaya d'expliquer dès le début.

— J'ai contracté la phtisie, déclara-t-il, à vivre dans cet air humide. Je suppose que vous venez de la part de mon père pour voir comment je me porte, et j'espère que vous ne lui direz rien de nature à l'inquiéter.

Willett écoutait cette voix grinçante avec attention, mais il étudiait encore plus attentivement le visage de son interlocuteur. Il sentait quelque chose de louche, et il aurait bien voulu que la pièce fût moins sombre, mais il ne pria pas son hôte de lever les stores. Il se contenta de lui demander pourquoi sa conduite était en contradiction flagrante avec sa lettre désespérée.

— J'allais y venir, répliqua Ward. Sachez donc que mes nerfs sont en piteux état, et que je fais et dis d'étranges choses que je ne puis expliquer. Comme je vous l'ai souvent répété, je suis au bord de grandes découvertes dont l'importance est telle que, parfois, ma tête s'égare. Mais je n'en ai plus pour longtemps à attendre. Je me suis conduit comme un butor en m'enfermant chez mes parents sous la garde de ces argousins. Au point où j'en suis arrivé, ma place est ici. Mes voisins médisent de moi, et peut-être ai-je eu la faiblesse de croire ce qu'ils ont pu raconter à mon sujet. Il n'y a rien de mal dans ce que je fais. Ayez l'extrême bonté d'attendre encore six mois, et vous serez richement récompensé de votre patience.

« Je dois vous dire que j'ai un moyen de connaître le passé ; je vous laisse le soin de juger plus tard l'importance de ce que je peux donner à l'histoire, à la philosophie et aux arts, en raison des portes auxquelles j'ai accès. Mon aïeul possédait tout cela quand ces faquins sans cervelle l'ont assassiné. À présent, je suis sur le point d'avoir à ma disposition les mêmes connaissances, et nul ne doit se mettre en travers de mon chemin. Oubliez, s'il vous plaît, monsieur, ce que je vous ai écrit, et ne craignez rien ni personne en ce lieu. Le Dr Allen est un homme de grand talent, et je lui dois des excuses pour le mal que j'ai pu dire de lui. J'aurais voulu le garder près de moi, car il apporte à ces études un zèle égal au mien, mais il avait à faire ailleurs.

Le Dr Willett ne sut que répondre à ce discours. Cette façon de désavouer la lettre qu'il avait reçue le laissa stupéfait. Autant les propos qu'il venait d'entendre lui paraissaient étranges et démentiels, autant l'appel au secours du 8 mars lui semblait naturel et parfaitement conforme au Charles Ward qu'il connaissait. Il essaya de détourner la conversation sur des événements passés afin de créer à nouveau un état d'esprit familier ; mais il échoua lamentablement dans sa tentative. Il en fut de même par la suite pour tous les aliénistes. D'importantes sections du stock des images mentales de Charles Dexter Ward (surtout dans les domaines de sa vie personnelle et des temps modernes) se trouvaient inexplicablement annihilées, tandis que sa connaissance du passé émergeait des profondeurs du subconscient pour envahir tout son esprit. Ce qu'il savait en la matière était parfaitement anormal, comme Willett s'en rendit compte au cours de cette conversation en mettant sur le tapis plusieurs sujets auxquels Ward s'était consacré pendant son adolescence.

Ainsi, aucun mortel ordinaire, quelles qu'aient pu être ses études, n'aurait pu savoir que la perruque du shérif était tombée tandis qu'il se penchait en avant pour mieux voir la pièce de théâtre représentée à l'Histrionick Academy de Mr Douglas, le jeudi 7 février 1762 ; ni comment les acteurs avaient si furieusement coupé le texte de la pièce de Steele : Conscious Lover, qu'on s'était presque réjoui de la fermeture du théâtre, ordonnée quinze jours plus tard par des autorités puritaines.

Mais Ward ne se laissa pas mener longtemps dans cette voie. Il souhaitait seulement satisfaire suffisamment la curiosité de son visiteur pour l'amener à partir sans intention de retour. Dans ce but, il proposa a Willett de lui montrer toute la maison, et le conduisit immédiatement de la cave au grenier. Le médecin examina toutes les pièces avec attention. Il constata que les quelques livres visibles étaient trop peu nombreux pour pouvoir remplir les vides de la bibliothèque de Prospect Street, et que le prétendu « laboratoire » était un simple trompe-l'œil. Il y avait sûrement une vraie bibliothèque et un vrai laboratoire quelque part, mais il était impossible de dire où. Willett regagna la ville avant la nuit et raconta à Mr Ward ce qui s'était passé. Ils conclurent tous deux que le jeune homme avait bel et bien perdu l'esprit, mais ils décidèrent de ne prendre aucune mesure rigoureuse pour l'instant.

Mr Ward décida de rendre visite à son fils sans le prévenir. Un soir, le Dr Willett l'emmena dans sa voiture jusqu'à portée de vue du bungalow et attendit patiemment son retour. Au bout d'un laps de temps assez long, le père revint, l'air fort triste et fort perplexe. Il avait été reçu à peu près comme Willett. En outre, le jeune homme avait attendu longtemps à se montrer après que son visiteur eut réussi à pénétrer dans l'antichambre, et il n'avait pas donné le moindre signe d'affection filiale. Bien que la pièce fût mal éclairée, Charles s'était plaint d'être ébloui par la lumière des lampes. Il avait parlé très bas, en déclarant que sa gorge était en fort mauvais état ; mais son père discerna dans son murmure enroué une qualité troublante qu'il ne put bannir de son esprit.

Définitivement ligués pour faire leur possible afin de sauver le jeune homme, Mr Ward et le Dr Willett se mirent en devoir de rassembler tous les renseignements qu'on pouvait se procurer au sujet de cette affaire. Ils eurent d'abord recours aux commérages de Pawtuxet, ce qui leur fut assez facile, car ils avaient des amis dans la région. Tous s'accordèrent à dire que le jeune Ward menait vraiment une existence singulière. La rumeur publique lui attribuait, ainsi qu'à ses compagnons, les actes de vampirisme de l'été précédent, et les allées et venues nocturnes de plusieurs camions donnaient lieu à des hypothèses sinistres. Les commerçants parlaient des commandes bizarres qui leur étaient faites par le métis portugais, en particulier des quantités invraisemblables de viande et de sang frais fournies par deux bouchers.

Il y avait aussi la question des bruits souterrains qui se faisaient entendre alors que le bungalow était plongé dans les ténèbres. Naturellement, ils pouvaient fort bien provenir de la cave, mais selon une rumeur très répandue, il existait des cryptes plus profondes et plus vastes. Se rappelant les anciennes histoires des catacombes de Joseph Curwen, et tenant pour certain que le bungalow avait été choisi parce qu'il devait se trouver sur l'emplacement de la ferme du sorcier, Willett et Mr Ward firent plus particulièrement attention à cette rumeur, et cherchèrent plusieurs fois sans succès la porte dans la berge de la rivière dont parlaient les anciens manuscrits. Quant à l'opinion des gens sur les habitants du bungalow, il s'avéra bientôt qu'on détestait le métis portugais, qu'on avait peur du Dr Allen et qu'on n'aimait pas du tout le jeune Ward. Celui-ci avait beaucoup changé au cours des deux dernières semaines ; il avait renoncé à ses démonstrations d'affabilité, et parlait d'une voix enrouée, à peine perceptible, les rares fois où il sortait.

Munis de ces renseignements, Mr Ward et Willett eurent plusieurs longs entretiens. Mais il leur manquait l'essentiel pour arriver à assembler les différentes parties du puzzle : les deux hommes auraient donné beaucoup pour pouvoir consulter les papiers trouvés par Charles, car, de toute évidence, ils contenaient la clé de la folie du jeune homme.

Le père et le médecin, déconcertés par un problème dont ils ne parvenaient pas à trouver la solution, restèrent inactifs pendant quelques jours, tandis que les billets dactylographiés de Charles à ses parents se faisaient de plus en plus rares. Puis vint le premier du mois, avec les règlements financiers habituels, et les commis de certaines banques commencèrent à hocher la tête et à échanger des coups de téléphone. Les directeurs, qui connaissaient de vue Charles Ward, allèrent lui demander pourquoi tous les chèques signés de sa main ressemblaient à des faux grossiers. Le jeune homme leur expliqua que, à la suite d'un choc nerveux, il lui était devenu impossible d'écrire d'une façon normale ; à l'appui de cette assertion, il déclara qu'il avait été obligé récemment de dactylographier toutes ses lettres, y compris celles qu'il envoyait à ses parents.

Les enquêteurs furent frappés par le caractère décousu de certains propos du jeune homme, qui semblaient impliquer une perte totale de mémoire au sujet d'importantes questions monétaires qu'il connaissait à fond un mois auparavant. En outre, bien que ces hommes ne connussent pas très bien Charles Ward, ils ne purent s'empêcher de remarquer un grand changement dans son langage et ses manières. Ils savaient que c'était un archéologue passionné, mais même les plus fanatiques amateurs du passé ne font pas un usage constant de tournures de phrases et de gestes surannés. Cette métamorphose, jointe à la voix enrouée, aux mains paralysées, à la perte de mémoire, devait annoncer des troubles très graves. Après leur départ, les enquêteurs décidèrent d'avoir une sérieuse conversation avec Mr Ward.

En conséquence, le 6 mars 1928, il y eut dans le bureau de celui-ci une longue conférence au terme de laquelle le père de Charles, plein d'une mélancolique résignation, fit venir le Dr Willett. Le médecin examina les signatures des chèques et les compara dans son esprit avec l'écriture de la dernière lettre désespérée de Charles. La différence était radicale, et pourtant il y avait quelque chose de terriblement familier dans la nouvelle écriture à l'aspect archaïque. Une chose semblait certaine : Charles était bel et bien fou. Comme il ne pouvait évidemment plus gérer sa fortune ni entretenir des rapports normaux avec le monde extérieur, il fallait promptement s'occuper de le soigner. On fit donc appel à trois aliénistes les Dr Peck et Waite, de Providence, et le Dr Lyman, de Boston. Mr Ward et le Dr Willett leur exposèrent l'affaire en détail ; ensuite, les cinq hommes examinèrent les livres et les papiers que renfermait encore la bibliothèque de Charles. Après quoi, les médecins conclurent que les études poursuivies par le jeune homme avaient largement suffi à ébranler sa raison. Ils exprimèrent le désir de voir les volumes et les documents intimes qu'il conservait par-devers lui ; mais, pour ce faire, il leur fallait se rendre au bungalow.

Le jeudi 8 mars, les quatre médecins et Mr Ward allèrent rendre visite au malade qu'ils soumirent à un interrogatoire serré et auquel ils ne cachèrent pas le but qu'ils se proposaient. Charles fut un peu long à apparaître après leur arrivée dans le bungalow, mais au lieu de se rebeller contre cette intrusion, il reconnut de son plein gré que sa mémoire et son équilibre mental avaient souffert de son travail incessant. Il ne protesta pas quand on l'informa qu'il devrait abandonner sa résidence actuelle. En fait, il manifesta une très vive intelligence ; son attitude aurait singulièrement dérouté les médecins si son déséquilibre ne s'était pas trahi par sa phraséologie archaïque et la disparition de toute idée moderne dans son esprit. Au sujet de son travail, il ne révéla rien aux médecins en dehors de ce qu'ils connaissaient déjà par Mr Ward et le Dr Willett. Il affirma solennellement que le bungalow ne renfermait ni bibliothèque ni laboratoire autres que ceux qui étaient visibles, et se lança dans un discours fort embrouillé afin d'expliquer pourquoi il n'y avait pas trace dans la maison des odeurs qui imprégnaient ses vêtements. Il prétendit que les commérages des villageois étaient de pures inventions dues à la curiosité déçue. Il se déclara incapable de préciser l'endroit où se trouvait le Dr Allen, mais il affirma que celui-ci reviendrait quand on aurait besoin de lui. Pendant qu'il payait ses gages au métis portugais et fermait la porte d'entrée du bungalow, Ward ne donna pas le moindre signe de nervosité : simplement il s'immobilisa quelques secondes, comme pour écouter un bruit à peine perceptible. Il semblait plein d'une calme résignation philosophique, comme si son départ eût été un incident sans importance qu'il valait mieux faciliter en ne causant aucun ennui. On convint de ne rien dire à sa mère, à laquelle Mr Ward continuerait d'envoyer des lettres dactylographiées au nom de son fils. Charles fut emmené à la paisible maison de santé du Dr Waite, à Conanicut Island, et soumis à des examens minutieux par plusieurs praticiens. C'est alors que l'on découvrit ses particularités physiques : métabolisme ralenti, peau transformée, réactions neurales disproportionnées. Le Dr Willet fut plus particulièrement troublé par ces phénomènes, car, ayant soigné Ward toute sa vie, il se rendait mieux compte de ces bizarres perturbations. La tache de naissance en forme d'olive avait disparu de sa hanche, tandis que sa poitrine s'ornait d'une marque noire qui ne s'y trouvait pas auparavant. Le médecin se demanda si le malade s'était vu infliger « la marque des sorcières » que l'on imposait, disait-on, au cours de certaines réunions nocturnes dans des lieux solitaires. Willett ne pouvait s'empêcher de songer à un passage d'un compte rendu des procès de Salem, que Charles lui avait montré autrefois : « Mr G. B., cette Nuit-là, posa la marque du Diable sur Bridget S., Jonathan A., Simon O., Deliverance W., Joseph C., Mehitable C. et Deborah B. » Le visage de Ward lui inspirait également une profonde horreur dont il finit par découvrir la cause : au-dessus de l'œil droit, le jeune homme portait exactement la même cicatrice que Willett avait remarquée dans le portrait de Joseph Curwen.

Cependant, on surveillait de près toute la correspondance destinée à Charles ou au Dr Allen, que Mr Ward avait fait adresser chez lui. On ne s'attendait pas à y trouver grand-chose, car toutes les communications importantes auraient été probablement faites par voie de messages ; mais, à la fin mars, arriva une lettre de Prague adressée au Dr Allen, qui donna au Dr Willett et à Mr Ward matière à réflexion.

Kleinstrasse 11,

Alstadt, Prague,

11 février 1928.

Frère en Almousin-Metraton !

J'ai reçu aujourd'hui votre lettre relatant ce que vous avez fait surgir des Sels que je vous ai envoyés. Ce résultat contraire à notre espoir prouve clairement que les Stèles avaient été changées lorsque Barrabas m'a procuré le Spécimen. Cela arrive souvent, comme vous devez le savoir d'après le Corps que vous avez retiré du cimetière de King's Chapel en 1769, et d'après ce que H. a retiré du Vieux

Terrain de Repos en 1690, qui a failli lui coûter la vie. Pareille chose m'est arrivée en Égypte il y a 75 ans, d'où me vient cette Cicatrice que le Jeune Homme a vue sur mon visage en 1924. Ainsi que je vous l'ai dit il y a longtemps, n'évoquez Aucun Esprit que vous ne puissiez dominer ; soit à partir de Sels morts ou hors des Sphères au-delà. Ayez toujours prêts les Mots qui repoussent, et ne vous arrêtez pas pour avoir une certitude quand vous doutez de l'identité de Celui que vous avez. On a changé toutes les Stèles dans neuf cimetières sur dix. Vous n'êtes jamais sûr de rien tant que vous n'avez pas interrogé. J'ai reçu aujourd'hui des nouvelles de H. qui a eu des Ennuis avec les Soldats. Il regrette que la Transylvanie ait passé de la Hongrie à la Roumanie, et changerait de Résidence si son Château n'était pas si plein de Ce que nous Savons. Dans mon prochain envoi, il y aura Quelque Chose venu d'une tombe orientale, qui vous fera grand plaisir. En attendant, n'oubliez pas que je désire avoir B.F. si vous pouvez me le procurer. Vous connaissez mieux que moi G. de Philadelphie. Utilisez-le avant moi si vous le désirez mais n'en usez pas trop durement avec lui, car il faut que je lui parle à la fin.

Yogg-Sothoth Neblod Zin.
SIMON O.

À Mr J. C.,
à Providence.

Mr Ward et le Dr Willett furent confondus par la lecture de cette lettre, et ils mirent beaucoup de temps à comprendre ce qu'elle semblait impliquer. Ainsi, c'était le Dr Allen et non pas Charles Ward qui dirigeait tout au bungalow de Pawtuxet ? Cela expliquait le post-scriptum du dernier message du jeune homme au Dr Willett. Et pourquoi la présente lettre, adressée au Dr Allen sur l'enveloppe, portait-elle à la fin l'inscription « À Mr J. C. » ? La conclusion s'imposait, mais il y a des limites à la monstruosité... Qui était « Simon O » ? Le vieillard que Charles Ward avait visité à Prague ? Peut-être... Mais, dans les siècles passés, il y avait eu un Simon Orne, alias Jedediah, de Salem, qui avait disparu en 1771, et dont le Dr Willett reconnaissait maintenant l'écriture d'après les copies photostatiques des documents que Charles lui avait montrées autrefois !

Le père et le vieux médecin, ne sachant trop que faire ni que penser, allèrent voir Charles à la maison de santé, pour l'interroger au sujet du Dr Allen, de sa visite à Prague et de ce qu'il avait appris sur Simon Orne, de Salem. Le jeune homme répondit simplement qu'il s'était aperçu que le Dr Allen avait des rapports spirituels étonnants avec certaines âmes du passé ; et son correspondant de Prague devait posséder le même don. En se retirant, Mr Ward et le Dr Willett se rendirent compte que c'étaient eux qui avaient subi un interrogatoire, et que, sans rien révéler lui-même, le malade leur avait fait dire tout ce que contenait la lettre de Prague.

Les Drs Peck, Waite et Lyman n'attachèrent pas grande importance à la correspondance du compagnon du jeune Ward. Connaissant la tendance des monomaniaques à se grouper, ils croyaient que Charles ou Allen avait découvert un de leurs semblables expatrié, peut-être quelqu'un qui avait vu l'écriture de Simon Orne et l'avait imitée afin de se faire passer pour la réincarnation de ce personnage. Peut-être Allen lui-même se trouvait-il dans le même cas, et avait-il fait accroire au jeune homme qu'il était un avatar de Joseph Curwen. En outre, ces médecins prétendirent que l'écriture actuelle de Charles Ward était une imitation de plusieurs spécimens anciens obtenus au moyen de ruses diverses : ils ne prêtèrent aucune attention à l'opinion de Willett qui crut y retrouver toutes les caractéristiques de l'écriture archaïque de Joseph Curwen. En raison du scepticisme de ses confrères, le vieux médecin conseilla à Mr Ward de ne pas leur montrer la lettre adressée au Dr Allen, qui arriva de Rakus, Transylvanie, à la date du 2 avril, et dont l'écriture était absolument identique à celle du cryptogramme Hutchinson. En voici la teneur :

Château Ferenczy,

7 mars 1928.

Mon cher C.,

Vingt hommes de la Milice sont venus m'interroger au sujet de ce que racontent les Paysans. Ces Roumains font preuve d'un zèle détestable, alors que je pouvais facilement corrompre un Magyar avec un bon Repas. Le mois dernier, M. m'a fait parvenir le sarcophage des Cinq Sphinx de l'Acropole où Celui que j'ai évoqué avait dit qu'il se trouverait, et j'ai eu 3 Conversations avec Ce qui y était inhumé. Je vais l'envoyer immédiatement à S.O. à Prague, qui vous l'expédiera ensuite. La Créature est fort entêtée, mais vous connaissez le Moyen de la faire parler. Vous montrez beaucoup de Sagesse en ayant autour de vous moins de monde qu'Auparavant ; point n'était Besoin de conserver des Gardiens sous leur Forme corporelle à ne rien faire. Vous pouvez maintenant vous déplacer et aller Travailler ailleurs sans trop de Mal, si c'est nécessaire ; mais j'espère que Rien ne vous contraindra bientôt à suivre une Voie si Ennuyeuse. J'ai été fort heureux d'apprendre que vous n'aviez plus guère commerce avec Ceux du Dehors car cela présente toujours un Péril Mortel. Vous l'emportez sur moi en disposant les formules de telle sorte qu'un autre puisse les dire avec Succès. Borellus estimait qu'il en pourrait être ainsi à la condition d'utiliser les Mots justes. Est-ce que le Jeune Homme les emploie souvent ? Je regrette qu'il fasse le dégoûté, ainsi que je l'avais craint au cours des quinze Mois de son Séjour au Château ; mais je suppose que vous savez comment le traiter. Vous ne pouvez le vaincre avec la Formule, car elle n'Opère que sur ceux que l'autre Formule a évoqués à partir des Sels ; mais il vous reste des Mains robustes, et le Poignard et le Pistolet, et les Tombes ne sont pas difficiles à creuser, et les Acides ne refusent pas de brûler. On me dit que vous lui avez promis B.F. Il me le faudra par la suite. Faites très attention à ce que vous évoquez et méfiez-vous du Jeune Homme. D'ici un an nous pourrons évoquer les Légions Souterraines, et dès lors il n'y aura plus de Limites à notre Pouvoir. Ayez confiance en mes paroles, car, vous le savez, O. et moi-même avons eu 150 années de plus que vous pour étudier ces Matières.

Nephren-Ka nai Hadoth.
EDW. H.

Pour J. Curwen, Es q.,
Providence.

Si Mr Ward et le Dr Willet s'abstinrent de montrer cette lettre aux aliénistes, cela ne les empêcha pas d'agir. Aucun sophisme ne pouvait plus cacher la sinistre vérité : le Dr Allen entretenait une correspondance suivie avec deux personnages étranges que Charles avait visités au cours de ses voyages, et qui prétendaient être des avatars des anciens amis de Joseph Curwen à Salem ; en outre, lui-même se considérait comme la réincarnation du vieux sorcier, et il nourrissait des desseins meurtriers contre « un jeune homme » qui ne pouvait être que Charles Ward. En conséquence, tout en remerciant le Ciel de ce que son fils fût en sécurité dans la maison de santé, Mr Ward engagea plusieurs détectives à son service et leur demanda de se procurer tous les renseignements possibles sur le mystérieux Dr Allen. Il leur confia la clé du bungalow et les invita à inspecter la chambre qu'avait occupée le compagnon de son fils, pour y chercher des indices intéressants. L'entretien eut lieu dans la bibliothèque de Charles, et les policiers éprouvèrent une très nette impression de soulagement quand ils sortirent de la pièce dans laquelle semblait régner une atmosphère maléfique...

Chapitre 5

Cauchemar et cataclysme

Peu de temps après eut lieu cette hideuse aventure qui a laissé sa marque indélébile sur l'âme de Marinus Bicknell Willett et a vieilli son corps de dix ans.

Le médecin, au terme d'un long entretien avec Mr Ward, était tombé d'accord avec lui sur un certain nombre de points que les aliénistes n'auraient pas manqué de tourner en ridicule. Il y avait, à travers le monde, un terrible mouvement en rapport direct avec une nécromancie plus ancienne que la sorcellerie de Salem. Au moins deux hommes vivants (et peut-être un troisième auquel ils n'osaient penser) étaient en possession d'esprits ou de personnalités qui avaient existé en 1690 ou même beaucoup plus tôt. Ce que ces horribles créatures essayaient de faire apparaissait clairement à la lumière des divers documents recueillis : elles pillaient les tombes de tous les siècles, y compris celles des hommes les plus illustres et les plus sages de l'univers, dans l'espoir de tirer des cendres de ces morts leur intelligence et leur savoir.

Ces vampires se livraient à un trafic hideux, échangeaient des ossements comme des écoliers échangent des livres, et pensaient atteindre un jour, grâce à leur sinistre alchimie, un pouvoir que nul homme ou nul groupe d'hommes n'avait jamais détenu. Ils avaient découvert le moyen de conserver leur cerveau vivant, soit dans un même corps, soit dans des corps différents ; et ils étaient arrivés à communiquer avec les morts qu'ils se procuraient. Selon toute vraisemblance, le vieux Borellus avait dit vrai en prétendant qu'on pouvait évoquer une forme corporelle vivante à partir de certains « Sels essentiels ». Il y avait une formule pour faire surgir cette forme, et une autre pour la renvoyer dans le néant. Des erreurs pouvaient se produire, car les stèles des vieilles tombes se trouvaient souvent déplacées.

Mr Ward et le Dr Willett frissonnèrent tandis qu'ils passaient de conclusion en conclusion. On pouvait tirer des présences ou des voix de sphères inconnues aussi bien que des tombeaux, et, dans ce domaine-là également, il fallait user de prudence. Sans aucun doute, Joseph Curwen s'était livré à des évocations interdites. Quant à Charles... que pouvait-on penser de lui ? Quelles forces cosmiques, datant de l'époque de Curwen, étaient parvenues jusqu'à lui et avaient tourné son esprit vers les choses du passé ? Il avait reçu certaines directives qu'il avait suivies. Il était allé rejoindre un inconnu à Prague, et avait séjourné longtemps dans un mystérieux château de Transylvanie. En outre, il avait dû trouver la tombe de Joseph Curwen. Ensuite, il avait évoqué une créature qui avait dû venir. On ne pouvait oublier cette voix formidable venue d'en haut, la nuit du vendredi saint, ni cette conversation à deux dans le laboratoire de la mansarde.

La discussion entendue dans la pièce fermée à clé n'avait-elle pas eu lieu juste avant l'épidémie d'actes de vampirisme ? Qui donc avait voulu se venger en violant la tombe d'Ezra Weeden ? Puis il y avait eu le bungalow, l'étrange Dr Allen, les commérages, la crainte et la haine. Les deux hommes étaient incapables d'expliquer clairement la folie de Charles, mais ils avaient la certitude que l'esprit de Joseph Curwen était revenu sur la terre pour continuer ses recherches blasphématoires. La possession démoniaque semblait une chose possible. Le Dr Allen n'y était pas étranger, et les détectives devaient découvrir d'autres renseignements sur cet homme sinistre qui menaçait la vie de Charles. En attendant, puisque l'existence d'une vaste crypte sous le bungalow paraissait à peu près certaine, il fallait tenter de la découvrir. En conséquence, les deux hommes résolurent de se rendre au bungalow le lendemain matin, munis de valises pleines d'outils nécessaires à des fouilles souterraines.

Le 6 avril, à 10 heures du matin, les explorateurs pénétrèrent dans la maison maudite. D'après le désordre qui régnait dans la chambre du Dr Allen, ils comprirent que les détectives étaient passés par là, et espérèrent qu'ils avaient trouvé des indices importants. Comme la cave les intéressait tout particulièrement, ils y descendirent sans plus attendre. Pendant assez longtemps, ils furent fort embarrassés, car l'aspect du sol et des parois semblait exclure l'existence d'une ouverture quelconque. Willett entreprit un examen minutieux de toutes les surfaces, horizontales et verticales ; en procédant par élimination, il finit par arriver à la petite plate-forme devant la chaudière de la buanderie. Après avoir exercé sur elle plusieurs poussées dans tous les sens, il découvrit enfin que le dessus tournait et glissait horizontalement sur un pivot. Au-dessous se trouvait une surface de béton pourvue d'un trou d'homme. Mr Ward se précipita aussitôt dans cette direction et ôta le couvercle sans aucune difficulté. Aussitôt Willett le vit vaciller, se hâta de le rejoindre, le saisit dans ses bras, et reconnut la cause de son malaise dans le courant d'air méphitique provenant du trou.
   Le médecin transporta son compagnon évanoui à l'étage supérieur, l'étendit sur le plancher et lui aspergea le visage d'eau froide. Mr Ward ne tarda pas à revenir à lui, mais il était visible que l'air émané de la crypte l'avait rendu sérieusement malade. Ne voulant courir aucun risque, Willett alla chercher un taxi dans Broad Street et renvoya son compagnon au logis. Puis il se munit d'une lampe électrique, se couvrit le nez d'une bande de gaze stérilisée, et regagna la cave pour examiner le puits. L'air était devenu moins nauséabond, et Willett parvint à diriger un faisceau de lumière à l'intérieur du trou. Jusqu'à dix pieds de profondeur, il vit une surface bétonnée munie d'une échelle de fer ; ensuite le puits aboutissait à un vieil escalier de pierre qui, à l'origine, devait mener à l'air libre en un point situé un peu au sud du bungalow.
   Willett reconnaît franchement que, l'espace de quelques secondes, le souvenir des vieilles légendes au sujet de Joseph Curwen l'empêcha de s'enfoncer dans cet abîme empesté. À la fin, le devoir l'emporta, et le docteur pénétra dans le puits, emportant avec lui une grande valise pour y enfermer les papiers qu'il pourrait trouver. Lentement, comme il convenait à un homme de son âge, il descendit l'échelle jusqu'aux marches gluantes. Sa lampe électrique lui révéla que les murs antiques, ruisselants d'humidité, étaient recouverts d'une mousse plusieurs fois centenaire. Les degrés de

pierre s'enfonçaient sous terre, non pas en spirale, mais en trois tournants brusques. L'escalier était si étroit que deux hommes auraient eu du mal à y passer de front. Willett avait compté trente marches quand il entendit un faible bruit qui lui enleva toute envie de continuer à compter.

C'était un de ces sons impies, abominables, que rien ne saurait décrire. Parler d'un gémissement morne et sans âme, d'un hurlement d'épouvante poussé par un chœur de damnés, ne suffirait pas à exprimer sa hideur quintessentielle. Il provenait d'un point indéterminé, et il continua à se faire entendre lorsque Willett atteignit, au bas de l'escalier, un couloir aux dimensions cyclopéennes, dont les parois étaient percées de nombreux passages voûtés. Il mesurait environ quinze pieds de haut et dix pieds de large. On ne pouvait se faire une idée de sa longueur, car il se perdait au loin dans les ténèbres.

Surmontant la crainte que lui inspiraient l'odeur infecte et le hurlement continuel, Willett se mit à explorer les passages voûtés l'un après l'autre. Chacun d'eux menait à une salle de taille moyenne qui semblait avoir servi à d'étranges usages. Le vieux médecin n'avait jamais vu rien de comparable aux instruments dont ils distinguait à peine la forme sous un amas de poussière et de toiles d'araignées datant d'un siècle et demi : car plusieurs de ces salles devaient représenter les phases les plus anciennes des expériences de Joseph Curwen. Par contre, la dernière dans laquelle pénétra Willet avait été occupée récemment. Elle contenait des rayonnages, des tables, des armoires, des chaises, et un bureau surchargé de papiers appartenant à des époques différentes. En plusieurs endroits se trouvaient des bougies et des lampes à pétrole ; le médecin en alluma quelques-unes pour mieux y voir.

Il constata alors que cette pièce était le dernier bureau de travail de Charles Ward. Comme il connaissait la plupart des livres, et comme presque tous les meubles provenaient de la maison de Prospect Street, il éprouva un sentiment de familiarité si intense qu'il en oublia la puanteur et les hurlements, pourtant beaucoup plus nets en ce lieu qu'au bas de l'escalier. Sa première tâche consistait à s'emparer de tous les documents présentant une importance vitale. Il se mit sans tarder à la besogne et s'aperçut bientôt qu'il faudrait des mois, sinon des années, pour déchiffrer cet amas de papiers couverts d'écritures étranges et de curieux dessins. (Il trouva entre autres de gros paquets de lettres portant le tampon de Prague ou de Rakus et manifestement rédigées par Orne ou par Hutchinson.)

Finalement, dans un petit bureau d'acajou, Willett découvrit les documents de Joseph Curwen que Charles lui avait laissé entrevoir à contrecœur, plusieurs années auparavant. Il mit tout le paquet dans sa valise, puis continua d'examiner les dossiers, en concentrant son attention sur les documents les plus modernes. Or, ces manuscrits contemporains présentaient une caractéristique bizarre : très peu d'entre eux avaient été rédigés par Charles Ward, alors que des rames entières de papier étaient couvertes d'une écriture absolument identique à celle de Joseph Curwen, malgré leur date récente. La seule conclusion possible était que le jeune homme s'était employé, avec un succès prodigieux, à imiter la graphie du vieux sorcier. Par ailleurs, il n'existait pas trace d'une troisième écriture qui eût été celle du Dr Allen.

Dans cet amas de notes et de symboles, une formule mystique revenait si souvent que Willett la sut par cœur avant d'avoir terminé ses recherches. Elle se trouvait disposée sur deux colonnes parallèles : celle de gauche était surmontée du symbole archaïque nommé « Tête de Dragon », utilisé dans les almanachs pour marquer le nœud ascendant de la Lune ; en haut de celle de droite se trouvait le signe de la « Queue du Dragon », ou nœud descendant. Le médecin se rendit compte que la deuxième partie de la formule n'était autre que la première écrite à l'envers à l'exception des monosyllabes de la fin et du mot Yog-Sothoth. En voici la reproduction exacte :

Ω	U
Y'AI'NG' NGAH	OGTHROD AI'F
YOG-SOTHOTH	GEB'L — EE'H
H'EE — L'GEB	YOG-SOTHOTH
F'AI THRODOG	'NGAH'NG AI'Y
UAAAH	ZHRO

Willett fut tellement fasciné par ces deux formules qu'il se surprit bientôt à les répéter à voix basse. Au bout d'un certain temps, il jugea qu'il avait rassemblé assez de documents pour convaincre les aliénistes de la nécessité d'une enquête plus systématique. Mais il lui restait encore à trouver le laboratoire caché. En conséquence, laissant sa valise dans la salle éclairée, il s'engagea de nouveau dans le couloir ténébreux et empesté sous la voûte duquel le hideux gémissement continuait à se faire entendre.

Les quelques pièces où il pénétra étaient pleines de caisses pourries et de cercueils de plomb à l'aspect sinistre. Il pensa aux esclaves et aux marins disparus, aux tombes violées dans toutes les parties du monde, à l'attaque finale de la ferme de Pawtuxet Road ; puis il décida qu'il valait mieux ne plus penser... Soudain, les murs semblèrent disparaître devant lui, tandis que la puanteur et le gémissement devenaient plus forts. Willett s'aperçut alors qu'il était arrivé dans une salle si vaste que la clarté de sa lampe n'en atteignait pas l'autre extrémité.

Au bout d'un certain temps, il arriva à un cercle d'énormes piliers au centre desquels se trouvait un autel couvert de sculptures si curieuses qu'il s'approcha pour les examiner. Mais quand il eut vu ce qu'elles étaient, il se rejeta en arrière en frissonnant et ne s'attarda pas à regarder les taches sombres sur le dessus et les côtés de l'autel. Par contre, il trouva le mur du fond qui formait un cercle gigantesque ou s'ouvraient quelques entrées de portes, découpé par des centaines de cellules vides munies de grilles de fer et de chaînes scellées dans la maçonnerie.

Cependant, la hideuse puanteur et le gémissement lugubre étaient tellement plus nets dans cette vaste salle souterraine que le médecin fut contraint de leur accorder toute son attention. Ayant projeté la lumière de sa lampe sur le sol, il s'aperçut que, par endroits, à intervalles irréguliers certaines dalles étaient percées de petits trous. Une longue échelle, négligemment posée sur le sol, semblait complètement imprégnée de l'affreuse odeur qui régnait partout. Soudain, Willett constata que l'odeur et le bruit paraissaient plus forts immédiatement au-dessus des dalles percées de trous, comme si elles eussent été des trappes donnant accès à de plus grandes profondeurs. Il s'agenouilla près de l'une d'elles, et parvint à l'ébranler non sans difficulté. Aussitôt le gémissement devint plus aigu, et il lui fallut rassembler tout son courage pour continuer à soulever la lourde pierre. Une puanteur innommable monta des entrailles de la terre, et le médecin se sentit pris de vertige tandis qu'il dirigeait la clarté de sa lampe vers l'ouverture noire.

Si Willett avait espéré découvrir un escalier menant à un gouffre d'abomination suprême, il dut être fort déçu car il vit seulement la paroi de brique d'un puits cylindrique, de un mètre et demi de diamètre, dépourvu de tout moyen de descente. Pendant que le faisceau lumineux s'abaissait vers le fond du puits, le gémissement se transforma en une série de cris horribles, accompagnés d'un bruit d'escalade vaine et de chute visqueuse. L'explorateur se mit à trembler, refusant même d'imaginer quelle abominable créature pouvait bien s'embusquer dans cet abîme. Mais un instant plus tard, il rassembla le courage nécessaire pour se pencher par-dessus la margelle grossière, tenant sa lampe à bout de bras. Tout d'abord, il ne put discerner rien d'autre que les parois gluantes et couvertes de mousse ; ensuite, il aperçut une forme noire en train de bondir maladroitement au fond de l'étroit cylindre, à vingt-cinq pieds environ au-dessous de lui. La lampe trembla dans sa main, mais il regarda de nouveau pour mieux voir quelle était la créature vivante emmurée dans les ténèbres de sa prison où elle mourait de faim depuis le départ de Charles Ward, un mois auparavant. À n'en pas douter, il devait y en avoir un grand nombre au fond des autres puits recouverts de dalles perforées, où elles n'avaient pas la place de s'étendre, et où elles avaient dû rester tapies en bondissant faiblement de temps à autre pendant ces quatre semaines abominables.

Mais Marinus Bicknell Willett se repentit d'avoir regardé une deuxième fois, car, depuis lors, il n'a plus jamais été le même. Il est difficile d'expliquer comment la seule vue d'un objet tangible, aux dimensions mesurables, a pu bouleverser à ce point un homme habitué au spectacle macabre des salles de dissection. Tout ce que nous pouvons dire, c'est que certaines formes ou entités détiennent un pouvoir de suggestion qui fait entrevoir d'innombrables réalités au-delà du monde illusoire où nous nous enfermons. De toute évidence, Willett aperçut une entité de ce genre, car, pendant quelques instants, il fut frappé d'une démence frénétique. Il lâcha sa lampe, et ne prêta pas la moindre attention au grincement des dents qui se refermèrent sur elle au fond du puits. Il se mit à hurler d'une voix suraiguë, méconnaissable, et, incapable de se relever, il rampa désespérément sur les dalles humides d'où montaient de faibles cris qui répondaient aux siens. Il déchira ses mains sur les pierres rugueuses et se meurtrit fréquemment la tête contre les piliers, mais il poursuivit sa route. Ensuite, il reprit lentement conscience et se boucha les oreilles pour ne plus entendre le concert de gémissements lugubres qui avait succédé aux cris. Ruisselant de sueur, dépourvu de tout moyen d'éclairage, accablé par le souvenir d'une effroyable vision, il songeait avec horreur que des douzaines de ces créatures terrifiantes vivaient encore au-dessous de lui, et qu'un des puits était resté ouvert...

Par la suite, il refusa toujours de dire exactement ce qu'il avait vu. L'entité prisonnière ressemblait à certaines sculptures de l'autel. De toute évidence, elle n'avait pas été créée par la nature, car elle n'était pas finie et nul ne saurait décrire ses proportions anormales. Selon Willett, elle représentait le type de ces formes que Ward avait suscitées à partir de sels imparfaits. Sur le moment, le médecin se rappela une phrase de la lettre de Simon ou Jedediah Orne adressée à Joseph Curwen :

« À n'en point douter, il n'y avait Rien que de très Abominable dans ce que H. a fait surgir en partant de ce qu'il n'avait pu réunir dans sa totalité. »

Puis il lui revint en mémoire le souvenir des rumeurs concernant le cadavre calciné trouvé dans les champs une semaine après l'attaque de la ferme de Joseph Curwen. Charles Ward avait raconté à Willett que, selon le vieux Slocum, ce n'était pas un cadavre d'homme, et qu'il ne ressemblait à aucun animal connu des habitants de Pawtuxet.

Ces mots résonnaient dans sa tête tandis qu'il se balançait de droite à gauche, accroupi sur les dalles de pierre. Il essaya de les chasser en récitant le Notre Père ; puis il se surprit à répéter la double formule qu'il venait de découvrir dans la bibliothèque souterraine. Cela sembla le calmer, et il parvint à se mettre sur pied en chancelant. Déplorant amèrement la perte de sa lampe, il regarda avec attention tout autour de lui dans l'espoir de discerner une faible lueur provenant de la bibliothèque. Au bout d'un certain temps, il crut apercevoir dans le lointain une vague clarté, et se traîna à quatre pattes dans cette direction avec une prudence terrifiée, craignant sans cesse de se cogner contre un pilier ou de tomber dans le puits ouvert.

À un moment donné, il toucha la dalle perforée de trous qu'il avait enlevée, et une angoisse atroce s'empara de lui. Mais il eut la chance d'éviter l'ouverture béante, d'où aucun bruit ne montait à présent : la créature qui avait tenté de broyer la lampe électrique entre ses dents ne pouvait plus se faire entendre... À plusieurs reprises, au cours de sa lente progression, il vit diminuer la lueur qui lui servait de guide, et il comprit que les lampes et les bougies allumées par ses soins devaient s'éteindre l'une après l'autre. L'idée d'être perdu au cœur des ténèbres de ce labyrinthe cauchemardesque le poussa à se relever et à courir ; car, la dernière lumière une fois disparue, il ne lui resterait plus qu'un seul espoir de survivre : l'arrivée des secours que pourrait lui envoyer Mr Ward au bout d'un temps plus ou moins long. Bientôt, il atteignit le couloir et vit que la lueur provenait d'une porte à sa droite. Un instant plus tard, il se retrouvait dans la bibliothèque secrète de Charles Ward et regardait mourir la dernière lampe qui venait d'assurer son salut.

Il se hâta de regarnir les lampes éteintes en puisant dans une réserve de pétrole qu'il avait remarquée en arrivant dans la pièce pour la première fois ; puis il chercha autour de lui une lanterne pour continuer son exploration. En effet, malgré sa terrible aventure, il était bien résolu à ne rien négliger dans sa recherche des faits susceptibles d'expliquer la folie de Charles Ward. Faute de lanterne, il choisit la plus petite des lampes ; ensuite, il remplit ses poches de bougies et d'allumettes, et se munit d'un bidon de cinq litres d'essence dans le cas où il découvrirait un laboratoire caché au-delà de la terrible salle au sol percé de puits. Il lui faudrait rassembler tout son courage pour revenir dans ce lieu ; mais fort heureusement, ni l'autel ni le puits découvert ne se trouvaient près du mur concave percé de cellules, dont les ténébreuses entrées de portes devaient constituer le but logique de son exploration.

Après avoir traversé d'un pas ferme l'immense pièce à l'air empesté, Willett constata que les entrées mystérieuses donnaient accès à des pièces qui devaient servir de réserves. L'une était bourrée de ballots de costumes moisis datant de cent cinquante ans. Une autre contenait différents articles de vêtements modernes, comme si l'on s'était proposé d'équiper progressivement une troupe d'hommes assez nombreuse. Mais ce qui lui déplut particulièrement, ce fut les énormes cuves de cuivre qu'il trouva de temps à autre ; elles lui inspirèrent une horreur encore plus grande que les bols de plomb à la forme bizarre dans lesquels subsistait un dépôt malsain dont l'odeur répugnante l'emportait sur la puanteur générale de la crypte.

Quand il eut exploré environ la moitié du mur, il vit un autre couloir semblable à celui d'où il était venu, dans lequel s'ouvraient plusieurs portes. Il s'y engagea aussitôt, et, après avoir examiné trois pièces dépourvues d'intérêt, il arriva enfin à une salle oblongue pleine de tables, de réservoirs, de fourneaux, d'instruments modernes, de flacons et de jarres : c'était le laboratoire de Charles Ward et, avant lui, de Joseph Curwen.

Ayant trouvé trois lampes garnies, le Dr Willett les alluma, puis se mit à examiner le contenu de la pièce avec le plus vif intérêt. Mais tout cet ensemble d'appareils scientifiques (au nombre desquels il y avait une table à dissection) ne lui apprit pas grand-chose, sinon que le jeune Ward avait dû se consacrer plus particulièrement à l'étude de la chimie organique. Parmi les livres se trouvait un exemplaire en lambeaux de Borellus, dans lequel Ward avait souligné le même paragraphe qui avait tellement troublé le respectable Mr Merritt cent cinquante ans auparavant. Trois portes s'ouvraient sur le laboratoire. Deux d'entre elles donnaient accès à de simples réserves où s'entassaient de nombreux cercueils plus ou moins endommagés. Elles contenaient aussi beaucoup de vêtements et plusieurs bières neuves hermétiquement closes.

La troisième porte donnait sur une assez vaste salle aux murs couverts de rayonnages et renfermant en son centre une table où se trouvaient deux lampes. Willett les alluma et vit que presque tous les rayonnages étaient couverts d'étranges urnes de plomb appartenant à deux types différents : l'un très haut et dépourvu d'anses, semblable à un lekythos (jarre à huile grecque), l'autre munie d'une seule anse, pareille à une jarre de Phaleron. Elles étaient toutes munies de bouchons métalliques, et couvertes de curieux symboles en bas-relief. Les lekythoi occupaient un côté de la pièce, sous un grand écriteau portant le mot : « Custodes » ; les Phalerons étaient rangées contre la paroi opposée, sous un autre écriteau portant le mot « Materia ». À chaque jarre se trouvait fixée une étiquette de carton sur laquelle figurait un numéro. Willett en ouvrit quelques-unes au hasard ; toutes contenaient une petite quantité d'une même substance : une poudre fine très légère, de couleurs diverses, et n'ayant aucun pouvoir adhésif (ainsi que le médecin put s'en rendre compte en en versant un peu dans la paume de sa main).

Les deux écriteaux intriguèrent considérablement l'explorateur. « Custodes », « Materia », cela voulait dire en latin « Gardiens » et « Matière »... Soudain, en un éclair, il se rappela où il avait déjà vu le mot « gardiens » à propos de ce terrible mystère : c'était dans la lettre récemment adressée au Dr Allen par un correspondant qui avait emprunté l'écriture d'Edward Hutchinson : « Point n'était besoin de conserver les Gardiens sous leur Forme corporelle à ne rien faire. » Qu'est-ce que cela pouvait bien vouloir dire ? Mais voyons... il existait encore une autre référence à des « gardiens », qui avait jusqu'à présent échappé à sa mémoire. À l'époque où Ward lui faisait certaines confidences sur ses travaux, il lui avait parlé du passage du journal d'Eleazar Smith dans lequel celui-ci mentionnait des conversations terribles entre Curwen, certains de ses prisonniers, et les « gardiens » de ces prisonniers. Ces « gardiens », selon la lettre de Hutchinson ou de son avatar, n'avaient plus rien à faire, si bien que, maintenant, le Dr Allen ne les conservait pas sous leur forme corporelle. Donc, il fallait bien conclure qu'il leur avait donné la forme de ces « sels » en lesquels ce groupe de sorciers réduisait le plus grand nombre possible de corps ou squelettes humains.

C'était donc cela que contenaient les lekythoi : le fruit monstrueux d'actes et de rites blasphématoires, qui pouvait être appelé à l'aide au moyen d'une incantation infernale, pour défendre le maître ou faire parler ceux qui n'y consentaient pas. Willett frémit à la pensée de ce qu'il avait fait couler dans la paume de sa main ; l'espace d'un instant, il se sentit poussé à fuir loin de ces hideux rayonnages chargés de sentinelles muettes et peut-être vigilantes. Puis il songea aux jarres rangées sous l'écriteau « Materia ». Quels sels pouvaient-elles bien contenir, puisque ce n'étaient pas les « sels » des « gardiens » ? Grand Dieu ! Renfermeraient-elles donc les reliques mortelles des plus grands penseurs de tous les siècles, arrachées à leur tombeau par ces vampires désireux d'utiliser la somme de leurs connaissances, afin d'atteindre un but insensé qui aurait pour résultat d'anéantir, selon les termes de la dernière lettre de Charles, « toute la civilisation, toutes les lois naturelles, peut-être même le destin de l'univers entier » ?

À ce moment, malgré son agitation, Willett aperçut une petite porte à l'autre extrémité de la salle, et alla examiner le signe grossier creusé au ciseau au-dessus d'elle. Il se sentit aussitôt en proie à une vague terreur, car un de ses amis à l'esprit morbide avait un jour tracé ce symbole sur un morceau de papier en lui expliquant ce qu'il signifiait dans les noirs abîmes du sommeil. C'était le signe de Koth, que certains voient en rêve au-dessus de l'entrée d'une tour noire dressée dans une lumière crépusculaire. Mais un instant plus tard, le médecin oublia les révélations de son ami en décelant dans l'air empesté une nouvelle odeur, chimique et non pas animale, provenant de la pièce au-delà de la porte : l'odeur dont les vêtements de Charles Ward étaient imprégnés le jour où on l'avait conduit à la maison de santé... Willett, fermement résolu à examiner toutes les affreuses merveilles de ce repaire souterrain, franchit le seuil sans trembler.

La salle, de taille moyenne, contenait simplement une table, une chaise et deux groupes de curieuses machines munies de roues et de courroies, dans lesquelles le médecin reconnut un instrument de torture médiéval. D'un côté de la porte, on voyait une rangée de fouets d'aspect cruel, au-dessus desquels s'alignaient, sur des rayonnages, plusieurs coupes vides en forme de cratères. De l'autre côté se trouvait la table sur laquelle étaient placés un bloc-notes, un crayon, une forte lampe et deux lekythoi. Willett alluma la lampe et examina le bloc-notes, mais il n'y vit rien que les phrases suivantes tracées, semblait-il, par la main de Joseph Curwen :

B. n'est pas mort. S'est échappé à travers les murs et a découvert le Lieu d'en dessous.
Ai vu le vieux V. dire le Sabaoth et ai appris la Façon de le faire.
Ai évoqué trois fois Yog-Sothoth et ai été délivré le Lendemain.
F. a tenté de faire disparaître tous ceux qui connaissaient le moyen d'évoquer Ceux du Dehors.

À la clarté de la lampe, le médecin vit que la paroi face à la porte, entre les deux groupes d'appareils de torture, était couverte de patères auxquelles se trouvaient accrochées des robes informes d'un blanc jaunâtre. Quant aux deux murs vides, ils présentaient toute une série de formules et de symboles mystiques creusés dans la pierre. Les dalles du sol montraient aussi des marques de dessins tracés au ciseau. Willett discerna au centre un immense pentagramme, et un cercle de trois pieds et demi de diamètre entre ce pentagramme et les coins de la pièce. Dans l'un de ces quatre cercles, non loin d'une robe négligemment jetée, se trouvait une des coupes en forme de cratère ; en dehors de la périphérie, il y avait une des jarres de Phaleron portant le n° 118. Cette dernière était vide, mais la coupe contenait une poudre verdâtre provenant manifestement de la jarre. Willett se sentit défaillir en mettant en corrélation ces différents éléments : les fouets et les instruments de torture, les sels de la jarre

« Materia », les deux lekythoi, les robes, les formules gravées sur les murs, les notes de la main de Joseph Curwen, les lettres et les légendes, les doutes et les hypothèses qui avaient tourmenté les parents et amis de Charles Ward...

Au prix d'un effort considérable, le vieux médecin s'arracha à l'horreur qui le submergeait pour aller examiner les formules. De toute évidence, elles avaient été gravées à l'époque de Joseph Curwen, et le texte en parut vaguement familier à l'explorateur. Dans l'une d'elles, il reconnut celle que Mrs Ward avait entendu psalmodier par son fils, le vendredi saint de l'année précédente, terrible invocation aux dieux mystérieux résidant à l'extérieur des sphères normales. Elle différait un peu par son orthographe de celle qu'un expert en la matière avait montrée à Willett dans les pages défendues d'« Eliphas Levi » ; mais il ne pouvait se tromper sur son identité ni sur des mots tels que Sabaoth, Metraton, Almonsin et Zariatnatmik.

Cette inscription se trouvait à gauche en entrant dans la pièce. Sur la paroi de droite, le médecin reconnut en sursautant la double formule qu'il avait vue si souvent dans les notes les plus récentes de la bibliothèque souterraine. Mais ici encore, l'orthographe n'était pas la même, comme si le vieux Curwen avait noté les sons d'une manière différente. Alors que la phrase apprise par Willett commençait par les mots Y'ai' ng'ngah, Yog-Sothoth, celle-ci se présentait sous la forme Aye, engengah, Yogge-Sothotha.

Cette différence troubla l'esprit de l'explorateur, et, comme le texte le plus récent était gravé dans sa mémoire, il se surprit en train de psalmodier la première formule pour faire coïncider le son qu'il concevait avec les lettres gravées sur le mur. Sa voix résonna, étrange et menaçante, dans cet abîme d'horreur, tandis que les gémissements inhumains continuaient à monter dans l'air empesté de la crypte.

Y'AI'NG' NGAH

YOG – SOTHOTH

H'EE - L'GEB

PAI THRODOG

UAAAH !

Mais quel était donc ce vent glacé qui venait de souffler au début de l'incantation ? Les lampes grésillèrent lamentablement, et l'obscurité devint si dense que les lettres sur le mur disparurent à la vue. Puis monta une épaisse fumée, accompagnée d'une odeur âcre semblable à celle qu'il avait déjà sentie. Willett se tourna vers la coupe posée sur le plancher, et vit qu'elle exhalait un nuage de vapeur verdâtre, d'un volume et d'une opacité surprenants. Cette poudre (grand Dieu ! elle provenait d'une des jarres marquées « Materia » !) qu'allait-elle donc produire ? Cette formule qu'il avait psalmodiée... la première des deux... la Tête du Dragon, nœud ascendant... Seigneur ! se pouvait-il ?...

Le médecin vacilla, et dans sa mémoire tourbillonnèrent les fragments de tout de qu'il avait vu, entendu et lu au sujet de l'affaire Charles Dexter Ward « Je vous le répète, n'évoquez Aucun Esprit que vous ne puissiez dominer... Ayez toujours prêts les Mots qui repoussent, et ne vous arrêtez pas pour avoir une certitude quand vous Doutez de l'identité de Celui que vous avez... Trois Conversations avec Ce qui était inhumé... »

Miséricorde ! quelle est cette forme qui apparaît derrière le rideau de fumée ?

Marinus Bicknell Willett n'a raconté son histoire qu'à ses amis les plus intimes, car il sait bien que les autres se contenteraient d'en rire. Mais Mr Ward n'ignore pas que le récit du vieux médecin est l'expression d'une horrible vérité. N'a-t-il pas vu lui-même l'ouverture pestilentielle dans la cave du bungalow ? Willett ne l'a-t-il pas renvoyé chez lui ce matin-là, à 11 heures, malade et le cœur plein d'angoisse ? N'a-t-il pas vainement téléphoné au médecin le soir même et le lendemain matin, et n'a-t-il pas gagné le bungalow à midi pour trouver son ami évanoui sur un des lits du premier étage ?...

Willett ouvrit les yeux lentement lorsque Mr Ward lui eut fait boire un peu de cognac. Ensuite, il frissonna de tout son corps et se mit à hurler : « Cette barbe... ces yeux... Seigneur ! qui êtes-vous ? » Paroles vraiment étranges, car elles s'adressaient à un homme aux yeux bleus, rasé de près, que le médecin connaissait depuis son enfance. Rien ne semblait changé dans le bungalow, sous les rayons d'un soleil éclatant. La lampe de l'explorateur avait disparu, mais sa valise était toujours là, complètement vide. Avant d'offrir la moindre explication, Willett, au prix d'un effort de volonté considérable, gagna la cave en chancelant ; il essaya de faire bouger la petite plateforme devant la chaudière de la buanderie, sans pouvoir y parvenir. Ayant pris un ciseau à froid dans le sac à outils qu'il avait apporté la veille, il souleva les planches les unes après les autres, mais ne trouva aucune ouverture dans la surface lisse de ciment qu'elles recouvraient. Pas de puits pestilentiel, pas de bibliothèque secrète, pas de documents terrifiants, pas de laboratoire, pas de monstres hurlants... Le médecin pâlit et serra le bras de son ami qui était venu le rejoindre :

— Hier matin, demanda-t-il à voix basse, as-tu vu... et senti comme moi ?

Lorsque Mr Ward eut fait un signe de tête affirmatif, Willett poussa un grand soupir et ajouta :

— En ce cas, je vais tout te raconter.

Pendant une heure, dans la pièce la plus ensoleillée du bungalow, le médecin narra son effroyable aventure à son compagnon stupéfait. Mais il ne put rien dire de ce qui s'était passé après l'apparition de la forme mystérieuse derrière la vapeur verdâtre émanée de la coupe. Quand il eut terminé son récit, il se plongea dans un profond silence et ne répondit pas à la timide question posée par Mr Ward :

— Mais cette forme, où donc est-elle partie ? Car c'est elle qui t'a transporté jusqu'ici et a scellé le puits je ne sais comment...

Au moment où il allait se lever pour quitter la pièce, les doigts du Dr Willett se refermèrent sur un morceau de papier qui se trouvait dans sa poche avec quelques bougies et allumettes qu'il avait prises dans la crypte. C'était une page arrachée au bloc-notes placé sur la table de l'abominable salle souterraine, dont elle avait conservé l'âcre odeur. Elle portait, écrites au crayon, quatre lignes d'une écriture médiévale, indéchiffrable pour les deux hommes, mais contenant pourtant des combinaisons de symboles qui leur semblèrent familiers. Voici le fac-similé de ce message dont la lecture poussa Willett et Mr Ward à gagner l'automobile et à se faire conduire à la bibliothèque John Hay.

À la bibliothèque, ils trouvèrent de bons manuels de paléographie qu'ils étudièrent jusqu'au soir. À la fin, ils trouvèrent ce qu'ils cherchaient. Les lettres du manuscrit étaient les minuscules saxonnes du VIIIe ou IXe siècle avant Jésus-Christ, et elles formaient les mots latins que voici : Corwinus, necandus est. Cadaver aq (ua) forti dissolvendum, nec aliq (ui) d retinendum. Tace ut potes. Ce qui peut se traduire comme suit : « Il faut tuer Curwen. Le cadavre doit être dissous dans de l'eau-forte, et il ne faut rien en conserver. Garde le silence dans la mesure où tu le pourras. »

Les deux hommes, complètement déconcertés, s'aperçurent qu'ils étaient incapables d'éprouver la moindre émotion. Ils restèrent là, sans bouger, muets, épuisés de fatigue, jusqu'à ce que la fermeture de la bibliothèque les contraignît à regagner la maison de Prospect Street. Ils parlèrent toute la nuit à bâtons rompus, puis ils allèrent prendre un peu de repos. Le lendemain dimanche, à midi, ils reçurent un message téléphonique des détectives chargés de relever les traces du Dr Allen.

Mr Ward, qui se promenait nerveusement à travers la maison, répondit en personne aux policiers et les pria de venir faire leur rapport le lendemain matin. Lui et Willett se réjouirent de voir que ce côté de l'affaire commençait à prendre forme, car, quelle que fût l'origine du message trouvé dans la poche du médecin, le « Curwen » qu'il fallait tuer ne pouvait être que le mystérieux compagnon de Charles. Celui-ci avait craint cet homme ; il avait recommandé, dans sa dernière lettre au médecin, de le tuer et de le dissoudre dans de l'acide. En outre, Allen avait reçu, sous le nom de Curwen, des lettres de sorciers inconnus résidant en Europe, et il se considérait comme un avatar du nécromant de Salem. Or, voici que, maintenant, un nouveau message insistait sur la nécessité de tuer « Curwen » et de le dissoudre dans de l'eau-forte ! ... Par ailleurs, Allen n'avait-il pas l'intention d'assassiner le jeune Ward, sur le conseil d'un individu nommé Hutchinson ? Il fallait absolument appréhender le mystérieux docteur et le mettre hors d'état de nuire.

Dans l'après-midi, espérant contre tout espoir recueillir quelques bribes de renseignements de la bouche du seul être capable de les fournir, les deux hommes allèrent rendre visite à Charles dans la maison de santé. D'un ton simple et grave, Willett lui narra toutes ses découvertes, et il vit pâlir le malade à chaque description qui lui était faite. Quand il aborda le sujet des monstres enfermés dans les puits couverts, il s'efforça d'émouvoir son interlocuteur en lui disant d'une voix indignée que ces créatures mouraient de faim. Il en fut pour ses frais, car Charles, ayant cessé de nier l'existence de la crypte, semblait voir une sinistre plaisanterie dans cette affaire. Il fit entendre un ricanement diabolique, puis murmura de sa voix enrouée

— Que le diable les emporte ! Il est vrai qu'ils mangent, mais ils n'en ont point besoin ! Un mois sans nourriture, dites-vous ? Tudieu, monsieur, que vous êtes modeste ! Ce pauvre Whipple a été bien berné, en la circonstance ! Il voulait tout tuer, par la morbleu ! et le pauvre sot était tellement accablé par le vacarme venu de l'Extérieur qu'il n'a rien vu ni entendu de ce que renfermaient les puits. Il n'a même pas imaginé qu'ils pouvaient exister ! Que la peste vous étouffe ! ces maudites créatures hurlent au fond de leur trou depuis qu'on a tué Curwen, voilà cent cinquante ans !

Horrifié, Willett poursuivit son récit dans l'espoir qu'un incident quelconque ferait abandonner à son interlocuteur cette attitude démentielle. En regardant le visage du jeune homme, il fut rempli d'horreur à la vue des changements survenus au cours des derniers mois... Quand il parla de la chambre aux formules et de la poudre verdâtre, Charles manifesta une certaine animation et déclara d'un ton ironique :

— Si vous aviez connu les mots nécessaires pour évoquer ce qui se trouvait dans cette coupe, vous ne seriez pas ici en ce moment à me raconter votre histoire. C'était le n° 118, et vous auriez tremblé de la tête aux pieds si vous aviez consulté ma liste dans la pièce voisine. Moi-même je n'ai jamais évoqué ce personnage, mais je me proposais de le faire le jour où vous m'avez emmené ici.

Lorsque Willett mentionna la formule qu'il avait prononcée et la fumée verdâtre qui avait monté dans les airs, il vit pour la première fois une crainte réelle se peindre sur le visage de Charles Ward.

— Il est venu, et vous êtes encore vivant ! s'exclama le dément d'une voix rauque.

Le médecin crut comprendre la situation, et répondit en citant un passage d'une lettre qu'il se rappelait :

— Vous avez dit : le n° 118 ? Mais n'oubliez pas qu'on a changé toutes les stèles dans neuf cimetières sur dix. Vous n'êtes sûr de rien tant que vous n'avez pas interrogé !

Puis sans autre avertissement, il plaça le message en minuscules saxonnes devant les yeux de Charles Ward qui, aussitôt, s'évanouit.

Cet entretien avait eu lieu dans le plus grand secret pour éviter que les aliénistes n'accusent les deux hommes d'encourager le malade dans sa folie. Mr Ward et Willett étendirent Charles sur sa couchette. En revenant à lui, il marmonna à plusieurs reprises qu'il devait faire parvenir immédiatement un message à Orne et à Hutchinson. Aussi, dès qu'il eut pleinement repris conscience, le médecin lui dit qu'un de ces étranges individus au moins était son ennemi mortel et avait conseillé au Dr Allen de l'assassiner. Cette révélation ne produisit aucun effet visible, et le malade déclara qu'il ne voulait pas pousser la conversation plus loin. Au moment de partir, Willett mit de nouveau le jeune homme en garde contre le Dr Allen ; mais Charles répondit, avec un ricanement hideux, que cet individu se trouvait hors d'état de nuire à quiconque.

Il convient de signaler qu'il y eut une suite curieuse à l'affaire Orne et Hutchinson (si, du moins, telle était la véritable identité des sorciers exilés en Europe). Willett se mit en relation avec une agence internationale de coupures de presse, et demanda qu'on lui fit parvenir les articles concernant les crimes et les accidents les plus notoires à Prague et dans la Transylvanie orientale. Au bout de six mois, il estima pouvoir retenir deux faits significatifs. En premier lieu, une maison du plus ancien quartier de Prague avait été complètement détruite au cours d'une nuit, et le vieux Joseph Nadeth, qui y habitait seul depuis une époque très reculée, avait mystérieusement disparu. D'autre part, dans les montagnes à l'est de Rakus, une formidable explosion avait anéanti, avec tous ses habitants, le château Ferenczy dont le maître jouissait d'une si mauvaise réputation auprès des paysans et des soldats qu'il eût été sous peu mandé à Bucarest pour y subir un sérieux interrogatoire si cet incident n'avait mis fin à une carrière déjà anormalement longue. Willett soutient que la main qui traça le message en lettres minuscules était capable d'utiliser des armes plus terribles tout en laissant au médecin le soin de s'occuper de Curwen, l'auteur de ces lignes s'était senti à même de retrouver et d'annihiler Orne et Hutchinson.

Le lendemain matin, le Dr Willett se rendit en hâte chez Mr Ward, pour être présent au moment de l'arrivée des détectives. Les deux amis s'installèrent au rez-de-chaussée, car les étages supérieurs étaient imprégnés d'une odeur nauséabonde qui, selon les vieux domestiques, constituait une malédiction laissée par le portrait disparu de Joseph Curwen.

À 9 heures, les trois policiers se présentèrent et firent immédiatement leur rapport. Ils n'avaient pas réussi à retrouver le Dr Allen, mais ils étaient parvenus à rassembler un certain nombre de faits significatifs à son sujet. Entre autres choses, ils avaient découvert, dans une pièce du bungalow, une fausse barbe et de grosses lunettes noires prouvant que le mystérieux compagnon de

Charles s'était montré sous un déguisement. Par ailleurs, un commerçant de Pawtuxet avait vu un spécimen de son écriture qui lui avait semblé fort étrange, presque illisible.

La plupart des habitants du village tenaient le Dr Allen pour responsable des profanations de tombes commises au cours de l'été précédent. Les enquêteurs qui avaient visité le bungalow après l'incident du camion dévalisé s'accordaient pour reconnaître qu'Allen parlait et agissait en maître ; sa barbe ne paraissait pas naturelle, et il avait une petite cicatrice au-dessus de l'œil droit. Quant à la fouille de sa chambre, elle n'avait donné rien de précis, sauf la barbe, les lunettes, et plusieurs notes au crayon dont Willett identifia immédiatement l'écriture avec celle des manuscrits de Joseph Curwen et des papiers récemment rédigés par le jeune Ward.

Le médecin et son ami se sentirent en proie à une terreur cosmique à mesure que tous ces faits leur étaient révélés et qu'une pensée démentielle s'insinuait dans leur esprit. La fausse barbe, les lunettes, l'écriture étrange de Curwen... l'antique portrait avec sa petite cicatrice que l'on retrouvait sur le front du malade enfermé dans la maison de santé... cette voix entendue par Mr Ward au téléphone, cette voix enrouée absolument semblable à celle de son fils... Qui avait jamais vu Charles et Allen en même temps, après la visite des enquêteurs au sujet de l'affaire du camion ? N'était-ce pas à la suite du départ d'Allen que Charles avait perdu brusquement sa terreur panique et s'était installé au bungalow ? Curwen, Allen, Ward... quelle abominable fusion entre deux siècles et deux personnes ! Pourquoi le portrait de Curwen ressemblait-il tellement à Charles ? Pourquoi Charles et Allen copiaient-ils l'écriture de Joseph Curwen ? Puis il y avait encore l'horrible besogne de ces gens, la crypte abominable, les monstres affamés dans leur prison, la redoutable formule, le message en caractères minuscules, les documents, les lettres, la profanation des tombes... Quelle conclusion fallait-il tirer de tout cela ? Finalement, Mr Ward prit la seule décision raisonnable. Il dessina à l'encre, sur une photographie de son fils, une barbe et une paire de lunettes. Ensuite, il confia cette image aux détectives en leur demandant d'aller la montrer à ceux des commerçants de Pawtuxet qui avaient vu le mystérieux Dr Allen.

Willett et son ami attendirent pendant deux heures dans la maison à l'atmosphère empoisonnée. Puis les détectives revinrent. Oui, la photographie transformée était une image assez fidèle du Dr Allen. Mr Ward blêmit, et Willett s'épongea le front. Allen, Ward,

Curwen... cette affaire devenait vraiment par trop hideuse. Quel démon le jeune homme avait-il fait surgir du vide ? Que s'était-il passé du début à la fin ? Qui était cet Allen qui se proposait de tuer Charles, et pourquoi ce dernier, dans le post-scriptum de sa lettre à Willett, avait-il dit que son mystérieux compagnon devait être dissous dans de l'acide ? D'autre part, pourquoi le message en lettres minuscules recommandait-il de détruire Curwen par le même moyen ? Quelle métamorphose s'était donc produite en la personne de Charles, et à quel moment ? Le jour où Willett avait reçu sa dernière lettre, le jeune homme s'était montré inquiet toute la matinée, puis son attitude avait brusquement changé : il était sorti de la maison à l'insu de tout le monde, pour rentrer ensuite d'un air fanfaron en passant devant les policiers chargés de veiller sur lui. Néanmoins, il avait poussé un cri de terreur en pénétrant dans sa salle de travail. Qu'y avait-il donc trouvé ? Ou, plutôt, qu'est-ce qui l'avait trouvé, lui ? Ce simulacre qu'on avait vu rentrer sans qu'on l'eût vu sortir, n'était-ce pas une ombre démoniaque imposant sa présence à quelqu'un qui n'avait pas du tout quitté la pièce ? Le maître d'hôtel n'avait-il pas mentionné des bruits étranges ?

Willett sonna le domestique et lui posa quelques questions à voix basse. L'homme déclara qu'il avait dû se passer une vilaine affaire. Il avait entendu un cri, un soupir, un son étranglé, un bruit de chute lourde. Mr Charles n'était plus le même quand il était sorti à grands pas, sans dire un mot. Le maître d'hôtel frissonnait tout en parlant. L'atmosphère de la maison semblait imprégnée d'horreur. Les détectives eux-mêmes se sentaient mal à l'aise. Le Dr Willett roulait dans sa tête de terribles pensées, et murmurait parfois des paroles inintelligibles.

Finalement, Mr Ward déclara que l'entretien était terminé. Les policiers et le domestique se retirèrent, les deux hommes restèrent seuls dans la pièce. Bien qu'il fût midi, des ombres semblables à celles du crépuscule recouvraient la maison. Le Dr Willett commença à parler sérieusement à son hôte, et le pria de lui confier le soin des recherches qui restaient à entreprendre : certaines choses pouvaient être mieux supportées par un ami que par un père. En tant que médecin de la famille, il devait avoir les mains libres, et, avant toute chose, il demandait qu'on le laissât seul dans l'ancienne bibliothèque de Charles aussi longtemps qu'il le jugerait utile.

Mr Ward, écrasé par le flot d'horribles suggestions qui se déversait sur lui de tous côtés, accéda à cette requête. Une demi-heure plus tard, le médecin était enfermé dans la pièce maudite contenant les panneaux de boiserie de la maison d'Olney Court. Le père de Charles, qui écoutait à la porte, entendit d'abord un grand remue-ménage ; puis il y eut un fort craquement, comme si l'on ouvrait par la force une armoire hermétiquement close ; ensuite vint un cri étouffé, et ce que l'on avait ouvert fut refermé violemment. Une seconde plus tard, la clé grinça dans la serrure ; Willett, hagard et blême, parut sur le seuil et demanda qu'on lui fournît du bois de chauffage. N'osant pas lui poser de question, Mr Ward donna des ordres à un domestique qui apporta de grosses bûches de pin et les déposa dans l'âtre. Cependant, Willett était monté jusqu'au laboratoire d'où il revint transportant divers objets dans un panier couvert.

Puis le médecin s'enferma de nouveau dans la bibliothèque, et, bientôt, des nuages de fumée passèrent devant les fenêtres. Un peu plus tard, on entendit pour la seconde fois un étrange craquement suivi par le bruit mat d'une chute lourde. Ensuite, Willett poussa deux cris étouffés. Finalement, la fumée rabattue par le vent devint particulièrement âcre et sombre ; Mr Ward et les domestiques furent incommodés par l'odeur qu'elle répandait. Après un siècle d'attente, les vapeurs devinrent plus légères, et on entendit dans la bibliothèque le bruit de diverses opérations de nettoyage. Enfin, Willett sortit de la pièce, ses traits décomposés empreints d'une tristesse infinie, portant le panier couvert qu'il était allé prendre dans le laboratoire. Il avait laissé la fenêtre ouverte, et dans la pièce funeste entrait à flots un air pur qui se mêlait à une étrange odeur de désinfectant. La vieille boiserie au-dessus de la cheminée semblait maintenant dépourvue de tout pouvoir maléfique, comme si le portrait de Joseph Curwen n'y avait jamais été peint. La nuit tombait, mais elle n'apportait aucun sentiment de crainte. Le médecin refusa de dire ce qu'il avait fait et se contenta de déclarer à Mr Ward :

— Je ne peux répondre à aucune question. Sache seulement qu'il y a différentes espèces de magie. J'ai opéré une grande lustration. Les habitants de cette maison dormiront mieux à l'avenir.

La « lustration » du Dr Willett avait été une ordalie aussi terrible que son aventure dans la crypte : une fois rentré chez lui, il dut garder la chambre pendant trois jours. Pourtant, les domestiques murmurèrent par la suite qu'ils l'avaient entendu sortir sans bruit de la pièce, le mercredi après minuit. Fort heureusement, ils ne songèrent pas à rapprocher ce fait de l'article suivant qui parut le jeudi dans l'Evening Bulletin :

NOUVEL ACTE DE VANDALISME

Dix mois après la profanation de la tombe d'Ezra Weeden dans le cimetière du Nord, un rôdeur nocturne a été aperçu à 2 heures du matin, dans le même cimetière, par le veilleur Robert Hart. Ayant entrouvert par hasard la porte de sa loge, Hart vit à quelque distance la silhouette d'un homme porteur d'une lampe électrique et d'une truelle. Il se précipita aussitôt dans sa direction, mais l'intrus se sauva et parvint à gagner la rue où il se perdit dans l'obscurité.
Comme les vampires de l'année précédente, ce rôdeur avait fait des dégâts insignifiants : une petite partie vide de la concession de la famille Ward avait été creusée très superficiellement, sans qu'aucune tombe eût été violée.
Hart, qui ne peut décrire le rôdeur que comme un petit homme barbu, croit que les trois incidents dont le cimetière a été le théâtre ont une source commune. Mais la police ne partage pas cette opinion, en raison du caractère brutal du second d'entre eux :
on se rappelle qu'un cercueil avait été enlevé, et une stèle brisée en morceaux.
On a attribué la responsabilité du premier de ces actes de vandalisme, qui s'est produit l'année dernière au mois de mars, à des contrebandiers en alcool désireux d'enfouir des denrées volées. L'inspecteur Riley estime que cette troisième affaire est du même genre. La police prend des mesures extraordinaires pour arrêter la bande de mécréants coupables de ces profanations.
Willett se reposa pendant toute la journée du jeudi. Au cours de la soirée, il écrivit à Mr Ward une lettre qui plongea le père de Charles dans un abîme de méditations, et lui apporta une certaine sérénité bien qu'elle lui promît beaucoup de tristesse. En voici la teneur :

10, Barnes Street,

Providence, R.I.,

12 avril 1928.

Mon cher Theodore,

J'éprouve le besoin de t'écrire ces lignes avant de faire ce que je me propose de faire dès demain. L'acte que je vais accomplir mettra fin à la terrible aventure que nous venons de vivre, mais je crains qu'il ne t'apporte point la paix de l'esprit si je ne te donne pas l'assurance formelle qu'il sera décisif.

Tu me connais depuis ton enfance ; c'est pourquoi j'espère que tu me croiras lorsque je te dirai qu'il vaut mieux laisser dans l'ombre certaines choses. Ne te livre plus à aucune hypothèse sur le cas de ton fils, et surtout ne dis rien à sa mère en dehors de ce qu'elle soupçonne déjà. Demain, quand j'irai te rendre visite, Charles se sera enfui de la maison de santé. C'est tout ce qui doit rester dans ton esprit : il était fou, il s'est enfui. Je te conseille d'aller rejoindre sa mère à Atlantic City, et de te reposer auprès d'elle. Moi-même, je vais partir pour le Sud afin de retrouver du calme et des forces.

Donc, ne me pose pas de questions quand tu recevras ma visite. Je suis certain de réussir dans mon entreprise, et je puis t'affirmer que tu n'auras plus aucun motif d'inquiétude, car Charles sera en parfaite sécurité. D'ailleurs, il l'est déjà, et beaucoup plus que tu ne saurais l'imaginer. Ne crains plus rien au sujet d'Allen : il appartient au passé autant que le portrait de Joseph Curwen. Enfin, sache que l'auteur du message en lettres minuscules ne tourmentera jamais ni toi-même ni aucun des tiens.

Mais tu dois t'endurcir contre la tristesse, et préparer ta femme à en faire autant. Je ne puis te cacher que l'évasion de Charles ne signifiera pas qu'il te sera rendu. Il a été frappé d'un mal étrange, comme en témoignent ses métamorphoses physiques et morales, et tu ne le reverras jamais. Que ceci te soit une consolation : il n'a jamais été un monstre, ni même un fou ; mais son amour de l'étude et des mystères de jadis ont causé sa perte. Il a découvert des choses que nul mortel ne devrait connaître ; il est remonté trop loin dans le passé, et le passé a fini par l'engloutir.

Et voici maintenant le point sur lequel je dois te demander de me faire plus particulièrement confiance. Car, en vérité, il n'y aura pas la moindre incertitude sur le sort de Charles. D'ici un an, ton fils ne sera plus de ce monde. Tu pourras ériger une stèle dans ta concession du cimetière du Nord, à dix pieds à l'ouest de la tombe de ton père, et elle marquera exactement le lieu de repos de Charles.

Et tu n'as pas besoin de craindre qu'il y ait un monstre sous la terre à cet endroit. Les cendres enfermées dans cette tombe seront celles de ta chair et de tes os, celles du vrai Charles Dexter Ward qui portait un signe de naissance en forme d'olive sur la hanche, celles de ce Charles qui n'a jamais rien fait de mal et qui a payé de sa vie ses scrupules trop justifiés.

C'est tout ce que j'avais à te dire. Ne me pose pas de question demain, et sois bien persuadé que l'honneur de ta famille demeure sans tache comme par le passé.

Sois courageux et calme, et crois à ma très fidèle et très profonde amitié.

Marinus B. Willett.

Le matin du vendredi 13 avril 1928, Willett alla rendre visite à Charles Dexter Ward dans sa chambre de la maison de santé du Dr Waite. Le jeune homme, d'humeur morose, parut peu enclin à entamer la conversation que son visiteur désirait avoir avec lui. L'aventure du médecin dans la crypte infernale avait, naturellement, créé une nouvelle cause d'embarras, si bien que les deux hommes observèrent un silence oppressant après avoir échangé quelques banalités. La gêne s'accrut lorsque Ward sembla deviner que, depuis sa dernière visite, le paisible praticien avait fait place à un implacable vengeur. Il blêmit, et Willett fut le premier à parler :

— Je dois vous avertir que nous avons fait de nouvelles découvertes et qu'il va falloir procéder à un règlement de comptes.

— Vous avez découvert d'autres petites bêtes affamées ? répliqua le jeune homme d'un ton ironique.

— Non, mais nous avons trouvé dans le bungalow la fausse barbe et les lunettes du Dr Allen.

— Voilà qui est parfait ! J'espère qu'elles se sont révélées plus seyantes que la barbe et les lunettes que vous portez en ce moment !

— En vérité, elles vous siéraient très bien, comme elles semblent l'avoir fait ces temps derniers.

Tandis que Willett prononçait ces mots, il eut l'impression qu'un nuage passait devant le soleil, bien que les ombres sur le plancher ne fussent en rien modifiées.

— Et en quoi exige-t-il un règlement de comptes ? Un homme n'a-t-il pas le droit d'emprunter une seconde personnalité s'il le juge utile ?

— Vous vous trompez à nouveau, répondit le médecin d'un ton grave. Peu m'importe qu'un homme se présente sous deux aspects différents, à condition qu'il ait le droit d'exister et qu'il ne détruise pas celui qui l'a fait surgir de l'espace.

Ward sursauta violemment avant de demander :

— Eh bien, monsieur, qu'avez-vous découvert, et que me voulez-vous ?

Willett attendit quelques instants avant de parler, comme s'il cherchait ses mots :

— J'ai découvert quelque chose dans une armoire derrière un panneau de boiserie sur lequel se trouvait jadis un portrait. J'ai brûlé ma trouvaille et j'ai enseveli les cendres à l'endroit où doit se trouver la tombe de Charles Dexter Ward.

Le fou bondit hors de son fauteuil en poussant un cri étranglé :

— Que le diable vous emporte ! À qui l'avez-vous dit ? Et qui donc croira que c'était lui, après deux bons mois, alors que je suis vivant ? Qu'avez-vous l'intention de faire ?

Willett revêtit une sorte de majesté suprême, tandis qu'il calmait le malade d'un geste de la main :

— Je n'ai rien dit à personne. Cette affaire est une abomination issue des abîmes du temps et de l'espace, qui échappe à la compétence de la police, des tribunaux et des médecins. Dieu merci, j'ai gardé suffisamment d'imagination pour ne pas m'égarer en l'étudiant. Vous ne pouvez pas m'abuser, Joseph Curwen, car je sais que votre maudite magie n'est que trop vraie !

« Je sais comment vous avez trouvé le charme qui est resté en suspens en dehors des années avant de se fixer sur votre descendant (et votre double) ; je sais comment vous avez amené ce dernier à vous tirer de votre tombe détestable ; je sais qu'il vous a caché dans son laboratoire, que vous vous êtes adonné à l'étude des temps présents, que vous avez erré la nuit comme un vampire, et que vous avez emprunté plus tard un déguisement pour éviter qu'on ne remarque votre ressemblance extraordinaire avec lui ; je sais, enfin, ce que vous avez décidé de faire quand il a refusé d'adhérer à votre projet de conquête du monde entier.

« Vous avez ôté votre barbe et vos lunettes pour abuser les policiers qui montaient la garde autour de la maison. Ils ont cru que c'était lui qui entrait ; ils ont cru également que c'était lui qui sortait, après que vous l'avez eu étranglé et caché dans l'armoire. Mais vous n'aviez pas compté sur les contacts différents de deux esprits. Vous avez été stupide, Curwen, d'imaginer qu'une simple identité visuelle suffirait. Pourquoi n'avez-vous pensé ni au langage, ni à la voix, ni à l'écriture ? Voyez-vous, votre projet a échoué. Vous savez mieux que moi qui a écrit ce message en lettres minuscules ; je vous avertis solennellement qu'il n'a pas été écrit en vain. Certaines abominations doivent être détruites, et je suis persuadé que l'auteur du message s'occupera d'Orne et de Hutchinson. L'un de ces deux hommes vous a écrit jadis : « N'évoquez aucun esprit que vous ne puissiez dominer. » Vous avez déjà échoué une fois, et il se peut que votre maudite magie soit une fois de plus la cause de votre perte...

À ce moment, le médecin fut interrompu par un cri de la créature à laquelle il s'adressait. Réduit aux abois, sans armes, sachant bien que toute manifestation de violence physique ferait accourir plusieurs infirmiers au secours de son visiteur, Joseph Curwen eut recours à son ancien allié : tout en faisant des mouvements cabalistiques avec ses deux index, il psalmodia d'une voix profonde où ne restait plus trace du moindre enrouement, les premiers mots d'une terrible formule :

PER ADONAI ELOIM, ADONAI JEHOVA,

ADONAI SABAOTH, METRATON...

Mais la réplique de Willett fut prompte. Au moment même où les chiens commençaient à aboyer, où un vent glacial se mettait à souffler de la baie, le vieux médecin récita, comme il en avait eu l'intention depuis son arrivée, la seconde partie de cette formule dont la première avait fait surgir l'auteur du message en minuscules, l'invocation placée sous le signe de la Queue du Dragon, emblème du nœud descendant :

OGTHROD AI'F

GEB'L — EE'H

YOG – SOTHOTH

'NGAH'NG AI'Y

ZHRO !

Dès le premier mot, Joseph Curwen cessa de parler comme si sa langue eût été paralysée. Presque aussitôt, il fut incapable de faire un geste. Enfin, lorsque le terrible vocable Yog-Sothoth fut prononcé, une hideuse métamorphose eut lieu. Ce ne fut pas une simple dissolution, mais plutôt une transformation ou une récapitulation ; et Willett ferma les yeux de peur de s'évanouir avant d'avoir fini de prononcer la formule redoutable.

Quand il rouvrit les paupières, il sut que l'affaire Charles Dexter Ward était terminée. Le monstre issu du passé ne reviendrait plus troubler le monde. Tel son portrait maudit, un an auparavant, Joseph Curwen gisait sur le sol sous la forme d'une mince couche de fine poussière d'un gris bleuâtre.

CPSIA information can be obtained
at www.ICGtesting.com
Printed in the USA
LVHW042356010219
606178LV00032B/730/P